U0894121

新时期文学研究资料丛刊

①

王家新诗歌研究评论文集

张桃洲——选编

A Collection of Essays on Wang Jiaxin

東方出版中心

目　录

我们这个时代的写作

◎ 非　默

无论眼下的日子如何麻木、沉沦，王家新的诗歌写作已在暗中构成了我们这个时代极为重要的精神事件。

每当我们理解一个诗人时，总是首先试图理解诗人所处的那个时代；而理解诗人所处的时代，似乎结果往往比理解诗人本身收益更大。这种情形如同写作自身，一个诗人的写作正是从理解他自己的时代开始。从某种意义上讲，诗人并不真正存在，甚至诗人所写下的作品也不存在（那不过是些分行的文字而已），存在的只是时间，是诗人曾经经历的一切。一个诗人所能够做的，只是在必要的时间用语言将时间——一个个连续的瞬间固定下来，并印在空白页上，然后时间会自己开口说话。不管一个诗人对诗歌怀有多大的抱负，或对这个世界有着什么样的期望，到头来，他所能传达的只能是他自己的那个时代。无论一首诗多么伟大，都是有其范围和界限的，一旦越出了这个范围和界限，诗人的价值和意义便会减弱，甚至消失。从较为深远的背景上来看，这个范围和界限不是地域的，亦不是种族的，而是时间。具体的时间——此时此地的时间，或彼时彼地的时间，是时间将人引入生命，又推向死亡。同样，对诗也是如此，是时间在做去伪存真的工作，决定最后的存留或是湮灭。正如诗人不能目睹诗歌而为诗歌所目睹一样，面对时间，任何一个诗人也无法进行选择，他只能站在被选择的位置上，时间一旦选择了他，他即成为一个承担者，一个见证者，使他成为他那个时代写作的保证。

我们的诗歌发展，一如我们这个时代，已来到一个紧要的关头，对于中国诗坛，一次认真而彻底的清算迟早是不可避免的。近半个世纪严密的封闭和可怕的匮乏之后，我们在最近的十年里突然一下子有了似乎数以千百计新起的诗人和数十倍、数百倍于诗人的诗作，这些诗作以前所未有的大胆和自由进行着形式和内容上的翻新。我们在有理由相信这一努力拓宽了我们的诗歌视野，加深了我们的诗歌感受的同时，亦使我们的精神遭到了超负荷的消耗和急剧的透支。从诗歌现象本身来看，我们不无自卑和忧虑意识到，这来势汹汹的诗歌大潮，只不过是西方世界近百年的诗歌现实在中国一次集中且焦虑的投影而已。其中很少我们自己的创造。我们那些最好的诗人过早地将严肃的写作送进了语言的实验室，这使他们诗人的身份在某种程度上也有所改变，无论诗人或诗，玄学和神秘的意味是愈来愈浓了。这种情状，一直延续至今。我们当然不反对诗歌“实验”，但什么对于这个时代才是重要的？必要的？这一点，我们不能不发问，任何一个严肃的诗人对这一点都必须有所自觉和领悟。我们为他人的伟大和纯粹所晕眩，竟不顾自己的生存现状和实际存在，亦无视自己的时代，虚构着种种令人怀疑的自由和光明，我们一边在忍饥挨饿，一边在涂抹着画布上的面包。如果仅仅是在一个平庸的年代，尚使这一批评（或自责）

显得并无多大实效。而时至今日，当一个非凡的世纪已经走到了它的末尾，而我们又被迫重返历史，之后，还能保持平静和冷漠，或者，依然无力进入严肃的写作，依然无力使我们的笔触抵达事物的本质，那就近乎卑鄙了。海德格尔说："我从我的'我在'去工作。存在就靠这个实际而怒吼。"我们呢？我们在膜拜了海德格尔之后，却使存在更加沉默。如果这些指摘不幸背离了诗歌的精神，那我们宁可没有诗歌。道理很简单，在人类的生活中，仅仅少了一种修辞，算不上是什么大的损失。遗憾的是，几千年来古老的智慧并没有使我们可悲的语境有任何实际改变。面对这种现实，如果我们不能具备一种更为坚决、彻底的语言立场，如果我们不能使另一种语言带有水和火的痕迹，那我们怎么能够谈得上严肃的写作，怎么谈得上对生存和死亡的承担？一个诗人的职责只有在保持了诗歌道义的前提下，才有可能维护他使用的语言。从实质上说，这种道义就是诗歌最为重要的品格——真诚，而真诚永远是语言的贞操。正是语言导致了现存的一切，海德格尔认为语言是一种"天命"，这一天命洞穿了无数世代，将无力承担者一一击倒。这也就是时间往往缄口不语，长久沉默的原因。我们不能脱离时间来谈论诗歌，正如我们不能离开具体的生存谈论人的命运一样。这样做的危险是容易失去价值的尺度，从而导致历史的虚无，即使在最好的情况下，也会造成抽象和隔膜。还有一个十分明显的原因，就是一首诗永远是具体的，这种具体体现在不同的文化、不同的语言和不同的时代上。伟大的诗人不管从哪个角度看，总是首先忠实于他自己的存在和他那个时代的精神的。尤其是在当今时代的重压下从事真诚的写作，还有一种更为积极、更为高尚的目标，它的意义不仅是在感受自由，它更是自由本身。

对于北岛之后的中国诗歌，我很早便有一种不合潮流的见解，我以为，中国诗歌的挫折与冒进，在于北岛所开辟出来的道路过早地被后起的诗人切断了，而这条道路无论从哪个方面看都理应得到延伸和拓宽，事物的表象轻易地蒙骗了那些阅历尚浅而又急于成名的年轻诗人，他们太为“不朽”操心了，他们讨厌公众事件，很少考虑自身之外的责任和需要，并渴望由此写出能够垂之久远的诗歌。结果，使匠心充满了富于取巧的意味。以历史的眼光来看，这也许是一种必然。真可谓是“物是人非”。在一切趋向物化的今天，谁肯承担孤独深入人类的命运，谁肯面对生存的压迫、死亡的逼视坐下来写作？谁肯站在时代的证人席上承受诘问的苦刑？在这里，时间显示了它足够的耐心。对我们而言，结束这种不幸，直到王家新经由一次彻底的蜕变，重新在隐蔽中出现。波兰诗人米沃什有这样一句话来谈论他自己：“如果不是我，会有另外一个人来到这里，试图理解他的时代。”在我看来，这句话对王家新也同样适用——王家新已经来到了这里，虽然他是刚刚到达。

出于某种个人的理由，这篇文章没有具体评论王家新的诗作，而只是较为深入地指涉了他写作的依据和背景。我想，这比具体地进行一些文本阅读更能使我们认识他写作的性质以及他对中国诗歌的重要意义。王家新的诗歌就摆在这里（我指的是他这两年的作品），不需要任何阐释和分析，这些诗写得清晰、准确，主题的表达既不迂回，又非旁敲侧击，而是像刺入黑暗的刀子一样直截了当。就其最功利的目的而言，这种写作不仅仅是一种抵制和反抗，亦不仅仅是在这个年代试图重新找回人性的高贵与尊严——这仅仅是王家新现实的一个“支点”。这些为数不多的杰作，有着更为深刻和理性的悲剧蕴涵：其巨大的现实感在迫使我们从内心转向外部世界的同时，亦使我们不得不经由外部世界重返内心，再次经历我们的灵魂在奔向未来的途中曾经经历并可能经历的一切爱与恨。

（载《今天》1992年第1期）

王家新论

◎ 程光炜

王家新是相对于一个时代的诗人。抑或可以说，时代这面暗中荒诞的镜子，也在造就着它的称职的作者？我们不妨回忆一下诗人的旅程：从湖北西北角的丹江口市到该省文化中心武汉，再从这个国家的中心北京到英国和比利时（1978—1993），王家新完成了他求学、恋爱和确立信仰三部曲式的人生形式。然而，王家新的心理发展却是逆向性的。二十一岁以前，丹江口疏于机巧而偏于古朴执著的淳朴民风，对他心灵气质的深深楔入，大概非任何因素所能比附。倘若说，人的性格气质构成了他行为的准则及动机，那么王家新命运中一连串的故事，他上述表面上顺理成章、其实暗礁迭现的人生旅程，也就早早潜在现实的逻辑之中了。

但难就难在对诗人自我的把握上。它既是理智的认知，又是情绪心理的创造；它既顺从外部环境的辗压扭转，又坚守培护着内心世界的质的规定性。我不禁对王家新个人命运和诗歌命运的关系产生了强烈的兴趣。他真的拥有今天这种境界吗？他是如何到达的？

一

王家新1978年春考入武汉大学中文系。20世纪三四十年代，叶圣陶、沈从文、闻一多等一批现代文学大家曾一度云集这里。试想，从这一深厚的文学土壤上起步，难免有想入非非乃至胆大妄为的举措。在当时某个著名油印诗刊的影响下，他和同学创办了一个诗刊，并写下了后来为许多高校传抄一时的《桥》。他曾为结识朦胧诗人顾城激动不已；对他的创作乃至人格产生了深远影响的，是他这时拜七月派著名老诗人曾卓为师。但他很快转入了符合社会规范的写作，并因风格沉郁厚重的组诗《北京印象》和长诗《"希望"号渐渐靠岸》声名渐起。王家新天生是一个诗人，在他这种年纪，很难不为自己非凡的艺术创造力和第一次"高峰体验"所陶醉。正是这种混杂的激情决定了他初期诗歌的驳乱面貌。

1982年春，王家新被分配回他的家乡丹江口。他本来是可以成为文化古都北京的新居民的，残酷的命运恶意地嘲笑了诗人，使他有点像那个不断将石头推向山顶的西西弗斯，悲剧倒不在于从终点回到起点这个圆圈形式，而在于他必须独自咀嚼切实的感觉。我不清楚诗人在那所乡村师专里是怎样痛苦地挨过诸多黯淡的日子的。但我敏感到了他诗风由外向内的变化。这是否证实了一个基本的艺术原理？任何时代里的优秀作家都是被逼出来的，如果内心深处没有升腾起无法遏止的个人感受，没有末路英雄般的绝望激情，恐怕谁都不会走上那艺术创造的艰难道路。1985年问世的组诗《中国画》，无疑是抹去了青春铅华的朴素之作。

不是隐士，不是神
你浑然坐忘于山林之间
如一突出的石头

——《山水人物》

他此时的心态，未免有点未老先衰的苍凉。人生战场上的失意，被转化为“将一切看淡”的超然，就一定是诗应该趋向的境界？王家新当时未必意识到这一层，但不可否认，诗人的创作心态与早期相比，已然变得沉重和宁静起来。要紧的不是道教老庄“超然物外”的态度触发了诗人的写作灵感，而在于他内心开始产生了审省自己的某种要求：“是谁从雪地上嚓嚓走过？ /遂惊醒/灵魂又返回自身……”（《雪意》）“你画出了山，画出了云/但这空白处/你迟迟不愿下笔”。命运教会了王家新严肃，将他重新还原到“丹江口”古朴执著的传统文化氛围中。

回到《中国画》，我发现，当青春期的潮汐及其牢骚退去之后，在他诗歌中“突出”出来的，不仅仅是“石头”，还有“雪”和“灵魂”。问题不是这几个意象硬朗的词，而是它们出现的意义。这正像当时朦胧诗人们开始从“枪口”“坟墓”悄悄向“半坡”“敦煌”等词汇转移一样，外在激烈的革命性叛逆并不能解决灵魂的问题。它不失时机地对诗人们提出更为内在的要求。我当然不满足于在一个相对固定明朗的文学背景上谈论王家新，而意在证明，他创作上非同寻常的转向，并不纯粹属于个人行为。

王家新是一个生命力和抗争意志同样强盛的人。命运将他强行摁在那个僻远的乡村师专。对于作家来说，表达的过程也就是自我发现的过程。他越是陷入这种屈辱的痛苦，反而越有可能深切地表达自己。出于生存的考虑，呐喊方式在这里显然是不行的，它只能通过象征、隐喻乃至曲笔将其发散给读者。《中国画》以退为进的象征性写法符合其艺术要求。在这时，王家新找到了突出创作困境的方向。幸运的是，恰在这时，由于两位老诗人的鼎力相助，诗人也突破了他的“乡村环境”，进了北京的《诗刊》编辑部。同时，王家新结束了他早期的写作。

二

1985年的北京，是王家新闯过命运的激流险滩后一片壮阔宁谧的江面。但1985年的诗坛并非世外桃源。北京的朦胧诗群自江河、杨炼分裂出所谓“文化诗”后，已呈衰退之象；而南方诸多地下诗人，这时正酝酿着向北京现代诗的正统地位发起挑战。王家新在骨子里是演正剧的角色。北方儒家深挚执著的文化人格，较之楚文化的绚丽浪漫，更能深刻地左右他的思想行为。顺便说一下，他假如稍许有一点楚人的乖巧，是不会有那一次命运重重的磕绊的。文化选择决定着人生选择也包括艺术范式选择，每个人常常是“不由自主”地实现着某种命定的角色的。在社会风尚多变的思潮中，你也许会有短暂的偏离或转向，但一旦在摇晃中站住脚跟，便会回到原来的位置上。我将其看作诗人人格的“底色”。正是出于此，王家新在纷乱不定的诗坛格局中坚决维护那份已内化为他人格行为的传统遗产。“文化诗”和“文化寻根小说”后来被认为是作家们读书的成果。王家新也沾染了这种京城风气，好在王家新不避讳这一点："禅的秘密是以瞬间形式体现永恒，诗的'秘密'也往往如此"。"像中国画中的那些山水人物，不是凌驾于万物之上，而是在万物存在的空间里浑然'坐忘'成一块石头"。为增强这一说法的逻辑力量，他将帕斯和勃莱也一起拉了进来。是勃莱《冬天的诗》，抑或是博尔赫斯《另一只老虎》中关于某一动物突出醒目的意象，启发他写下了《蝎子》？至今无据可证，但乃读诗所得，又完全可信。

翻遍满山的石头
不见一只蝎子：这是小时候
哪一年、哪一天的事？
如今我回到这座山上
早年的松树已经粗大，就在
岩石裂缝和红褐色中
一只蝎子翘起尾巴
向我走来

与蝎子对视
顷刻间我成为它足下的石沙

——《蝎子》

对语言的操作较前有惊人的进步，但它又与我们每个人的真实存在无关。

再往深处探究，我发现它其实与王家新当时个人命运感的"变轻”有关。如我前面所说，王家新本质不是散淡的人。恰好相反，越是有命运的挤迫，他生命中便越能焕发出耀眼的光芒，他的诗，也越能趋向于一种沉实和厚重。王家新当时的小家庭可谓圆满。他结束了漂泊进入到一种稳定的生活，尤其是生活在容易培养起精神优越感的北京，处在《诗刊》这种俯看天下诗坛的位置，他的心难免会有些飘浮，有些京城士大夫式的“悠闲”气。作家总是处在一定时代的压力之下写作的。文化的节制、政治的失望和经济的贫困，作为一个总体的历史文化环境，构成了某一时代作家写作的总体压力。这一压力不是外在的，而往往是潜隐的；它不单是某种实际钳制，而更多表现为作家的自由个性在萎缩中难以张扬的苦难感受。身在异国的苏联、东欧流亡作家对民族现实历史和个人境遇的一再反嚼，朦胧诗人对苦难受虐性的态度，都不外这一“压力”的精神产物。但王家新正是在这里迷茫起来。1988年，结构主义和新批评的著作是个很时髦的话题，语言问题被提升到桌面上（时势对一个作家的影响由此可见）。就在这一情势下，王家新迈上了他的“语言探索”之途，并接连写出了连串造成新风气的作品，如《伐木柴的人》和《刀锋》等。应当承认，这些诗作已具有了很高的语言修养。问题的疑团在于，语言和终极价值，哪一个应该是诗歌的本质？如果是前者，人的人格激情完全可以用一连串纯粹的语义符号来替代，人则真正成了“符号的动物”（卡西尔语）。如果是终极价值，哲学或基督教教义来得还要直接和彻底些。1988年前后，当代诗歌的混乱局面，与其说是队伍的庞杂，莫如说来自“语言的混乱”。以此反观，我所想到的是，一个诗人应该怎样把持住自己，并增加心灵的重量？

王家新那时大概意识到了心灵的悬浮，他相信找到几个关键的词，就能抓到几块沉重得足以控制悬浮的思想的石头。比如《伐木柴的人》，诗人试图通过“伐木者”的伐木动作与周围空间的紧张关系，让人体味到严肃的生存意义；再如《刀锋》，他幻想借助语言的暴力，以求自我审视的尖锐程度。不妨说，如果粗粗掂估，这里面的确有种震撼心灵的悲剧效果，它们差一点快把你整个征服了。于是，一个有趣的语言试验出现了：倘若有人将“伐木”“刀锋”这两个中心词拿走或置于诗作中的次要位置，又将会怎么样呢？王家新1987、1988两年显得相当矛盾：他写出了一批艺术品位很高的诗学随笔（结集为《人与世界的相遇》），但他的创作并不理想。读书可以促使你思考许多问题，然而，它不能替代“诗”的写作。更何况，它对灵魂质量有种超乎理论之上的苛求。没有灵魂作为写作深厚的“底色”，诗人怎么可能真正与自己对话，并引起阅读者灵魂深处的反应呢？

三

所幸王家新及时刹住了车。他再在语言技巧上兜圈子，“严峻的历史安排”也不会放过他。王家新再一次被命运从生活的中心抛到了边缘，成了新时代的“多余人”。他深藏内心、久久不愿触动的那道很深的伤口，在沉默了八年之后，再次复发了。它对灵魂的刺伤超过了诗人身体所能承受的能力！朋友们都怕王家新这回真要垮了。“需要怎样抑制自己，我们才能平静地走向阳台，并在那里观看历史？”诗人在痛切地扪心自问，但是，这何尝不是在询问我们这些目击过历史而肉体尚且“活着”的人？活着还是死去？这个哲学问题重新峻迫地横在诗人面前，他除承担起命运的整个重量，已别无选择。直至今天，我也无法说清自己在读到他当时写下的《反向》时的复杂心情。但我预感到，一个真正从心灵上趋向伟大诗人气质的人，将会出现于20世纪的最后十年之中。

1990年下半年，无论对王家新个人还是对世纪末的中国诗坛来说，都是极其重要的。在经历了长达十余年的内心探索，经历了青春期的激情、道教禅宗模仿和纯形式结构的实验之后，王家新完成了他个人意义上的“彻底转变”。从他密密麻麻不断求索探问的字丛中，我突然发现，他其实始终在寻找着两个字：价值。他一直想赋予其一种永恒和固定的形式。青春激情、中国文化和语法结构构成了诗人精神漫游的历程，然而，它们终究是“价值”临时性和过渡性的代用品，而非“价值”本身。并不是写出“价值”这个词就能得到它。维特根斯坦所谓的“给出”，与我们随心所欲地“写出某个词”，在意义上其实大相径庭。

如此逼人
风已彻底吹进你的骨头缝里
仅仅一个晚上
一切全变了
这不禁使你暗自惊心
把自己稳住，是到了在风中坚持
或彻底放弃的时候了

——《转变》

这显然不是某一个词所能“给出”的，它将我们引向了一种心境。或者说，这也不是“悲凉”“痛苦”“反抗”“思索”这些经常使用的词汇所能涵括的。不妨说，这是一种时代的心境。时代对我们每个人意味着什么？某一历史时期？外部突发性的事件？或表面繁荣而内部腐烂的现状？都不是。它今天和将来都不会是一个简单的时间称谓。时代其实意味着一个民族全部历史的压力。它表面上看，只是历史的某一个瞬间，其实后者无时不在操纵着它，将自己所有的价值律令、道德是非、痛苦欢欣、圣洁肮脏、动摇坚定、良心卑鄙、理性与非理性深深刻入其中，并内化为时代中每一个过客的自觉行为。我们的一切，都来自历史这个渊薮。时代不过是说话者。

终于能按照自己的内心写作了
却不能按一个人的内心生活
这是我们共同的悲剧
你的嘴角更加缄默，那是

命运的秘密，你不能说出
只是承受、承受，让笔下的刻痕加深
为了获得，而放弃
为了生，你要求自己去死，彻底地死

——《帕斯捷尔纳克》

王家新是在替我们这个时代说话。替时代说话，也即替历史说话。诗人所悲悯的是生存于这个时代（或扩大为这部历史）之中、却又浑然无知自己命运的所有的人。“我怎能/撇开这一切谈论我自己？”（《帕斯捷尔纳克》）我所谓伟大诗人的气质，就被这句诗深刻印证了。没有一个伟大的作家不是循环于这一思维形式之中的：以个人的痛苦去品尝民族乃至人类的痛苦，然后又从民族和人类的整体回到对个人勇气、责任和良心的质问。他们锻打自己的灵魂，等于锻打自己的时代，他们在不同的时代给时代的每一个人指出了一个相同的话题：关心生命存活本身与关心存在的质量，哪一个更重要、更不容规避？

《帕斯捷尔纳克》对于王家新创作的“彻底转变”，具有一层特殊的意义。他们之间的命运太相似了。王家新在放弃了对文化本土无望的寻求之后，需要有一种东西来衡量和确定信仰的标准。在时代刻不容缓的逼迫中，20世纪的中国诗人在人格上普遍走低。他们或在时代的暗礁中迷茫无措，或以艺术次品换取廉价的生存，或干脆搁笔不写，问题在于，在“像石头般尖利的命运”面前，没有谁能真正拿出自己的人格来。王家新肯定在这一“历史现象”中感到了绝望。唯有帕氏能向他提供这样的精神支柱，只有在孤傲、沉思、痛楚和坚定的氛围当中，他才可能“静下心来”，认真刻画自己的灵魂。组诗《反向》和《瓦雷金诺叙事曲》之所以有一种震撼人整个心灵的东西，与王家新那时找到了“个人命运”与“诗歌命运”之间最高的和谐不无关系。不可否认，王家新的《瓦雷金诺叙事曲》及《帕斯捷尔纳克》的旋律形式，受到了《日瓦戈医生》中“俄罗斯历史情境”的启发。但诗人的写作显然超出了历史文献利用的层次。五四新文学初期，中国作家曾经与俄国文学在历史的特殊时刻相遇，鲁迅的《狂人日记》,直接受到果戈理同名小说的触发,《药》中甚至有种安特莱夫式的"阴郁"……这两个民族知识分子的思维方式、历史境遇及其宿命的相似性,决定了本民族文学中缺少苦难感和自由感的中国作家,总喜欢在某一严重时刻对俄罗斯文学抱着一种特殊的兴趣。前者从后者身上所接受的,是坚不可摧的人格,以及多雪而背景深阔的历史气氛。

从那里出来的人,一千年后还在
发问:我们是有罪的还是无罪的?

——《奥斯威辛》

写吧,诗人!就像不朽的普希金
让金子一样的诗句出现
把苦难转变为音乐……

——《瓦雷金诺叙事曲》

多雪般灾难的心境,对死亡默然承受的态度,命中注定的"流亡感",以及从这一切中抽象而出的对个人和国家前途深思与询问的习惯,是俄罗斯作家特殊的人格和写作心态。我注意到,它在王家新1990年后的作品中,变得日益突出和强烈了起来。他将时代的遽变融入个人的思考过程,然后又将个人命运的苦难置于时代这个特殊的历史空间,从而成为真正有勇气承担起历史重量的诗人。

王家新赴英国、比利时后的创作,变得日渐宽阔、深远和宏大起来。他正趋向于达到一种类似“群峰之上”那种高远的境界。地理距离所提供的有意味的审美距离，使他壮怀激烈的批判态度渐趋缓和，同时又在他对故国的思念中铺上了一层“肖邦式”的忧伤色调。他从一个民族的命运出发，来到世界背景下的大命运当中，因此，他的思考已远远越出了个人、国别和民族的界限，开始具有了中国作家通常缺乏的那种开阔的视野和心理素质。这就是长诗《词语》和《临海孤独的房子》。

> 这是我的怀乡病：当我在欧罗巴的一盏烛火下读着家信，而母语出现在让人泪涌的光辉中……
>
> 静默下来，中国北方的那些树，高出于宫墙，仍在刻画着我们的命运。
>
> 中世纪的人宁愿生活在塔里：这即是那个时代的孤独和疯狂——为什么到现在我才想到这一点？
>
> 在你上路的时候没有任何祝愿，这就是流亡！
>
> ——《词语》

想想米沃什、索尔仁尼琴这些陷入于历史大幕中的一串名字，我们还能说些什么呢？作者在这首了不起的长诗里，由个人境遇到时代性荒谬，联想到维特根斯坦、奥登、但丁、帕斯捷尔纳克、卡夫卡、策兰等众多历史人物的不同命运；再从上述广阔背景收缩到北京生活的某一熟悉场景（“连虚无也是不可能的！”莫非在我的沙发上叫起来），深入到自己所经历的诸多事件的每一个细节，从而多侧面和多声部地揭示出了诗人所生存的“当下”历史社会的深层场面。这种类似多幕戏剧，又穿插了现实、历史、梦幻、神话及诗人内心独自的“大诗”，在王家新以往任何一个时期的创作中实乃罕见。它使我意识到，赋予这个时代以一种恰如其分的戏剧结构，应该成为对今天诗歌的新的特殊的要求。

在时代的加速度中
我唯一要做的
是使我的写作再一次地慢下来

——《词语》

应该承认，王家新不是那种技巧性诗人。每当他刻意建构某种诗歌形式时，他多少有些勉强，甚至时常破坏了人格中的诗意；而当他回到自身时，他才和自己持重、沉缓的身体节奏达成了某种默契。换言之，他才可能真正坐下来，面对自己思索与写作。他身上有种凡·高和陀思妥耶夫斯基的生命气质：朴拙、笨重、内向。他或许像凡·高那样，连一道规范的线条都画不太好。他生命的气质似乎比他的艺术才能优秀得多。回溯王家新十余年创作，不消说，他实际上是一个靠生命本色从事写作的诗人。个人命运和时代氛围，只是他写作中必不可少的外部背景，他已走到了没有前者的戏剧性效果照样也能独自写作的地步。他除了写作已别无选择。据说，最近有人问他：你将靠什么生活？他简短地回答道：写作。我想，一个人，或说一个诗人到了这种分儿上，我们还有什么多余的话可说？

（选自《中国当代作家面面观》，林建法主编，春风文艺出版社，2003年版。该文首先发表在陈东东主编的《南方诗志》1993年秋季号上，后来收入《程光炜诗歌时评》，河南大学出版社，2002年版。）

王家新：承受中的汉语

◎臧　棣

我欣赏米兰·昆德拉的一句话：
艺术以对抗时代的进步而获得它自身的进步。
——引自王家新：《回答四十个问题》

每一个时代的诗歌都会选择一些独特的诗人，作为折射它自身所隐含的深邃的艺术内涵的一面镜子。在我看来，诗人王家新即是能映现出我们时代的诗歌的这样一面镜子。我并不是说，这样一面镜子可以反映出我们这个时代诗歌的多样性和复杂性；而是说它可以反映出一种主要的诗歌倾向和诗歌精神。我也无意说，没有成为其时代的镜子的诗人就不重要，或写得不够出色；相反许多在各种各样的诗歌史中成为其时代的镜子的诗人往往写得很糟，被平庸所吞没。在这里，我想说的是：是否成为其时代的镜子，并不是我们评价诗人的一种价值标准，它至多只是我们看待诗人的一种批评角度而已。王家新恰好是这样一位诗人，他的写作引人瞩目，出类拔萃，并呈现出当代中国诗歌在我们这个时代中所处的一些具有经典性的状态。

王家新的写作横跨我们这个时代的两大诗歌形态：朦胧诗和后朦胧诗。最初，他被诗歌批评家们列为朦胧诗的一位边缘诗人，像徐敬亚和王小妮有时也被这样看待一样；他早期诗歌的主题（如《星空：献给一个人》、《献给太阳》、《草原》）属于那一时期常见的诗歌主题，缺少独特的个人意识；不过在风格上却显露出一种高亢、恢宏和沉郁的诗歌气质。1986年至1988年可以简要地称为诗人的过渡时期。有趣的是，这一过渡时期具有某种普遍意味。许多当代优秀的诗人都在加紧寻找适于他们自己艺术个性的契入时代的艺术方式，例如当代重要诗人骆一禾就在给友人的信中直率地谈到这一时期对于他个人的过渡性。甚至在某种程度上，相对于朦胧诗以后的当代中国诗歌的整体发展状况，崛起于这一时期的第三代诗也可以说是过渡性的。王家新在其过渡期内的写作，主要是研究作为一种语言艺术的诗歌的随笔写作，这是一种在散文领域中不断打磨诗人对语言的意识的写作。联想到同一时期内恣意标榜的所谓宣言写作，这样随笔写作似乎更能为当代中国诗歌输入清新的艺术空气。所有艺术上的真正的过渡期，必然包含对艺术方向的抉择，必然会导致一种自觉的转向。1989年后，王家新的写作像一束探照灯的光，径直投射到当代中国诗歌写作的最前沿，并且成为后朦胧诗的一位重要诗人。

这种转向具有一种象征意味。我指的是从亚朦胧诗写作变异到后朦胧诗写作，没有人比王家新完成得更出色。也不妨说，在众多的亚朦胧诗写作中，唯有王家新一人完成了在一种新的写作中彻底结束旧的写作的艺术行为（至于从朦胧诗写作变异到后朦胧诗写作的例子，我们可以举出其他的人，比如北岛或多多）。这种转向的本质是一种来自诗歌内部的自我突变的艺术能力，这不仅对显示王家新作为一个诗人的能力是重要的；而且在某种程度上，对显示当代中国诗歌的自身发展也是有代表性的。也就是说，这种转向所带来的新的诗歌面貌，我并不把它看成是只属于王家新自己的。由于一种敏锐的艺术个性所起的作用，这种转向中的某些个人意识，已成为20世纪90年代以来中国诗歌的具有倾向性的诗歌意识：比如，王家新戏剧性地为当代中国诗歌注入了一种严峻的时代意识。

1986年以来，随着第三代诗的崛起，在诗歌所涉及的各种关系中，诗歌与时代的对抗关系是崩溃速度最快的一种。似乎诗歌意识的自觉一定要以扭断它与时代的联系为代价。曾几何时，时代，以及与之相关的其他范畴，如历史、社会、政治、伦理、人性、信仰、价值等，被强行从诗歌中剔除。这时，两种诗歌：超越时代的和疏离时代的，得以迅速发展。对抗时代的诗歌则迅速衰落，并且在写作意识中受到有力的反讽和质疑。

当然，我并不想否认在远离时代的地方，诗歌同样能茁壮成长，走向成熟。不过，只须稍稍提及几位著名的诗人……奥登、蒙塔莱、米沃什、布罗茨基、帕斯，我们便可以意识到，在20世纪，至少也存在着这样一种对抗时代、关注人类精神状况的诗歌传统。对属于这一传统的诗人来说，诗歌的写作始终意味着一种特权。这种特权的本质表明，诗歌由于它同语言、同人类意识的特殊的内在关系，似乎注定要比其他的艺术形式，更倾向于在一种坚定、睿智、高尚的音域里捍卫体现着人性及其尊严的想象力的价值。这种特权，并非来自历史，而是来自写作本身。所以严格地说来，它既不存在被赋予、也不存在被剥夺的问题。

一种新的转向最终要体现在一些新的诗歌形象里。“守望者”的形象在王家新转向后的写作中，可以说异常地引人注目。因为在这一形象中，隐含着一种针对时代的意识的焦点。在写给当代诗人莫非的《守望》一诗中，王家新通过诗歌的语言表达了一种对命运和信仰的双重意识。“雷雨就要来临”，“起风的时刻，黑暗而无助的时刻”，这些诗句勾勒了诗人意识中的对一种越来越严峻的存在的感受。这是一种怎样的存在呢？从“花园一阵阵变暗”这句诗中，我们可以认为这种存在原本是有如明亮的花园的。这是我在当代诗歌中第一次读到把存在比作“花园”的修辞手法。“花园”一词以后还多次出现，已成为王家新个人诗歌语汇中最有生命力的一个习语标志，因为他为这个词创造的语境比别人的要尖锐、紧张得多，这意味着他对这个词有一种独特的语言意识。把存在隐喻为花园，并非要美化存在，或是对存在怀有一种天真的浪漫的态度；这一隐喻反映的是一种信念的力量。因为在“花园”似的空间内，聚集的是一种如何“来承担命运”的严峻的时刻。“如果我们躲避这一切，是否就能/在别的地方找到幸福？”这里，虽然运用疑问句式，但实际上诗人已在上下文中布置了一种逻辑上的否定的回答。这样，“守望者”渐渐确定了自己的信仰：“把你的生命/放在这里”，置身于有着“另一世界的反光”的花园中，与黑暗抗衡。

《守望》是一首充满象征意味的诗。它的语言是象征性的，它的意象包含着一种象征主义的风格，它的思维也具有一种象征的结构。但是我更想谈的不是它在诗歌上的象征艺术，而是它所创造的——

在我看来这的确是一种创造——在一种严峻的生命意识中谈论时代的诗歌能力。“守望者”可以被认为是一种关于诗人形象的隐喻，相应地，“守望”的姿态也可以说是诗歌在我们这个时代里所呈示的一种姿态。在某一处，王家新的确说过“在一个扼杀精神的时代闪耀起诗歌的明亮”(《回答四十个问题》)。显然，对王家新而言，诗歌是对人类精神价值的一种守望，并且这种守望已不再能保持一种适意的风度，如塞林格式的麦田中的守望；虽然它的乌托邦色彩并没有减弱，但它所承受的时代压力表明，它具有一种集结在信仰上的深刻而真实的生命意识。

《帕斯捷尔纳克》自1990年底问世后，常被人视为一首有关诗人自身精神写照的自白诗。不过，那激昂的格调使它有别于我们所熟悉的另一类自白诗，如约翰·贝里曼或安妮·塞克斯顿的自白诗；后者的艺术感染力，照美国诗人丹尼尔·霍夫曼的说法是，在一种纯粹的形式中倾诉了个人的痛苦从而减轻了时代的痛苦。《帕斯捷尔纳克》不追求对个人的痛苦的神话化，虽然诗中也提到痛苦，但这首诗主要讨论的是在诗歌的写作中发现并维护一种个人的精神力量的可能性。在当代诗歌中，要保持诸如：“人民胃中的黑暗、饥饿，我怎能/撇开这一切来谈论我自己？”这样的音色是异常困难的，目前流行的诗学已将这种音色的真实性消解殆尽。然而，正像一切言辞的消解最终会遭遇人类感受力的神秘莫测的挑战一样，在我们时代的某些时刻，这种音色所蕴含的崇高曲调在我们的精神生活中仍有可能是真实的。在艺术中，崇高和伟大完全是一种感受问题，而不像一些第三代诗人所认为的是一种与真伪有关的问题。需要反对的不是崇高和伟大本身，而是人们认为和表现它们的那些浅薄的、虚假的方式。

在另一处，王家新写道："我们一再被告知：诸神离去，此乃世界的黑夜。但我依然感到仍有某种伟大的事物在我们中间……"（《谁在我们中间》）这多少意味着，在诗歌的写作中，对一种高贵的精神品质的追寻意识有其内部的深刻的感性来源。不过，王家新有时也会越出某种限度，宣称"不是技艺而是内在灵魂在决定一切的领域"（《回答四十个问题》）。"内在的灵魂"虽然能为诗歌提供一种崇高的精神依据，但把它视为唯一的尺度或决定性的力量，是危险的；那样，会把诗歌引入一种狭窄的途径。并且，对诗歌来说，心灵的因素并不总是可以信赖的；如果涉及语言，那情形就更是如此。

尽管这样，我仍倾向于肯定王家新所做的工作：即在汉语的肌质中植入一种富有生气的语言机制，使汉语和灵魂更加紧密地结合起来。《帕斯捷尔纳克》体现了这种结合的努力。这首诗几乎揭示了诗人在我们这个时代的一种典型的处境，"震颤中相逢的灵魂""共同的悲剧""忍受更剧烈的""耻辱"，这些语汇不是以感性取胜，而是以强烈的灵魂色彩触动我们的意识。这首诗像柏桦的《献给曼杰施塔姆》一样，在创造出了一种针对时代的诗歌感受力的同时，也为汉语引入了灵魂的声音。

这里，需要避免的是，不应把一位中国当代诗人和一位俄罗斯诗人之间的精神"对称"理解得过于狭隘，正像不能把诗人与时代的对抗狭隘地解释为社会抗议一样。应该说，在《帕斯捷尔纳克》中，一种现代诗人的精神遭遇的普遍性被强烈的意识力量突现了出来。而社会学意义上的对抗，不过是诗歌——由于它在人类的想象力方面坚持维护特异独立的审美意识而导致的一种附属效应。

在王家新转向后的诗歌中，“承受”是一个反复出现的主题词语和主导意象。在《最后的营地》中有“……鹰/是他承受孤独的保证”，在《庞德》中有“让我足以承受这严酷的命运”，在《帕斯捷尔纳克》中有“只是承受、承受，让笔下的刻痕不断加深”，在长诗《词语》中则有“这是他们自己所秘密承受的火焰”；“承受”一词还有许多适用于不同语境的变体，如“分担”、“忍受”、“坚持”等等；在《瓦雷金诺叙事曲》中就有“当语言无法分担事物的沉重”的句子。

诗人内在精神中的这种承受感，必然会导致诗歌形式上的质变。首先是语调方面的，转向后的作品中，诗人的语调趋于激越、滞重、坚定。其次是语言方面的，语言的表达变得短促有力，语汇的色调也趋向粗朴、锋锐，装饰性因素越来越受到鄙弃。简而言之，这种承受感为当代诗歌带来了一种坚实、沉稳的结构，它已成为一种标志：汉语在深入语言的内部之后，并没有完全被散漫、松弛所侵蚀，它仍能发出一种集中而高亢的声音。

在当代诗歌中，很难再找到一种像王家新的“承受”延续了如此长久的词语，并且这一延续一直维持着一种敏感的、高昂的音色。这个看似朴素的词，却有奇妙的暗示和隐喻力量，它可以被看成是一个敏感而丰富的灵魂在我们时代的写照，一种坚忍的生命意志的语言浮标，或一种有关诗人的信仰和良知的自我诊断；但归根结蒂，它意指着汉语在我们这个时代所呈现的一种姿态。这种姿态偶尔会滑入浪漫主义的领域：比如这样的诗句“……站出来，为整个人类/承担了上帝的惩罚”（《庞德》），然而无论如何，这并非一种空洞的姿态，也不是一种过分夸张的姿态；它是一种语言的真实状况。这种语言的承受的姿态表明，汉语已越来越意识到它“需要大地”(《保证》)，不畏惧于迎接“扑来的光亮”(《光明》)，并且正成为一种精神生活的“最后的营地”。总之，“承受”反映着语言自身的一种新的渴求：它将一种“蔑视、高贵、尊严”(《最后的营地》)的语言个性注入了汉语的躯体。

在王家新转向后的诗歌中，还出现过一个个人色彩浓郁的主导词“进入”，并且像“承受”一词一样，它也自我形成着一个连绵的意象网络。这个词的亲缘变体是“深入”、“跃入”，另一些比较晦涩的变体是“到达”、“抵达”。这个词及其变体与其他诗人的区别在于，在王家新的诗歌中，它们强烈地暗示着一种精神的历程。

诗人曾说“1989年标志着一个实验主义时代的结束，诗歌进入沉默或是试图对其自身的生存与死亡有所承担”(《回答四十个问题》)。这里，我们很难分辨出“进入”和“承受”在时间上的关系。作为一种意识的姿态，同时又作为一种语言的姿态，“承受”也许是在“进入”到一定的灵魂阶段后才出现的。也有可能，“进入”是对“承受”的一种超越。仅仅“承受”还不够，还必须向前推进，走入“空无一人之境……感到一种从不存在的尺度：它因为你的到来而呈现”(长诗《词语》)。不过，很多时候，“承受”和“进入”聚合成一种意识的融合状态，彼此互为阐释。譬如《瓦雷金诺叙事曲》，这首诗直接呈现在“我们的内心”，它完全省略了如何进入到这一内心境界的语言过程。“进入”以缺席的方式存在着，它指向一种既与写作、又与阅读有关的深度：在那许多诗人会感觉不到语言存在的地方，王家新用质朴有力的语言捕猎到一种内心的声音。这种语言的捕猎是如此专注：

> 诗句跳跃
> 忽略着命运的提醒

然而又是“忽略”一词透露了更内在的承受姿态。

“进入”在诗歌意象上是如此突出，诗歌语调又是如此强烈，以至于我们有时会这样看待它的另一种含义：在某种意义上，它宣告了当代中国诗歌中的一种边缘写作的终结。王家新的写作拒绝停留在时代的边缘，而是以坚定的语言力量突入到时代的内部（我们姑且不说中心）。在诗人的写作意识中，有一种隐约可辨的不同凡响的逻辑：“无论生活怎样变化，我仍要求我的诗中永远有某种明亮：这即是我的时代，我忠实于它”（长诗《词语》）。这种公然表白其性质的写作在当代越来越罕见，更出人意料的是诗人的另一种表白：即忠于时代的最佳方式不仅意味着深入到它的内部，在那里存活、呼吸、承受，而且意味着“拒绝给这个时代提供见证”（长诗《另一种风景》）。

“进入”的另一隐喻是针对语言而言的。在写于1989年的短诗《词语》中，越来越锋利的语言开始“进入事物”，这种“进入”甚至伸展到了神秘的领域，在那里“我们终因触及到什么/突然恐惧、颤栗”。这多少表明一种新的语言意识渐渐形成。在写于1993年的长诗《词语》中，王家新意识到“只有更深地进入到文字的黑暗里，你才有可能得到它的庇护”。这种进入到语言内部的写作意识，已不同于韩东前些年提出的“到语言为止”的主张。王家新在此强调的是写作中的一种“词的自治”，其具体内涵是“诗歌的可能性，灵魂的可能性，都只存在于对词语的进入中”（《回答四十个问题》）。

从韩东的“到语言为止”到王家新的“对词语的进入”，反映了当代中国诗歌中的一种语言意识的变化。这种变化，从技术的角度看，也许并无优劣之分，它们把语言作为一种独立的因素或领域突出在诗歌的写作中。韩东的语言观念侧重的是语言的整体性和原初性，王家新则希望在此基础上增强语言的力度，这样，他在“对词语的进入中”掺入一种强烈的灵魂因素。有趣的是，灵魂本身就是一种与内部有关的概念。

（载《诗探索》1994年第4辑）

王家新诗二首赏析

◎陈　超

心　象
——读王家新的《诗》

美国自白派诗人罗伯特·洛威尔在那首有名的《尾声》中写道："有时我写下了万事万物/却用的是我眼睛的乏味艺术/就像一张快照/苍白、急促、华俗/从生活中搜集浓缩/却被事像麻痹瘫痪"。在我们持续努力的诗歌写作中，洛威尔的提醒具有非常重要的意义。诗歌意象的交融、重叠或派生，过去曾是我们诗歌本体自觉的标识，但今天，它本身却构成了一个需要警示的"问题"。许多诗人的诗，意象驳乱，目迷五色，他们沉迷于意象猛冲过来的狂喜，被眼睛的高强度刺激夺走了个体生命的内在话语，"苍白、急促、华俗"，不能自已。

在这种"美文"热病大行其道的情势下，王家新的《诗》使我倍觉珍爱。对我而言，这首诗促人深思的一面，首先在于它那种饱满连贯的个体生命之"心象"的竖立。这不是平面推衍出一系列意象"快照"，而是牢牢扣住几个经由生命灌注的"心象"，据此，整个诗章被"心象"举起，坚卓有力地深展开去，成为更丰富的"灵魂"的言说。

这首诗着力最重的几个心象是：泥土、树木、光、飞雪、泪水和"在路上"。这些语词有着稳定的精神中枢，前后呼应，彼此加深。而运行在这一切深处的，乃是诗人对"漂泊与家园"这一生命哲学母题的某种玄思。因此，我不想将它仅仅理解为一首身世感很强的诗（虽然对王家新来说它的确有很强的身世感）。我要说，正是这些"心象"的竖立，使这首诗在表层结构之上，更有着形而上的深层结构。意象（就其时下被降格为"眼睛的乏味艺术"而言）的罗列是偶然的、快速的，而"心象"却给一首诗以成长的时间。它凭借这种时间，使语词具有了"诗"的意义，语词在灵魂的洞彻中创造了它之所是。这正是王家新最见本领的地方。

读这首诗，我被"漂泊与家园"这种两面拉开的力量所吸摄。一系列局部心象经由这种力量的牵引而构成一种更广阔有力的"大"心象：这是由"独自穿过千万重晦暝的山水"的诗人（"我"）本身构成的心象。正因如此，一系列局部心象被完整贯通起来，具有了鲜明的指向。它谋求的不仅是诗句的张力，更是整个诗章的张力。这里，诗歌的心象展示出一个饶有深意的悖论：一方面，"漂泊"的意识强化了诗人对"定居"的渴望；另一方面，对"家园"的穷索反促使诗人一再离家"上路"。这样一来，诗歌中所写的"家园"，就超越了本来意义上的家（诗人所定居的北京），成为灵魂之"家"，自明之"家"。而通向诗人可能存在的"灵魂之家"，就必须首先穿越他自己生命体验中的"地狱"。至此，问题的重心就由向外的"还乡"，转变为你如何才能经受住穿越内心地狱的考验。这是对"家园"这一语词更深层次上的追问。没有这种追问，你仍然是"在家"的异乡人；没有这种承担绝望的勇气，你即使"定居"却完全不知自己身在何处，你的安恬不过是一个冒名顶替的骗局。在王家新的诗中，"出走"并不仅仅是生存暴力压抑的结果，他已将之上升为一代人整体的性格状态。整首诗就在这完整的心象运行中互否、冲突着，完成了对"家园"这一语词的终端显示："家园"只在"远方的远方"，正如叶芝所言，"它是一切事物中最难获得的东西，因为那唾手可得的东西绝不可能成为我们生命中的一部分"。

王家新曾写过一组名为《反向》的诗片断系列，堪与此诗对读。这种彻骨的体验不是某种"顿悟"达成，而是在我们的生命和写作历程中，旷日持久逐渐澄明的复杂经验聚合。这里，"心象"的含义，通向的不单是写作技术，更关涉到"灵魂"。

给一首诗以成长的时间。不错，这就是《诗》最打动我的地方。

【附】

北京的树木就要绿了

王家新

在长久的冬日之后
我又看到长安街上美妙的黄昏
孩子们涌向广场
一瞬间满城飞花

一切来自泥土
在洞悉了万物的生死之后
我再一次启程
向着闪耀着残雪的道路

阴暗的日子并没有过去
在春天到来的一瞬,我宽恕一切
当热泪和着雪水一起迸溅
我唯有亲吻泥土

那是多么明媚的泥土
曾点燃一个个严酷的冬天
行人们匆匆穿过街口
在炉边梦着辽阔的化雪

只需要一个词
树木就绿了
只需要一声召唤,大地之上
就会腾起美妙的光芒

为了这一瞬
让我上路
让我独自穿过千万重晦暝的山水
让我历经人间的告别、重逢

命运高悬
在这一瞬后就是展开的时间
在这一瞬后就是泪水迸流
当内心的一切往上涌

让我忍住
忍住飞雪和黑色泥泞的扑打
忍住更长久难耐的孤独
甚至忍受住死——当它要你解脱

多么伟大的神的意志
我唯有顺从
只需要一阵光，雪就化了
只需要再赶一程，远方的远方就会裸露

只需要一声召唤
我就看到——
一个日夜兼程朝向家园的人
正没于冬日最后一道光芒之中……

1992.3.24. 伦敦

从“写作中开始的雪”
——读王家新的《日记》

王家新的诗歌写作，从发生学上考察，不属于灵感型写作。他总是处理个体生命体验中最持久最噬心的情怀，使之和语言发生一系列严酷的关系，在克制陈述中，展现一种精神大势。这种写作，是自觉的，有难度的，有方向的。从这个意义上说，王家新是我们这个时代不多见的具有“古典主义精神”的诗人。按照瓦雷里的说法是“古典主义作家就是自我批评家,就是能把批评密切地融入自己作品的作家”。

《日记》是王家新孤身负笈欧洲期间所写。这首诗在我看来是成色十足的。所谓“成色十足”,是指这首诗具有不能为散文的话语转述的性质;整体语境完整、均衡,结构端凝,但其内部却充满复杂的互否关系。从表层本文到深层本文,它闪烁着一种纯正内敛的光:那是诗与思契合无间的美。

诗名“日记”,昭示我们此诗含有个体生命沉思录的性质,它预设了个人话语/经验的环绕线,它不是简单的向外寻找,而是向内的分析和发现——话语和生命猝然交锋,坚持溯回源头。

一开始,诗歌展现的是一组直接意象。“从一棵茂盛的橡树开始/园丁推着他的锄草机,从一个圆/到另一个更大的来回。”这里,既有深致的宁谧,又有某种单调和紧张。诗人为“圆”这一语辞注入了超量的负荷,无数个“更大的来回”,使我们产生了一种眩晕,在表层本文之上,涉入了“永劫轮回”的深层背景。“锄草机”作为集约化技术时代的产物,喧噪、冰冷、整饬,打扰着我们的安宁。与人的存在密切相关的现实,被诗人紧紧嵌在这一组直接意象中:有力而充满生气,两种彼此相悖的向度奇妙地融合为一体,在对立冲动中达成平衡。

藉此,诗歌得以悬置直接意象,而在形而上学的话语峰岩道上砌石或攀援。“整天我听着这声音,我嗅着/青草被刈去时的新鲜气味/我呼吸着它,我进入/另一个想象中的花园。”此刻,诗人快速地展开了“日记”的经验之圈,“花园”经由“想象”这一定语成分,使自身成为凝恒的永久现在时,成为诗人在写作中展开与包容多重复杂经验——例如现实与想象、生与死、个人写作与时间意志,等等——的一个起点。那里，青草正吞没着白色的大理石卧雕：生命在欣快地高蹈，但同时却奇异地带有某种死亡的意味！“吞没”与“爱抚”，“死亡”与“拂动”，在语词的“花园”里，充满着转换的可能，那是一种“时间”的隐语，一种“思”与“诗”遭逢后产生的美。在这里，死亡与生还并存不悖，扩展成生命中最广阔的环行，正如里尔克所言：“关键是不要以否定来读解死亡”。

接下来的第二节，与上面的一节发生了深层呼应，诗人的话语产生出强烈的自指功能。从园丁的运作中“开始”的橡树，到“从我的写作中开始的雪”；从一系列刈割的来回，到“万物服从于更冰冷的意志”（这是“时间”主题作为一个声部的再次强化），从“青草拂动”，到“青草呼出的最后一缕气息”……如此等等。语词意义的不断精细化，进一步涉入了结构内部的相互盘诘、抵制、互动、包容。“永劫轮回”的残酷背景，至此进一步消解了单向度的宿命与悲怆，在诗人复杂经验的冲击下，变得漂移，甚至充盈着某种异常的生命力量：这是“写作”的力量。它是迷醉趋临的省察，是语言与生存临界点上发生的“履险如夷”。那在诗人的言说中敞开现身的“花园”，乃是海德格尔所说的“家园”（“语言乃是家园”），而这一切，尤其是那种时间的威力与死的意志，最后指向了一个从事写作的个体生存本身：“大雪永远不能充满一个花园/却涌上了我的喉咙”，而写作就正是对寒冷和高峻的占据——通过在字词冥暗的梯子上的跳荡，通过一种对沉痛与骄傲、畏惧与蔑视的相互包容（正像此文开头所言，它不依赖莫测的天机人巧即“灵感”，它是一个诗人的隐语世界，一种由纯粹个人经验展开的精神大势；它不是抒情和寻找，而是分析和发现，是某种更深刻的自觉）。“从我的写作中开始的雪”——这一危险的永久现在时，也就具有了耐人寻思的多重意味：一方面它是对时间意志的吸收和呼应，但同时它又是抗拒与转化，由此而自成一个自足的世界；换言之，它看似一种无奈的“认命”，但恰恰在这里，才会有那种“在毁灭和烈火中轮回的精神”。的确，这是一个具有“古典主义精神”的现代诗人所乐于付出的代价。这一切，正如布罗斯基在评价阿赫玛托娃时所说，诗人之所以有力量继续写作，是因为“诗歌吸收了死亡”。

这首诗同时完成了揭示生存和省察写作两种现代母题。一首二十行的短诗，其包容力是巨大的。即使从表层本文看，此诗也是如此迷人。限于篇幅，不能详加论列，这里我只想特别指出此诗奇妙的音乐性。这种音乐性不仅仅体现在简隽畅达的“耳感”上，更体现在色彩的缓缓回旋与和声中。全诗有如绿——白“主题”的交替呈示/展开：橡树、青草、白色大理石卧雕、青草、大雪、青草……色彩在旋绕、翻转、应和，主题也共时呈示/展开着。这是另一种轮回，是缄默中的隐隐震荡，是灵魂的音乐。

是的，我“彻底”喜欢这首诗。它“成色十足”，我以为我的评价毫不过分。

【附】

日　记

王家新

从一棵茂盛的橡树开始

园丁推着他的锄草机，从一个圆

到另一个更大的来回，
整天我听着这声音，我嗅着
青草被刈去时的新鲜气味，
我呼吸着它，我进入
另一个想象中的花园，那里
青草正吞没着白色的大理石卧雕，
青草拂动；这死亡的爱抚
胜于人类的手指。

醒来，锄草机和花园一起荒废
万物服从于更冰冷的意志；
橡子炸裂之后
园丁得到了休息；接着是雪
从我的写作中开始的雪；
大雪永远不能充满一个花园
却涌上了我的喉咙，
季节轮回到这白茫茫的死。
我爱这雪，这茫然中的颤栗；我忆起
青草呼出的最后一缕气息……

1992.10.比利时根特

（载《诗探索》1994年第4辑）

个人对时代的承担:《帕斯捷尔纳克》

◎ 陈思和

苏联诗人帕斯捷尔纳克是王家新在这首诗中歌咏、倾诉、以期达到"一种灵魂上的无言的亲近"的对象。在分析诗歌本身之前,最好先了解一下这位诗人:帕斯捷尔纳克原来是一位注重自我内在体验的现代诗人,但在苏联建国后被逐渐剥夺了自由写作的权利,他经过长期沉默后,于50年代后期发表长篇小说《日瓦戈医生》,又因被授予诺贝尔文学奖再度受到国内的严厉批判,此后他不得不屈服于政治的压力,直到去世。显然,在这首诗里的帕斯捷尔纳克的形象被强烈地涂抹上了诗人王家新的主观色彩,用他的话来说,帕斯捷尔纳克比起苏联同时代的其他一些诗人,他"活得更久,经受了更为漫长的艰难岁月,……他更是一位'承担者'"。[1]但他的活着并非是婧和于黑暗的年代,而是保持着自己的信念与良知,要比死者承受更多的痛苦和压力。

在《帕斯捷尔纳克》[2]这首诗中,王家新这样刻画这位诗人的

---

[1] 王家新:《回答四十个问题》,收入《游动悬崖》,湖南文艺出版社1997年版,第205—206页。

[2]《帕斯捷尔纳克》收入王家新诗集《游动悬崖》,第64页。

境遇与精神:“你的嘴角更加缄默,那是/命运的秘密,你不能说出/只是承受、承受,让笔下的刻痕加深/为了获得,而放弃/为了生,你要求自己去死,彻底地死”。诗中所有意象几乎都集中于时代的苦难:“那些放逐、牺牲、见证,那些/在弥撒曲的震颤中相逢的灵魂/那些死亡中的闪耀,和我的//自己的土地!那北方牲畜眼中的泪光/在风中燃烧的枫叶/人民胃中的黑暗、饥饿……”面对苦难的唯一选择,只有承受。帕斯捷尔纳克只有承受更疯狂的风雪扑打,才能守住他的俄罗斯,而承受的结果便不再是苦难,“这是幸福,是从心底升起的最高律令”。诗歌本身已经清楚地表达出了这些意向,而且把它所能说的全部说了出来,这在90年代初的中国是震撼人心的。所以这首诗一经发表便传诵一时,它以个人的睿智和忧伤体认了一个时代苦难的形象,然后确立起了一种要求承担苦难并朝向灵魂的高贵的存在尺度。

也许后者是迫使王家新写作这首诗的更根本的冲动。这个存在的尺度是由帕斯捷尔纳克所给予的:“这就是你,从一次次劫难里你找到我/检验我,使我的生命骤然疼痛”“不是苦难,是你最终承担起的这些/仍无可阻止地,前来寻找我们//发掘我们:它在要求一个对称/或一支比回声更激荡的安魂曲”“这是你目光中的忧伤、探询和质问/钟声一样,压迫着我的灵魂”。非常明显,这首诗中的个人化倾向,所强调的不是从时代中抽身而退,也不是逃避对时代的责任和对传统的绝对反叛,而是显现为人与世界的必然相遇,显现为个人对以往人类精神的主动承续,以及凭借一己的存在来承担起人类命运与时代生活的全部压力。在这个意义上,帕斯捷尔纳克其实是一个精神上的象征,他是王家新为自己及同时代人所矗立的精神高度，借以自我观照、涤净心灵中的雾霭。

正是通过这种承担，个人也才能真正成其为个人。这意味着告别流行的轰响与喧哗，穿透轻浮的言词与行为，以坚持某种真正属于内心良知、同时也真正属于人类整体的原则。这个原则在诗中的体现，就是虽不能按一个人的内心生活，但却要按自己的内心写作。这也就意味着，这首诗透露出来自帕斯捷尔纳克的另外一个启示，就是坚守内心的写作："从茫茫雾霾中，透出的不仅是俄罗斯的灵感，而且是诗歌本身在向我走来：它再一次构成了对我的审判……"[1]应该说这首诗中确实还提供了一个诗学尺度，写作是个人对时代承担的具体形式，借用王家新自己在别处写下的话来说，写作是"一种把我们同时代联系起来但又从根本上区别开来的方式"。至于写作的内心化的方面，则意味着"把终生的孤独化为劳动"。[2]这其实正是帕斯捷尔纳克在诗中的写照，他始终是被作为一个按照内心良知写作的诗人来加以歌咏的，他以缄默的嘴角拒绝了世俗的喧哗之声，而进入到心灵世界的孤独与忧伤之中。诗中对于这一形象深情的吟咏，也就是诗人对自己的个体存在方式的确认和内在约束。

有关《帕斯捷尔纳克》这首诗在艺术上的成就，主要被认为是创造了一种"深度意象"。这也就意味着它通篇都保持了一种朴素直接的表达方式，很少需要特别加以诠释的修辞，亦没有那

[1]《帕斯捷尔纳克》收入王家新诗集《游动悬崖》，第206页。

[2] 王家新:《谁在我们中间》，收入《夜莺在它自己的时代》，东方出版中心1997年版，第67页。

些浮于语言表层的装饰性意象，所有的语词都用来营造一个内心化的意象，也就是以上所述及的全部内容。这在根本上正是一种按照内心的写作：表达的冲动全部都来自诗人最纯粹最内在化的要求。

（选自陈思和《中国当代文学史教程》，复旦大学出版社，1999年9月第一版，第346—349页。）

“锻造一个种族的尚未诞生的良心”

◎ 吴晓东

20世纪90年代以来的王家新是中国乃至国际诗坛上的一个独特的存在，其特殊性在于，他既在断续的异域生活经历中获得了反思本土的视野，又与故土之间有一种血脉相连的感同身受性。也正是在这个意义上，王家新与北岛一类的真正的流亡者构成了区隔，因此，无法把他完全纳入流亡者的精神谱系中。尽管有时王家新也赋予自己的身份以想象性的“流亡”内涵，但王家新在诗中更多传达的是一种自我漂泊感，漂泊在语词之中，漂泊在内心的孤寂之旅中，漂泊在跨语际与跨文化之间的复杂体验中。这种阶段性的漂泊的域外生活方式使王家新获得了超越性的视角，以一种有距离的眼光重新深思母语与诗性、个人与社会以及现实与历史。这种思考又与王家新在域外的孤独体验相结合，从而使他的诗思伴随着对存在的切身性的体悟。然而，当这种漂泊的域外孤旅都以回归本土而告一段落的时候，一切漂泊中的体悟最终都化为“进入大地，从属大地”的感受，这种回归于祖国土地上的栖居之感，恰是那些真正的流亡者们所很难获得的体验。

在这一创作阶段，王家新赋予自己作为一个诗人的身份定位既是一个僭越语言边界的“伟大的游离者”[1]，同时也是一个历史的承担者。这种一以贯之的承担者的姿态，最终指向的是“一个种族的尚未诞生的良心”。

寻找词根的诗人

无论怎样估价《瓦雷金诺叙事曲》在王家新的“天路历程”[2]中的意义都是不过分的。这首诗的写作，在某种程度上标志着诗人王家新80年代的终结以及诗歌写作历程的新的原点。这个原点是从王家新在《瓦雷金诺叙事曲》中怀疑“我们怎能写作”开始的。当“从雪夜的深处，从一个词/到另一个词的间歇中，/狼的嚎叫传来，无可阻止地/传来”，“当语言无法分担事物的沉重，/当我们永远也说不清，/那一声凄厉的哀鸣/是来自屋外的雪野，还是/来自我们的内心”的时候，以往的诗歌写作方式，甚至是写作本身，都变得需要质疑，需要重新加以定义了，就像阿多诺在“奥斯威辛之后写诗是野蛮的”这句著名的判断中所表达的那样。

无可阻止地传来的狼的嚎叫，逼迫诗人重新面对历史面对生存面对语言以及面对内心，这诸种维度的重新面对，预示着一个有着大承担的民族新诗人有可能将在脱胎换骨般的蜕变中诞生。于是，诗坛开始出现了人们前此很少读过的诗句。

譬如《帕斯捷尔纳克》：

---

[1]《谁在我们中间》，王家新：《游动悬崖》，湖南文艺出版社1997年版，第222页。
[2]《回答四十个问答》，王家新：《游动悬崖》，第190页。

这就是你，从一次次劫难里你找到我
检验我，使我的生命骤然疼痛
从雪到雪，我在北京的轰响泥泞的
公共汽车上读你的诗，我在心中
呼喊那些高贵的名字
……

尽管诗歌界已经对这首诗有着太多的言说，以至于王家新反感《帕斯捷尔纳克》“几乎像标签一样被贴在我的身上”，但是，从一个诗人的诗艺轨迹和思想历程着眼，这首《帕斯捷尔纳克》依旧相当于北岛的《回答》以及海子的《五月的麦地》或者《面朝大海，春暖花开》在他们各自的创作道路上的意义。“从一次次劫难里你找到我/检验我，使我的生命骤然疼痛”，诗人把与帕斯捷尔纳克的相遇描绘成一次神启，仿佛上帝找到他的摩西，从此，俄罗斯的精神之光，那些“在弥撒曲的震颤中相逢的灵魂”开始了与诗人的漫长的心灵对话的过程。从此，诗坛上闪现出一个在世纪的黑暗中求索良知，沉湎于自己的内心叙事的旅人的身影，就像半个世纪之前横空出世般诞生的冯至的诗体小说《伍子胥》的结尾，经过磨难、死亡、克服与新生的漫长旅途之后，出现在吴市的那个集启悟与承担于一身的伍子胥的形象。

再譬如《尤金，雪》：“一个在深夜写作的人，/他必须在大雪充满世界之前/找到他的词根；/他还必须在词中跋涉，以靠近/那扇唯一的永不封冻的窗户，/然后是雪，雪，雪。”

可以把“在词中跋涉”的王家新喻为“寻找词根”的诗人，这

“词根”构成的是诗歌语言与诗人生命存在的双重支撑。对“词根”的执著寻找因而就给王家新的诗歌带来一种前所未有的深度：隐喻的深度，思想的深度，生命的深度与历史的深度。

其中“雪”的意象在王家新90年代之后的诗作中的位置太过显著，以至于任何一个评论者都无法视而不见。

只有痛苦是真实的，它仍从
肖邦的夜曲开始，迫你走到阳台上；
一场雪，一场大雪
从此悬在了灰蒙蒙的空中。

——《致一位女诗人》

如果你想呼喊——为人类的孤独，雪
就会更大、更黑地降下来……

——《孤堡札记》

在这一系列以“雪”为词根的诗中，“雪”不仅构成的是诗人生存的背景，也是存在的编码，是生命境遇的象征，是诗性语言的隐喻，是诗人的存在与诗性世界的相逢之所。寻找到“雪”，诗人也就找到了自己的“语言”。尤其在90年代之后诗人屡次异国旅居的日子中，“雪”的背后还拖曳着母语的长长的投影，横亘着诗之故国的千秋雪岭，同时也辉映着异域的里尔克或者帕斯捷尔纳克的冰雪般的诗心。靠“雪”的语言，王家新与祖国的诗圣、西方的诗哲晤谈，竟不需要语际间的翻译和转换。诗歌语言乃至存在语言的某种“普世性”正累积在“雪”这一词根的深处。也正是在这个意义上，王家新说：“在任何一个我所喜欢的作家那里都有着他们各自的‘基本词汇’。这是他们的风暴，他们的界石、尺度、游动悬崖与谜语：这是他们一生的宿命。”[1]这种有时要倾注毕生之力去寻找的“基本词汇”既是一个艺术家的生命密码，又是开启诗性之门的钥匙，在凡·高那里是疯狂的向日葵，在海子那里是五月的麦子和麦地，在卡夫卡那里是永远进不去的城堡，在塔尔柯夫斯基那里是山坡上的孤树和原野里的废墟。这些“基本词汇”有如一块块基石，铺就了通往诗性和存在的小路，最终升向神启世界和本体之域。因此，“基本词汇”凸显了一种生命、语言与诗性的多重的本体意义。

“雪”作为王家新的词根与基本词汇，也具有这种多重性的语义，并衍生为诗人的一种独有的诗歌景观。尽管别的诗人也会状写雪景，但是，只有在王家新这里，“雪”才真正构成了一种诗性和存在的符码；一种与存在的本质相契的诗性也在王家新的“雪”这里，找到了显形的方式。如他经常在诗歌和诗论中所表述的那样：“这只能是从你的诗中开始的雪……”（《谁在我们中间》），“接着是雪，/从我的写作中开始的雪”（《日记》）……“雪”从而深入到诗歌的内部，构成了诗歌的语法，诗境的景深，语言的根基，诗性的隐喻。

王家新在诗中因此往往以一种隐喻的方式与缪斯对话。这种以词根的凝聚和累积为表征的隐喻的语言，生成的是一种深层

[1]《谁在我们中间》，见王家新：《游动悬崖》，第217页。

的地质构造，也使诗境往往指向深度模式：精神的深度，心理的深度，历史的深度。对价值和意义的探问也由此凝聚在一个个“词”的呈现过程中。正像罗兰·巴尔特所说：“在现代诗歌的每个字词下都卧有一个存在的地质构造，在那里，聚合着名称的总和内容。”这些字词下所卧着的“存在的地质构造”正隐喻着诗歌的深层机制。

王家新的诗境的深度因此需要在隐喻中探寻。不妨看看王家新的这首“谈诗”的诗《答荷兰诗人Pfeijffer“令人费解的诗总比易读的诗强”》：

令人费解的诗总比易读的诗强，
……它们是诗中的诗，石头中的石头；
它们是水中的火焰，
但也是火焰中不化的冰；
这样的诗就需要慢慢读，反复读，
（最好是在洗衣机的嗡嗡声中读）
因为在这样的诗中，甚至在它的某一行中，
你会走过你的一生。

无论是“诗中的诗，石头中的石头”，还是“水中的火焰”和“火焰中不化的冰”，都隐喻着一首诗的思想深度和艺术难度，甚至会在一个人的整个一生中起着决定性的作用。因此这首谈诗的诗也可以看成是王家新诗歌观念精髓的夫子自道。不过，接下来这首诗又出现了这样几句：

比如我写到“去年一个冬天我都在吃着桔子”，
我吃的只是桔子，不是隐喻；
我剥出的桔子皮如今还堆放在窗台上。

诗人对“桔子”的非隐喻性的指认，似乎有祛魅化的意味，多少显露出对生活的日常性的体认。然而，当我们回到这句“去年一个冬天我都在吃着桔子”的出处《桔子》一诗的时候，就会发现隐喻依旧构成了这首诗的核心语言：

整个冬天他都在吃着桔子，
有时是在餐桌上吃，有时是在公共汽车上吃，
有时吃着吃着
雪就从书橱的内部下下来了；
有时他不吃，只是慢慢地剥着，
仿佛有什么在那里面居住。

当诗人写出“仿佛有什么在那里面居住”的时候，就依旧在赋予桔子以某种内在的意义和深度。勃兰兑斯曾经分析过浪漫主义者对神秘的内在的关注：“歌德曾经说过：自然无核亦无壳，混沌乍开成万物。浪漫主义者一味关注那个核，关注那个神秘的内在。”[1]对王家新当然不能简单地以浪漫主义视之，但对神秘的内在的关注，仍使他成为一个隐喻型诗人。在《桔子》中，一句“仿佛，他在吞食着黑

[1] 勃兰兑斯：《19世纪文学主流》，第2分册，人民文学出版社1988年版，第139页。

暗”，也恰显露了诗人对生活的黑暗本性的追索。这种黑暗的本体，只能以隐喻的方式探知。

“雪”的作为隐喻的深度也正与它在王家新诗中一直指涉着一个黑暗域有关，常常触发诗人对“黑暗”的思索：“看看这辽阔、伟大、愈来愈急的飞雪吧，只一瞬，室内就彻底暗下来了……”（《反向》），又如《临海孤独的房子》：“在冬天尚未结束时，我怎能写雪？这意味着，雪不仅仅是某种飘落的东西。”“而为了它的洁白，有一个词就必须变黑——当它变得更暗时，雪，就下下来了……”

王家新诗歌意象谱系中的另一个词根正是“黑暗”。在某种意义上，“黑暗”范畴在王家新的诗学中承担了更重要的诗性内涵。与之相对应的是复现率同样高的“光亮”、“明亮”等字眼：“而无论生活怎样变化，我仍要求我的诗中有某种明亮：这即是我的时代，我忠实于它。”“当我爱这冬日，从雾沉沉的日子里就透出了某种明亮，而这是我生命本身的明亮。”（《词语》）在王家新这里，黑暗与明亮构成的是一对相辅相成的范畴，但相对来说，黑暗更具本体性。没有黑暗的存在，光明就无法生成，光明是黑暗的衍生物。这正如加缪对苦难的有些偏执的热爱，因为阳光也正是在苦难中孕育和诞生。王家新曾经阐发过叶芝的一句诗“攀登入我们本来的黑暗”：“‘攀登’（climb）一词，它强有力地逆转了‘堕入黑暗’之类的修辞成规，不仅显示了一种向上的精神之姿，也使‘黑暗’闪闪发光起来，使‘黑暗’变成了一种富于生产性的原生状态。”[1]王家新式的“黑暗”，正是这样一种“富于生产性的原生

[1]《奥尔弗斯仍在歌唱》，王家新：《游动悬崖》，第244页。

状态”。诗歌固然是照亮黑暗的光焰，但如果没有本体论的黑暗，诗歌与光明都会无从“生产”。“黑暗”由此构成了王家新式的本体论范畴。

在王家新这里，黑暗有时是一种专注于诗性思考的沉静而孤寂的心态，在一个充满喧嚣的时代，只有沉入黑暗独自倾听的诗人才能听到来自生命和世界深处的声音。“雪”的深处就是这种黑暗的深处，只有甘于孤寂的诗人才能捕捉雪的深处的脉动。

黑暗有时也指涉着一种自我的本体状态：“瞭望，总是瞭望；我们就这样被赋予给更远的事物：海，或别的。但我知道，我唯有从我自己的黑暗中诞生。”（《临海孤独的房子》）这个从“自己的黑暗中诞生”的“我”，正是一个与存在的本性最为接近的“我”，而黑暗，也构成了这个“我”的真正的归依或“庇护所在”。

在王家新这里，黑暗也是一个诗学的关键词，意味着诗歌对存在深处的抵达。

> 你还必须忍受住
> 一阵词的黑暗。
>
> ——《布罗茨基之死》

> 言词的黑暗太深。
>
> ——《孤堡札记》

词的深度最终必然是黑暗的深度，而词根最终也必然与黑暗域关联，正像叶芝所追寻的民族的大记忆是集体无意识的黑暗域一样。

当叶芝“把神话植入大地”，也正是在大地的深处获得黑暗的力量的时刻。黑暗近乎于庞大和深厚的潜意识，一个诗人的潜意识越黑暗和深广，他的艺术创造力也就越强大，越能表现出厚积薄发的力量。艺术家最终的成就，以及他是否具有持久的创造力，最终都可能决定于这种内在的潜意识的黑暗。只有经历过黑暗中的忍受和磨砺的诗人，才能最终从黑暗中脱颖而出，正如王家新说的那样：“要从语言内部透出光亮，首先要能够吸收黑暗。没有那种里尔克式的‘忍受’，就不可能把语言带入到一种光辉里。”王家新也正是从这个角度观照“今天派”：“只有今天派诗人（包括受他们影响的）不再只从社会而是从他们自己内心的黑暗中重新寻找创作的动力时，他们才有了新的发展。”[1]

王家新曾经这样回答访问者关于“基本词汇”的设问：“这种‘对词的关注’，不仅和一种语言意识的觉醒有关，还和对存在的进入，对黑暗和沉默的进入有关。”这使诗人对黑暗的探询，具有了更深刻的本体论的意义，可以证诸王家新翻译策兰诗歌的体验：“当我全身心进入并蒙受诗人所创造的黑暗时，我渐渐感到了死者所递过来的灯。”[2]王家新的写作，正是“在对时间黑暗的深入中寻找灵魂的秘密对话者”，并最终从死者那里接过闪亮着诗歌与存在的秘密的灯盏的历程。作为旅人形象的王家新因此也是一个随时在黑暗深处触摸自己灵魂的旅人，沿途的一切风景都内化为心灵的一部分，仿佛阳光沉入大海黑暗的深处，最终则化为一

[1]《回答四十个问答》，王家新：《游动悬崖》，第213页。

[2] 王家新：《从黑暗中递过来的灯》，《没有英雄的诗：王家新诗学论文随笔集》，第224页，中国社会科学出版社，2002年版。

种与自我的内心黑暗的对话，化为与中外同样沉湎于黑暗境界的诗人的对话。

从诗片断到长诗

对词根以及对“基本词汇”的追寻，使在王家新诗中占主导位置的隐喻性语言，往往只能以断片性的形态显现。奥地利学者海勒曾经说过：“一双靴子，或画家阁楼上的一把椅子，或山坡上的一棵孤树，或一座威尼斯教堂里的一行模糊不清的字会突然成为本来没有焦点的宇宙的中心。”[1]宇宙的意义因此得以附着在人类的经验片断上。

这就是王家新所谓的“诗片断”的《词语》、《反向》、《游动悬崖》、《另一种风景》、《变暗的镜子》、《冬天的诗》等“诗文本”所负载的寓意：在“没有焦点的宇宙的中心”使宇宙的意义在诗人的这些经验片断上得以显现。正像王家新引用巴塞尔姆的话所说：“片断成为唯一信赖的形式。”[2]在王家新这里，片断还与“伟大的事物”相涉：“我们一再被告知：‘诸神离去，此乃世界的黑夜。但我依然感到仍有某种伟大的事物在我们中间，虽然我们永远不可能再以伟大的语言把它们说出……”[3]不可能以伟大的语言说出，就代

[1] 埃里希·海勒：《卡夫卡的世界》，见叶庭芳编：《论卡夫卡》，中国社会科学出版社1988年版，第180页。

[2]《当代诗歌：在确立与反对自己之间》，见王家新：《没有英雄的诗：王家新诗学论文随笔集》，第105页。

[3]《谁在我们中间》，王家新：《游动悬崖》，第222页。

之以断片的语言呈露。而这种断片诗的形态本身也恰恰昭示着宇宙的意义：世界是弥漫在一个个人类经验和言语的片断中的。诗人捕捉到的尽管不过是诸神离去后伟大事物的零碎遗存，但却依然暗示一个伟大事物的意义整体。正像斯蒂芬·欧文说的那样："整体的价值集中在断片里。"[1]王家新的这些诗片断因此类似于卡夫卡遗留下来的那些著名的格言，在只言片语中闪现着人类最黑暗的智慧之光。也恰如王家新在《回答四十个问答》中阐述的那样："只要是文本的构造，无形中自有章法，或者说残缺中自有完整，一种通过修补反而会失掉的完整。更重要的是我看到：'词'的显现是必须伴之以代价的——整个诗歌甚至还有哲学的无畏历程都让我看到了这一点。20世纪构造了什么，比起但丁和黑格尔？但是它的深刻，却体现在维特根斯坦的'哲学口吃'和策兰晚期那愈加破碎的诗歌语言中……"[2]

90年代凭借对"诗片断"的实践与探索，王家新找到了与时代、现实和自己的诗性理想相吻合的诗歌形式。"我感到它不仅在形式上，也在精神上为我打开了一个新的空间。是的，我发现这种形式特别适合我，它能调动我的写作欲望和想象力。它能持续不断地对我构成一种'召唤'。换言之，我感到我可以在艺术上把它写成一种'王家新式'的。因为它不单是一种形式，而且它和一种写作方式及诗学意识结合在一起，在艺术经验上也具有了更大的包容性。"[3]所谓"王家新式"的，意味着诗人对诗片断中所蕴涵的富有

---

[1] 斯蒂芬·欧文：《追忆》，上海古籍出版社1990年版，第93页。

[2]《回答四十个问答》，王家新：《游动悬崖》，第205页。

[3]《回答普美子的二十三个问题》，见王家新：《为凤凰找寻栖所》，第294页。

创造性的个性气质的体认，而诗片断中的这种“更大的包容性”的生成，则与其中对叙述情境的营造有关。诗片断因此往往不是一些抒情短章，而更是一则则容纳了哲思、睿智、反讽、玄想、细节、场景和经验断片的随想。某些篇章还有赖于动词的叙述推动力以及诗中建构的叙述化情境。如果说，对词根的追寻赋予了诗歌以深度，那么正是这些叙述情境使诗境获得了生命、生活和历史的广度和宽度。在《游动悬崖》中，诗人对叙述情境的探索开始了自觉。如其中的《叙述者》：

如果我作为一个叙述者，我就会忍不住在我要叙述的故事中出现。我会在火车启动前的一分钟挤上去，但是当我在那里坐稳后我将发现：另一个自己正在站台上向我挥手告别……

王家新的诗片断中经常表现两个“我”的对话性，分身的主体是诗中叙述情境得以产生的一个话语根源。诗人在许多诗篇中营造了一种“我”与“你”或“我”与“他”的情境，“你”与“他”或者是大师的灵魂，或者是另一个“我”。“你”和“他”的运用，是使诗歌情境戏剧化的方式，在自我的对象化以及自我的他者化的同时，最终生成的是一种反思性，诗境由此充斥了自我的辩难，具有某种巴赫金意义上的对话性特征。整篇《游动悬崖》也正是“我”与“你”的对话，“你”的人称贯穿始终。在多数语境中，“你”可以理解为诗人自己，但“你”也会偶尔引向一个虚拟的对话者，甚至引向文本外的理想读者。正是“我”与“你”的对话情境的拟设，使诗歌具有了包容性和伸缩性。

王家新对自己诗歌中的叙述性的成分的重视，与对90年代以来的“叙事危机”意识的体认有关。这种意识可能从1989年冬天创作《瓦雷金诺叙事曲》时就有所自觉了，正如作者自述所说：“我有意识在诗中加进了一些‘叙事’因素和自我对话的情境，但又使这首诗有别于传统的‘叙事诗’。”[1]但实际上王家新更擅长的是叙述一种心灵史诗，在这个意义上，加进的“叙事”因素使这些自我对话的情境与其说接近小说的叙事性，不如说更接近于内心戏剧。尤其是“你”的频频引入，更有助于心灵的自我对话性的生成。于是这种对话情境最终就还原为一种内心叙事的宣叙调。

尽管王家新诗歌中叙述性的成分多表现为内心叙事的宣叙调特征，但仍使其诗歌风景既有景深，向外直到广漠的宇宙的黑暗，向内则逼视自己心灵的黑暗；同时也有幅展，拓向与历史和社会生活的对话空间。这是单凭词根的追寻和词语的捕捉所无法胜任的。“词”的范畴固然构成了王家新诗学的核心元素之一，“词根”在王家新这里固然意味着仿佛宇宙大爆炸之前的那个原点：诗的原点、语言的原点甚至是生命的原点；但是他的《另一种风景》中的一则诗片断不经意之间显露了对词根的追寻所可能暗含的困境：

站台是一个词，而无尽的句子就在这一个词里。

在随后的一则诗论中，王家新把这个“站台”喻为“祖国”：“这即是说，在某种命运里，站台即祖国——记住这一点。”[2]这种解说为

---

[1]《回答普美子的二十三个问题》，王家新：《为凤凰追寻栖所》，第294页。
[2] 王家新：《游动悬崖》，第215页。

"站台"赋予了具体的所指和语境。但是如果脱离这个语境，单是审视这首片断诗，"站台是一个词，而无尽的句子就在这一个词里"表述的堪称是一个近乎玄学的命题。与之相互印证的是王家新对老子的"一生二,二生三,三生万物"的援引。然而这种从一衍化到万物的玄学逻辑毕竟只能在隐喻的意义上唤醒诗性的逻辑。而当一个诗人进入具体诗境的营造过程的时候，从技术上说，词的发现也许难以直接抵达无尽的句子的生成。词的思维也许不尽等同于句子的思维。词与物，词与世界之间或许还隔着某种需要跨越的中介。从词到无尽的句子之间，是有如一纸之隔，一步即可跨越，还是横着千山万水?《词语》中有这样一个片断:"我触到的是一个词，却有更多的石头，从那里滚落下来……"在诗中肯定是可以存在这种多米诺骨牌一般的效应和景观，但问题是，谁预先摆放好了这些骨牌，等着诗人去触碰第一张?

当王家新处理篇幅更长的诗作，如《回答》、《孤堡札记》、《伦敦随笔》、《一九七六》、《少年》等，就难以把这些诗仅仅理解为基本词汇的衍生，否则可能会限制诗境的拓展。词汇之外，还有句子、篇章和诗的结构，同时还有内在的语法和布局，最终则是具有统一性的诗的视景。在这个意义上，笔者个人比较重视《伦敦随笔》、《回答》等长诗的写作，更体现了王家新的某种"整合式"的追求，诗歌图景的广度也有较大的拓展。《伦敦随笔》的"整合性"在于把伦敦这样一个浓缩了历史、文化与文学的多重意味的都市以"随笔"的形式进行叙说。伦敦在诗人笔下首先成为一个文本，是在"文本的互文性"的视野中加以呈现的。对于这样一个历史悠久文化丰富的都市，只有借助一种互文性的方式，才能凸显它的本来面目，继而呈露与诗人自己的关系。文本的互文性因此也成为这首诗叙述视野的核心地带。在诗人笔下，伦敦是莎士比亚、狄更斯、劳伦斯、普拉斯甚至马克思的伦敦，同时，王家新也把荷马、屈原、杜甫、但丁、易卜生、卡夫卡、凡·高带入了自己的视景。因此王家新在诗中花费大量篇幅处理的也正是文本中的伦敦以及想象化的伦敦。但是，如果没有诗人自己的经验视野的介入，这个伦敦就是别人的伦敦，因而这首诗在后半部分，更多的是把自己个人性的经验叠加在伦敦之上，而文本中的伦敦也同时为诗人自己的经验提供了背景。个人性的经验只有在这个背景上才显示出独特性来。《伦敦随笔》的最后一节引入了凡·高：

临别前你不必向谁告别，
但一定要到那浓雾中的美术馆
在凡高的向日葵前再坐一会儿；
你会再次惊异人类所创造的金黄亮色，
你明白了一个人的痛苦足以照亮
一个阴暗的大厅，
甚至注定会照亮你的未来……

正像凡高的向日葵所闪耀的“人类所创造的金黄亮色”以及凡高本人的痛苦对美术馆阴暗的大厅的照亮一样，它们也照亮了诗人的未来。伦敦的意义也可以这样理解，它是属于欧洲文化的，也是属于人类的，也恰在这个意义上，它才属于诗人自己。

我尤其看重《回答》在王家新写作历程中的阶段性意义。《回答》不仅仅是个人性经验的凝聚和喷发，同时叙事性情境的营建，还使这首诗具有了个体生命史诗的意味。“苦难的诗学”以及“冰雪一样震撼人心的力量”更能在这种长诗中获得表现。在一定意义上说，《回答》意味着王家新对“诗片断”阶段的某种自我超越，也意味着诗人在面对新的“艺术的难度”的挑战。在《回答普美子的二十三个问题》中，王家新称：“在我看来，‘写作的难度’就体现在这种整合式的写作中。杜甫和叶芝中晚期的写作往往就是一种整合式的。这不仅体现了他们对自己人生和艺术经验的总结，甚至也体现了对一个时代的诗艺和整个诗歌史的某种整合。我愈来愈认同于这样的写作。灵机一动的诗，单一风格的诗，我想我都可以写，但它已不足以体现我对生活和艺术的全部体验。写到今天，需要去面对真正的艺术的难度。我也需要有一种写作方式，能够把自己的全部经验、想象和技艺都投入进去。我所渴望的就是这么一种写作。”[1]而《回答》一类长诗，或许正是这种能够把自己全都“投入进去”的新的写作形态。

在上面这一段引文中，王家新还表现出对“文学中的晚年”话题的关注，他也一直在谈诸如叶芝的晚年、杜甫的晚年、里尔克的晚年，这些大诗人一生的艺术和思想的累积都在晚年表现出更具包容性与整合式的活力。在王家新这里，所谓的“晚年”“不是一个年龄概念，而是文学中的某种深度存在或境界。这样的晚年不是时间的尽头，相反，它改变了时间——它在时间中形成了一个可吸收时间的‘洞’；它会使时间停顿，并发生维度和性质上的改变。

[1]《回答普美子的二十三个问题》，王家新：《为凤凰找寻栖所》，第290页。

这样的晚年才是‘无穷无尽’的！”[1]“晚年”由此意味着一种更为丰富的可能性，一个终极性的时间点，甚至会把以往的全部时间照亮。这是一种诗艺和思想的年龄，内含着晚年的生命意识与审美体验，意味着集大成，意味着炉火纯青，意味着思想的深度与艺术的高度。

王家新晚近的诗作中也经常出现“晚年”的意象和主题，同时又频频回溯诗人自己的童年与少年，频频出现孩子的意象。晚年意识的凸显，或许预示着王家新自我超越的又一个契机的来临，在某个黑暗的冬夜或明亮的清晨，如叶芝的神一般突然降临，同时来临的还有晚年的凝重感。王家新写于2004年的《晚年的帕斯》，状写的是晚年的诗人经历了一场大火，“烧掉了一个人的前生/烧掉了多年来的负担/也烧掉了虚无和灰烬本身”。

现在他自由了
像从一场漫长的拷打中解脱出来
他重又在巴黎的街头坐下
落叶在脚下无声地翻卷
而他的额头，被一道更遥远的光照亮

大火带来的是弃绝，弃绝一切之后，获得的反而是神启，如一道更遥远的光。王家新笔下帕斯的晚年因此多少印证了萨义德在一部遗作中的论述。萨义德把大师们的晚期风格分为两类，一类如伦

---

[1]《文学中的晚年》，王家新：《取道斯德哥尔摩》，山东文艺出版社2007年版，第16页。

勃朗、巴赫、瓦格纳等，晚期作品确实炉火纯青明澈如水；而另一类如阿多诺所讨论的贝多芬和托马斯·曼等艺术家，晚年并非在形式上更臻纯粹与完美的境界，却显出“不妥协、艰难和无法解决之矛盾”[1]。其间透露出的深刻的冲突和复杂性反而意味着大师们在晚年迎来了新的可能性，表明了艺术探索本身的持续性和未完成性。在此一意义上，晚年其实更意味着未完满和进一步的超越。王家新给自己晚近的诗集取名叫《未完成的诗》，其寓意也当在这个意义上来理解吧？

承担者的诗

王家新是在一个特殊的历史阶段遇到帕斯捷尔纳克的，并通过对帕斯捷尔纳克以及对俄罗斯传统的亲和，完成了对自我形象的体认：“我不能说帕斯捷尔纳克是否就是我或我们的一个自况，但在某种艰难时刻，我的确从他那里感到了一种共同的命运，更重要的是，一种灵魂上的无言的亲近。帕斯捷尔纳克比曼杰斯塔姆和茨维塔耶娃都活得更久，经受了更为漫长的艰难岁月，比起后二者，他更是一位‘承担者’。”[2]

20世纪90年代的王家新无可替代的诗学品格正表现在他执著的姿态、内在的气质以及“承担者”的意识之中。尤其他在诗歌领域中重新发现和诠释了俄罗斯精神：对苦难的坚忍承受，对精神生活

[1] 萨义德：《论晚期风格》，三联书店2009年版。
[2]《回答四十个答问》，见王家新：《游动悬崖》，第205—206页。

的执著，对灵魂净化的向往，这一切塑造了俄罗斯文学特有的那种高贵而忧郁的品格。对这种品格的体认和传达构成了王家新创作的一种内在的精神特征。他的诗歌在历史的特殊年代选择了负荷与承担，在诗心深处，流淌的是一种悲悯甚至忏悔的情怀。

《瓦雷金诺叙事曲》以及《帕斯捷尔纳克》正表明了王家新在自己的20世纪90年代诗歌历程中开始发掘俄罗斯精神谱系。在帕斯捷尔纳克之外，他还找到了普希金、契诃夫和曼德尔斯塔姆，找到了阿赫玛托娃和茨维塔耶娃。王家新曾经几次谈及在伦敦泰晤士桥头的路灯下读茨维塔耶娃的《约会》的体验："只读到前两句我便大惊失色：'我将迟到，为我们已约好的相会；/当我到达，我的头发将会变灰……'这是谁的诗？再一看作者，原来是茨维塔耶娃！我读着这样的诗，我经受着读诗多年还从未经受过的颤栗，'活着，像泥土一样持续'，我甚至不敢往下看，往下看，诗的结尾是：'在天空之上是我的葬礼。'一首诗就这样写出了一个诗人的命运：活于大地而死于天空。""这样的诗之于我，真像创伤一般深刻！从此我守着这样的诗在异国他乡生活。我有了一种更内在的力量来克服外部的痛苦与混乱。可以说，在伦敦的迷雾中，是俄罗斯的悲哀而神圣的缪斯向我走来。"[1]

在这篇创作于2006年的诗学论文《承担者的诗：俄苏诗歌的启示》中，王家新进一步梳理这一俄罗斯的诗歌脉络。"曼德尔斯塔姆、阿赫玛托娃、茨维塔耶娃、帕斯捷尔纳克等诗人，对近一二十年的中国诗人具有特殊的意义。我们不仅在他们的诗中呼吸到我们

[1]《承担者的诗：俄苏诗歌的启示》，见王家新：《为凤凰找寻栖所》，第163页。

所渴望的‘雪’，而且在某种程度上，正是通过他们确定了我们自己精神的在场。我甚至说过这些诗人‘构成了我们自己的苦难和光荣’。显然，这不是一般的影响，这是一种更深刻的‘同呼吸共命运’的关系。”

其中帕斯捷尔纳克以及他的《日瓦戈医生》在王家新诗艺和思想转变的道程中尤其扮演了举足轻重的角色。在王家新的视野中，帕斯捷尔纳克的创作深刻表现了一个具有俄罗斯精神传统的知识分子虽然饱经痛楚、放逐、罪孽、牺牲，却依然保持着美好信念与精神良知的心灵历程。这种承担与良知构成了衡量帕斯捷尔纳克一生创作的更重要的尺度。从王家新的诗中可以感受到他也正是以这种尺度检验和要求自己的。他从帕斯捷尔纳克的目光中读出的是“忧伤、探询和质问/钟声一样，压迫着我的灵魂/这是痛苦，是幸福，要说出它/需要以冰雪来充满我的一生”。“冰雪”的意象也正是由此开始成为王家新诗中的重要“词根”。它启示读者，阅读王家新的诗，仅从技巧上把握是远远不够的，王家新的诗歌已被视为当代中国诗坛的启示录，象征了诗歌领域的一种内在精神的觉醒。

《瓦雷金诺叙事曲》以及随后的王家新的诗作，在思考方式上，在诗歌形式上，在思想和内在气质上均显示出帕斯捷尔纳克的影响。王家新的诗片断的方式，即有《日瓦戈医生》的《瓦雷金诺叙事曲》一章中主人公日瓦戈所写的札记的影子。而王家新20世纪90年代以后的诗歌给我的阅读印象，也是秉承了这种从普希金到契诃夫再到帕斯捷尔纳克的气质，有一种“腼腆的天真”，本性中不失固有的谦逊，既执迷于探寻人生的意义，又不流于空谈和玄想，也远离布道者的真理在握。他更致力于从一个谦卑的生命个体的意义上去承担历史。在《承担者的诗：俄苏诗歌的启示》这篇文章中，王家新指出："帕斯捷尔纳克完全是从个人角度来写历史的，即从一个独立的、自由的，但又对时代充满关注的知识分子的角度来写历史，他把个人置于历史的遭遇和命运的鬼使神差般的力量之中，但最终，又把对历史的思考和叙述化为对个人良知的追问。而这，也正是90年代中国诗人要去努力确定的写作角度和话语方式。"

王家新曾引用过希穆斯·希内的一句话："锻造一首诗是一回事，锻造一个种族的尚未诞生的良心，如斯蒂芬·狄达勒斯所说，又是相当不同的另一回事；而把骇人的压力与责任放到任何敢于冒险充当诗人者的身上。"[1]换句话说，真正敢于冒险充当诗人的人，就是一个勇于承担"骇人的压力与责任"的人，这使诗歌不仅仅是对诗艺的自足性的"锻造"，而是必须承担"锻造一个种族的尚未诞生的良心"的使命。这也恰恰是王家新所激赏的诸如里尔克、阿赫玛托娃、索尔仁尼琴、帕斯捷尔纳克等诗人和作家身上所负载的历史使命。所谓的"尚未诞生"，意味着每一代以及每一个承担的诗人都面临着民族良知的重建的境况，意味着在自己的历史阶段提供对时代的忏悔的经验。因此，民族的良心对一个有承担意识的诗人来说，必然表现为未来式，是一种尚未抵达的远景。而对于当今的历史时代来说，这种"尚未诞生"则具有更迫切的现实性。

---

[1]《阐释之外》，王家新：《游动悬崖》，第263页。

这些勇于承担“骇人的压力与责任”的诗人，在对黑暗、良知、承担以及历史的罪愆的关注和思考过程中，表征的是对人类更本体问题的诗性关注，体现了一个“承担者”的写作伦理。美国作家爱默生说过：“一个时代的经验需要一种新的忏悔，这世界仿佛常在等候着它的忏悔者。”在缺乏这种世纪罪愆的忏悔者的形象的时代，王家新以对这些具有深深的悲悯情怀的诗人的亲近，重新为自己的诗歌塑造了一种精神和人格理想……

王家新在一系列诗歌情境中外化的正是对一种良知与人格的自觉。诗人常常对自我有一种道德的逼视，对芸芸众生的生存处境则有一种发自灵魂深处的共感：

> 发霉的金黄玉米，烂在地里的庄稼在绵绵秋雨中坐在门口发愣的老人为什么你要避开他们眼中的辛酸？为什么你总是羞于在你的诗中诉说人类的徒劳？
>
> 终有一天，你会忆起京郊的那家苍蝇乱飞的小餐馆，坐在那里，望着远处希尔顿大饭店顶层的辉煌灯火你第一次知道了什么叫做对贫苦人类的侮辱。
>
> ——《变暗的镜子》

这种对自我的拷问和对贫苦底层的悲悯，这种对历史的负荷者的形象的渴慕和认同，在某些专注于诗歌技巧的“后现代”和新时代的高蹈派诗人的眼中或许是陌生与不屑的。王家新自我塑造的形象常使人想起里尔克的一首诗中所写：“每当时代想最终总结自己的价值时，这个人总会生还。他举起时代的全部重任，掷入自己的胸渊。”在这个意义上，一个作为价值依托的承担者，在任何时代都不会很多，对当今的中国更有不可替代的历史意义。王家新的这一段诗歌历程，印证了一位研究者早在1993年就曾作出的预言：“一个真正从心灵上趋向伟大诗人气质的人，将会出现于20世纪的最后10年之中。”[1]

王家新的意义还在于，对一个诗人来说，这种价值和历史承担，首先是通过诗歌的承担。正如王家新所自觉体认到的那样：“我想我首先仍是一个从内部来承担诗歌的人。诗歌撞上了历史，它下沉了，但却由此获得了自己的深度和重量，或者说，这一切迫使我们和语言建立了一种更深刻的关系。”“诗歌撞上了历史”，诗歌由此不再是纯诗化的自我封闭的衍生物，也不是一味在历史之外或者历史之上的高蹈。诗歌在“下沉”的过程中也因此触到了大地，获得了深度和重量。诗人也由此获得了对历史的承担。但这种承担是一种诗性的承担。承担的诗中必然暗含政治因素，但却不是政治家式的直接参与性的政治。承担的诗歌所负载的“自己的深度和重量”是一种良知的深度和重量，是一种信念与精神，恰恰来自从“内部来承担诗歌”的尺度意识。

海德格尔称：“写诗就是去接受尺度。”[2]创作于1992年底，标志着王家新诗学理想的较大转变的诗片断《词语》中，集中映现的，正是诗人的尺度意识：

---

[1]《王家新论》，程光炜：《程光炜诗歌时评》，河南大学出版社2002年版，第174页。
[2] 转引自王家新：《谁在我们中间》，《游动悬崖》，第217页。

当你来到空无一人之境，你就感到了一种从不存在的尺度：它因你的到来而呈现。

自但丁以来，到帕斯捷尔纳克，诗人们就一直生活在诗歌的暴政之中，而这是他们自己秘密承受的火焰，我已不能多说。

而当我唯有羞愧，并感到在这之前我们称之为痛苦的，还不是什么痛苦的时候，我就再一次来到诗歌的面前。

王家新称：“我们——这些所谓‘后现代’时代的写作者们——仍生活在一种严格的尺度下。”[1]这是王家新从帕斯捷尔纳克等俄罗斯诗人那里为我们这个古老的种族重新带来的良知与道德的尺度，王家新对晚年杜甫的精神遗存的强调汇入的也是这种尺度。这种尺度是良知、精神与诗性的统一。

生活伦理学的重建

在《游动悬崖》中，王家新写下这样一则诗片断：“当你因写作疲倦下来，你想起黄昏花园里的契诃夫，疲倦而宁静的契诃夫。你骤然闻到一股桦树林的气味。你似乎从一种囚禁中出来，回到久别的事物之中。你知道你仍是和一些词而不是别的居住在一起，……此刻，你就是独自潜入花园的契诃夫。你就在那里，

[1] 王家新：《游动悬崖》，第248页。

不再思考任何事情，而是在暮色中松开自己，回到大地的怀抱之中……”诗人追慕的是在历史的残酷和阴郁的氛围中能使人回归安静，回归大地，“回到久别的事物之中”的契诃夫，有如日瓦戈医生回归瓦雷金诺。

当政治性挫折产生之后的时代，在诗人那里往往有一种回到内心的归趋。柄谷行人在《日本现代文学的起源》中指出：“当被引向政治小说及自由民权运动的性之冲动失掉其对象而内向化了的时候，‘内面’、‘风景’便出现了。”[1]就像日瓦戈医生选择在瓦雷金诺的心灵的沉思一样，在90年代初告别革命的历史语境中，中国文坛以及知识界也有一种回归室内回归内心的趋向。这种把对暴力与革命史的反思向存在和心理深处沉潜的潮流，当然具有历史的某种必然性甚至合理性。但是，对内心的归趋，并不总是意味着可以同时获得对历史的反思性视野。对历史中的个人性体悟和个体性价值的强调在成为一种历史资源的同时，有可能会使人们忽略另一种精神传统固有的永久性的价值。……如果说帕斯捷尔纳克“从一个独立的、自由的，但又对时代充满关注的知识分子的角度来写历史”具有值得珍视的历史价值的话，托尔斯泰这种融入人类共同体的感同身受的体验，也是今天的历史时代中不可缺失的。它启发我们思考：个体的沉思与孤独的内心求索的限度在哪里？对历史的承担过程中的“历史性”又在哪里？“历史”是不是一个可以去抽象体认的范畴？如果把“历史”抽象化处理，历史会不会恰恰成为一种非历史的存在？历史的具体性在于它与行进中的社会现实

[1] 柄谷行人：《日本现代文学的起源》，三联书店2003年版，第29页。

之间有一种深刻的纠缠和扭结。90年代之后的中国社会表现出的其实是一种“去历史化”的倾向，在告别革命的思潮中，在回归内在的趋向中，在商业化的大浪中，历史成为被解构的甚至已经缺席的“在场”。当历史是以回归内心的方式去反思的时候，历史可能也同样难以避免被抽象化的呈现和承担的命运。

而当王家新在晚近的诗作中思考伦理重建问题的时候，这些思考构成了对90年代初期回归内心叙事的某种超越，也展示出新的诗学取向和新的历史视野。在2002年的一篇答问录中，王家新说道：“个人与历史从来就存在着一种深刻复杂的连结。从古到今，在诗人与他的时代之间，也一直有着一种痛苦的对话关系。”[1]王家新进入21世纪后的诗歌如《一九七六》、《少年》、《未完成的诗》、《柚子》等便表现出这种个人与历史的更“深刻复杂的连结”。

王家新善于把诗中的叙述情境与历史关联。但是近些年的诗中也常常浮现出一些日常性的场景，展露了审美与伦理一体化的质素，以及一种新的诗学可能性。这种生活性的场景因此更有美学的光芒。如这首《2002年圣诞节》：“看着四川火锅店的伙计抬着一棵圣诞树进来/抬进满屋的翠绿和雪意/我心里一阵湿润”。又如《从城里回上苑村的路上》：“家仍在远方等待着/因为它像鸟巢一样的空/像鸟巢一样，在冬天会盛满雪/啊，想到冬天，想到雪/便有长尾巴的花喜鹊落地，一只，又一只/像被寒冷的光所愉悦/像是要带我回家”。“家仍在远方等待着”以及“像是要带我回家”都把家园体验赋予了生命的归依的色彩。这首诗使人联想到的是王家新在一

---

[1] 王家新：《为凤凰找寻栖所》，第286页。

次对话中的表述:“我自称是‘燕山脚下的居民’。乡村生活会促使一个诗人‘进入大地,从属大地’,这是海德格尔的一个短语,从而和存在的根基相接近。”[1]栖居本身的内在的维度正指向一种存在的根基,指向一种生活伦理学。与审美救世主义相比,一种日常生活的伦理学的重建,在今天的中国更有迫切的历史意义。

王家新写于2000年的《变暗的镜子》中有这样一句:“热爱树木和石头:道德的最低限度。”但另一方面,也可以说热爱树木和石头是道德的“最高限度”。因为一个热爱树木和石头的民族,一个热爱树木和石头的个体,会把这种热爱泛化到更多的人与物上面,进而有可能扩展为一种热爱的伦理学。其中“石头”的意象,是王家新早期诗歌中酷爱的意象,它有如90年代之后的“雪”,是诗人艺术化地把握生活世界的方式。如果说,早期诗歌中的石头是诗性的存在物,那么《变暗的镜子》中的这块“石头”则涉及了他沉甸甸的写作伦理。王家新的相当一部分诗,也的确适于批评者就诗歌的写作伦理问题进行思考,进而思考关于生活伦理重建的大问题。王家新的一组关于牲畜和动物主题的诗作就关涉着这种动物伦理以及生命伦理问题。如《田园诗》写诗人在京郊的乡村路上遇见装在卡车上的羊群:

这一次我看清了它们的眼睛
(而它们也在上面看着我)
那样温良,那样安静
像是全然不知它们将被带到什么地方

[1]《面对王家新》,《东方》2003年第9期。

对于我的到来甚至怀有

几分孩子似的好奇

生活的伦理正体现在一种与大千世界的共感之中，这种与石头、树木、老马、羊群、过冬的牲畜之间的共感，是一种健全的社会伦理学的基础，一种健全的伦理学和健全的社会生活只能以这种内在的悲悯的情怀作为自己的底蕴。

王家新写于2007年12月的《第一场雪》也表现出值得关注的诗艺取向：

第一场雪带给你的激动

早已平息了，现在，是无休无止的雪，

落在纽约州。

窗外，雪被雪覆盖。

肯定被肯定否定。

你不得不和雪一起过日子。

一个从来没有穿过靴子的人，

在这里出门都有些困难。

妻子带着孩子

去睡他们甜蜜的午觉去了。

那辆歪在门口的红色岩石牌儿童自行车

已被雪掩到一半。

现在，在洗衣机的搅拌和轰鸣声中，

餐桌上的苹果寂静，

英汉词典寂静,
你那测量寂静的步子,
更为寂静。
抬头望去,远山起了雪雾。

这首诗意味着日常生活语境在诗中的介入,凸显了诗与日常生活的关联性。尽管王家新称自己“一般不卷入”所谓“日常性”的话题,更喜欢用“诗歌的具体性”,认为“日常性不是诗歌的一个标准”[1]。但是,这种日常性问题不仅仅关涉到王家新所谓“一种‘重新回到事物本身’的努力”,而且在很大程度上,关涉着诗中生活伦理学的向度。20世纪90年代以来中国社会最严重的精神性危机是道德伦理层面的崩毁,是价值的缺失和伦理的失范。文学艺术家们对伦理问题的逃逸,客观上加剧了这种生活危机。当艺术家仅仅把生活伦理看成是艺术个性以及艺术先锋性追求的障碍和对立物的时候,也是使生活伦理学的重建更加艰难的时刻。王家新也曾把艺术与生活视为一种二元论的关系:“叶芝有句诗写得很好,工作的完美还是生活的完美,一个艺术家必须作出选择。里尔克也讲过,在作品和生活之间存在着一种古老的敌意。他们都敏锐地意识到这些问题。创作本身对人是一个巨大的消耗,它当然会与一个人的正常生活发生冲突。有时你写出一些作品以后,真像生了一场大病一样。当然你还是乐意看到,你的作品的世界在壮大,即使你为此付出再大的代价。”[2]

---

[1]《回答普美子的二十三个问题》,见王家新:《为凤凰找寻栖所》,第298页。
[2]《面对王家新》,《东方》2003年第9期。

但是，里尔克所谓“作品和生活之间”所存在的这种古老的敌意不仅仅会损害生活本身，也进而会损耗诗歌。当一个艺术家不再把艺术与生活看成某种对立物的存在的时候，也是伦理和美学真正统一的时候。这种统一的境界中也许会丧失一些尖锐与犀利的艺术先锋性，但其中美学与生活的某种平衡对于生活伦理学的重建却有不可忽视的价值。

“窗外，雪被雪覆盖。/肯定被肯定否定。”在《第一场雪》中，诗人似乎还无法完全适应这种仅仅只有“肯定”的生活形态，无法完全适应这种生活的日常性的幸福和寂静。也许他本能地从中寻求似乎更为“深刻”的“否定”的因素。诗人也许是无意识之中在妻子和孩子安睡之际把目光投向日常景观，而生活甚至生存的意义却恰在这种日常图景中闪现出来。意义就在妻子和孩子“甜蜜的午觉”中，在被雪掩到一半的“那辆歪在门口的红色岩石牌儿童自行车”上，在“洗衣机的搅拌和轰鸣声中”，在寂静的“餐桌上的苹果”中和同样寂静的“英汉词典”中。而雪依然带给诗人“激动”，但是，留在诗境的近景中的，如今更是激动“早已平息”后的寂静，是诗人“测量寂静的步子”。而“洗衣机的搅拌和轰鸣声”也使人想起《答荷兰诗人Pfeijffer“令人费解的诗总比易读的诗强”》一诗中“洗衣机的嗡嗡声”。日常生活在某种意义上说，其实构成了诗人的拯救的方式，无论诗人对此是否有所自觉。如果说，勇于承担的诗人，似乎为了道德的勇气和对黑暗的着迷，为了对内心的求索和对语词的关怀而有可能牺牲尘世的幸福，这在长诗《回答》中也隐约闪现；那么，《第一场雪》多少显示出回归日常生活的朴素的诗美，其中正隐含了生活伦理学的既平凡又深刻的寓意。

《第一场雪》也表现出“转喻修辞”在诗中的主导性位置。如果说隐喻修辞追求的是诗歌语言的深度模式的话，那么转喻修辞则把诗学重心转向日常生活，转向日常空间的毗邻感。雅可布逊称现实主义作家的描写可以从情节写到气氛，从人物写到时空中的背景[1]。如果加以引申，可以说这种“背景”构成的是诗人更开阔的生存背景与环境，一切在这种生存背景中存在的事物，都可能纳入到诗人与世界相遇的诗性情境中而获得审美和伦理的双重意义。于是，我们在王家新晚近的诗中看到了诸如《桔子》和《柚子》这样的诗题。这是创作于2005年的《柚子》：

恍惚间
我仍是那个穿行在结满累累果实的
柚子树下的孩子
身边是嗡嗡唱的蜜蜂
远处是一声声鹧鸪
而一位年轻母亲倚在门口的笑容
已化为一道永恒的
照亮在青青柚子上的光

这首诗写的是童年的神启，年轻母亲的笑容所化的那道永恒的照亮在柚子上的光，已经有了圣母之光的意味，我更倾向于把它阐释为伦理之光。而伦理学的重建，恰体现在桔子和柚子这类日常事物的重新发现之中。

前引的《桔子》中也闪耀着这种平凡的日常性之光。书橱内部

[1] 参见雅可布逊：《隐喻和转喻的两极》，收伍蠡甫、胡经之主编《西方文艺理论名著选编》下卷，北京大学出版社1987年版。

的"雪"已经多少失去了在《帕斯捷尔纳克》等诗中的重量，成为日常生活中的风景。而这也许恰恰是雪之常态。雪不再担荷以往那种重量，却显示出同样动人的品质。但是，诗人即使在吃桔子，也同样在体验超验之感：

他有的是时间，
仿佛，他在吞食着黑暗；
他就这样吃着、剥着桔子，抬起头来，
窗口闪耀雪的光芒。

生活的意义也许就徘徊在日常性与超验性之间。没有超越感的生活是过于凡俗的，而没有日常感，仅剩沉思的生活则或许是枯燥的。诗人或许在无意识地寻求着两者的平衡。王家新的诗集《未完成的诗》以这首写于2006年的作品结束，也许具有一种阶段性的象征意义。当王家新称"我希望写作能够是一种'伦理与美学的合一'"[1]的时候，这种伦理与美学的结合，对于当今之中国，就显示出尤为值得珍视的历史意义。

（《当代作家评论》2010年第1期）

[1]《回答普美子的二十三个问题》，见王家新：《为凤凰找寻栖所》，第290页。

词语写作：思想缩减时期的修辞策略

◎ 陈晓明

20世纪90年代的诗人被无形的历史之手推向炼狱的入口处——这是他们大部分人乐于寻求的精神归宿。某种并不明晰的赎罪意识支配了年轻一代诗人，并且成为他们重新寻找主题和表意策略的出发点。在历史的断裂处，已经无路可走，对于思想和表意策略都面临改弦更张的一代诗人来说，就势必落入一片精神深渊——以个人的方式隐蔽于其中，这几乎是绝处逢生的机遇。这对于欧阳江河、西川、王家新等本来就热衷于知识的诗人来说，更有一种如归故里的惊喜。也许从一代人或个人的命运来说，我的这种推断过于残忍——这些人都忍受着精神重负和思想空白而艰难地梳理个人的诗性归宿。但这些历史条件又确实使这些诗人突然找到历史脉搏——历史终结（死亡？）的脉搏，他们突然有能力理解现实及其未来的道路。我们不得不承认，90年代的这批诗人，尽管他们个人风格相去甚远，依然有小团体的恩怨掺杂于其中，但他们确实把汉语诗歌写作推到一个前所未有的高度。中国过去的诗人少有人如此坚决地思考个人的境遇和抉择。

王家新在90年代几乎是借助了历史之力而迅速完成个人性建

构的。他早期的诗作带有浓厚的人文地理学的色彩。从南方到北方，他奇怪地为北方的风景所震撼："旷野/散发着热气的石头/一棵树。马的鬃毛迎风扬起/骑者孤单地躺到树下/夕阳在远山仍无声地燃烧//一到夜里/满地的石头都将活动起来/比那树下的人/更具生命"。(《风景》,1985)

诗人解释说："在北京的生活给我带来了某种精神性的东西，而这主要取决于中国北方那严峻的生存环境，开阔的天空，秋天横贯而过的大气流，在霜寒中变得异常美丽的秋叶，以及更严酷、但也更能给我们的灵魂带来莫名喜悦的冬天。"(《回答四十个问题》)诗人意识到，北方大自然景观、气候和文化政治环境潜在地作用于内心生活。在北京的生活，使"一种从疼痛中到来的光芒，开始为我诞生"，由此形成了他1988、1989年以后的诗歌——更重要的是，"它在要求一种与之相称的个人诗学的建立"。在他的诗中开始了一种与整个北方相呼应的明亮，而这正是诗人"忍受住一切想要达到的"。

在题为《北方札记》的诗中，诗人写道："现在，我几乎可以确信/在这里，在山与季节的闪耀中/是这北方的精神……"

宽泛的"北方精神"尚难以磨砺个人的思想锐气，正是90年代的特殊历史境遇，使退回到个人精神深处的叙事具有了特殊的思想蕴含。王家新与欧阳江河和西川有所不同，他并不过分刻意强调语词的修辞策略，但他不断地审视个人的现实境遇。不断地借用西方或苏俄的思想资源，王家新构造了一种"后政治学"的表意策略。1989年以后，王家新以《瓦雷金诺叙事曲》和《帕斯捷尔纳克》两首诗而引人注目。在关于个人的现实境遇的书写中，不断地指向无法更改的时代命运："命运夺走一切，却把一张/松木桌子留了下来/这就够了。/作为这个时代的诗人已别无他求……"（《瓦雷金诺叙事曲》）诗人坦诚地说过，"在某种艰难时刻，我的确从他那里感到了一种共同的命运，更重要的是，一种灵魂上的无言的亲近。"帕斯捷尔纳克，苏联作家，写作了《日瓦戈医生》，他的信念与良知令诗人肃然起敬。王家新在诗里写道："不能到你的墓地献上一束花/却注定要以一生的倾注，读你的诗/以几千里风雪的穿越/一个节日的破碎，和我灵魂的颤栗//终于能按自己的内心写作了/却不能按一个人的内心生活/这是我们共同的悲剧……"

无法确证自我，也看不到现实延续性，执拗的诗人除了从一系列的异端历史资源中去建立个人的思想档案外，他还能有什么更好的选择呢？他的诗里总是大量出现西方文化场景，不断地重写那些现代派经典作家和诗人，发掘他们的精神，构成王家新写作持续性的主题和灵感。卡夫卡、布罗茨基、叶芝、帕斯捷尔纳克等人，都是他不断引以为自况的精神对话人。追求精神的绝对性，把个人放置在非现实化的语境中，这是王家新反复表达的意向。在一个"诗片断系列"中，诗人有这样一段表白："而无论生活怎样变化，我仍要求我的诗中永远有某种明亮：这即是我的时代，我忠实于它。"诗人有胆量这样表白，也可以看出诗人对精神的绝对性之重视。

不管王家新如何渴求个人的内心生活，这已经与80年代迥然相异，个人生活的建立，不再依赖于通过现实改变才能获得——这代诗人已经对此完全不予考虑，他们进一步的思想伸越也就只能依靠语词的修辞体系。重新寻求精神信仰的这代诗人，以回归文本来作为消解意识形态的表意策略，由此出现奇怪的包容性：崇尚神性的现代主义精神，与后现代主义式的修辞学构成一种悖论式的统一。王家新虽然最早意识到寄希望于语词来打开一片新的思想天地，但他只是思考语词本身，而并不大规模实践语词的表意系统。于是，“词语”被迫切提到写作日程。1990年，王家新写作了《词语》一诗，可以看作是这批诗人转向词语的标记之一。在这首诗中，王家新写道：“——它们是来自炼狱的东西/尖锐、明亮、不可逾越/直至刀锋转移/我们终因触及到什么/突然恐惧，颤栗。”关于词语的恐惧症也是一种关于词语的崇拜症，成为填补意识形态真空时期的精神素材，而文本则成为医治失语症的唯一药方。在这里，药方是病症的自我表现，因为药方的存在而引发了相关的症状。宏伟叙事突然解体，或者说意识形态不再具有超强的整合功能，个人的写作只能面对个人的语言符号，还有什么比词语的存在更为直接、更为单纯的呢？诗人已经完全被抛到社会的边缘，与其被历史选择不如选择历史，文本既是自我的精神飞地，也是拒绝社会的唯一屏障。“语词”就这样成为一个新的童话。

王家新的“恐惧”和“颤栗”来自他自认为由此抓住了“后政治”诗学的本质，同时也包含着对语词成为诗学全部基础的恐惧。这是一个无边的炼狱苦刑，这里面可能有无尽的思想深度。王家新不同于欧阳江河之处在于，欧阳江河在语词的修辞框架中不断表现思想的狡智，连续的在差异的意指链中闪烁其词的“小思想”，总是那么无可挑剔却令人惊异的聪颖、机智和优美，如同一只智慧之狐；而王家新总是在一个方位上持续地挖掘，他似乎永远找不到思想的终结之处，他像一只无法停顿的思想穿山甲。

1992年底，王家新还专门写就了长篇散文诗《词语》。这些类似诗的散文，或者说是诗片断，表达了诗人直接对语词的运用和思考。王家新说："从'词'入手不是从所谓抒情或思考进入诗歌，导致的是对生命与存在的真正发现，并且引领我渐渐从根本上去把握诗歌。现在对我来说，不仅诗歌最终归结为词语，而且诗歌的可能性，灵魂的可能性，都只存在于对词语的进入中。"王家新赞赏布罗茨基评论曼杰斯塔姆时说的话："这一切是我们的变形记，我们的神话。"

1998年，王家新发表长诗《回答》(《莽原》第3期)，试图去讲述个人的生活史——真实的故事。这是一个典型的私人性的故事，甚至可以说就是诗人经历的真实变故。一种被深刻改变的生活和"变故"不只是历时性的自然变异，这一切被不由自主地卷入第三世界叙事逻辑。个人生活的起源和变故与历史本身的政治学叙事交织在一起，怀旧的追忆，都具有了民族寓言性的史诗特征。在这里，诗人一如既往地大量触及到西方的文化资源，但这一次似乎带着深重的东方式的伤感。所有关于东方(中国)的叙事，都带着浓厚压抑性的色彩和失败主义的味道："我的主人公，命中注定只能来自/北京的一条小胡同……"；"……如同我们仍住在/北京西单那两间低矮而潮湿的老房子里"。而关于西方的叙事则带着某种程度的反讽意味："你开着你的旧尼桑，驶向你学习和执教的美丽校园，或是准备着又一个烤肉聚会/在仿中产阶级的后花园里，间或来信'过得怎样?'"在这一个关于个人命运的故事中，也许隐藏着一个关于背叛的故事，并且以东西方冲突的经典对立结构加以叙述。耿占春认为："《回答》是诗人力图把几乎沦为一场喜剧的生活转化为现代悲剧的努力，是把无意义的、破碎的经验体验为一种命运降临时刻的命运感应力。”[1]诗人努力去叙述个人生活的破裂状况，这一切都有意地运用日常性的生活表象加以呈现，但个人的命运没有摆脱第三世界集体命运的结局。也许这就是耿占春所说的“喜剧性的生活”，其中隐藏着的现代悲剧命运。诗人说：“我也几乎不再关心/自己是谁，而只是想说：这就是我们的时代/——你的痛苦，你的生活，你的真实/只是这部伟大传奇中的一个细节。”王家新这批诗人后现代主义式的修辞叙事，总是包含着现代主义式的意念。但这首诗确实反映出王家新的微妙变化，在现代性的叙事语境中，重新审视东方主义式的个人命运。这与他过去关注西方的异端文化，并把西方的个人主义文化作为自我救赎的依靠已经很不相同。

（选自《中国诗歌九十年代备忘录》，
王家新、孙文波编，人民文学出版社，2000年版）

[1] 参见耿占春：《没有故事的生活》。

没有故事的生活

——从王家新的《回答》看当代诗学的叙事问题

◎ 耿占春

一

弥漫在王家新《回答》[1]这首长诗字里行间的忧郁碎裂的生活、失败的婚姻和全部人生的失败感，婚姻关系的破碎是这破碎的世界的最后的碎裂声——足以使人陷入由废墟与碎片所构成的幻象世界，以及意识被淹没的灭顶的混乱。在脆弱而濒于湮灭的时刻，诗人祈求道“也许有朝一日我会冒胆说出我生活的故事，我会让一本书来总结我们、回忆我们，但此刻”——

> 能否让我不再想到你
> 让我达到一种智者的平静，而不再一次次
> 在夜里痛苦地醒来，并坐望到天明？

---

[1] 刊于《莽原》文学双月刊1998年第3期。

在内心的磨难中，诗人并未找到智者的平静，而是不得不面对“不成问题的一切都成了问题”的生存境况，并作出《回答》。诗人对自己说：你这个从来都不那么勇敢的人必须接受命运的挑战。《回答》由一系列新的提问所构成，是对生存的古老的疑难、磨难、命运之谜在当代历史语境下的提问。它是把问题从个人生活及其道德维度转向历史和命运维度的一种努力。《回答》是诗人力图把几乎沦为一场喜剧的生活转化为现代悲剧的努力，是把无意义的、破碎的经验体验为一种命运降临时刻的命运感应力。

在我看来，这首诗体现着一种痛苦的勉励，他力图达致某种内心赞歌式的平静，一种由首肯磨难而不是说“不”所产生的存在的勇气。诗人在个人生命的全部过去中寻找那个维度，以使内心能够从里向外，在这个神秘的维度或命运中去凝视它，并因此在破碎的生活世界里重获经验的统一性。但历史境况却处处都在把这种和解打破，把经验的统一性粉碎。

有许多诗人与哲人已为我们描述过我们在现代社会中所过的“被毁坏的生活”，描写过我们的生活理想被腐化的缓慢过程，以及现代社会所带给我们的心理损伤。王家新的诗在这其中的特异之点在于他不仅以诗人的敏感的痛苦描述了这一毁坏的生活，最重要的恐怕是他同时还想“挽救自己的生活”；在于他不想仅仅发出讥刺与嘲弄，还要唱出挽歌甚至不可能的赞美。这其中自然包含了诗人心灵的自传部分。重要的是个体的心灵自传正是对被称作时代精神状况的一种质询。《回答》显示了一种生动的内心经验、一种激烈的心理过程对这个时代所具有的批判性。对于这个时代的精神状况来说，《回答》就不仅仅是症候学或病理学的内心经验，而是同时包含着救治和预言性质的内在经验。

这首诗以随笔化的方式、或者说以随笔化的叙事方式，以孤立的、片断的、非连续的经验与印象讲述了这种生活。但他却没有能够把这种讲述推向经典叙事作品的产生所需要的叙事的统一性。也许，诗人更深刻地意识到的是那种阻止我们同化自己生活经验的东西，是那种使一切陷入破碎的、嘲讽的、分解的力量。这种粉碎了我们经验的统一性的力量，既使神圣的婚姻破碎，也瓦解了我们同化与转换自身经验的能力，粉碎了叙事的统一性和讲出故事的能力。在诗人心中，在《回答》所显现的写作过程中，存在问题、个人生活及其伦理维度问题于是缓缓地并持续深入地变为另一个更基本的问题：叙事问题。

二

其实诗人知道：我们生活的故事并不是有朝一日"冒胆"就能说出的。它不只是一个道德上的自诘或勇气问题。"冒胆"说出其实是一场叙事的危机经验。而《回答》正是写于这种叙事的危机经验中。在组诗《孤堡札记》[1]里——这首有十五节的诗在各方面都可以视为《回答》的前奏——王家新如此写道：

你，试写小说的人，试着
给自己讲出一个故事来，

[1] 刊于《山花》文学月刊1998年第6期。

但就是讲不出来。

没有故事,故事就像一把磨损的椅子。

已轰然散架。

“叙事等于生命,没有叙事便是死亡。”这并非天方夜谭,没有叙事或没有故事已成为我们的历史境遇。就叙事层面讲,故事的结构“已轰然散架”。而《回答》这首成功的诗作,只不过是一部失败的小说形式,一种失败的叙事记录。

本雅明、列维–斯特劳斯等都探讨过在现代社会中故事的消逝这一现象。……从古老的故事中我们知道,只有死亡才可以开始一个故事,或使一个故事完成,使其成为一个故事。只有死亡才能使一个人的一生变为一种“命运”。在已被我们的理性知识和生活原则所拒绝的“命运”概念中,一切都有一个民间信仰、民间传说中的“前定”,一个“定数”,然而又是未知的。前定和未知,未知的前定,作为一种存在的力量,在我们看似偶然、自由与机遇化的生存中,使选择和行为的自由变成了一次性的、不可更改的无可恢复原貌的选择,使得我们的偶然、机遇化的自由像宿命般地呈现。他的全部个人生活因此全然带上了一种命运或宇宙的未知法则的外貌,一个可以被讲述的故事的外貌。《回答》一诗力图在人生的磨难与失败里,“在一场预先失去的爱中”来聆听命运的低语:

于是在这困难的日子我一再想起这伟大的

诗句:“愿有朝一日我在严酷审察的终结处,

欢呼着颂扬着首肯的天使们……"

而我是否正接近这个末日？……

从死亡的观点与立场、"从死亡的方向看"也就是从永恒的方向察看。在愈益世俗化的当代世界中，死亡就像命运观念那样成了对人类生存经验的亵渎，而被掩饰起来。永恒的观念也随之消逝了。除非"永恒"指的是现在的永久性、重复性持续。现代世界完全排除了开端与死亡这一维度，中间这一段生活、活着的时刻就被放大与绝对化了，世俗生活时间就成为一种价值。

对于现代世界来说，命运是一种过了时的传统信念。正像强调人的自由选择的萨特所说，故事以其命运的外貌，亵渎了我们现在所过的生活。自由思想宣判了作为命运特征的故事是不可靠的东西。现代生活在它所拥有的自由体验中，从未觉得自己是命运。命运如同死亡一样是他人的经验所特有的。王家新在这里有一个重要的倒置：那就是内在地觉察到自身经验中命运的力量，从外部观察的他人，和与他人的联系、包括婚姻关系在内的生活倒是一种"自由的"选择的结果（尽管他知道这是可疑的自由）。

现在，如人们所说，我们"自由"了。

你开着你的旧尼桑，驶向你学习和执教的

美丽校园，或者准备着又一个烤肉聚会

在仿中产阶级的后花园里，

间或来信"过得怎样？"回答当然是"很好。"

你准备着你的金色未来：绿卡，博士论文

一辆梦想中的更高档的红色跑车……

而我，姑且如此说，在准备着自己的死，一个

可以让我去死的死。

这是你无从理解，我自己也想象不到的勇气——

诗人承认，“我到很晚才认识到这一点”，但他说，“我为此而生。”当一代人从反抗、背叛中开始了破碎生活的“自由”，诗人从这种自由出发去承当他的命运，接受赋予他的生存以统一性的力量。生活与死亡的联系的恢复使生存具有了命运的外貌，并使诗人能够更为公正地对待自己过去的经验。

我的黑暗中的童年向我涌现，我所敬仰的

亡灵一一在这里显形；我的命运升起，

闪闪布满了古堡的夜空。

我向我的命运致礼，我认可了我的失败……

三

尽管诗人赋予自己破碎的生活以命运的外貌，可故事仍然无法讲述。

在诗人看来，那些单纯的故事无异于一个谎言。有许多以谎言冒充现实的故事仍在讲述无数重复的“婚变”故事或三角故事。这样的被讲述的故事倒真的是对我们生活过的经验的一种亵渎。肥皂剧和连载小说为破碎的生活制造了虚假的连续性，及其虚假的结尾，

当然也制造了作为故事情节的承载者的虚假的主体及其行动。王家新在《回答》和《孤堡札记》中预备要写的书或"故事"恰恰相反，它包含着没有故事的生活本身：

> 故事已被一只大乌鸦吞咽了下去。
> （只剩下几个细节，你想起它们时，它们便卡进你的喉咙）
> ……从没有故事中，
> 你，开始了你的故事。

王家新自然知道这一意义，并"试图揭示从世界的这个角落故事的消失本身就是一个故事"，一个从没有故事中开始讲述的故事。

为了回答，为了讲述，诗人感到"竟需要动用整个一生"，"为此你不得不回到过去"。可是"过去"这个故事的元素和支撑点却已消逝或碎灭了。诗人感叹："十年，二十年，……我们的国家，我们的时代，我们的朋友和亲人，发生了多大变化呵"：

> 虽然伟大的史诗尚未产生，
> 你却仿佛已走过了远远超过一生的历程；
> 我们的过去，我们的初恋，已变为
> 一张张黑白照片，恍若隔世
> 让人不敢相信。
> 我们还属于从下放的山乡来到大学校园的
> 那一代人吗？不，珞珈山已是墓园
> 埋葬了我们的青春。

这个世界已没有适当的时间长度让故事生长。一切都在变化、破裂，一切都在加速度中变化，而且不是朝着一个方向。在一代人的生活史上，有着许多的突然转向、颠覆与背叛。从一个时代进入另一个时代，他们比移民更远地脱离了自己的过去和过去的自己。而诗人此时也正是在德国南部的一个古堡里回望下放的山乡和珞珈山——

我登上它的巴洛克回廊：我是否看清了
一个人从山下走过来的历程？
……
我又能否让我自己和我的同时代人
——从我的写作中走过，并脱下面具，为了
向一种黑暗的命运致礼？

哈维尔曾说过：因为人类的时间只能通过故事和历史来体验，伴随着故事的消逝，我们对时间本身的体验也开始消失。时间崩溃成了可以互相替换的碎片状态。"不知从何而来又往何处去的事件的进展失去了其故事的特征，因此也就失去了更深的意义，当历史的地平线丧失时，生活变得毫无意义。"从外在事件看，从中国的山乡到德国的古堡或美国的校园是这个时代里一个有特征的故事，但在诗人看来，这并不是"一个真实的故事"。从山乡、珞珈山到古堡，并没有呈现那条历史的地平线。

我们的生存处于两个并不连续也不吻合的存在区域之间，它是我们所说的内部与外部、心理因素与社会因素。我们"在个人经验所经历的质量上的现实和数量上的、外部的、集体的生存状况之间，采取一种飞跃的形式。这种飞跃所引发的震惊是外部判断的震惊。是发现自己脱离自己的心灵，现在正以他人或历史的眼光在个体内部进行回顾的那种震惊。”诗人在回顾这一代人和自己过去时遭遇了这一震惊。从集体的状态来说，一代人在经历着一种历史：下乡、读书、从封闭走向自由、走向世界构成了与外部世界吻合的生活史。然而这种回顾、这种故事的讲述只是一种外部的脱离自己心灵的叙事。我们并未曾以自身经验去同化那种外部经历。诗人因此而渴望能够有一种真实的写作让自己和一代人在其中“脱下面具”并面对其“黑暗的命运”。

是啊，什么是“真实”？我不知道。
我只是看到我所爱的人们，只需要一种修辞
就把历史创造了出来……

今日叙事危机的根源，在于极为复杂的无法用经典的“真实”的叙事模式加以表述的那种历史境况。真实不是一种实在，可也同样不是“一种修辞”。历史的虚构性超过了想象力并使这个时代的想象力贫困。事实上，人们已经用新闻纪实和社会学取代了对“真实”的（小说式）叙事。

我看到的
真实早已消失在时代的滔滔宏论中，
人人都在“真实”的名义下为那荒谬的一切

而战。我不再辩白。我也几乎不再关心
自己是谁,而只是想说:这就是我们的时代
你的痛苦,你的生活,你的真实
只是这部伟大传奇中的一个细节。

在我们的时代,因为忠于现在的过程中——“我们只是这个二流时代的忠实臣子”——所有的生活与痛苦都像遥远的过去的任何时刻那样具有深刻的历史性。忠实于这个随波逐流的时代与反叛一样具有“真实性”。我们不必过分看重自己的个性、自己的痛苦、自己的真实,它们只是时代这部传奇中的一个平庸的细节,一个可重复并一再重复的细节。个性和主体性在被弃置之后,我们的“个人性”之中有了更多、更直接的时代内容?我们的生活只是这个大杂烩时代的容器。我们和这个时代一样不可能符合“真实”。

这就是吞咽下我们时代的故事的那只“大乌鸦”:一种制度化了的“历史理性”,一种“合理化的世界观”或社会的“合理化进程”。它使个体丧失其主体性地位,而成为社会生活与行动领域内的唯一主体。哈维尔对此状况分析说:公众生活不再是由不同的、自主的个人主体的行动领域,“而变成了这个唯一的代理人宣告并执行其意志和真理的地方。”一个由这种原则统治的地方,不再有神秘的空间;完全的真理掌握意味着每一件事都事先知道。在每一件事情都事先知道的地方,故事将无由生长。一种制度化了的“历史理性”吞下了个人主体性及其生活故事,预先的真理掌握消解了未知的命运。“历史理性”取代了一切故事的结构，只剩下因“历史理性”消化不良所余的几个细节卡在我们的喉头。

四

> 长久以来我一直想写一本书，但我所构想的
> 一切正受到生活的嘲弄

每一个力图更为真实的写作者都会受到这种嘲弄：他不得不在“现在”之中写这个故事，不得不把书的构想的叙述结构同现在这一移动的历史时刻本身的结构联系起来。时间经验对艺术构想过程的威胁是：在“生活”面前，讲述生活故事的方式在自己的虚构性面前的负疚退让。是个人的构想——一种虚假意识——歪曲了生活，还是生活形态使人逐步远离任何一种理想形态？王家新曾在别处写道：在世界的邪恶面前，诗人还是一个孩子。诗人构想的“一本书”已经与他力图讲出的“真实”不相干了。

时间经验具有强烈的历史性，因而生活的“真实”也就处于永远的“未完成时”中。虽然一系列的生活事件已经“过去”，但它仍然不是一个过去完成时的事件，不是一个“绝对的过去”，由于它的主人公的当代性，过去的事情仍然延续至直到写作的这一刻，并和主人公的当下经验纠缠在一起，具有一种未完成感及未定状态。可它又不是纯粹的开放与希望，其中有一些核心的东西已深深令人失望、不可改变：那正是生活经验在暧昧而含混地延续所带来的。

故事中的女主角，早已在叙述中
成为别的故事中的主人公。
故事在讲着别的故事。

《孤堡札记》中的这个主题在《回答》里成为一个初始的叙事动机。正因为时间经验中“故事在讲着别的故事”，才使诗人构想的故事受到了嘲弄：

长久以来我想写一本书，但我所构想的
一切正受到生活的嘲弄；
长久以来我与一些从不存在的女人为伴，
现在我明白了：这些假天使肢解了我的生活，
毒害了我的心灵，
却不能成为这部书中的主人公。

就诗中透露的可见，诗人长久以来所构想的这本书的结构仿效了史诗，就其对“天使”的想象、对永恒的女性提升着诗人从炼狱中上升而言，它类似于《神曲》，而其悲剧可能更具有帕斯捷尔纳克《日瓦戈医生》的品格，神界的天使降为人间悲剧中受难的圣母，却仍不失为诗人灵魂的伴侣与慰藉。对于王家新来说，故事中的女主角由“永恒的女性”变为“别的故事的主人公”，由受难的圣母变成一个奋起反抗或向生活复仇的“女权主义者”，由天堂的引领者变成了神秘的“阁楼上的疯女人”，诗人构想的作品的确受到了生活的嘲弄与颠倒，故事的结构散架了。

对于但丁、帕斯捷尔纳克来说，“永恒的女性”是作品结构的中心。对于故事的叙述，这不仅是技术上的选择，还是道德维度的选择。“她”是确立的文化价值的化身，她代表着我们所爱及所追求的一切。她为叙事活动确立了价值。没有这样一个人物，没有这个道德价值的象征，失去了这样的人物及象征的现代小说，如布思所说，最终会陷于一种相对主义的主观主义，陷于在虚无主义中发现的终极象征。当代叙事作品的反讽概念正是这样一种漫无目的的价值阙如，一种围绕着自身旋转的、以自身为实体的毫无来由的含混。

上帝之死也许是一个过于抽象的事实，然而“女神之死”或“爱神之死”却直接影响了我们的情感生活，致使圣洁的爱沦为色情。女神之死伴以女权主义者的诞生，犹如上帝之死伴以超人的横空出世。女人的“永恒的女性”和“天使”的形象正在让位于“金发女郎”、“全美小姐”、“性感明星”。在《孤堡札记》第十二节里诗人写道：

爱神，被削去脸和双乳
仍被供奉在那里，为人类的绝望作证。
而你，在结束与一位金发女孩的罗曼史后发现
原来她是从一幅画中向你走来。

女性偶像的世俗化是这个世界最为彻底的世俗化。爱的神话的破灭是人间最具宗教性的情感的破灭。脱衣舞女郎的肉体的光辉是整个当代文化非神秘化、祛魅过程中最终的眩目空无的光辉。永恒的女性世俗化为性感明星之后，她仍然是我们追求的目标，只

不过这个目标不再是精神的象征，而是一切虚华的人间表面的虚无主义的象征，是欲望、贪婪和全部物欲的象征，那引导我们的不再是精神而是物欲。“永恒女性”失去了“永恒性”，那也是我们自身所失去的永恒。

《回答》既置身于“永恒”的阙失和价值的含混之中，又力图去保持那一象征维度。这首长诗的开始部分与结束部分都写到了一位“永恒的女性”。她是来自那不勒斯的女儿弗兰达，显然她是贝亚特丽采精神上的后裔。这使她更像一个象征而不是一个真实故事的人物。弗兰达是价值的化身，又是意图起结构作用的力量。然而极为明显的是，弗兰达并不能成为一个真实的主人公，如诗中所说：

我的主人公，命中注定只能来自
北京的一条胡同。

弗兰达的时隐时现代表了诗人对于叙事结构及其意指作用减弱了的追求。在开始部分，弗兰达是一个正在到来的形象，可在结束部分，她已是一个正在离去的形象了。“那不勒斯的女儿也将飞回温暖的家乡过冬”——

我只能把贝亚特丽采
还给永生的但丁；我只能回到我的孤独中来；
黑暗的天使尚未把我完全击倒在地，因而，
他们也不可能出现在我的汉语的上空。

但这个远去的形象并非只是远离，她将在诗人的写作中、在汉语的天空中返回：弗兰达乘一列国际列车远去，正是她沿着汉语的道路回到诗人呼吸深处的开始。《孤堡札记》第十四节写道："我只有一途：把你写入我的诗中"——

我写，直到你在我的汉语中开始呼吸

五

卢卡契曾把现代小说理解为"一种堕落的、恶魔般的追求"的经历，是在一个同样堕落的世界里，然而又是以另一种激进方式对真实价值的追求，它的主人公也是一个"有疑问的人物"。《回答》中的"主人公"或叙述人都是这样一个"有疑问的人物"。《回答》的潜在叙事结构，也具有卢卡契所描述的现代小说的特征。这是主人公在一个堕落的社会里，以一种"堕落的"方式追求真实价值的经历。与主人公或这一代人有关的"堕落"，主要是通过真实价值所暗含的"中介化"来表现的；而真实价值作为一种现实早已消失了：

于是我看到控诉暴力的人，其实在
渴望暴力，那些从不正视自己的人
也一个个在革命的广场上找到了借口；
同样，那些急于改变命运的人，正被他们的
命运所捉弄。从当年的红小兵到女权主义者，
从"解放全人类"到"中国可以说不"

“革命”、“女权”、“民族主义”——“真实价值”的这些“中介范畴”的产生总是伴随着一种倾向：人们用这些可疑的理念来代替他们的思想。这些可疑的中介价值将变成绝对价值，支配着人们的行动与生活。“人们一个个被送往理论的前线，并在那里牺牲”。这就是在一个堕落的世界里以堕落的方式、并且是以同样激进的方式对真实价值的追求的历程。虽然就其所追求的中介范畴而论——革命、女权、民族主义——是如此的不同：

你也不再是那个走向金水桥头，举起右手
向着伟大领袖的遗像悲壮宣誓的小丫头了，
现在你出入于高等学府，说着一口英文，
有着我所欣赏的潇洒和知识分子气；
但在你的这首诗里，又是谁，仍在攥着
那只多年来一直没有松开的小拳头？

从红小兵到女权主义者，从阶级论者到民族论者，从解放全人类到解放人类中的一半，用一个阶级去反对另一个阶级，从一种性别去反对另一种性别，用一个民族去反对另一个民族，都可以视为对苦难或被压迫经验及其爱的价值的中介化。但当这些中介的价值变为人们的绝对价值之后就成为对价值的背叛。当这些从中介的角度返回一切价值的思想成为我们的思想倾向，我们怎么还能有能力返身面对自身的真实境遇？“而背叛的金色号角早已奏响”——

什么叫忠实，

什么叫不忠实，对于这一代人已没有意义；
几千年的封闭造成了我们现在的自由

在王家新看来，“我们现在的自由”并不取决于我们自主的存在或自主的选择，或我们自诩的斗争的结果，他更倾向于看到在暗中支配我们并变得更加邪乎的黑暗的命运。我们的自由是那相反的东西造成的另一极端现象。我们自身是被历史的钟摆摆渡到这一极的。我们的堕落也同样如此：

也从来没有一双更高的眼睛注视我们，
除了街头广告上那些眩目的诱惑；
而早年贫穷的伤害，不仅在加速着
一种地狱般的贪婪，也使你我的自尊变了形

在王家新看来，个人并没有能从他自己作为一个自主的行为主体获得其真实生存。他如此之深地依赖于那些先于、外于他而存在的一切，“几千年的封闭”、“早年贫穷的伤害”，即权势与经济关系等等。“现在，如人们所说，我们‘自由’了”，王家新在提示这种自由的幻觉，迫使我们面对自身的真实的历史境遇及不自由的原因：

我们自幼接受的一切
造成了我们的现在；我们从不认识的苦难，
使我们走到了一起：它在一开始使我们
不与生活妥协，现在则互不妥协；

它使我们彼此想象，虽然又如此不同。

它带来的夜，我们至今仍未走出。

它书写着我们，爱我们，威胁着我们——

它是暴戾的，我们却像狗一样对它忠实。

《回答》写作于一个极为复杂、含混的历史时刻。它处于个人主体长期被社会环境所压抑之后或之中。个人主体并未结束这一命运，但反抗者已经开始与它所反叛的事物变得相像，并"像狗一样对它忠实"。另一方面，这首诗也写于"中产阶级"或"仿中产阶级"的个人主义在其诗学、哲学社会学特别是在市场经济中取得了历史性胜利的时刻。诗人首先在和整个中产阶级与仿中产阶级世界争辩"什么是存在"——

高大的美式冰箱是一种

存在呢还是夜半敲在你屋顶上的雨点？

在诗人看来，仿中产阶级的个人主义在贪婪的欲望中变得与它所反对的（对个体的及弱势的无产者或女性）压迫者一样具有征服与占有意志，并自相矛盾地丧失其人格主体，也丧失了其自主与自由，因而在我们的"自由"中散发着几千年的封闭的气息，在我们的富裕与贪婪中，仍是那使我们的尊严变了形的"早年贫穷的伤害"。这就是在一个堕落的世界里，对变成绝对价值的追求历程。而这个故事中的主人公却在经验上经历着非连续性与非统一性，经历着另一种蜕变或"变形记"，从"个人主体"只是社会、集体意识形态的承载者(红小兵、知青或革命小将),到个人主体开始成为占统治地位的意识形态的反抗者(女权主义者、民族主义或其他的反思者),最终在市场经济时代丧失了个人主体性成为中产阶级或仿中产阶级的一员,融入了这个时代没有故事的生活。

六

史诗性作品的作者与所创造的史诗世界之间的关系是赞美、颂扬和纪念。现代叙事作品——作为在一个不真实的世界里对真实价值进行堕落的追述的经历——叙述人的特殊的境遇与他所描述的经验世界构成的关系是批判性的。人们将之称为“讽刺”、“幽默”和“反讽”。

在《孤堡札记》第十节,王家新描述过这并不轻松的“讽刺”的时刻:

而电话中也会传来一个远方的声音:
“我仍爱你”,词儿没有变,听起来
已不是滋味。但你并不想
从身体里发展出一种“讽刺”的恶症。

面对命运在对人人做着“鬼脸”,我们时代的文化机体中正在生长着“一种讽刺的恶症”,它像肿瘤一样扩散。有利于身心健康的幽默,有利于批判精神的讽刺,久而久之在现代文化传播中就会变得失望与刺耳。讽刺的批判力量甚至沦于自甘无望。对于失败者来说,讽刺也许是容易的。对于这一代人的大多数和大多时刻来说，喜剧化的生活体验、反讽的智识早已取代了感情用事的悲剧观。连王家新也承认，“这也许就是我，心如石铁”，“并从每一种现实的欢笑或争吵中听到一种隔世的悲音”。只是与这种——把现实生活体验为一种隔世的悲欢——冷漠、超然同时存在着另一种力量：

这也许仍是我：一个白痴，仍踉跄于
陀思妥耶夫斯基笔下那混合着狂笑的风雪中，
在一个疯狂的世界要求着理解

“在一个疯狂的世界要求着理解”是一种巨大的悲剧式的理性，也许是比世界还疯狂：一个白痴。这里有嘲讽，但是指向自身。《孤堡札记》第五节曾这样说：“为了赞美你需要学会讽刺”，“为了杜甫你还必须是卡夫卡”。他不仅是一个“修辞学意义上的诗人”，“而你生来是个唱挽歌的人”。

王家新坚持把爱与苦难关联在一起：“要学会爱也只有在认识了苦难之后”，并把苦难、失败与更高的肯定联系在一起：“因为在我的失败中，我开始认识苦难”。因此，诗人说：

我不再争辩。如果我同你争辩，亲爱的，
我们仍是在去精神病院的路上

虽然命运准备古老的敌意、疯狂、懊悔与绝望，虽然“背叛的号角早已奏响”，但命运也“准备了一个吹号天使，准备了宽恕、感激和自由”，不承认命运的人总陷在命运的循环里。诗人意识到“离，还是不离”缓缓地变成了另一个问题：

从什么时候，离，还是不离，这抓住了
无数个破裂家庭的问题，在我这里变为
去成为还是不去成为？

在一个纯属夫妻离异的私人生活问题上，《回答》汇集了时代的精神状况，汇集了人物的全部过去，他的怀念以及他们的渺茫的希望。他描述了接受一种“堕落”世界的妥协的要求，和“去成为”生活的最高肯定者的召唤。“去成为”是通过去承受、去完成苦难而达到的。因而生活、理想及价值被腐蚀的过程也就能够转换为去认识失败、苦难、爱与最高肯定的过程。

每一个人都在追随着它们自己的神，
每一个人都将变成另一个人。
四十而惑，但我也听出了命运的一些低语

在这里，悲剧与命运感是理解《回答》所暗含的伦理维度的一个基本前提。它是克服生存的混乱、无意义感的一种方法。它是“置身于宇宙的无穷里”。在现代生活世界，“宇宙的无穷”这一参照背景消退了。对自身存在的有限性的遗忘并行于一切中介价值的绝对化及一切“类”——阶级、民族、女权的价值的绝对化，孤立的、原子化的个体膨胀并行于主体性的丧失，“宇宙的无穷”是另一伦理维度，只有“当一种更伟大的存在对我们讲话”，我们才能在命运力量与个体精神之间维持必要的相持而在。只有在“宇宙的无穷里”这一伦理维度中，诗人才会感到与生活的和解的力量：

平静下来，你仍是我亲爱的人，
平静下来，愤怒会化为怜悯，而挽歌
也应作为赞美出现。

《回答》的意义不在于讲述了这个伟大的时代传奇中的一个常见的细节，而在于探索了故事的消失、探索了在悲惨的处境中悲剧感的消失以及讽刺和反讽因素的增加这一时代的精神喜剧，以及为恢复故事的意义和讲述所作的努力。《回答》把一幕家庭悲喜剧变为“一首献给这个正在逝去的世纪的挽歌”。当然，诗人知道这一切还会被重新讲述，每一时代都保留着重述一切的权力。《回答》在等待这一时刻。

我们的蒙面人尚未为我们最后到来。
我的这首诗也写得过早——多少年后，
它注定会为另一只手无情地修改。

（《当代作家评论》1999年第6期，略有压缩）

现代诗歌的位置

——王家新与20世纪90年代诗歌型变

◎ 张桃洲

对中国当代诗歌进程略有所知的人都会发现，在最近20年间，已经备受指责的新诗不但没有摆脱戏剧般的命运，反倒越来越趋于自我闭锁，从而显出晦暗不明的特征。特别是，进入20世纪90年代以后，新诗据说已经被逐出公众的视野之外，开始走向“边缘”而“衰落”了，以至于其生存的权利受到了前所未有的质疑。在这种强大的质疑面前，不用说这短短的20年微不足道，就是新诗近百年的探索也显得无足轻重。诗歌在整个社会生活及历史文化中的位置变得暧昧起来，一再被推向一种尴尬的境地。

我一向对关于新诗正在“衰落”的论调持怀疑态度。在一个商业主义盛行的年代，诗歌不再受到关注，这是一个不争的事实，虽说20世纪末发生了一场堪称规模庞大的诗歌论争，但丝毫激发不了阅读的兴趣，它所产生的一点小小波动，很快随着媒体炒作的喧嚷声如泡沫般消失殆尽。但是，只习惯了表面热闹的公众并不知道，诗歌不再引人注目，更多的是由于它消散了先前的表演性。事实上90年代以来的诗歌正在经历一种阵痛，一种阵痛中的调整和蓄积，它的实际情形是：一面是那些高声兜售连篇累牍文字垃圾的诗歌贩子和泼皮，一面是以巨大韧性与坚实成绩促动新诗诗艺全面进展的探索者。

我以为，应该在这种复杂而真实的充满迷障的背景下，清醒地看待新诗的处境和一批诗人为之付出的艰辛劳作。如果我们进一步说，在过去的20年间，新诗其实已经和正在形成某种属于自身的传统，那么这必然意味着在历史的漩涡中，涌现出了某些抵制时间消蚀的独特力量。这里，我想特别指出王家新，他迄今为止的全部写作，恰切地体现了这一历史变动时期新诗的真实景况和自身“传统”的特征。正如臧棣所说，王家新是“能映现出我们时代诗歌”的“一面镜子”[1]。

“守望”与“明亮”

的确，作为一位穿越了80年代和90年代的诗人，王家新一直是这个时代的诗的“守望”者。他的音色带着这个时代特有的沉郁，尤其是时代变迁所造成的精神震荡。诗人声称，“无论生活怎样变化，我仍要求我的诗中永远有某种明亮：这即是我的时代，我忠实于它”（《词语》）。因此，王家新诗歌的显要特点之一，便是鲜明地体现了一个时代诗歌所必需的质素，或者说某种宏大传统：对时代的诗意关注与抒写。在他写于90年代初的《守望》、《转变》等一批诗篇中，这种执守坚卓的姿态清晰可辨。显然，90年代初是一个重要的转折

[1] 臧棣：《王家新：承受中的汉语》，《诗探索》1994年第4辑。

点，也是一个过渡的中介点，王家新80年代的《预感》、《练习曲》等篇什，和90年代中后期的《伦敦随笔》、《尤金，雪》、《旅行者》、《回答》等诗章；都与这一中介点衔接而连成了一条清晰的线索：贯穿于其中的，即是那种变化中的诗歌精神的“明亮”。在这些诗中，诗人的内心始终经历着挣扎与辩驳的焦灼，并闪现出一个沉默、坚毅的跋涉者的身影，那是诗人的另一个自我——他“在生与死的风景中旅行”，穿过现实的风霜雨雪和时代的风云变幻，为诗人的写作提供了有力的精神支撑或“理由”：

……另一个仍在街上走着
没有他，雨声不会响起
而双手不会伸向稿纸
我不会写下这痛苦的诗句

——《练习曲》

这些穿过精神炼狱的诗句必然是“痛苦的”，诗人却由此获得了决断的勇气：

把自己稳住，是到了在风中坚持
或彻底放弃的时候了

——《转变》

但最具代表性、最深刻地书写了时代的精神苦痛的，还是与《转变》同一时期的《瓦雷金诺叙事曲》、《帕斯捷尔纳克》这两首姊妹篇。前一首诗里的“蜡烛在燃烧/我们怎能写作？/当语言无法分担事物的沉重，/当我们永远也说不清……”和后一首诗里的“这就是你，从一次次劫难里你找到我/检验我，使我的生命骤然疼痛”，都极为真切地表述了变换时代的诗歌写作与时代境遇的关系，其强烈的受难感和某种无以名状的悲情，具有震撼人心的精神深度和强度。在这两首献给同一位异域诗人的诗中，王家新将笔触伸入到那位诗人所生存的时代的底部，探询了严峻时代诗歌写作的依据，那就是：“忍受更疯狂的风雪扑打”，“把苦难转变为音乐”；而“你的嘴角更加缄默”，则加强了他的《练习曲》等作品以来那种命运的厚重感。与其说这是向“大师”致敬的诗，不如说王家新从他所观照的对象身上找到了某种契机，在其间他得以就历史重压下的诗歌使命和时代的精神处境，作出更为本质的思考。可以看到，从写作《守望》、《帕斯捷尔纳克》等诗开始甚至更早，王家新已经有意识地把整个历史、时代乃至人类文明的主题，纳入他的思考和透视的范围。正是在这一深远广阔的背景下，他力求把握他的诗歌写作的可能性，其诗思的意绪反复指向了诗歌与时代的关系这一主题。这在他晚近的长诗《回答》中达到了一个新的高度。

尽管不少人倾向于将《回答》当作一部个人的生活史来读，但毫无疑问，个人的生活历程留下了时代变迁的印痕，这指向了一个公开的秘密：个人心灵的成长缘于同时代的磨擦与砥砺。当个人开始反顾哪怕是微不足道的自身经历时，时代的阴影强行进入了个人的历史，期待着个人“动用整个一生”的“回答”：

……这就是我们的时代

——你的痛苦，你的生活，你的真实
只是这部伟大传奇中的一个细节。

在诗中，诗人没有停留于个人经历的具体描绘，而是将个人经历与时代变迁相映衬，并将之转化或抽升为一种普泛的个人体验。事实上，将对历史、时代的反思融入个人的体验之中，并构成其个人体验的有机成分，这是王家新诗思运作的一条路径。不妨说，这种“个人”性提供了一种切入历史、时代的“焦点”，或者引用王家新最近一首《带着儿子来到大洋边上》中的一个短语来表述，就是“痛苦的视力”——这是从个人的命运出发，凝聚了个人的全部精神履历和沉痛，所获得的“视力”。通过这如透镜一般的“视力”，王家新观察和沉思着他自己和时代的命运：“我又能否让我自己和我的同时代人/一一从我的写作中走过，并脱下面具，为了/向一种黑暗的命运致礼？”通过写作的“视力”，诗人在个人与时代的斡旋中达成了某种和解：“它为我们……准备了宽恕，感激和自由……”很显然，王家新对于时代的“忠实”，并不能在过去的那种意义上予以理解。尽管他在诗中使用的是同一语词——时代，但打开的却是一片质地完全不同的精神和艺术空间。实际上他从两方面改造了“诗人必须忠于和歌颂他的时代”的简单化传统：一方面，他祛除了根深蒂固于中国诗人头脑中，那种乐观得近乎“盲目”的进化论观念，以及与之相应的过于高昂、激越的诗歌语调；他深知，历史上一度热火朝天的与时代同步的诗歌写作，毕竟是外在的也是虚妄的，它们只不过从时代的皮尖一擦而过，丝毫触及不到时代的深处。另一方面，他摒弃了即使其同代人中也还残存的暧昧的“代言人”冲动，而代之以对“个人”

内心声音的挖掘；这种充满了“个人”内省性质的写作，是面向具体的时代生活的“发言”，而不是“代言”，毫无疑问它既介入了对时代的追问，又保持了“个人”的尊严。因此，当时代把诗歌逼向了一种“个人化”写作时，王家新以具有活力的健康、明朗和高远的格调，为这种“个人化”写作注入了一种独特的“时代意识”，这种时代意识才是真正严峻的。在这一点上，他具有与他所景仰的诗人帕斯捷尔纳克相对称的分量。

也可以说，王家新通过自身的写作，向处于转型期的中国诗歌重新提出了“贫乏的时代诗人何为”这一久远而切近的问题。针对当前诗歌写作变得越来越狭隘、浮躁，其间艺术承担的勇气和能力正逐渐丧失的情形，王家新试图以其坚韧的实践表明：真正的诗人是以远离时代的方式去思考时代的。“诗人何为”在他那里最终变成了“去成为，还是不去成为?”的追问。对此王家新的答复相当明确：裹挟在时代夹缝中的诗人，应该避开那些虚浮的喧嚣而更为内在地潜沉下去，进行“一种专注的、能够深入到文学与生活的‘黑暗内部’的写作”。这也就是他在诗中经常与但丁、卡夫卡、叶芝、奥登、希尼及冯至等过去或现时代的“光辉的诗歌灵魂”展开对话的原因。在他看来，这些优秀诗人面对各自的时代境遇时表现出的“知识分子精神”和良知，正是中国当代诗歌最缺乏的。通过分析不难看出，王家新笔下这些伟大的“亡灵”经过诗歌的转换，已经成为他本人的“诗歌灵魂”：他在评述冯至时指出的“把写诗与一个人对生存意义的追索，与人格磨练和真实生存，与信仰的最终建立必然地联系起来”，恰恰是他自己的某种精神写照；而希尼诗作所展示的一种巨大的承担精神，一种对于写作的重新认识和要求，也正好应和了他本人的使诗歌“重获一种面对现实、处理现实的能力和品格”的主张。这从另一个侧面也表明，所有诗歌对话终究要回到“母语”的建构上来，这是汉语诗人的“命运”：

在那里母语即是祖国

在那里每一首诗都是最后一首……

——《伦敦随笔》

因此，对时代喧嚣的远离最终被带入到一种对现实的关怀，一种个人对时代更大的担当中。我不知王家新的这一诗学努力，能否将一度显得过于轻巧的当代诗歌，重新拉回沉重的现实大地，引起诗人们在更高的高度关注中国本土的现实——至少，他本人的诗歌，是相当集中地回应了这一命题的。

“慢”与难度

然而，诗歌中某种严肃主题即时代担当的渗入，并非意味着会对诗歌技艺造成戕害。正如“承担本身即是自由”，与反省时代所要求的深刻相适应，王家新在实践中倡导一种“慢”的写作，并由此发展了一种独特的诗艺。

在长篇诗片断《词语》里，诗人反复地说：“在时代的加速度中，我唯一要做的，是使我的写作再一次地慢下来”；“我不得不放慢写作，为了了解我自己”。按照我的理解，作为一种诗学理念的“慢”，在王家新这里具有深长的意味：首先，写作中“慢”的出现显示了一种对语词的专注态度，这当然不是指一般意义上对字句的推敲，而是指对语词怀有某种敬畏、等待的心情，在诗人看来，语词是“来自地狱的东西”(《词语》)，它只向老人和以沉默为家的人敞开；只有在“慢”的心境中进行一种执着虔敬的“倾听”，亦即对“谁在我们中间”或“谁在我们的沉默中讲话”的体察和追问，才能抵达“黑暗中的字句”——“回到黑暗中/让诗来写你”(《预感》)。

其次，从写作技艺上说，“慢”体现了一种“难度的设置”，用王家新本人的表述就是，(写作)“只有从对‘阻力’的发现才真正开始”，这种难度的设置使诗歌写作成为一种对于“阻力”的克服，一次漫长的精神征旅，导致诗歌的结构从简单走向复杂，在表面的单一性与内在的精细和繁复之间形成某种诗意的张力，这一点由他的《乌鸦》、《伦敦随笔》等诗中的尖锐、粗粝可以见出。再次，“慢”的意识是一种“限度”意识，也是对诗歌写作的运命——局限及其可能性的清醒觉识，正是这种清醒的觉识驱策着诗人将目光投向时代、现实的广阔与芜杂，从中掘取丰沛的诗意。最后，所有这些与“慢”相关的心境、技巧和意识，显然制约并促成了王家新诗歌的文体及词汇、句式的选择，等等。

这种“慢”的诗学，为王家新的《反向》、《词语》、《另一种风景》、《游动悬崖》、《冬天的诗》、《变暗的镜子》等“诗片断”的大量出现，提供了某种解释。当诗人不再急切地止于外在的“诗”的表达，开始耐心地寻求诗歌语言与现实的更为坚固的结合点时，他获得了更多主动性，能够从容自如地将注意力，从外在形式的刻意经营转向对词语本身和内在独特体验的关注。同时，由于解除了狭隘诗形的束缚，诗人能够选择一种更具包容性和开放性的诗歌样式，使其纳入更多的甚至是“非诗”的东西，以造就一种“不是诗的诗”。这样，便相应地形成了“诗片断”的特殊样式。显然这是一种自觉的文体选择。

这种“诗片断”样式的独特之处在于，诗人没有被那种“过紧”的语言形式所拘束，而是将思绪与表达自由松开，向日常的话语自然延伸，却又保持了诗歌本身的意味和光辉。在其间，诗意能够随着语词的延展而慢慢沁出，自由流动：

在北方，冬日比夏季还要明亮；而在它最明亮、高远的时候，我就听到了一种歌声……

——《反向》

甚至诗歌也不存在：存在的只是那在黑暗中发光的声音的种子。

——《词语》

在“诗片断”中，每一个徐徐延展的语词就是一粒结实的“种子”，能够让人触摸到它本身的质地。当一些诗人寻求突破诗歌形式困境的方法时，王家新的“诗片断”体现的是一种超容量和“低速度”的写作范式。让我们记住这种“诗片断”将要产生的可能影响吧：它改变的不仅是诗歌的外在形式，还有诗歌的内在结构；它带来的不仅是一种舒缓、克制的诗歌语调和节奏，而且还会带来一场诗歌观念与法则的革命。这种“诗片断”所显示的包容气度，极大地丰富了诗歌的表现力和转化力，把诗歌导向一种与更为开阔的社会、历史语境的关联。当然，这一切都来源于促使“写作停了下来”的“慢”。

从一个更大的背景来看，“慢”无论是作为一种诗歌品质还是一种写作策略，都是针对时代的“加速度”而言的。我以为，这正是王家新最重要的诗歌贡献之一：他为这个纷繁匆促的时代及其诗歌写作，提供了一个相当醒目的关键词——“慢”。这种“慢”的诗学，如果放到20世纪80年代以来中国诗歌的整体脉络中去考察，其独特的价值便会凸显出来：它显然有意识地抵制了20世纪80年代那种即兴涂抹的青春型写作，把诗歌写作规范为一种冷峻的、经过深思熟虑的行为，这在20世纪90年代所谓“后现代”的众声喧哗里，无疑尤具意义。因此可以说，“慢”是最近20年中国诗歌的重要收获之一。

不过，“慢”对于王家新本人而言，更多的是一种个人的、属己的精神性特质。总起来看，他的作品——从《练习曲》到《转变》、《瓦雷金诺叙事曲》，再到《伦敦随笔》、《回答》等等，清晰地展示了一代人在时代转换过程中所历经的精神痛楚。它们既抵制了时间的侵蚀，又深深地留下了时间的刻痕。它们担负着这个时代特有的精神困境和“反讽”（Irony）意味，即在倾向于“慢”的严肃写作与时代的“加速度”之间所构成的张力关系，或者说“介于挽歌与讽刺之间的一种平衡”，逼促着诗人们对自身的写作进行思考。必须指出的是，“反讽”不仅潜在地造就了时代的一种氛围，而且成为诗歌存在的一种生态和普遍特征。在王家新的诗中，重要的是“反讽”作为面向时代处境产生的积极反应，体现的诗歌处理现实的能力和质素，其间包含着“某种不便言说的沉痛”。这种“反讽”的特征越发明显，其沉痛的气质便愈加浓厚：

尘埃中一声河南梆子响起：到站了
而你茫茫然不知走向哪里。

——《纪念》

就这样，诗歌通过“反讽”与整个时代发生了一种微妙的关系——“互文”关系，诗歌与时代在相互印证中辨认着对方。诗歌在一阵悠扬而沉郁的梆子声中，标识了它自己的位置。这既是一个当代诗人的位置，也是诗歌本身应处的位置：处在某个“边缘”地带，发出一点点声音，然后慢慢向周围“扩展”。

审视与担当

在20余年的诗歌生涯中，王家新一以贯之地以其充满韧性的诗歌写作，成为这个时代诗歌的一个亮点。同时，值得注意的是他一直以随笔和论文的方式，从多个层面对中国当代诗歌及诗歌写作本身进行着思考，同样成为当代诗坛一道引人注目的景观。作为王家新从事诗歌活动的两翼，他的诗歌写作与诗学思考都参与了近20年中国诗歌的历史进程；毫无疑问，由于他的诗歌活动的富于建设性等特点，致使他的诗学参与有力地推动了中国当代诗歌的发展，从而形成中国当代诗歌自身建构不可或缺的一部分。因此，当我们反观近20年中国诗歌的发展历程并对之予以省思时，难以绕开的是王家新提出的一些诗学命题及其作出的论述。在某种程度上可以说，正是通过有深度的探询和辨析，王家新的诗学思考才为我们更好地理解中国当代诗歌提供了一块坚实的基石，或者说，提供了一副得以窥见中国当代诗歌深层隐秘的“透镜”。

如果说王家新早期的诗论集《人与世界的相遇》(1989)，更多地显示了他作为诗人在实践中对诗歌及写作本身的领悟的话，那么在后来的两部诗论集和随笔集《夜莺在它自己的时代》(1997)、《对隐秘的热情》(1997)及至最近的《没有英雄的诗》(2002)中,这种对诗歌的悟察渐渐成为一种自觉。其中的重要篇什《回答四十个问题》、《冯至与我们这一代人》、《夜莺在它自己的时代》、《当代诗歌:在确立与反对自己之间》、《阐释之外:当代诗学的一种话语分析》等,可算作观察最近20年(特别是90年代以来)中国诗歌走向和特征的典范文献;而《维特根斯坦误读》、《重读奥登》等文,在对西方诗哲的深入读解中,体现了他将诗歌作为一门独立精神艺术进行分析所达到的深度。在这些经过深思熟虑的文论里,王家新就汉语诗歌的独特性、诗歌在这个时代的处境及诗歌写作与现实、时代的复杂关系,特别是诗歌所面临的"在政治与文学之间,在给定的生存/话语条件与文学的自由表达之间,在写作的文化承诺、道义责任与个人的自由意愿之间"的多重困境,进行了全方位的思考,提出了"承担本身即是自由"的命题。他关于90年代诗歌特征的概括,诸如"反讽意识与喜剧精神"、"多声部写作"、"从创作到'写作',从作品到'文本'"、"叙事的可能性"等,是较早对90年代以来中国诗歌写作新趋向的指认,后来发展成为90年代诗学的"关键词"。而他的"中国话语场"概念的提出和对"知识分子写作"精神的重新诠释与倡导,则表明了诗人试图将汉语诗歌写作拉回到本土上来的严峻意识与严肃态度。

王家新的系列诗学文章,展示了他在世纪交替的语境中,对汉语诗歌生态和未来所作的颇为有力的思考。他在《阐释之外:当代诗学的一种话语分析》、《当代诗歌:在确立与反对自己之间》等文中,反复指出:"如何使我们的写作成为一种与时代的巨大要求相称的承担,如何重获一种面对现实、处理现实的能力和品格,这是我们在今天不得不考虑的问题。"[1]他将这些问题带入对汉语诗歌写作可能性的探求中。这样,王家新一方面是站在汉语诗歌的原点上提出、思考这些问题的,另一方面他的论述具有很强的现实针对性,后一点充分体现在他对20世纪末一场堪称声势浩大的诗学论争所作的系列应答中。

在《九十年代:为诗一辩》、《从一场濛濛细雨开始》、《纪念一位最安静的作家》等文章里,王家新对最近20年(特别是90年代以来)中国诗歌呈现的激烈、含混和左冲右突的态势进行了清算。显然,我们不应将这些诗学应答视为一般意义上的对自身写作理念的辩护与澄清,而应该从中国当代诗歌进行自我建构的更为开阔的背景,来理解其深层的诗学内涵。因为,王家新在其中以"个人写作"对"知识分子写作"所作的"反省、坚持、修正和深化",是有其深刻的历史依据和现实背景的。通过应答和辨析,王家新力图指出,"知识分子写作""对写作的独立性、文化价值关怀和批判、反省精神的要求",更多地体现为一种"个人写作"式的"承担者的诗学——它在坚持个人的精神存在及想象力的同时,在坚持以个人的而非整体的、差异的而非同一的方式去言说的同时,依然保有了知识分子的批判精神和文化责任感"[2]。同样,王家新对所谓"与国际接轨"、"向大师致敬"等言论进行了驳斥,在《从听众席中站起来的女生》、《〈荒原〉的第八行》等对西方优秀诗人作出精神性响应的篇什中,他有针对性地提出了"当代诗歌的关怀与自由"命题,从而将西方

[1] 王家新:《阐释之外:当代诗学的一种话语分析》,《文学评论》1997年第2期。
[2] 王家新:《知识分子写作或曰"献给无限的少数人"》,《诗探索》1999年第2辑。

的诗学资源纳入中国当代诗歌的自身建构。这种包容的气魄使得王家新的思考具有了历史的纵深感：从汉语诗歌未来发展的角度，重新审视传统与西方。

在很大程度上，王家新的诗学言述都是其诗歌写作的自我阐释和印证。同那些诗学文章一样，王家新近些年的如《变暗的镜子》、《冬天的诗》、《回答》等诗篇里，都体现出对诗歌写作之精神尺度的充分觉识。一个对诗歌写作内在命运有着清醒认识的诗人，是值得信赖的。因此可以说，王家新的诗歌写作和诗学思考共同地显示了这个时代所必需的信念：在对时代喧嚣的默默忍耐、承受和抵抗中，将诗歌的事业进行到底。

（选自张桃洲《现代汉语的诗性空间》，
北京大学出版社2005年版）

诗之锻造：王家新论

◎ 牛遁之

“天才是依靠勇敢去实践的才能。”

——维特根斯坦

剖　开

打开维特根斯坦的工具箱，我们会发现箱子主人更钟爱以下物件：“锤子、钳子、锯子、起子、尺子、熬胶的锅、胶、钉子和螺钉”等。这位天才的哲学家顺带指出，“词的功能就像这些东西的功能一样，是多种多样的。”

在东西文化两大河流之间，如果把孔子式的“不言怪力乱神”的现实指向，老庄式的“大象无形”“混沌未开”的心灵指向，笼统为东方式的“和谐”，那么，西方哲学和艺术一开始就是紧张的，对立的，“非和谐”的，古希腊神话的匠神赫菲斯托斯便是它们的最初隐喻。柏拉图《对话录》中，匠神按照宙斯的意图，剖开圆球形的人体，使之痛苦地分裂，由此诞生了人与神、肉与灵的紧张感。强调冲突的动力原则，贯穿于西方哲学、宗教、文学和艺术的所有脉络，使得西方文明表现出强有力的生命力。

于是，我们可以形象地认为，东方文明是“耕犁”式的，犁开土地，播下种子，长出果实，然而从未造成土地根本的裂变。西方文明则是“刀斧”式的，它的根本职能就是“剖开”。菲狄亚斯面对的是大理石，柏拉图则把世界一剖为二，一直延续到康德的物自体和现象世界，无论黑格尔的辩证法，还是弗洛伊德的精神分析，都离不开这种对立思维的影响；在文学上，从索福克勒斯的《俄狄浦斯王》到俄罗斯白银时代寒冷的流放地西伯利亚，从荷马、但丁到叶芝、里尔克和艾略特等等，冲突与对立的法则使得诗歌艺术愈发上扬，形成一座座高峰。

按照斯宾格勒等人的观点，不同的文明和文化有着自身生长的逻辑性和自发性。在人类文化学意义上，我们很难说何者为好。我只是想在这里强调，如果说我们对包括诗歌在内的中国文学艺术有所不满，一定程度在于我们对于两极张力和灵魂拷问的苍白和缺失。以北岛为代表的80年代朦胧诗的崛起，相当程度归结于诗人内心与现实的严重对立，抛开时代的影响，就其拷问的深度和诗歌技巧而言，尚显青涩，这已是不争的事实。

我们欣喜地看到，作为朦胧诗的后期参与者，在经历了80年代末期一场命运的震撼之后，王家新诗中凸显出了罕见的两极对立与灵魂拷问，一经出手，便成为20世纪90年代中国诗歌转型的主要发轫者。他的《瓦雷金诺叙事曲》《帕斯捷尔纳克》等系列诗作，带给诗坛深度的震荡，在读者中产生震撼般的影响，其显著意义无论怎样评价，都不为过。

就气质而言，王家新是勇毅的刀客，剑士；就诗歌的呈现而言，他时而使刀，时而执斧；就艺术而言，他是一位了不起的雕刻家。王家新在锻造诗歌语言的同时，也锻造着自己的灵魂，而这一切都是在“两难对立”的语境中进行的。作为一名文字与灵魂的雕刻家，他最擅长的首先是，剖开。

在鄂西北山区长大的王家新，从童年就拿过劈柴的刀斧。到了《一九七六》这首诗，他又拿起了劈柴的斧头：“哀乐在上午响起的时候，/我正在知青点的大蒸锅边劈柴……”这似乎是诗人用刀劈开世界的最初意象。美国诗人乔治·欧康奈尔在《书法》中写道：“长长的装满黑夜/这些橡木劈开了/仿佛只被光/它们沿着斧子跃起/闪亮如纸面。”橡木内在的黑暗，正如书写前的沉默，斧子劈下，正如一首诗的形成。如果说乔治的斧子带来了一道艺术光亮，王家新的斧子则在劈开词语的同时，也劈开了人们麻木的内心。

真正的悲剧不在外界，而在内心。诗人和我们一样经历着，却比常人有着更为敏感的内心和超常的勇气。在一个普遍失语的特殊年代，王家新举起亮晃晃的刀斧，写于二十年前的《一个劈木柴过冬的人》，成了记录那个时代不泯良知的典范文本：

一个劈木柴过冬的人
双手有力、准确
他进入事物，令我震动、惊悚

“惊悚”与“恐惧”、“颤栗”的字样在这个时期频频出现。1990年，王家新写了《词语》一诗，在灰蒙蒙的天气中亮出了凛冽的刀锋：“——它们是来自地狱的东西/尖锐、明亮、不可逾越/直至刀锋转移/我们终因触及到什么/突然恐惧，颤栗。”显然，恐惧与颤栗并不是怯懦，而是对于苦难的本真反应，以及悲剧事件留在内心的创痛。王家新剖开的，一边是现实，一边是地狱。相对于国人特有的“健忘症”，王家新沉陷在内心的拷问与苦痛中，锻造灵魂的斧头一刻也没有停止。

从那时起，王家新的“斧头”超越了现实，成为令人难忘的诗歌隐喻和艺术象征。斧头举起，又落下，进入事物，落在内心，它让读者在剧痛中一起震动和反思，而不是在麻木中遗忘和失语，如《变暗的镜子》(2001)中所写，“葡萄酒沉睡在你的头脑里，而忘却的痛击有时比一枚钉子尖锐。”王家新因此赢得了世人的尊敬。这种“剖开”的勇气、敏锐和准确，他所达到的精神高度和历史深度，呈现出独特的言说技巧，对于我们惯于健忘习于麻木的国民性，有着不可估量的警醒作用。正如乔依斯笔下的斯蒂芬·狄达勒斯所言，“锻造一首诗是一回事，锻造一个种族尚未诞生的良心，是相当不同的另一回事。”

王家新在去国的岁月以及之后重返北京，“斧子”的意象一次次出现在诗中，如《纳博科夫先生》：“流亡的气息，涅瓦河在记忆中/的涌动，斧子劈柴时的闪光/那迫使我们每个人消失的力量”，斧子还是那把斧子，但其意象在词义的叠加中变得更加丰富，置身海外的孤独与无奈，对回归的期许，使得王家新的诗歌在这一时期表现出了奥德修斯式的粗粝，有时我们可以想象，诗人站在浓雾紧锁的船上，脸上结满盐巴，但是诗人的使命与执着便是不顾一切地寻找，寻找那词语中的亮光。

正是由于长时间的沉默，大理石中隐藏的灵魂才能更清晰地显现。1990年12月，王家新在他的《帕斯捷尔纳克》中写道："从一次次劫难里你找到我/检验我，使我的生命骤然疼痛"。在王家新的诗歌文本中，这首诗堪称"灵魂之诗"。对灵魂拷问的深度，使王家新的诗歌由此跃升到了一个新的高度。

到了《孤堡札记》(1997)，诗人王家新与想象中的杜甫会面了，"我也不与你谈论砍头的利斧或桂冠"，这可看作诗人的一次跃升，一阵言辞背后的沉默，我们看到诗人在经历磨折之后更加成熟。在同年写于德国那个古堡的长诗《回答》的最后，我们看到的是一个穿越了其全部痛苦的诗人："而我将在这里留下。/我想我已经准备好了：从持续不断的降雪中，/从笼罩着山上山下和万物的静寂中，/将会静静地升起一支冬日的颂歌……"

王家新曾多次强调他倾心于北方的冬天和雪，他把它变成了一种精神的语言，甚至"词根"本身。他在《变暗的镜子》中写道："再一次获得对生活的确信，就像一个在冰雪中用力跺脚的人，在温暖自己后，又大步向更远处的雪走去。"这里的意境，便是诗人一次次剖开自身，自我拷问，怀疑，无助，然后重新获得对生活和艺术的确信。而这里的"雪"，到了王家新前几年写于美国的《在纽约州上部》，描述得更为精妙：

在纽约州上部，
在一个叫哈密尔顿的小镇，
在门前这条雪泥迸溅、堆积的街上，
在下午四点，雪落下时带来的那一阵光，
一刹那间，隐身于黑暗。

于寻常生活中获取艺术，把质朴的生活与艺术的意象重叠，在言与不言中隐身，这是王家新更为成熟、高超的诗艺体现。他在《越界的诗歌与灵魂的在场》中自言："这首只有五行的短诗，就是对'当下'的一步步确立，就像摄影的聚焦一样，但我想这比摄影的聚焦要困难得多，我想写出冰雪的力量……写出对雪落下时带来的那一阵光的艰辛辨认，写出我们自己究竟身在何处，因此这会是一种对自身全部感受力的聚焦。"

需要指出的是，王家新的"雪"的喻指是多维的，与之相对，形成对立意象范畴的则是"黑暗"。这些都属于他的对立词根范畴。王家新在他最喜欢的诗人之一布罗茨基去世后，在一首诗中写道，"你必须忍受住/一阵词的黑暗"。这"一阵词的黑暗"，是精神的黑暗，也是存在的黑暗。这"一阵词的黑暗"，也就是对一个诗人的祝福。雪与黑暗的对峙，成为王家新存在之诗的重要内核，"不管怎么说，只要生起火，就总有面对余烬的时候。正是这样的时刻，让我进入了一种'存在之诗'。"(《越界的诗歌与灵魂的在场》)

诗人总是带着属于自己的意象来到这个世界上的，一经诞生，就成了超越现实的独特存在，仿佛每种意象都涂上了诗人自己喜欢的颜色，恰如狄兰·托马斯所说，一首好诗写出来之后，世界就发生了某种变化。在灵魂与内心冲突中，王家新的斧头劈开自己，也劈开麻木的现实，给人以痛感，挣扎和光亮；在诗歌艺术上，王家新的斧头劈开的则是断裂的碎片，"诗片断"，以及对词根的执着找寻，渐而由同一词根形成多重意象。这可以看作是他对中国诗歌的独特贡献。这在吴晓东的《王家新论》中已有专门论述，这里不再赘言。

经过长时间的递进与嬗变，"斧子"连带它劈开的"雪"与"黑暗"，已经成为王家新标志性的诗歌意象。如果说，匠神用斧子劈开宙斯的头颅生出了智慧女神雅典娜，王家新用斧头则劈开了怯懦、麻木和混沌，在紧张的对立冲突中彰显勇毅与反思精神，在刀斧锋刃的呼啸中打磨和锻造自己的诗艺与灵魂。这对于90年代中国诗歌的质地与担当，都是一个不可或缺的提升。

锤　打

匠神赫菲斯托斯把圆球形的人一剖为二后，分开的两人剧烈地嚎叫着，匠神没有抚慰他们的痛苦，而是像把鞋子放在鞋楦上敲打一样，不停地敲打着其中一人，使他半圆的身体有了平实而坚硬的胸膛。

这是一个饱有蕴含的诗学隐喻。锤打，贯穿于雕刻的全过程，凿子和刻刀一刻也离不开锤子的作用力，直至雕塑成形。尼采把查拉斯图拉从蝇营狗苟的市场中带出，推向炼狱般的威苏维火山，然后向世人宣称："唯一信条：要纯洁。"要使他在痛苦中打磨，直到获得"三度变形"的最终实现。对于诗人来说，锤打的过程是痛苦的，绝不像"捻断数根须"那么简单；诗人在黑暗中发力，和自己打拼，一次次发问，"为什么要把人与兽的殊死搏斗/留在一个睡不稳的梦中？"（《瓦雷金诺叙事曲》），他还得一次次"在词中跋涉"，直到"靠近那扇唯一的永不封冻的窗户"（《尤金，雪》）。这唯一的永不封冻的窗户，在王家新看来，"也许就是永恒的艺术本身。只有到那里……才会给我们的灵魂带来真正的喜悦。"（《"走到词/望到家乡

的时候”》)

王家新的拷问与锤打，首先是在“艺术与现实”的两难境地中展开，最具代表性的诗作当然是《瓦雷金诺叙事曲》，诗作呈现出了十分可贵的张力。面对悲剧性的历史以及由此带来的压力，诗人不肯低下头颅，更不肯苟活，在内心剧烈的痛苦中，他找到了自己遥远国度的心灵意义上的亲人，“蜡烛在燃烧/诗人的笔重又在纸上疾驰，/诗句跳跃/忽略着命运的提醒。”在经历80年代的“青春期写作”后，这首诗成为90年代诗歌转型的一篇力作。诗中抒情的分量没有减弱，反而有所加强，但它带给读者的感觉不是矫情，而是时代的激情。这似乎成了80年代的最后一次抒情，或者说最后的爆发。与此同时，这首诗带有浓厚的叙事表征，与常见的叙事不同，王家新把“我”作为剧情的角色之一参与其中，使得叙事带有相当成分的自我对话和争辩色彩。

里尔克曾为“作品与生活”的分离苦恼不已，直到最后在一个细小的玫瑰刺上彻底解脱。这也是几乎所有诗人心中的郁结。王家新在《词语》中写道：“为什么你又想起了古希腊悲剧中的合唱队？——它总是在那儿吸引着我们对死亡的冲动！”在我看来，这里表面上说的是死亡，其实内核在于“艺术与现实”两难境地的挣扎。命运与现实是一张巨网，人们无往而不在枷锁和巨网之中。但是，在日神与酒神的双重光耀之下，尤其是在酒神的引领下，艺术家便有可能获得真正的自由。这就是尼采强调的“醉境”。进入醉境的人，甚至“不再是艺术家，而成了艺术品”。(《悲剧的诞生》)

其次，就像雕刻匠要在最高温的火与最冷冽的水之间锻造一样，“生与死”这对永恒的矛盾成了王家新永无休止的挣扎于其间的漩涡。在中国传统文化语境中，无论孔子的“未知生，焉知死”，庄子的“齐生死”，还是佛家的“生死不二”，都力图化解这对最紧张的对立矛盾。相反，对于生与死的紧张感，则成为西方哲学与文学的关键特征之一，对此，最直接的代表也许就是王家新翻译的策兰的作品，在我看来，他一直是在死亡的隧道中穿行，并用“死”来写作，直到最后沉入塞纳河，然后在河中浮起。

王家新对策兰情有独钟，“如果策兰仍活着，他会宁愿再次回到那个战后的世界：在那里，生与死赤裸，而语言只剩下最后的一堵墙……”（《词语》，1993）对于策兰的一句诗，他这样理解，“‘你可以……用雪来款待我’，这真是一个‘走到人类尽头’而又对死亡坦然相对的诗人才可以写出的诗句。”对于策兰的死，他的描述也是那样耐人寻味：“一切就这样结束了。1970年5月1日，策兰的尸体在离巴黎十公里的塞纳河下游被人发现，像是一个最不费解的从他的诗中漂浮起来的词。”“生与死”成为王家新后期写作的常见语汇，这可以理解为诗人对生与死的天性敏感，也可以理解为西方精神谱系中两极张力与灵魂拷问的呼应，“阅读变得更困难了：我总是看到死者在词语间挪动”（《另一种风景·阅读》）。“困难”，这也是王家新诗学的一个关键词，就像他自己常说的那样，没有难度，就没有真正的艺术。

“他必须在大雪充满世界之前/找到他的词根”（《尤金，雪》），正是这种追求艺术与永恒的紧迫感，对死难与悲剧的巨大感受力，王家新诗中关于“生与死”的紧张对峙，几乎到了令人窒息的程度。在中国现当代诗歌谱系中，死亡意象出现较多的是穆旦和海子，王家新明显增多。我们甚至可以把孔子的话反过来形容王家新：“未知死，焉知生？”这里稍稍列举一些：“在那里母语即是祖国/你没有别的祖国。/在那里你在地狱里修剪花枝/死亡也不能使你放下剪刀。”(《伦敦随笔》)“这死亡的爱抚/胜于人类的手指。”(《日记》)“你想到了死，而这无非是为某种比生命更伟大的想象力提供保证。但你真要这么做时，你并不能达到肯定。”(《词语》)

死亡弥漫着一切。他甚至说：“没有死亡带来的重创，就不可能进入这词的黑暗。”(《“走到词，望到家乡的时候”》)“诗人之死”是一个永恒的话题，充满隐喻性质。王家新剥去的，是现实的俗念和苟活的意欲；留下来的，是对诗艺的追寻和灵魂的求索。在对于“生与死”的纠结中，诗人一步步逼近永恒的境地：“于是但丁就来到我们中间，带来火和地狱”(《词语》)。有时他仿佛抵达到这样的境界：“醒来，仿佛是黑暗中的一个死者，在让我替他活着。”(《另一种风景·替换》)

特别需要指出的是，王家新式的锤打与拷问，绝不是停留在自身，而是在一个更开阔的时间空间和精神层面上的，“大师的晚年是寂寞的。他这一生说得过多。现在，他所恐惧的不是死，而是时间将开口说话”(《反向·晚年》，1991)，这里他运用了时间的无情的尺度；“奥斯威辛”也常常出现在他的视野里：“从那里出来的人，一千年后还在发问：我们是有罪的还是无罪的？”(《反向·奥斯威辛》)，这种自我拷问就更加震动人心了。相对于中国的“耻感文化”，西方文化被称为“罪感文化”，人生来就是有罪的，这种面对上帝与灵魂的忏悔往往要贯穿一生，这也造就了西方文学和诗歌的特有张力与纵深。另一个体现中西文明差异的是信仰问题。“活到今天，要去信仰是困难的，而不去信仰是可怕的。”(《变暗的镜子》,2001)在这里,王家新真实地交出实底:信仰的"难度"。但内心的折磨持续着,对于诗人而言,它带来的推动力也许不次于信仰本身。

质　地

希腊人使用过一个绝妙的词儿称谓笑:gelao,意即"照耀"。匠神赫菲斯托斯一边给圆球人带来痛苦,一边给他们带来对灵与肉重合的渴望和冲动,以及合二为一时的笑和照耀。匠神留给自己残疾和眼泪,也带给奥林匹斯诸神以欢笑,"荷马式大笑"。匠神劈开圆球人,锻造了坚实的男人,也锻造了柔软的女人,包括美艳绝伦的潘多拉。从艺术之维看,一个人既是男人,又是女人,同时是孩子,三位一体,是最理想的天才式的组合;从诗歌技艺上讲,一个诗人应能极坚硬,也能极柔软,有时还带着孩童式的天真与机灵。我不敢肯定地说王家新是一位天才诗人,但他的诗歌富有张力,并呈现出了多种奇妙的气质。

我对王家新诗歌质地的第一感是,坚硬。

孟德斯鸠曾不无戏谑地说,"你要剥俄罗斯人的皮才能使他有感觉。"这段话让人联想到俄罗斯文学的特有气质。在广袤的俄罗斯大地上,那里的一切可以被冰雪覆盖而沉默不语,那里的人们似乎注定要经受更多的更深重的苦难,他们不是感觉迟钝,而是格外坚韧,沉寂着,积蓄着,一旦爆发就会震惊世界。从白银时代的几位大诗人身上都显露出这样的特征。作为他们的"对称",王家新的诗歌与精神性格也带有类似特征。王家新声称帕斯捷尔纳克和阿赫玛托娃对他的写作产生过影响，只是觉得“很奇怪，曼德尔斯塔姆，我承认他是天才，但他的诗却唤不起我任何的创作冲动。”（王家新《雪的款待》）即使这样，我还是认为，王家新与曼德尔斯塔姆的凛冽气质存在着某种相似。读曼德尔斯塔姆的诗作，读得人心里发慌、颤抖。谁和曼德尔斯塔姆最接近呢？我们还是首先想到了王家新。当然，探寻他的诗歌气质，应该回到文本本身。

在他的世界中，坚硬与柔软如影随形，“旷野/散发着热气的石头/一棵树。马的鬃毛迎风拂起/骑者孤单地躺到树下/夕阳在远山仍无声地燃烧//一到夜里/满地的石头都将活动起来/比那树下的人/更具生命”（《风景》，1985），但这柔软不是软弱，而是像马的鬃毛一样可以飞扬，他的石头如顽石，如介石，但它们可以契默点头，灵妙获取生命，在夜里活泛起来。当然，最具代表性的，是他的《帕斯捷尔纳克》：

而我们，又怎配走到你的墓前？
这是耻辱！这是北京的十二月的冬天

这首诗，让我想到了维特根斯坦关于天才的尺度的一句话：“天才是依靠勇敢去实践的才能。”这首诗格外打动我的原因很多。作为历史的亲历者，我深知当灾难爆发后人们被迫陷入的巨大沉默和失语，各种情绪都包裹在黑色的帷幕之下，没有自我，没有人敢发出发自内心的声音。只有北岛、王家新和欧阳江河等少数几个诗人。这些才是真正的诗人。这种震撼人心的力量，远在文字之外。

连带《帕斯捷尔纳克》的姊妹篇《瓦雷金诺叙事曲》，还有《一个劈木柴过冬的人》、《转变》等，最令人敬佩、最能激发人心的，首先是诗人这种可贵的担当。这个几近被用烂的字眼“担当”，绝不是停留在口头上，而是付诸行动，写入不灭的诗歌。正如2010年珠海首届苏曼殊诗歌奖写给王家新的颁奖词：“穿越90年代的风雪，他坚定而充满温度的诗句不止获得了与伟大灵魂对话的高贵质地，也因其承担的沉重与承受的勇毅而赢得了读者的尊敬。”

从诗歌表现上看，王家新写于1989—1991年的这几篇诗作明显带有早期的风格，或曰时代的风格，近乎直抒胸臆，但又不乏诗意；深情饱满，气势万钧，灰暗的云层里蕴藏着雷电，随时要把一切点燃。从文字上看，这些文字似乎不是手写的，而是镌刻的，就像西藏文字，或者金农的漆书，简直是把笔或毛笔当成了刀剑斧凿来使用。文字坚硬，而有味道，不在外表的华丽上下功夫，而是沉着拔剑，直指人心，力道十足。

说起语言，顺带一说王家新的诗歌翻译对我们的汉语诗歌的贡献。他翻译的《保罗·策兰诗文选》令我和周围一些爱诗者爱不释手，尤其是他对策兰诗歌语言质地和“语气”的把握，无人能及。这就是为什么我们对北岛对王家新的指责不满。北岛的诗歌及其诗歌翻译有自己的风格，但也有些狭窄，比如不分具体诗人诗作，一味求简，一味追求形式上的“好看”，恐怕不妥。特朗斯特罗姆的《果戈理》就是一个明证。北岛的译本变“好看”了，“秀气”了，可是原来译本的那种张力、淫荡（我习惯使用“淫荡”二字，形容那种如秋雨连绵、如火烧半山、如醉鬼狂泻的感觉），这一切在北岛那里都不见了。

《旧约·约伯记》说，我是唯一跑来向你报信的人。我觉得诗歌翻译亦如此，好的译者应是那“唯一”跑来的报信人，应如宙斯身旁的赫尔墨斯，连语气都要忠于神的意旨。虽说意译，但原作的语气、口吻，却不是可以随意变改的。比如狄兰·托马斯就带着一种奢侈的张力，意象频频变更，语气愈发上扬，一经诵出，催人泪下。在诗歌中，语气甚至比内容还重要。王家新翻译的策兰诗歌让我们坚信了这一点。他能做到这一点，也出于对策兰的深刻理解。他的翻译，正如他评价的策兰：“顶住了‘美的诗’、‘抒情的诗’这类吁求，坚持实践一种‘不美化也不促成诗意的艺术’。”比如他翻译的策兰晚期诗歌《什么也没有》：

什么也没有
只有孤单的孩子
在喉咙里带着
虚弱、荒凉的母亲气息，
如树——如漆黑的——
桤木——被选择，
无味。

这首小诗，完全是“灰烬的语言”，连同意指似乎都很“无味”。反复品味，突然有一种喉咙被灼焦的感觉。“漆黑的桤木”，不就是奥斯威辛那一场劫火吗？一切都被烧焦了，却无法嘶吼，无处呐喊，在最大的悲痛面前，眼泪与诉说都显得苍白。就像这棵树，它天生被选择了无味。一场雷电之后，外表全部被烧焦了，里面却毫无反应，或者它天生是漆黑的。痛到说不出话来，策兰却说，什么也没有。类似冰山之下的八分之七，潜伏着，随时要撞沉巨轮。但是水面之上，什么也没有。

这和自90年代后期以来王家新写作上的变化也是一致的。这种写作上的变化，我想用一个字来概括，那就是“藏”。就像一个经历沙场的战士，或许更能懂得沉默，王家新在一次次“最深的哭喊”与呐喊之后，更懂得在言与无言之间停留。

在文字的翻译上，王家新的译作如同他自己的诗一样富有质感。日本诗人谷川俊太郎强调“语言即神”。王家新对诗歌翻译的追求也同此理，他以语言为指归，奉献于他所说的“语言价值”。他的诗歌翻译语言堪称“精确”，尤其在翻译策兰上愈来愈精确。精确，但不拘泥，他对这两个字眼有着独特的理解。他说：“至于中文读者读到的策兰，肯定不是‘德语中的策兰’，而是‘汉语中的策兰’。在我看来，一个称职的策兰译者不是什么‘翻译机器’，他的译文必得带着他的创造力，带着他自己的精神气息和独特印记，带着原著与译文之间的那种‘必要的张力’。我永远不会满足于一般的语言转换，而是要求自己从自身艰辛的语言劳作中‘分娩’出一首诗”(《越界的诗歌与灵魂的在场》)。他近年的诗歌写作，也是如此，精确而饱含张力，就像他所说的，体现了一种“痛苦的精确性”。

我对王家新诗歌质地的第二感是，柔软。

贝多芬说：“我爱一棵树，甚于爱一个人。”王家新对于生灵的悲悯、他特有的柔软体现在《变暗的镜子》等诗作中，他提出了自己心中的道德律：“热爱树木和石头：道德的最低限度。”“石头”

意象频见于王家新早期诗歌，这可以说明他内心的坚硬，但也可以说明他的柔软。这里言及“树木”和“石头”，当然只是代称，或者隐喻。连石头都热爱了，何况生灵呢？王家新关于动物主题的诗作显现出宽广而悲悯的生命伦理情怀，如《田园诗》中“那样温良，那样安静”的被运往屠宰场的羊群，《孤堡札记》中的“这些是无辜的过冬的牲畜，/在聚来的昏暗中，在我的内心里/它们已紧紧地偎在了一起……”。在《反向》中，诗人已然把马与自身化为一体：

> 马啃着盐碱皮。马向我抬起头来。马眼里的黑暗，几千年来一直让人不敢正视。马比我们更依恋土地。
>
> 为什么当一个诗人要告别人世时，他的马会踟蹰不前，会一再地回头嘶嘶哀鸣？马，我们内心之中的泥土；马，牲畜中的牲畜。

这里的马，“它或许就是《离骚》中的那匹马”（《伦敦随笔》），也让我想起尼采在街头遇见被马夫抽打的马。在布罗茨基的诗中，一匹矫健神秘的黑马，成为诗人艺术家的绝好象征。相比之下，王家新诗中的马，颇有几分自传性质。“马啃着盐碱皮”，同样，诗人热爱着这片土地，直到最后和它化为一体。

王家新的柔软还体现在对底层苦难的悲悯与同情，“发霉的金黄玉米，烂在地里的庄稼，在绵绵秋雨中坐在门口发愣的老人。为什么你要避开他们眼中的辛酸？为什么你总是羞于在你的诗中诉说人类的徒劳？”（《变暗的镜子》）在这个物欲横流、贫富不公的年代，王家新代表着一个真正诗人应有的良知。他的坚硬，他的柔软，都出自同一个诗歌灵魂。

而在王家新近些年的一些诗中，还出现了某种“怀旧”的色彩，或者说他在岁月的斜坡上回头看到了那个早年的“孩子”。在《简单的自传》里他写道：“如今我已写诗多年，那个男孩仍在滚动他的铁环”。其实，这样的对照，在那首《布罗茨基之死》中就出现了：“在一个人的死亡中，远山开始发蓝/带着持久不化的雪冠；/阳光强烈，孩子们登上上学的巴士……/但是，在你睁眼看见这一切之前/你还必须忍受住/一阵词的黑暗。”这里的孩子与诗人之死形成强烈反差，一个沉重的事件，一边是天真的孩童，世界依然在这么运转；同时，孩子与诗人，甚至与作者与读者，不失为一个意象的重叠。而心还是那一颗，它起始于那遥远的、永恒的童年。

当那种激烈的拷问转变为内心的宁静与童心的焕发，当他在一个个“寂静无声的黄昏，手持剪刀/重温古老的无用的手艺”（《来临——给M》），不仅当初的斧头换成了剪刀，一种更动情、也更广阔深邃的画面展现在我们面前：

恍惚间
我仍是那个穿行在结满累累果实的
柚子树下的孩子
身边是嗡嗡唱的蜜蜂
远处是一声声鹧鸪

——《柚子》（2005）

在这里，一位刀客、剑士，最后回归赤子，回到艺术之光中，回到结满累累果实的柚子树下。而此时的孩子，已经不是那个懵懂无知的孩童，而是男人、女人与孩子的三位一体，是超越自己之后的赤子，是几乎所有大诗人的最后居所。

（选自《光明在你面前盛开：首届苏曼殊诗歌奖获奖作品选集》，
《诗探索》杂志社、珠海市作家协会编，
中国文联出版社2011年10月版）

我们时代的诗歌教师

◎ 李建春

我对王家新的了解和钦佩之情，是随时间而逐步加深的。正如他自己公开奉为典范之一的爱尔兰诗人叶芝，智慧之于他，事实上也是“随时间而来”，或者说随着时间而逐步显著。王家新那一代人对中国当代史有极沉痛的经验，就个人来说，在他生命的早年、青年和中年三个阶段，他都接受过命运给他的特殊的磨难，他似乎是因为这种受苦的经验而养成了热情而审慎、敏感而持重、质朴而开阔的人格风度，当然，或许真正重要的，只是一种向上的意志——向着形而上，对精神事物堪称坚韧的执著。王家新力求“去成为”的精神范畴应该直率地称为“崇高”的，参考康德的定义，“崇高”就是那种在技艺和形式上难于把握、有令人敬畏特征的美学现象或境界。因此他一向只专注于精神，很少谈形式、技巧本身，他的诗，在技巧上看似并不多变，质朴，凝重，一以贯之。在这个急躁、诡谲、速成的时代，这种拒绝在风格上炫耀的诗学对于青年诗人，似乎还不够诱惑——有一种智慧，白天看上去像一块粗朴的铁，但是当夜幕降临或者在良久的回味之后，这铁块就会发出来自地心向着地极的五彩的磁力，不知不觉把你吸住、磁化了。

于是列车又启动了
带着言辞所赋予的节奏
他改变了晦涩的结尾
他抹去了那片窒息人的浓雾
他的小主人公从车窗口轻轻一挥手
地平线上出现了
一棵映照晨光的树

——《我们怎样讲故事——给安哲罗普洛斯》(2005)

在一次访谈中，王家新被问到为什么他推崇的诗人比如保罗·策兰是那么怪异、晦涩，而他本人的诗风却不是那样时，他回答说他从不“忍心”在字面上给读者制造障碍(此回答亦见于他的诗《答荷兰诗人Pfeijffer“令人费解的诗总比易读的诗强”》)。这位终生都被“雪”和“黑暗”吸引的诗人，却给风格本身赋予了精神的内涵。他的方式是：随着列车生活，且生活在语言中，最终抹去了窒息人的、晦涩的浓雾——为了“小主人公”，“地平线上出现了/一棵映照晨光的树”！

这一次他的小女儿高兴了
而他自己却需要
忍住一阵阵泪涌

苏珊·桑塔格在《加缪的〈日记〉》(《反对阐释》，程巍译，上海译文出版社，2003年版)一文中说：“伟大的作家要么是丈夫，要么是情人。有些作家满足了一个丈夫的可敬品德：可靠、讲理、大方、正派。另有一些作家，人们看重他们身上情人的天赋，即诱惑的天赋，而不是美德的天赋。”王家新当然是一位倾向于丈夫-父亲型的作家，他的诗，给我们呈现的是“美德的天赋”。而“小女儿”，这个或许只是临时的假想的对象也表明，“地平线上映照晨光的树”是诗人“忍住泪涌”从语言中榨出的可孕育性和生长性——根据胡戈·弗里德里希的一个有趣的概念，某些“诱惑的天赋”下的风格，具有“不育性”。这或许有助于我们理解为什么王家新尽管在当代已有相当的地位和广泛的影响，他的真实意义在很多层面，却仍然是有待于把握和认知。他的精神的深度和丰富性，我们至少可以间接地，从他的诗歌所生长出的伟大的理解力和不断深化拓展的诗性言说中感受得到——他的全部写作都是根源于诗，也主要是为了诗。他在各个阶段都写过大量的散文（包括理论文章），仿佛是将那已抹去的、实际是已收藏起的骇人的浓雾，以另一种方式展现出它全部的魅力。他的平易、开敞的语言天赋，却能将20世纪公认为最密闭、艰深的诗人保罗·策兰译成与之匹配的美丽的汉语！

我们应该、或许也只能从这个角度理解王家新多次提及、却不无争议的“世界文学”的观念：所谓“世界文学”、全球化时代的写作，就是“世界”可以被“译”成汉语的写作！而不是在动笔之先即已带着可被译成西方“主流语言”的焦虑，有意无意地缩减了汉语的可能性和幅度。宇文所安在《什么是世界诗歌？》（见《新诗评论》2006年第1辑）一文中曾尖锐地指出那种“写来就是为了不会在国际旅行中变质”的“国际诗歌”，是怎样“不依赖于文字的排列、特殊的词汇，或者特别的音调效果”，而专注于从可译性方面创造出色的意象等方式，这种“国际诗歌”当然不免是“盲人的动作”。我们很难想象英语或法语诗人有译成汉语的焦虑。王家新对保罗·策兰的翻译，已成功地证明了汉语世界化的潜能，而不是相反，被世界化所遮蔽——这个主客的位置很关键。张志扬近年为“西学中取”提出了“主从双修”的伦理主张（参见张志扬《西学中的夜行》第六章等），那么在译与被译中——在“世界文学”中，汉语作家当考虑如何建立“双向性相关”的思维，而不是在“越是中国的就越是世界的”的俗见中片面地强调地域性，反而落入了单向的“被世界化”。从“从”的方面讲，现代汉语作为被现代性所催生的一种语言，一部分欧化句法实际上是汉语在“被世界化”中一种应激的反应和合理的生长。这证明了汉语的灵活性——在文言文中，我们发现，实际上本来就有“欧化”的句法。

对汉语特性的思考和发掘是没有止境的。王家新在《从〈众树歌唱〉看叶维廉的诗歌翻译》一文中，通过考察叶维廉的翻译，强调了“现代敏感性”、“诗学意识和语言意识”的重要，他依据于具体的诗句翻译，一一指点怎样在选择句法、词性等过程中体现“汉语传统的文化底蕴、文字弹性和诗性特质”，避免西语“逻辑化的陷阱”。像这样的对诗艺精要的阐发，实在是具体，让人受益匪浅！此文正如诗人以罕见的激情论述保罗·策兰的众多文字一样，远远超出了一般意义的关于翻译的学术探讨。王家新似乎是在通过翻译建构他自己的诗学，以译学作为诗学的转喻？——在“举例”中会遇到的对象的“分量”问题，是谈论当代诗歌的一个特殊的麻烦。这位诗人的特点，就是始终在一个高位上工作，专注，持续，开阔而充沛，源源不断地为当代读者启明了来自语言的教诲。

我们不妨也收起他的“浓雾”，再回到诗中来。我试图发现这位诗人的心智中相对特殊的、因而也构成了他风格的实质和持久活力的因素。有两首杰作，前后相隔了近20年：

蝎　子

翻遍满山的石头
不见一只蝎子：这是小时候
哪一年、哪一天的事？
如今我回到这座山上
早年的松木已经粗大，就在
岩石的裂缝和红褐色中
一只蝎子翘起尾巴
向我走来

与蝎子对视
顷刻间我成为它脚下的石沙

（1987）

另一首是写于2006年的《桔子》的最后一段：

整个冬天他就这样吃着桔子，
尤其是在下雪天，或灰濛濛的天气里；
他吃得特别慢，仿佛

他有的是时间，
仿佛，他在吞食着黑暗；
他就这样吃着、剥着桔子，抬起头来，
窗口闪耀雪的光芒。

这两首有一个共同的主题，就是词与物猝然地相遇，几乎要突入了一个近于不可言说的领域，但是戛然而止，停在临界处。而从临界处射出的"超验"的光芒，一下子就照亮了此前所有的动作、过程。王家新的一个重要技巧，就是一种延宕，向着临界的延宕。这有点像日本的能剧；也适合他的慢性子，但是有激情。那猝然的相遇之物，有人称为禅境。不过，我更愿意联想到维特根斯坦关于言说界限的著名思想，因为语言哲学似乎对王家新的影响非常大。王家新的语言意识从"临界"，又进一步延伸到"语法结构对称地显示事物结构"这个西方形而上学的核心思想。我们知道海德格尔的"存在论"，是以现象学方法，从溯源到前苏格拉底，在希腊语词根上辨析关于存在的原始经验出发的——这个粗浅的概括，对理解王家新的"诗意"很有用处：

一个在深夜写作的人，
他必须在大雪充满世界之前
找到他的词根；
他还必须在词中跋涉，以靠近
那扇唯一的永不封冻的窗户，
然后是雪，雪，雪。

——《尤金，雪》(1996)

像这样的在“现实世界”与“语言世界”之间跳跃着描写的例子比比皆是。如果不澄清思想背景，读者或许以为他是故弄玄虚。其实这里也有相遇，但遇见什么已近乎不可言说：“然后是雪，雪，雪。”王家新诗中的“不可言说之物”，未必就是禅境，也未必是神圣性，但近似于——它包藏了一个极寒冷的“词球”，是存在的决心背后虚无的经验，是早年作过苦难的祭品后的“无味”（见王家新译的策兰诗《什么也没有》）。《蝎子》中童年记忆的探索真的有那么轻快吗？“与蝎子对视/顷刻间我成为它脚下的石沙”，这小小的蝎子简直像希腊神话中的美杜莎，让看见它的人顷刻间成为石沙。王家新诗歌的思的品质在这首早期诗中已具备了。回头看《桔子》，在到达“临界”之前，那些生活中或实或虚的细节（“雪从书橱的内部下下来了”），小说情节的联想（却发生了遗忘），童年时代艰辛而感人的回味（追忆遇到了盲点），等等，这存在的实，总是有虚的嵌入，仿佛时间被扎出了孔洞，存在中总有虚无的裂隙——诗人以炉火纯青的诗性叙述，直接呈现了“悖论式偶在”。略引一下海德格尔阐释阿那克西曼德箴言的片语：“始终逗留者被嵌入这一‘之间’中。这一‘之间’乃是裂隙，而逗留者一向循此裂隙从来源而来向离开而去地被嵌入其中了。”（海德格尔：《阿那克西曼德箴言》，见《林中路》，孙周兴译），这裂隙和“之间”，张志扬认为，就是东西方经典中的“洞玄”或“黑暗”。“当你来到空无一人之境，你感到了一种从不存在的尺度：它因你的到来而呈现。”（王家新《词语》，1992）

萨义德在他的最后一部未完成的著作中，反复考察了多位艺术家的“晚期”——这“放逐的一种形式”：“晚期风格是内在的，却奇怪地远离了现存……正如阿多诺就贝多芬所说的那样，晚期风格并不承认死亡的最终步调；相反，死亡以一种折射的方式显现出来，像是反讽。”“如果我们考虑到各种不完美地使用的隐喻之间存在着某种混乱的话”，晚期风格“是人为的”，作为一种反对否定性的主张，它依赖于创新，却“涉及大胆地超越系统而进入否定性之中的某种东西”。(《论晚期风格——反本质的音乐和文学》，阎嘉译，三联书店，2009年版）王家新也早就谈论过“晚年”（见《文学中的晚年》，1996)，对死亡和时间的体验在这位诗人的诗学中占据了重要的位置：

布罗茨基之死

在一个人的死亡中，远山开始发蓝
带着持久不化的雪冠；
阳光强烈，孩子们登上上学的巴士……
但是，在你睁眼看见这一切之前
你还必须忍受住
一阵词的黑暗。

(1996)

这“词的黑暗”，是一种内在的涌动，仿佛在伤痛刺入之前预先的包裹，“以语言的暴力对抗生活的暴力”，但是语言的暴力毕竟不同于生活的暴力，两者之间飞快地跳跃，造成了隐喻的“不完美”和“某种混乱”，就像古尔德晚期演奏的巴赫——它削弱了事物的光芒，给叙述造成断裂，却又“立足于自身的语言法则”（王家新论策兰语),比如《简单的自传》(2004)中不可少的最后一句:“我在等待那一声最深的哭喊”。以“最深”修饰“哭喊”是很成问题的,“深度”并不是“哭喊”合适的量度,但是诗人通过这种矫饰,达到了最大程度的表现,将“最深”、“哭喊”两个差异的概念强行塞入读者的耳朵。

修辞中已出现异乎寻常的情况;在肯定性与否定性交错合裂的悖论式偶在中,“一种从不存在的尺度”呈现了,而这是“空无一人之境”……王家新的多样化的写作对于当代汉语的引领意义,因而也呈现出来。他的写作中,似乎总有一种镜像的意识如影随形,这已超越了一般的风格和语言的范畴,而直接就是写作的行为本身的镜像。写作绝对命令下的强制行为,就是以语言作见证!王家新对作为见证者的“家族相似”的敏感,可开出一份长长的名单,从但丁到白银时代、艾略特、奥登、米沃什、布罗茨基、策兰,再到凯尔泰斯·伊姆莱……在另一个维度上,现代性下“英雄的一面”,又从荷尔德林到里尔克、叶芝,再到冯至、穆旦(他也因为哈代而重估了徐志摩)……他的学术活动的一部分动机,也来自于这种镜像下的张力。当然,写学术论文免不了有一定的成规,他老练地进入这个领域而又改变了它,此外还有大量的随笔——这位“立足于自身存在的写作者”,在此展现出另一种诗性的言说。作为老资格的亲历者和代表(“对不起,我是二代半……”),他的“研究”中那种当仁不让的见识、倾向性和丰富的细节,是很有趣的;特别重要的一点是,在多多、北岛、王家新等成长的时代,老一代的学人尚在世,而王家新早早在某种中心的位置,因而从他的诗文传递给我们的,已包含了一份心心相印、口耳相传的精神遗产。从柏桦与梁宗岱的交往中我也有类似的感受。秘传比书面更重要！我们要感谢他的勤奋！

他的语言镜像，和对作为见证者的家族式的皈依感，在当代，已造成一种特殊的在场，吸引人们而又几乎与这个时代格格不入……这完全是他个人的努力。但是有一首诗，一首完全没有镜像感觉的长诗，也只有这首：《回答》，他最重要的作品，是命运自己借着王家新的笔写下的，或许也可以说不单是出自“个人的努力”。因我已写过《命运与改造》，我已知道，像这样的诗其实是不需要谈论的，并非不能，而是——太难了，因此我保持沉默。

（《名作欣赏》2012年第7期）

对一只冰斧的阅读

——论王家新诗歌近作

◎胡　桑

一

当代汉语诗歌经历了对历史的冒犯、承担与叛变，也经历了对历史的相敬如宾、疏离继而调情，如今，在恍如隔世的静默中，我们突然发现，历史已经撇下了诗歌，跳跃到了深渊的另一侧，扬长而去，只留下了词语、幻觉、现实的多重迷雾。在这样充满假象的商业时代，写诗，成为一项更为艰巨也更为隐幽的事业。

诗歌从来都是通往真理的秘径——当然，这并不意味着诗歌只是对真理的轻松布道，恰恰相反，它必须在语言上历险。诗歌是一面逼迫我们直面自身有限性和脆弱性的镜子，其光芒就像摔打在岩石上的巨浪、突如其来的风暴，令我们惊醒。这样的惊醒并不唤起愤怒、焦虑与幽闭，也不共谋于狂喜、愉悦与迷失。诗歌，那处于绝对的巅峰的诗歌，总是在惊醒后的寂静中，开掘出人们对自身的怜悯、对事物的同情以及对永恒的虔敬。

在当代汉语诗人的谱系中，相对于那么多革命者、摧毁者、语言炼金术士和善于易容的道德家，我更倾心于那些甘愿处于静默之中默默求索的诗人，他们践行着诗歌的使命，在改变、创造和发明中，为无形的真理赋予着有限的形式，就像我们这具脆弱的肉体。这样的诗人，如佩索阿在一首诗中所写的，"凝神于事物的核心，而不是信笔涂鸦"。这样的诗人，发现和发明着最明亮与最黑暗的事物，领悟着重负与神恩，揭示着我们的赤裸与羞耻、谎言与颤栗、激情与神秘、踟蹰与绝望——因为希望总是被历史的胜利者所窃取。

王家新是一位行走于时代锋刃上的诗人，他经历了各种当代汉语诗歌的事件，却从未被时代裹挟而去，他坚持住了诗歌的核心地带。无须重提《瓦雷金诺叙事曲》、《帕斯捷尔纳克》等诗如何在历史的巨变中艰难地找到了精确的言说方式，无须强调他在20世纪90年代对叙事性、个人性、日常性书写的探索成果，无须炫耀他在多元文化之间互译时所遭遇的痛苦，也无须赞颂他对策兰等诗人的精湛翻译——穿越这一切词语和表征的栅栏，他的诗歌呈现出的是一个忠诚于经验与灵魂、随时向命运敞开的诗人，这是他的词语的力量来源。王家新的诗，尤其是近期的诗中，在语言上看上去不迷恋于词语的冒险，也不依赖于智力的编织，却能够使每一个造物在语言惠及之时得到令人惊异的揭示。他在清理自己，在向语言的深渊跃进，在不断揭露内心灼热的疼痛。20世纪90年代以来，他的诗歌承担着历史的苦痛、内在的流亡感、形而上的异乡感，这些已经为我们所熟悉。他的写作为汉语诗歌找到了一种缺席已久的精神高度，并触及了这个时代根深蒂固的伤痛和隐疾。他肯定会赞同苏联电影导演塔可夫斯基在日记中所说的话："我们现在受损于精神匮乏的可怕疾病，这是致命之病。从道德自戕开始，人类尽一切可能来毁灭自己——身体死亡，不过是其结果。”王家新在组诗《挽歌》中也写过这样的句子：“掘出了一个一直在他身体里作痛的废墟”。王家新的诗见证着时代的废墟，更重要的是，他为这隐疾不懈地寻找着自我救赎的可能。通过写诗，他用灵魂的灼痛款待我们，他用冰雪的声音款待我们，使我们得以澄清自己的内在，逃避混乱。尽管，我们的时代抱怨诗人们一再务虚，然而，王家新这样的诗人依然不是太多了，而是太少了。他给这个时代带来了分量。在最近的一首《冬日断章》中他甚至这样写道：

在这个冬天我最大的渴望
就是阅读一只闪光的冰斧
和它带来的仁慈。

二

1990年，王家新在《帕斯捷尔纳克》一诗的结尾，写下了“以冰雪充满我的一生”这个句子，这是在他写出《转变》一诗后不久。这个句子在他写作中的重要性再强调也不为过。冰雪的那种纯洁、透彻和暴烈正是王家新诗歌中越来越增强的精神气质。然而，“转变”继续在进行，伟大的诗人总是通过对整个生命过程的领悟不断形成变化。当然，真正的变化是不存在的，因为，人无法超越时间的永恒。变化的只是词汇、修辞、结构、语气和语调。诗人的写作，在不断调适中写着同一首诗。承认局限性的写作才是真诚的，它懂得时间的短暂与永恒的双重法则。在2013年的《新年第一首，兼给一位批评我

的诗“无变化”的人士》中,王家新这样写道:

不错,我的一生都在唱同一支歌,
这支歌我已唱了很久很久了,
这支歌尚未抵达到
我的喉咙。

这些年,他的诗歌语言越来越简单、明澈了,每一首诗的聚焦点往往是越来越小的细节,某一个情景、一次漫步、一次目击、一部电影甚至是一棵树,但诗歌背后隐藏的闪电般的力量却越来越具有震撼力。他的诗歌通过对短暂事物的凝注,使事物迷惑人心的表征得以瓦解,时间那永恒的力量得以裸裎。

语言必须契合于时间并显露出生命的质感才能获取力量,不然,就是一堆词语的灰烬。如本雅明一样,王家新渴望诗歌能够点燃灰烬中潜藏的真理之火,而不是模仿化学家用显微镜观测灰烬的成分。

王家新的近作让人想起他自己翻译的勒内·夏尔的诗句:“这毁掉的暴力的/玫瑰,光辉的情人。”一个不断求索的诗人,只有持续地穿透欺骗性的现实并与之抗争,才能不断地揭示语言中的“暴力的玫瑰”,同时,才不惮于召唤“光辉的情人”,向高远的存在敞开。这样的诗人勇于揭示叶芝所谓的“可怕的美”,将灵魂的颤栗展示于世人的面前。比如《重写一首旧诗》的开头:

重写一首旧诗,
这不仅仅是那种字斟句酌的艺术,

这是冒胆揭开棺材盖，
探头去看那个人死去没有。

写出这样的诗句需要多大的勇气。为了抵达诗歌绝对的顶点，王家新逼迫自己在暴风的中心写作。这个时代，的确善于讥讽甚至取消深度，而勇于向深渊跳跃的诗人越来越显得像是一种异类。然而，以创造为使命的诗歌是一项极具挑战性和变革性的活动，它旨在不断撬开人类生活和意识的板结层，爆破并重新结构一个自由的精神空间。如果，我们依然相信，诗人是这个世界最后的精神上的求索者，渴望探寻秩序的潜行者，为世界赋予形式的通灵者，那么，诗人之嘴所吐露的咒语般的语言，恰恰不是痴人说梦，不是癫狂的呓语，而是从晦暗世界的裂缝里透露出来的希望，是我们日益世俗、碎裂的世界重新变得完整的契机，是向缺席的存在发出的邀请。真理（我们必须在后现代主义对这个词的嘲弄中清醒过来）就像佩索阿诗中的那位上帝，"以他缺席的存在/逼视着那些存在之物，/永远地，缺席。"（《我梦见——深不可测》）这缺席的逼视，在王家新的诗里，正变得越来越迫近，他近期的每一首诗几乎都要求我们在阅读时屏住呼吸，等待那来自高处的拳头突如其来的撞击。高处的事物并不与我们的尘世隔绝，甚至，尘世才是其坚实的基座，真理或命运的敞开源自诗人对尘世的目睹、感受和同情。在《未来的记忆——给李南》中，王家新写到了"尘世"这个词，并带着巨大的隐忍：

过去的记忆？不，未来——

我现在就在那里了，
一棵大树也比我更早到了那里，
飞向它的还有一只无声的燕子，还有一大群叽叽喳喳的
麻雀（而鹧鸪只能在深山里听到），
一只磨得光亮的老榆木小板凳也早已摆在那里了，
就在那里，一个孩子翻开了《大闹天宫》的第一版，
而母亲走来，带着她还在尘世的笑容……

1990年代以来，王家新诗歌中的抒情越来越得以收缩，从而防止了对记忆的沉溺，他书写记忆，是为了打捞记忆中未实现的承诺，“这不是与过去而是与一个/错过的未来相逢”（《重写一首旧诗》）。我们可以发现，《未来的记忆》中的事物有一种先在的命运，它们早就在那里了，被一只无形的手所安置，然而，限于感受力的贫乏和臆想的盛大，我们常常错过与命运面对面的机会，以至于需要迟到的探测。这首诗也包含着沉默的美学，尤其是那只与叽叽喳喳的麻雀形成对比的“无声的燕子”。苏珊·桑塔格在《沉默的美学》中，将沉默视为诗人即使超越了文字审查、体罚、放逐、监禁等各种刑罚之后，依然需要接受的自我刑罚，这是一种对自我精神的强力约束。她说，“沉默是艺术家与世隔绝的最高姿态，经由沉默，他解放了自己，不再是服务雇主、消费者的仆人。”“沉默因而提供了一种心境上的纯净殿堂，是沉思，预备精神的成熟，等待再度发言的过程。”一名诗人必须通过沉默深化自身，使诗歌得以与更难以言说的存在交换隐秘的信息。

我们可以发现，进入新世纪以后，王家新很少再有《词语》、《另

一种风景》、《伦敦随笔》、《回答》、《孤堡札记》那样的组诗、长诗，而逐渐被一种清晰、透彻、隐忍与沉默所替代，这体现他在自觉的"对抒情的节制、对雄辩的放弃"（王家新最近的创作谈《"你的笔要仅仅追随口授者"》），这是让自己诗中那些"蒙霜的犁沟""伸向一个更伟大的冬日/并任由它耕种。"（王家新,《在伟大的诗歌中》）如他近些年着力翻译的诗人保罗·策兰一样，其笔下的诗行开始勇敢地呈露词语的裂隙、对抗、黑暗与沉默，从而等待着语言之门的开启、诞生和再出发。王家新试图书写一种逐渐抵达语言本体的诗，一种潜入存在之节奏的诗。但这并不意味着一种蓄意经营的完美的诗，构制得天衣无缝的封闭的诗，别有用心地促成诗意的沉闷的诗。显然，他的诗句越来越放松，越来越从容，常常在不经意中等待句子的降临，词语、句子是松散的，却具有惊人的紧张感。这样的诗摆脱了刻意的架构，而听从于语言自身的呼吸和律令。

对于王家新而言，诗歌，应是精神的隐秘呼吸，犹如策兰所说的"换气"。它又是事物的呼吸，更是人自身命运的呼吸。写诗，就是要再一次经历现场，再一次忍受命运，把我们的生命带入时间的考验之中。

里尔克在1903年写给年轻诗人卡卜斯时说，"一切事物都不是像人们要我们相信的那样可理解而又说得出的；大多数的事件是不可言传的，它们完全在一个语言从未达到过的空间；可是比一切更不可言传的是艺术品，它们是神秘的生存，它们的生命在我们无常的生命之外赓续着。"万物皆有语言，事物的语言是时间留下的沉积岩，充满着秩序，并等待我们去揭示它的秘密，我们借此得以提升自己。"那一棵棵树木都在等待交谈"（王家新,《树》），然而，人们的耳朵和嘴并不总是为这样的交谈而准备，只有诗人才以虔诚和耐心去倾听它们、与它们开口说话。诗歌的边缘处境告诉我们，这样的倾听并不是发生在每一个日常的时刻，如果我们不揭去蒙蔽在心灵上的死痂的话，也许我们从来听不到什么。波兰女诗人辛波斯卡在晚年的《植物的静默》一诗中沉痛地写下了这样的句子："与你们的交谈虽然必要但不可能。/那么紧迫，却被永远搁置，/在这次仓促的人生中。"于是，诗歌才要带着紧迫感空出自己，以对等的沉默去倾听事物隐秘的声音，当然，这个声音有时候是残酷的，也许是"一位孤僻而阴沉的大师"（王家新，《喜鹊和乌鸦》），甚至是"灾难般的果实"（王家新，《访杜依诺城堡》）。然而，真理的声音需要我们把生命放置在上面称量。从这里我们可看出一个诗人直面人生的勇气。

王家新的另一首诗《访杜依诺城堡》将沉默与声音的张力美学发挥到了极致。诗人与游客们在城堡里穿行在同一个空间，游客们"享受"着作为现代景观的城堡，但是，对于诗人而言，在这片宜人的风景中，里尔克的呼喊像一封无人应答的来信，被悬置着。在现代的祛魅空间里，风暴和天使受到质疑，变得隐匿、沉默。然而，在人群中保持沉默的诗人，似乎借由沉默转移了记忆的潜能，以沉默挑衅观众的艺术惯性。沉默，也许是现代诗人的命运，是一种极具悲剧性质的舌头的管辖，同时，也要求诗歌变得更加矛盾、隐晦、曲折，更具有质疑的力量和爆破的力量。这是一种要求实现的承诺，是一种传递着答案的隐忍艺术，它面向唯一的绝对，迫使人们领悟到自身的有限性，从而加强走向真实世界的勇气。

作为不断僭越语言边界的人，王家新一再深入词语的夹缝，加深词语在尘世的刻痕，撒下沉默的声音的种子，那与命运的呼吸具有一致节奏的种子。在1990年代，王家新就写过："你的嘴角更加缄默，那是/命运的秘密，你不能说出/只是承受、承受，让笔下的刻痕加深。"(《帕斯捷尔纳克》)"甚至诗歌也不存在，存在的只是那在黑暗中发光的声音的种子。"(《词语》)

如今，在与现实不断的搏斗中，王家新的诗成为从意义的灰烬中燃起的火焰，即使在事物被毁灭之后，仍在继续燃烧。沉默成为意义的保持者。诗歌，永恒的再生物质，拒绝被消费、被耗竭，于是，它要求阅读诗歌的人们必须不断更新自己，必须具有面对空白的勇气。因为相对于总是敞露意义的闲谈、辩论、聒噪，诗歌喜欢封闭自身，诗人则是那些自我保存的意义守护人。王家新在《牡蛎》一诗中所写的那只掰不开的牡蛎就承担着这项使命。

当然，诗人的沉默并不是为了拒绝语言，恰恰相反，诗人一生劳作的场地就在语言之中，他通过不断耕作语言而创造更丰富的意义。诗歌的沉默渴望结束所有语言的体制对意义的垄断，在沉默的语言空间里，另一种生命借用另一张嘴在诉说。但它又在说着一个唯一的声音。诗歌是一个充满歧义的完整体和实现物，它像一棵自我完成的树一样可以触摸、具有内在的纹理，却不是对现实的抄袭。诗歌是史蒂文斯所谓的最高的虚构，自我圆满，又比自身还多。

三

1990年代的历史诗学为汉语诗歌极大地开拓了视野，不过，它并没有获得真正的历史想象力，也缺少相应的真诚和勇气，它更像是一种历史犬儒主义，具有难以摆脱的贫乏和了无生气。作为1990年代历史诗学的主要倡导者之一，王家新并不曾被历史绑架，未屈就于历史的现状，也不屑于成为历史细节亦步亦趋的描摹者，和精神上的垂死者，相反，他总是处在一个不断溢出时代的微妙位置之上，也许，他从来无法忘却诗人的使命：将自己的时代从噩梦中解救出来："你生活在我们的时代，却呼吸着另外的空气。"(《另一种风景》)正是这样的道路的偏移，使王家新贡献了一种独特的具有历史真实性和想象力的诗学，使历史经验获得了深刻而坚实的根基。

在寻找抵达喉咙的那个绝对声音之路上，王家新对自己时代的处境并非漠不关心，恰恰相反，他对时代巨大的伤痛与罪孽了然于心，他明白时间摧枯拉朽且残暴的力量，正因为如此，他才深悉，瞬息万变的经常以谎言装点门面的时代需要用一根通往虚无的发烫的鞭子狠狠抽打。毕竟这是一位生活于后奥斯威辛时代的诗人，他对这个时代的苦难和荒诞具有敏锐的感受力以及承担的勇气。

阿甘本在《何谓同时代》一文中写过："真正同时代的人，真正属于其时代的人，是那些既不完美地与时代契合，也不调整自己以适应时代要求的人。因而在这个意义上，他们也就是不相关的。但正是因为这种状况，正是通过这种断裂与时代错误，他们才比其他人更有能力去感知和把握他们自己的时代。……因此，同时代性也就是一种与自己时代的奇异联系，同时代性既附着于时代，同时又与时代保持距离。更确切地说，同时代是通过脱节或时代错误而附着于时代的那种联系。"在王家新的诗歌中，我们总是能看到一个形单影只的内心流亡者、沉思者和游荡者。比如,《冰钓者》中水库堤坝上无比沉痛而又转身离去的散步者,《那一年》中在去公社参加批斗会的路上看见流星雨的孤独少年。诗人是那个通过断裂与时代错误把握时代的人。在王家新涉及历史的诗中,那个主体的"我"总是沉默,但我们分明可以看清渺小个体在面对庞然大物时的手足无措,以及悲剧式的见证,尽管这常常是匿名的见证。在王家新诗歌中,见证与虚无这两种力量奇异地交织在一起。

超现实主义画家米罗就说过,"在伟大的时代,匿名一直盛行。而如今,我们越来越感到有此必要。"诗人写的每一首诗都是对时代之恶的目击和见证,不过,他并不是通过控诉、抗辩、反唇相讥,而是通过匿名,通过降低自己,将自己放置在那些被欺凌的人和事之中,一起承受、见证并克服历史,从而完成史蒂文斯所谓的诗歌作为最高的虚构,以此对抗现实的暴力。从表面上看,诗歌不会让事实发生任何改变,但在未来与希望的维度上,诗歌将是胜利者,因为人类还有记忆。忠实于最真实、最残酷的记忆,是对过去的变更和对未来的塑形。这是《在那些俄国电影中》一诗里那个"惊恐得连一张纸片也拿不住"的妹妹给予我们的震撼。如果我们的心灵还能够上演一场悲剧的话,我们将得以救赎。

王家新近期的诗中经常会写到"岛屿",这是诗人与时代关系的真切隐喻。岛屿的孤立、漂泊感与流亡感,与王家新近期的诗在内在精神上是一致的。通过"岛屿",王家新再一次确立了自己作为诗人的历史责任感。岛屿就像一个被颠倒的望远镜,通过它,人世才变成了一个狭小的充满吉光片羽的剧场,而岛屿却成了那个永恒的乌托邦。在希腊导演安哲罗普洛斯的电影《塞瑟岛之旅》中，岛屿显然也是一种隐喻，通过对胜利者历史的剥离，岛屿将自己抛入黑暗的历史、苦难的历史，漂浮在历史的空白处。

岛屿，是对历史之虚无的证明。王家新一再表示过需要“向虚无致敬”。但是，虚无并不自行产生意义，只有在对人世的怀疑、对抗、消解中，虚无才使我们这些终有一死的人获得了启示。或者说，只有出于“对时代的艰难克服”（王家新，《在伟大的诗歌中》），一个诗人的精神超越才能获得其意义。这是王家新诗歌中最真实感人的力量之所在。正是在人的忧虑之中，人才能迫于压力而弯腰，去谦逊地面对世界。他在《黎明时分的诗》中就这样写一只小野兔：

> 真对不起
> 看来它的一生
> 不只是忙于搬运食粮
> 它也有从黑暗的庄稼地里出来
> 眺望黎明的第一道光线的时候

黎明的第一道光线，既是事物的秘密，也是诗人留给我们的希望。希望与绝望总是形如孪生兄弟，王家新在最绝望的诗歌中，却开启了我们探寻希望的本能。希望的到来出其不意。人类的言说也许过于喧嚣，我们常常尚未准备好去迎接希望，以至于希望一旦出现就立即变得讳莫如深。《船上的故事》中那只跳上船的小土狗在人群的噪音中显得那么悲哀。对现实法则亦步亦趋的人，只能遭遇一种错位的希望，我们自以为是的得救其实是对真理和本源的远离，犹如《船上的故事》中那座远去的岛屿。正因为如此，无论是在奥斯威辛这样的苦难历史中，还是在商业主义和消费文化盛行的后奥斯威辛时代，诗人已不能对着天使呐喊，而只能倾听“对一只空罐子的隔世敲打”（王家新，《给凯尔泰斯》）传来的回声。微弱的希望隐匿于空气之中，无形、不可触摸，但它并不遥远。也许，它就盘亘于我们的耳畔，等待我们在一次奥德修斯之旅一般艰难而漫长的精神漫游中测听它的回声。而所谓希望，不过是“一阵伟大的，更伟大的风”，“来到这里，你只能把自己/献给虚无”（王家新，《昨夜》）。希望，是短暂的停靠，虚无，是苦难的永恒。请不要误会，这样的虚无并不是赞颂犬儒，更不提倡价值的颠覆，而是要求我们深入那无言的狂野，持续不断地揭示真理，“每天提着一桶/比他本身还要重的水来”（王家新，《塔可夫斯基的树》），去浇灌那棵伟大的生命之树、语言之树。这正是王家新近期诗中最耀眼的秘密。幸好，诗歌犹如火焰中的水杯一样可以被我们真切地触摸，只要我们有勇气和能力，就可以举起它，那来自忧患重重的历史深处的声音正在里面回荡。

（《诗建设》第9期，作家出版社2013年5月版）

王家新：从“承担的诗学”到“辨认的诗学”

◎ 程一身

我不想说王家新是另一个帕斯捷尔纳克，但是在20世纪八九十年代之交，他们精神相通的程度是惊人的，或者可以说，王家新对帕斯捷尔纳克的进入程度是惊人的。他进入得如此之深，以至于我们难以从中分辨。相关的两首诗《瓦雷金诺叙事曲——给帕斯捷尔纳克》（1989年冬）和《帕斯捷尔纳克》（1990年12月）都写于年末，一年中最寒冷的季节，冰雪的日子。值得注意的是，诗中的关系并不局限于“我”（写作者）与帕斯捷尔纳克（写作对象），还有一个更重要的元素，甚至是核心元素：特定时代的现实生活。深入地看，正是诗人所承受的时代压力把他推向了帕斯捷尔纳克。由此可见，诗人与现实的关系构成了这两首诗的核心，并极大地增强了诗歌的张力和戏剧性。

尤其是在《瓦雷金诺叙事曲》这首诗中，它体现的不再是写作对象对写作者的引领，而是所有的写作者必须面对的问题：如何对待现实：是对它进行审美过滤，还是深入到苦难的核心……诗人在这里已触及到一个“中国诗人”最根本的命运，这就是它为什么会唤起广泛共鸣的原因。在真实地显现这种“两难”处境之后，这首诗最终转向了对写作本身的追问，从而更深刻地完成了对一个在冬夜写作的写作者形象的刻画，我们也从中清晰地听到了历史脉搏的跳动……

王家新说过一句话："那种没有难度的写作，在我看来几乎一钱不值。"诗人之所以追求难度，既是为了与前辈诗人竞争，也是为了显现他生命的质地。在我看来，追求写作的难度必然使得写作变成词语与现实经验之间的漫长摩擦过程，这样的写作必然会是一种困难的写作、甚至是一种"不可能的写作"（王家新在写策兰时就运用了"不可能的哀悼"这种说法）。

大体而言，诗歌的写作难度主要体现为技术之难与写（说）出之难两方面。而对王家新这样的写作者而言，最困难的往往是写（说）出之难。技术之难对一个富有艺术功底的写作者来说，是他可以处理的问题，但是写作中出现的词与物之间的关系问题，诗人与现实之间的关系问题，却会是一个永远的问题。

《写于新年第一天》(2011)，诗人之所以用它命名这首诗，一方面是为了强调"写"这个词，另一方面是因为这一天非常特殊，是"新年第一天"，这是结束又是开始，是命运的重复，又是特意的提醒。诗中所写的是"街头所见"，但又让我们联想到诗的写作，各式各样的写作。如果说诗中的气球作为良心的隐喻，谁能直面自己的良心去写、去"说出"呢？太多写作者已经习惯了绕，左右为难地绕，小心翼翼地绕，心怀鬼胎地绕，这首诗给我的感觉是，良心确实像那个气球一样被"丢弃"了。令人震动的是诗的最后一节，随着深夜那"啪"的一声响，不仅骤然把我们带入到"一阵陡峭的/被刺破的黑暗里"，也让我看到了一个直面自己良心的写作者形象。无论那"啪"的一声是写实或是出于想象，它都被我们真切地听到了。而这种声音如此稀缺，它也从一个侧面显现了当下写作的难度。它表明，对写作而言，有时候诗人缺乏的并非技术，而是勇气和洞察力，是某种“听力”（如这首诗），是由他的良知而生发的某种独到的感受力。从这个角度出发，可以更好地理解王家新那首近作《船上的故事》(2012)，它写的是岛上的一只小狗跳上船后被带走的故事（“它当然不知道/那纵身一跃/意味着什么”），我们不仅被一种难言的悲哀所笼罩，也惊异于诗人准确地标出灵魂的“吃水线”的能力。当然，该诗并没有明确写到诗人的写作，但以语言来标出“吃水线”，这正是写作的一个隐喻：

……在众人的一阵嬉笑后
这只载送我们的船，似乎比它来时
更沉了一些

我们当然标不出
那吃水线
我们只是在甲板上
再一次望向那个已看不见的岛
但见船尾搅起巨大的无尽的泡沫
漂流，消失在远方……

由一只小狗的故事开始，最后出现的是向远方眺望的写作者形象（或望乡者形象），这不仅唤起了我们“良知的乡愁”，我们也在体味着这不动声色的技艺和蕴含的巨大难度。

这种“难度”,如王家新自己多次谈到的那样,是语言的难度,也是心灵的难度,存在的难度。诗人写于1997年冬的长诗《回答》是另一首有着巨大写作难度的诗。这首诗的写作对于理解王家新至关重要。在我看来,《回答》堪称是一首伟大的诗,一首将个人的婚姻解体放在那个时代甚至是整个人类的背景中加以反思和追问的诗。面对无比沉痛的现实,诗人如实地写出了他极其艰难的克服过程,但也正是在深入苦难的过程中,一种更伟大的精神的维度向我们敞开了……

从总体来看,90年代是王家新诗歌的辉煌期,他那个时期的书写极具艺术张力和饱满的精神,诗中的写作者形象因而也显得更紧张,如《转变》(1990)。这个在时代的巨大压力下执意“把自己稳住”的诗人,如他自己所说,迫使自己“从写作的内部和诗歌重建一种更深刻的关系”(韩国昌原第四届KC国际诗歌奖获奖演说,2013),并最终赢得了理所应当的结局……

在与诗歌的“相互寻找”过程之中,“写作”已经变成了他的命运,外在的雪也成了“从我的写作中开始的雪”(《日记》,1992),在异乡“流亡”的日子,这种与诗歌的关系甚至构成了一种如他所说的“相依为命”的关系:“在那里母语即是祖国,/你没有别的祖国。/在那里你在地狱里修剪花枝/死亡也不能使你放下剪刀……”(《伦敦随笔》,1996)也正是在这种令人惊异的写作中,诗人触及现实与艺术幽暗的深处,如《尤金,雪》(1996)。这种对“词根”的寻找对现代汉诗可谓是一个重要启示。这个“在词中跋涉”的写作者形象,也成了90年代王家新诗歌留给我们印象最深的一幅精神画像。

但是在王家新的诗歌中，还有另外一类形式的写作，即他所说的“诗片断”写作，它从《反向》(1991)开始，一直延伸到《变暗的镜子》(1999—2000)。那些不分行的片断和短句“看上去都很简单”，实质上并不简单，它们清澈但不透明，具有深微隐曲的艺术魅力。它们也正是“词语与精神相互历练”的结晶。随着诗人所说的“经验的生长”，他诗歌中的写作者形象更为隐蔽，同时也更为日常化和真切了。在《布谷》(2002)这首诗里，在乡下深夜写作的场景，诗人将从黑暗的田野传来的布谷的声音与写作者的形象并置起来，既不取消他们的实体性，或把任何一方虚化，又在他们之间形成复杂的隐喻关系。《牡蛎》(2002)这首诗则从聚会结束后海边餐桌上留下的几只硕大的“未掰开的牡蛎”写起，使“掰不开”成为诗歌写作避开消费社会“对意义的榨取”的一个隐喻。这首耐人寻味的短诗多少显示出王家新对自己写作的深刻调整。

随着岁月的流逝，王家新诗歌中的那个写作者形象也在不断地往回看，与他的过去尤其是他的早年“相互辨认”，他不止一次把写作与童年和少年时代的滚铁环联系起来。可以说，王家新的诗学是“时间的诗学”，从早年到现在再到晚年，诗人在长远的时间场域里借助滚铁环与写诗完成了他的自传书写。

王家新是个修改型作家，这是难度写作的内在要求。《冰钓者》这首被许多人盛赞的诗，后面所署的日期是2003—2013，即使不把它理解成一首诗写了十年，至少也可以从中看出修改带来的分量。由此，我们还可以问到底是谁修改了这样的诗，是诗人，是时间，还是诗人在长诗《回答》和长诗《少年》中都提到的“另一只手”？我感到，在诗人的近作中愈来愈多地隐含了这样的追问。王家新还有一首令人震惊的诗《重写一首旧诗》，他把旧诗比成了一个躺在棺材里的人，而修改则扮演了一个起死回生的角色：“重写一首旧诗，/这不仅仅是那种字斟句酌的艺术，/这是冒胆揭开棺材盖，/探头去看那个人死去没有……”

新世纪以来，王家新诗中的紧张关系有所缓解，并呈现出发散的倾向，但他仍坚持直面现实的立场，“蘸取当下的幽暗写作”（这是他所引用的阿甘本的一句话），以一种毫不浮夸的坚实而敏锐的语调贴近事物，大体上从“承担的诗学”转向了“辨认的诗学”（他在韩国的获奖演说题目即为“诗歌的辨认”）。他以出自本色的但又往往是令人惊异的笔触表达丰富多变的生活，写出了一批耐人寻味的好诗。作为一个信仰写作、珍视语言的诗人，王家新的写作已进入到一个新的境界，《塔可夫斯基的树》（2009—2012）的结尾两节是：“除非有一个孩子每天提着一桶/比他本身还要重的水来”“除非它生根于/泪水的播种期”，王家新已经将他的“词根”深植于“泪水的播种期”，深植于他自身的存在，他已经将塔可夫斯基的树变成了王家新的树，变成了那棵“仍在刻划着我们的命运”的树（《词语》，1992）。而他的诗就像冰雪覆盖的树，内里黑暗但形体明亮，它仍在生长，并且愈是在冬日愈是焕发出勃勃生机。

（《红岩》2014年第3期“中国诗集专号”）

词语书写的另一种标志

◎ 孙　郁

天才的诗人总会有惊人之语让我们感念，或许他们的存在与词语有复杂的关系吧。俄国季娜依达·吉皮乌斯说：“我是我奇异的诗句的奴隶。”此话不仅关涉到语言的问题，也有形而上的意味。由此联想起另一位俄国诗人曼德尔施塔姆的诗句：“我希望说出的词，已经被我遗忘。”谈的也是表达的问题。在词语被普遍污染的时代，诗人是第一个焦虑的人，纯然的文字是只有他们才拥有的。

假如细读他们的作品，可以体味其别有的深意，类似的话，时常跳跃在诗句里。在没有自己生命空间的词语里，精神是苍白的。这些诗人意识到了自己的写作，不属于流行色，无论在什么时代，这样的存在都一个异端。逆俗的文本穿越了词林，有了自己的所在。他们用一种本民族难以解释的词语写作的时候，诗才真的诞生了。

我有时候阅读类似的诗句，就想：这是经历了死灭的人才有的咏叹吧，在逃逸历史重负的民族那里，没有人在意它的存在。

去年冬天，我从克拉科夫到离其不远的奥斯威辛集中营遗址，一幕一幕屠杀犹太人的惨景让我惊呆了。我平生还没有见到如此大规模的有计划的杀戮。那些死者的头发山一般堆在地面，无数冤魂似乎就在此间里回荡。那天飘着零星的雪花，冷极了。这是圣诞节的前夜，波兰在乌云的覆盖下没有声息。那一刻我忽地想起了关于奥斯威辛的种种书写，觉得自己在监牢的遗址面前，已失去了语言。回国后查书，遇到德国策兰的诗，不禁吸了一口冷气：

> 经由克拉科夫
> 你到达，在安哈尔特——
> 火车站，
> 你遇见了一缕烟，
> 它已来自明天。

策兰说的路线，正是那日我所走过的。他对大屠杀的预言，竟如此准确。一个父母死于纳粹集中营的诗人，他的精神如此有着长恒的爆发力，细想起来，与那黑色的记忆和不断正视这记忆的勇气是相关的。

诗的译者是王家新，它在中国流传很远。奥斯威辛的宿命的存在，是欧洲最凄惨的一页，诗人把它定格在历史的记忆里。这时候我才理解了流亡诗人的内心之苦，似乎明白了王家新的用意。此前我对策兰毫无研究，但他的诗文孕育在奥斯威辛的长影，已足以让我念之又念了。

因了策兰，我注意到王家新的翻译。原来他写下了那么多关于策兰的文章。他写诗，也译诗，有趣的是，他对曼德尔施塔姆、策兰、索尔仁尼琴、阿赫玛托娃有着相当的热情。那都是精神的流亡者，他们背着沉重的十字架在异国的路上。诗人的词语里爆破性的光波弥散在生命的躯体里，而这，唤起了我们的中国诗人的思想流亡的自觉。他意识到，在流俗的词林里，没有自己的家园。

王家新的创作始于80年代，在《我的八十年代》里，他描述了自己复杂的历程。怎样从启蒙的冲动到走向底层，又怎样由不合时宜而走到异邦，最后又回到自己的祖国。而他的痛苦是，一直没有一个属于自己的语言空间。而抵抗这些，成了他写作的重要原因。

从他大量的文本里，我读到其内心悲痛的情感，犹如曼德尔施塔姆一般，站在荒凉之巅，瞭望满目疮痍的家园。他的气质里有忧郁的东西，内向而不失热情。在一个混乱的世界里，他隐藏在自己的精神领地里，像他所说的“与语言独处”。而那些诗文，又非旧京派不关痛痒的存在，有阅世后的苍凉。

那首被人传诵良久的《帕斯捷尔纳克》，写着他心绪里的郁结（诗略）。

诗歌一唱三叹，是对俄罗斯苍茫天宇飘散的精灵的致意，那些灰色的云朵被一点点击落，爱欲的太阳升起。王家新以自己的喷血的文字，寻找心灵的归宿。

他的许多诗歌是沉郁、悲楚的，丝毫没有一点得意。自然，有时不免布尔乔亚式的低语，可都是灵魂里流出的真声音，让我们读了有一种深深的痛感。他的许多句子是苍冷而富哲思的：“中国北方的那些树，高出于宫墙，仍在刻划着我们的命运”；“在伟大的诗歌中，有一种伟大的失败”;“在黑暗中躺下,这仍然是我们与自己相处的一种方式”;“一棵孤单的树,连它的影子也会背弃它”;“请哀悼这个可怜的人吧,因为在他的墓碑上,也写满了谎言”。

这些描述不是木心式超然的凝视,王家新放不下自己的故土的遗存,因为他有记忆。诗人不想以静观的方式走向无痛感的静思,他割舍不了俄罗斯式的沉重。以冷然的目光穿越死亡之谷,用如炬的火,照着周围的灰暗。而那种拷问和沉思,背后如地火般,随时可以喷出。其雄浑之力是可以感受到的。

在其大量的写作里,欧美诗人的影子一直在其间晃动。中国古典诗歌给他的暗示远不及西洋诗歌。又因为他是一个翻译家,都深深影响了其诗歌的写作。

王家新内心一直有一个奥斯威辛的情结。他关注的许多作家,也几乎都有这样的情结。他在那些幸存者的文字里,读出自己的旧影。那也是经过“文革”的人才有的体味。在《是什么在我们身上痛苦》一文里,王家新写道:

不仅是历史迷雾中的奥斯威辛,还有人类存在的一切,生、爱、死,都被纳入了这种痛苦的视线之中:“我们的爱,就像一个满面笑容、张着胳膊奔跑的聋哑的孩子,慢慢的,他的嘴角弯成了哭的模样,因为没有人能理解他,因为没有找到自己奔跑的目标。”

我一次次读着这样的文字。我甚至生怕把它们读完。为什么折磨着一个犹太裔作家的谜也折磨着我们?为什么我竟会在这种在别人看来也许大惑不解的“奥斯威辛情结”中愈陷愈深?我不再问了。不是我累了,而是我渐渐明白了——究竟是什么在我自己身上痛苦。

这种绝对意义上的追问，这种具有不朽的灵魂质地的文字，照亮的正是我们在我们自己的生活中长久以来所盲目忍受的一切。

上述的话，是我们进入王家新诗歌世界的入口。我以为读懂了这段文字，也许就看到了其漫长岁月坚守写作底线的因由。而他身上的那种隐隐的痛感，连带着那广漠的空间里的忧思，就那么久久在云层里回旋着。

我读王家新的诗，感受到内在的苦难无所不在地流溢。他的气质和俄罗斯、德国一些诗人的情形颇为相似。在其作品里，很少田园里静谧的逃逸，总有扯不断的怅惘闪动在词语间。在《给凯尔泰斯》一诗中他写道：

在你的文字间，冰和火，
一个苦役犯的
铁链和自由，
都在窸窣作响。

在你没有来过的这个国度，
风景也有些相仿。
铁已长进这片土地里，
苦孩子们从小以吃冰锥子为乐，
而对一只空罐子的隔世敲打，
在我读到你的时候

它的回声也再次传来——
是的，这曾是，恐怕也将是
我们唯一的音乐。

他对历史的沉重之负的理解，带有绝望的感受，悲观主义的情调一看即知。经历过“文革”的人，深味世间的痛苦。在人不能平等存在的时候，在表达被抑制的时候，思想的天空是昏暗的，而写作，才有自我救赎的路。只有在词语之间，方能够找到自己的灵魂，而在世俗社会，精神的树是没有颜色的。我由此能够理解，他何以对“文革”有那么深的切肤之痛。在那个年代，他的出身、家庭，都成为问题。他在插队的时候，遭遇到的歧视和压迫，无法一一陈述。而那个时候，唯有诗歌，能够帮他从绝望里走出，寻找词语，变成了一种可以神往的所在。

在后来的作品里，我一直能够感受到一种受难的主题在词语间的流露。灰暗中的存物，忽然投射来的阳光，在寂静里形成漩涡。而这个时候，曼德尔施塔姆与帕斯捷尔纳克的诗文，便成了参照。苦苦走在没有亮色的路上，暴风雪般的天气，碎石的旅途，留下的是斑斑血迹。曼德尔施塔姆流亡中的诗歌，那么深地感染了他。1992年，他在英国期间读到曼氏的诗歌和茨维塔耶娃的诗，大为惊异。后来，当他与策兰的作品再次相遇的时候，精神的灯再一次被点燃。那个在危机里不断寻路的人的智慧，把积雪的路踏平了。

策兰之于王家新，乃一种精神的源头。这个奥斯威辛集中营时代的幸存者，在无光的岁月，给了人们那么多智慧的启迪。王家新在这个德语诗人的劳作里，找到了自己内心的对象。策兰对于他来说，把抵抗忧郁的火种传播开来，用一种陌生的图景，安放着自己的灵魂。王家新欣赏他的非平庸化的选择，在诗的世界里，策兰给人以跨越旧俗的勇气。人类的悲剧来源于何？与我们熟知的文明是否有关？我们能否在惯性的思维里停下，另辟蹊径走上光明的路？在《阿多诺与策兰》一文中，王家新谈到策兰的哲学的隐含给人的启发，那就是，以“非同一性”的方式，进入“人类之外”的歌中。因为人类的歌，已经被污染了。阿多诺说，“奥斯威辛之后写诗是野蛮的”。这并不意味着奥斯威辛之后不能写诗，王家新说，策兰的写作似乎就是对阿多诺的回答。在这里，王家新感到批判精神的重要，他认为“‘奥斯威辛’之后写诗的前提应是彻底的清算和批判——不仅是凶手，还是对文化和艺术自身的重新审视和批判！”策兰的诗歌，就是这个理念的践行。在王家新眼里，策兰在奥斯威辛之后，进行的是一种“去人类化”的尝试。“石头的语言，灰烬的语言，无机的语言，也许是奥斯威辛之后‘可吟唱的剩余’”。王家新从那种不可译的文字里，瞭望到诗人无限深广的存在。而这，恰恰成了其精神的前导。

至今为止，大陆只有王家新在持续不断地研究策兰。他也许是言说策兰最多的诗人。策兰的诗歌，在我看来是介于神秘与朗然之间的星外体。他以如炬的目光，进入我们俗人无法抵达的世界，在无词的言语里，进行着没有表达的表达。王家新从那种只可意会而不可言传的词语里，懂得了自己的选择在哪里。

作为诗人，在译介域外诗歌的时候，王家新意识到我们的词语出现了问题。诗歌的新生除了生活的经验外，与外来语言的互动显得异常的重要。

他开始在多种语境里穿梭，而他自己，正是那词语的互动的践涉者。

2011年秋我和他在韩国，那天传来特朗斯特罗姆获得诺贝尔文学奖的消息。我问，这诗人有何作品，王家新随口说出他的诗句："醒悟是从梦中往外跳伞。"

多么迷人的诗句，这样的句子，深刻在王家新的记忆里。他说几年前，在瑞典见过这位诗人，他们之间的交流，有着难忘的快慰。在对词语的敏感方面，他们属于一类人。在诗人的思维力面前，我们显得极为粗俗和苍白。而诗人的价值，则是在无聊之所构建了可以救出自己的世界。

这时候我意识到，作为精神的漂泊者的王家新，是在词语里流亡的人。

我注意到他对词语极为敏感。从80年代起，他一直苦苦寻找自己的词语的空间。说他有一丝绝望的影子，也未尝不对，但后来他把精力转入到词语与精神哲学的连带里。他说：

> 现在，我不像早年那样去"寻求"了，只是依然关注着"词语"与"精神"的问题。我仍在梦想着一种词语与精神相互吸收、相互锤炼，最终达到结晶的诗歌的语言。例如莎士比亚十四行诗中的诗句"我的爱能在墨痕里永放光明"，假设把它变成"我的爱能在诗里永放光明"，就会大为逊色，为什么？因为它缺了语言的质感。而原句中的"墨痕"却有一种物质性，一种精神的元素就在这样的"墨痕"里永久闪耀！

而实际上，美丽的句子不在修辞的层面，是生命体验后自如流动的结果。庸常者怎么会有自己漂亮的表达呢？王家新寻找的，恰是自我的放逐之路。在那个路上，词语的家与爱的家都有。

印象里的王家新不喜欢知识江湖的游戏，对那些功名利禄向来是冷淡的。而几十年间文坛的风气，也与其格格不入。因为厌恶周围的词语，所以常常是，以属于自己的调子与世界对话。他说“你只有更深地进入到文字的黑暗中，才有可能得到它的庇护：把你本身吞食掉之后”(《反向》，1992)。在这里，他与策兰一样，意识到流行语的意义的无意义。而无意义的自己的表达，才可能接近意义。

策兰给他的启示是，伟大的辞章是远离人类的热语而存在的，冷语才可能存在温度。在《存在，为了相互存在》一文，王家新强调一种“晚词”在策兰那里的意义。拆散旧的表达逻辑，以陌生化的词语建筑精神之厦。只有在这样的词语的流亡中，自我的本真才得以呈现。而王家新自己的写作，朝着的也是类似的方向。不过，在我看来，他的句子不是以晦涩的样式存在着，而是以晓畅的口语表达隐曲的体验，精神则在远离脚下的地方。《塔尔寺》写道：

那神秘的
紧箍在塔内的菩提树
几百年来一直让人伏地膜拜
而它在黑暗中的根
在五十米的院墙外长出了另一棵
那绽放的花朵，在风中
说着一种我们更不懂的
语言

像是自白，没有繁复的比喻和刻意雕饰，而思想却是背离日常思维的潜行。他在许多现象界里发现了人类的另一种表达空间，渴望以别样的词语书写自身的体验。他知道自己没法脱离母语，但日常语言可以在黑暗里被心火点燃，诞生的是词语之外的隐喻。那个飘忽于词语之外的意象，恰是他流亡的心的外化。我们在这里读出诗人的苦楚与欢喜。这也恰如曼德尔施塔姆在词语中魔幻感的释放，与一个心仪的存在远距离地相逢，忘记过去的表达，以光的使者的身份走在天地间，才有自由之感。而我们今天缺失的，恰是这样的情感。

二战之后，欧洲的诗人在重找自己的路。到了20世纪80年代末，中国的诗人在德、俄的土地寻到了自己的影子。与其说是一种发现，不如说是自我的赎回与对话。在两个时空里，相似的诗人互相凝视，这期间有着无数的探索者：北岛、海子、多多、西川……他们带着历史的旧影，凝视那些无声的语言，把表达进入到语言之外的世界。写作的过程，就如曼德尔斯塔姆所说的遗忘旧语言的过程。在这里，失去的是词之镣铐，得到的是自由之思。王家新们的苦路之行，乃一个时代书写的另一种标志。现在，我想他完全可以像他翻译的策兰那样说："你可以满怀信心地/以雪来款待我。"

（《书城》2014年第3期）

读《塔可夫斯基的树》

◎ 洪子诚

一

这是王家新新出版的诗集，全名为《塔可夫斯基的树：王家新集1990—2013》，作家出版社“标准诗丛”第一辑中的一本[1]。从诗集的性质看，它和2001年的《王家新的诗》(人民文学出版社“蓝星诗库”)有相似之处。这两套诗选丛书，出版者都有为当代新诗确立“标准”、“经典”的抱负，因此，入选诗人集子，便非某一写作阶段的作品集，而带有精选、“代表作”的意味。不过，王家新这两本诗集，也有重要不同。《王家新的诗》卷一收入80年代作品（1979—1989），而《塔可夫斯基的树》则只收1990年以来的诗和诗歌随笔。这应该是作者对自己创作道路的一个判断：1990是重要年份，具有转折、甚

[1] “标准诗丛”第一辑，除王家新这部诗集外，另有《我述说你所见：于坚集1982—2012》、《诺言：多多集》、《我和我：西川集1972—2012》、《如此博学的饥饿：欧阳江河集1983—2012》(2013年版)。第二辑有《周年之雪：杨炼集1982—2014》、《你见过大海：韩东集1982—2014》、《山水课：雷平阳集1996—2014》、《潜水艇的悲伤：翟永明集1983—2014》、《骑手和豆浆：臧棣集1991—2014》(2015年版)。

至重新出发的起点性质。

王家新在80年代有十年的诗歌写作、活动的生涯。80年代初大学时代，主持过《这一代》的校园诗刊，并开始发表作品。因为当年创作呈现的特征，他在这一个时期还被归入“朦胧诗”[1]诗人行列。80年代后期他在《诗刊》社工作，参与组织当年不少重要诗歌活动，和唐晓渡合编有很大影响的《中国当代实验诗选》。我读他的诗，要迟至1985年前后。还是北大中文系学生的老木（刘卫国），送我他编选的《新诗潮诗集》，在这部诗选的下册，收有王家新的一组诗。现在记忆较深的是《从石头开始》。那些年，“石头”这个词频繁出现在青年诗人的作品里：“我的身体里垒满了石头”；“石头生长，梦没有方向”；“长夜默默地进入石头”；“水手从绝望的耐心里，体会到石头的幸福”；“生命因孤寂而沉默……化为石头”；“把灯点到石头里去”等等。在这些诗里，石头并不具“个体”的形态，它寄寓的是有关激情、沉重、凝固、坚韧等混杂交错的情感和精神意向。那时，大家热衷使用象征性的抽象意象，这是一个时期的诗歌风尚。后来，又陆续读到王家新的《中国画》(组诗)、《触摸》、《加里·施奈德》、《蝎子》等。分别来看，即使以今天的眼光，它们中的一些也有较高的水准；但不得不说，那时的王家新还没有找到那条独创性的诗歌“暗道”，写作带有多种尝试的性质，呈现了涣散的方向；这是一种我们熟悉的“练习期”、“成长期”(王家新自己的概括)的特征。

---

[1] “朦胧诗”这个概念一直遭到一些人的诟病和强烈质疑。作为有特定含义的概念，在谈及诗歌历史的时候，其实也有继续存在的必要。

二

尽管《塔可夫斯基的树》剔除他80年代的作品，但是80年代对王家新很重要。在一篇回顾文章里，他讲到一个细节：顾城曾转达他父亲顾工对王家新的印象，说他是“中国的别林斯基”。王家新说当时对此“并不怎么在意”，他的兴趣已经转向现代主义[1]。在20世纪80年代，对别林斯基有所了解并存有感情的，大概只是“过气”的诗人（如顾工），和同样“过气”的文学爱好者（如我）。但顾工稍显“突兀”的说法，至少是在想象性类比中提示了某种相似的精神气质。在作出这个判断的时候，顾工脑子里可能会浮现这样一组词语：严肃；紧张、峻切；道德和思想的理想主义；热烈信他所信，同样热烈疑他所疑的极端化；类乎宗教信仰的文学观；“不欲自限于伦理中立的分析，亦不愿自安于不带成见、不含批评的描述”；将“观念”作为生命核心因素……

需要说明的是，这里的所谓“观念”，不是指思想或理论层面的概念或教条，而是支撑人的思想、行为、情感、他全部生活方式的信念，犹如以赛亚·伯林在谈到别林斯基时所言：

> 这种意思的观念体现思想，也体现情绪，体现人对内在与外在世界的含蓄与明示态度。这种意思的观念，比意见或甚至原则更广义，更出于持有观念者的内在本质，而且构成、甚至就是一个

---

[1]《我的八十年代》，《塔可夫斯基的树》，第243页。

人对他自己、对外在世界的核心关系综结。可能有深有浅，有真有伪，可能是封闭的，也可能是开放的，可能是盲目的，也可能具有洞识的力量。在有意识或无意识的行为、风格、姿势、行动以及细微的习惯作风里，正如明言的义理或信仰的告白里都可以发现这一点。[1]

在20世纪80年代，我们都经历过自我认知的某种错位。说已转向“现代主义”的王家新，血管里流动的可能有更多19世纪的“遗产”，一种混合古典精神和启蒙意识的浪漫、理想激情。依“历史进步论”的眼光，这个说法会被认为是对王家新的贬损，其实不然。如今，说一个人身上存在没能剥离的20世纪80年代的“残留物”，可能暗含嘲讽、批评，但也可能是对变得稀少的精神品格的尊敬。虽然《塔可夫斯基的树》没有选入20世纪80年代作品，但王家新在处理不同历史时期的关系上，既不刻意割断离弃，也警惕带有酸腐气息的怀旧。他维护着20世纪80年代作为一种“精神事物”的意义，把它看作是蓬勃的诗歌精神和想象力的根基：

那是一个燃烧的向着诗歌所有的尺度敞开的年代，欧阳江河在那时就宣称“除了伟大别无选择”！而“伟大的诗人”，在他看来就是那种“在百万个钻石中总结我们”的人！[2]

---

[1] 以赛亚·伯林：《俄国思想家》，彭淮栋译，译林出版社2001年版，第187页。
[2]《塔可夫斯基的树》，第249页。

十多年前在北大课堂与学生一起读“90年代诗歌”，我说过王家新有许多变化，但“‘骨子里’还是有一些相通的东西延续下来，继续展开、加重”[1]，也是在强调80年代对他来说的意义。在有些萎靡不振的当今，王家新不为80年代的这些话羞怯，不打算回收这些“伟大”；这让孱弱的我们意外，但也感动和尊敬。

三

但是，1990年对王家新（也对另外一些诗人）确实具有特殊的意义。“历史之手移开了他们在早年所借助的梯子，使他们不得不从自身的惨痛中重新开始”。我这里说的1990年，不是一个确定刻度的“自然时间”，可以替代的另一种说法是“80年代末至90年代初”。之所以特意标出1990年，是因为这一年他发表了《帕斯捷尔纳克》[2]。尽管王家新不大愿意人们总是谈论这一“代

[1] 洪子诚主编《在北大课堂读诗》(修订版)，北京大学出版社2014年版，第39页。

[2] 当时一些诗的发表情况，一直是我想弄清楚，却未能办到的事。这是一个重要时期的精神痕迹。经查刘福春编著的《中国新诗编年史》下卷（人民文学出版社2014年版，第1293页），这首诗最早刊于诗歌民刊《九十年代》(油印本)，同期还刊有孙文波《地图上的旅行》、西川的《远游》等。但我没有能看到这份刊物。《九十年代》是1989年创刊的，出版有1989年卷，由孙文波、萧开愚、张曙光、王家新等创办。但刘福春的“编年史”没有记录创刊的1989年卷的情况。最近，经王家新提供的信息，他这几首诗的发表情况是这样的：“1989年秋冬，长夜读《古拉格群岛》、《日瓦戈医生》、米沃什的作品等，写出《一个劈木柴过冬的人》、《瓦雷金诺叙事曲》等诗，诗歌创作开始一个新阶段。《瓦雷金诺叙事曲》先是在几个民刊上发表并产生反响，但直到1992年11月，才在《花城》第6期正式发表（他们从民刊转载的，当时我已在英国）。1990年12月，写出《帕斯捷尔纳克》一诗。1991年3月，《帕斯捷尔纳克》等诗5首很快在《花城》第2期发表（但个别诗句经过编辑改动），并很快产生反响。”

表作”而忽略他另外的作品，但它仍具有“指标”的性质。也就是说，他其后二十多年诗歌的一些要素，是在这首诗、也是这个期间确立的。

2005年修订版的《中国当代新诗史》，对王家新的创作我曾写下这样一段话：

王家新诗的个人风格的确立，……是在80年代末和90年代初。这个期间，他发表了《瓦雷金诺叙事曲》、《帕斯捷尔纳克》等作品。他的家乡湖北丹江口地处陕、豫、鄂三省交界。据说，其“地域性格和语言，较多承传了秦汉文化的源流，而楚文化的空气极为淡薄”，“北方儒家深挚执着的文化人格较之楚文化的绚丽浪漫，更能深刻地左右他的思想行为”。虽然在《一个劈木材过冬的人》、《词语》中，王家新也表达了对诗歌技巧、对如“刀锋深入、到达、抵及”的词语的倾慕，但他并没有充分的耐心去精致琢磨。他不是一个“技巧性的诗人”，靠“生命本色”写作，其基本特征是“朴拙、笨重、内向”。有不同的诗人，有的让读者记住的是劳作的成果，写作的人则在诗中弥散。有的通过语言的材料，不断塑造“写作者”的形象，其身影代替了个别的文本，王家新显然有些偏于后者。

命运、时代、灵魂、承担……这些词语是他的诗的情感、观念支架，他将自己的文学目标定位在对时代、历史的反思与批判的基点上。这个“时代主题”，常以独白与倾诉的方式实现，在诗中形成一种来自内心的沉重、隐痛的讲述基调。写社会“转向”作用于个人的生命体验的诗作，大多以他与心仪的作家（叶芝、帕斯捷尔纳克、布罗

茨基、卡夫卡……)的沟通、对话来展开。……[1]

回过头读十年前的这些文字,有的话还能成立,有的则不大准确甚至错误了。自然,不准确的出现有一点也和他诗艺追求的变化有关。比如说朴拙、笨重,说没有耐心琢磨,以及经常采用倾诉的方式,这就和他近十多年的诗歌艺术走向不大契合。他的抒情倾诉已变得节制,独白仍是诗歌方式的基调,但也朝着精炼、浓缩、暗示的方向发展。他已有足够的耐心,去等待那容纳更丰富体验和多层意义的词语的降临,他努力想将沉重和轻灵加以结合。

四

王家新1990年确立的诗歌“要素”,可以尝试采用关键词语的方法来提示;尽管这样的分析方法显得有点简单、机械。

北方、寒冷、雪

前面说到王家新写作“地域性格和语言”的那些话,引自程光炜的《王家新论》[2]。程光炜是对的,王家新的诗歌气质,和他的出生地、他青少年生活、求学的地域,和那里的“楚文化”没有很明显的关联,这和舒婷、顾城、于坚、张曙光等都不同,他很少留下家乡风景民俗的痕迹,精神的家乡是“北方”。北方在他那里,既是他后来的居住地,但更重要是一个抽象的文化地标。在这方面,他与卓越的写北方的

[1] 洪子诚、刘登翰:《中国当代新诗史》(修订版)第十三章。北京大学出版社2005年版。
[2]《王家新论》收入《程光炜诗歌时评》一书,河南大学出版社2002年版。

诗人多多也不同。王家新诗情的开拓，得益于20世纪80年代后期的“北漂”生活（那时还没有“北漂”这个词），这让他获得生命、诗艺的地域的根基。“冬日”，“寒冷”，“雪”，“还是雪”，“彻骨的寒气”，“比死更冰冷的爱”等等，这些词语频繁出现在他的作品中。他对绿叶成荫、繁花似锦好像没有什么好感，至少是不能引起他的注意；他见花并不落泪，见月也不大惊心；对他来说它们不是那么可靠。相反，北方冬日叶片落尽的黑而枯瘦的树木，感觉却“似乎都变得更真实”（《树》）。这一切也不能看作是他刻意经营的意象，虽然也可以理解蕴含时代、精神气候和人的处境的寓意，但最主要的是环绕的感性氛围。地域、季节选择的这一倾向，是个人心性使然，从这里出发，便有助于和特定人物、历史事件连接，以增强在同质、线性时间中发现断裂点的需要。

“精神血脉”

“我们只借那些可以加倍归还的东西”——王家新文章征引了勒内·夏尔的这句话。王家新不回避他的写作攀登“借助”“梯子”的必要性。1990年说“历史之手移开”他们早期借重的梯子，并不是否定“梯子”的重要性，而是另有选择。近年来他反复强调（并积极参与）诗歌翻译，说明这一点。他的诗和文章，明白标示了“同一种精神血脉的循环”的线索；他一再“呼唤”的“那些高贵的名字”，构成了清晰的家族谱系。这些名字，往往是20世纪重大历史事变中的那些“放逐、牺牲、见证”的作家、诗人，他们“无可阻止地，前来寻找我们，发掘我们”；而“我们”也自觉地将他们的声音，化为“从心底升起的最高律令”，成为诗歌写作的灵感发生的触媒和推进力量。由“寒冷”和“雪”所连接的诗人，在他的艺术和精神谱系中被综合、重写和改造。列入这个名单的有：叶芝、卡夫卡、阿赫玛托娃、茨维塔耶娃、曼德尔斯塔姆、帕斯捷尔纳克、布罗茨基、米沃什、阿甘本、策兰、凯尔泰斯·伊姆莱……尽管他也多次提到杜甫等人，但好像还拿不定主意将他们安放在什么位置上，或者说在这个家族中他们还无法占据那种"血脉循环"的位置。

"轰响泥泞"

我读《帕斯捷尔纳克》这首诗，距它的发表已好几年。经过程光炜的征引、阐释，"终于能按照自己的内心写作了/却不能按一个人的内心生活"成了概括时代征象的经典名句。[1]但我最初读的时候，因为粗心却没有注意到它。当时印象更深的是"从雪到雪，我在北京的轰响泥泞的/公共汽车上读你的诗……"那时我正重读《日瓦戈医生》，就想起帕斯捷尔纳克的："大放悲声抒写二月/一直到轰响的泥泞/燃起黑色的春天"（《二月》，荀红军译），也想起日瓦戈猝死的那一时刻：他上了一辆有毛病的，开开停停的电车，因此，马路上那位穿淡紫色连衣裙的女士不断从他的视线中消失又不断出现；接着就是雨和风卷起尘土和落叶……这是有关历史，有关日瓦戈这样的知识分子宿命的隐喻吗？从1990年的"轰响泥泞"开始，王家新总体单纯的诗，就不断增加"黑色"成分，悲剧性色彩。犹如《塔可夫斯基的树》的最后一首写的："……现在，在我的诗中/只有这一道道蒙霜的/带着发黑的庄稼茬的犁沟"（《在伟大的诗歌中》，2013）虽然继续拒绝"也许"、"似乎"这类模棱两可的措辞和生活态度，但他诗歌

[1] 程光炜：《不知所终的旅行》，诗选《岁月的遗照》序言，社会科学文献出版社1998年版。

的构成毕竟增加了相异、对立的因素。

“另外的空气”

“命运、时代、灵魂、承担……这些词语是他的诗的情感、观念支架”，是他写作的主题。但是，他的诗通常没有直接处理现实事物和历史事件，这引发主张诗歌介入现实情境和问题的人的批评。1992年他寄寓伦敦写的《对话》中，曾有这样的句子：“你生活在我们这个时代，却呼吸着另外的空气。”以另一种空气，或另一种风景来回应“现实”，是他的处理方式。王家新引用阿甘本这样的话，很大成分有自我辩护的性质：“……他自己的身影投向过去，结果为此阴影所触及的过去，也就获得了回应现在之黑暗的能力。”他要表明的是，他对历史的“凝视”，主要落实在“凝视者”的思想情感反应上，落实在通过呼吸所过滤的词语上，至于是否直接写到现实情境无关紧要。我想，出现这一情况，一方面与写作环境有关，“终于能按照自己的内心写作”并不完全属实。另一方面，也要从诗艺的方向来肯定诗人选择的自主性。为作家、诗人规定题材选取，是当代文学并不值得赞赏的遗产，至今仍作为工具，为不同、甚至相反的历史、文学观的论者所操持。自然，如果说到王家新历史“凝视”的美学成效，那是需要另外展开的议题。

姿势

他的写作带有明显的自叙传的成分，不太认同“非个人化”的诗歌方式。他所有的作品（诗、诗歌随笔、翻译）都在构建自我的诗人形象。这与他采取的“征引历史”（既是一种无奈，但也是他设定的视野）的“退却”的方式有关。他笔下不是“历史”本身，而是凝视历史之后的心灵印记，凝视者本身。诗中的叙述者，很大程度可以看作诗人自身(当然是所要呈现的那个形象)。这种方式,强化了诗歌的叙述者的“姿势”。因为这个追求,他特别赞赏法国诗人勒内·夏尔作品背后确立的严峻、光辉的诗人形象,说这是“重铸了一种诗性人格”。

瞬间

“生命一瞬间的显现”,长期情感、经验和语言能力积聚所出现的“一瞬间的召唤”——这些主要是他近十多年的追求。对王家新来说,这确是新的因素,他说属于“晚期风格”。这体现为前面说过的对倾诉、抒情的节制,对雄辩的放弃,对日常性、细节的重视,和对瞬间发现、感悟、提升的等待。1990年的时候,他好像也不反对“中年写作”的说法,其实那时并没有这方面的准备。目前的这种改变,如他自己所说,一方面是生活的变化:生活的相对稳定,结婚,有了孩子,成为著名大学教授,“去国”身份由“漂泊者”转变为中国著名诗人,和国际诗人建立的联系……另外方面是阅读、翻译策兰这样的诗人的作品,以及对他那一精神谱系上诗人的丰富性认知有关。毫无疑问,那些诗人(帕斯捷尔纳克、茨维塔耶娃、策兰等)在王家新那里,其形象和价值最主要是流放者、暴政批判者、历史见证者。他对匈牙利作家凯尔泰斯·伊姆莱的重视和好感,很大程度是他反复、不倦地让人们不要忘记奥斯威辛。但是对这些作家的丰富性更全面的发现,也为他开放体验感受空间创造条件。他在诗中要呈现“生命的质感”、要“更接近‘生物的神秘本性’”,这都是新的要素。他意识到诗人精神理念的扩张和收敛、突进和退却同样必要。这一变化已经出现让人惊异的诗作,而更多成果的整体评价仍值得继续观察。

五

前些日子与年轻诗人王东东聊天，他尊敬地说王家新是一位“逆时代的诗人”。当时没有让他仔细解释“逆时代”是什么意思。这里只好按照我的理解作些推延和展开。“逆时代”，换一种说法就是“错位”，“老派”、不能“与时俱进”，或者“不合时宜”？譬如说，诗歌时尚是要增加语言嬉戏、快感，而王家新仍过分严肃；诗歌题材要向生活更大空间开放，王家新在很大程度上恪守带有古典色彩的选题标准；在“时代英雄”转移到歌星影星的年代，却仍维护着诗人的也许不切实际的英雄姿态；许多人避免在诗中留下“自我”的痕迹，他却坚持古老的诗与人合一的原则；“启蒙”已经名声欠佳（不夸张地说是“声名狼藉”了吧），他仍想承担以艺术开启“民智”的责任；在解构、虚无成为有力武器也成为消费时尚的时候，却在悲剧的前提下继续讨论人类的希望……逆时代、错位可能是落伍和失误，但也可能是孤独者动人的坚守；在许多人（我也在内）争先恐后、急不可待适应、迎合潮流时尚的时候，不多的逆行者就特别珍贵，特别值得我们敬重。王家新是坚信自己选择的合理、正确的，他引阿甘本的话，就是要说明时代的逆行者、疏离者，更有可能有力“感知和把握他们自己的时代”。

塔可夫斯基的电影，我只看过他早期的《伊凡的童年》和后来的《乡愁》，没有看过《牺牲》，没有看到在瑞典哥特兰岛的那棵“大师的最后一部电影中出现的”树，只是从《牺牲》的电影海报上，见识它的落叶后枝干线条清晰（这是王家新喜爱的冬日形象）的孤独。

一棵孤单的树，也许只存在于
那个倔犟的俄国人的想象里

一棵孤单的树
连它的影子也会背弃它

除非有一个孩子每天提着一桶
比他本身还要重的水来

除非它生根于
泪水的播种期

就王家新对他坚信的诗歌，和同样坚信的对历史未来的希望而言，要让“已然不再”成为“还在这里”（策兰语），让不可能成为可能（或想象中的可能），显然要有“每天”的持续坚韧，要有“比他本身还要重”的超负荷的付出；这大概就是“逆时代”者的愚钝和尊严吧。

（《中华读书报》2015年7月15日）

把灵魂朝向这一切吧，诗人（节选）

◎刘　春

在新时期以来有影响的诗人中，王家新是无法被忽略的一个，不管是他的“知识分子写作”同道，还是对他怀有成见的某些“民间”人士，都会将他当作一个标本，或极尽褒扬，或讽刺挖苦。一言以蔽之：王家新是一个话题。

考察王家新的诗歌道路，我们会发现近30年来，王家新一直“在场”。从20世纪80年代初，王家新就被列为“朦胧诗”群体中的一员。80年代中期，“朦胧诗”式微后，大部分“朦胧诗人”一蹶不振，作品乏善可陈，有的干脆停笔不写，而王家新却日益显示出了其旺盛的创造力，成为“后朦胧诗”的代表诗人之一。90年代后，王家新的作品又是一变，以一大批具有浓厚反思气息的诗歌受到关注，与西川、欧阳江河、张曙光等人一起被诗歌界统称为“知识分子写作”诗人，诗坛怪杰百晓生将其誉为“中国诗歌界的宋江”。近几年，王家新又创作了不少更切进存在与精神层面的作品，他的诗学文论和翻译作品，对读者的影响也日益深入。王家新这样挺立30年而不倒的诗人，诗歌界并不多见。

……

1989年，对于王家新的创作而言，是一个非常重要的年份，在这一年12月，王家新写下了《一个劈木柴过冬的人》、《瓦雷金诺叙事曲》等后来广为流传的诗歌。他出版的诗论集《人与世界的相遇》奠定了王家新作为一个诗人兼批评家的身份。

由此我们看到，整个80年代，王家新经历了一个从成长到成熟的过程，他作为“朦胧诗”后崛起的标志性诗人的形象，已然树立。

20世纪80年代，是中国现代诗蓬勃发展的十年，也是王家新的写作日益成熟的十年，对于这一时期的诗人和诗歌精神，王家新有独到的认识。前两年，在北京大学的讲座上，王家新深情地回忆起被诗人们深深怀念的那段时光——

“诗歌精神”作为一种说法正是（20世纪）80年代提出来的。……海子的诗是“那幸福的闪电告诉我的，我也将告诉每一个人”。这也正是80年代很多诗人的自我意识。1987年我们在山海关办“青春诗会”，那时我在《诗刊》做编辑，我们请了一些诗人如西川、欧阳江河、陈东东等，那种氛围真使我难忘。我记得在海边的山坡上散步时，有人随口就说出了一句诗“把玉米地一直种向大海边”！我已记不清是谁说的了，欧阳江河？西川？也许谁说的并不重要，重要的是它体现了80年代的诗歌精神，是80年代的精神在通过那些诗人之口讲话。正是在山海关，欧阳江河即兴写下了他的名诗《玻璃工厂》……西川在这前后也写下了“从一场蒙蒙细雨开始，树木的躯干中有了岩石的味道”，这种诗我一读就有了一种深沉的喜悦。诗人写的是树木，我想也是在写人生，一种经历了风霜雨雪的诗歌生命。虽然一代诗人真正的成熟，在我看来是在90年代以后

的事，但它却出自80年代那种诗歌氛围和精神的养育。（《诗人与诗歌精神》）

正是因为当年的这种氛围和精神的存在，一代诗人得以茁壮成长，近十年来中国诗坛风云变幻，各种流派和群体风起云涌，……但在我的心目中，最核心和最厚实的力量，仍然是以王家新、西川、于坚、欧阳江河等为代表的20世纪80年代成长起来的这一拨诗人。

1990年底，王家新又写出了《转变》和另一首关于帕斯捷尔纳克的诗歌《帕斯捷尔纳克》。这些诗歌，奏响了王家新创作的一个崭新的序曲，使王家新树立起了中国诗歌界极为独特的思想性诗人的形象。

也是从这一年开始，王家新离开诗刊社。居家一年多以后，于1992年元月到了英国。在国外的两年，王家新的创作更为开阔，不仅深化了《帕斯捷尔纳克》等作品的写作向度，还进一步确立了他的另一种写作方向，即被他称为“诗片断”的写作。

……

王家新诗歌中的沉痛和抑郁在当代中国极为少见，诗歌中的“我”总给人一种流亡者的印象，绕树三匝，无枝可依。与此同时，他的诗歌中频频出现的思想者形象，也逐渐深入人心。如果说“知识分子写作”确实存在，那么我们似乎可以进行这样的大致分类：王家新和欧阳江河代表的是知识分子品质中“对命运的担当”的那部分，西川和陈东东等人则代表着知识分子中的辞采的部分。前者给人一种思想者的形象，后者则更侧重于文体家。

与一些暴得大名却找不出一首代表作的诗人不同，王家新是有代表作的诗人……我阅读王家新的第一首诗歌就是他的代表作《帕斯捷尔纳克》。这首诗发表于《花城》1991年第2期，当时我还在四川读书，正与诗歌处于疯狂的热恋期。《帕斯捷尔纳克》干净而有力量的词语、内在的音乐性以及诗歌中呈现的高贵形象，让我爱不释手，然后开始仰望它的作者。（引诗略）

诗歌沉郁而激越，充满内在的疼痛。从标题到内文的诸多句子，我们不难发现，这首诗是对俄罗斯诗人帕斯捷尔纳克的致敬文本，也从侧面显示出一个伟大灵魂对中国诗人的深刻影响。

……这是一个中国诗人与外国大师的灵魂的相遇，王家新没有流连于单纯的致敬，而是由外及内，由彼及此，借助一个伟大的灵魂来拷问自己的生活和内心。通过对历史与现实，生存环境与个人思想之间的交锋，完成了诗人之间的相互寻找和潜在交流，使这首诗具有了厚重的历史感。

《帕斯捷尔纳克》诞生于1990年冬天，但不仅属于90年代，在整个中国新诗史范围内，都应该占有一席之地。特别是当我们看多了那些“一地鸡毛”式的文学作品再回过头来阅读它时，就会深切地感受到它的重要性。

……

1994年初，我在四川乐山一家造纸厂图书馆里的一本《花城》上，读到了王家新另一首关于帕斯捷尔纳克的诗歌《瓦雷金诺叙事曲——给帕斯捷尔纳克》，这首诗风格与《帕斯捷尔纳克》相去甚远，多了短句和叙事而少了抒情成分，但这并不影响它的高贵品质。（引诗略）

《瓦雷金诺叙事曲》创作于1989年12月的一个夜晚，发表于《花城》1992年第6期，诗歌参用了帕斯捷尔纳克小说《日瓦戈医生》中的一些细节，比如对爱情的描述，在雪夜中写诗，屋外的狼嗥声，狼群向房子逼近等。

全诗的中心是“蜡烛在燃烧”，其余所有联想和对现实的描述都围绕着这一意象发展。在这里，蜡烛不仅能让人联想到炙热的火，还是一种精神的象征。群狼自然也不仅仅是自然界中的猛兽，还是生活中的某种逼压。漫长而广阔的冬夜与一豆烛火形成了强烈的对比，如同一个惨烈的世界之于一个具有独立精神的知识分子，那是一种从外到内的重压。而正是在这微弱但从不熄灭的烛火中，诗人敞开了自己的灵魂，他向往美丽的爱情，无惧苦难的逼近。一种高洁而不妥协的形象，自《瓦雷金诺叙事曲》开始，出现于众声喧哗的中国诗坛，王家新从此成为中国诗人中一种知性与智性的代表，他的诗已不仅是诗，还是一种思想。

……

谈论王家新的诗歌，不能避开的还有《词语》、《另一种风景》等“诗片断”系列及《回答》、《伦敦随笔》、《孤岛札记》、《临海孤独的房子》等长诗或组诗。在王家新的创作中，它们是《帕斯捷尔纳克》之后分量最重的作品，进一步加深并推进了诗人对诗艺、生活与命运的思考。

1991年11月，王家新开始了被他称为“诗片断”的系列作品，先是在北京完成了《反向》、《持续的到达》，1992年初到国外后，又完成了《词语》、《另一种风景》、《游动悬崖》、《蒙霜十二月》，2000年左右又完成了《冬天的诗》、《变暗的镜子》等。

这些作品相当驳杂，单独阅读，其中的每一段都是一个箴言、短语、创作谈，也可以说是跳跃性很强的散文诗，乃至于生活中的“注意事项”。比如：“当你开始接受记忆的审判时，你这才发现你已把它推迟多年。”“写作缓慢，这说明我遇上了某种障碍，而这是我以前轻易就绕过去的。”“爱这艰难的时光吧，它让我惊异于某种存在，虽然转瞬它又消失在一片灰蒙里……”这些简洁的短句，常常能给人启发，让他们联想到文字之外的很多事物。但假如只能获得这样的效果，王家新的“诗片断”也就不可能成为他的重要作品了。事实上，当我们阅读全篇，这些看似零散的段落又会迅速集合起来，给你一种全局的、全新的体验，这个时候，我们眼中已经没有了这些“片断”，而是一个博大的整体，一种深厚的氛围。在阅读的过程中，一个坚定又不乏怀疑的思想者形象清晰地浮现在人们面前。

20世纪90年代中期以后，国内不少诗人开始了这种“片断”式的写作，不知道王家新的“诗片断”算不算“领风气之先”？当然，这已经不重要了，一个有高远抱负的诗人，他不可能斤斤计较于此类枝节性的“荣誉”。

散文诗组《临海孤独的房子》是我非常喜欢的作品，1993年，我从《诗神》上读到这组诗时，内心的感觉只能用“汹涌澎湃”来形容。在这首诗中，王家新的创作呈现出一种少有的气势：“这就是生活：你的房屋低陷，你的思想也不可能走远。当你瞭望，似乎在一片虚无之外仍然是虚无。于是你知道了你的限度。”“瞭望，总是瞭望，我们就这样被赋予给更远的事物：海，或别的。但我知道，我唯有从我自己的黑暗中诞生。……”“这就是在词语中开始的一切。它会继续下去，会有新的路从孩子们的画笔下通向海，同时，会有另一个人来到这里，替我思考我不去思考的一切。”这些充满哲思、深入灵魂、自我拷问的诗句，有一种强大的煽动性，能够迅速将读者覆盖。字里行间闪现出来的光芒，进一步成就和完善了王家新浑厚、沉重而充满反思和担当气质的形象。

而创作于1997年11月的长诗《回答》，则体现出王家新诗歌的另一种面貌，不再玄思，而与日常生活密切相关，内容也极为个人化。这首诗具有很强的叙事性，在叙述的过程中，探讨了人生、理想、爱情、现实等关键词之于生活的意义。诗歌从对个人生活的叙述铺展开来，渐渐地转向开阔与坦然。最后，诗歌在平静与展望中结束——

是到了告别的时候了。
……
四十而惑，但我也听出了命运的一些低语，
我在辨认着宇宙的伟大法则。
我仍将把你带在我的生活里，血液里，
或一首献给这个正在逝去的世纪的挽歌里。
一如既往，我还随时准备向你的愤怒或欢乐致礼。
而我，在我写完这首诗后，冬天
就会沿着森林大道和花园小径向我走来，
霜雪也会蒙上我的明亮的窗户；
大雪封山之前，人们还会纷纷离去。
那不勒斯的女儿也将飞回温暖的家乡过冬。

而我将在这里留下。
我想我已经准备好了：从持续不断的降雪中，
从笼罩着山上山下和万物的静寂中，
将会静静地升起一支冬日的颂歌……

诗歌的标题是“回答”，那么我们要问，诗人要回答谁？回答什么内容？窃以为，抓住这两点，我们就能进入这首诗的内部。

在进入诗歌之前，人们首先会读到正文前面引用的两句话，一句是里尔克的“苦难尚未认识……”，另一句是沈睿的“女权只是蓝图，那些勇敢的女人已经死了”。……而“回答”的内容，则是精神与世俗生活交杂的。这也说明了《回答》的性质——这是一首诗歌，而不是诗人的生活实录。内容的复杂，致使了诗意的迂回，最后螺旋式上升，不再是对某个具体的人的回答，而是对命运、世界、历史与信仰的坦白。因此，这既是一首个人化的诗歌，也是一首与社会有关、与精神和灵魂有关的诗歌。

到了这一地步，我们甚至可以进一步询问：“谁在回答？”在我看来，在这首诗中，诗人已经不仅仅是个倾诉者和独白者，他同时也是一个倾听者，他在听从来自诗歌与生活本身的声音，顺应着语言和精神的引导。诗歌已经成为独立的存在，不再依附于诗人原本的思想意识，它无论从语言形式还是内涵，都已自足。

《回答》在《莽原》杂志1998年第三期发表后，引起了很大的争议，用王家新的话说：“《回答》这首诗发表出来之后引起了不同的反响，我听到的不同反响很强烈，甚至出现了为这首诗而争辩的情形，甚至是在夫妻两个之间也出现了一些争辩。”它被作为当年的重要作品收录在一些重要选本中，并被耿占春等著名学者专文讨论，一些大学也专门为此诗举行了读诗会。

不管外界的反应如何，《回答》作为王家新在《帕斯捷尔纳克》之后最重要的作品，已经毫无疑问。《回答》在王家新的创作中出现，既顺理成章又出乎意料。说顺理成章，是因为诗歌中仍体现了《帕斯捷尔纳克》中的怀疑与担当意识；说出乎意料，是因为从这首诗开始，我们看到了王家新对具体生活现场的介入。此前王家新的作品，大多围绕着某种信仰和理想，虽然时常出现“我”，却显得高蹈，难以接近，而《回答》在继承以往诗歌的品质的基础上，涉及了可以触摸和切身感受的生活细节，脚踏大地，沉稳而厚实。从这一点说，《回答》在王家新的诗歌历程中，具有重要意义。

……

我开始重新阅读王家新的诗歌，发现很多以前几乎没有注意到的佳作。先看看这首《旅行者》：

他在生与死的风景中旅行，
在众人之中你认不出他；
有时在火车上，当风起云涌，我想
他会掏出一个本子；或是
在一个烛火之夜，他的影子
会投在女修道院雪白的墙壁上。

蚂蚁会爬上他的脸，当他的
额头光洁如沙。

他在这个世界上旅行，旅行，或许
还在西单闹市的人流中系过鞋带；
而当他在天空中醒来时，
我却在某个地下餐厅喝多了啤酒。

七年了，没有一个字来，
他只是远离我们，旅行，旅行；
或许他已回到但丁那个时代，
流亡在家乡的天空下；或许突然间
他出现在一个豁然开阔的谷口——
当大海闪光，白帆点点在望，
他来到一个可以生活的地方。

七年了，我的窗户一再蒙上白霜，
我们的炉火也换成了暖气——为了
不在怀念中生活？而我一如既往，
上班、写作、与朋友聚会……
只是孤身一人时我总有些害怕；
我怕一个我不再认识的人突然敲门。

诗歌的后面两节都出现了一个时间限定词“七年了”，从《旅行者》的创作时间（1996年12月和1997年1月之间），可推断出诗歌所涉及的大致年份：1990年。1990年左右对于整个国家来说，是一个非常敏感的时间；对于文学创作而言，同样如此。敏锐的诗人发现，沿袭已久的传统抒情失效了。一些诗人停笔，另一些诗人开始转型，从激进而充满幻想的“青春期写作”进入到更为沉稳厚重的“中年写作”。……

理解了上面的背景，我们再进入这首诗，就相对容易了。诗歌中的“他”可以指诗人的“另一个自己”，也可以指一个亡灵；可以代表作者的某个朋友，也可以是一个不相识的人。甚至，这里的每一个“他”，都可以泛指一个不同的人，他是我们中的一个，也是我们中的每一个——在众人之中你认不出他——多个“他”结合起来，成为一个集体，一个“我”相识或不相识但一直关注着的群体。

在这里，我暂且将“他”作为“我”的某个朋友来解读。这个朋友已经去世多年，但“我”并未遗忘他，在“我”的心目中，他只是在进行长途旅行，他穿越时空，时而在人群中，时而在火车上，时而到了海边，时而到了异国纯净的修道院，时而回到了“但丁那个时代”或“家乡的天空下”，甚至就在大家共同生活过的城市——北京西单闹市的人流中系鞋带。“我”对这个朋友怀念至深，因为每一天，“当他在天空中醒来时”，我都会因怀念、因应付世俗生活而酩酊大醉——“在某个地下餐厅喝多了啤酒”。

请留意“他来到一个可以生活的地方”这一句。一个人经过千辛万苦的旅行、跋涉，竟然无非是为了寻找到“一个可以生活的地方”！由此可以反观“我”以及“我们”对生存环境的不满意。那么，对什么地方不满意？为什么不满意？诗歌没有给出答案，但每个人都可以从自己的经历和思考中找到各自的答案。

死者已去，存者却不得不继续生活。春来秋去，七年了，“我的窗户一再蒙上白霜，我们的炉火也换成了暖气”，我也“一如既往，上班、写作、与朋友聚会……”，过着普通人的生活。在这样的生活中，“我”对逝去的朋友竟然产生了一种表面上似乎难以理解的羡慕，因为他可以在时空中随心所欲地旅行，而“我”却不得不过着庸常而孤独的日子。因此“孤身一人时我总有些害怕，我怕一个我不再认识的人突然敲门”——要是亡灵死而复生，等于他又必须承受生活的无尽煎熬，这是一种两难。

如果将《旅行者》中的“他”当作诗人的“另一个自己”，这首诗同样意味深长。其中的伤感和犹疑恰好印证了《帕斯捷尔纳克》中的一句话：终于能按照自己的内心写作了，却不能按一个人的内心生活。

《旅行者》一诗，是典型的“王家新风格”的作品，诗歌中贯穿着王家新式的承受、怀疑与反思精神，但语调相对平静，不再像《帕斯捷尔纳克》那般坚决和直接。诗歌内容的巨大张力给了读者诸多思考空间，在我看来，这是一首不应该被冷落的作品，而这首诗也没有被多少选本收录，可见它的价值还远远没有被发掘出来。

与《旅行者》相比，1999年8月创作的《第四十二个夏季》体现了王家新的更深层次的转变：（引诗略）

1999年，王家新42岁，《第四十二个夏季》应该创作于他生日期间。夏天即将过去，诗人将迎来生命中新的一年，但这个刚刚过了“不惑之年”的人，仍然“惑”着，仍然有着许多难以理清的思绪——“在某处，在一只已不属于我的耳朵里，蝉鸣仍在不懈地丈量一棵老榆树的高度”……而“我”听到了什么？是艳俗的蛙歌，是蚊虫在枕边嗡嗡作响。我还听到蟋蟀在抖动它的翅膀，“在草棵间，在泥土的黑暗里”表达着愤怒。尽管如此，“我”仍锲而不舍，“整个夏天我都在倾听,/我的耳朵聋了,仍在倾听”。

诗人说,这个夏天,“它的暴力留在一首膨胀的诗里”,究竟是怎么样的一首诗呢?我不知道,却情不自禁地想起了《旅行者》中那个在时空中旅行的亡灵,想起了《瓦雷金诺叙事曲》的创作时间,……是这首诗吗?也许是,也许不是。但不要紧,至少我们从中知道了这个夏天包含着“暴力”,并且它已经被留在诗人的写作之中。

第三节,诗人开始反省:生命中的第四十二个夏季快要过去了,而除了肉体的盲目欲望之外,“我从生活中什么也没有学到”。这种自我要求无疑是尖锐而苛刻的,然而,这又有什么办法呢?尽管我已经“走入蟋蟀的歌声中”,但相对于“伟大的星空”,“我”仍不过是“一只小小的苍蝇”。在这里,“星空”的抽象与“苍蝇”的具象,“星空”的广大与“苍蝇”的渺小形成了强烈的对比,这种对比使我们很清晰地认识到肉体的易逝,以及人类正视自己内心的巨大难度。

期待、苦闷、自责而又不甘心的气质,在诗歌中显露无遗。这首诗中,每个部分的开头,都是“夏季即将过去”,既是一种客观说明,也是一种暗示与强调,我们从中可以联想到,必定有一些话在诗中没有说出,而只能由读者去揣摩。因此,与《旅行者》比较,《第四十二个夏季》更含蓄,更内敛,诗歌的音调也更低沉。

2009年2月,我在《上海文学》上读到了王家新的一组近作,其中的《第一场雪》让我惊讶:(引诗略)

这首诗创作于2007年12月。在保持王家新一贯厚重、澄明的风格之外,增加了令人温暖的日常性,我们从诗歌中除了看到王家新最“钟爱”的“雪”,以及“肯定”、“否定”、“无休无止”、“寂静”、“轰鸣”等似曾相识的形而上词汇，还看到了“靴子”、“妻子”、“孩子”、“儿童自行车”、“苹果”等世俗之物，而在这两者之间，有一种精神在进行着微妙的平衡与协调，使整首诗既具有精神的灵光，又潜存着世俗的温暖。我想，这样的王家新是大气的，他成功地摆脱了《日记》的迷惘，《转变》的惶惑，《守望》的执拗，以及《旅行者》的幻想和《第四十二个夏季》的渴盼，而变得更为从容、稳重，有一种内在的坚定。这是一个崭新的王家新，我从诗歌中看到了他可能的前景，至少，这样的写作前景比《帕斯捷尔纳克》更值得期待。

写到这里，我想把我曾经对王家新“拙于技巧”的评价收回。王家新的写作，一开始就没有被“技巧”所囿，他写的是一个中国诗人的命运，一代知识分子的心灵成长史，而不是词语和技巧的炫耀。一个读者，只有到了35岁以后，才能理解王家新诗歌的“技巧”的内涵，它与我35岁之前所理解的那些“为技巧而技巧”的“技巧”是那么的不同。我们不能用技巧来界定王家新的风格，用“才能”可能更适合。才能指的是一个诗人的才华与能力，包括了后天孜孜以求的成分，而不仅仅出于天赋。

……

诗学随笔和诗歌翻译，在王家新的写作中分量很重……我对王家新的诗学随笔与对他的诗歌阅读几乎同步……而印象最深的一篇是1994年左右在《中国诗选》上读到的《回答40个问题》节选版。从这篇文章里，我第一次“认识”了那么多优秀诗人的名字，以及看到一个中国诗人的独立品质……1998年，东方出版中心出版的“诗人随想文丛”，其中王家新的《夜莺在它自己的时代》和西川的《让蒙面人说话》一度成为我的枕边书。

进入21世纪之后，王家新又出版了《没有英雄的诗》、《坐矮板凳的天使》;《取道斯德哥尔摩》、《为凤凰找寻栖所》等诗论集和随笔集。……

我想介绍一下王家新对保罗·策兰的阅读和翻译，以及此间与北岛的争论，因为这在文坛上具有极其典型的意义……

王家新从1991年秋天开始翻译策兰的作品，当时国内对策兰的介绍特别少……1991年底，王家新在去英国前夕，写了一篇策兰诗歌的译后记《从黑暗中递过来的灯》，其中有这样的句子："我深感自己笔力不达，但是，当我全身心进入并蒙受诗人所创造的黑暗时，我渐渐感到了从死者那里递过来的灯。"

正是这盏"从黑暗中递过来的灯"，温暖和照亮了王家新此后在异国他乡的日子。1992年初，王家新到伦敦不久，马上找书店买下了企鹅版策兰诗选和叶芝、帕斯捷尔纳克、茨维塔耶娃、米沃什、维特根斯坦、卡内蒂等人的诗选，这些异国大师的作品与王家新随身携带的杜甫诗集一起，构成了一个诗人的"全部的苦难和光荣"。

有别于一般读者的是，在策兰作品中，激励王家新的不是著名的《死亡赋格》，而是《在下面》、《带上一把可变的钥匙》、《我仍可以看你》等不被一般读者注意的中晚期作品。"从这些诗中体现的那种罕见的对苦难内心和语言内核的抵达，那种对一个诗人命运的承担，那种从词语间显现的'痛苦的精确性'，都深深地激励着我。"

在国外，王家新四处搜集策兰的作品，并开始进行系列翻译。2002年7月，河北教育出版社出版了王家新和芮虎翻译的《保罗·策兰诗文选》，这本书收录了策兰的100余首诗和部分散文、获奖演说辞、书信等。这是策兰第一部译成中文的作品集，出版几个月后，首印5 000册很快就售完，是河北教育出版社出版的“20世纪世界诗歌译丛”中很受关注和欢迎的一本。

《保罗·策兰诗文选》出版后，王家新没有止步。近几年，又搜集了大量相关材料，新译了约180首策兰的诗，并于2009年2月到德国住了一个月，获得一大批重要资料。利用这些资料，王家新对以往的个别误译进行了修正。

在翻译策兰诗歌的过程中，王家新一再感受到了策兰诗歌的翻译难度，并以此为基准，确定自己的工作态度。王家新认为，对策兰这样一位诗人，没有任何一个翻译家能说完全理解了他，或是有绝对的把握来翻译他，我们要求自己的，只能是忠诚和耐性，是对诗的敬重以及对翻译本身的局限性的觉悟。

也正是在这个问题上，王家新与北岛有了一次“交锋”。

2004年，北岛在《收获》杂志上撰写专栏，讨论外国著名诗人的生活和作品，每一篇文章都用很大的篇幅来谈论翻译，将其他人的译作与北岛自己的译作进行对比，并对各种译本的优劣“品头论足”。在《策兰：是石头要开花的时候了》一文中，北岛对王家新翻译的策兰名作《死亡赋格》和钱春绮先生的译本《死亡赋格曲》提出了尖锐的批评，认为他们的译作“失去了原作那特有的节奏感”，甚至声称王家新的译文“把诗歌降到连散文都不如的地步”。同时，北岛还对王家新的《花冠》、《数数杏仁》等译作提出了批评……

对于北岛的批评，王家新写下了长达万言的反批评《隐藏或保密了什么——对北岛的回答》，发表在2004年第6期《红岩》杂志上（该文后来收入书中时标题改为“隐藏或保密了什么——与北岛商榷”），阐述了自己的翻译立场和角度。王家新从北岛至为注重的“语感”和“节奏感”谈起，对北岛的指责逐条进行反驳，并详细地介绍了自己对策兰作品的理解，最后，对北岛的翻译态度提出质疑。王家新认为，北岛的译本与此前的很多译本相比，并没有“正确”和“高明”到哪里去，因此，他对北岛的“真理在握”感到难以置信。不仅如此，在很多方面和很多关键性的地方，北岛都套用了别人的翻译……对此，王家新不无讽刺地质疑道：“套用、参照或‘攒’用了别人的翻译，而又转过来以权威的姿态对别人进行评说乃至抹杀，这可以说是翻译史上的一个创举。我不知北岛是从哪里得到这种勇气和特权的。”

在文章结尾，王家新含蓄地指出了他与北岛更深层次的分歧：

可惜的是，像北岛这样一位我所尊重的诗人却没有给我带来更多的这样的教益，相反，他的做法和许多指责都已超出了正常的范围。在人们付出了艰辛的劳动之后，他出来“总结”了。总结一下也无妨，但其目的应是把人们导向对诗歌和诗人、对那些备受伤害和曲解的精神事物的更深入的理解，而不是别的。我想问题就出在这里。由此，我也愈加警觉到一种文化反思和自我反省的重要性。……多少年来，人们一直寄期望于北岛和其他一些中国诗人能在这些根本问题上对这个时代的人们讲话，能在诗的语言之间有一种更为纵深的撼动力，甚或能成为如鲁迅所说的那种“人的灵魂的伟大的拷问者”，但现在看来，我们还能抱这样的期望吗？

如果说上面这段话还比较委婉,那么,2009年4月30日,王家新在台北德国文化中心演讲时,所举的一个例子的指向要明确很多:"有一位著名人物……且不谈他后来'攒'出来的译本中的错误及问题,他这种姿态和做法已远远超出了作为一个诚实译者的底线。我想,我们总不至于用自己放大的影子来挡住从死者那里递过来的灯吧?!"

……

必须承认,从20世纪70年代后期开始,北岛的诗歌唤醒了整整一代人沉睡的思想,他成为一座山峰,高不可攀。……可以说,在习诗初期,北岛是对我影响最深的几个诗人之一,《回答》、《雨夜》、《结束或开始》、《宣告》等作品都深深地激励着我年少的心灵,至今我仍然对其中的大部分喜爱有加。

从2004年春天开始,到2005年夏天,我一直关注着《收获》杂志上北岛的诗学随笔专栏。但阅读的结果却与我的期待相去甚远。……在这些随笔中,北岛显得有些力不从心,在文人逸事和罗曼史之中沉溺不出,有时候则干脆大批量地引用诗人的原文而不作一句解说,其中一篇文章,引文部分占了全文的一半字数。

这些文章最常见的表现是:无法在思想深度上挖掘时,就绕道而行。……或者举出几种译本进行比较,这本来没什么,问题是,将各种翻译文本作比较时,北岛随时都会流露出一种难以抑制的自恋——他总是认为自己的译本最佳而批评其他译者,却忘记了自己的有些译本是站在前人成果的肩膀上"攒"出来的,这是引发王家新撰文"商榷"的重要原因。

在我看来,对待同一个诗歌大师,北岛与王家新的区别主要不是对作品领悟能力上的区别，而是态度上的区别。在北岛的字里行间，时常表露出“我是大师的朋友”、可以与大师并肩而坐的自傲。

与此相比，面对大师的作品时，王家新要谦逊得多，他主动将自己置于一个读者和一个学习者的立场。在他的许多文章中，频频出现这样的文字：“对于策兰和里尔克这样的诗人，我永远要求自己的是去读，是用自己的一生来读，哪怕他们的诗我并不是全部理解或喜欢，哪怕随着我们阅历的扩展我们看到了他们的某种局限性。”“在词语的黑暗中，从策兰那里所传来的一声模糊而又痛苦的‘永不’，所陡然显现的诗的深度，经常使我这个‘诗人’痛苦而羞愧。”“从这些诗中体现的那种罕见的对苦难内心和语言内核的抵达，那种对一个诗人命运的承担，那种从词语间显现的‘痛苦的精确性’，都深深地激励着我。”“……我不敢说我就能胜任，更不敢说我译出的就是‘德语中的策兰’，我所能做的是尽力译出我心目中的策兰。”……

对待名家名作截然不同的态度，构成了北岛与王家新的分歧，因此，两人的“冲突”在所难免。

……

从2003年11月开始，我和王家新开始偶尔有了电话或邮件的联系。2008年1月，拙著《朦胧诗以后》出版，我给他邮寄了一册，想不到很快就接到了他的邮件，邮件中对拙著多有肯定，其中我印象最深的一句是：这本书很好读，是我妻子唯一读完的诗学随笔集。在那一瞬间，我心里升起一股巨大的暖流。

另一次是汶川大地震发生以后，王家新写了几首非常优秀的诗歌并发到了我的邮箱，其中有一首《人民》让我记忆深刻。

从诗歌的结尾，我看到了王家新沉痛而悲悯的灵魂，以及一以贯之的反思精神。正是这种巨大的悲悯和反思，使王家新作为一个知识分子的形象更为清晰。

大地震后，王家新还写下了一篇在我看来是所有关于地震诗歌的反思作品中最优秀的随笔：《诗歌，或悲痛的余烬》，文中提到了我的诗歌《手和笔》。他认为，“地震诗歌”“根本不是一个应该写或不应该写的问题，而是怎样写的问题，或‘如何可能’的问题。广西诗人刘春在一首诗中写到，当他看到废墟下一个孩子紧握的笔，这才意识到他以前写下的诗是多么苍白！我想，这才是一种诚恳、有益的反省”。

我把这句话当作我近几年获得的最中肯的提醒和最知心的褒扬。

（本文节选版首发于《花城》2010年第二期，全文发表于广西师范大学出版社2010年12月出版的《一个人的诗歌史》第二部，限于篇幅，在收入本书时有删节和压缩）

承担意识、批判精神与日常逻辑
——王家新诗歌论

◎刘　波

王家新的写作有种一以贯之的精神，那就是承担，从时代的承担到个体的承担，从语言的承担到灵魂的承担，因此，他不是那种反差很大的诗人，从不跟风或随潮流而动，这样一种坚守和持续性，正是其作为诗坛常青树的保证。从大学阶段开始写诗，到经历1980年代诗歌的“灿烂”，再到1990年代的凌厉出手，最后到新世纪的日常回归，王家新走了与很多诗人不一样的写作之路，正是这种不同，造就了他独异的诗歌风格：以沉重的笔调见证时代的变迁、伤痛乃至荒谬，极富历史感和命运感。这种精神至上的书写，让王家新成为1990年代诗歌的标杆，同时也为他日后的创作和转型提供了另一种艺术的向度。作为影响了一个时代的诗人，王家新诗歌的价值体现在他出示了自我警醒的维度和灵魂超越的力量。

灵魂的审判

王家新的《在山的那边》曾入选人教版七年级《语文》上册，

这对于王家新来说是不是一种幸运？想必他不会因此而太得意，因为他对自己大学期间写的这首诗并不满意。很多人知道王家新，大都因为他那首流传甚广的《帕斯捷尔纳克》，这样的诗最能佐证王家新作为一个厚重诗人的分量。虽然此前王家新已写诗十年，且有了广泛影响力。如他所言："我现在写诗/而我早年的乐趣是滚铁环"（《简单的自传》），滚铁环的乐趣肯定和写诗不一样，但它总归是一种诗意的铺垫，也就是说，他在1980年代的沉淀就是"诗心"的积累，在1990年代的爆发，为其带来了另一场语言的景观。

王家新在1990年代初的用力，很大程度上是对精神的抗争，甚至有一种深重的使命感。"在时代的喧嚣和骚动中，似乎只有那些'来自过去而又始终就在眼前'的精神亡灵，才对我的写作产生一种激励，才使我感到自己又和千百年来人类运转不息的精神结合在一起。"[1]那些"精神亡灵"和诗人的现实命运联结在一起，就成了他写作的牵引力，让他去洞察命运背后的真相。"越是有命运的挤迫，他生命中便越能焕发出耀眼的光芒，他的诗，也越能趋向于一种沉实和厚重。"[2]凸显命运感是王家新诗歌的精神底色，他并非刻意为之，而是水到渠成，这种自然更趋近于内心的隐秘，性情决定了他不可能太过张扬，太锋芒毕露，于是他向内迸发，将生命的救赎写实了。

1980年代对于很多人来说是一个收获期，因为幸运的诗人们赶上了诗歌的"黄金时代"，他们在那个辉煌的年代以荷尔蒙写作完成

[1] 王家新："'理想主义'与知识分子精神"，《坐矮板凳的天使》，中国工人出版社2003年版，第96—97页。
[2] 程光炜："王家新论"，《程光炜诗歌时评》，河南大学出版社2002年版，第171页。

了对青春的祭奠，也以反抗的方式结束了“灿烂”的诗歌精神。王家新没有去追赶青春书写的潮流，不知是他有意错过，还是他真正在作自己的积累，我相信，正是1980年代那“蓬勃的诗歌精神和诗歌想象力”[1]为其带来了命运的启迪，这样才有八九十年代之交别人都放弃或转向时他那奋力的一跃，一首《瓦雷金诺叙事曲》和另一首《帕斯捷尔纳克》，为他带来了声誉。何以如此？因为一种诗歌精神。这种诗歌精神，在王家新看来是“知识分子诗歌精神”，他还对此作过阐释：“知识分子写作，不是人们想象中的那种故作斯文的写作；在我看来，这不仅体现为在任何环境压力下对人类精神命脉的坚守和维系，还体现为一种把自己严格限制在自身工作范围之内的文本意识，体现为对自身的不断反省与对各种蛊惑的抵制……”[2]当这种精神支撑着诗人坚守于诗歌现场时，1980年代的那些冲动写作可能就会显得幼稚了。对于诗人来说，这种诗歌精神显然和一些名字联系在一起——叶芝、里尔克、帕斯捷尔纳克等——正是他们的诗作让一个汉语诗人获得了营养。他的风格也代表了当时写作的一个方向：沉重，忧郁，带着某种责任意识。

其实，作为一个南方诗人，王家新似乎应是灵动的，但我们读其诗作发现并非如此，他要抵达的是一种真诚，由内向外敞开一个情感的世界。就像他所欣赏的欧洲诗人那样，在瓷实中出示厚重的美学。然而，这种地域划分并不科学，王家新本人也有过解释，从南方移居到北京后，“我开始希望我的诗歌语言中透出一种

[1] 王家新：“我的八十年代”，《塔可夫斯基的树：王家新集1990—2013》，作家出版社2013年版，第248页。

[2] 王家新：《“理想主义”与知识分子精神》。

能和北方的严酷、广阔、寒冷相呼应的明亮。”[1]我们在读王家新的作品时，也会发现他的诗不少都是取景于北京的冬天，那种寒冷逼示出了诗人内心的困惑，他的表达也因此来得更真切、有力。“即使在冬天里写作你也要记住：这只能是从你的诗中开始的雪。”[2]当那些冬天的意象构成了其诗歌的厚重质地时，我们能感觉到他书写时代挽歌的力量，他郁积内心的那些情绪，需要合适的方式释放出来。

“世界存在，或不存在/这就是一切，绝壁耸起，峡谷/内溯，一个退守到这里的人/不能不被阴沉的精神点燃/所有的道路都已走过，所有的日子/倾斜向这个夜晚/生，还是死，这就是一切/冬日里只剩下几点不化的积雪/坚硬、灿烂，这黑暗意志中/最冰冷的/在死亡的闪耀中，这是最后的/蔑视。高贵。尊严/星光升起，峡谷回溯，一个穿过了/所有港口、迷失和时间打击的人/最终来到这里/此时、此地。一，或众多/在词语间抵达、安顿，可以活/可以吃石头/而一生沧桑，远在另一个世界的亲人/及高高掠过这石头王国的鹰/是他承受孤独的保证/没有别的，这是最后的营地，无以安慰/亦无需安慰/那些在一生中时隐时现的，错动石头/将形成为一首诗/或是彰显出更大的神秘/现在，当群山如潮涌来，他可以燃起/这最高的烛火了/或是吹灭它，放弃一切/沉默即是最终的完成”。这首《最后的营地》，属于典型的王家新风格：即便是冰冷的景观，最后也要抵达对人世的理解，这里有沉重的困惑，也有无奈的叹息。诗人理解世界的方式就是

[1] 王家新："取道斯德哥尔摩"，《取道斯德哥尔摩》，山东文艺出版社2007年版，第4页。
[2] 王家新："谁在我们中间"，《取道斯德哥尔摩》，第65页。

这样,他的严肃和庄重,对应的正是诗歌中黯淡的人生感受。

王家新虽然经历了1980年代嬉笑怒骂皆成诗的时代,很多诗人都在幽默中唤起了一种才子般的感觉,但是王家新没有。他并未像同时代诗人那样在语言的变换创造中寻求新鲜感,而是选择在沉重的精神领地里消化那些欧洲诗人和作家所带来的营养,并对接自己的精神遭遇,由此留存了1990年代初那段令很多人感觉苦涩的记忆。王家新那一时期带有挽歌色彩的诗作,现在看来就是灵魂的审判,一方面是对自我的内省,另一方面,则是对时代的反思。但他没有以“介入”的方式来作公共性审视,而是以个体的悲愤化解了宏大事件中的难题,带有宗教般的神圣性与力量感。他在否定和质疑中试图接近内心的真相,这种真相如同精神流亡后的无处归依;当诗人找不到人生的方向时,他将现实的遭遇化作了精神书写的一部分,所以他才会去写承受的重量。诗人要承受的不仅是外在的压力,而更多的还是自我内心的那份不解,即对存在感的追寻,或对荒诞现实的反讽。

这个时期的诗,对于王家新来说是有难度的,他挑战了1980年代的诗歌氛围和文化气场,让它们在自己的写作面前变得轻飘起来,尤其是他那些隐秘的内心感受通过沉重的文字得以展现时,有一种深深的苦难感。这种苦难感不是记忆回访所致,而是诗人带着一种悲剧书写的自觉;他的领悟是伦理反思所激起的创伤,历史和现实的灾难投射到诗人的内心时,他需要将其转换为一种诗意的可能,而且还要以自己独特的方式来建构精神的原点。

在很多诗人经历中年困境时,王家新却从中年开始了他另一条诗歌之路,这是其与众不同之处。当那些早夭的才子、过气的词语爱好者在读者中形成小规模影响时，王家新以他的厚重抵抗了那些表象的喧哗。他的写作追求真挚，有时甚至是笨拙的，“我的‘笨拙’，也并不是一种风格，而是一种试图使一个人的写作更具难度、更具有艺术整合性和内在力量的努力，否则它只是笨拙而已。”[1]难度写作，对于王家新来说，不仅是语言和技艺上的难度，更是精神和思想上的难度。那些潜在的生活之困让他不可能随意下笔，触及灵魂的书写，是在承担前提下的自我对决。他的坚守不是抽象的乌托邦，而是要为汉语诗歌提供一种价值观，也就是说，王家新的承担美学有别于1980年代热闹的江湖气，“承担”二字让他保持了严肃的格调，因此在他的诗中才会有那么多追问、质疑和考量。

对话思想性

我想，正是一种不安定和不满足，会让一个诗人在语言创新和思想探索的路上踽踽独行，且孤寂地坚守那个理想中的高度。王家新一直有他自己的高度，他不轻易去降低，因此他的孤傲给其诗人形象带来了一些误解。比如他对西方诗歌大师的学习和借鉴，给人的印象就是他唯西方是从，这种印象让很多人对他“敬而远之”。他在外部所引起的争议与他的诗歌心理有关，包括在写作中所设定的高度和透出的“开放”策略，都让他成为批判的靶子。而他的书写实践是否达到了自己所定的高度，这个疑问我们无法解决，只有诗人自己在这个高度之上的思索能化解这一命题。其实，诗人为自己所制定的

[1] 王家新：“站在父亲一边”，《取道斯德哥尔摩》，第76页。

高度，只是一个方向，即便没有达到，能够无限趋近，也就是对一种“承担”的完成。因为他在这高度中找到了自我的空间，不管外面有着怎样的闪转腾挪，他能持守住内心的现实，这样也就保证他不会太远离本心，从而达到开阔之境。

当“命运”这个词进入到诗人的视野时，他的书写就不会太轻浮。他将人生的命运感置于具体的历史时空中，其所获得的就是经验转化的力量。当生死、高贵、尊严和灵魂、意志、召唤这样的时代大词出现时，阶段性的历史沉重就构成了写作的现实语境。个人淹没在现实的庞大集体里，只会显得渺小且微不足道，而一旦个人对接了时代的悲剧，体现在诗人笔下的风度，或者说在他身上所投射的气质，就是为了尊严写作而拥有的准则。作为一个时代精神的记录者，他的诗歌不是以华彩的辞章取胜，而是在于他强劲的思想性，这种思想性契合了一个特殊时代的美学选择。王家新的诗大都以对话的方式写出，他需要找到倾诉的切入口。“在我这里一直有个对话者，但是当我写作时，他消失了。于是我不得不把他重新追溯出来，从一种更深入的黑暗中。”[1]诗人一方面是与自己的心灵对话，另一方面是和他者对话。与自我心灵的对话，很大程度上就是对自我的调整，“如果我的写作，能把我引向一种雨中的孤独的死亡，我就是幸福的。我已不能要求更多。”（《词语》）这就是一个诗人的内心独白，他的满足与否，都取决于能否在诗中表达一种情感，孤独的或喜悦的，无助的或分裂的。孤独给诗人带来的并不是灾难，而是一种秘密的精神抵达，而且他还从中找到了自尊，这就是

[1] 王家新：“谁在我们中间”，《取道斯德哥尔摩》，第63页。

自我和时代之关系在写作上的见证。“而无论生活怎样变化，我仍要求我的诗中有某种明亮：这即是我的时代，我忠实于它。”（《词语》）诗人忽视时代的罪责，可能都会流于某种阴暗，但当我们习惯了书写黑暗和孤独的悲剧时，明亮与光荣反倒成了异数。诗人与自己对话，就是要以真诚的明亮来印证他所处时代的境遇，这才是一种存在感的呈现。

除了与自我对话外，王家新诗歌的思想性更多时候还体现在和他者的对话上，当两个高贵的灵魂相遇时，不管是人生之忧，还是存在之难，都因此而获得了交流的契机。思想的对话不是攀附、顺从，而是平等的沟通，包括诗人所渴求的高远，都是基于一种赋予其启蒙意识的自觉立场。他的诗学一方面是忏悔，另一方面就是反抗——对既定原则的某种打破。“但是，他怎忍心在这首诗中/混入狼群的粗重鼻息？/他怎能让死亡/冒犯这晶莹发蓝的一切？/笔在抵抗，/而诗人是对的。/我们为什么不能在这严酷的年代/享有一个美好的夜晚？/为什么不能变得安然一点，/以我们的写作，把这逼近的死/再一次地推迟下去？”在献给帕斯捷尔纳克的《瓦雷金诺叙事曲》里，诗人用一连串追问与这位俄罗斯诗人进行对话，传达了对诗人的痛惜之情，而这又何尝不是在勉励自己呢？这种追忆式的呐喊，与其说表达了对一位异域诗人的信任，不如说他是在寻找自我抗争的理由。这首诗的重量来自双方对话的路径，它不是靠天马行空的想象就能完成的使命，而是需要恢复体验和共鸣的感觉力，让经验的对接不被虚幻的控诉所遮蔽。这是两个气质相仿的诗人所达成的灵魂交流的格局，在1980年代末期写出，确实有震撼人心之感。而稍后的《帕斯捷尔纳克》，是王家新再一次向诗人致敬的作品。这一次，他没有过分专注于对话，而是以自己的遭遇来印证时代的残酷，以及这样的时代给个体所带来的恐惧、不安与焦虑。“终于能按照自己的内心写作了/却不能按一个人的内心生活/这是我们共同的悲剧/你的嘴角更加缄默，那是//命运的秘密，你不能说出/只是承受、承受，让笔下的刻痕加深。”诗人就是要寻求超越现实的精神维度，包括他的自我鼓舞和终极关怀，都不可能脱离自身的现实境遇来作凌空蹈虚的表演。

真正的思想性写作是不需要过多修饰和定语的，它就是诗人最朴白的表达，一针见血，直抵本质。王家新所书写的，是内心之诗，也是道义之诗。这里的道义不是道德规约，而是一种责任意识和承担精神。就因为有担当意识，他才会与自己对抗，和体制周旋，反映在笔下很大程度上就是痛感，是个体之痛，也是时代之痛。时代的过错和历史的罪责，给诗人带来的不仅是肉体之痛，更是心灵之伤，这种心灵创伤就是个体遭遇的现实难题，诗人的回应通达的是抒发个人意志的书写之门。不管他是访问记忆，还是搜索现实，最终还是要在个人觉悟的基础上去领悟写作的力量。“我要求在我的诗中能够出现一种广阔的视野，同时又带有一种我个人的、或者说这一代人的那些最噬心的伤痛……换言之，我在试图形成一种能与历史的要求相称的个人诗学。”[1]那个时代王家新没有一头扎进“日常”，而是带着超脱之意来书写生活的疼痛。虽然他脱离不了时代性，但他所追求的精神有着普适的尖锐，往往能刺痛我们的神经。“又是

[1] 王家新:“《游动悬崖》自序”,《没有英雄的诗》,中国社会科学出版社2002年版，第15—16页。

独自上路：带上你自己/对自己的祝福，为了一次乌云中的出走。”（《纪念》）没有他人祝福的上路，确实显得寂寞、孤单，而这又何尝不是诗人的自我砥砺？他真的甘愿如此？任何孤寂都可能转化为诗意的言说，但也有可能会因此而流于绝望。“在你上路的时候没有任何祝愿，这就是流亡！”（《词语》）这一主题是王家新接触最多的，那么多流亡诗人在内心的纠结与煎熬中或失意，或无奈，或绝望，而惺惺相惜成了他们相互取暖和欣赏的唯一方式。这就是诗歌的思想所具有的力量，他所书写和尊敬的那些流亡诗人，都是曾经给他带来安慰和共鸣者，他在这些诗人的作品中找到了存在的意义与写作的理由。

在思想性写作并未盛行的1990年代，王家新却在实践中准确地定位了自己思想写作的方向，这种逆向之举决定了他不可能放弃诗歌的边界，而去作精神上的随波逐流。所以，他的诗在表象上拒绝了技艺、结构乃至形式的表达，而偏向于精神剖析和思想困境的展示。“正是在对时代生活的所谓‘介入’中，我一再感到了个人在历史中的无力，或者说，一种荒谬感的加剧。这也促使我愈来愈了解到我们这些人写作的性质。”[1]他的这种承担或“介入”，跟朦胧诗人不一样，不是要为一代人代言，而是要以自我的方式来勘探时代的深渊。

王家新没有像很多1990年代诗人那样去追求后现代的解构性和碎片化，而是保持了严肃的格调，这可能与他的思想体系有关。当他勇于暴露内心的不安，然后去面对现实的喧嚣时，瞬间的对立又在他内心竖起了那道精神的屏障，他需要再一次重整，再一次启程。

---

[1] 王家新：“《游动悬崖》自序”，第17页。

从一种日常到另一种日常

1990年代初，王家新以一种悲壮的姿态书写了那个时代的严酷，所以，他一度被称为是中国当代诗歌的良心。然而，时过境迁，二十年后，他回归对日常生活的书写，那不是倒退，而是一种坚守。“无论世道多乱，我相信只要人心不死，诗歌就不死，只要我们伟大的语言不死，它就不死。所以我不会再持那种姿态。”[1]这是先锋诗人的保守姿态吗？从王家新的写作历程来看，结论没这么简单。他曾经站立过的历史现场，如今也已成为了记忆。一代人的集体沉默，终究抵不过时代的碾压，精神上看似高涨了，实际上，很多诗人匍匐着写作已经多年。王家新似乎从来就未动摇过，他写作的起点就已是很多人到达的终点，这注定了他对诗歌的坚守是一场持久的语言和思想战争。

在这种坚守里，王家新很少去写那种模糊或暧昧之诗，他需要做的就是让词语都落实在每一个句子中，让每一个词语都能在字里行间准确地找到自己的位置。一旦在寻找过程中遇到障碍，就可能影响诗人的下一步抉择。“我承认我正经历困惑。”困惑让王家新改变了策略，这是一个有追求和方向感的诗人在漫长的写作生涯里必定会有的选择，他在现实中有自己的真切人生，而在写作中也会有他的精神生活，当二者交叉、融合时，很可能会引起诗人的转型。因此，除了那些有着大词的承担感，王家新也开始书写日常经验，他可能不会

[1] 王家新：“诗歌与消费社会”，载《扬子江评论》2013年第1期。

去作直白的描摹,而是注入自己的观感。

我在昨晚写下了“雪”,今天,它就在城市的上空下下来了。这不是奇迹,相反,这是对一个诗人的惩罚和提醒。你还能写什么?什么才是你内心生活的标志?看看这辽阔、伟大、愈来愈急的飞雪吧,只一瞬,室内就彻底暗下来了……

——《诗》(选自《反向》)

诗人就是在写日常,这里虽然只写了雪,其内心景观和自然景观对接时,一种冰冷的情绪仍然让我们感到现实的无力。这是诗人对现实经验最真挚的描绘,你被它感染也好,或为它动摇也罢,这样的书写就是一种调节性的转向。像这样的诗,我们能在诗人的作品里找到不少,它们都是他在某种心境或状态下的精神投射,能在不经意间触动我们的神经。比如,他写冥冥中的魔力:“我在深夜里写作,一个在沉默中逼近的人,为我打开了门。”(《词语》)他写一种忍受的心理状态:“在我的身上我忍受着不是我自己的死亡,直到它在化雪的一瞬彻底攫住我:土地变黑了。”(《另一种风景》)他写雪和写作的关系:“一个在深夜写作的人,/他必须在大雪充满世界之前/找到他的词根;”(《尤金,雪》)他写一个人在孤独中的心灵漂泊:“七年了,我的窗户一再蒙上白霜,/我们的炉火也换成了暖气……/只是孤身一人时我总有些害怕;/我怕一个我不再认识的人突然敲门。”(《旅行者》)在这样一些关于日常的书写里,诗人始终站在一个精神的高处,他似乎还没有走下来,或者说没有彻底“放下身段”,我们还无法更放松地去亲近这种带着启蒙色彩的言说。在高处的姿态是对思想和尊严书写的某种回应，它承续的是诗人多年严肃写作的脉络。而当他彻底交出自己时，赤裸的经验书写就成为另一种表达的可能。“我的诗大都出自我对人生的体验，如果说那里面有一种‘空旷的悲凉’，这也是我们自己难以抑制的。”[1]这或许和诗人的人生经历有关，他的敏感不可能让他去写那些粗鄙之诗，他只能背负着更沉重的精神包袱前行，因为前方有他需要跨越的障碍。转变由此开始，只要他继续顺着生活的道路行进，另一种日常就在不远处等待。

从精神反思的日常到世俗生活的日常，王家新确实是有过转型，这与年龄有关，也和写作的心境相连。他或许不愿再去写那些虚妄的精神苦难，他要回到人世中来，面对最为日常的景观，这样方可真正看透自己，参透人生。就从诗人这些年与儿子的交流，也可看出他的心境变化。他的书写，既记录了儿子的成长史，也呈现了父子从交流到反叛，再到认同的精神轨迹。这期间有痛苦，有安慰，有对生活的无奈，也有对命运的认同。如同诗人在一首诗中所言：“不是病疼，而是某种书写最终在他身上化为一阵抽搐。”(《冬天的诗》)事实就是这样，最后的结果可能并不是一场预定的悲剧，但那个过程却显得艰难，且障碍重重。

1996年，在送儿子到美国时，诗人写下了他的思考和感慨：“从中国东海岸，到美国西海岸，/中间隔着一片梦幻的海洋；/是什么在揪着我的心？儿子/直到飞机的轮子/轻巧地落在旧金山海湾机场。……/让我在每一首诗中为你祝福；从此/从你到我隔开一片痛

[1] 王家新：“站在父亲一边”，《取道斯德哥尔摩》，第78页。

苦的海洋。”(《送儿子到美国》)这是父子之间的情感倾诉。诗人写下了自己的感受,这是最为个人化的表达,似乎只有相同经历的人才会从中获得共鸣。此后,诗人还写了《带着儿子来到大洋边上》,心态也在发生微妙的变化,过去的担忧、困扰和不安,在面对广阔的太平洋时,诗人发现这一切都微不足道;这接下来的感慨,就是一种成长中的反复,诗人却仍要去承受。“隔洋打来的电话:儿子。他的声音/仍是那么孩子气,但他已学会了某种迟疑。/他和他的父亲,已有了一种用太平洋/不能丈量的距离。而我该怎样表达我的爱? /孩子们在长大,他们完全不想理解父辈的/痛苦,犹如完全不能理解一件蠢行。/孩子们在长大,时间已使你的爱/变为一种徒劳——那么荒谬,那么致命。”(《一九九八年春节》)

而十多年后,诗人又写下了他与儿子的另一首日常之诗:“一个年过五十的人还有什么雄心壮志/他的梦想不过是和久别的/已长大的儿子坐在一起喝上一杯/两只杯子碰在一起/这就是他们拥抱的方式/也是他们和解的方式/然后,什么也不说/当儿子起身去要另一杯/父亲,则呆呆地看着杯沿的泡沫/流下杯底。”(《和儿子一起喝酒》)这首诗就是上一首的延续,不同的只是时间的变迁所带来的领悟:诗人的心态发生了变化,其实对应的就是儿子的成长,或者反之亦然。

王家新的经验书写是很纯粹,也很彻底的,他将自己的日常生活对接早已存在的精神向度,可能会发现过去的激进都变成了偏见,而唯有现在的平和,才是离诗歌和内心最近的诉说。他不用再一次启程了,他已将所有的辉煌留在了过去,而一种退守也未尝不是在经历了生活的锤炼后所要进入的宁静。

内在的诗性选择

为了“不使自己的心灵荒凉”，新世纪以来，王家新写了大量诗论，但他并未放弃实践，依然在写着诗。在经历了人生转变后，王家新最后还是选择大学作为自己的归宿，这符合他的知识分子气质，也让他在精神追求上转换了方式。以前那种带着悲剧意味的写作，越来越聚合于一种放松、自由的境界，这可能是尊严写作的另一个向度。

诗人的最高境界，或许就是写出“人与世界的相遇”，这要通过感受来创造，也要通过理解来完成。“在一个人的死亡中，远山开始发蓝/带着持久不化的雪冠；/阳光强烈，孩子们登上上学的巴士……/但是，在你睁眼看见这一切之前/你还必须忍受住/一阵词的黑暗。”（《布罗茨基之死》）这仍然是诗人关于生死的对话，沉郁、肃穆而庄重，给人信任感。这样的写作源于诗人一直以来的大“承担”，这种承担体现在他所推崇的流亡诗人身上，就是与专制抗争的正义气质。“在一个依然是集体主义的时代，希望仅在于个人不计代价的历险，在于一种彻底的偏离：在那些小小的流派之外，是伟大的游离者。”（《谁在我们中间》）而王家新对这些诗人的理解，有一种心灵上的相通。确实，1990年代初中期，他在欧洲期间的诗作带着浓郁的“流亡的气息”，“流亡的人把祖国带在身上/没有祖国，只有一个/从大地的伤口迸发出的黄昏/只有世纪与世纪淤积的血/超越人的一生”（《布拉格》）。身在异域之人，往往会有这样的切身感受，王家新也不例外。虽然他并没有经历那些诗人的残酷遭遇，但他感同身受地理解了他们的现实处境和精神创伤，当这些在诗人身上发酵时，一种共鸣感油然而生。这是他在命运书写上的内在选择，仍然基于一种承担的指向。

而从王家新新世纪以来的写作看，有人发现他好像有些远离过去的“承担”，至少是从他的诗歌中难以再看出。虽然他这些年投入在具有承担意识的诗人保罗·策兰上的时间和精力很多，对他的译介、评论和研究，在国内可称得上专业精深。然而，他内心的那个高度依然没有下降，他深知当下诗歌的优劣。而对于承担，他在新世纪初有过阐释。“在我看来，承担首先是‘向内的’，是对个人命运的承担，是对困扰着个人的那些人生和精神问题的承担。……承担，首先是承担生命之重。除此之外，一个诗人当然还应有一种更大的关怀，因为‘人生的’也就是‘历史的’，‘语言的’也必然会是‘文化的’。在此意义上，一个诗人不想承担也得承担。当然，是以诗的方式承担。”[1]以诗的方式承担，这不是随便的言说，而是为诗赋予了某种责任，它的领受者不仅是诗人，还是他所处时代的一种语言体现。

诗人选择承担有他内在的精神动力，可能是苦难和悲剧，也可能是一场人生的变故所致。诗人在海外期间写过一首长诗《回答》，那种深沉的语调既像是忏悔录，又如同与生活和解的宣言，还夹杂着对人生理解的宽恕和最大限度的容忍。那种告别一个时代的声音，当在严肃的阅读中打动我们，这时它就是一部诗人在命运无常的变化

[1] 王家新：“回答普美子的二十三个问题”，《为凤凰寻找栖所——现代诗歌论集》，北京大学出版社2008年版，第289—290页。

中的个体承担史。“人人都在‘真实’的名义下为那荒谬的一切/而战。我不再辩白，我也几乎不再关心/自己是谁，而只是想说：这就是我们的时代，/你的痛苦，你的生活，你的可怜的真实/只是这部伟大传奇中的一个细节。”这种言说如此决绝而痛快，诗人在尖锐的语言利刃下写出了一种语言文明的力度。“是到了再见的时候了——平静下来，你仍是我亲爱的人，/平静下来，愤怒会化为怜悯，而挽歌/也应作为赞美出现。/我们有过那么多患难相助的时刻，相亲/相依的时刻……”这是一种自我拯救的途径，他放下了，认同了，化解了，一切都会在承担中重新获得意义。人生的那些刻度会记录下我们所经历的一切，疯狂和愤怒，悲伤与怜悯，大都以诗的形式得到了最终定格。

王家新那些带着重量感的写作，确实凭借内部的情绪来打动人，但他仍然渴望以更真实的书写来面对生活的丰富变化。没有细节的支撑，一首诗很难获得结实的躯壳。那些激昂的言说，更多时候显得空洞、乏力。王家新也并不是完全以“知识”的方式发言，他之前指涉的是精神的重量；新世纪以来，他回归到了一种“实”，现实或历史的语境都化为了具体的细节，个人的承担突出的是一种自我的在场。“在我家附近的水库里，一到冬天/就可以看到一些垂钓者，/一个个穿着旧军大衣蹲在那里，/远远看去，他们就像是雪地里敞开的鸦群。”（《冰钓者》）这样的“写实”对于王家新来说，是一个大的转变，并不像有些人说他的写作“无变化”，我觉得这种变化不仅是语言上的，更是心境上的：他不再把诗歌局限于一种情绪流的滑动，而它也可以是对生活的记录。这样的认知，是一位诗人持续性写作的保证，否则，他的路可能会越走越窄。激愤者不可能永远保持昂扬，但他需要变化，这变化不是推翻自己，与自我决裂，而是微妙的转型。由此，我理解诗人这样的辩解："不错，我的一生都在唱同一支歌，/这支歌我已唱了很久很久了，/这支歌尚未抵达到/我的喉咙"（《新年第一首，兼给一位批评我的诗"无变化"的人士》）。这种隐喻性言说，只有诗人自己能明白，他的清醒就在于坚持，以及在这坚持中的学习、理解和变化。

王家新没有像很多诗人那样将"语言的炼金术"表象化，他只是将其内敛地转化到了节制的修辞中，很多人觉得看不出"创造"的痕迹，没有多少语言的新鲜感，这种认识是不是一种误读？他其实很明白诗人对待语言的态度，这是写作最首要也是最基本的立场。"无论如何，诗人，仍是那种要努力在语言中标出灵魂的'吃水线'的人（《船上的故事》）——在具体与抽象之间，在声音和意义之间，在诗的张力和它的精确之间。如果说近些年我在诗艺上有所'进展'，这些就是。反讽的技艺、抽象的能力、语言的炼金术，'微妙过度的音调'，等等。"[1]诗艺的贯注就是依靠这些内在的历练，以及敏感的心智。"我希望自己的语言是一种出自生命体验而又富有质感的语言，或者说，是一种能与我们的生活经验——它当然也包括了身体经验——发生一种深刻'磨擦'的语言。这样的语言不仅要有效地作用于人们的感官，更要抵及到人们的内心。"[2]另外，王家新的诗歌一直以来走的都是散文化路径，他并非那种靠语言的想象去抓住读者的诗人，而是凭借内心微妙变化所激起的诗意。当然，这并不是说他

[1] 王家新："你的笔要仅仅追随口授者"，载《诗建设》总第9期，作家出版社2013年版，第26页。

[2] 王家新："回答普美子的二十三个问题"。

不注重语言的锤炼,他只是将其内化成了一种精神气质。他的这种变化,其实是更为内在的选择。

我仍然相信,无论王家新在语言上作出怎样的选择,他仍然是一位在精神上有追求的诗人,他绝对不会满足于语言的冒险,他还要寻求思想的突围。虽然布罗茨基说,"在诗歌中,如同在任何地方,精神上的优越总要在肉体的层次上遭遇抵抗。"[1]但精神的理想主义前行势不可挡,即便有难度和困惑,那也是他的方向。"诗,仍存在于它自身的艰难之中。它的深度与高度、伟大和光荣,也只存在于这种艰难之中。"[2]艰难是一种障碍,但也是动力,诗人就是凭借着克服艰难的冲动,才会一直往前走。就像他在诗中所言:"活到今天,要去信仰是困难的,而不去信仰是可怕的。"(《变暗的镜子》)重建当下诗歌写作中个体承担的精神,可能就是他的信仰。虽然这条信仰之路困难重重,但是诗人克服的过程,就是写作精神的重构。

从其近年言论来看,王家新愈发明晓自己的"局限性",因此,他才会去平视生活,将所有的真相还给生活本身,而不是高高在上,睥睨一切。然而,平视生活并不是一种屈服,不是对承担的放弃,而是对生活的另一种延伸与拓展,对写作的命运感和历史感的重新持守。王家新作为当代诗坛"刀锋"的力量,就在于他的坚持,比其他人更为内在的思想和语言守护。

(《创作与评论》2014年第11期)

---

[1] [美]布罗茨基:"文明的孩子",《文明的孩子》,刘文飞译,中央编译出版社1999年版,第104页。

[2] 王家新:"你的笔要仅仅追随口授者"。

王家新2000年以来诗思诗作研究：以“晚期”为切入点

◎ 袁一月

引　言

中国当代诗歌尤其是20世纪90年代以后的诗歌无论如何是绕不开王家新的，学院派评论的赞扬也好，民间立场诗歌创作者的批评也罢，正如许多人所指出的，且不必先给王家新诗歌创作一个优劣的评价预设，至少，他本人所坚持之物与其诗作本身，已经成为中国新诗创作的“一个焦点”、“一个话题”。经历了20世纪八九十年代中国诗坛的兴衰变迁，将时代之力承载背负，在汉语与非汉语资源的回转往复中不断拓展诗歌的可能性，跋涉而进入新世纪更为凝练准确的创作，王家新作为一个与中国当代诗歌共同成长的诗人，其对于诗歌创作本身、对于中国当代诗歌史、乃至中国现时代的诸种症候，都有着可待挖掘的多种意义。

在这里，我并不意图刻意赋予研究对象以高蹈的价值，或者将时代的重量加诸其身。实际上，企图以一个个体的研究来托住整个时代，几乎是不可能的；而将个体作为某种集体价值的代表，这本身就是王家新所反对的，所以当人们试图对其进行诸如“第三代诗人”的归类时，他是不以为然的，而他自己对“知识分子写作”这一概念的理解也绝非限于某个创作团体的单一立场，而是蕴含着一种更为内在的诗歌精神和价值坚守。“时代”当然是理解王家新的一个关键词，时代与诗人的关系始终是王家新诗学思考的重心。只是，我们关注的不应是他究竟对此得出了怎样的结论，而应关注诗人是从怎样的出发点起步、怎样地思考他与时代的关系。我想，在诗人思考叙述的变化与时代自身变迁的交互参照中能见出更多的东西。

目前的王家新研究主要着眼点是其90年代初的诗歌创作，尤以《瓦雷金诺叙事曲》和《帕斯捷尔纳克》两首为代表，为王家新赢得了作为90年代诗歌精神开启人的荣誉。程光炜《王家新论》认为“王家新是相对于一个时代的诗人”；陈思和主编的《中国当代文学史教程》辟专章解读《帕斯捷尔纳克》：“这首诗确实还提供了一个诗学尺度，写作是个人对时代承担的具体形式”；臧棣《王家新：承受中的汉语》认为“在我看来，王家新即是能映现出我们时代的诗歌的这样一面镜子，它可以反映出一种主要的诗歌倾向和诗歌精神”；吴晓东《王家新的诗》指出：“90年代的王家新在中国诗坛上的无法替代的位置正与他的执著和内在的深度相关……王家新的诗堪称是当代中国诗坛的启示录，它象征了诗歌领域的一种内在精神的觉醒”；等等。

另外，王家新自1992到1994年游历欧洲归国后的一系列诗作又一次引起评论界的关注，这一系列创作主要是其“诗片断”作品以及创作于1997年的长诗《回答》。李振声在《回复诗性的众多向度》中认为“近年王家新的写作总是逸出既有的言说罗网之外，由他自己命名为‘诗片断系列’的那些诗作，往往很难找到一张现成的诗的地图可以有效地标出它们的确切位置。像这些远离诗歌特定文体的写作，却又有着对诗境异乎寻常的深入，其内在的强烈诗意，反倒是我们在通常的诗作中难得遇见的”。《回答》发表当年即引发广泛讨论，学者耿占春曾著文《没有故事的生活——从王家新〈回答〉看当代诗学的叙事问题》；吴晓东认为“在一定意义上说，《回答》意味着王家新对‘诗片断’时期的某种自我超越，也意味着诗人在面对新的‘艺术的难度’的挑战”。

90年代王家新的一系列创作将其推向“知识分子写作”的领军行列，以王家新、欧阳江河等为代表的“知识分子写作”也遭到了于坚、伊沙等“民间写作”立场的诗作者的严格批评，两派的持续争论在1999年北京“盘峰之争”中到达高潮。中国当代十分重要的批评家洪子诚对知识分子写作的一个理解应是广阔和中肯的：“相对于我们过去所认识的‘个人/集体’的两个概念，知识分子写作是一种倾向性的表白，它在（20世纪）90年代中国文化中，对于包括诗歌在内的文学发展而言，乃是一种精神空间的开拓。”[1]另外，蓝棣之对当前诗歌写作的可能性进行梳理时，较为公允地将王家新、欧阳江河、于坚分别看作一种诗歌写作的发展面向。关于知识分子写作和民间写作这场争论的具体细节和分析不是本文的着力点，但这场争论也使得王家新更加认真地去阐明自身的诗学立场，挖掘自身在时代中应持之态度，并使其在诗坛的位

[1] 洪子诚：“如何对诗说话”，洪子诚：《学习对诗说话》，北京大学出版社2010年版。

置更为突出。

进入2000年后，王家新的创作依旧在持续，但批评界对王家新的研究目前仍旧主要集中于其90年代的诗歌创作，而对此之前及之后的创作关注相对较少。这也体现了批评者们探索90年代中国当代诗歌一种新的书写方式的不懈努力。80年代末的变化对中国社会尤其知识界产生重大影响，正如王家新1990年的一首作品《转变》所言“仅仅一个晚上，一切全变了”，人们一时之间似乎找不到合适的方式来表达自己的声音，当代诗歌某种程度上陷于近乎失语的状态，无怪乎当王家新的《瓦雷金诺叙事曲》和《帕斯捷尔纳克》作为一种新的言说方式出现并准确地表达出一种当代立场之时，诗歌界会如此兴奋。90年代在某种程度上始终伴随着知识分子自80年代结束后的反思，诗歌界“知识分子写作”与“民间写作”不同立场的争议在一定意义上也可以纳入此中一环。因此，对王家新90年代知识分子立场诗歌的研究无疑是十分必要的。只是，在另一个层面会否出现这样的问题：对于王家新几首“代表作”的过多关注是否会遮蔽诗人其他的作品？对王家新90年代创作高度密集的研究会否造成体察诗人此后创作拓展的桎梏？“知识分子写作”、“承担”等具备一定有效性的分析会否在某种程度上发展为僵化的标签与概念，并转而制约了对诗人诗艺探索的多向度开放性研究？从时代症候出发而进入一个诗人的研究方法会否影响到作为独立个体的诗人自身内部生长出的与时代相关却又不囿于具体时代的个人特质？这些疑问成为我选择从一个新的角度去研究王家新2000年以后相关创作的最初动因。

在有关王家新诗文的研读过程中，诗人向来不掩饰他对“晚”

的偏爱和信任，这一精神性印记和特征，几乎从一开始就引起了我的特别注意。早在90年代初的“中国现代诗的命运和前景”座谈会上，王家新就明确表达了他目前只对“晚年”感兴趣的观点；在1998年发表的随笔《文学中的晚年》中，王家新也集中谈论他对“晚期”的关注：“在历史上能构成经典意义的诗人，总是那些愈写愈好的人，或后期比早期更耐读甚或更晦涩的人……我感到了一个对我来说至关重要的文学的晚年”，而他新近诗歌和随笔中频繁出现的“晚期”主题，更显示了“晚”对于王家新的特殊意义，这里的“晚”不限于一种年龄的描述，而是包蕴着新的诗思空间和审美风格。因此，以“晚期”作为攀手，在我看来，很有可能是进入王家新近年来诗歌创作的一个新的可行的路径。“晚期”（late style）作为一个批评概念在文艺理论界产生影响是从阿多诺对贝多芬音乐风格的分析开始的，继而由萨义德《论晚期风格》[1]的阐述而获得了更广阔的关注。本文对“晚期”的定义当然参照阿多诺和萨义德对“晚期风格”的解释，但是，需要在此特别申明的是，本文由“晚期”切入王家新的创作，却并非或主要根源于上述的理论术语，而首先是基于我对王家新自己很久以来对“晚”的特别关注和诠释的诗思特征的真切观察。理论是理解文学的辅助，视角的建立最根本的仍旧是依据作品和作家本身。此外，本文所探讨的“晚期”，将被严格地限制在作为

---

[1] 爱德华·W·萨义德：《论晚期风格》，阎嘉译，三联书店2009年版。就目前看来，王家新在其晚期论述中很少引用过萨义德关于晚期风格的理论，对阿多诺的批评他有所借鉴。实际上，他的《文学中的晚年》(1998)也早于萨义德的《论晚期风格》(其英文初版是2006年)。他的主要论述对象为保罗·策兰，与此同时他也对其他诗人的晚期，比如杜甫，有过思考。

个体诗人的王家新的创作思想之内，也即王家新意义上的“晚期”。我并无将此一“晚期”作为一种标杆来评说衡量中国当代诗歌的现状或走向的意图。而本文之所以主要选择王家新2000年以后的诗文创作，并不仅仅是从线性时间的“晚”出发，更重要的是王家新在这一时期越发将“晚”作为其自身的一个关键词来凸显，其对“晚”的理解和诗歌内在要求中对“晚”的执着，经过20世纪90年代的酝酿沉潜，在近年的创作和言说中变得越发确定、集中和深入；分析和揭示“晚”是如何不断作用于他的文学实践，必然有助于我们进入这位诗人的内里。因此，我以为，无论最终是否能得出“晚期风格形成”的结论，王家新对“晚”坚韧执着的探求过程，都将为中国当代诗歌提供一份独特的意义。

第一章：朝向策兰——王家新对“晚期”的发明

“晚期”作为一种风格理论，更多是经过萨义德的阐述而为中国知识界所了解，但对于王家新而言，他的晚期叙述毫无疑问是一次全然、奋力的朝向诗人策兰的跋涉，艰难而深沉。尽管萨义德对阿多诺“晚期风格”的阐发里所包含的晚期艺术的“不妥协、艰难和无法解决之矛盾”与王家新所推崇的晚期策兰诗歌的种种变化有相互印证之处，但王家新似乎是避开了萨义德的理论协助，而极力从策兰处寻找晚期风格的力量，从而形成自己对晚期的认识。这种选择或许表明了王氏的某种诗人姿态，避开一项已被确认的理论或者说避开理论的提出者本身所暗含的诸如知识分子之类的既定标签，从而更深入地将讨论限定在诗歌的范围内，在诗歌内部确立自身的尺度。

王家新的“晚期”无论如何是与德语诗人保罗·策兰分不开的。如果说20世纪80年代末的王家新曾被来自俄罗斯的诗人帕斯捷尔纳克“唤醒”，从而生长出中国诗坛一种新的言说方式，那么如今，王家新的互文对象则朝向了诗人保罗·策兰——不是以《死亡赋格》扬名诗坛、为人津津乐道的策兰，而是在晚年的晦涩与不规则中挣扎冲突、凝结黏合出“后奥斯威辛”之语言的策兰——并进一步以此为原点，在愈加黑暗的攀登中企求抵达对诗以及诗人本身更为幽深和独特的理解。

翻译：进入策兰的一种方式

从20世纪90年代初开始接触策兰至今，王家新已经翻译了大量策兰的诗歌、散文及信件。他的翻译和研究成果近年来显得格外密集和突出，已出版的包括与芮虎合译的《保罗·策兰诗文选》(2002)、《心的岁月——策兰和巴赫曼的通信》(2013)以及最近新译的一批策兰晚期诗歌。关于策兰的研究性论文收录在他最新出版的文集《雪的款待》(2010)、《在一颗名叫哈姆莱特的星下》(2012)和《在你的晚脸前》(2013)。对于翻译本身包括相关翻译理论的说明，我在此还无力作出详尽的分析。这里，我希望将讨论主要集中在王家新翻译策兰时的主要特征，这实际显现的是他自身对于诗歌创作的内在诉求。

诗人译诗，在王家新看来，乃是一种“现代传统”。因此，在他那里，翻译不是被作为一项单独的工作来看待，而成为现代诗歌必须承继的基本品质，卞之琳、穆旦等一批中国新诗前辈译者都被王家新视为榜样——翻译是身为诗人的一个部分，不借助其他语言，现代诗歌最终无法完成。翻译策兰的王家新并未将自己视为“翻译家”，他依旧是一个诗人，处在现代诗歌内在的要求下进行翻译。翻译、研究与创作一样，都是他朝着自身诗歌理想的掘进。安诺德论翻译，认为译者不应该预先规定一种语言作为自己工作的羁缚。翻译的本质并不是将原作转换成另一种语言以实现传播的作用，仅仅了解语言表意层面所传达的知识，并不能实现翻译的完成，译者必须要求自己进入语言更为本质的存在，并在另一种语言中找到同样的意义存在。实际上，王家新的翻译对象策兰本身也是一个令人惊叹和敬佩的优秀译者——他的翻译不是语言层面的，他是存在意义上的译者。在策兰对莎士比亚的翻译中，王家新发现了费尔斯蒂纳所说的“莎士比亚经受了巨大的变化”[1]。他具体分析了策兰对莎士比亚十四行诗第五首的翻译，并对照了梁宗岱的译本。与之相比，策兰的莎士比亚显然变得不再流畅、优美，而是充满了困难、艰涩和断裂，大量出现的逗号，将原本流畅的十四行诗切割成一个又一个词或短语，使得词与词间的纵深被拉大，意义指向的明确性被摧毁，破碎与缝隙遍布。策兰的翻译几乎是一个词一个词挤压出来的，词的力量缘此凸显出来，逼迫着我们不得不去面对——不是沉浸在语句流畅的意义里，而是接受每个词语与我们的对视。策兰的翻译，拒绝舒适，让人紧张不已，这似乎印证了本雅明所说“对于译者而言，词语而非句子才是最基本的因素”[2]。在王家新翻译的策兰自己的创作中，令人紧张的

[1] 王家新：“从‘晚期风格’回看——策兰对莎士比亚十四行诗的翻译”，王家新《在你的晚脸前》，商务印书馆2013年版。

[2] 本雅明：“译者的职责”，《写作与救赎——本雅明文选》，李茂增、苏仲乐译，东方出版中心2009年版。

连续停顿同样比比皆是：“一个良心，启发，猛压/方程式瘟疫/在两侧”“有些东西像夜，锐利的/舌头甚于/昨日，甚于明天”，等等。在王家新看来，这样的断裂与停顿乃是晚期策兰的标志，停顿的一瞬是时间的聚集，是将时间吸收到饱和后，即将释放的转折点，它使得时间的节奏发生了扭曲和改变，变得让人陌生乃至痛苦，让人不得不停下来。王家新用了策兰自己的词来解释停顿造成的效果——那是一种精神意义上的“换气”——它使人们脱离原先顺畅呼吸的环境，被抛入到策兰制造的危机里。“换气”诉诸力量和随时的警惕，它预示着呼吸的难度，也即精神层面上“生存”的难度，活着并不是容易的，奥斯威辛后的幸存者更不可能轻松地活着，你必须时时刻刻意识到那段历史令人窒息的阴影，为了防止窒息，你必须准备着力量——去“换气”。

策兰翻译的英语诗人主要有两位，一位是艾米丽·狄金森，另一位即莎士比亚。王家新给予更多关注的却是策兰对莎翁诗歌的选择。在王家新看来，策兰的这一选择提供的乃是处理经典的一种新的可能性——当他用“晚期风格”去翻译乃至改写一种古典风格时，他才真正做到了对经典的尊重和唤醒。莎士比亚作为经典已经被众多译者翻译，其语言和风格西方读者早已熟悉，策兰选择翻译莎士比亚显然不是承担译介传播的作用，而是一种质询和提醒，一种通过对经典的再创造“唤醒”所激发出的来自当下的审视，这也就是王家新敬重策兰翻译的原因。王家新最近的一首诗，或许可以看作他对策兰态度的一种呼应：“重写一首旧诗，这不是那种字斟句酌的艺术/这是冒胆揭开棺材盖/看那个人死去没有/这不是与过去而是与未来相逢”（《重写一首旧诗》）。翻译经典，绝不仅仅是怀旧或者猎奇，而是用创造性的新的语言，将经典推进当下乃至未来的时间里，正像策兰将莎士比亚的古典风格引入到一种全新的晚期风格中。

显然，王家新的翻译受到了策兰的启示——一种对原作的高度个人化的忠实，这种忠实试图触及和激活原作的内核、并将这内核带入到译者所处的时代以释放乃至扩大原作的力量。他要求自己不断努力深入策兰，以抵达本雅明所说的“特殊的意指”。本雅明认为，“译者的职责在于从目标语中发现那个特殊的意指，使其在目标语中与原作引起共鸣”，这个特殊的意指在本雅明看来，必须由纯语言的存在来保证，缘此，译者的职责也就在于“让那些被放逐在别的语言中的纯语言在自己的语言中得以释放，还在于通过自己对原作的再创造，让被囚的纯语言得以自由”。王家新要求他的翻译尽力忠实于策兰的意指，忠诚于晚期策兰“非诗意的灰色语言”之内核，并在汉语中找到同样的对应——“那种为了可读性而对原作所作的润色或简化，为我们所不取”、“我们坚持尽可能的忠实于原作，不妄自意译或试图使它变得流畅”[1]。正是基于这样的翻译立场，王家新会对孟明新近翻译的策兰诗歌感到不满：“孟明明显把一个艰涩的策兰‘文学化’‘诗意化’‘流畅化’了，加进了过多文饰的东西”，“这一次，他（孟明）几乎是在用译一位19世纪末浪漫主义感伤诗人的笔调译策兰”。[2]“雪依旧绕着词儿打转”（王家新翻译为“你变换着钥匙，变换着词，它可以随着雪花飞

[1] 王家新：《从黑暗中递过来的灯》，《保罗·策兰诗文选》王家新、芮虎译，河北教育出版社2002年版。
[2] 王家新：《在盐库守着波涛的记忆》，《当代作家评论》，2009年第2期。

舞”）这样的翻译无法传递出策兰的力量，如果在翻译中背离了策兰最根本的“非诗意”的艰难，如何能发现策兰原诗背后那个至关重要的意指？

同样，关于翻译策兰，王家新与诗人北岛也曾发生过争论。2004年北岛在《收获》第四期发表长文《策兰：是石头要开花的时候了》，在文中对策兰进行了介绍，并比较了多人对策兰的翻译。王家新的不满首先是北岛点评前辈同仁时语气里的轻率和傲慢，对这一点，我在此不作论述。让我们集中关注翻译层面王家新对北岛的回应，以二者翻译的策兰《花冠》（北岛音译为《卡罗娜》）为例（译文略）。根据王家新在《对北岛的一个回应：隐藏与保密了什么》中的回应，对“It is time they knew”这一句的英译，王家新、芮虎译作“是时候了他们知道”，北岛译作“是让他们知道的时候了”，北岛的译文固然将诗句变得流畅易懂，却从根本上破坏了策兰诗歌歧义的价值，使得诗歌原本饱满的语意张力就此泄散；等等。王家新的批评在我看来显示了他一贯的坚守，他要防止汉语策兰变成某种抒情性的、流畅易懂的存在，而丧失了策兰本身所具有的作为诗歌尺度而存在的力量。这首诗中，王芮译本大胆采用的“性器”一词所具有的生物学语言的刺目与冰冷，与北岛简化的不那么令人不愉快的“性”相比，我更欣赏前者的意图；诸如北岛“我们睡去像海螺中的酒，血色月光中的海”与王芮“我们睡去像酒在贝壳里，像海，在月亮的血的光线中”相比，也显得过于符合汉语日常的语序，并且笼罩了过多的抒情与柔软，而王芮译本对“光线”的强调则使得科学化的词被突出，加之语序的打乱，虽然看上去不合乎传统意义上的诗意，却与策兰更为接近。策兰后期诗歌中不断出现非诗意的词语，那些不被传统诗意所接受的科学术语、“无机物”用语，都被他作为重建诗歌语言的材料，策兰的意图是制造阅读之难度与障碍，而非柔软或抚慰人心，王家新的翻译也始终保持着这一翻译意识。对于王家新与北岛的争论，并没有必要作更多的联想或扩展性的阐释，我希望关注的是这个过程中，王家新所表现出的执着的翻译立场和明确的态度，以及他所理解的真正的策兰。

在王家新翻译策兰的过程中，一方面他当然相信策兰作为一名重要德语诗人应该被介绍进中国，但他并不期待着这翻译能在读者中引起某种热潮。翻译策兰对王家新而言，纯粹是个人的事，这一深刻的个人化立场是他从晚期策兰处获得的最为有力的激励。如若仅是将策兰作为一个新颖的、可供猎奇的异国诗人，恐怕王家新早在发现策兰的90年代初就迫不及待地将他的翻译付诸出版了，他之所以沉默，是因为他需要寻找和积累、需要通过策兰不断反省和询问自身，他必须使自己拥有足够的力量来面对策兰发出的诗的挑战和质问，他必须确信自己已经找到了他个人意义上的策兰。唯其如此，他才可能确认翻译策兰的立足点和最终意义。在王家新看来，尽管策兰已被翻译为汉语，但他对于汉语诗歌而言仍旧是一个“他者”，诗歌需要他者，需要在他者的“目睹”下获得一种监督和警示。在《保罗·策兰诗文选》译者序言中王家新这样写道：“策兰的诗需要我用一生来研读。它要求的是忠诚和耐性，是一种‘不为人知的秘密的爱’。它要求我不断回到策兰所特有的那种不可转译的词语的黑暗中，直到有一天它被照亮，或被我们更深刻地领悟。”

“晚脸”凝视下的时间意识

关于“晚期”，王家新在较早之前就曾表达过对诗人晚后期作品的看重。王家新为自己的“晚”命名，或者说在“晚”的名义下设立了一个尺度，这个尺度最深刻也最尖锐的体现者就是王家新的策兰。近年来王家新花了很大精力翻译、研究策兰尤其是策兰晚期的诗歌，这固然有向外介绍分享之愿望，但更多的是一种自我的寻找和辨认。当王家新讲述着“晚期策兰”时，他已经为策兰设定了一种时间——“早”与“晚”的区分。这“早”指向的是策兰年轻时的成名作《死亡赋格》，对于这首诗本身在德语乃至世界诗歌史上的地位，王家新从未有过任何怀疑，他也曾反复提及《死亡赋格》中黑色牛奶的巨大隐痛，而策兰却最终选择放下这首令他声名大噪的“名作”，王家新意义上的晚期策兰也就在这种放下后的转身中生成。艺术的变化与差异是一种价值，是一段生命、一段历史的渐次展开，时间的衔接兼及此间的缝隙，在过程中得以完成的舒展，于是一种更丰富的可能性被看到。王家新在将策兰置入时间之后发现了一种“晚”的方向，一种向着持续的黑暗进入的可能，一种对阿多诺“奥斯威辛之后诗歌何以可能”的回应。晚期策兰告别了《死亡赋格》式的音乐的连续性，告别了收拢人们痛苦情绪的诗意空间，这种告别在王家新看来，意味着策兰在本质上开始思考诗歌如何对奥斯威辛这段历史说话——当清醒地意识到生长出奥斯威辛的文化和语言，与《死亡赋格》竟然出自同源的时候，这不能不引起策兰这样敏感的诗人的深深的疑惧。于是，策兰选择了弃绝，离开了那个诗意的审美要求，重新制造障碍，这种障碍乃是为了阻碍人们的怜悯——怜悯他人、怜悯自己，并在这种合法化的悲伤情绪中用廉价的道德满足感将历史消费得一干二净。

王家新认为,《死亡赋格》以后的策兰逐渐进入了他的晚期创作,这源于策兰对一个历史时刻同时也是个人记忆的时刻未曾停息的凝视,如同帕斯捷尔纳克在幸存于斯大林时代之后的深刻负罪感,策兰家人在奥斯威辛的死亡成为他永远的负罪、永恒的时间“记忆码”,这个“记忆码”植入他此后的全部生命,构成了一个诗人自己的时间体验。对于策兰而言,他后期的所有诗歌都必须“从这样的日期出发,并朝向这样的日期”[1],他的所有诗歌都把一种必死的存在包含在内。

对于当下,策兰始终抱有怀疑的态度:“人们徒劳地谈论正义,直到巨大的战列舰将一个淹死的额头撞碎为止”[2],正是这种怀疑使他对《死亡赋格》在德语世界的大受欢迎感到警惕。……他要彻底远离《死亡赋格》中的抒情性、远离人们习惯的诗意生成方式,从而向着真实的时间出发。晚期策兰诗歌艺术的扭曲、破碎与尖锐皆是为了接近那个真实的时刻、进入到时间的内部,在《子午圈》中策兰曾提到他为“艺术”所标记的符号:“人们可以标上不同的符号:今天的尖音符,历史的沉音符,也有文学历史的长音符——延长号——属于永恒的。我标上,我别无选择——我标上尖音符。”[3]“尖音符”意味着深刻的收缩与紧迫,它暗含着策兰对于一个特定时刻的牢牢把握、对于负载着历史时间的当下的迫切注视,这尖音符不是凭空而出的,它必须经历了足够的时间,吸收了充分的黑暗,才能

[1] 见王家新“诗人与他的时代——读阿甘本、策兰、曼德尔施塔姆”,《塔可夫斯基的树——王家新集》,作家出版社2013年版。
[2] 见《保罗·策兰诗文选》,王家新、芮虎译,河北教育出版社2002年版。
[3] 同上。

实现对真实的刺入：

在你的晚脸前
一个独行者
漫游在夜间
这夜也改变了我
某物出现
它曾和我们一起，未被
思想触摸

——策兰《在你的晚脸前》（王家新译）

“晚脸”如同幽灵一般无处不在，它用那晦暗的光晕吸引着你，却又无法被触摸，在时间的流动中生成一种未曾间断的幽暗警示与质询。阐释空间被打开，使得“晚”在此处获得了方向上最大范围的延展，并使得其中的时间体量扩大。“晚”作为一个无法被量化的、不确定的词，它出现又消失，实现了时间的弯曲和流动。当我们说到“晚”时，我们意指的是时间或延宕或停驻或交错的多重走向，……是向后、向下、向暗处拓展而产生的纵深处，同时蕴含着朝着相反方向跋涉的动力，在最深邃的时间黑洞里同时希冀着王家新所期待的“黑暗中递过来的灯”。策兰不是一个纯诗的信奉者，尽管他也期待着诗歌的永恒，但他的永恒并非“无时间性”的超越的永恒，而是对时间的刺入、穿透与吸收：“诗歌不是没有时间性的，诚然，它要求成为永恒，但它寻找，它穿过并把握时代——是穿过而不是跳过”（《不来梅文学奖获奖致辞》）。“穿过”

要求的乃是真正的进入，进入那些创伤性的时间，而不是轻易地绕开，自欺欺人地以为自己已安然度过了历史。称职的诗人必须用词语承载起所有时间，必须以语言去尽可能地吸收它们，直到语言一天一天变得更暗、更黑，直到时间让语言成为石头的坚硬，不再透明、充满痛苦，唯其如此，那“晚脸”才会在最终审判的瞬间为你升起。

“是什么促使我不断写作？”王家新曾问过自己，他的回答是“时间”。这是策兰意义上的时间——不仅是从审美出发，而是在克尔凯郭尔对生命所区分的“审美阶段”“伦理阶段”“信仰阶段”的根基之上，王家新选择了朝向策兰，朝向策兰的“晚脸”，在王家新看来，那终于显现的“晚脸”所伴随的，正是策兰深刻经历的时间，是其后期诗歌不断指向的“奥斯威辛之后对上帝的痛苦质疑和信仰的艰难复归。”

诗歌“倾斜度”下的拒绝姿态

上文提及的策兰对于历史的当下性凝视、对创伤性时间的深刻经历，不断指向其破碎的晚期。策兰打动王家新的，在于其作为诗人面对时代时，内在的“倾斜度”/“斜坡”与痛苦的张力。策兰是孤独痛苦的，这痛苦一方面来自于外部的压制和疏离，身为犹太人的种种经历，直到晚年仍旧受到关于剽窃的指控，肉体尤其是精神的伤害使得晚年策兰日渐走向疯狂，却也在这疯狂当中看清了一个时代的面孔；另一方面，策兰的痛苦更在于，尽管他试图不断返回奥斯威辛，但对于策兰而言，他无法去经历家人的死亡，他的替奥斯威辛遇难者说话的努力也显得徒劳，这几乎构成了策兰永远背负的创伤，正如王家新在《创伤之展翅——读策兰〈带着来自塔露萨的书〉》中的怀疑：即使这个社会达成了和解，策兰的创伤也无法治愈，因为这创伤根本上内在于策兰的身体，已然成为他的语言和生命的一部分，他必须用尽全力，一次又一次向着黑暗攀登，试图抵达奥斯威辛，即使最终的结果可能仍是徒劳——这是属于策兰自身的无法走完的“斜坡”。

因此，策兰拒绝诗歌的安抚和慰藉，拒绝传统审美对于诗意的期待，拒绝对同时代的盲目认同，也拒绝对自身的妥协。这一“拒绝”所带来的晚期诗歌创作的转变——诸如抒情的隐退、跳跃式的抽象、高度的节制与收缩、语言的破碎和断裂——都在王家新那里产生了深刻的共鸣。

在策兰看来，奥斯威辛之后的德国诗歌已经发生了变化，“尽管它的传统还在，但它被记忆里的那些最不祥的事件和增长的问题所缠绕”，这内在的不祥与痛苦使得“它的语言变得更清醒、更加事实化。它不信任‘美丽’，它试图更为真实。”(《对巴黎福林科尔书店问卷的回答，1958》)用策兰的描述，德语诗歌语言已然成为一种“灰色的语言”，而这种带伤的语言，“不促成诗意”，只是试图去“命名”、去“确认”那“被给予的可能领域”，也成为王家新最为欣赏之处。“穿过”奥斯威辛的策兰式德语因承载了历史的太多内质已大大区别于传统的德语，策兰把他的语言带入“晚期风格”，使其具有了某种石头般的无机物的坚硬和黑暗，某种不可测度的深度和不透明。这“晚”同时包含着一种“无”的态度，“无”与“有”对立而生，但“无”却也意味着“有”的全部的根源，在否定之否定中产生更为坚实的力量。王家新在策兰对“无人”的朝向中发现了“无”的意义——“无人”的诗歌、“无味”的语言。在王家新看来，策兰的“无”构成了其诗歌的本性，在尼采“人性的太人性了”的背景之下，策兰开始走向对人性的去除。[1]王家新用了奥尔特加的“去人性化”为策兰解释：那些“只需要有点人性，并让别人的喜悲在自已心中产生共鸣”的艺术，并不能算是艺术。在文化消费社会，艺术的大众化成为现实，策兰所拒绝的正是此一背景下的人性，而他所要探索的乃是在一切阐释之外的语言艺术，他要求自已变得“无味”，他要求自己的诗歌进入“无人”。这样的态度也影响了王家新近来的创作：“基辛在演奏/无人/音乐在海立方上擦出火花”（《鱼鸣嘴笔记》，2012），王家新曾在一个访谈中将他的这个诗片断视为自身的诗歌追求：“无人”意味着一种深刻的收缩，同时也是拒绝，在最深的“无人”之处，艺术渴望着自由和极限。王家新曾引用过阿多诺的一句话：“知识分子的希望不是对世界有影响，而是某天、某地、某人能完全了解他的写作。”[2]诗歌无法保证拯救，真正的艺术最终只能对个别心灵说话，艺术的背景根本上乃是黑暗与无人，你需要拒绝那些喝彩，才可能实现艺术的完成。

对王家新而言，策兰的黑色语言所包蕴的对于现时代以及大众审美的拒绝姿态，也是一种类似于波德莱尔的把现在“英雄化”的努力，尽管这种努力在更多的时候总是带有徒劳的意味。[3]王家新曾多次提及策兰的“自身存在的倾斜度”，在《子午圈》演讲

[1] 王家新：“伟大的嘴仍在歌唱——从策兰的一首诗谈起”，王家新：《在你的晚脸前》，商务印书馆2013年版。

[2] 木朵、王家新：“对个别的心灵讲话——著名诗人王家新访谈”，《诗潮》2005年第1期。

[3] 王家新：“奥尔弗斯仍在歌唱”，王家新：《为凤凰找寻栖所——现代诗歌论集》，北京大学出版社2008年版。

中，策兰表示，诗歌的使命正在于在那个边缘上守住自己的立身之地：“为了忍受住，它不住地召唤，把自己从‘已然不再’拽回到‘还在这里’”，这样的“拽回”，其中存在着内在倾斜的巨大张力：在诗歌已然被大众边缘化的现时代，诗人应该接受这一边缘，但接受边缘并非对时代的远离，而是如策兰用破碎的语言拒绝破碎的当下一般，进一步用一种赢回的勇气让这一被边缘的现实转变成为诗歌，也即在一种边缘地带把握住自身、将诗歌牢牢嵌入，并把已然被人们遗忘的沉重和痛苦重新钉进时代的记忆。“倾斜度”意味着一种永远的在场、一种被始终意识到的危机，它同时要求诗歌艺术严格的个人化，要求诗人“带着艺术突入到每一个最自我的困境之中”。

带上一把可变的钥匙
你打开房子，在那里面
缄默的雪花飞舞。
你总是在挑选着钥匙
靠着血，那涌出你的眼
嘴或耳朵的血。

你变换着钥匙，变换着词，
它可以随着雪片飞舞。
而怎样结成词团，
靠这漠然拒绝你的风。

——策兰《带上一把可变的钥匙》

王家新多次谈到这首诗，说它给他以“更内在的撼动”。在雪花飞旋的寒冷中，一个似乎有些神经质的诗人不断挑选着词，靠着从自身涌出的血，他用生命寻找着词，用血重新凝成新的语言，这还不够，他还需要异己的、外部冷漠的风，在一种拒绝的对抗之中找到属于自身的永不完成的“斜坡”，依凭诗歌与生命的痛苦摩擦，以语词的陌生化和诗意的翻新去克服随时可能出现的坠落的危机，支撑起向前的力量。

这便是王家新意义上的“晚期策兰”，尽管在王氏自身的后期创作中，未见得有如策兰般如此严苛的自我拷问和高度纠缠撕裂的精神张力，但正如我们所看到的，“晚期”已经成为他的诗思中不可回避的向度。

第二章：变暗的镜子——王家新2000年以来诗歌创作中的晚期元素

在朝向策兰的跋涉中，王家新不断深化着自身对于“晚期”的理解。晚期策兰成为王家新为自己设立的尺度：那对于“无人”的毅然深入、黑色语言下的抽象与破碎、拒绝迎合大众的决绝姿态、自身倾斜度下惊人的精神张力、将历史与个人记忆唤回到当下的巨大力量……王家新对诗歌晚期风格的深刻共鸣，更多的时候不是体现在诗歌技艺之上，而是聚焦于由诗歌精神的维度所生成的属于个人的坚韧态度，其中包含着某种知其不可为而为之的艰辛与孤绝，以及在发现作为尺度的“晚期”时，诗人那纯粹的属于个人的惊惧和敬畏。

一、诗人之下沉

20世纪90年代期间王家新创作了大量的评论随笔，近来，他除诗歌以外的创作主要集中在对国外经典诗歌、优秀诗人的译介上。……散文创作的减少或许能够让我们注意到王家新在2000年以后更加突出的内倾化——那些更加小众的翻译和诗评本质上不是为了让大众理解，而是他作为一个诗人与自身的对话。这一内倾性，也即对策兰意义上的“自身存在的倾斜度”的进入，诗人必须向下、寻回信心、找到原点。

王家新的个人化特点本就突出，20世纪90年代中期的著名诗篇《回答》即深刻体现了个人内倾的孤独。只是近来的创作中，这孤独越发深沉，“也许，像我这样的写作者，不仅是孤单的，也很可能是最后一个，是一种行将被历史的所谓‘进化’淘汰的物种”[1]，王家新在一种内省的下沉中接受着孤独，这一下沉乃是对个人负重的诗之艰难以及在艰难中生长出的诗之光荣的全然接受。

内在的他者

……20世纪90年代以后直到近期的创作中，王家新始终在要求着那个“对称”的他者，除了写诗，他还通过翻译、随笔、评论等一系列方式向着那个对称掘进，他所要对话的对象也在不断地增多和丰富。只是，在王家新近来的创作中，我发现其早年诗歌与他者的对话在渐趋减少，一种内倾性的自我认定开始在诗中滋长，对话逐渐走向

[1] 王家新：“回答普美子的二十三个问题”，王家新：《为凤凰找寻栖所——现代诗歌论集》。

了独白。他者本就是诗歌主体自身的投射，而他者的内在化，则很可能意味着主体的自我确认进入到更为深广和决绝的境地，在经历了全部的挣扎后“知其不可为而为之”的坦然：

……

不过，除了诗神和俄罗斯
为你特意准备的那一份火与冰的厚礼
我也知道了我们所受的苦刑
其实都一样：那就是坐下来——
并面对一张白纸。

——《读列夫·洛谢夫〈布罗茨基传〉》(2009—2012)

“需要以冰雪来充满我的一生”的悲壮和激动逐渐浸透到平缓的沉默之中，“而我们，又怎配走到你的墓前？”(《帕斯捷尔纳克》)的痛苦拷问，沉淀为“坐下来，并面对一张白纸”这一共有“苦刑”的承受。诗人已不再执著于如何可以完成对他者的抵达，他者即是自身。我相信诗人必须最终生成某种如布鲁姆所说的对自身的“非凡的信任”[1]，这种信任自然不是从一开始便具备的，否则那只能是弱不禁风的狂妄与无知。20世纪80年代末到20世纪90年代初王家新对写作的犹疑，在我看来，正如阿多诺对“奥斯威辛之后诗歌何以可能”的痛苦质问，而策兰选择“顶着暴力和死

[1] 哈罗德·布鲁姆：《如何读，为什么读？》，黄灿然译，译林出版社2011年版。

亡”继续写下去，在“屈身之中”[1]、在往下、往内的收缩中，积蓄力量，以向着诗的“倾斜度”逼近，这同样成为王家新不断书写的精神动力。

在2002年写下的《布谷》中，布谷声不是外在，而是暗夜中诗人与自己的对话。王家新没有停止对自身的反思，对对称的寻找由外部逐渐走向内心，那个内在的他者仍会在黑夜发出声音。诗人将携带着他自身的他者、携带着身体里永远存在的张力，独自深入一个又一个黑夜。王家新曾提及凯尔泰斯对生活的理解——“生活就是屈从”，他对此表示认同，“彻底的屈从，屈从到了家，也就解脱了”[2]。……凯尔泰斯的“屈从”与策兰的“屈身”，都不是放弃与堕落，而是对一切的领受，并在一种下屈的前提中随时准备着向上的可能的力量。在一个能指与所指已被扭曲的当下（布谷不再与庄稼相关），诗人必须永远携带着他内在的深夜的“布谷”，写作依旧必须进行下去，因为，当下不是从别处，而是最终从一个人的写作中开始。

持续的慢动作

……李振声在谈论“第三代”诗人的一群“深度抒情者”时曾经提到了他们所具备的内心的“超常稳定性”，他们选择“用自己的想象和语言构筑他们的精神乌托邦”[3]，不同于这样的“深度抒情者”，

---

[1] 王家新翻译策兰《安息日》最后一句时将原诗的“在尊敬之中”译为“在屈身之中”，他认为这样的“屈身”有一种更大的张力，参见王家新：《在独白的边缘》，《诗建设》总第8辑。

[2] 木朵、王家新：“对个别的心灵讲话——著名诗人王家新访谈”。

[3] 李振声：《季节轮换：“第三代“诗叙论》，复旦大学出版社2008年版。

王家新的内敛的稳定越发体现在其与时代相联结而又不被时代裹挟带走的交界处——那个策兰要求的边缘地带，而动作则成为他接近时代而又保持稳定的支点之一。

最常见的动作是“看”，王家新的“看”不是随心一瞥的浮光掠影，而是“注目”与“凝视”，具有持续和缓慢的特点。《田园诗》（2004）整首诗是用“看”这一持续的动作来完成的。没有凝视，没有动作的持续缓慢中时间的凝固和停止，没有一种在对视的艰难和痛苦中清晰地看到的另一双眼中的温良、安静与“几分孩子似的好奇”，那么“看”就是虚假和没有力量的。正是在减速过程中，王家新得以看到羊群眼中那让他感到“奥斯威辛”依旧存在的震动，在与当下社会的联结之处看到深入到一个时代内部的某种疼痛。当“看”真正开始之时，抒情是不合时宜的，只是看，看向内部，并且反向进入自身。

实际上，在王家新早期的诗歌中，动作就已经被他作为进入事物的方式，比如1989年的《一个劈木柴过冬的人》。对于一个劈木柴的人而言，动作成为他度过寒冬的凭证，但此时的王家新关注的并不真正在于动作，而在于动作使诗人自身联想到的更多的东西：“震动”“惊悚”“他不仅仅能够度过冬天”等等。但唯有将动作切实地作为动作，剥除那些附加于其上的意义与注解，将动作的物质感完整专一地呈现、将持续与缓慢作为内核时，动作的完成才真正可能得以实现，动作也才真正具有了力量：

整个冬天他都在吃着桔子
有时是在餐桌上吃，有时是在公共汽车上吃
有时吃着吃着

雪就从书橱的内部下下来了
有时他不吃，只是慢慢剥着
仿佛有什么在那里面居住
……

——《桔子》(2006)

“剥桔子”与“吃桔子”在这里只是“剥桔子”和“吃桔子”，即使我们试图对这些动作的意义有所阐发，这自作聪明的企图也早被王家新打破：“比如我写‘去年一个冬天我都在吃着桔子’/我吃的只是桔子，不是隐喻/我剥出的桔子皮/如今还堆放在窗台上”[1]。诗人将动作作为主角呈现，在动作一遍一遍的重复当中，记忆与时间开始走向诗人，存在的光芒在动作的节奏与质感中逐渐升起。……动作是进入事物、抵达存在的有效路径，是使自己与事物相连、切实地感到自身正在活着的途径，你必须在每一天具体的生活中承担起你所必须担负之物。当王家新将附加在剥桔子之上的修饰的负载全部取消，而把力量集中到动作之本身，持续的慢动作便帮助诗人形成了更为切实的情绪的收敛和注意力的收拢，在缓慢与持续的反复中，本质逐渐显露出来。诗意并不在于抽象的想象，如里尔克所说，诗就是经验，重复的动作使得经验被加固从而稳定为诗意，对经验的珍视与诚恳乃是在沉默中一丝不苟地“剥着”和“吃着”桔子，并等待着绝对黑暗之中那纯粹的明亮。

[1] 王家新：《答荷兰诗人Pfeijffer“令人费解的诗总比易读的诗强”》，王家新《未完成的诗》，作家出版社2008年版。

在沉默中相信

与鲁迅笔下的“过客”的“走”中无所谓希望也无所谓绝望的底色有所不同的是，王家新后期诗歌中逐渐出现的一种“相信”，这“相信”本身是复杂的，乃是他在回答普美子时所说的“绝望背景之下的希望”，呼应着策兰在奥斯威辛之后对于信仰的艰难恢复，在这个意义上其与“过客”之“抵抗绝望”又有了共通之处。关于是否相信，中国当代诗歌曾有过不同时期的回答，最有名的莫过于北岛《我不相信》对食指《相信未来》的一次背转，……我无意将王家新的态度拔高到作为时代回音的高度，王家新的“相信”是完全属于他个人的，对于当代诗歌常被提及的“边缘化”问题，很多人为此焦躁不已，而王家新却在其中看到了诗歌某种更加积极的可能，他将“边缘化”理解为“个人化”，并在这种个人化当中发现诗歌继续前行的力量，写作应该是越发关乎自身的。诗歌必须首先忠实于自己，才可能构成与时代的对话。

……张新颖在评价穆旦时也曾提及晚年穆旦诗歌的平静，王家新的平静背后也累积了太多经历，平静中的复杂感受使得诗歌变得简单却深沉。只是，与穆旦晚期诗歌对自我的不确定不同，王家新的晚期元素中产生的是另一个向度的自我姿态——对自我的信任，这种信任并不是对个体的盲目自信，而是在“我不相信”之后重新选择再次去相信，将自我彻底交给生活的信任，如加缪所说:“人必须生存，人必须生存到那想要哭泣的境地。”[1]哭泣不是绝望，而是在经历

[1] 转引自王家新“蒙霜十二月”，王家新:《对隐秘的热情》，北岳文艺出版社1997年版。

了所有绝望或痛苦之后仍然要去生活的信念，唯其如此，你才有资格确认自己真的生活着。对于相信之艰难，王家新也有自己的意识，“活到今天，要去信仰是困难的。而不去信仰是可怕的”(《变暗的镜子》)。“活到今天”，其难度不仅仅在于“今天”，更关键的在于一个“活到了”今天，王家新这般把“我”紧紧攥入生活、在时代之难中不断企求着那个可以获得确认的自我，都是努力企图真正深入“我”之内核而生长出的对时代的思考。

在安徽当涂，我很难相信李白
就埋在这里的青山下
……

我相信了这个传说，月亮
就为我徐徐移近

我们的一生
都在辨认
一种无名的面容

——《传说》(2005)

采石矶醉酒捞月而逝，这是民间赋予诗仙最终的归宿。“墓园”的盛大和那些赋予诗人的神话般荣誉，使人无法感到真实；而“临江而起的悬崖”边诗人孑然一人选择纵身下沉的身影和那些在“尘灰和泥土里生活的百姓”，却让我们开始相信那属于诗歌的传说。传说本身的真实与否其实已变得不那么紧要，重要的是你必须相信诗人必得领受的“悬崖”，必须相信诗人宿命的死亡。你必须真正地看到那些苦难，并且相信它们——那不是诗人封闭在我之想象世界中盲目的相信，而是对自己必须生活在这个世界的信任，由此担负起诗人之职责的自我确证。于是，王家新期待着：“当他像苦役犯一样完成这一生的写作，我想他将走出屋子，对着远方这样喃喃自语：‘孩子，现在，我可以感受到温暖的阳光了，我可以听到从你的花园里传来的你的女儿的笑声了’”（《变暗的镜子》，2000）我相信，文学最终应该达至某种坚韧与沉着的信念，如那暗夜里“徐徐移近的月亮”，不是绚烂得夺目耀眼，也不是看尽一切的灰颓，文学必须信任自身，必须首先深入黑暗的根部，进而用“我们的一生”来“辨认”。

二、被唤回的记忆

前文所述诗人下沉中蕴含的内倾性并不意味着现下的王家新认同诗歌即是独白，在这一点上，王家新与策兰保持着高度的认同，也即诗歌始终要求通向他者，内倾的目的更在于寻找到诗人立身的原点、从而实现在时代的边缘“倾斜”的可能。与早期相比，近来的王家新更加专注于对诗歌时间的体认，更加深入地进入记忆。

变暗的风景

对“黑”与“暗”的热爱，是王家新一贯的风格。那“黑暗”中的楼梯（《楼梯》），布拉格“缓缓燃烧的黄昏”（《布拉格》），雾中“狄更斯的阴郁的伦敦”（《伦敦随笔》），一场大雪之前“灰蒙蒙的天空”（《致一位女诗人》），一切一切都指引着你最终进入王家新所说的“一阵词的黑暗”（《布罗茨基之死》），进入那向着黑暗之内核攀登的诗之张力。而近来，王家新开始渐渐将“暗”与“晚”相连：

他每天傍晚下楼去买一份晚报
回家，就着窗口的光线来读
他读得是那样忘情，直到再也看不见
直到他开始变瞎
直到一阵阵喧闹声传来
从街心的儿童游乐场
……
而他面前的距离仍在扩大
他不想开灯
他要让孩子们的喧闹声带着光亮升起
在黑暗中纵情描画
他是多么感动于这个冬日的暮晚
给他带来的瞎

——《晚景》（2004）

晚景，至少有两个含义，一是指晚间的景色，一是指一个人晚年的处境。前者裹挟着黯淡朦胧的光影渐入昏暗的沉寂，后者则是生命自身的剥落，直到你似乎能够亲手触碰那苍老的皱纹。老去与暗淡在“晚景”中得以融合，而生出属于王家新的“晚年的风景”。这风景不诉诸外界鲜明的可视性，而是朝向“无”之内核的挺进，如同晚年贝多芬在“聋”之中向着音乐更艰难却更深邃地攀登，晚景的明亮最终也只能在对“瞎”之黑暗的承受中抵达。

“晚景”之发现于诗人而言绝不仅仅是作为背景的时间说明，它不是一种已然获得的平稳状态或是外部的环境点缀，而是意味着某种整体性的变化：“晚景”乃是一种态度，预示着源自内里的承载和某种需要持续去维护的张力，意味着“我”对接受生命之大限随时作好准备，坦然与紧张在这种态度中相依并存，使之区别于通常意义上“晚年”的怡然自得或是“中年”不确定的犹疑和惶惑，而以无法完成的决绝力量向着时间的内部挺进，“发现风景者并非对所谓外界具有关心的人，而是背向外界的内在的人”[1]，“晚景”因其作为一种态度而与时间的先后顺序脱离了关系，同时也因此而与更本质的时间紧密相连——你必须孤独地承受、你必须进入到属于你的时间的内部，才可能发现那变暗的风景，并在绝对的黑暗里、在不可见的“瞎”里真正地看到那升起的亮光。

他几乎度过了一生
他从冬日的北京起飞，穿过黎明灰烬的颜色
而在灰烬之上，透出珍珠色的光

在血液的喧嚣中
现在他降临到一个滨海城市
就在乘车进城的盘山路上，大海出现

---

[1] 柄谷行人：《日本现代文学的起源》，赵京华译，三联书店，2003年版。

飞机下降时的耳鸣突然止息
他看到更美妙的山峰在远处隆起
他恍如进入一面镜子中
在那一瞬间他听到
早年的音乐。

——《晚年》(2005)

早年“需要以冰雪来充塞我的一生”乃是有所期待与要求的，而《晚年》中诗人的语调变得更加沉郁和内敛。“他几乎度过了一生”，永远只能是“几乎度过”，生命本就是未完成。当一个人承担了属于自己的时间，风景便在他的内部产生，那是一个人的“晚景”。在朝向策兰的努力中，王家新不断提升着自身抽象的能力、不断学习着去收拢时间、使之聚集，由此扩大诗歌的时间密度。在“晚年”，诗人将“一生”的风景聚拢在上升与下降的时间里，在失重与超重变换中，时间如同物质一般被凝聚进我们的身体，在“血液的喧嚣中”产生某种眩晕，让我们体会到那似乎不真实的真实风景：黎明的灰烬，灰烬之上的光亮，大海，以及远处隆起的山峰。在对晚景的捕捉中，时间流的耗散似乎得到了抑制，时间走到我们眼前，并停下来。对于这一时刻体会得越深，这一体验累积得也就越密集。诗人的“晚“之态度，使他在对时间深度的体察中挖掘出更为开阔的维度，直到与早年相遇。“进入镜子”即是进入自己一生的风景，镜子的吸纳与折射作用于时间，使得“一生”的线性流动时间，产生了曲折重叠的共时的可能，这共时大抵只能在晚之名义下发生——“晚年”，接近生命之终点，诗人的一生得以在此相遇，相互辨识、相互确认。曼德尔施塔姆曾说："对于但丁来说，时间就是历史的内容，而这历史是作为一个单一的共时行为而被感知的。反过来说，历史的目的就是把时间收集到一处，从而所有的人都在对时间的同一探求中成为兄弟和伙伴"[1]。线性时间所留下可供我们想象的只有因果关系，用一种理性的逻辑将世上各项元素看似联系实则分割地放置，而在曼德尔斯塔姆看来，但丁将时间收集到一处，所关乎的则是爱。当"一生"的时间在"晚景"处得以聚拢，诗人或许便实现了对自我、对我所经历之历史最终的到达。

……而在王家新《晚年的帕斯》(2004)一诗中，一把"晚年的大火""烧掉一个人的前生""烧掉多年来的负担"，也"烧掉那虚无和灰烬本身"，在噼啪作响的火中，"那救火的人仍在呛人的黑烟中呼喊，如影子一般跑动"，恐怕那救火的人，也是曾经的另一个你。终有一天，你将清理自己的一生，并与那个你未必熟悉的早年的自己相遇，这清理并不意味着获取和胜利，相反，却可能是毁与无，毁掉那些曾经重要或不重要的"有"，向下沉入存在之"无"，那是策兰意义上的"无"，是比"有"更具有生长力的所在。

挥之不去的童年

王家新对于童年的重视，在近来的诗作中显得更为突出。对文学而言，童年指向记忆的可能，逐渐老去的他似乎寻找到了与自己对话的更为平静的方式。对王家新而言，老去似乎成为抵达童年的一种有效方式，而真正的老去也必须用对童年的到达来衡

---

[1] 转引自约翰·伯格《持有之物》，见约翰·伯格《约定》，黄华侨译，广西师范大学出版社2009年版。

量——“老得足以望到童年的方向”(《冬天的诗》,2000),生命的始末两端在经历了中途的澎湃、兴奋、窘迫和细碎后终于连结在一起。

“多年以后”成为王家新望向童年的基本时态,在这一时期的诗歌中,他反复使用着(见《冬天的诗》“多年以后他又登上了长城,他理解了有一种伟大仅在于它的无用。”)与讲故事的人在故事伊始的“很久以前”不同,“多年以后”不是叙述曾经发生的他者,而是指向自身必然抵达的存在;不是去窥探历史的秘密,而是预言着命定的实现;“很久以前”内含着过去的幻影,“多年以后”却背负着生命沉重的结局,它不再是对时间的假设或描述,而是进入到时间的内部,以抵达存在。

自传大约是很多文学家整理自身的途径,作家沈从文在一生之中曾经有过三个自传性的文本,每当他的人生面临危机,自传便成为他拯救自己的方式。……对自身作为诗人的自证企图,同样在王家新的《简单的自传》(2004)中有所体现。诗人对童年的回望集中在那个反复滚动铁环的孩子处、那个在“文革”中因家庭成分问题被孤立而终于学会独自承受的孩子处,并与自己当下的写作相连,似乎是要建立一个意味深长的隐喻,它指向的是诗人注定的宿命。一遍遍推动铁环的动作,让人联想到加缪关于西西弗神话的现代讲述,唯有主动承担起命运的荒谬,才能真正拥有自己的命运。而这种承担的姿态成为20世纪90年代诗歌评论界对王家新最显明的定义。对于“承担”一词可能造成的大而无当的空洞和虚无,王家新本人也有警惕,他将承担首先理解为向内的、对个人生命的承担,“即使我的那些被人们视为最具有时代感的作品,也都是首先出于对个人内在声音的挖掘”。[1]

在当下的消费时代，王家新如同策兰回避《死亡赋格》一样，避免过多地谈论《帕斯捷尔纳克》，并修正着被人们反复声称的“承担”的内涵。于是，有了近期诗作《简单的自传》，用更加接近加缪意义上的承担纠正被人们放大的承担。在推着铁环不断上上下下、跌跌撞撞的贫困的早年，面对自身孤独行走的诗人形象以一种可以被触摸的实在感呈现出来，指引着“我”直到今日的写作。多年以后，历经了全部生命创痛的诗人，终于有资格进入时间内部，望向童年的方向，看到铁环滚动中自身的宿命，将承担落实到动作的具体的质感中，去除某种抒情色彩的悲壮，更深的下沉，等待着铁环下坠、跌入到存在之中，等待着从命运最深的底部、最黑暗的内里挤压出的那一声哭喊。

看向童年，是对自我的寻找，也是在这个文化消费的时代对经验的唤回，于是有了《柚子》(2005)中那些向着诗人不断涌来的“幼年时听到的呼唤与耳语”，有了《未来的记忆》(2012)中那只早就摆放在那里的“老榆木小板凳”，在那里，“一个孩子翻开了《大闹天宫》的第一版，/而母亲走来，带着她还在尘世的笑容……”童年能否唤回，不得而知，但这返回至少意味着在朝向童年的不懈努力中，诗人逐渐看到了属于自己的诗的出发点、看到了面对当下可能选择的个人的姿态。

历史“记忆码”

这里的“记忆码”来自策兰，是王家新不断强调的策兰的“Daten”，王家新在法国哲学家拉巴尔特论述策兰的《作为经验

[1] 王家新：“回答普美子的二十三个问题。”

的诗》中找到了他认为的对“Daten”最好的理解——“记忆码”(Remembering Dates)。策兰说：“我从1月20日，从我自己的1月20日开始写作了……我与我自己相遇。”[1]1942年1月20日，纳粹在柏林附近的万湖边召开会议，通过了对欧洲各国犹太人的“最终解决方案”——那个带走了他的父母和所有亲戚的死亡方案。对于策兰而言，这不仅仅只是“一个”具体的日期，这意味着一种持久的记忆之符码，随时提醒着他，而他此后的人生都必须紧紧把握住这个日期，对这一把握的执着和极端性努力也使得策兰能够越发深入地进入自己的晚期。

我相信，策兰晚期不断唤回的“记忆码”必然深刻影响着王家新，使得王在近期的创作中更加频繁和专注地看向记忆，并以此与策兰呼应。在《那一年》(2012)一诗中，他写到“河水陡然起了漩涡/我向下被吸进去了三米”，那是他第一次的死亡经验，而那一年，恰好是1970年，“策兰从米拉波桥上跳下去/而又没有死/现在，他每过几天/就披着一身沥青/从我面前跑过”：

那一年
我十三岁，上初一
在去公社参加批斗会的路上
我看见了，我一个人
在漆黑的山路上看见了

[1] 转引自王家新“诗人与他的时代——读阿甘本、策兰、曼德尔施塔姆”，见《塔可夫斯基的树——王家新集》，作家出版社2013年版。

一阵阵流星雨

那一年
我学会了插秧
而我的喉咙开始发痒
我想说话，不，我想唱歌，不，
我想呼喊，也不——我陷在
一场永恒的雪里

那一年
一个少年成为一个诗人。

1970年，陷入疯狂的策兰选择纵身下沉结束了自己的生命，将他拒绝的态度保持到了最后；1970年，在中国那个狂热的年代，13岁的王家新看到了属于他一个人的诗。这是王家新的“记忆码”，在近来的诗歌中他不断背负起记忆，如同策兰背负起那黑色的重量，他将自己的写作动因与记忆相连，寻求着一个立足于决定性的、特定经验之上的个人的呈现。于是，王家新不断回去——回到1966年的夏天，那个“文革”开始的盛大夏天……记忆码与历史相连，不是空洞的事件，而是具体的日期、是所有个人经历的细节，它在诗中变成了让人永远难忘的意象和象征。

诗人究竟应该如何面对现实？一方面，就像波德莱尔所说的：“如果诗人一味追求道德目的，他就减弱了诗的力量……诗不能等同于科学和道德，否则诗就会衰退和死亡”（《对几位同代人的思考》)，现代性的写作只能以其自身为目的；另一方面，诗人必须深刻意识到自身的限度，无论历史的激烈如何激荡于诗人的内心，作为诗人，都必须保持对于诗歌形式感的高度敏感，将自己的活动限制在文学自身范围之内。王家新近期创作中大量出现的关于“文革”的记述，并不是一种简单的控诉或者批判，而是对于记忆中历史突然闯入时所造成的生命之惊异与震动的回溯，诗歌中包含着一个少年在历史陡然掀起的巨大漩涡中所产生的种种错综复杂的情绪及成长历程……因此，王家新根本上是在个人记忆的基点上开始了对于“文革”的记述，“对我们每个人来讲，历史都可能是一个巨大的谜团。我所能做的，是将历史‘个人化’，是找到个人最独特的视角”[1]。但是，“历史的闯入”同时也隐隐昭示着诗人对于时代的指向、并暗含了这一闯入所带来的当下性的后果。对于王家新而言，他要从自身记忆的细节开始挖掘，把记忆唤回到当下，也把当下带回记忆，并在这样的努力中把诗歌引向未来。

“文革”与策兰的“1月20日”一样，成为诗人个人的“记忆码”。这些已经被历史教材命名的事件并不是属于诗人自身的记忆，“记忆码”应是一种与此相关的阴影，这阴影深入他的记忆，投射进入所有词语，投向所有重建的努力。已经发生的事，无法用一个词去概括，已经发生的事无处不在。“任何一首诗，都铭刻其1月20日”。

与王家新对于自身经历的历史记忆的信任相比，也有不少诗人对自己记忆中的历史叙述感到怀疑，比如张曙光在《1965年》最后

[1] 王家新“在劳瑞舍的雪山下”，王家新《在一颗名叫哈姆莱特的星下》，中国人民大学出版社2012年版。

的犹疑："我是否真的这样想/现在已无法记起"，对于历史，过来人的回忆是否确实是自己曾经在场的感受？歌德在《诗与真》中已经看到了"幻想与事实之不可分解之混合"的"对立"，真实的历史其实是我们无法抵达的。但是，即使不能真正体会到奥斯威辛的死亡，也要试图努力将死亡包含在今后的写作中；即使不可能抵达，却也要保持抵达的奋力：这是王家新源自个人的使命感，他的自信并不在于还原历史真实的面貌，而是对立足于当下的信念，对自身记忆重返当下形成一种精神资源之力量、并在同时构成对未来的永久之提醒的决心。王家新在最新的创作谈中提及扎加耶夫斯基的《三种历史》，人们在武力的和美的历史以外，往往忽视了"苦难的历史"："不幸的是，苦难的历史并不存在。艺术史家们也对奥斯威辛不感兴趣……奥尔菲斯不会朝这里漫步，奥菲尼亚也不会选择在这里跳河自尽"[1]。扎氏沉重的辛辣刺痛了王家新，一个时代总是容易在狂欢的当下忘掉曾经的苦难，或是将苦难作为情感的快速消费品、让自己怀旧式的伤感消散在三分钟默哀的短暂间歇中。因此，王家新选择朝向策兰，"记忆码"必须被唤回，时代的苦难与疼痛无处不在，你相信了记忆的真实，也就是相信了生命仍在经历着的苦难，即便是在当下：

他们的狂喜，就是看到那些被钓起的活物
在坚冰上痛苦地甩着尾巴，
直到从它们的腮里渗出的血

[1] 王家新："你的笔要紧紧追随口授者"，《塔可夫斯基的树——王家新集》。

染红了一堆堆凿碎的冰
这些，是我能想象到的最恐怖的景象，
我转身离开了那条
我还以为是供我漫步的堤坝。

——《冰钓者》(2003—2013)

如王家新自己所说，对苦难的深入，并不是试图渲染苦难或将受难作为道德优势，而是在根本上源自本雅明所提醒的对于生命的“不能忘怀”。那些记忆码提醒着王家新，……诗人需要意识到记忆、需要努力依凭自己的经验去进入、去拽回，将生命从“已然不在”拽回到“还在这里”。

三、回归与拒绝

回归与拒绝指的是王家新新近诗歌创作中出现的两个向度，包蕴着某种属于“晚期”的趋向：回归意指对日常生活的归复，诗歌中的日常意象和寻常生活场景的增多；拒绝则是王家新从晚期策兰处获取的面对现时代的一种态度，只是不同于策兰的语言破碎化的方式，王家新则是用意义的断裂和隐藏来表达他的拒绝。

日常·非日常

刘春在《一个人的诗歌史》中发现了王家新近来诗歌出现的一种变化，一种对日常的亲近，在保持王家新一贯的风格外，“增加了温暖的日常性”。[1]王家新自己也承认在2003年以后，他的诗歌或

[1] 刘春：《一个人的诗歌史》(第二部)，广西师范大学出版社2010年版。

多或少受到了具体生活变化的影响，日常生活的一个特点是带有个人性，意味着私人生活空间的敞开，个人能在日常生活的真实触感中获得某种自由。这使我想到王家新所喜爱的另一个晚期——晚期杜甫。江弱水将晚期杜甫归为“独语与冥想”，这里的独语在一个向度上指的正是杜甫晚年很多诗（诸如《园人送瓜》《课伐木》《种莴苣》）记叙生活琐事的自言自语。在江弱水看来，这并非意味着杜甫面对时代的撤退，相反，正是他体会了时代的种种、经历了深广的社会内容、积累了丰厚的个人记忆和体验，才能在晚年将一切体验融贯调动出来，“形神寂寞甘辛苦”的晚年所包含的对于个人命运的深刻经历和坦然接受，使得杜甫更加认真和一丝不苟地进入日常生活。[1]

对于王家新而言，在新近的创作中不断涌现出的日常生活物象，似乎也暗示着某种转变，一种进入晚年的自由，晚年视力的模糊使得诗人似乎不再总是去看得那么高那么远，而是看到身边的细节，不是浮光掠影地看，而是带着自己的所有经历看进去。于是有了《桔子》《小区风景》《和儿子一起喝酒》这样的诗作，用现下的话来说，似乎王家新比早年更“接地气”了。年轻人总是要到更远的地方寻找意义，老去的人所负重的经历却能让他们更深沉地进入生活，在寻常物件中安放体验和记忆，在自身的内部寻找到稳定的支撑。

2006年的《新年》（诗略）以平静的语调描述了元旦的一天，普通的生活场景，没有高蹈的意义，却又提供了很多，那是诗人自身

[1] 江弱水：《古典诗的现代性》，三联书店2010年版。

的体验。在日复一日的平凡生活中领受，在司空见惯的日常情景中捕捉时间陡然的停顿与一种启示性力量的突然袭来，我们不是在别处，而是在自己的生活中感受到生命不得不如此的内在能量。诗人深入到每一天的境遇里，每一个不经意的细节，而这些普通的细节和境遇却又隐隐呼唤着诗人整个的生命体量——一种力量，使你去生活。

需要指出的，则是王家新的“日常”中“非日常性”的一面，从上文引用的诗作中即可见出一斑。“回归日常生活”在20世纪80年代后半期的文学界早已有人实践：小说方面有如“新写实主义”；诗歌方面，有诸如于坚等诗人不再把诗歌的着眼点放在外部庄严的重大转折处，而是宁愿退回到重复盲目的日常中，拾掇生活浅表的碎片。王家新的日常与这些日常并不相同，尽管都含有对宏大话语及守望姿态的怀疑和放弃，但王家新的日常却没有沦入琐碎，在他的日常生活中聚集的依旧是严肃的力量，与早年部分诗作过分宏大的呐喊不同，如今，在日常的支撑下，他的力量有了更坚实的质地。

在《小区风景》(2006)、《第一场雪》(2007)、《一些地名》(2012)等诗中，日常的物象和场景充盈在诗中，却未将诗意托起漂浮至意义的表层，而是为日常生活灌注了一种命名的、神示的力量，这便是王家新的日常中非日常性的内核，源自他所发现的深埋于日常生活的精神性，他要求自己进入生活并在其中建立意义。在这里，诗人生成了一种可称作“具体的抽象”的言说方式，王家新本身并不是一个以抽象晦涩的诗艺见长的诗人，但是，当他在近期的诗歌中向着日常生活的具体性倾斜时，却以其个人气质所积蕴的眼光和力量实现了对日常之诗性的唤醒。这些诗中的词语单纯质朴，并无艰涩深奥的知识、存在争辩的哲学命题或是需要大量阅读的互文背景，但却因此生成了“灰树”(《一些地名》)这般难解的诗意空间，简单的字词组合间，却有着某种需要被抵达的精神深度，这个深度要求读者的悟性。王家新所注目的日常生活的诗性，并不是在古典的层面对生活的诗意化处理，而是发现日常中蕴含的紧张感与诗性资源，并将其释放。日常生活并不仅仅只是琐碎，而是一种含义广阔的所在，在那里，依旧存在着一种测度、审视我们的力量。

拒绝阐释

在王家新近期诗歌中，意义的搁置和隐藏似乎正在成为一种趋向，在诗的结尾，意义往往被向下拉进了黑暗：

我还听到(似乎听到)
楼下有人带着咚咚的脚步声
从昏暗的楼梯上摸上来
但又下去了……

——《重写一首旧诗》(2007—2012)

我们只是在甲板上
再一次望向那个已看不见的岛
但见船尾搅起巨大的无尽的泡沫
漂流，消失在远方……

——《船上的故事》(2012)

如同诗句末尾的省略号，王家新将意义省去或者隐藏起来，这似乎暗示着他从晚期策兰处得到的启示——一种克制和收缩，一种向着“无”的靠拢。正如他自己所解释的，他的这一趋向并不能仅被理解为是“含蓄”，而是根本上属于“无言”对于“有”的拒绝，拒绝被阐释、同时拒绝诗人自身对意义的垄断和说明，没有人能够提供最终的意义，“涛声”“划桨声”“黑暗中的脚步声”不是诗人本身，而是语言、是存在，在引诱着我们，而我们又难以企及。“来到这里，你只能把自己/献给虚无”(《昨夜》,2012)，“虚无”一方面意指神性的缺在，上帝死后留下的意义空白；另一方面，“虚无”裹挟着巨大的隐痛对诗人构成一场召唤，“献给”即意味着一种对应的生成，朝着意义坠落的深渊纵身一跃的决绝，诗人必须只身前往，向着“无”之深暗的内部挺进。

对王家新而言，“写到今天，一个诗人就不得不与时间和公众的接受展开斗争”(《你的笔要紧紧追随口授者》)。在他最近的许多诗歌里，意义变得不再明晰，语言也出现了倾向于口语的松动，这似乎呼应了策兰将“母猪”这类口语中的非诗意词汇直接引入诗歌的勇气。必须指出的是，王家新诗歌语言对于某些口语的直接引入，与另一些诗人的口语化写作相比，显然是有区别的。王家新让口语以及日常对话直接入诗，本质是一种刺入的提醒，同时暗含着反讽，他要求我们保持对语言现状以及这现状所折射出的现下人们精神状况的警惕。诗人拒绝了高潮，回避了启迪一刻的震动与明亮，诗味变得“平淡”，简单的场景引诱着你，令你疑惑不明，却不提供任何可供参考的答案。最典型的，是他2012年写下的《牡蛎》一诗：

聚会结束了，海边的餐桌上
留下了几只硕大的
未掰开的牡蛎。

“其实，掰不开的牡蛎才好吃”，
在回来的车上
有人说道。没有人笑，
也不会有人去想这其中的含义。
夜晚的涛声听起来更重了，
我们的车绕行在
黑暗的松林间。

在意义越发浅显和表层化的当下，《牡蛎》这样的诗，显然暗含了一种拒绝，即拒绝“提供”意义，尤其是明确的意义。“显然，这样的诗不可能进入教材，也不可能进入公众消费的渠道，但在我看来，某种意义上，这正是诗的胜利。”[1]在王家新看来，当下的社会，市场的作用已不仅局限在经济领域，文化也在市场的裹挟中进入了被消费的时代，人们消费着“古典”、消费着“国学”、也消费着诗歌，文化已成为商品。如何保持诗歌自身的尊严和完整，对于当代诗歌而言变得更为迫切。王家新仿佛是刻意与人们对诗歌的期待背道而驰——“‘难道你不能把它看作是贝多芬的速记本吗？’/‘不，无人拥有这样的肺活量。无人’”(《台风到来前》)。他拒绝按照人们所希望的方式来解释和

[1] 王家新：《诗歌与消费社会》，《扬子江评论》2013年。

赞美艺术，他选择朝向策兰的“无”，无人能够自负地以为自己可以真正抵达意义，唯有“存在的无言”使得诗歌真正成为盛装空白的容器，成为一个永远的问号，它在那里，永远保持着对人们的质询。

王家新将意义引入暗处，并不是要消解意义，而是为了将诗歌推往更深的向着存在的跋涉。为此，诗人必须拒绝大众对他的期待，拒绝已被市场消化的言说方式。王家新的这一认识也源自对策兰的认同：策兰晚期诗歌中渗透出了阿多诺所说的“抵抗性潜能”，在一个充满了“交流虚假性”的消费社会里，“艺术只有拒绝交流才可能保持自身的完整性”[1]。而王家新对于普通意义上的“诗意”的拒绝，同样也是他抵抗当下的文化消费时代的方式。

第三章：晚期——个人面对时代的尺度

在伟大的诗歌中
有一种尼采式的
对时代的艰难克服

——《在伟大的诗歌中》(2013)

洪子诚在评帕斯捷尔纳克晚年的《人与事》与早年的《安全保护证》时，发现了其中整体语调的变化，“从想要证明什么、确立什么、宣布什么变为回顾来路的陈述，对所欠生活的债务的偿还”。[2]

---

[1] 王家新《诗歌与消费社会》。

[2] 洪子诚：“几则有关顾城事件的札记”，洪子诚《学习对诗说话》，北京大学出版社2010年版。

同样的变化似乎也出现在王家新早期到近来的诗歌中，从“仅仅一个晚上，一切全变了/……是到了在风中坚持/或彻底放弃时候了”(《转变》，1990)，王家新逐渐走向了“你被免去的债务，我尽力来还……/我的行李箱拖着我/轰隆隆走在异国十二月结冰的路上”(《悼亡友》，2007)。早年悲怆的呼喊、深夜内心痛苦的质询，到如今变为了一个个体坦然的坚持、绝望背景下沉默的信心、能指与所指间扩大的空间和增长的层次以及向着黑暗孤独掘进的力度，诗歌语调变得沉静、稳定，也更耐人寻味。

坚持其一以贯之的“个人写作”姿态，王家新的“晚期”并非是为了对当下诗歌的某种倾向进行引导性命名。对于王家新而言，他的“晚期”是严格意义上属于个人的诗歌创作尺度，是他为自身写作与时代之关系所确立的最终的标的。“晚期”在王家新处不是突然冒出来的奇思妙想，而是一种自20世纪90年代初便开始并在他不断确立自身与时代的位置、不断寻找如策兰这般的对话对象的过程中日渐成熟的诗歌精神，就像他一组诗作的命名——“持续的到达”——王家新在朝向“晚期”的到达中持续着。

一、与“中年特征”相区别

王家新多年来不断提及的“晚年”“晚期”或许会让我们联想到欧阳江河论述90年代诗歌时所采用的一个年龄的比喻——“中年特征”。

在当代诗歌界较早引入“中年”这一概念的应是肖开愚1989年发表于《大河》上的文章《抑制、减速、开阔的中年》，之后的1993年，欧阳江河在那篇著名的文章《89后国内诗歌写作：本土气质、中年特征与知识分子身份》中将“中年特征”作为理解90年代诗歌创作的一条主要线索：

显然，我们已经从青春期写作进入了中年写作……中年写作与罗兰·巴尔特所说的写作的秋天状态极其相似：写作者的心情在累累果实与迟暮秋风之间，在已逝之物与将逝之物之间、在深信和质疑之间、在关于责任的关系神话和关于自由的个人神话之间、在词与物的广泛联系和精微考究的幽独行文之间转换不已。

但是，当时的王家新就对“中年特征”提出了质疑：

我不大同意欧阳江河把中年写作作为理解（20世纪）80年代末以来国内诗歌首要线索的想法，虽然欧阳江河声明这不是一个年龄概念，但在其论述中仍不免以抽象的年龄状态代替了具体的历史时间以及它对存在的连续性和稳定性所造成的颠覆和中断。从欧阳江河所描述的中年写作的迷人之处看来，它其实可以放在几乎任何一个时代、一个国家、一种语境的诗人身上，但和当时经历着一场深刻震撼的国内诗歌很难发生根本性质的关联。[1]

在王家新看来，“中年写作”不能为他所认同的关键在于欧阳江河在相关论述中缺乏触及时代具体语境的能力，而使得中年写作在一定程度上只能够描述表面的现象或是表达抽象的怀旧

[1] 王家新：《阐释之外：当代诗学的一种话语分析》，《文学评论》1997年第2期。

心态。

当然,欧阳江河的“中年特征”仍是因时代转变所发出的声音,其在“中年特征”的描述中对于“个人”的强调,很大程度上是“我们这代诗人”在转折时期的一种倾向性表白——“我们”的诗歌创作应该致力于告别“青春写作”的某种遗产,也即“为群众运动写作和为政治事件写作这两个神话”。从这一强调写作个人化的角度而言,欧阳江河的“中年特征”与王家新不无共同之处。因此,王家新批评的着眼点大约并不在于其忽略了时代,而在于“中年特征”,作为一种更多是转折之时、在对过去的回望中溢出某种失落、无奈与忧伤的话语,缺乏进入时代的力度,也即“中年特征”言说时代的姿态让王家新感到了不满。“中年”携带着如“岁月的遗照”一般的感叹,浸染了怀旧的感伤情绪,尽管突出了个人,但却充满不确定和不稳定的犹疑,最终无法触及诗人应该深入的存在层面的意义,缺乏对当下的直面与刺入。

对王家新而言,中年特征无法形成对时代有效的言说,而他对时代的态度只能在他一直坚持并越发明确的“晚年”里去寻找。

对时代的不同态度,体现了不同诗人立场的差别,王家新的“晚年”区别于欧阳江河的“中年”乃至“晚期”特征,其症结也在这里。尽管王家新的“晚期”与之存在着相同的个人化的收缩和后退倾向,但和欧阳江河“中年特征”中便隐现的怀旧感伤与不稳定以及其中透露的对诗人在时代与艺术之间的纠结不同,前者是对于诗歌退回到时代边缘而更加能保持对时代的警示的坚强信心,后者则更多是因诗歌面对时代转变而失去效力却又难以重新寻回有力的言说方式时,生出的感慨。如果对比两者近期的诗歌创作，我们会有更加直观的感受，欧阳江河《泰姬陵之泪》的智性超悟和感伤的宁静，与王家新《牡蛎》等诗歌中拒绝阐释的决绝与信心，指向了诗歌立场的不同向度。作为中国当代诗人中少有的、一贯毫不避讳地将时代视为诗人创作之标的、要求建立立足于时代之上的诗歌审美原则的诗人，“晚期”在根本上构成了王家新最隐蔽的对话者和审判者，是一种本质上只属于他个人的诗学姿态和选择。始终明确要求个体对现时代的关切，保持诗歌对于时代有力的、有质感的注目，这是王家新“晚期”的限度，也是理解其“晚期”的核心。

二、“晚期”姿态与时代之关系的确立

程光炜在《90年代诗歌：另一种意义的命名》认为北岛1979年的“高贵是高贵者的墓志铭，卑鄙是卑鄙者的通行证”和十一年后王家新写下的“终于能按照自己的内心写作了，却不能按一个人的内心生活”，在本质上都是对“时代的命名”，“带着当代知识分子沉痛气质的对个人心灵史的命名”[1]……我认为王家新在90年代初期并没有“替时代代言”的意图，而他对时代的关切从20世纪90年代初开始也一以贯之地延续至今，前后期诗歌语调的变化，并不在于对时代的关注程度发生了变化，而在于时代本身的变化使得诗人开始调整他言说时代的方式，因为对时代始终的关切，诗人的责任要求他从个人的经验感受出发、不断寻找属

---

[1] 程光炜：“90年代诗歌：另一种意义的命名”，《中国诗歌：九十年代备忘录》，王家新、孙文波编，人民文学出版社2000年版。

于他个人的关于时代的最恰当表达。或许，王家新20世纪90年代初期的那一批诗作因为强烈的时代意识易被作为时代的代言，但这代言并非诗人刻意要达到或制造的氛围，与其说他是代言式的写作，毋宁说他的诗歌被作了代言式的阅读。到今天，王家新诗歌语调转变的最令人佩服之处，在我看来，即在于诗人在内心那个“晚期”的拷问下，开始主动警惕并且拒绝这样的“代言式”阅读，他要求自己的诗歌生长出一种“无人”、“非诗”的力量，要求自己变得更加沉潜和节制，并认为唯有成功抵御了这样的被阅读，诗歌本身才真正得到了完成。这也就是如今的王家新区别于《帕斯捷尔纳克》时的王家新的核心原因，也是王家新在诗歌越发边缘化的当下，依旧安之若命，甚至对诗歌命运更加自信的原因，因为此时的诗歌脱离了时代共名的笼罩，而真正可以在个人化的追求中不断向前。

诗歌无法对公众讲话，但诗歌可以对人说话并期待着个别心灵完全的理解。必须忠实于个人，并且在个人的视角中进一步思考自身所属的那个时代，诗歌才能生长出自己的价值与声音。“晚年”对王家新而言构成了个人与时代关系的一个更真实可靠的尺度，在王家新最近的文章《诗人与他的时代》中，他在阿甘本对“同时代意味着什么?”的回答中感到了共鸣：

同时代性也就是一种与自己时代的奇异联系，同时代性既附着于时代，同时又与时代保持距离。更确切地说，同时代性是通过脱节或时代错误而附着于时代的那种联系。与时代过分契合的人，并非同时代人，这恰恰是因为他们（由于与时代的关系过分紧密而）无法看见时代，他们不能把自己的凝视紧紧保持在时代上。[1]

在王家新看来，同时代性首先恰恰意味着“不合时宜”。理解希尼的“我退回到普拉多美术馆的阴凉里”时，王家新也有类似的观点：

诗人在这里使用了“retreat”一词，它含有后撤、撤退之意。与萨特曾提倡的“介入”相比，这是否就是一种逃避一种怯懦呢？情形正相反，我们看到的是，只有来到这种艺术的“阴凉”里，才能和火热的现实拉开一种从事艺术观照所必须的距离，才能看清这个疯狂的、非理性的世界……这不是逃避，而是为了从一个更可靠的角度看世界，以“不在”的方式进行艺术本身的介入。[2]

以“不在”的方式介入时代，以不合时宜保持同时代性，这一可能性在晚期策兰的诗歌实践中被清理出来。王家新在阅读和翻译晚期策兰的过程中逐渐完成了以“晚”为核心的诗歌与时代关系的尺度。当“中年特征”在他看来无法呈现具体历史时刻对线性的当下时间所造成的中断时，策兰的“晚期”使得王家新看到了另一种可能。在策兰那里，“现实并不是简单地摆在那儿，它需要被寻求和赢回”，因此，作为诗人，你的武器唯有语言，你必须放弃陈旧的表达，放弃那为人熟知、令人愉快但却不再尖锐有力的组织方式，必须增大

[1] 转引自王家新《诗人与他的时代——读阿甘本、策兰、曼德尔施塔姆》。
[2] 王家新“当代诗歌：在自由与关怀之间”，《为凤凰找寻栖所——现代诗歌论集》，北京大学出版社2008年版。

语言的摩擦力，在能指与所指错综复杂的多义空间中凝聚力量。在策兰晚期的黑暗晦涩里，他用破碎、断裂的语言制造一种停顿，词的凸显、句法的跳跃、意义的艰涩乃至不知所云，使得完整流畅的阅读不再可能，策兰以其独特的“记忆码”一再暗示那无法绕开的历史时刻，并用一种来自他特殊语言的“自身倾斜度”使得阅读变得如同爬坡，吃力而艰难。自90年代的诗歌创作开始，王家新就表示了他对当下“纯诗”创作的不信任，你不可能只为了一匹白素而忽略窗外的狼嚎，到如今，在晚期策兰的启示下，王家新更加确定：“我们需要的是一种从我们的全部生活和历史境遇中生长起来的诗歌。我们只有将写作自觉地置于时代语境的全部压力下，才能使语言获得它真实的力量。”

而阿甘本对同时代人的解释之所以为王家新所叹服，关键在于他强调了历史造成的时间的断裂，强调了看似同质的当下时间根本上必须被挖掘出的非同质性：“那些试图思考同时代性的人只能通过使同时代破裂为数种时间，通过把本质上的非同质性引进时间来对它进行思考。那些言说‘我的时代’的人事实上也在分割时间——他们把某种停顿和中断写进时间……如果说，正如我们已经看到的那样，打破时代脊骨（或至少在其中发现断层线和断裂点）的，恰恰就是同时代人的话，那么，他也在此断裂中造成时代与世代的会场或遭遇。”

在王家新看来，晚期策兰的最大意义也在于此。他通过对《死亡赋格》式的被消费的诗歌的拒绝与抛弃，在对自我的否定与拷问中，最终“将停顿与中断写进了时间”，与此同时，改变时间并把它置入与其他时间的联系当中。策兰实现了对当下的插入，使得记忆中的时刻重新复活并发出警示，他让诗歌在异质性时间的提示下生长出对“当下”讲话的能力。

诗歌的尺度由何而来，它最终来自诗歌自身，来自个人经验面对时代的忠诚。如同加缪在《艺术家和他的时代》中所说，艺术必须生存在它为自己所加的限制中，之所以如此，是因为：“如果别人给予限制，它就会死亡，反之，如果它不给自己以限制，它就只有屈从于外界的限制。”[1]“晚年”是王家新对自身所立下的尺度，他让“晚年”目睹自己，迫使自己为自身在时代的存在重新找出根据：“晚年不是时间的尽头，相反，它改变了时间，成了一个可吸收时间的‘洞’，它使得时间停顿，并发生维度和性质上的改变，这样的晚年才是‘无穷无尽’的”。[2]

结　语

程光炜在较早之前的《王家新论》中提到：“他实际上是一个靠生命本色从事写作的人。”的确，与很多充盈着飘逸诗才和灵感闪烁光芒的诗人相比，王家新往往显得迟缓、深沉乃至笨拙。他个人的诗歌掘进更多是基于其生命底色的要求，基于一个诗人精神内部的不断追寻，并且这追寻的动力并不是外部压力所要求的一种姿态，而是源于诗人内心的根本律令——无论时代或个人生活如何变化，他都必须始终将自身的写作置于个人存在与时代关系的思考之内。因

[1] 见加缪全集散文卷(2)，杨荣甲、王殿忠、李玉民译，上海译文出版社2010年版。
[2] 王家新《文学中的晚年》，《人民文学》1998年第9期。

此，与很多讲究技艺的诗人相比，从王家新的诗歌中升腾出的，更多的是一种整体性的人格和气质。

本文所论述的王家新的晚期，正是基于诗人“气质”的意义所作出的理解，气质达成了王家新诗歌持续的风格，是他有意识地对个人诗歌精神的锻造：“不错，我的一生都在唱同一首歌/这支歌我已唱了很久很久了/这支歌尚未抵达到/我的喉咙”（《新年第一首，兼给一位批评我的诗“无变化”的人士》，2013）。巨大的艰辛与为了去抵达所投注的全部心力在“喉咙”的脆弱与坚韧中挤压出最蓬勃的张力，呼应着策兰晚年诗歌的“喉头爆破音”。[1]这是一种不轻易移动的、近乎固执的坚持，与此同时始终背负着走入“无人”的危机感与对失败的承受而艰难挺立，由于其突出的持久和坚韧而能深深凿进评判者的眼睛。风格的构建需要诸多细节与技巧的铺设，同时更有赖于整体性的理解与追求，前者或许还可能在训练和锤凿中不断提取，后者最终必须依赖人格质素的总体性和精神层面完全的领受。王家新的“晚期”，在我看来，预示着一种整体性风格的完成和深化，要把个体的全部生命经验以一种高度的收缩和克制写进诗歌，要通过坚决的下沉形成对于诗歌绝望的信心，要在边缘的立身之地依凭自身、生长出聚集时间的黑暗洞穴——为了当下，要把记忆写入未来；为了在场，要退守边缘、选择拒绝。对于王家新而言，深刻打动他的不是策兰那晦涩的诗歌语言和技巧，而是其作为“时代尖音符”的态度，是其在“已然不在”与“还在这里”的“倾斜度”间痛苦的坚持，“诗歌必须始终把时代的尖锐包含在自身之

[1] 参见王家新《喉头爆破音：对策兰的翻译》，《上海文化》2013年第2期。

中”。在晚期策兰的激励下，王家新进一步向着他的因精神的整体性力量而获得支撑的诗歌之路艰辛跋涉，朝向“晚期”的王家新将这一书写的核心推向了对于他个人而言更加严峻的审判席上。他找到了晚期策兰，不是以古典意义上“知音”的方式，而是一场面对“死者”的竭力唤醒，是紧张的质询和无处不在的警示，是一种个人精神和写作上的双重“对位”。晚期策兰有一首诗《一片叶，无树》(1968)，树的消失指向“无树”的当下，其中承载着诗人巨大的隐痛，对于艺术而言，意义已经缺在，成为空白。而王家新在《塔可夫斯基的树》(2009—2012)一诗中对于艺术孤独之树的寻找，或许可以作为他对于策兰质询的一个回答：“除非有一个孩子每天提着一桶/比他本身还要重的水来/除非它生根于/泪水的播种期”。“除非”包含着诘问，质问一个背弃艺术的时代，更是反思面对时代，艺术如何自我完成、如何实现对当下的艰难克服：“除非”同时因其面对时代的压挤依旧坚守抵抗的倔强，而累积出某种不可能之可能的决绝，在对个人写作之孤独的固执坚持与对自身命运的全部负重中，诗人可望实现艺术在现时代的在场、可望在对“无树”的深刻进入后唤回心中那棵不死的生命之树，这也是王家新为“晚期”所确立的使命。

晚期写作，在被动与主动的双重选择中退至孤独的边缘，成了诗歌的低音部，在时代的喧嚣中无可逃遁地作为背景，却是一种从未间断的提醒。对于王家新而言，无论最终能否真正实现对“晚期风格”的抵达，他都将“坐下来”从事属于他自身的“晚期写作”，以策兰为代表的一个又一个永恒的星座在他头顶升起，这其中锻造出的是对墨水的绝对信念与对现时代的深切关怀。王家新的“晚期”让我们相信，他就是这样一位诗人：“每当时代想最终总结自己的价值时，这个人总会生还。他举起时代的全部重任，掷入自己的胸渊。”[1]

（该文为复旦大学2014年通过的硕士论文，指导老师为李振声教授。限于篇幅，收入本书时有所压缩，一些引诗及注释略去）

[1] 转引自吴晓东《“一个种族尚未诞生的良心”——王家新论》，引文为对里尔克诗歌的评论，见《当代作家评论》2010年第1期。

“母语分娩时的阵痛”

——读王家新译诗集《带着来自塔露萨的书》

◎ 胡国平

关于翻译，本雅明在《译者的职责》(*Die Aufgabe des Übersetzers*)中曾经有过一个精妙的比喻，在原作中，内容与形式就像果肉与果皮一样浑然天成，而在译作中，包裹着内容的形式就像一件遍布褶皱的黄袍，拥有独一无二的纹理。这衣服上的褶皱正是译者在劳作过程中所留下的心血。本雅明使用这个比喻并非为了贬低译文，恰恰是为了颠覆我们对于翻译的传统观念。尤其在汉语世界，“信、达、雅”一直左右着翻译思想的主流，汉语世界一直在追求一种可信、流畅、优雅的译文，然而事实上，这些真的是翻译最内在的要求和召唤？这三者真的可以毫无龃龉地共存？其实，我们见到的往往是一些意义凝固、平滑顺畅、充满文学辞藻却毫无生命力的译文，这样的译作犹如一堆失去根基而被华丽展示的枯树，成了曼德尔施塔姆所批评过的“现成意义的承办商”。尤其对于诗歌，这类译文恰恰构成了对语言的贬损。因为诗歌语言本身要求克服僵硬的摹拟和大众消费的流畅，译文语言的褶皱必定来自对原作语言棱角和沟壑的谨慎的勾勒而不是毫无原则的抹平，甚至是对当下读者约定俗成的语言结构的挑战。

本雅明的质问令人意外:“译作是为了不懂原作的读者而存在的吗?”他心目中的优秀的翻译是为了传达“人的存在和本质”(Dasein und Wesen des Menschen),而不仅仅是为了交流或传递信息。他首先关注的是作品的可译性。一部可译的作品必定会与生命发生联系,它言及“一段令人难以忘怀的生命或一个时刻”,这样的作品召唤翻译,也就是说,它向翻译敞开。而拙劣的作品则拒绝翻译,因为后者迷失在了意义和形式的贫乏漩涡之中。对于文学作品而言,以信息或知识的交换为目的的翻译往往遮蔽了原作的内在生命,沦落为“非本质内容的不准确传达”。洞悉了人的存在和本质的作品必定会向语言形式提出别样要求,它拷问语言,与语言进行激烈的搏斗,将语言推向意义深渊的边沿,在它上面击打出缝隙或挤压出皱褶;那么,优秀的译作也需要同样如此,这并非意味着译作可以随意对待原作,恰恰相反,正是在创造性的转化中,译作揭示出了原作的内在生命,甚至更新了原作的生命,从而实现了对原作的最大限度的忠诚。然而这已是另一种忠诚和精确,它是高难度的,它激活了原作并对语言自身提出了挑战。当我读到王家新的译诗集《带着来自塔露萨的书》时,我看到的正是这样一种激动人心的译文。

汉语世界的诗歌读者恐怕很少有人不知道王家新翻译的保罗·策兰诗歌,正是他使策兰在汉语中成为一种深刻而又强有力的存在。许多年前,我还读到过茨维塔耶娃的《约会》,译者也是王家新。我惊异于茨维塔耶娃在汉语中呈现出如此充满张力的语言形态和如此激烈的生命体验,而迸发出的火花是如此炫目:

我将迟到，为我们已约好的
相会，当我到达，我的头发将会变灰……
是的，我将被攫夺
在春天，而你赋予的希望也太高了。

我将带着这种苦痛行走，年复一年
穿过群山，或与之相等的广场、城镇，
（奥菲尼娅不曾畏缩于后悔！）我将行走
在灵魂和双手之上，勿需颤栗。

活着，像泥土一样持续。
带着血，在每一道河湾、每一片灌木丛里；
甚至奥菲尼娅的脸仍在等待
在每一道溪流与伸向它的青草之间。

她吞咽着爱，充填她的嘴
以淤泥。一把金属之上的光的斧柄！
我赋予我的爱于你：它太高了。
在天空之上是我的葬礼。

这是一个令人惊异的茨维塔耶娃，王家新的翻译赋予她的诗歌以我期待已久的语言形式。也许是我们误解了诗歌的音乐性，许多汉语译者总是希望让诗歌译文变得朗朗上口，反而极大地削弱了诗歌语言的独特张力。然而，王家新的译文偏偏不去追求这种庸俗的音乐性，茨维塔耶娃的诗歌在他的译文中获得了一种缓慢攀升的力量，词语之间充满不经意的摩擦，声音在词语的停顿、牵引和对抗中形成隐忍的节奏。这样的译文正体现了本雅明所谓的“自身语言诞生时的阵痛”，它不只是内容的传达，更是语言获得生命的过程，词语的身上携带着与世界进行初遇时的血迹，有了这一切，“在天空之上是我的葬礼”这样的诗句才获得了无与伦比的高度和任性。多年来，我一直默默地读着这首诗，它一再地唤醒我对诗歌语言的尖锐的感受力。现在，我也理解了王家新为什么会把他这首二十年前的译作作为这部译诗集的开篇：这是他最初的相遇，也是一场永恒的回归。

再后来，我又读到他翻译的奥登诗歌《爱的更多的一个》，这首译诗最初出现在他纪念余虹的文章里：

仰望那些星辰，我很清楚
为了它们的眷顾，我可以走向地狱，
但在这冷漠的大地上
我们不得不对人或兽怀着恐惧。

我们如何指望群星为我们燃烧
带着那我们不能回报的激情？
如果爱不能相等，
让我成为爱的更多的一个。

这样的译文浸透了语言的质询和对生命的洞察力。也许，翻译就是努力在两种语言中去成为“爱的更多的一个”，而只有当译者带着这种爱的燃烧去经受两种语言所带给他的冲击和考验，其译文才能征服读者的心灵。换作曼德尔施塔姆的说法，内容是从形式中榨取的，犹如海水从海绵中挤出。如果海绵是干的，就挤不出任何水分。贫瘠的形式根本不可能榨出丰盈的内容，更不可能承担起探测存在的任务。作为引文，这首诗，那时我在王家新的文章中只看到前两段，总是令我眷念着剩下的后两段，如今终于在这部译诗集中读到了：

我想我正是那些毫不在意的
星辰的爱慕者，
我不能，此刻看着它们，说
我整天都在思念一个人。

如果所有的星辰都消失或死去，
我得学会去看一个空洞的天空
并感受它绝对黑暗的庄严，
尽管这得使我先适应一会儿。

这样的译文，让人感到奥登的母语几乎就是汉语，或者说是一个胜任的译者在替他用汉语写诗，并且具有对经验的无与伦比的提炼和呈现能力。本雅明在评论荷尔德林时说过，“诗人越是试图毫无转化地把生活变成艺术，他就越是无能之辈。”译者的情形不也一样吗？王家新的诗歌翻译展现的不仅是他个人的语言才华，而且也是对汉语自身转化能力的探寻、发掘和催促。他的翻译总是浸润着精神力量，总有一种富于张力的呼吸，在语感上不同于其他任何译者，语言和节奏凝练而柔韧，或者说兼具了沉重与轻盈——一种能飞翔的沉重。

这部《带着来自塔露萨的书》是他诗歌翻译的一次最炫目的集结。那些曾经零星流传、令人爱不释手的译文都被收录了进来。对我个人而言，这本译诗集还是曾经的阅读记忆的容器。这里有他译于1993年的那首《约会》，译于1996年的一批叶芝诗歌（曾经收入《叶芝文集》第一卷），还有近年来在《保罗·策兰诗文选》（2002）之外新译的策兰后期诗选，以及他新近大量翻译的茨维塔耶娃、曼德尔施塔姆、阿赫玛托娃、扎加耶夫斯基、阿米亥、夏尔等，以及零散翻译的帕斯捷尔纳克、沃尔科特、奥登、威廉斯、斯特兰德、默温、洛尔加等。这些"光辉的情人"（王家新译夏尔诗句），仅仅看到他们的名字，就足以吸引我。更让人振奋的是，他的译文具有清晰的内在声音，具有富有张力的节奏，词语之间相互质询并试图达成和解的质感，以及命运那促迫心灵的回声。正如他自己所说的："我的翻译首先出自一种生命的辨认。"比如他所译的曼德尔施塔姆在流放地写的一首无题诗的前后两部分：

> 环形的海湾敞开，卵石，深蓝，
> 缓慢的帆如云团一样继续移动——
> 我刚刚知道你的价值，就要离开。
> ……
> 你——深喉音的乌拉尔，多肌肉的伏尔加，

这赤裸的平原——是我所有的权利——
而我必须以我全部的肺来呼吸你们。

诗的中间还有“我的头微醉，因为铁的温柔”这样的句子。“铁的温柔”的确是用来形容王家新译文质地的绝好短语。用曼德尔施塔姆的另外一句诗来说，在这样的译文中，“词语可锻打和燃烧”，铁的温柔正来源于这样的工作。另外就是诗歌的最后一句，“而我必须以我全部的肺来呼吸你们。”这是多么有力的表达！这样的译文使我再一次相信诗歌是对混乱现实的抵抗和穿透，是生命本身的呼吸结晶。策兰认为诗歌是一种“换气”，而王家新的翻译，如他自己在一个地方所说，就是让曼德尔施塔姆来到汉语中“换气”：为了生命的延续，或者说，给出新的生命。

可以说，正是以这样的翻译，王家新恢复了诗歌翻译的尊严和魅力。他翻译的曼德尔施塔姆的长诗《无论谁发现马蹄铁》，被人赞叹为“语言的天籁、翻译的天籁”（王东东语）。他所译的都是他精心挑选的诗人和诗作，并用了全部生命的激情去翻译。他捡拾起了一个俄语天才诗人在历史暴力下的语言废墟中所遗留的“马蹄铁”，用汉语来擦拭那最终的坚硬核心，使石头重新发出了歌唱。弗罗斯特在谈到真正的诗时说过，“读它一百次，它绝不会丧失它曾经为原有的惊异所揭示的意义。”“它始终愉悦，它倾向于冲动，它第一行写下来即有其方向，它在一系列幸运的事件上奔跑，然后终结于生命的澄清状态——不一定就是一种伟大的澄清，例如教派或崇拜，而是有那么一刻消除了混乱。”（转引自希尼《舌头的管辖》，黄灿然译。）读王家新的译文，带来的就是这样的体验，它们在汉语中也是真正的诗。在他的译文中，那种语言的共振令人动容，每一首诗都具有清晰可辨的强劲的生命力，不仅如此，在阅读过程中我们还不断被带向一些意外的瞬间——在那样的瞬间中，如王家新自己爱引用的本雅明的一句话：原作的本质得到了“新的更茂盛的绽放”！

诗歌的力量不正是来自于生命所诉求的语言的意外吗？语言中意外的声音、句法和节奏包孕着爱、希望和诺言，由此诗歌赢得了令人惊异的力量。这种力量来自于语言的意外所带来的独一无二的姿势，来自于对生命的内在渴望所要求的语言难度，来自于对常规的打破，而绝不是对时尚趣味的迎合。翻译也是一种对于意义钝化和流逝的永不妥协的抗争。尽管王家新翻译过的许多诗歌在汉语里早已有过不止一个译本，他人的译文也是各有千秋，然而，随着时间的推移，语言对自身不断提出了新的要求，原作也就不断地需要新的译本去更新自己的生命。王家新的译文满足的正是我们对于作品生命的新的期待。他在翻译中凝注了他个人的语言敏感和极大的功力，也体现了当代汉语诗歌所取得的技艺成就，正如他所译的帕斯捷尔纳克《致安娜·阿赫玛托娃》中的诗句所写，他的工作是“挑选可以站立的词”，让一首译作在汉语中永久“站住”。以此，他加入并推进了戴望舒、卞之琳、冯至、穆旦、王佐良、陈敬容等等构筑的一个“诗人译诗”的传统。

这还不是秘密的全部。他精心挑选翻译的诗歌还承载着另一种历史、经验和记忆。这部译文集中附录有一篇扎加耶夫斯基的随笔《三种历史》，文中这位波兰诗人列举了三种历史：武力的历史、美的历史和苦难的历史。现实的情形是，只有前两种历史被编撰和记录，苦难的历史却是哑默的。这就是为什么奥斯威辛的本质变得难以理解。苦难的历史只能交给文学和艺术去言说，然而“艺术史家们也对奥斯威辛不感兴趣。烂泥，简陋的营房，低沉的天空。雾和四棵枯瘦难看的杨树。奥尔菲斯不会朝这里漫步。奥菲妮娅也不会选择在这里跳河自尽。”在王家新的翻译和他的全部写作中，正是浸透着这种对历史和现实的沉痛感。然而，“苦难与希望同时存在，这才是我们的生存图景”（本雅明），富有勇气和良知的写作正是对苦难的揭示从而召唤出了希望。王家新所拣选的这些诗人，如策兰，如那几位俄罗斯伟大诗人，都承受了历史的沉重苦难，并通过语言的转化记录在了他们的诗歌中，他们的诗歌是历史的哀歌，苦难的见证，“是一个被推抵到灾难的核心的人才可以写出的诗”（见译诗集附录：“在流放地：1935—1937”译后记）。而王家新为什么要满怀感情地翻译这些诗人，正如他翻译的阿赫玛托娃的一首箴言式的短诗所说：

对你，俄语有点不够，
而在所有其他语言中你最想
知道的，是上升与下降如何急转，
以及我们会为恐惧，还有良心
付出多少代价。

王家新最负盛名的翻译是策兰的诗。他翻译的策兰携带着语言在“去诗意化”过程中所凝聚起来的质感，充满历史的疼痛和存在的幽深。事实上，这正是作为诗人的王家新无论在写作还是在翻译中所呈现出来的独一无二的特质，他的翻译饱含着对历史的痛苦体验和对表达困境的独特揭示。的确，翻译如同创作，是“创造形式的渴望”（曼德尔施塔姆），不过，这种形式首先来自于一种抵抗，抵抗在残酷的历史中生命及其记忆的逐步流失和被剥夺。如同诗人，译者也是深深卷入语言的命运、持续揭示生命苦难并召唤希望的人；并且如同写作，真正的翻译也是对语言困境和可能性的呈露，它知难而进，抵抗着磨损、遗忘和同质化，重新释放出语言的和人性的资源。这样看来，翻译犹如写作，是秘密记录命运的黑匣子，是席卷在两种语言之间的深渊里的风暴。王家新的翻译就是这样一股强劲的风暴，它必将深入而持久地影响汉语诗歌的气候。

（《南方文坛》，2015年第1期）

为了未来的翻译：读王家新译诗集

◎ 陈　庆

十多年前，以《保罗·策兰诗文选》(2002)的出版为标志，诗人王家新将世界文学中一位最难翻译、也最需要翻译的诗人译介进了汉语世界之中，让我们认出了一个继里尔克之后最伟大的德语诗人的独特面貌和音调。时隔十多年，这本《带着来自塔露萨的书：王家新译诗集》给我们带来了新的欣喜和更丰富的感受。在我看来，它不仅是诗人王家新二十年来翻译成果的展现，也不仅将他的翻译艺术推向了一个更精湛的境界，而且为打开一种新的翻译诗学提供了可能。

的确，读《带着来自塔露萨的书》，我不时想到的，就是本雅明在《译者的任务》(陈永国译本)中的一句话："译文源出于原文——与其说源自其生命，毋宁说源自其来世的生命"。作为一个对诗歌的秘密与翻译的秘密有着双重洞见的诗人译者，王家新的翻译，不仅为我们提供了大量好诗，也给我们带来了这种诗学上的启示性。他翻译的策兰的著名诗句有"在未来北方的河流里/我撒下一张网"，他的翻译也正是为了未来的翻译，是让异域诗人的原作能够获得其"来世"(afterlife)的翻译，也是能够推进汉语诗歌向前探索的翻译。他的翻译，正像他翻译的茨维塔耶娃所说的一句话："去翻译不仅仅是译入（译入俄语等等），也是渡过（一条河）。我把里尔克译入俄语，如同他有一天会把我译进另一个世界。——手拉手——渡过河流。""手拉手——渡过河流"——这就是面向未来、面向未知的翻译。它充满了风险而又激动人心。

但王家新的翻译绝非那种随意为之的翻译。据我所知，在理论和实践上，他都为翻译中的"创造性"设定了严格的界限。他多次自述"我的翻译观的前提仍是'忠实'。我最看重的技艺仍是'精确'——尤其是那种高难度的、大师般的精确"。我们同样应看到的是，他的译诗是一种建立在研究基础上的翻译。这本译诗集所收录的诗人及其作品，都经过了他的精心挑选和深入研究，用他自己的话说，出自他内在生命的"辨认"。从在奥斯威辛的灰烬与不可能性中开始的策兰，到"居住在闪电的心脏"中的法国诗人勒内·夏尔；从叶芝后期那些"老骨头在山岗上颤栗"的诗歌，到将"奥斯威辛的燕子"的尖叫声与"形而上学的沉思"相结合的扎加耶夫斯基的诗和思想随笔，尤其是他对"我们是四个"——茨维塔耶娃、曼德尔施塔姆、阿赫马托娃、帕斯捷尔纳克——的翻译，让我感到了一种令人惊叹的生命的契合。在谈到这四位俄罗斯伟大诗人时，他曾这样说："在我的生活和写作中，他们一直是某种重要的在场。有时我甚至感到，他们是为我而活着的——当然，反过来说也许更为恰当。"

……而从这些诗人曾经对中国诗人包括王家新自己的影响关系而言，王家新的翻译则完全可以说是一种"作为回报"的翻译（见王家新《翻译作为回报》），它充满了乔治·斯坦纳在谈翻译时所说的“信任的辩证，给予和付出的辩证”；如果我们从王家新翻译的夏尔的一句诗“我们只借那些可以加倍归还的东西”引申开来，它还充满了“借”与“还”的辩证，如他把策兰《安息日》一诗的结尾一句“在尊敬之中”（德文原诗“zu Ehren”，英译“In honor”）译为“在屈身之中”，就令人叫绝！这样的翻译，忠实于原作精神，但又为原作增辉，它给原作带来了一种更大的语言的张力。还有他翻译的曼德尔施塔姆的“你——深喉音的乌拉尔，多肌肉的伏尔加”（《环形的海湾敞开……》），不仅创造了独特难忘的意象，也有一种独具的汉语对称之美。还有他翻译的夏尔诗歌，给人的感觉是：那种跳跃的、凝练的、充满暗示的诗句好像是等待着被王家新这样的译者翻译到更合适的汉语中来，它似乎更乐于在汉语的内部“受孕，充电，发光”！（见王家新《语言激流对我们的冲刷——勒内·夏尔诗歌》）

谈到具体翻译，判断一首译诗，首先要看它是否重建了原诗人作品所具有的独特音调。诗歌的翻译不单是从意义到意义的翻译，而是从一首诗到另一首诗的翻译。在这里，诗歌的音调的传达对翻译构成了最根本的考验。对此中国的翻译界有着各种各样的尝试，比如卞之琳先生提出的以顿代步的方案，对后来的翻译影响深远。但我感到，舍弃掉原作的韵律以及抑扬格的束缚，而以一种汉语的节奏来进行替换和“重构”的译作反而能达到更理想的效果。在翻译中，拘泥于原作音韵形式反而成了真正的“镣铐”，庞德就曾这样说过“当我们将东方传达给西方时，大部分中国诗音韵是毫无用处的”，而庞德翻译的中国古代诗歌之所以受到高度赞赏，就在于他创造出了一种“内心的音调”。王家新的译诗无疑也十分接近这一点。他更关注于一首诗歌所包含的音质、气息、语调以及内在节奏，这是一首诗歌以及译作得以辨认的最根本因素。以茨维塔耶娃的作品为例，正像诗人自己所宣称的那样，她的第一语言不是俄语，而是音乐。无论是她早期作品中的“亲密的音调”，还是后期那些呼吸转换很快，有着急促的语调与打击乐一般的句法的诗作，王家新的翻译，都能让我们一下子认出“这便是茨维塔耶娃”。他不仅通过再造的诗歌节奏替代了原诗的韵律，同时也赋予了这种“心灵的音调”一种使人如见其人、如闻其声的效果。……

这种对音调的出色把握，在王家新对曼德尔施塔姆的翻译中也体现出来。曼德尔施塔姆早中期的诗有着一种古典主义式的挽歌音调，晚期即流亡时期则转向一种突兀的、鸣鸟颤音般尖利的或嘶哑的音调，早中期的诗如：“石头的陶里斯有希腊的科学——这里是/高贵的金色田地，一垄垄生锈的犁沟”（《从瓶中倒出的金黄色蜂蜜……》），而在其被流放的年代里，我们则读到“你们夺去了我的海我的飞跃和天空/而只使我的脚跟勉力撑在暴力的大地上。/从那里你们可得出一个辉煌的计算？/你们无法夺去我双唇间的咕哝”（《你们夺去了……》）、“然后突然间，像一只透镜，她把我放在火苗上/以一道来自海军部锥形体的光束”（《我的国家扭拧着我》），早期凝滞的音调被尖利的、突兀的音调所带动，使其诗歌充满了意外。再比如阿赫玛托娃后期的“将个人抒情与时间的非个人性融合”的音调，王家新在这一大组译作前引用了诗人自己的一句话“我于1936年开始再次写作，但我的笔迹变了，而我的声音听起来也不同了。”而他的翻译，正着力于把我们引向对这种声音的辨识，如阿赫玛托娃《安魂曲·前奏》中的开头一句，王家新的译文为：“这时候微笑的会是那些死者，/他们为获得安息而庆幸”，精确而微妙，一下子道出了那种“阿赫玛托娃式”的特有的语感，而国内其他的两种译文为：“这事仅仅发生在当尸首微笑，/为永恒的安宁感到欣慰的时候”“事情仅仅发生在死者微笑时，/它为安宁而喜洋洋”。我们一比较，就会感到对音调和语感的把握是多么至关重要！王家新的翻译之所以让人信赖，首先就在于他能够如他自己说过的，“咬准诗的发音”。……

王家新的翻译对我们的冲击，还在于他的译诗语言。从某些方面看，他继承了鲁迅先生“宁信而不顺”的翻译原则，他在20世纪90年代以来翻译的策兰诗歌之所以达到了不可超越的高度，就是因为他把策兰语言中的“不顺”、异质感、语言的黑暗翻译了出来。而这本译诗集中所收录的策兰晚期诗歌，其语言中的黑暗更加强烈，从“沉默的语言到语言的沉默”，语言更加碎裂，更加不可解，词语与词语之间似乎存在着一个深渊。正像王家新对策兰的研究文章所提示，这是一个令人惊异的“晚词的诗人”。在这本译诗集中我们能够读到：“来自一个偏词，那/船夫的嚓嚓回声，进入夏末的芦管/他那灵敏的/桨架之耳”（《带着来自塔露萨的书》）、“——你，国王的空气，钉在/瘟疫十字架上，现在/你绽开——/气孔眼睛，/蜕去疼痛的鳞，在马背上”（《在踩踏的……》）、“你，这从喉咙撕出的/词结”（《你，这从嘴唇采来的……》）、“这冒充的/寒鸦/之早餐，/喉头爆破音/在唱”（《法兰克福，九月》），等等，在这样的译作中，我们既能够感受到那种在词的深渊间跳跃的节奏，也能够感受到一种幽灵哼鸣般的音调。我想，只有具有高度的语言意识并知道如何让译作与原诗搏斗的译者，才能够翻译出“偏词”、“桨架之耳”、“瘟疫十字架”、“气孔眼睛”、“词结”、“喉头爆破音”这些充满着异质感、又充满新奇诗意的词和意象。这样的翻译甚至革新了汉语，让我们领会到语言的潜能。

从以上例证来看，王家新的翻译是求新、求异的翻译，也是充满了难度的翻译。他拒绝“通顺”，拒绝迎合读者。正因此，这是一种能够将我们带向未来的翻译。我们已有了冯至翻译的里尔克，戴望舒翻译的洛尔迦，穆旦翻译的奥登，以及赵毅衡翻译的《美国现代诗选》等优秀译作，而我相信，王家新的这些译诗会走得更远，也会让我们走得更远。

从对策兰的翻译到《带着来自塔露萨的书》，王家新的翻译实践向我们昭示了一种新的翻译诗学：首先，真正对诗歌有意义的翻译是为了原作的“来世”的翻译，是为了语言自身刷新和成长的翻译，它在给予原作以未来的同时，也给予接受语言以变革的冲击和刺激。其次，翻译意味着继承，而这种继承不仅仅是接受已经存在的，也意味着给出其尚未存在的；在这种意义上，翻译即是“翻新”。再次，原作在翻译中必定会有所损失，或者说会有一次死亡。对于这样的损失，应有的策略或许应该是斯坦纳所言的“补偿”，然而如果用德里达的话，那便不仅仅是“补偿”，而且是“替换”，因为翻译不是为了成为同一个，而是为了成为另一个，为了获得“另一副语言的身体”。然后，在诗歌翻译中，最根本的则涉及对音调的把握与再造，以使得原作在另一种语言中得到清晰的辨认。最后，在翻译中总是存在着一种译者与原作者、译文与原文之间的“搏斗”。这种搏斗有时候是原作者与原诗的胜利，有时候是译者与译诗的胜利，当前者出现之时，它体现为一种忠实的忠实，而当后者发生的时候，它则要求一种不忠实的忠实，为了使原作的生命获得“更新和最完整的展开”（本雅明）。这两种“忠实”，我们都可以在王家新的翻译中感到。……在这后两个例子中，则是不忠实的忠实，在译文与原文的搏斗中，译文获得了胜利。然而译者之所以如此做并非出自自己的意志，倒是可以说出自原作者的意志。对这一点，王家新自己的一段话说得更为透彻：“是你在翻译吗？是，但从更根本的意义上看，是诗在翻译它自己。是诗在翻译它的每一行。”（王家新《诗学随笔》）

如人们说的那样，诗歌是最不能翻译的，但也是最召唤翻译的，最能揭示翻译的本质的。我本人选修过王家新老师的翻译课，如他讲解策兰对莎士比亚十四行诗的翻译，策兰面对的是经典的“可读文本”，而他的翻译则将其变成了“可写文本”，他对莎士比亚进行了重写（王家新老师将其视为“晚期风格”对“古典风格”的重写），他通过翻译达及了翻译性本身。正像斯坦纳所说的“语言是不断变化的”，我们的写作方式也在变化，看上去似乎策兰在“篡改”原作，但他却使原作获得了其在未来的存在方式。这一切，都关涉到对翻译本质新的理解。本雅明在《译者的任务》中提出翻译是一项让“纯语言的种子在译作中成熟”的工作。而以德里达的眼光来看，所谓翻译并不是针对现成文本的翻译，而是翻译那通过文本向我们走来、又瞬间逃逸的东西，是翻译那逃逸的东西逃逸时所留下的印迹。除了对“纯语言”的洞见（因为正是它使写作和翻译得以可能发生），本雅明认为翻译文本与原文本之间的关系是相切的关系，翻译便是要寻找进入原作的独一无二的切点。而王家新的翻译，在我看来如同庞德的翻译、策兰的翻译，无疑找到了翻译的切点，那就是原文本书写时的原初直观，原初的生命感受和一首诗的内在起源。这种原初直观在一般的翻译中往往被遮蔽（这就是为什么我们读起来感到“隔”），但通过王家新这样的翻译再次获得，并能被我们所真切感到。当翻译本身就是写作，这种延异的原初直观在这里就是所揭示的时间的非同一性差异，便是节奏，是生命的呼吸——使原文本获得新的呼吸，得到“换气”（这也是王家新对策兰的翻译所给出的一个极重要的词）。

这些年来，像一些年轻的诗人朋友一样，我一直关注王家新老师的翻译。我曾经多次选修过他的诗歌课和翻译课，受益良多。除了正式发表的译作，我还将他散布在博客上的译诗一一打印出来，并对照一些原文，反复品读与学习，所以今天看到他的《带着来自塔露萨的书》出版，由衷地感到欣喜。在私下里就这本译诗集向王家新老师请教时，他说道：“多年之后，也许人们不会再读我们的诗，但是他们还会读这些翻译。”对于一个从朦胧诗开始便参与当代诗歌建设，在20世纪90年代之后产生更大的诗歌影响，去年还刚刚出版了新诗集《塔可夫斯基的树》的诗人，前半句话应是一个诗人洞察了时间长河的秘密之后的平静与谦虚，而对于后半句话，我相信时间会将其一再印证。我满怀激动地读着这些译作，同时也相信这仅仅是一部序曲。

（选自《未来北方的河流》，新浪微博，有删节）

辨认的诗学

——读《带着来自塔露萨的书》

◎ 唐不遇

在《带着来自塔露萨的书：王家新译诗集》中，王家新用译笔描绘了一幅敏感、敏锐的诗人群像，依次为茨维塔耶娃、曼德尔施塔姆、阿赫玛托娃、帕斯捷尔纳克、沃尔科特、扎加耶夫斯基、叶芝、奥登、阿米亥、威廉斯、斯特兰德、默温、维斯托尼提斯、夏尔、洛尔迦和策兰，共十六位诗人，而其中最突出的形象是茨维塔耶娃、曼德尔施塔姆、阿赫玛托娃、扎加耶夫斯基、夏尔和策兰，他们占据了这幅群像中的绝大部分位置，透射出更为强烈的目光。这些目光紧紧交缠着，却又能够辨认出是谁的目光。

我说到“辨认”，或许是因为王家新经常提到这个词。在这本书的腰封上，就印着他的这样一段话：“我的翻译首先出自爱，出自一种生命的辨认。我的翻译观的前提仍是‘忠实’。我最看重的技艺仍是‘精确’——尤其是那种高难度的、大师般的精确。纵然如此，翻译仍需要勇气，需要某种不同寻常的创造力，需要像本雅明所说的那样，在密切注视原作语言的成熟过程中‘承受自身语言降生的剧痛’。”

无论写作还是翻译，的确存在一种“辨认的诗学”。写作是对事物和记忆的辨认，对词语和经验的辨认，最终构成对形象和声音的辨认。优秀的写作和翻译都是对另一个杰出心灵的辨认，这种辨认带来的是最深的快感。正如曼德尔施塔姆在《哀歌》一诗中写道：“辨认的一刻才带来强烈甜蜜。”王家新对这句诗的注释是：“诗人在《词与文化》中谈到了‘一种深深的认出的欢乐’，在‘朝向最高虚构’的笔记中也曾宣称写作是一种‘辨认’。”王家新的注释也堪称一种“辨认”，书中大量的注释和译者附记都非常精彩。

正因为“一种生命的辨认”，才有了王家新所看重的“忠实”和“精确”。而“忠实”和“精确”则反过来强化了这种“辨认”。

不得不说，王家新的“辨认”是卓有成效的。我第一次读到他精彩的译作，是在他编选的《子夜的哀歌》中——那首茨维塔耶娃的《约会》。随后，我又在他编选的《叶芝文集》中读到了他翻译的一些叶芝的诗，同样精彩。再后来，我才读到他翻译的策兰。在中国，策兰几乎贴上了王家新的“标签”，他艰苦卓绝的努力成果，就是让策兰和米沃什、卡瓦菲斯、阿米亥一起，成了新世纪汉语诗坛所膜拜的四大恒星。

在《带着来自塔露萨的书》中，王家新涉猎了更多的西方诗人，并成为这些诗人在汉语中忠实而独特的发声器官。在这个器官上有一种微妙的装置，能够准确辨认并导出不同性别、不同风格的声音。虽然这些诗人大多不是英语诗人，译者也大多通过英文转译，就像在汉语的听筒里，隔着一根英语的电话线，但仍然足以使我确信：这就是诗人的声音。

王家新首先是一位有担当的诗人，然后才是一位创造性的译者，他关注的不仅仅是语言的实验，更是和他形成心灵共振的精神探索。他们大多是一些孤独、痛苦甚至绝望的心灵，是最敏感、最真实、最深刻的语言的化身。对这些心灵的“辨认”，就构成了他的巨大的心灵拼贴画，其中有许多细节的闪光，让人感觉到一种强烈的精神世界的整体存在。

诗人译诗的长处在于：用诗的经验去“辨认”翻译。翻译不应该只是一种语言的回响，而应该从一个词、一个细节、一种气息的把握中，辨认出一种形式：自我降生的形式；辨认出一种记忆：诗人创作时的记忆。这本书中有许多杰出的诗篇，就证明了阿赫玛托娃对“诗歌”的精彩定义：“也许诗歌就是对它自身——/一种光彩夺目的引用”；也证明了茨维塔耶娃对“翻译”的精彩表述：“去翻译不仅仅是译入，也是渡过……手拉手——渡过河流。”

因此，这是一本有幸建立在一位诗人非凡感受力基础上的书。从译者对原诗的理解和语言的处理，到对这些诗人和诗篇的选择与安排，都是巧妙的“辨认”。比如，把茨维塔耶娃与策兰分别作为这本书的开篇与压轴，就是一种精心安排。王家新还特意翻译了不少诗人们之间的献诗：茨维塔耶娃献给阿赫玛托娃、曼德尔施塔姆和里尔克；阿赫玛托娃献给曼德尔施塔姆和帕斯捷尔纳克；帕斯捷尔纳克献给阿赫玛托娃；沃尔科特献给帕斯捷尔纳克；扎加耶夫斯基献给米沃什；策兰献给茨维塔耶娃……这些大师之间的致敬，仿佛一种环环相扣的高贵的游戏，每一环都是命运的相互揭示和心灵的交互闪光。

策兰献给茨维塔耶娃的诗，就是被作为书名的《带着来自塔露萨的书》。塔露萨是茨维塔耶娃度过童年时光的地方,“来自塔露萨的书”指的就是茨维塔耶娃的诗。带着来自塔露萨的书,王家新既从中辨认出了策兰和茨维塔耶娃的命运,又让自身的翻译充当了他们再次相互辨认的媒介,朝相反的方向对两个伟大灵魂同时鞠了一躬。

(《珠海特区报》2014年11月30日)

“一只燕子神性的抛洒”

——读王家新译《新年问候：茨维塔耶娃诗选》

◎ 远　洋

> 我记起了第一天，那孩子气的美，
>
> 衰弱无力的柔情，一只燕子神性的抛洒。
>
> 手的无意，心的无意
>
> 像飞石——像鹰——撞入我胸膛。
>
> ——《我记起了第一天》

这样的诗句，充满柔情而又突兀，迸溅着天才灵感的火花——诗人仿佛一个高明的射手，从容不迫中爆发出强劲的一击，诗句“像飞石——像鹰——”，在盘旋之后，出人意料地俯冲而来，“撞入我胸膛”！这样的译作，让我在震惊、喜悦之时，也刷新了我的眼光——二十多年来，我也看过一些茨维塔耶娃作品，可那些译诗让我误以为茨维塔耶娃不过如此。但是王家新的这部译作有力地纠正了我的认识——我险些错过了一个真正伟大的诗人！这再次验证了一个看法：伟大的诗歌需要伟大的译者。优异的诗歌翻译也是“一只燕子神性的抛洒”！

躺在我的死床上，我将不说：我曾是。
无人可责怪，我也不会感到悲哀。
生命有更伟大的眷顾已够了，比起那些
爱的功勋和疯狂的激情。

——《躺在我的死床上》

这些燃烧的字词，时而内敛、低抑，时而舒展、激昂，伴随着生命的呼吸和节奏，把我的思绪带入高飞远举之中，情感也为之起伏跌宕，甚至隐隐心痛。这位伟大诗人的激情、痛苦和不幸遭遇，以及自普希金以来许多俄罗斯诗人们的悲剧命运，广袤大地上的深重苦难，一齐涌上心来：

时代不曾想着一个诗人，
而我们对他也不留意。
上帝和他在一起，以喧嚣和雷声，
他从未在我的时代出现！

如果时代没有时间为先驱者，
我也没有时间为后来的子孙。
我的时代是我的灾祸，是对我的剥夺，
我的时代是我的死敌。

——《时代不曾想着一个诗人》

这种痛苦而又决绝的诗，直指人心，相信会引起很多诗人的共鸣。《约会》的开头"我将迟到，为我们已约好的相会；/当我到达，我的头发将会变灰……"，诗一开始就令人颤抖，接着两节如在大地上的奔走、彷徨、瞻望，当读到最后一节"我赋予我的爱于你：它太高了。/在天空之上是我的葬礼。"把人骤然带入一个悲壮灵魂的展翅高飞之中，我心里也似乎"咯噔"了一下——而这一切，岂是那些僵死、平庸的翻译所能做到的？

如此深刻有力、令人感到刺痛的诗情，如此凌空翱翔的诗神的翅膀！每一行诗句都带着火，每一个字词都炙烤着我，读了几首，我不得不暂时离开书桌片刻。这就是真正的诗歌的力量！恍惚间，一个真实的茨维塔耶娃，活生生地出现在我面前：尽管面容憔悴，但姿态端庄挺拔；脸部轮廓分明，面色严峻略带忧郁；绿宝石般的眼珠，目光放射出强烈的光芒……

> 接骨木还在被摧毁，被摧毁！
> 接骨木，你的整个园地充满了
> 年轻、纯洁的血……
>
> ——《接骨木》

这语气和音调，多么像高烧病人错乱而急切的梦中呓语。这才是天才诗人在诗神降临时进入的精神状态！王家新的翻译真是栩栩如生，不仅让我们听到了"接骨木那不断冒泡的颤音"，甚至还嗅到了"鲜血被烘烤时的气味"！一路读下去，几乎篇篇都是佳作！语言自然流畅，又富有诗的质地，并且富于音乐美，尤其关键的是，译出了难以言传的精神气质！回头再看，从一开篇，这样传神的诗句俯拾皆是："只一眨眼——它们便已逃逸：/猫的心不装有爱！”（《猫》）那种茨维塔耶娃特有的决绝口吻和语气惟妙惟肖；“我就是罪孽本身——/带着上帝赋予的五种感觉：带着激情！”（《我从不遵从戒律》），一个诗歌圣徒，也是一个充满灵与肉冲突的女人，“赤裸裸”地与我们坦诚相见。再如：

但是这样的柔情是从哪儿来的？
我该拿你怎么办——你这
年轻狡黠的、飘泊的歌手？
你的睫毛——能不能更长一些？

——《这样的柔情是从哪儿来的？》

抒情主人公最后的发问，不仅充满柔情，也到了如闻其声、如见其人的地步！在这样的翻译中，我们可以真切地感受到诗人隐秘的内心，“……如果那时你不爱我，我也不在意”（《我愿和你一起生活》），那种单纯的愿望是多么动人！而《致捷克斯洛伐克的诗章》中的“对于你疯狂的世界/只有一个回答——我拒绝。”与北岛的“告诉你吧，世界，我不相信”同样掷地有声，但更为决绝！

赞叹之余，我不禁会想，为什么不同译本会有着天壤之别？以前我看过的译本，不是拘泥于押韵，就是铺排着大量词藻，很难让人感受到诗人的呼吸和心跳。“为形式而形式的主张，在茨维塔耶娃看来是一种偏见，因为它导致了对‘大自然力量’的冒犯。”（《新年问候》附录：《越过障碍：茨维塔耶娃及其翻译》）在诗歌翻译中只求形似不求神似，显然是舍本逐末。这样的翻译不过是一堆文字外壳，是没有生命的僵尸，即使穿上漂亮华丽的外衣，诗神也会掉头而去。

神似应是译诗的重要标准。但王家新似乎并不满足于此，在译序中他写道：“甚至我还想冒胆说，去翻译这些伟大诗人，就是在汉语中‘替他们写诗’。”这就透出了他的一个秘密，也令我精神一振。译诗不是摹仿、复制，也不仅仅是语言的转换，而是更高意义上的创造。这不仅要求译者要吃透原作，在语言层面上融会贯通，而且更重要的，是译者与原作者灵魂的交会融合，这样才能进入诗的创造。王家新老师实现了他的艺术目标。读着这些译作，我们能够“把握其‘声音的真实性’和清晰度”，能够从中辨认出那“独特的一张面孔”，能够感受到什么才是翻译中“出神入化”的境界。一个天才的女诗人“决绝、偏执和惊人的力量”，也从这些诗行里喷涌迸发。

在《新年问候：茨维塔耶娃诗选》这本书里，除了六十多首抒情诗及诗组外，还有七八首长诗。长诗更加充分地展现了茨维塔耶娃“黄金般无与伦比的天赋”或者说巨大的创造力，对于翻译来说，也有着更高的难度。但王家新老师以“筚路蓝缕，以启山林”的拓荒精神，不仅把这些作品译了出来，而且达到了令人叹为观止的程度。尤其是他对《房间的尝试》、《新年问候》、《空气之诗》这“三部曲”的翻译，布罗茨基极其推崇茨维塔耶娃献给里尔克的长篇挽歌《新年问候》，称它“在许多层面上都堪称是里程碑式的作品”，王家新老师的翻译，在我看来同样具有“里程碑式”的意义！

今年，是王家新老师的丰收年。就在这本《新年问候》出版前不久，作家出版社出版了他的译诗集《带着来自塔露萨的书》，在该书封底的书封上，印有他这样一段话：“我的翻译首先出自爱，出自一种生命的辨认。我的翻译观的前提仍是‘忠实’。我最看重的技艺仍是‘精确’……纵然如此，翻译仍需要勇气，需要某种不同寻常的创造力，需要像本雅明所说的那样，在密切注视原作语言的成熟过程中‘承受自身语言降生的剧痛’。”

的确，在诗歌翻译中，与其说译者是助产士，还不如说翻译本身就是孕育和分娩。译诗不是原诗的影子和回声，而是原诗的转世重生。在此，我们要感谢王家新老师，是他，在汉语世界里，创造或者说“复活”了茨维塔耶娃。在他的翻译中，“直译”与“意译”的界限消失于无形；“归化”还是“异化”，皆臻于化境。更具有意义的是，正如这部译诗集中茨维塔耶娃的诗句：“而写作，它的纠正，傲慢如同/政权更迭，或像王子驾到。”（《电线》）王家新老师的翻译也是一种纠正，纠正了那些一向被公认为正确、其实是陷入僵化的译诗“理论”，纠正了那些对“转译”的偏见；同时，他的翻译也是一种“刷新”——正如他自已所说，“这种刷新，其实还往往是一种‘恢复’，即排除一切陈词滥调，恢复帕斯捷尔纳克在称赞茨维塔耶娃时多次谈到的语言的‘纯洁性’”。这不仅对于翻译，对于我们诗歌创作的语言都具有重要的意义。

新诗百年，“诗人译诗”已形成一种传统。这不仅仅是牺牲和奉献，更是精神的传承——一代代盗火的普罗米修斯，使诗歌薪火相传。王家新倡导“诗人译诗”并身体力行，他在十多年前翻译出版的策兰诗歌已成为典范之作，近年来他的译诗不仅数量巨大，而且达到了炉火纯青的境界。他的译诗提供给我们的，不仅是艺术的参照，也是思想和精神的启示——他译介的策兰、茨维塔耶娃、曼德尔施塔姆、阿赫玛托娃、叶芝、夏尔等诗人，已构成他所说的“同一精神家族”，将以其持久的“惊人的力量”，激励我们前行。

（深圳《晶报》2013年9月20副刊）

钢琴和乐队的对话：王家新的诗歌翻译与创作

◎ 梁新军

作为当代著名诗人的王家新，有着复杂多重的身份构成。他早年以诗成名，却还肩负着《诗刊》编辑的工作，业余也同时进行着诗歌批评、诗歌译介、诗歌选集编选等多重性“副业”。然而对王家新来说，他大概从没有“副业”的概念。他曾表示，“无论创作、翻译或从事研究，它都立足于我自身的存在”，“我只是一个存在意义上的写作者”[1]。的确，不管从事何种工作，他都始终未曾脱离“诗”——无论是诗歌创作、《诗刊》编辑、诗歌批评，还是诗歌译介、诗集编选。王家新可谓一个名副其实的“诗”人。

是的，作为纯粹诗人的王家新几乎全部生命活动都在做着与“诗”有关的工作。其与“诗”的关系也可谓既简单又复杂。本文拟从翻译研究的视角出发，重点考察其诗歌翻译活动，并简要探讨其翻译与创作的关系。表面上看，这两种文学实践似乎带有不同的性

---

[1] 王东东、王家新：《“盗窃来的空气”——关于策兰、诗歌翻译及其他》，《文学界》2012年第2期。

质——一个是“匠人”型的翻译，一个是“独创性”的写作，但实际上，正是这两种不同性质的文学书写才巧妙地构成了一个“诗人翻译家”的王家新。

王家新的翻译及创作历程

与一些中国现代诗人翻译家不同，作为诗人的王家新，其翻译活动与创作并不是同步发生的。对于20世纪80年代初就登上诗坛的王家新来说，其开始于80年代末的诗歌翻译似乎有点姗姗来迟。不过这也有着积极的意义：磨砺得较为成熟的诗歌语言能力保证了其译作的基本质量。也许1985年对王家新而言是一个重要的年份，这年他不仅接连出版了自己的两部诗集，而且还开始担任《诗刊》编辑。现在看来，王家新1985年之后的《诗刊》编辑工作，对他的诗歌生涯似乎有着不小的意义：一方面它大大开阔了诗人的阅读视野、提升了其诗学意识，另一方面似乎也为其20世纪90年代后的诗歌转型奠定了基础。王家新在那个时期着实接触到了不少外国诗歌作品。而其翻译活动也正是开始于其对外国诗歌作品的深入阅读之后。

作为一个视野开阔的诗人兼诗评家，王家新有着自觉的“取经”意识。这促使他经常翻阅外文版的诗歌作品集（主要是英文版）。而每当读到好诗时，他便自觉地试着译成中文（这也许出自一个诗人本能的语言创造兴趣）。这种自觉的翻译尝试，成了他此后诗歌翻译的主要路径。1989年，其在阅读《英美超现实主义诗选》时，就试着译出了W·S·默温的一首诗《挖掘者》（the

Diggers）[1]。1991年他开始翻译犹太裔德语诗人保罗·策兰的诗歌。1993年，在台湾地区诗刊《创世纪》上，他首次发表了其翻译的数首策兰诗歌。这年，在旅居伦敦期间，他也开始翻译茨维塔耶娃的诗歌[2]。1995年，在应邀编选一个多卷本的叶芝文集时，王家新翻译了叶芝的24首诗作[3]，这些诗作大多是首次译成中文。2002年，王家新与芮虎合译的《保罗·策兰诗文选》由河北教育出版社出版。之后，2009年和2010年，王家新又一发而不可收地翻译并发表了多首保罗·策兰的诗歌[4]。2014年5月，王家新参与审校的《奥登诗选：1927—1947》（上海译文出版社，2014年版）出版；6月，其译诗合集《带着来自塔露萨的书：王家新译诗集》（作家出版社，2014年版）出版；8月，《新年问候：茨维塔耶娃诗选》（花城出版社，2014年版）出版。此外，在翻译外国诗歌的同时，王家新还应邀编选过不少外国诗歌选集[5]。这些译诗和编选诗集的

[1] 参见王家新：《读外国现代诗札记》，《外国文学》1989年第3期。

[2] 见《带着来自塔露萨的书：王家新译诗集》中茨维塔耶娃的诗歌《约会》。

[3] W·B·叶芝：《朝圣者的灵魂：抒情诗·诗剧》，王家新编选，北京，东方出版社1996年版。

[4] 这些继河北教育版《保罗·策兰诗文选》之后的最新译作，分别发表在国内的诸多诗歌刊物上。如《世界文学》2009年第5期（23首）；《诗林》2009年第4期（11首）；《当代国际诗坛》第4辑（21首），作家出版社2010年版；《星星》诗刊（51首），《星星》"诗歌EMS"总第60期，2010年；《延河》2010年第7期（28首）。这些由王家新新译的诗歌多是保罗·策兰后期的经典之作。

[5] 据不完全统计，他编选的外国诗文集大致有，《当代欧美诗选》（春风文艺出版社，1989年版）、《外国20世纪纯抒情诗精华》（作家出版社，1992年版）、《20世纪外国重要诗人如是说》（河南文艺出版社，1993年版）、《最明亮与最黑暗的：20家诺贝尔文学奖获奖诗人作品新译集》（解放军文艺出版社，1995年版）、三卷本《叶芝文集》（东方出版社，1996年版）、《子夜的哀歌》（贵州人民出版社，1999年版）、《欧美现代诗歌流派诗选》（河北教育出版社，2003年版）、《中外现代诗歌导读》（中国人民大学出版社，2012年版）等。

经历，也许又进一步拓宽了王家新本就宽泛的文化视野，使其对世界诗歌的把握愈发透彻犀利。

算起来，王家新自20世纪80年代后期，其诗歌译介便与其诗文创作变得同步了。在宽泛的文化视野的基础上，王家新不仅持续地译介着各种外国诗歌，而且也始终坚持着诗歌创作。这在20世纪90年代后商品经济大潮席卷文坛的历史时期是殊为难得的。而且，更让人惊奇的是，王家新不仅一直坚持着诗歌创作，其诗歌活动也愈来愈不拘囿于单纯的诗歌写作了。如上述梳理的那样，王家新自20世纪80年代末，便开始自觉地尝试着以多种方式加入到中国当代诗歌书写的历史进程中：他不仅参与编辑诗歌刊物，而且也写诗歌评论（诗论集《人与世界的相遇》1989年出版），并且大量地译介、编选外国诗歌，将之持续地引入到汉语语境。此外，他也积极参与到中国当代诗歌界的各种活动[1]和具体论争中，并立场鲜明地捍卫其所信奉的诗学理念（如“历史的个人化”等）。在20世纪80年代末到90年代初的那段时期，他以惊人的能量写出了《瓦雷金诺叙事曲》和《帕斯捷尔纳克》。这两首纪念帕斯捷尔纳克的长篇幅诗作，在当时的诗坛引起了很大反响，一时成为广为传诵之作。

90年代后，由于视野的开阔和阅历的增深，王家新的诗学意识愈益丰富深刻。其创作风格不仅多元化起来，诗歌境界也愈发显得阔

[1] 王家新还编选过多部中国当代诗歌选集。据不完全统计，有《中国现代爱情诗选》（长江文艺出版社，1981年版）、《中国当代实验诗选》（春风文艺出版社，1987年版）、《中国诗歌：九十年代备忘录》（人民文学出版社，2000年版）、《中国当代诗歌经典》（春风文艺出版社，2003年版）等。

大深沉。这在很大程度上也许得益于其广泛阅读的外国诗歌对其的滋养。

王家新的诗歌实践从20世纪80年代起一直到今天，已然三十多年了。这期间其结集出版了多部诗集[1]，译诗集和所编选外国诗集也有数十部之多，再加上其编选的中国当代诗选及其自己的多部散文随笔文集，王家新几乎有点"著作等身"了。作为一个有着广阔文化视野和积极参与意识的诗人，在三十多年的诗歌生涯中，王家新的具体写作风格几经转变。如果说其最早写诗是效法早期"今天派"的朦胧诗风格，那么到了90年代后他显然深受苏联诗人群的影响。1995年之后其对西方现代派的W·B·叶芝、W·H·奥登等诗人，也感到由衷的折服。然而不管崇尚何种诗人，王家新的诗始终是王家新的。如其自己所交代，"我的写作包括一些诗学探讨在不同时期可能有不同的侧重和关注点，我也在不断地反省、修正或者说深化自己，但'灵魂都是同一个'"[2]。是的，"灵魂都是同一个"，无论外在的具体表达有着怎样的转变，王家新的诗始终都贯注着"同一个灵魂"，即"历史的个人化"意识下的对苦难生命的严肃书写。王家新的诗歌一直都贯注着一颗严肃思考和痛苦追问的"知识分子的灵魂"。

---

[1] 据不完全统计，其踏上诗坛以来出版的诗集有，1985年其出版《告别》、《纪念》，1997年出版《游动悬崖》，2001年出版《王家新的诗》，2008年出版《未完成的诗》，2013年出版《塔可夫斯基的树：王家新集1990—2013》等。此外，王家新的诗歌也被译成多种文字。1993年英文诗集《楼梯》于伦敦出版，2011年德文诗集《哥特兰岛的黄昏》于奥地利出版，2014年其英文诗选《变暗的镜子》于美国出版。

[2] 王东东、王家新：《"盗窃来的空气"——关于策兰、诗歌翻译及其他》。

王家新的翻译选择及缘由

王家新的翻译活动从20世纪80年代末开始，持续至今，大大小小的翻译诗作已有几百首，这基本上都集中在上文提到的三本译诗集里。纵观这三本译诗集里的诗作，我们可以发现，其所译介的重点对象主要是苏联及东欧诗人，兼及少量英美现代派诗人。这包括苏联的茨维塔耶娃、曼德尔斯塔姆、阿赫玛托娃、帕斯捷尔纳克，波兰的亚当・扎加耶夫斯基，德国犹太裔诗人保罗・策兰，及英国的W・B・叶芝、W・H・奥登，法国的勒内・夏尔等。除了两本专门的诗歌译作集《保罗・策兰诗文选》和《新年问候：茨维塔耶娃诗选》外，《带着来自塔露萨的书：王家新译诗集》可谓集结了王家新多年来的译作精华。

在这本译诗集里，上述提到的诸位诗人皆有精选之作收入其中，而尤以苏联诗人为重点。而之所以如此不遗余力地译介苏联诗人诗歌，王家新有着明确的回答，即"我们是来自同一家族的人"[1]，"他们像杜甫、李商隐一样，是我的'精神同类'"[2]。在文章中，王家新自述其最初接触到俄罗斯诗歌是在"文革"末期，"在那些荒凉的青春岁月里，这样的诗，我每次读，都引起肉体的一阵阵战栗"[3]。这或许就是王家新如此执着于翻译俄苏诗歌的根源所在。

---

[1] 何言宏，王家新：《回忆和话语之乡》，《当代作家评论》2010年第1期。

[2] 王家新：《为凤凰找寻栖所：现代诗歌论集》，北京，北京大学出版社2008年版，第261页。

[3] 同上，第159页。

王家新认为，20世纪的以曼德尔斯塔姆、阿赫玛托娃、茨维塔耶娃、帕斯捷尔纳克为代表的俄苏诗歌对当代中国诗人具有特殊的意义。“我们不仅在他们的诗中呼吸到我们所渴望的‘雪’，而且在某种程度上，正是通过他们确定了我们自己精神的在场。我甚至说过这些诗人‘构成了我们自己的苦难和光荣’。显然，这不是一般的影响，这是一种更深刻的‘同呼吸共命运’的关系。”在随后的举例中，他谈到“中国诗人从曼德尔斯塔姆那里学到的，不仅是诗，也不仅是苦难和流放，还有那种‘献身文明和属于文明’的诗学意识”，以及“曼德尔斯塔姆的《关于但丁的谈话》，在我看来是20世纪最伟大的诗学论述之一”。[1]显然我们不难发现，这种“献身文明和属于文明”的诗学意识在王家新本人的诗歌实践中也强烈体现着，其“历史的个人化”和“知识分子写作”等命题的提出都是对这种“献身文明和属于文明”的诗学意识的坚守和捍卫。

在谈到茨维塔耶娃的诗歌时他说，“从此我守着这样的诗在异国他乡生活，我有了一种更内在的力量来克服外部的痛苦与混乱”[2]，“正是这样的诗，让我再次感到一种语言的质地和光辉，感受到爱、牺牲、苦难和奉献的意义，重要的是，它令我满心羞愧”。而在谈到阿赫玛托娃时，他说“阿赫玛托娃则是另一位让我愈来愈深刻认同的伟大女诗人”，“正是这样一位俄罗斯女诗人告诉了我们怎样以诗来承担历史赋予的重量”[3]，她“不仅着力揭示出一个诗人与历史的宿命般的关联，也把自己推向了一个伟大诗人的境界”，“阿赫玛托娃的

---

[1] 王家新：《为凤凰找寻栖所：现代诗歌论集》，第162页。
[2] 同上，第163页。
[3] 同上，第164页。

诗，又始终是一种‘没有英雄的诗’，这对我们（20世纪）90年代以来的写作也很有启示”[1]。面对茨维塔耶娃时的“满心羞愧”以及学会了阿赫玛托娃的“怎样以诗来承担历史赋予的重量”的王家新，在他后来的诗歌实践中显然已深深灌注了这种浓厚的“承担意识”。

而在谈到帕斯捷尔纳克时，王家新更是满怀深情地说“我心目中的‘诗人’和‘诗歌精神’正是和这个名字联系在一起的。这个名字所代表的诗歌品质及其命运，对我几乎具有某种神话般的力量，他的完美令人绝望”[2]。王家新对帕斯捷尔纳克的崇敬由此可见一斑。如此毫无保留的赞誉还有“帕斯捷尔纳克之所以让我敬佩，就在于他以全部的勇气和精神耐力，承担了一部伟大作品的命运”[3]等。在分析帕斯捷尔纳克对当代中国文学的影响时他说：

> 《日瓦戈医生》给中国诗人的启示还在于如何来进行一种艺术的承担。帕斯捷尔纳克完全是从个人角度来写历史的，即从一个独立的、自由的，但又对时代充满关注的知识分子的角度来写历史，他把个人置于历史的遭遇和命运的鬼使神差般的力量之中，但最终，又把对历史的思考和叙述化为对个人良知的追问。而这，也正是（20世纪）90年代中国诗人要去努力确定的写作角度和话语方式。[4]

之所以引述如此长的一段话，是因为这对我们认识王家新本人

---

[1] 王家新：《为凤凰找寻栖所：现代诗歌论集》，第166页。
[2] 同上，第167页。
[3] 同上，第169页。
[4] 同上，第170页。

在80年代末诗歌创作中的转向有着重要的意义。它也在一定程度上揭示了90年代后中国当代诗歌整体转向“个人化书写”这一历史现象背后的缘由。而90年代后王家新提出的一系列诗学命题如“历史的个人化”、“知识分子写作”等也当与其对帕斯捷尔纳克的思考有关。诗人柏桦甚至认为“王家新借《瓦雷金诺叙事曲》、《帕斯捷尔纳克》两首诗深入地介入了中国的现实。”[1]由此，90年代后王家新的诗歌有着明显承继帕斯捷尔纳克等俄苏诗歌的特点也就不难解释了。甚至，可以说这一“承继”，不仅体现在其“承担意识”的诗学思想中，还延伸到了具体的“思考方式上、诗歌形式上、思想和内在气质上”。[2]此外，强调王家新对帕斯捷尔纳克等俄苏诗人的接受，并不意味着否定王家新诗歌写作的独创性。如其自己所说“我承认中国作家们受到西方很大的影响，但我相信他们也不至于吃了牛肉就变成了牛”[3]。实际上，王家新的诗歌写作，始终未曾脱离其立足于中国语境下的强烈的个人化体验，他的所有文学表达也都是基于内在生命的自发召唤，始终贯彻着个人化的历史担当者的诗学使命。

如同翻译俄苏诗歌一样，王家新翻译犹太裔诗人保罗·策兰也是基于类似的理由，即“经历、身份、心灵上的认同”[4]。王家新如此评价保罗·策兰，“他不想让个人成为历史和政治的廉价的牺牲品。他

---

[1] 柏桦：《心灵与背景：共同主题下的影响——论帕斯捷尔纳克对王家新的唤醒》，《江汉大学学报》2006年第3期。

[2] 吴晓东：《一个种族的尚未诞生的良心》，《当代作家评论》2010年第1期。

[3] 王家新：《夜莺在它自己的时代》，东方出版中心1997年版，第300页。

[4] 何言宏、王家新：《回忆和话语之乡》，《当代作家评论》2010年第1期。

没有以对苦难历史的渲染来吸引人们的同情，而是以对语言内核的抵达，以对个人内在声音的深入挖掘，开始了更艰巨、也更不易被人理解的艺术历程”。[1]也许王家新在深深认同策兰的同时，也一定程度地理解了其“不易被人理解的艺术历程”。而这段对策兰的精辟评价，我们也完全可看作是王家新个人的诗歌思想自白，因为这个评价的每一句几乎都适用于王家新本人90年代后的诗歌创作。也因此，在阐释自己的诗歌理念时，王家新一再地强调“语言”。这背后的原因除了长期诗歌实践后其对诗歌的自然领悟外，保罗·策兰的影响也当是很大一部分原因。

而在翻译叶芝、奥登等英美现代派诗人时，王家新则显然有着别样的考量。如其自己所说“西方的诗歌使我体悟到诗歌的自由度，诗与现代人生存之间的尖锐张力及可能性”[2]。而在介绍叶芝时，王家新这样说“作为一个‘献身文明并属于文明’的诗人，叶芝对20世纪现代生活的碎裂与混乱的敏感和痛感，并不亚于任何现代主义者”、“我之所以一再提到叶芝，不仅出于个人偏爱，还因为这样一位诗人的启示，使我意识到正是一个‘破碎的当下’使意义的重建成为一种必需”[3]，以及“叶芝的诗之所以能对我们产生真实的激励，是因为它出自一种艰巨的语言和精神劳作，并始终伴随着复杂的自我反省意识”[4]。在《奥登的翻译与中国现代诗歌》一文中，王家新详细地探讨了自20世纪40年代以来中国几代诗人对奥登的持续译介，及奥

---

[1] 王家新：《为凤凰找寻栖所：现代诗歌论集》，第132页。
[2] 同上，第278页。
[3] 同上，第2页。
[4] 同上，第6页。

登诗对中国现代诗歌的巨大意义。在前人基础上的对奥登的继续译介，王家新显然不只是为了延续"'诗人作为翻译家'的这一'现代传统'"，更有其对当代诗歌创作的深远考虑。如其所总结的那样，"对奥登的翻译，扩展、刷新和深化了人们对诗和存在的感知，不仅激励和推动了新诗对'现代性'的追求，也提升了中国新诗的诗学品格和境界；同时，奥登不仅鼓舞了中国诗人们对现实的介入，还启发了他们的'现代敏感性'、推动了他们对语言的锐意革新"[1]。当然，对奥登的翻译也许也隐含着王家新向西方大师"致敬"的意味，因为王家新一直十分认同庞德的一句话"一个伟大的诗的年代必定是一个伟大的翻译的时代"。

在谈及翻译法语诗人勒内·夏尔时，王家新认为自己的翻译是"为爱弯腰"(这也正是上文的向西方大师致敬)。并认为"翻译，最深刻意义上的翻译，也正是'为爱弯腰'"，他认为只有亲自翻译自己喜爱的诗人，"才能真正抵达到他的'在场'并与他展开对话"，这也是王家新翻译保罗·策兰的最初动因。此外，另一个翻译勒内·夏尔的原因是为了"还债"，因为"我们都曾受到夏尔这样的诗人的影响"，王家新说。他甚至还直接引述夏尔自己的话来说明翻译他的缘由，"我们只借那些可以加倍归还的东西"[2]。

总之，归纳来看，王家新翻译的这些诗人，几乎都有着一个共同的特点，即生平经历都是惨遭磨难，一生几乎都在屈辱压抑的环境下生活(如茨维塔耶娃、曼德尔斯塔姆、阿赫玛托娃、帕斯捷尔纳克、策

---

[1] 王家新：《奥登的翻译与中国现代诗歌》，《中国现代文学研究丛刊》2011年第1期。
[2] 王家新：《勒内·夏尔：语言激流对我们的冲刷》，《中国比较文学》2013年第2期。

兰等)。他们的诗文创作也自然是基于边缘化身份的痛苦经验的艺术表达,渗透着超越苦难的人生诉求。而不能不说,这在王家新那里获得了深深的认同。与其所翻译的多数诗人类似,王家新的早年也是在压抑痛苦的“边缘化”处境中度过的。因此从这点上来看,王家新的文学实践,不管翻译也好创作也好,都首先是寻求“自我救赎”的方式,以抗拒自身内部的苦难历史(这既是个人的也是集体的)。在根本上,这是为了获得对个体生命及沉重历史的启悟,以求得最终的超越。显然在这里,王家新的诗歌翻译与创作,作为共同的“为人生”的文学表达,构成了一种异质同构的同一关系。

王家新以“语言”为目的的翻译观

哈金在论及王家新的翻译时,曾简要总结了其翻译目的,“一是力图跟自己心爱的伟大诗人保持相近的精神纬度,二是探测汉语的容度的深度”[1]。而我们通过考察王家新的翻译活动,也发现了更多特点:首先,王家新只翻译“心爱的伟大诗人”的部分诗作,比如对策兰的诗歌,王家新曾表示“我本人更倾心于翻译策兰的晚词”[2]。这背后的缘由当不难理解,就是即使是“心爱的诗人”,王家新也并不是认同或者喜爱他们的全部诗作的,而只喜欢能与自己发生“心灵感应”的部分诗作。当然,这也可能跟翻译的难度及精力有限有关。其次,王家新多年的诗歌翻译实践,还担负着“磨砺、提升和照亮我

[1] 王东东、王家新:《“盗窃来的空气”——关于策兰、诗歌翻译及其他》。
[2] 同上。

们的语言”[1]的使命。关于这点，我们有必要详细讨论一下，因为这几乎是王家新从事翻译的最高使命。

可以说，王家新作为翻译家，客观上不仅明确表现出挑战汉语表达可能性的姿态，而且内在地，也体现出其作为一个诗人的强烈主体意识，即深入开掘现代汉语诗性表达空间的意图。王家新一直认同这样的“译者的使命”——“从事翻译并不仅仅是为了译出几首好诗，在根本上，乃是为了语言的拓展、变革与新生”[2]。这也就是说，王家新的诗歌翻译作为一种汉语表达，与其诗歌创作本身构成了一种呼应，两者都力求开拓现代汉语的表达疆界，冲击汉语书写的限度。王家新曾颇有“担当”地认为，“诗人不是语言学家，但他却应在更高的意义上对民族语言负责”[3]。而在为“民族语言负责”这一维度上，王家新的诗歌翻译与创作可谓构成了一种相互生成的“异质同构”关系——这两种不同的诗歌书写方式，共同营构了王家新所担当的“语言的拓展、变革与新生”的使命。

王家新的翻译观很明确，他多次表示“我无意于当一个‘翻译家’，我甚至不在乎我是不是一个诗人，我只是一个存在意义上的写作者。一句话，无论创作、翻译或从事研究，它都立足于我自身的存在。有人说我这些年‘转向’了翻译，其实‘吾道一以贯之’，这不过是我为诗歌工作的一种方式。”[4]在另一篇文章中，王家新也称“我不是一个职业翻译家，我只是为诗和语言工作而已。我想也只有这样

[1] 王家新：《勒内·夏尔：语言激流对我们的冲刷》。
[2] 王家新：《翻译与中国新诗的语言问题》，《文艺研究》2011年第10期。
[3] 王家新：《为凤凰找寻栖所：现代诗歌论集》，第275页。
[4] 王东东、王家新：《“盗窃来的空气”——关于策兰、诗歌翻译及其他》。

来翻译，我才能感到它的意义。”[1]他还认为，“语言的本质就在于它是一种可能性。”[2]作为现代汉语诗人的王家新，他极为钦慕作为古典诗人的杜甫，而原因就在于他对杜诗中那丰富的、充满“质感”的语言的由衷赞叹。而面对杜诗时的焦虑，也源于他对现代诗歌语言之贫乏的清醒认识。也许正是这种清醒认识使他意识到“我只是一个存在意义上的写作者”、“我只是为诗和语言工作而已”。王家新的个人诗歌思想中对语言的强调不是一般的强烈：“诗不是空洞的，而应是具体可感的，这样的感性最终要靠语言来实现”、“恢复语言的‘质感’或‘质地’，并在写作中呈现语言的潜能和力量，这从来都是诗人的工作”、“我希望自己的语言是一种出自生命体验而又富有质感的语言”、“一个诗人还必须同语言和自我姿态的僵化进行较量”、“以语言来战胜死亡的时间，这永远是一个诗人最内在的驱力”。[3]正是这种对当下语言的“不满足”，在谈到对勒内·夏尔的翻译时，他才认为翻译“是语言本身的‘未能满足的要求’”，“在根本上正源于语言本身的这种召唤”。[4]

“诗人翻译家”王家新的翻译特点

王家新多次说到他无意于做一个翻译家，更不是一个职业翻译家。那么作为实际上的“翻译家”，他的翻译到底有何特点呢？也许

[1] 王家新：《勒内·夏尔：语言激流对我们的冲刷》。
[2] 王家新：《为凤凰找寻栖所：现代诗歌论集》，第275页。
[3] 同上，第292—293页。
[4] 王家新：《勒内·夏尔：语言激流对我们的冲刷》，《中国比较文学》2013年第2期。

通过一番梳理，我们能更清楚地揭示其翻译的独特之处。

首先在翻译思想上，王家新一直强调"我的翻译首先出自爱，出自一种生命的辨认，我的翻译观的前提仍是'忠实'。我最看重的技艺仍是'精确'——尤其是那种高难度的、大师般的精确。纵然如此，翻译仍需要勇气，需要某种不同寻常的创造力，需要像本雅明所说的那样，在密切注视原作语言的成熟过程中'承受自身语言降生的剧痛'。"[1]而在谈及翻译保罗·策兰诗歌的心得时，他又表达了同样的意思："最初我还受制于'忠实'的神话，但现在我更着重于忠实与创造性之间的张力。只不过这种'创造性'是有前提的，那就是对原作的深刻理解。"[2]显然，通过王家新详尽的自述，我们可发现他的翻译思想明显侧重于"忠实与创造性之间的张力"。他既不是盲目坚守一般意义上的"忠实"，也不是格外强调所谓的"创造性叛逆"，而是在结合两者的基础上，坚持一种折中调和的翻译理念。这种富于张力的、强调灵活性的翻译理念，某种程度上也凸显了其诗歌翻译的独特价值。

其次，王家新的翻译路径有其独特之处。他的翻译情况大致是：20世纪80年代末开始，他因工作和自身兴趣使然，阅读过不少英文诗歌选集，从中发现了一些深受感动的"好诗"，进而尝试着选译了一部分。这其中整个翻译流程中很少有市场因素的考量，其阅读也好翻译也罢，基本上都是出于兴趣，甚至寻求译作的发表或出版也是出于其对中国诗歌的价值考量。而与此不同，一般职业化

[1] 引自《带着来自塔露萨的书：王家新译诗集》一书腰封，为王家新签名确认的翻译理念自述。

[2] 王东东、王家新：《"盗窃来的空气"——关于策兰、诗歌翻译及其他》。

的翻译路径则是：出版社邀约翻译某指定作品，谈好酬劳，设定工作期限，并可能提供大致的翻译策略，对完成后的译稿也可能会提出具体的关于翻译风格、翻译细节的修改建议。这整个流程下来，翻译家基本上是被动的。而相比之下，王家新则不然，其最初的翻译选择、具体翻译过程、译稿完成后的发表或出版基本上都是主动的。另外，我们也可注意到，王家新的翻译还有一个特点就是"转译"。以《带着来自塔露萨的书：王家新译诗集》里的百来首诗为例，其大多是从英文译本转译而来的，《保罗·策兰诗文选》中的一百余首诗歌也是从英文转译的（策兰是德语诗人）。而转译的原因很简单，就是王家新只懂英文。当然，关于王家新的"转译"，我们也能发现其是出于无奈之举：他一般都是在进行开创性的译介。他曾说"王、芮译本并不是完美的译本，但却是'第一次吃螃蟹'的产物，也是心血浇铸的产物。"[1]也就是说，他虽然知道"转译"有疏离原作的危险，但为了将其尽快译介到中文里来，也只能勉强为之。以保罗·策兰的"晚词"为例，王家新之所以热衷翻译当然首先是出于热爱，其次也是想尽快把它们译介到中文里来，因为他意识到这些诗对当代中国诗歌书写极具有启发借鉴价值。也许韩少功译昆德拉小说的例证能更典型地说明王家新的这种开创性"转译"的价值。[2]

再次，如王家新自己所说："我从事翻译，除了精神对话外，主要

[1] 王家新：《"独自垂钓"的诗歌翻译》，《当代作家评论》2009年第5期。

[2] 由韩少功1987年率先从英文转译的《生命中不能承受之轻》在当时的中国文学界引发了轰动，甚至直接催生了90年代后的"昆德拉热"，波及至今。其对中国作家的影响大概是怎么强调都不过分的。

就是为了给我们的语言带来一种异质性和陌生化的力量。”[1]结合上文中王家新对“语言”的高度强调，我们可看出王家新的翻译诉求显然更加宏大。而一般而言，其他较为职业化的翻译家则可能较少有这种为“语言”的宏大动机。如葛浩文在一篇回应别人对他的质疑的文章中，就着重强调“我们是译者，翻译是我们的行业”[2]等类似的职业性诉求表述。而相比之下，王家新作为诗人翻译家的为“语言”的宏大翻译动机便凸显了出来。

第四，王家新的独特之处，还体现在对翻译过程中的译文风格、遣词造句的细节处理上。他曾谈到，钱春绮译的策兰的《死亡赋格曲》不大贴近原文，其断句“完全改变了原诗的语感和那种音乐般的冲击力”[3]。其对钱译的策兰的《数数扁桃》也有批评性看法，认为其“根本是错译”，“让人读了不知所云”。[4]认真分析了钱译的不足之处之后，王家新对《死亡赋格曲》进行了精细地重译。的确，作为诗人的王家新，其对语言自然有着更为敏锐的感受力，其对原文的风格、节奏感等的确可能有更精准的把握。虽然对王家新之于钱译的批评我们不应盲目认定，但联系到在另一篇文章中其对北岛的条分缕析、切实中肯的回应[5]，我们有理由相信他的判断是可靠的、观点是可取的。作为诗人的王家新，自当有着更为敏锐的语感、更为灵活圆熟的语言表述能力，其在表达对原作的“深刻的理解”时自然可能

[1] 王东东、王家新：《“盗窃来的空气”——关于策兰、诗歌翻译及其他》。
[2] 葛浩文、史国强：《我行我素：葛浩文与浩文葛》，《中国比较文学》2014年第1期。
[3] 王东东、王家新：《“盗窃来的空气”——关于策兰、诗歌翻译及其他》。
[4] 同上。
[5] 参见《隐藏或保密了什么——与北岛商榷》，《为凤凰找寻栖所：现代诗歌论集》，第34—53页。

比非文学创作者的翻译家更胜一筹。

显然，通过以上几点考察，我们对王家新的翻译特点有了更深入的认识。简单归结如下即是：其翻译理念“着重于忠实与创造性之间的张力”，而不拘泥于“忠实的神话”；其翻译实践表现出更多的主动性，且多是开创性的“转译”，体现出一种强烈的为“语言”的宏大诉求；作为诗人的王家新，其翻译有对前人译作“纠偏补弊”的意图，其译作在艺术质量上也可能较前人略胜一筹。

结　语

在谈到“诗人译诗”现象时，王家新认为“诗人译诗”是“译者作为一个诗人以他自己的方式和语言对原作所做出的创造性反应”。[1]在谈到翻译时，他也曾类似地表述道，“真正的翻译如同诗”。显然，我们从这里可看出王家新认为翻译同创作一样，两者都作为文学表达方式，在书写内在生命诉求的终极旨归上始终是统一的。他在论“诗人翻译家”的意义时说道，“许多诗人也都投身于诗歌翻译实践。可以说，他们的这种努力，重建了‘诗人作为翻译家’这一‘现代传统’。这一传统的延续和重建，在今天这个大众文化消费时代至关重要，因为这不仅体现了诗人们对其语言家园的耕耘和坚守，它还会推动更多的中国诗人通过这样的努力，达到一个可与世界文学对话的场域和高度。”[2]王家新的翻译观在此彰明较

[1] 王家新：《新译的字行不住翻动》，《当代作家评论》2010年第5期。

[2] 王家新、宋炳辉、高兴、何言宏：《“拿来”的必要与急切——“新世纪文学反思录”之六》。

著：他首先是为了重建一种“现代传统”，体现出其作为诗人的坚守语言家园的使命；其次，他还想通过这样的努力，与世界文学进行深入地对话。

在解释自己的创作与其他文学活动的关系时，王家新曾说，“在诗与散文、评论之间，存在着一种‘钢琴和乐队的对话’的关系；它们仍是一个整体，甚至包括我偶尔的翻译”。[1]在这里，王家新对他倾尽心力的翻译虽只是轻描淡写的一提，但这显然并不意味着他轻视翻译的意义。他也曾说过“的确，翻译不是创作，然而它对一种语言的写作史的意义并不亚于许多‘创作’。”[2]而在我们看来，其翻译显然构成了其文学生涯中相当重要的一部分。没有乐队的伴奏和烘托，生命的宏大交响乐不就成了钢琴独奏了吗？是的，作为有着宏大诗歌抱负的王家新，其诗歌创作与诗歌翻译，也显然是一种“钢琴和乐队的对话”的关系。

（载《当代作家评论》2015年第1期）

[1] 王家新：《为凤凰找寻栖所：现代诗歌论集》。
[2] 王家新：《翻译与中国新诗的语言问题》。

“我躺在大地深处，嘴唇还在蠕动”
——读王家新译曼德尔施塔姆诗选

◎ 杨东伟

在一首题为《鞑靼人，乌兹别克人，涅涅茨人》的诗中，曼德尔施塔姆写道：“也许就在这重大的一刻，/我感到有一个日本人正把我/译成土耳其语，/并深深渗透进我的灵魂”。这惊人的诗句正好预示了诗人的命运。而现在，汉语世界也迎来了这一时刻：诗人王家新翻译的《我的世纪，我的野兽——曼德尔施塔姆诗选》来到了我们中间。虽然此前已出现过多种曼氏诗歌译本，但王家新的译本与那些通常的翻译不同，王家新的翻译堪称是一种诗歌血液的秘密循环，他这些精湛而富有创造性的译作，在词语击溅的火花与孤绝峭拔的精神攀援中重塑了曼德尔施塔姆“雕塑般的声音”。我反复读着这些译作，在深受震惊的同时也感受着诗的魔力。作为一个读者，王家新的译文使我在汉语中真切地听到了一位伟大诗人的“呼吸”，我也不得不以惊异的眼光重新面对这位“俄罗斯的奥维德”、“诗歌乐器的大师”和“先知般的诗人”。

我要说，正是译者对一颗诗心的“深深渗透”与卓越的语言劳作凝结成了这本译诗选。这是王家新对我们汉语诗歌的又一重要贡献。王家新曾一再声称自己不是“职业翻译家”，对他来说，翻译首先出自生命自身的“辨认”。那些出自流水线上的翻译产品必然会取消对精神难度的开掘，更谈不上担当刷新和拓展语言的重任。而王家新的“翻译的辨认”，不仅明显同这类翻译区别开来，也一次次使我们“真正抵达到一个诗人的‘在场’”。这是我读这本译诗选最强烈的感受。

如同翻译策兰，王家新选择翻译曼德尔施塔姆并不使人感到意外。可以说，这位悲剧性的俄罗斯诗人很早就已经是他的“精神家族”中不可或缺的一员了。在经历了多年的精神准备和艰辛的“辨认”之后，王家新的这次翻译，更应该被看作是与曼德尔施塔姆一次必然的相遇，他们在翻译中相互打开、相互进入，并最终融为不可分割的“同一个诗人”。

夜晚我在院子里冲洗
尖锐的星辰在上空闪耀
星光，像斧头上的盐——
水缸已接满，边沿结了冰。

屋门紧锁，
而大地怎么感知也显得凄然。
那里没有什么比真理的干净画布
更基本，更纯粹。

一粒星，盐一样，溶化在桶里，

刺骨的水显得更黑，
死亡更清晰，不幸更苦涩，
而大地愈来愈真实，愈来愈可怕。

这首译作深受许多诗人和读者的喜爱。王家新的译文语言准确、敏锐、刺骨，情感充沛，富有内在节奏和张力，为我们传达出一种先知般的音调；在语言、信仰、真理、星光、命运的强烈对照中，不仅清晰地显露出“曼德尔施塔姆式的方程式”，也勾勒出译者自己的心灵轨迹。的确，王家新不仅是在翻译曼德尔施塔姆，也是在翻译一种“共同的命运”。更进一步说，他的翻译所抵达的，是一种更真实、也更迫切的“当下”。他通过对曼德尔施塔姆的翻译，所确立的正是一种“精神的在场”。换言之，他不仅将曼氏杰出的诗歌艺术介绍给了我们，也在“语言的求真意志”中，完成了如陈超所说的“对当代噬心主题的介入与揭示”。在一篇文章中，王家新曾援引哲人阿甘本关于“蘸取时代的幽暗写作”的说法，而他自己也正是这样来从事翻译的。我们不能说他将曼氏翻译成了一个当代中国诗人，但他的翻译确实彰显出了一种永恒的“当下性”。

“翻译的辨认”也明显体现在对以下这首诗的翻译中：“曾经，眼睛比磨过的镰刀还要锋利——/在瞳孔中，一只布谷鸟，一滴露水。//现在，在充满的光流量中，它勉力辨认着/一道黑暗、孤单的星系。”这短短几句诗概括了曼德尔施塔姆最后的生命历程。诗的后一节显然为全诗的重心所在，我对照了其他译文，或是不得要领，或是让人心生疑惑。而王家新的译文精确而又新奇，尤其是“充满的光流量”这样一个意象，恰好强调了原诗中那种在人生的晚年、在光的强力中艰辛辨认的感觉。诗人卢文悦在谈论王家新的翻译时说："只有当译者成为作者时，读者才会身临其境，身同感受，从不在场的阅读进入到在场的体验，才能从诗的里面往外看，而不是他者的旁观。"王家新正是从诗歌的内部向外看，在翻译发生的那一刻，我们还要问诗中的"辨认者"是谁吗，我们只能说这是一种"以惊奇、歧义、钟爱和暴力所标记的相遇"，在这一过程中两位诗人合二为一，共同完成了对生命的揭示、发现和辨认。

这本诗选分为六辑，精选了曼德尔施塔姆各阶段的170余首诗作，从最早的诗集《石头》到创作巅峰期的《沃罗涅日诗钞》，王家新以精湛的功力让曼氏的每一首诗都在汉语中"显形"，并映照出那张"独一无二的脸"。在这本译诗选中，杰作比比皆是。从整体上看，这部译诗选对于读者关于曼德尔施塔姆的认知，也是一种照亮和刷新。如果我们对照不同的译本，王家新的译文还意味着一种纠正、澄清和发现。也即是说，有别于某些译文的模糊与隔膜，他的"翻译的辨认"才真正深入到诗歌的内部，呈现出诗的精确与清澈，不仅还原了诗人声音的"清晰度"，甚至增强了原诗的语言张力。如他所译的那首名诗《无论谁发现马蹄铁》，有人译为"找到马蹄铁的人"或"马蹄铁的发现者"，仅就题目来看，明显就没有"无论谁发现马蹄铁"那样能给人一种惊异感和丰富的意味。当然，就很多篇目来看，王家新的译本属于"重译"，但它们不仅印证着重译的必要性，还原了曼德尔施塔姆的卓越和伟大，也让我们听到了"语言的召唤"：

你们夺去了我的海我的飞跃和天空

而只使我的脚跟勉力撑在暴力的大地上。
从你们那里可得出一个辉煌的计算?
你们无法夺去我双唇间的咕哝。

这样的译文让我一次次受到震动。这首曼氏的名诗已有多个译本,但王家新的译本有着自己独特的面貌和音质。在他的译文中,不仅诗的精确性得到了大幅度提升,还带着其他译本所不具备的句法张力。“你们夺去了我的海我的飞跃和天空/而只使我的脚跟勉力撑在暴力的大地上”,这两句多么准确地译出了一个流亡诗人的绝境!它把一切推向了一个岌岌可危的边缘,但又用一个“撑”字,把诗人的生命姿态从死亡的深渊拉回(用王家新自己的话说,就是让一首诗“在汉语中永久地站住”)。诗人被夺去了一切飞翔和生存的可能,但仍固守在“自身存在的倾斜度下”对抗着历史的暴力:“你们无法夺去我双唇间的咕哝”,“咕哝”一词令人拍案叫绝!它不仅昭示出诗人内心不屈的抗辩,也让我联想到了很多。历史的强暴与诗人双唇间无法被夺去的“咕哝”,究竟哪一种更有力量并会被永久留存呢?我想,时间已经替我们作出了说明。

王家新能这样翻译,不仅在于他有着卓越的语言功力,也在于他对诗人的命运有着与曼氏同样深切的体验。他翻译的许多诗,都让我们听到了这隐秘而永恒的“咕哝”声,或用他自己的话说,让我们感受着“语言发出的最后的痉挛”。曼氏在一首给阿赫玛托娃的诗中曾写道:“请永远保存我的词语,为它们不幸和冒烟的余味”,作为译者的王家新,也接受了这样神圣的“委托”。他翻译的曼德尔施塔姆之所以有着特殊的意义,就在于这是一种不同寻常的“声音的传递”。王家新在译序中曾引用希尼的一句话，说诗人的遗孀在恐怖的年代“像珍藏先人的骨灰一样”保存着诗人的遗稿，现在，他作为一个译者也在行使这样的使命了。

如果“从死亡的方向往回看”，曼德尔施塔姆的一生就是逐渐被剥夺的一生，因而其晚期诗歌中的“大地”意象就显得格外重要。在孤独、贫困、流放中，大地成了他最后仅有的支撑，“当我重新呼吸，你可以在我的声音里/听出大地，我的最后的武器……”(《诗章之八》)诗人立足大地、深入大地的孤绝与勇气最后演变成一种永恒的姿势——“我躺在大地深处，嘴唇还在蠕动”。这一切在王家新的翻译中，都得到了强有力的“换气”和深刻的艺术再现。他让我们看到了这一切，也“听出”了这一切：

满满一吊桶的风暴
顺着铁链，被铰进黑水深处
从乡绅们的土地
进入海洋的核心。

它移动、倾斜，
全神贯注，充满威胁。
看，天空更高了——
新的家，新的房子，新的屋顶——
升起在大街上，光，日子！

“满满一吊桶的风暴”，多么奇崛的隐喻！这是一只诗歌的吊桶，它满载着语言之光的风暴，携着真理与信仰的强力，顺着命运的“铁链”，被铰进时代的黑暗之中。曼德尔施塔姆之所以令人惊异，就在于他居然从“乡绅们的土地”（在另一首诗中是“规规矩矩的农民的土地”），进入到一个“海洋的核心”，因而他的“全神贯注”的语言劳作“充满威胁”，但也获得了一种生命的张力和新生般的喜悦，“看，天空更高了”，译者准确地抓住了这个瞬间，接着便是“新的家，新的房子，新的屋顶——/升起在大街上，光，日子！”诗的最后几句传达出一种新世界降临的神启感与仪式感，诗人由此置入了一个新的时空。这也让我联想到王家新翻译的茨维塔耶娃的长诗《新年问候》:“向着那可以看到的最远的海岬——/新眼睛好，莱纳！新耳朵好，莱纳！”在这种诗的飞越中，诗神的每一次到来都是语言的“新年”，都是光与日子的开启和照耀。

从一种充满“不幸和冒烟的余味”的语言，到一首首带着“相互折磨的焦油”的诗篇，一位俄罗斯天才诗人的痛苦和荣耀都在王家新的译文中复活了。当然它不是简单的语言转换，而是如本雅明在谈翻译时所说，它携带着“自身语言降生的阵痛”。在生命的最后阶段，曼德尔施塔姆曾悲痛地写道:“我将不向大地归还/我借来的尘土，/我愿这个思想的身体——/这烧焦的，骨肉，/像一只白色粉蝶，/能在它自己的跨距间活着——/回到那条街，那个国家。”毫无疑问，这样的诗歌会永远活在“它自己的跨距间”。王家新的翻译在汉语中为它测出并找到了这秘密的“跨距”（多么精确的一个词！），这是艰辛的“转世”，也是栩栩如生的飞翔。王家新的译笔有如刀锋和测尺，准确地呈现出词语之间相互较量的血迹，从这“血迹”中提炼出语言的精华。它带着“相互折磨的焦油”，也带着“铁的温柔”，它包蕴着诗人全部的苦难与语言的全部历史,散发着强劲而独特的生命气息,读者无论阅读多少遍,"它绝不会丧失它曾经为原有的惊异所揭示的意义"(弗罗斯特语)。

这些天,在不同译文的对照中,我反复阅读着这本珍贵的译诗集。对我来说,译本的对照阅读不仅有助于鉴别和判断,更重要的,是获得了关于诗的精确性的认识,以及了解像王家新这样的译者是怎样打破现有翻译的模式,以此更新和提升着我们这个时代翻译的水准。时至今日,仍然有不少人盲目而固执地认为只有从原文中"直译"才算"可靠"。但是王家新对曼德尔施塔姆的翻译将"颠覆"这类成见。我相信有更多的人会像我一样看到,像这样的"转译"其实比其他一些翻译都更直接、也更深入地抵达一位伟大的诗人。事实证明,王家新的翻译不仅充满创造性,也完全是可信赖的翻译。他的翻译如他所说是一种"研究性翻译",他在翻译过程中参考了多种英译本,也阅读了大量相关的研究资料(这本诗选就附录了多篇欧美、俄国诗人和学者对曼氏诗歌精彩的解读文章)。这些繁复而深入的工作使得他的译文具备了一种高度的综合性和准确的概括力。这再也不是传统意义上"单向度的文本忠实"了,而是展现出诗歌翻译的多维度与复杂性。他将全部的爱与心血灌注其中,最终通向了一种能够命名事物并揭示存在的"诗的精确"。他的别开生面的"转译"也恰好印证了曼德尔施塔姆的那句诗:"我感到有一个日本人正把我/译成土耳其语,/并深深渗透进我的灵魂"。这是两位诗人跨越时空的心灵对话,也是本雅明所说的在不同语言的相互撞击中"对纯语言的发掘",它服务于一种"更高"的"语言的互补关系"。王家新的翻译,对于诗歌和语言的发展正有着如此特殊和重要的意义。

在名诗《世纪》的开头，曼德尔施塔姆写道："我的世纪，我的野兽，谁能/看进你的眼瞳/并用他自己的血，黏合/两个世纪的脊骨?"这不仅是诗人对他自己时代的发问，这"千古一问"也会进入我们的世纪。问题是，我们自己能否真正"看进"时代这头野兽的"眼瞳"？作为一个"把自己的凝视紧紧保持在时代之上"的诗人，王家新的全部写作和翻译都在回应着这种追问。他翻译的策兰、茨维塔耶娃、叶芝、奥登等人的诗作已经在当代诗歌中产生了深远的回响，并形成了一种独特的"王家新式的诗歌气候"，他的这本曼德尔施塔姆译诗集也必将再次"搅动"我们的血液。我甚至感到，如同他的写作一样，他的翻译实践也在日益凝聚成一把精神和语言的标尺，在测量着当代诗歌所能够企及的深度与广度。

（刊于2016年7月9日《新京报》书评周刊）

“我必须以我全部的肺来呼吸你们”

——读王家新译《我的世纪，我的野兽：曼德尔施塔姆诗选》

◎ 张高峰

“如今我被织进光的蛛网”，诗人曼德尔施塔姆在1937年冬天的沃罗涅日这样写道，他感受到那“光的头发的波浪”，但又不知道向哪里“张望”，从哪里可以再次触摸到那“透明的哭泣的石头”。但诗人是幸运的。正如诗人自己在《论交谈者》中所说“海洋以其巨大的力量”会帮助这只诗歌漂流瓶，“帮助它完成其使命”。继持续性地翻译和研究德语犹太诗人保罗·策兰之后，诗人王家新又向我们译介了这位天才的俄罗斯白银时代诗人。这些天，我读着这本新出版的《我的世纪，我的野兽——曼德尔施塔姆诗选》，深切感受着语言与历史命运在诗歌里的话语交锋。译者在语言的岩石峭壁间完成着自己的攀越难度，这既关乎诗歌语言和修辞技艺的转换，更带着一份在历史时空中往还和逾越的生命痛感。我和译者一起，被同样的灵魂星座吸引，追随着在辩难与盘诘中召唤出的历史艰难的光影，聆听着“静静的管风琴压低的嗡鸣”。我体会着一位诗人译者是怎样在“家族相似性”的寻找追溯中挽留和接引，翻译于此是怎样成为更高意义上的生命书写。这些是属于曼德尔施塔姆的诗篇和俄罗斯大地上的哀恸，更是王家新怀着我们时代“衰竭的爱”，看进历史神秘的“眼瞳”，写下的属于我们自己的生命颂歌和哀歌。

《我的世纪，我的野兽》共分为六辑：“只读孩子们的书”、“哀歌”、“我的世纪，我的野兽”、“莫斯科笔记本”、“在流放地：沃罗涅日诗抄”、“最后的诗”，并附录有一些俄罗斯和英美诗人及译者的相关评论文章。被一种放逐的命运里，在“太阳隐去，而大地漂流”的景象中，这无疑是在汉语文化地理中重写了那位“被大风收割”的诗人。我反复读着这些译作，感到翻译是怎样紧贴着原诗的“呼吸”，在“圣灵的语词”与“火焰的卷宗”中展开。这不仅注定是一场灵魂的对话，也是对我们自身存在的边界的勘探。如同那首名诗《无论谁发现马蹄铁》所暗示，译者和原诗人一起在捕捉那来源消失的回声，他杰出的翻译，依然存留着骏马脖颈上“抽搐的弧线”，并给我们带来了“奔腾的记忆”。

诗人布罗茨基曾在他的名诗《黑马》中，象征性地隐喻着诗与诗人的相互寻找和相遇。诗歌和诗人，也在翻译中相互寻找——“它来到我们中间寻找骑手”。在王家新的译文中，“耳廓绷紧敏感的帆”，正是因为有这样一张敏感、绷紧的“耳廓”，正是出于“饮过黑水一样浓密的空气”，译者在对生命和历史命运的深刻体认中重写了一个诗的灵魂，在被一轮“黑太阳”照亮的“光的摇篮”中赎回了属于自己的灵魂。在这些译作中，受祝佑的词如花岗岩般“溢出了靛蓝色的血”。这是守夜者的歌，但有着“另一种炽热”。这位王家新所说的“先知般的诗人”过早地预感到自身不见容于历史剧烈的动荡和命运无法预知的悲剧性，他的声音犹如“一只盲燕子飞回影子住宅，/残破的翅翼在透明之物中扑动。”在早期的诗歌诉说里，他要追逐那只“年轻的海豚”，“游在/世界灰色的海湾里”，而在后来，在他的命运上空星辰闪耀如盐，他感受到“死亡更清晰，不幸更苦涩，/而大地愈来愈真实，愈来愈可怕。”这一切都渗透在他中后期的诗歌写作中，这本译诗选清晰地勾勒出诗人命运和声音的轨迹，如《风给我们带来安慰》的第一节，诗的隐喻震悚着我们的感知：

风给我们带来安慰
突然间就处在蓝色里
并感到了蜻蜓亚述式翅翼，
一连串锯齿般曲折的黑暗。

诗人把蜻蜓的翅翼与公元前一千多年早已灭迹的古老亚述奴隶制王国联系起来，这首先就让人十分惊异，这种对生物“返祖”的感受，和诗人其他诗中“野蛮人”对文明的威胁的主题一脉相通。王家新的翻译抓住了这样一个“启示的瞬间”，并有意强调和突出“蜻蜓亚述式的翅翼”这个意象，让它带来的“一连串锯齿般曲折的黑暗”，在我们的脑海中留下无尽的余音。

我不能不惊异，这几乎是不可翻译的语境，却在王家新的翻译里完成了具象与抽象、自然与历史的通感联觉，让我们同时体会到曼德尔施塔姆那种“非凡的隐喻能力、历史意识和深邃的、充满惊人跳跃的心智运作”。这种精妙的诗歌感知和命名，正在于秘响旁通的直觉化体察，不仅呈现出近乎无以名之的感受，也把我们带入对诗人原发情景的进入。这是一个译者“句法与思想的双重历险”，使得语言在相互辨认中抵达诗的“在场”，实现着诗歌翻译要达成的历史视界的融合。这种努力，在翻译过程中始终悬于一线，深深考量着一个译者的功力。因而我更加惊叹于王家新的翻译。他已完全和他的翻译对象化为一体。在他的译文中，语言言说自行打开，历史在一瞬间回返到诗人那还在“大地深处”蠕动的“嘴唇”，并将那里的“呼吸”带回。虽然那来源消失了，但“声音依然在回响”，“颤音的话语链”不断在向源头返回。曼氏在《无论谁发现马蹄铁》中声称“我现在说着的话并不是我说的，/而是从大地里挖出的石化的麦粒”。同样，我们可以说王家新通过翻译挖出的，正是“声音的种子”。

在曼德尔施塔姆极度的生命哀痛里，对历史文化断裂的无助和对于复苏和谐的深深“乡愁”，往往使得诗人陷入更为刺痛的境地。在名篇《世纪》一诗中，时代犹如野兽，“曾经柔顺”，“在沙上留下它的爪印”，而今已经是脊骨断裂，“血流从大地的伤口涌出”。诗人渴望“一只长笛”，“黏合断裂、脱节的日子”，但是这“美丽、哀怜的世纪”，“脊骨已经破碎”。诗人满怀的期待被无限的绝望包围，虽然他骄傲地声称“不，我不是任何人的同时代人”，但他不得不倾听岁月的河流“虚妄而荒凉的拍击声”，亲吻时间这“受尽折磨的王冠”；他要试着摆脱苦恼，犹如“一个为异族收集夜草”的人，“寻找失去的词”，进而逃离历史“石灰层”的侵蚀。在《无论谁发现马蹄铁》、《石板颂》中，诗人朝向记忆的对话展开。“马蹄铁”的隐喻，使大地的“隐秘的韵律”得以保存，“在狂怒的无树的气流中；/铅锤线会系住起舞的甲板，紧紧地/拴在海风苦咸的脚跟下”，这显然也是诗歌抵御历史气流的“求真意志”的显现。在《石板颂》中，

"一支行猎的石板穿过森林",在教人们如何"撕开黑夜",这首名诗的最后一节为:

> 那燧石的语言,空气的燃烧,
> 光与黑暗的一层层页岩。
> 我愿我能把我的手一直伸向
> 那支古歌中的燧石路,
> 就像插入一个伤口:为了抓住
> 燧石与水,戒指与马蹄铁。

曼德尔施塔姆的诗歌之所以具有永恒的生命力,就在于它插入了这样的"伤口"之中,并从那里抓住了"燧石与水,戒指与马蹄铁",亦即生命和语言的结晶。

这是曼氏早期的"新古典主义"追求(见王家新译序)。在语言的"隐秘聚合"中,词语"可锻打和燃烧",它所包含的音乐性,指向了那"天赋的韵律"。而在后来,在现实与精神双重的砥砺中,诗人又获得了一种极具原创性的"野山猫"般的"带刺的话语"。一篇篇诗歌犹如带刺的鱼,游走蹦跳在世纪的诅咒和叫喊间,给我们带来一阵阵"蜇痛"。在《亚美尼亚》组诗等诗篇里,我们看到"赭石火红嘶哑的色调"、"狮子吼出的色彩",诗人的语言像"铁匠的火钳","每一个词都会夹人"。《亚美尼亚》诗篇犹如"崇山峻岭吞饮着冷冽大气",当积雪的"山峰向我的嘴唇漂来",诗人呼吸到比"疲倦的大陆"更为久远的气息。这是诗歌必要的"换气",在这里他注定要攀上更高的"回音石",感到冷而快乐。但是他的更真实的命运还在等他，让我们来读诗人的《列宁格勒》，历经生命与历史的悸动，诗人回到了久违的记忆摇篮：

我又回到我的城市。它曾是我的泪，
我的脉搏，我的童年时肿胀的腮腺炎。
现在你回来了，变狂，大口吞下
列宁格勒的河灯燃烧的鱼肝油。
然后睁开眼，你是否还熟悉这十二月的白昼？
那里面，蛋黄搅入了死一般的沥青。

这是哀恸的现实与幻象的悲喜交集。这是诗人永远失去的故乡。他熟悉这里的一切，而一切都将充满记忆。王家新的翻译，精确而饱含情感的力量："它曾是我的泪"，"我的童年时肿胀的腮腺炎"，语言闪跳在记忆的疼痛之中。无以言说的乡愁，像"河灯燃烧的鱼肝油"，然而，"你是否还熟悉这十二月的白昼"？"在那里，蛋黄搅入了死一般的沥青"——这奇崛、突兀的意象，道出了诗人对未来灾难般的预感！天才的诗人在这样的现实里战栗，陷入"链条在窸窣作响"的命运等待之中，直至"与死神共饮"、"何其恐怖，如同在梦中"。(《在一个高山隘口》)

而此后，诗人生命的搏斗将在流放地沃罗涅日与无法返回的圣彼得堡之间展开，并发出他不可为世纪野兽所剥夺的"双唇间的咕哝"。《沃罗涅日诗钞》将诗人一生的创作推向一个高峰，这一切都有赖于译者的呈现。在王家新的译文中，我们听到一种近乎密语私授的语言开启，而这是在其他译文中很难听到的。在那颗"残忍的星辰”下，在流放地沃罗涅日的“黑色大地”，诗人看到了“这有限疆域中敞开的无限”，诗人发现了“一只发霉的长笛刺激着听力”，“冷冽的单簧管耕耘耳朵”，而天空亦如雕塑般的“米开朗基罗”；诗人悲凉地意识到“我将表演冒烟的仪式”，而他的汉语译者让我们在他重又获得的呼吸里，“听出这无边黑土的干燥的潮气/听出大地，我的最后的武器”。几乎每一篇沃罗涅日诗篇都让我感到惊异：“这个地区浸在黑水里——/泥泞的庄稼，风暴的吊桶，/这不是规规矩矩的农民的土地，/却是一个海洋的核心。”这也是译者给我们的汉语带来的“满满一吊桶的风暴”，它“顺着铁链，被铰进黑水深处”。在这“金翅雀的故乡”，诗人试图进入黑暗的内部，洞悉苦难的全部奥义，他让我们迎向“向日葵的逼人的太阳群”，也承受着灿烂白雪的鞭打。他的语言“像是阴柔的银子在燃烧”，他“从死者中爬起并说：看，太阳！”一个“被大风收割”的诗人在这里注定被“织进光的蛛网”，成为“光和影的殉难者”，从而“进入时间的深处”。王家新精湛的翻译，让诗人的“晚期风格”在汉语中获得了“辨认”，就如同“在充满的光流量中”，艰辛辨认出那“一道黑暗、孤单的星系”。“教教我，瘦弱的小燕子，/现在你已忘记了如何飞翔，/无羽，无翼，我又怎能/对付空中的那座坟墓？”诗人生命最后阶段写下的这节诗，让我深感悲哀，也让我联想到他早年的“黄金在天上舞蹈，/命令我歌唱”，这还是同一个诗人吗？是，正如诗人在沃罗涅日最后一首诗中所写下的：“花朵永恒，天空完整”。翻译是对生命的铭记，是“护送死者，并最先向那些复活者行职业礼。”我跟随着王家新量尺般的语言脚步，一次次来到沃罗涅日的土地上，体会着这一切。世纪以灼烈的火包围着一个诗人，而他“吞咽死亡的空气”，将灵魂与语言端凝的呼吸印在“永恒的窗玻璃上”。我感谢我手中的这本译诗集，它使我再次上路，跟随诗人走向那远方灵魂浩瀚的水域，当“环形的海湾敞开”，当那黑色的丰饶呈现，我们将感知劲哀悲烈的风景：

环形的海湾敞开，卵石，深蓝，
缓慢的帆如云团一样继续移动——
我刚刚知道你的价值，就要离开。
……
你深喉音的乌拉尔，多肌肉的伏尔加，
这赤裸的平原——是我所有的权利——
而我必须以我全部的肺来呼吸你们。

（刊于《温州晚报》，2016年6月26日）

“满满一吊桶的风暴”

——评王家新译曼德尔施塔姆诗选

◎ 李海鹏

在《曼德尔施塔姆夫人回忆录》(刘文飞译)里，诗人的遗孀娜杰日达展现出了与其伟大而苦难的丈夫相似的对于诗歌翻译的高傲感，但是，即便如此，她还是这样补充说：“我当然不是指那样的奇迹，即两位诗人在翻译过程中的融为一体……”那么，娜杰日达所肯定的翻译究竟是什么意思？

在同一篇章里，娜杰日达谈道：“我产生出这样一个感觉，即诗存在于它被写就之前。整个写作过程就表现为对某种业已存在的和声和意义统一体的紧张捕捉和呈现，这些不知自何处而来的统一体会渐渐地化身为字词。”“统一体”的概念让人联想到柏拉图的“理式”，然而它并非对现成品的摹写，它必须和“真正诗作的写作过程”一样。这样的翻译，必须具有与原作相同的“秘听”能力，它能够透过原作的字词而感知到那个先于字词的“统一体”，接下来译者自己就变成了与原诗人对等的创作者，他要做的不是复制原作，而是继原作之后，用译入语言第二次雕刻出“统一体”的形象。只有这样的翻译，才是娜杰日达口中的“奇迹”和“融合”。

那么，王家新这个译本是不是曼氏的诗歌原文所期待和召唤的？我的回答不仅是肯定的。读这本译诗集，我想到了布罗茨基评论曼德尔施塔姆的《文明之子》的最后一句话："这一切是我们的神话，我们的变形记。"在王家新的翻译中，译作与原作分享着艺术的绝对秘密，译作是原作最忠诚也最富有创造性的变形记。

首先，在王家新译本中，曼氏诗歌、诗学最重要特质之一的"空间问题"得到了清晰、精准、极具脉络性的呈现。曼氏的诗歌中充满了对"空间的饥饿"。这实际上起源于他在阿克梅派时期对建筑的诗学思考，并在后来得到了延续和变化。在曼氏看来，"从空无到空无"的写作并不可取，从坚固的现实性出发，进而抵达一种创造性的境界才是他的目标："巴黎圣母院，我愈是沉迷于/琢磨你的顽固性和你磅礴的穹顶，/便愈是渴望：有一天我也将/摆脱这可怕的重负，创造出美。"(《巴黎圣母院》，1912）

而随着20世纪初俄国一系列历史事件的发生，"可怕的重负"就变得越发具体、残酷（比如"星光，像斧头上的盐——/水缸已接满，边沿结了冰""树顶哗地一声，笑着/进入斧头的日子"，一个视觉、一个听觉，命运在其中已显得不可阻挡）。而作为空间主题的延续，早在1918年，当圣彼得堡沦为废黜的首都时，如《哀歌》中所说的"一种离别的科学"，就开始在这都市空间中上演，后来的《列宁格勒》等诗，都是这哀歌式的延续，只不过时间成了更主要的哀悼方式。

渐渐地，燃烧的火焰就蔓延到了哀悼者的鼻尖（新帝国只承认歌颂者）。诗人与这崭新帝国之间回旋的余地也渐渐消失了，取而代之的是布罗茨基所说的"诗人与帝国对立"的原型式处境。然而也只有此时，他才会更为具体、真切地感受到这崭新帝国的存在。虽然他在1921年就写出过"死亡更清晰，不幸更苦涩，/而大地愈来愈真实，愈来愈可怕"这样预言般的句子，但是，1930年代以前的曼氏主要是一位抒写城市的诗人，而随着流放生涯的开始，城市隐去，沃罗涅日的"大地"取代了彼得堡的建筑，成了他诗歌中"可怕的重负"，构成他感知"帝国力量"的主要场域；到了1936年底，仿佛从流放的土地中开始结出"空间的果实"："这个地区浸在黑水里——/泥泞的庄稼，风暴的吊桶，/这不是规规矩矩的农民的土地，/却是一个海洋的核心。""风暴的吊桶"这个意象实际上承接了早期"哥特式钟塔"的任务，成为刺入"大地"这崭新空间的艺术原型，而"吊桶"所深入寻求的也更为具体，曼氏给出了"一个海洋的核心"这样地质学式的精确命名。更可贵的是，他的空间感还在进一步发展，在经过深入大地艰难而隐忍的求索之后，他的诗歌中终于迎来"空间的爆发"，一种脱胎于坚实大地的更高的艺术现实性从土层深处喷薄而出，这就是作为《这个地区浸在黑水里》的变体的《满满一吊桶的风暴》：

满满一吊桶的风暴
顺着铁链，被铰进黑水深处，
从乡绅们的土地
进入海洋的核心。

它移动，倾斜，
全神贯注，充满威胁。

看：天空更高了——

新的家，新的房子，新的屋顶——

升起在大街上，光，日子！

这种全新空间的“升起”经历了由下潜到上升的过程，它比阿克梅派时期多出一个隐忍下潜的过程，积蓄了更多的能量，因此最后的“升起”有着更强烈的艺术魅力。在这一点上能与之媲美的恐怕唯有《我的金翅雀》(1936)。在完成了“空间升起”过程后，这次诗人自己直接化身金翅雀，扇动翅膀，纵身实现对脚下土地的超越：“你盯住两条路。现在你不再/观看——你从它们中间飞起！”

在1930年的《我多么爱这重压之下的人民》中，曼氏写道：“每一种越过边境传来的消息，/听起来都那样美妙。”无论是早期相对纯粹的“彼得堡”，还是后来凛冽、残酷的“大地”，曼氏都在力图挣脱现实空间的边境，追寻那个“另一种现实性”。在王家新精确的翻译中，曼氏诗歌空间的艺术演变、诗人的存在与语言自身的命运被紧密地结合到了一起。

王家新称曼氏为“俄罗斯的奥维德”，这样的指认就像“黏合两个世纪的脊椎骨”一样让两者密不可分。不过，相比于奥维德式横向的漫游，曼氏刺破空间的方式是纵向的升起，他不会在诗中虚构一个要返回的“罗马”，真正有效的方式唯有“此在的升起”。事实上，彼得堡作为一种乡愁的主题，在《列宁格勒》之后就已基本宣告结束。借助王家新的译本我们同样可以清晰地看到，如果说身处流放地的奥维德在时间问题上追求着一种围绕着“罗马中心”的共时性，而在曼氏这里，不同时性则成为诗歌中最为夺目的时间形式。这强劲地证明着,曼氏诗中虽然充满古典主义元素,但他绝对是个为了现时代的诗人。早在1914年《马蹄的踢踏声》里,他把俄国的当代和奥维德的古代并置在同一空间里,它们相互摩擦,一种崭新的歌唱从中升起。这是个典型的曼德尔施塔姆时间,它是时间的乘方。对于时代,曼氏曾高傲宣称自己"不是任何人的同时代人",然而透过这些诗中对时间的挖掘,我们有理由相信:他在自己的诗中召唤亡灵,不是为了让过去复活,而是让自己的时代真正降生。而他的汉语译者深知这一点,他不仅在诸语言的相遇中创造出一种属于今天的艺术质感。他的翻译使曼氏再次活生生地来到了我们中间,成为"我们这个时代的诗人"。

1937年初,曼氏身体极度糟糕,或许有感于生命终结的来临,这一时期他会经常写到疾病和死亡,如《我拿自己怎么办》中的"我被绊倒。我吞咽死亡的空气/一群狂热的乌鸦轰地四散。"对死亡的预感一触即发;也正因此,它以猛烈抽打的态势,让每一位读者的艺术神经惊慌失措,电流般震悚。前文讲到曼氏对于"大地"这一崭新空间的建构,"金翅雀"是其最终升起的艺术象征,而这里的"乌鸦"作为空间溃散的隐喻,无疑与之形成了博物学和诗学意义上的精确对照,这种对照也正是曼氏诗歌的艺术精髓之一。死亡与大地,空间的建构与溃散,乌鸦与金翅雀,可以说,它是三对镭射线的完美交叉点,而王家新则在汉语中将其打磨出了钻石般的光芒。

从这个意义上讲,王家新的翻译让人钦佩,因为曼氏本人正是位将个人命运与艺术创造紧密"黏合"的诗人,他的诗歌,虽然个人的苦难史清晰可见,但我们的阅读不会止步于此,或者说,这些苦难在曼氏诗中并不是以哀泣的形象示人,而是与缪斯的肉体相拥,它们在诗人手中不断幻化，上演着让人惊叹的变形记。显然，人们如果仅从苦难史的角度去进入诗歌，绝非曼氏本人之所愿，他所期待的无疑是自己能够在至高的艺术精确性中得到谈论，因为他是一位达到了卓越艺术高度而非只是被吸附在历史船底的诗人。而王家新的可贵也正在于，他对曼氏的翻译并不是用汉语写就的对苦难的表达，而是绝对忠实于曼氏“寄予厚望的那个自己”。他在努力用与曼氏所具有的艺术尺度和功力相匹敌的汉语来翻译曼氏。他的翻译与其说是用汉语模仿曼氏的原诗，不如说是用自己的汉语来照亮曼氏，发掘和刷新曼氏。这与娜杰日达口中的“奇迹”至少处在了同一向度上。就像曼氏那首著名长诗《石板颂》的结尾所示，他的翻译，“就像插入一个伤口：为了抓住/燧石与水，戒指与马蹄铁”。他的译本所呈现的，正是曼氏身上真正伟大、卓越的那部分。进一步说，王家新为我们提供的，不是一般的翻译，而是具有高度艺术性、并对当下中国诗人和读者具有强劲冲击力的译本。至少，借用一句诗，这个译本是曼德尔施塔姆在当代汉语里“巨鲸凌跃的片刻”，对于喜欢曼氏诗歌的人来说，它既是在海边等待已久的，又是注定要跃出海面的一刻。

（《南方都市报》副刊，2016年9月25日）

王家新：冬天的精神

◎[美]罗伯特·哈斯(Robert Hass)[1]

发现一位新诗人总是令人振奋的，而发现一块新的诗歌大陆则让人着迷。近年来，随着更多翻译作品的出现，美国读者开始对过去几十年间涌现出的中国新诗歌有所了解。最早是新方向出版社出版的北岛诗集：1990年的《八月的梦游者》和1991年的《旧雪》。至此，美国读者听到了新一代中国诗人的声音……他们的作品在欧洲和美国均有选集收录，包括1993年托尼·巴恩斯通编译的《咆哮的暴风雨：中国新诗歌》(*Out of the Howling Storm: The New Chinese Poetry*)，1999年王屏编选的《新一代：今日中国诗歌》(*New Generation: Poems from China Today*)。20世纪90年代后期，熟知北岛、多多这一辈诗人的新的诗人诗作开始

[1] 罗伯特·哈斯(1941—)：美国著名诗人，出生于旧金山。现为加州大学伯克利分校教授。国家图书奖(1984)、国家图书批评家奖(1996)、普利策奖得主(2008)，1995—1997年美国桂冠诗人和国会图书馆诗歌顾问。他还是诺贝尔文学奖获得者切斯瓦夫·米沃什的主要英译者，并翻译过日本俳句。本文为罗伯特·哈斯为王家新在美国出版的英译诗选《变暗的镜子》所作的序文，原文载《美国诗歌评论》2015年第3期(The American Poetry Review, No.03, MAY/JUNE, VOLUME, 44)，中译有所压缩。——译者注

走向读者的视野，此时审查机制已有所缓和，蓬勃发展的中国经济似乎为诗歌打开了一条可供呼吸的门缝，更多的英文选集开始关注这些作品。2007年，张耳、陈东东编选了《另一个国度：当代中国诗选》(*Another Kind of Nation: An Anthology of Contemporary Chinese Poetry*)；2011年，王清平编选的《推开窗：当代中国诗歌》(*Push Open the Window: Contemporary Poetry from China*)出版。英国有2012年W·N·赫伯特、杨炼编选的《玉梯：当代中国诗》(*Jade Ladder: Contemporary Chinese Poetry*)，美国则有2013年明迪编选的《新神州集：当代中国诗》(*New Cathay: Contemporary Chinese Poetry*)。过去几年间，陆续有这些诗人的个人作品集问世，包括于坚、西川、翟永明、欧阳江河、蓝蓝等等。随之而来的是不同声音之间诗歌美学的碰撞：诗歌写作应当倾向于口语还是传统文学语言？应趋近欧美先锋流派还是关注当下日常生活？由施家彰主编、美国著名的三一大学出版社出版的《中国作家论写作》(*Chinese Writers on Writing*)记录了相关争论，为我们更好地了解中国作家提供了可能。

王家新的英语诗集《变暗的镜子》(由乔治·欧康奈尔、史春波翻译)就出现在这一时刻。阅读他的诗，你会再一次意识到诗歌并非文学运动或历史事件的产物，而是一种独立个人的声音，在他这里则表现为一种高度警觉与内省的特质。王家新是保罗·策兰的中文译者，读他的诗能感受到20世纪最伟大的欧洲诗歌特有的向内回溯的力量——保罗·策兰、鲍里斯·帕斯捷尔纳克、奥西普·曼德尔施塔姆，还有晚些时候的托马斯·特朗斯特罗姆和齐别根纽·赫伯特，这些诗人对四周弥漫的公开的暴力异常敏感，并试图用诗歌中的每一个词语为隐秘的自由拓出一点空间。如果要问这种自我抵御的声音是怎样在王家新的诗歌里呈现，就会马上出现一个西方读者通常会问的问题：在20世纪90年代初发生了那样历史事件的时代环境下，王家新在写什么样的诗？那首非凡的《瓦雷金诺叙事曲》就是答案。在那样的时刻，他想到了日瓦戈：

蜡烛在燃烧，
冬天里的诗人在写作；
整个俄罗斯疲倦了，
又一场暴风雪
止息于他的笔尖下；
静静的夜，
谁在此时醒着，
谁都会惊讶于这苦难世界的美丽
和它片刻的安宁；
也许，你是幸福的——
命运夺去一切，却把一张
松木桌子留了下来，
这就够了。
作为这个时代的诗人已别无他求。
何况还有一份沉重的生活，
熟睡的妻子，
这个宁静冬夜的忧伤，

写吧，诗人，就像不朽的普希金
让金子一样的诗句出现，
把苦难转变为音乐……
蜡烛在燃烧，
蜡烛在松木桌子上燃烧；
突然，就在笔尖的沙沙声中
出现了死一样的寂静
——有什么正从雪地上传来
……

诗中传来狼群凄厉的嚎叫声，诗人在余下的诗行里沉思着那嚎叫声的性质，以及它为何需要被听见。汉语语言，它的语法和句法是怎样翻译到英语中来的，是一件很神秘的事情。1910年前后，庞德翻译李白时就迎面与之相撞，那种声音，那种玉石般的清澈，也随之融入英语诗歌，所以这首诗的译文风格也让我感到亲切，仿佛可以感知到译者正在眼前工作：第一行，表示蜡烛的词，表示燃烧的词；第二行，表示诗人、写作、冬天的词。这样读下来，我们便能感受到这首诗脉搏的跳动，感受到诗人翻译家的严谨和专注，他们像默剧演员用肢体模拟着诗人的节奏、细节甚至其内在的思维和感知方式，还有烛光、松木桌子和外面巨大的黑暗所雕塑出的诗的体形。

王家新1957年生于中国中西部的湖北省丹江口。他出生时，新中国刚成立八年。他早年一定经历了毛泽东时代的“大跃进”，那是一次欲使中国经济迈向现代化、集体化的努力，却遇上天灾。1966年，“文化大革命”开始，历经不同的表现形态和阶段，直至

1976年毛泽东逝世结束。王家新在此间度过他的少年时代。1968年，大批知识青年，特别是那些被认为受到“资产阶级意识形态污染”的青年人，被派往农村接受再教育。我想，从家庭成分上看，王家新一家正是红卫兵造反的目标。很多知识分子，尤其是诗人，成了斗争对象……

王家新的简介里写着，“高中毕业后下放劳动，‘文革’结束后考入武汉大学中文系。”……如果王家新在1977或1978年进入大学，此时他大约20岁，迈入校园那一刻，也告别了他童年和青春时代不可磨灭的社会孤立境地。1982年毕业时，他应该在二十四五岁的年纪……1984年，27岁左右的王家新出版了他的第一本小诗集，1985年出版第二本，1989年又添一本。1985到1990年间，王家新在《诗刊》杂志社做编辑，该刊物为诗歌月刊，在当时的中国很有影响力。那是一个作家和知识分子们怀有巨大希望的年代。这样的历史背景为我们阅读王家新后来的一首《田园诗》提供了视角：

如果你在京郊的乡村路上漫游
你会经常遇见羊群
它们在田野中散开，像不化的雪
像膨胀的绽开的花朵
或是缩成一团穿过公路，被吆喝着
滚下尘土飞扬的沟渠

我从来没有注意过它们
直到有一次我开车开到一辆卡车的后面

在一个飘雪的下午
这一次我看清了它们的眼睛
(而它们也在上面看着我)
那样温良,那样安静
像是全然不知它们将被带到什么地方
对于我的到来甚至怀有
几分孩子似的好奇

我放慢了车速
我看着它们
消失在愈来愈大的雪花中

王家新的同时代诗人西川在一篇名为《汉语作为有邻语言》的文章中指出,当代汉语诗歌面临两个方向:一是回归古典,尤其是唐宋诗歌;二是接壤过去两个世纪的西方诗歌。西川这篇文章信息丰富,他认为,中国古汉语传统的向心力是巨大的,以至数个世纪以来,中国诗人几乎感觉自己无以为邻。1919年五四运动打破这一局面,中国的诗人和小说家开始通过文学革命(必然与欧洲殖民主义分不开)从西方作家那里寻求汉语新的可能性。而这一新的伊始很快在20世纪中叶的动荡中停滞。艾青曾到访俄罗斯,也阅读过马雅可夫斯基,但那些年的诗歌,包括毛泽东的诗词,似乎在很大程度上是自我封闭甚至朝向过去的。翻译成为转变的媒介。上文提到中国近两代诗人的作品之所以如此可观,无疑受益于这两种力量的交汇洗礼。

于是，当我们看到《变暗的镜子》所辑录的早期诗歌中有《练习曲》和《五台山遇雨》这样的诗，便不会感到惊讶：《练习曲》似乎宣告着某种与欧洲的联系，而《五台山遇雨》则像是李白或杜甫笔下的题目。《练习曲》是翻开这本书的第一首诗，一首年轻人的诗。我猜它写于1986年左右，王家新当时还不到三十岁。题目本身蕴含多种读法。首先我们会联想到19世纪，联想到肖邦和德彪西，于是我们进入到欧洲早期现代主义和象征主义的诗情画意。此外，它也是训练一种乐器演奏技巧的重要音乐形式。所以，从标题我们至少能读出三种信息：它面向欧洲文学，它是一位年轻诗人的习作，它试图寻求一种答案。然而诗里却给出更多：

整个夜晚雨下个不停
那阵阵雨声，在门口移动、离开
又一再地返回
如果我关掉灯
雨倾刻就走进来，湿淋淋的

第一节为整首诗的主题定下基调，奏响了头一小节。此处的隐喻是我之前谈到的诗人的亲密性，他提醒我们，当灯一关闭，雨就将进入屋内，接下来既是主题的重复也是主题的变奏：

整个夜晚我辗转难眠
我知道有一个在这里睡着，就必定
会有另一个在街上走着

裹着一件旧雨衣
他走着,停着,来来回回地
沉重的脚步分开雨水……

这几行令我惊讶,因为它超出了我对中国诗歌的体验,开启了一个双重身份的主题,即日常生活与梦境生活的并存、诗人自己和他另一个游荡的自我。第三节在重述主题之上加强了雨的力量:

整个夜晚雨声喧泻不停
在街上一会儿分开,一会儿聚集
在下水道的入口彻夜不息
雨雾中灯朦胧。

All night the rain pours down, loud, unstoppable.
In the street, now separating, now merging,
sluicing all night through the sewer grate.
Through sheets of rain, slurred lights.

请注意译文里尤为敏感的表达:"sluicing" 和 "slurred" 用得相当漂亮。显然,乔治·欧康纳尔和史春波两位译者出色的译笔也是《变暗的镜子》的果实的一部分。……

现在,让我把《练习曲》神秘、充满戏剧性的最后一节留给读者自己去发现,我还想说说王家新的另一首早期诗《五台山遇雨》。在一位英语读者听来,它很像来自唐朝的一首诗,或许中国读者也有相同的感受。五台山是中国佛教四大圣山之一，山上的寺庙可追溯至唐朝，而拜访佛家圣地也是唐诗中常见的主题。王家新似乎要求他的读者同时看见两个方向。阅读这首诗译文的英语读者也可能面临两个方向，一是它在当代汉语诗中激起的反应，二是中国古诗对现代西方诗歌产生的影响。庞德对汉字中一连串鲜明、表意的名词和动词所铺设出的世界深深着迷，譬如李白《玉阶怨》的首句"玉阶生白露"（"The jeweled steps are already quite white with dew"）。庞德一直在试图摆脱他所认为的带有象征意味的主观性并经历一个仿佛原本就存在于中国古诗当中的他所目睹的真实世界。事实上，《五台山遇雨》的第一节很像是一首古诗的开场：

> 驶过五百里尘土飞扬的路
> 进入这座红色峡谷时，山上响起了雷声
> 接着是雨
> 在我们身后赶到的
> 雨

> After five hundred *li* of dusty road,
> we drove through a red canyon
> as thunder boomed over the mountain,
> rain right on our heels.

我很好奇"right on our heels"在中文里是什么，英文里"打在脚后跟上"赋予雨水一种活力，创造出诗人正在被某种力量追赶的紧迫感。本诗最后一节也如同古人的手笔，尽管它是用六行而非传统的四行写成的：

醒来，昨晚扔在屋外的果核
已被雨水打进泥土
雨过之后，是晴朗的日子
是岩石、树木和寺院闪闪发光的日子
早上的风铃响过
山腰传来了诵经的合唱

最让我惊喜的是本诗的中间一节，即抵达之夜和第二天清晨之间，诗中到处流溢着诗人的情感，一种向内的回应，使作者的物理感受、回忆和梦境交织在一起：

雾气升起
山上的寺院在一片雨瀑中隐去
雨来得这样纵情奢侈
使我禁不住牙关打战
想起了路上的干渴
和僧人手上那只奇怪的木鱼
直到梦中响起
一片流水……

木鱼是一种圆形木制敲击乐器，用以在诵经的时候打拍子。但它本身的含义似乎在这里消解了，与之并列的是干渴的记忆、打战的牙齿、丰茂的雨水和梦中的水流。直到诗的末尾风铃响起，诵经的合唱从山腰上飘来，它音乐的形象才再次浮现，汇入先前所有的听觉，奇异而又很自然地，奏起内心世界的音乐。

中国新诗中的主观性难以估量，好比严冬里日瓦戈的书桌，伏于案上，一个人静谧、隔离的意识才会触碰它最活跃的神经。让我感到有趣的是，王家新在写出这样的早期诗歌之后，能把自己安放于类似保罗·策兰的北欧和东欧诗人之间。赫伯特、米沃什、特朗斯特罗姆，均以不同的方式雕刻出一片隐秘的空间，亦是一个脱离集体但属于公民的空间，我想这在瑞典的意义不同于在波兰。"朦胧诗人"的尴尬在于他们所写的主观性诗歌遭遇到一个呼吁诗歌应服务集体、面向大众的年代。对特朗斯特罗姆来说，主观意味着日常生活夹缝中的体悟，是每天下班后摘掉白天的社交面具而不必马上戴上另外一张，就像音乐，在倾听或弹奏中尽情享受它流畅的自由的祝福。对赫伯特而言，它是一个人头脑中封闭的堡垒，一个任何集体都无法强迫进入的地方。在策兰那里它是一种特殊的历史境况，当一个用德语写作的罗马尼亚犹太诗人面对使用该语言（德语）发起的杀害了六百万人（包括他父母）的大屠杀行为时，主观性意味着必须同语言本身展开肉搏，因为语言即是集体。特朗斯特罗姆和赫伯特用语言来逃避社会主义瑞典枯燥的日常和波兰人民共和国的意识形态。策兰需要从诗里挣出一个空间，对他和家人来说曾经代表着美和灵感的语言如今已变成一间回荡着谋杀的毒气室。诗人王家新如何在汉语中塑造出一个同等的策兰？我倒很想看看这方面的研究。在美国，策兰被大量翻译，几乎成为他同时代诗人里的某类英雄。从各种批评理论中成长的一代诗人对美国流行文化的自我陶醉感到厌倦，于是策兰跟语言的较量为他们树立起一个典范。美国诗人希望从策兰那里学习如何不妥协于语言，对抗显而易见的第一人称以及词与物之间轻易设定的身份。在汉语里，我想，策兰的写作可能更接近朦胧诗人，接近北岛和杨炼，并在年轻的诗歌读者中占有一席之地，不管古典与现代、知识分子与民间之争多么激烈，这些争论无外乎在表达各自成长经历中所见、所感的世界。

王家新早期的另一首诗叫《什么地方》，仿佛正是对上面问题的回答。和《练习曲》、《五台山遇雨》一样，它从天气的暗示开始：

山谷中充满了雪，岩石开始裸露
就在我们去年走过的地方
开出了杜鹃

他描绘了一段晚冬初春时刻的山坡，一幅带有寓意的风景(*paysage moralisé*)。第三节里有个表述吸引了我的视线：

生命是一道山坡
向阳的地方辉耀着阳光，那样明亮
但是现在
我们被冬天的精神充满
我们仍在山谷里走着

Life's a stretch of mountain slope,

one side flooding with sun,
but now we walk the valley
in winter's disposition,

"冬天的精神"似乎抓住了这些诗共有的某种敏感的特质，它们仿佛来自一片赤裸裸的世界里的景象，一个透彻的冬季里的声音。这一表述也恰到好处地呈现出了译文的干脆和鲜明。我不知道"disposition"（精神）在汉语里怎么说。它在英语里是完美的，表示"一个人的气质和心境"，其次在法律语义上表示"事物的归属"，在军事语义上表示"力量的部署"。王家新的诗常常被一种冬天的精神充满，而阳光照耀在山坡的另一面。这首诗的结尾留给我们一种神秘的延续，仿佛要一直走下去：

不知从什么时候开始
也从不到达

王家新的诗里还有很多东西有待发现。他有一种写箴言的天赋，比如《反向》、《另一种风景》和《冬天的诗》这些诗片断，它们令人惊奇，很新颖，带有明显的他个人的专属性。此外令我感兴趣的是他那些客居欧洲和美国时写下的融入了西方美学的诗，还有他书写特朗斯特罗姆、纳博科夫的角度，他写给约瑟夫·布罗茨基和奥克塔维奥·帕斯的挽诗，以及他眼中的俄勒冈、伦敦、柏林和哥特兰。在这部诗集里，自传性质的诗很少见，《少年》让我们得以窥见在"文化大革命"年代里一个孩子迈向少年的成长经历。阅读《变暗的镜子》

和王家新同时代其他诗人近年被翻译过来的作品，我感到重新睁开了眼睛，重新看到了先前或熟悉或陌生的诗歌写作方式及策略在新的语境下再次被刷新。见证一位诗人的成长是令人欣喜的，从早期1985年左右的诗歌到近年的写作，这中间跨越了30年的诗歌地图，这位曾经在汉语里编译叶芝诗集的诗人，怎么能不发人深思。

我曾与王家新在北京见面，当时有来自中国、美国和欧洲的几位诗人聚在一起谈诗。每到这种场合，诗人们不免把话题引向自己正在阅读的诗人，拷问诗歌在当下的含义。每个人都渴望这样的交流，王家新也十分热烈。那些天我开始阅读手头上不多的他的诗歌翻译——我对中国感到好奇，对他也感到好奇。我立刻感受到一种让人战栗的紧迫感，一种沉默的倾向和致命的智性。这样的诗句（通过英语翻译）出自他笔下："不是你感到了寒冷，而是冬天拥有了你。"此后，我们又在伯克利相遇，王家新的诗已经开始见诸美国书刊。在一个阳光明媚的秋日下午，他和几位美国诗人共同为公众朗诵，听众大多是年轻的大学生，散坐在星期六集市的草坪上。多么美妙的诗歌氛围，难忘的加州印第安夏天：

见　证

当我想要告诉你什么是真实时我发现，我不得不用另一种语言讲话。

猫

主人家的那只猫是白色的，但进入你的诗后就变成了深蓝——因为在一个冬夜你与它的眼睛的一次相遇。

进 入

回家，缓慢地踏上楼梯，打开你自己房间的门，这仿佛是一种周而复始的仪式，当你坐下（墙上印下影子），什么也不做，倾听……

终 曲

把冬天写到它的最后一天，时间断裂了：从词语的间隙中升起了烟水茫茫……

听众全神贯注，他们完全被吸引了。第三次见面时，王家新带我去了南京的先锋书店。书店位于市中心的山洞里，原本是防空洞和市政停车场，如今建造成中国最大的书店，有一英亩地面积的书柜和书架，上面摆满了各色书刊。书店里还设有茶室、咖啡座，以及阅读和举办朗诵会的空间。从一条坡道走进去，入口处的天花板上挂着条幅和各国作家的照片，加西亚·马尔克斯、米沃什、苏珊·桑塔格、西蒙·德波伏娃，都是激励着各国年轻人的作家。星期六的下午，屋外蒙蒙细雨，书店内满是坐着阅读的年轻人，陪伴他们的是生机勃勃的盆栽植物。这里至少有几百人，好像美国节假日的商场，又恍惚置身国内著名的独立书店或Borders、Barnes & Noble等大型书店，在网络出现以前，这些地方都很热闹。王家新话不多，他让眼前的景象自己开口：一摞摞的法国哲学，一摞摞的拉美小说。当然了，大部分桌上摆放的书籍标题我无法阅读，但是有一点毫无疑问，中国的年轻人对知识如饥似渴。显然，在如今经济繁荣增长、高等教育普及的大环境下，敏感话题当然存在，尤其对于媒体记者，对于不断探讨、跳过边界的艺术家与作家来说。王家新平静地望着我惊讶的表情，然后挑了挑眉毛，仿佛在说：这就是我们用生命实践的艺术！在眼前这个由防空洞改建的地下花园里，年轻人埋头于汗水浇筑的文字之间，寻找着自己，希望从书页里看到未来的可能，看到别样的世界，别样的自我和生存方式。第二天，在风景如画的杭州西湖，王家新向一座许愿池里的塑像投去一枚硬币。他耸了耸肩膀，为先前并未说出的愿望作出回答："为了下一首诗。" 那么，这部英译诗集《变暗的镜子》正好给了英语读者们以接住它的机会。

（史春波译）

（《世界文学》2015年第6期，原文载《美国诗歌评论》2015年第3期，中译有所压缩）

王家新的诗

◎[德]顾彬(Wolfgang Kubin)

面对王家新的创作,会感到传统的对诗的分类是多么困难。人们认为20世纪80年代的诗是政治性的,90年代的诗纯粹的艺术化;20世纪80年代的诗人经历过“文革”,有一种责任感,90年代的诗人更个人化。王家新可以划归到“第三代”诗人中去,他恰恰反对要么政治化要么个人化这种二元对立。

但是,王家新的政治性和北岛的政治性具有完全不同的性质。在王家新的诗里说话的是一个个体,而不是一代人的声音。王家新更接近于第三代诗人,他们拒绝北岛、杨炼的高调的抒情语言,用的是更为日常的生活语言。但是王家新的这种朴实的散文式表述方式不能掩盖一个事实,那就是他的诗中有一种强烈感人的戏剧性。

“尴尬”对于创作者是一个很典型的词。在一个不断流失的世界里,诗人们已不能胜任使命。王家新是少数一批坚持下来的诗人之一,他从来没有让步退缩。他的诗能够代表80年代和90年代的诗歌创作。从他的诗中,读者可以直接进入他的个人生活,同时可以看到诗人从困境中带来了多少生命。

(克非译)

(原文载德国波恩大学《东方研究》2002年第2期)

柚子的幽香——阅读王家新

◎[美]乔治·欧康奈尔(George O'Connell)

作为王家新的译者，我已对他的审美向度有了一定程度亲密的认识，并发现从某些角度来看它与我个人的写作保持着平行。我们都有一点忧郁，时而抒情，但始终在世界冰冷的棱角中经历回火。我乐意相信我们对诗歌的记忆有着相似的态度——它或许是一丝令人回味的馨香，一种丢失的气味，但绝不取悦于人的甜腻的乡愁。在王家新的诗歌里，过去时常如同一个出没的幽灵在布施拯救。在它的陈述中，时而温柔，又不时将挂着倒钩的隐晦的现实拷问。

于是我们可以想见为何这样一位诗人会亲近里尔克，尤其亲近策兰，并把大量策兰的诗歌翻译成汉语。跟策兰一样，当生命中的荒凉袒露无遗，王家新也被毁灭和残酷的美以及那些变形的瞬间所吸引。对许多读者来说，策兰的诗歌随着时间而愈发封闭和难以破译，尽管他曾用“不加掩饰的歧义”(undissembled ambiguity)来描述自己后期的诗作。然而，王家新的诗，至少从其截至目前的体现来说，依然是容易进入的，并与世间的事物——与它们的气味、颜色、质地以及施与我们灵魂的细腻而又时常意想不到的张力保持着深刻的联系。像最好的中国古代诗人那样，王家新诗歌的主题与灵感均来自近在咫尺的普通生活，譬如一辆孩子的红色岩石牌自行车在异国的飘雪中被逐渐覆盖。无论是一只柚子的香气，还是一堆叠放的桔子皮，都栩栩如生地诱使着思想坚韧的诗人从记忆深处去摸索其共鸣与意义。而当诗人将我们周遭有形的细节引入写作——那苦涩的，模糊的，喜悦甚或超然的——诗歌便实现了它神圣的瞬间。

倘若诗歌像肯尼思·雷克思洛斯（Kenneth Rexroth）所说的那样是"存在的提升"（the exaltation of being），王家新的声音则不仅在于提升，还在于探究，它取自过去，取自幽深的自我，一笔艰难获得的礼物。法国诗人博纳富瓦（Yves Bonnefoy）评价策兰时曾说"他的词语无法复原他的经历。"对王家新而言，诗歌的任务并非回避这一困境，而是去面对它。当诗人试图唤起某个记忆场景中的物理与情感的特质，不可逆性本身就成了它自身主题的一部分，但诗人却执着于揭示它是如何框定住回忆并使其变得更加困难的。在一首描述与多年不见面的已成年的儿子重逢的短诗中，他让我们看见啤酒泡沫从杯沿缓缓流至杯底的情景。他已无须告诉我们他的抑或我们应有的感受，那样一幅画面足以唤醒未曾说出的一切。

对和王家新一样经历了"文化大革命"的同代诗人来说，过去，由于它那充满了苦乐的单纯，也是一片黑暗的平原，在那里，童年在来临的艰难岁月中遭遇恐怖，那潜藏于人性的残忍与背叛化为一段难以磨灭的教训，烙上了见证者的心灵。这些年轻时所造成的创伤，终究无法完全愈合。

王家新所书写的当下，如他所说，是“我们未曾在场的当下”。他目光中那尖锐的洞察力，如此精确，哪怕它触及的是极为短暂的时刻，也击穿了我们共同承受的存在的本质。他发出的是持久的声音。在那曾燃起火光的昏暗壁炉里，冒烟的圆木曾在这里唤回前生的鸟，诗人来到这里，讲述他所听到的一切。

（史春波译）

（《文学界》2012年第10期）

王家新《冬天的诗》译者前言

◎[德]弗兰克·克劳斯哈尔(Frank Kraushaar)

很多世纪以来,写诗在中国一直是精神传承的尝试,其真理性几乎不曾被质疑。哪里有诗,哪里就有充满传统意识的知识和才能,反之亦然。诗中的字句都是为了在读者的视觉和听觉中唤起与古代相似的意象,并以语言为例,来反驳生命在自然中的转瞬即逝。

王家新,1957年生于湖北省,属于把诗歌创作理解成一种存在的旁观者的一代。文学作为人性修养、道德、政治和社交的基柱,作为可制尺规的时代在中国已渐不存在。诗歌踏上了其漫游之路,它的漫游穿过当下,但其意义似乎游离在现时之外。即便家园是它的目标,那么它只能是每个读者的倾听。

以下的一组诗片断《冬天的诗》汇集了大量的主题和视角,在一种不断变换的透视中包含了复杂的生活经验,语言形式虽然简洁,却极具开放性。诗人创建了一种结构——一个时代的艺术空间,在这一空间结构中既使这些片断分开,但又使它们相连接。北京的冬天,仅仅这一地点就给出了一个连贯的背景,由此为出发点,一个客观的地域随着阅读的进行转化为个体的反思。

王家新的诗中充满了反思。早在他20世纪80年代的早期作品中——其中两首收录在瑞克兰(Reclam)出版社出版的诗选《中国现代诗歌》(1992)——就可以看出,传统美学是他早先的但又始终保持一定间距的灵感源泉。在以下的组诗中我们可以发现一些或隐或显的母题:如中国古典绘画(二十一、二十六),对西方作家如卡夫卡(十四)和普希金(三十一)的涉及,还可以发现对过去的“文化大革命”的描述——作者的童年和青少年时期经历了这段历史(三十一)。除此之外,诗中还表达了现代充斥在日常环境中的唯物主义的乏味,以及失去根脉和被干扰的困惑感,许多片断句首那密码般被重复的“多年之后”就表达了这种感觉。

在我看来,这组诗的语言风格在直接的、几乎可以被当即认可的日常语言与不时地向歧义和多重含义的突围之间无拘束地往返。诗中的语言不仅——有意识或无意识地——反映了现代派的跳跃范式,而且——不论人们是否愿意相信——知道如何讲述已中断的、与其他事物早就糅合在一起的传统的当下。

(柯理译)

(原文载2001年5月出版的德国文学杂志《EDIT》,总第25期)

城市，记忆
——以王家新的诗片断为例

◎［法］艾里克·列斐伏尔（Eric Lefebvre）

“在这个时代，如果我不能至死和某种东西守在一起，我就会漂浮起来。漂在大街上，或一首诗与另一首之间。”

——王家新《反向·诱惑》[1]

从一个片断到另一个片断，王家新的读者感受着那个时代的进程和时间的流逝。它不知不觉中抓住我们，包围我们，承载我们。而这种时间的流逝在赢得了我们的内部空间的同时改变了整个城市的面貌。相反，诗歌运动分离、分开、暴露城市的片断，个人的片断，是一种记忆领域的预示。从20世纪90年代初以来，王家新不断地对我们称之为“我们的时代”的这个共同空间的意义进行批判性的诗性追问。由此，他常常承担了继以北岛、顾城、芒克和舒婷为代表的老一代“朦胧派”诗人之后的新一代诗人代言人的角色。事实上，对时代意义的追问是从一代人的概念开始的。

［1］王家新：《反向》，《王家新的诗》，人民文学出版社2001年版，第90页。

那赋予这些碎片以整体性的声音，首先是一个处于青年和老年之间，犹如处在两个视野之间的人的声音。不过，这种处于两代人之间的处境同时赋予了普遍秩序的意义。它令一代人感兴趣，不仅是与作者同时代的人，还有在他们的青春岁月里经历了中国当代艰苦岁月的那一代男男女女以及有足够的视野和经历评判历史的人们。

如此，王家新概括了这一代人的欲望，描绘了一个"一直在逃避历史，直到他发现他在一个最隐秘的花园里迈出的，竟是历史的一步"[1]的人。这种历史无处不在地存在于日常生活中的观点，是许多当代作家创作的主要主题之一。同样，诗人西渡在谈及这个问题的一篇文章[2]中，一部分提到臧棣的诗歌代表历史的个人化，另一部分提及王家新的诗——对于王家新来说，"当你挤上北京的公共汽车，或是到托儿所接孩子时，你就是在历史之中"[3]。

这种采用历史个人化的决心决定了一种与未来的疏远关系——而在集体的层面，却是一种更具介入性的关系占主导："我们总是向着未来，而未来的人们——也许在一千年以后——则会加倍地困惑于我们这个世纪。"[4]从这种时代的断裂，从这种怀旧和希望的情感的意义的减弱，在这位诗人身上产生一种可以清晰理解他的时代的能力："无论生活怎样变化，我仍要求我的诗中永远有某种明亮：这

---

[1] 王家新：《变暗的镜子》，《王家新的诗》，人民文学出版社2001年版，第237页。

[2] 西渡：《历史意识与90年代诗歌写作》，《中国诗歌：90年代备忘录》，王家新、孙文波主编，人民文学出版社2000年版，第324页。

[3] 王家新：《游动悬崖》"自序"，湖南文艺出版社1997年版。

[4] 王家新：《词语》，《王家新的诗》，第114页。

即是我的时代，我忠实于它。”[1]

“栏杆放下，接着，火车轰隆隆地开过来了：强大、不可逾越、喷吐着热气……一刹那，你被震撼。车轮滚滚无尽，而你目睹命运的威力，被我们这个世纪阴郁的精神充满……不知过了多久，你才想起要越过道口。仿佛是从一个遥远的、被焦土弄黑的年代里回来，你蹬起自行车，浮动在一片轻飘飘的空气里……”[2]

这样一种历史观，作为日常城市空间的积极参与者，事实上体现了火车返还的主题。这不断在黑夜中出现的火车，是历史的火车，诗人感到它的震撼，但是并没有因此而希望被它带走。扮演乘客的角色，诗人觉察到他处境的异样：有一次乘坐火车，他没有感到想被送达目的地的渴望。当其他的乘客都迫不及待地想要到达之时，唯独他自己希望火车可以慢下来。关于平安抵达，似乎越发不确定；仿佛坐在历史的列车上，人只能“在一个错误的时间来到一个错误的地点而又匆匆地错误地离去。”[3]

如果说，沿着这条道路，可以辨别出这列火车，可是这位乘客却无法辨认出在他自身的苦闷以外的风景。他求助于诗歌：“而在时代的加速度中，我唯一要做的，是使我的写作再一次地慢下来。”[4]

为了使写作的列车慢下来，诗人通过不断地断裂，形成了片断的

[1] 王家新：《词语》，《王家新的诗》，第122页。
[2] 同上，第92页。
[3] 王家新：《冬天的诗》，《王家新的诗》，第226页。
[4] 王家新：《词语》，《王家新的诗》，第122页。

形式。与之矛盾的是，这种做法首先的效果就是加快了节奏，朝向“电报体”发展去了。然而通过不断地打断叙述的思路，诗人将视野向平行叙事敞开，在这些平行叙事之间建立起互相关联的网。不断地，这些回响令读者返回到最后：“我不得不把这首永不完成的诗写下去，为了有一个结束，以把我带回到开始。”[1]

这种写作方式，表面上看有流于散文化的倾向，但是事实上却是非常注意保持在写作的真诚智慧之内的；它保持了概括的可能性，甚至戛然而止。对于王家新而言，这种跳跃构成了诗歌特有的操作：“如果我作为一个叙述者，我就会忍不住在我要叙述的故事中出现。我会在火车启动前一分钟挤上去，但是当我在那里坐稳后我将发现：另一个自己正在站台上向我挥手告别……”[2]

“我再次感到了我的北京，当我从冬日的写作里抬起头来：一个近在眼前而又远在另一个世纪的城市。”[3]

城市与她自身的距离首先是时间的距离。因为城市的面貌在一代人的时间中有巨大的变化。城市的中心曾经是剧院，如今已被其他建筑所取代。城市的边界已被擦除，超越，重新界定。记忆中的坐标不见了。“当我再一次走过电报大楼，当我艰难地穿过以前居住的西单闹市区，北京！像是音乐中的一个主题，推迟多年后又在这个初冬出现了——而你看到了什么，在这四处广告、万头攒动之中？

[1] 王家新：《词语》，《王家新的诗》，第123页。
[2] 王家新：《游动悬崖》，第152页。
[3] 王家新：《词语》，《王家新的诗》，第219页。

又一座商业巨楼拔地而起，而一辆三轮车在朝着一个步行的老外猛追……”[1]唯有一连串的地名，集体记忆的真实的资源，证实着已经面目全非的城市空间的身份。

今日之城市，昨日之城市：记忆中毗邻的图景，在现实中不可调解的图景，却通过模糊记忆和梦中的主观的路径得以连接。这些路径正是诗人所运用的路径：“走在北京的记忆中的街道上，天空发蓝。我们呼应着这天空时，我们自己的时代就已经到来”[2]“早上起来，眼前一片开阔：那些拆迁用的、吼叫了一夜的推土机和带着巨大挖斗的掘土机不见了——也许，它们正碾向我们梦中的最后一个胡同，并在那里等待着我们。”[3]

如果说记忆的回声延伸至一代人当下的白天，那遗忘在夜间的工作也没有停止。这就是城市的双重运动。在城市活动的两面中，诗人揭示了一种不协调。城市的当下，它的颜色、噪声遮盖了乐章的返回，记忆和名字的混合。这种不协调因此引起了一种怀旧的爆发，对城市的回忆是带着悔恨的意味进行的：“多年之后你回到家乡：你出生的那座旧楼房正在灰尘中屈膝，你上小学经过的胡同已从市区地图上消失，你想哭，却发现一位孩子的笑声仍悬在空中……”[4]

和谐，无论是音符或是笑声，悬在城市的空气中或者留在诗的空白中。不可摧毁的事物凝结下来，传递给了沿着它的足迹回来的人。

---

[1] 王家新：《蒙霜十二月》，《王家新的诗》，第161页。
[2] 王家新：《词语》，《王家新的诗》，第117页。
[3] 王家新：《变暗的镜子》，《王家新的诗》，第236页。
[4] 王家新：《词语》，《王家新的诗》，第223页。

这样，城市便有了一种气息，这种气息通过对比更加明显。这种对比是通过旅行者的记忆自然形成的。对于旅欧归来的王家新，遍布于城市臃肿的街道上的数不胜数的咖啡店成就不了巴黎，因为它缺乏河流的呼吸。此外，文学对于这种气息也不陌生：当诗人迷失在伦敦的浓雾中之时，他看到了艾略特诗歌中亮着的路灯。而根据同样的诗学规则，雪周期性地落在北京城，是那般洁白，也落在诗歌上，隐匿了也显露了一些话语，组成了城市的身份特质。仿佛城市身份特质中的易变的精髓部分只能通过诗歌才能显现，别无他法。诗歌本身留有余味，那是呼吸的记忆。

（杨森译）

（原文载蓬皮杜艺术中心2003年为中法文化年编辑出版的
中国艺术、文学大型文献集）

越界的诗歌与灵魂的在场：王家新访谈

◎［美］江克平（John A. Crespi）

《今日中国文学》编者按：

经过20世纪80年代早中期朦胧诗歌的洗礼，在中国当代具有深远影响力的诗人当中，王家新是为数不多的一个。他现在是中国人民大学（中国最负盛名的高校之一）文学院的教授，不仅以诗人身份著称，也是重要的编辑、翻译家和文学评论家。王家新的写作，因其独特的国际化特点与植根于经验的风格，被很多人归类为所谓的知识分子写作——对大多数西方读者来说，“知识分子”一词带有某种“学术”意味，但单纯以此来评价他的诗歌显然不够准确。通过这次与汉学家江克平的访谈，读者能强烈感受到王家新既主观隐秘又完全国际化的诗学观念，他从对西方诗人保罗·策兰、艾米莉·狄金森等诗人作品的探讨，谈到写诗与译诗的关系，谈到诗人需要面对的外部/物理世界的存在与内在/心理空间脱节的现实，正如他本人那样，身处故土之外，却创作出具有重要意义的作品。

访谈前记（江克平）：

对我来说，访问中国诗人总有种难以抑制的诱惑，即设法提出只有中国诗人才能回答的问题。而当访问对象是王家新这样一位集诗人、编辑、批评家于一身，并在中国近三十年间不断变幻的诗歌场域中经历阅读、写作与出版的诗人时，这种感觉便尤为强烈。不久前，当我在过去的一份手抄本《今天》杂志订阅者名单上看到他的名字时，我意识到了他这三十多年的起点。《今天》是“文化大革命”结束后出现的一份具有突破意义的诗歌刊物，朦胧诗人曾借此平台在诗歌界崭露头角。20世纪70年代末，王家新还是武汉大学的一名学生。而仅在七八年之后，他的名字便作为北京《诗刊》的编辑再次出现。在中国80年代中后期风起云涌的文学实践进程中，《诗刊》可谓最重要的诗歌刊物之一。同时，王家新也成为诸多书籍的作者和编者。据我上次统计，他的名字已出现在16本书的封面上，其中包括四本个人诗集，若干本诗歌合集，和多部个人散文集，而以下访谈中涉及的他极具价值的诗歌翻译也不容忽视。此外，他的英译诗集也在酝酿之中。让我们期待美国诗人乔治·欧康奈尔与译者史春波这两位词语的工匠所编译的王家新诗集尽快与英文读者见面。

除了上述身份，王家新目前还是中国人民大学的文学教授，因此，向他提问有关一名中国诗人对中国诗歌的看法就再恰当不过了。然而要回答这个问题，恐怕一本书，甚至几本书的容量都不够。所以，针对此次访谈，我决定让话题从距离中国遥远的美国纽约州上部的哈密尔顿小镇开始——2007年秋天，王家新作为由弗瑞曼(Freeman)基金会慷慨资助的柯盖特大学的驻校中国诗人，曾在这里与他的家人生活了四个多月。访谈后所附诗歌均为他在驻校期间写成，后由我和我的学生约翰·卡丽纳(John Cavanagh)合力译成英文。如此神秘的交集令我想到一个有趣的问题："汉语"诗歌，或者诗歌本身，究竟从何而来？

江克平：你去过很多国家，通过你的诗歌和文章我了解到，每当你身在欧洲或者美国，访问一些已故诗人的故居总是必不可少的。能否请你解释一下，是什么驱使你朝向这种诗歌的朝圣？譬如，前几年在马萨诸塞州的阿默斯特，你就造访了艾米莉·狄金森的故居，这对你来说意味着什么？

王家新：我希望有时候能够出国，借用保罗·策兰的一个说法，是为了"换气"。我想，我们每个人都需要这种"换气"，为了我们的写作，也为了"呼吸"。在国外时，我访问过一些我所热爱的诗人、艺术家或思想家的故居，但这和一般的游览甚至和人们所说的"朝圣"都不大一样。这里面有一种深刻的自我辨认、自我对话的性质。如艾米莉·狄金森，为什么我要去访问她在阿默斯特的故居？因为她的写作，扎根于她个人的存在，高度简练、独特而又有深度。在她的诗中，是我们自己心灵的"密码"，也是我自己作为一个诗人的命运。因此我一定要去看她的故居。我甚至认为她在等着我去。我一去就看到了花园里那棵古老的橡树，它在诗人死后多年仍在生长，我想，它也在等着我。在纽约，我还去寻访过奥顿在《1939年9月1日》中写到的"第五十二街一家下等酒吧"。1939年9月1日是德国进攻波兰、第二次世界大战全面爆发的日子。就是在那里，奥顿写下了这首名诗。当然，是否找到了这家酒吧并不重要，重要的是这种寻访本身会激发我自己对"诗与时代"这些问题的感受和思考。我想我们到了今天，可能仍在写他们没有完成的那首诗。

随着阅历的增多，我愈来愈感到天下的诗人其实都出自同一个心灵。如果叶芝生在中国晚唐，他很可能就是李商隐；如果我自己生在19世纪美国的新英格兰地区，而且恰好是一位孤独的女性，那么我就很可能是另一位艾米莉·狄金森。的确，我不成为“艾米莉·狄金森”，谁会去成为她呢？“艾米莉·狄金森”，这就是我要成为的人！我以这些伟大诗人为例，并没有抬高自己的意思，我的意思是说，我们的一生，虽然会分属于不同的语言和文化，但又都是进入这“同一个心灵”的过程。这就如同我这些年对策兰的翻译，我最初是从英译中翻译策兰，后来更多地参照了德文，现在我明白了——也许从一开始就知道了，我既不是从英文也不是从德文，而是从我自身中来翻译策兰。如果在我们自身中没有这样一个策兰，那就最好趁早放弃这种翻译。顺带说一下，策兰恰好也翻译过艾米莉·狄金森的诗。那么多英语诗人，为什么选中了她呢？这就是心灵的奥秘。这些忠实于自己心灵认知的诗人，就这样创造了他们自己的“精神家族”。

江克平：我很好奇，你说你对策兰的翻译既不是从英语也不是从德语，而是从你自身来翻译，这具体指的是什么？我猜想这种非常个人的翻译并不简单发生于任何一位外国诗人身上，一定是策兰或其他你所翻译的诗人以这种方式在对你说话，是这样吗？另外，当中国读者阅读你所翻译的策兰时，他们还是在阅读策兰吗？

王家新：我那样讲，只是一个说法。翻译，不同于创作，当然要依据于原文，不可能脱离原文。但这种翻译同样有赖于我们对自身的发掘和认知。我举一个例子，前不久，有一位长期遭受磨难的诗人离开了我们，他的离去使我深感悲痛。为悼念这位亡友，我特意翻译了策兰的一首诗《安息日》。我们知道，策兰是犹太民族苦难的见证者和哀悼者，他的这首诗，就是哀悼、纪念那些大屠杀的受难者的。以下是我对策兰这首诗的翻译：

在一条线上，在
那唯一的
线上，在那上面
你纺着——被它
绕着纺进
自由，绕着
纺进束缚。

巨硕的
纺锤站立
进入荒地，树林：来自于
地下，一道光
编入空气的
垫席，而你摆出餐具，为那些
空椅子，和它们
安息日的光辉——

在屈身之中。

对策兰的翻译，我其实一直是很严谨的，我要求自己尽量做到忠实。但对这首诗尤其是它的结尾，我翻译得很大胆。这首诗的结尾一句德文原诗为“zu Ehren”，美国费尔斯蒂纳的英译为“In honor”，在汉语中本来应译为“在尊敬之中”或“在荣耀之中”。我琢磨再三，最后，几乎是在突然间，把它译成了“在屈身之中”。这样来“改写”，连我自己当时也很惊异，但又感到再好不过。我甚至这样想：策兰会同意这样来译吗？他会的。因为这是另一种忠实。这样来译，不仅是为了一种语言的质地和张力，为了汉语的表达效果，也为了更深刻地表达原诗中的和我自己的那种哀悼之情。的确，我们只有“在屈身之中”，才对得起那些受难者的在天之灵。并且，我们只有“屈身”，才能进入到策兰所说的“我们自身存在的倾斜度”中。

说来也是，这首诗好像一直在等待着我似的。我已译过策兰两三百首诗（策兰一生写有七百首诗），但以前我并未留意到这首诗，在我想到要为亡友的“头七”（按照中国的习惯，死难者的第七天被称为“头七”，要举行悼念）做点什么时，它出现了。它就这样出现了。博尔赫斯在谈论英国诗人菲茨杰拉尔德对《鲁拜集》的翻译时曾这样感叹：“一切合作都带有神秘性。英国人和波斯人的合作更加如此，因为两人截然不同，如生在同一个时代也许会视同陌路，但是死亡、变迁和时间促使一个了解另一个，使两人合成一个诗人”。

诗的翻译，我想，在根本上，正是为了“使两人合成一个诗人”。而翻译之所以有可能达到这种“契合”，是因为这样一个策兰就存在于我们自身之中。翻译的过程，就是这样一种发掘和显露的过程。这里借用诗人布罗茨基的一个比喻：照片的底片冲洗出来了，你发现“他”就具有你自己的眼睛！

至于中文读者读到的策兰，肯定不是“德语中的策兰”，而是“汉语中的策兰”。在我看来，一个称职的策兰译者不是什么“翻译机器”，他的译文必得带着他的创造力，带着他自己的精神气息和独特印记，带着原著与译文之间的那种“必要的张力”。我永远不会满足于一般的语言转换，而是要求自己从自身艰辛的语言劳作中“分娩”出一首诗，或者说，要求自己不仅忠实于原作，还要无愧于原作，甚至还要用汉语来“照亮”原作。

我想，这就是这些年来我所做的工作：不仅要使策兰在汉语中存在，还要把他变成一个“我们这个时代”的诗人。是的，使这样一个诗歌的灵魂在汉语中“复活”，并开口对中国读者讲话，这就是我要做的一切。

江克平：现在你给我出了一个难题，就是如何把你汉译里面的“屈身”再回译到英文之中！那就是我的事了。而在我看来，你所谈到的对策兰的翻译似乎在某种程度上呼应了你2007年访美期间写下的诗。一种暗示性的悲剧的埋葬，拒绝，或者广大的遗忘，却依然存在于当下。其中还有那种对某种原初力量的敏锐辨认，诗人必须与之角力。每当我阅读你2007年间的那些诗，我会觉得那是你身在美国的写作，而不是关于美国的写作，它们体现了那种你作为一个诗人无论身在何处的持久的关注。是这样吗？

王家新：你的感觉很对，在我的翻译和创作之间的确有一种共鸣。我也在一个地方讲过了，我不是一个文类意义上的写作者，而是存在意义上的写作者。我全部的写作，无论写诗、写文章或从事翻译，都是立足于我自身的存在的，或者说，都是围绕着同一个“内核”的。我全部的写作就是这样一个整体。说到1997年冬我在美国哈密尔顿也就是在你们柯盖特大学做驻校诗人期间写的诗，我在中国的朋友、大学同事余虹教授的自杀，对我起了很强烈很深的作用。借用策兰的隐喻，“牛奶”就在那一刻为我变黑了！我记得那是12月初的一个晚上，我带着家人从纽约坐长途大巴冒雪回到哈密尔顿，回到家里一打开电脑收信，便是那令人震动的消息……一连好几天，我都悲痛地说不出话来，于是我写了《悼亡友》那首诗，在那首诗的结尾，不是我拖着行李箱，而是“我的行李箱拖着我/轰隆隆地走在异国十二月结冰的路上”了。

在我这一生我已经历了太多的死亡和磨难。孔子说他“三十而立，四十而不惑，五十而知天命”，我想我们不可能拥有那样明智的、线性演进的人生。不管怎么说，我这种“饱经沧桑”和困惑的人生在要求着一种与之相称的诗。许多读者和诗人朋友对我那首《和儿子一起喝酒》的结尾“然后，什么也不说/当儿子起身去要另一杯/父亲，则呆呆地看着杯沿的泡沫/流下杯底”印象很深刻，问我是怎么写出来的。我回答说就那样写出来的。甚至可以说不是我写的，而是我所经历的时间和岁月本身在通过一个诗人讲话。你知道我以及我在美国读书的儿子的经历，似乎一个人的全部生活，都在啤酒杯的泡沫沿着杯沿“流下杯底”的那一瞬间，对不对？请想想那样一种呆呆的凝视，那样一个缓缓流下的瞬间！我想，也许这就是你在我的那些诗中感到了某种“在场”的原因。你的感觉是对的，尽力确定出一种“现场感”，这也正是我写作的目标。我那首《晚来的献诗：给艾米莉·狄金森》，在书写一个诗人永恒的孤独后，结尾一句是“黑暗的某处，传来摇滚的咚咚声”，这不仅与艾米莉·狄金森的世界形成一种反讽性对照，也想传达出一种当下的现场感。诗歌经由想象，经由词语的探测和引导，又回到哲学家们所说的“我们未曾在场的当下”。这个“当下”，正是我们存在的立足点。我的那首《在纽约州上部》也是这样：

在纽约州上部，
在一个叫哈密尔顿的小镇，
在门前这条雪泥迸溅、堆积的街上，
在下午四点，雪落下时带来的那一阵光，
一刹那间，隐身于黑暗。

这首只有五行的短诗，就是对“当下”的一步步确立，就像摄影的聚焦一样，但我想这比摄影的聚焦要困难得多，我想写出冰雪的力量（雪泥在门前“迸溅、堆积”，就像刀锋一样！），写出对雪落下时带来的那一阵光的艰辛辨认，写出我们自己究竟身在何处，因此这会是一种对自身全部感受力的聚焦。艾略特在《四首四重奏》的最后一章这样宣称：“在一个冬日的下午，在天色变暗之时，在一座僻静的教堂，历史就是现在和英格兰”。我写《在纽约州上部》时并没有想到艾略特的诗，但现在我也可以说：我自己的全部历史、全部存在也就在诗最后的那样一个瞬间——而那正是一个“永恒的当下”。

我想讲这些，也就回答了你最后的问题，那就是我在美国写的诗似乎并不是关于美国的，而是体现了我的另外一些持续的关注。似乎很多中国诗人都是这样，比如欧阳江河说一场成都的雨等他到了威尼斯才下。我想，诗歌并不是报道（我写的长篇随笔《驻校诗人札记》，你知道，很多就写到美国，包括在你们柯盖特大学的感受）。诗歌总是关切到个人最受困扰的内在现实。它可能会带上美国背景(比如说那一场场在中国很罕见的雪，古老的橡树，坐“灰狗”旅行，等等)，也可能会带上中国背景，但它们仍不是关于美国或中国的，而是关于我们自身的存在的。诗在那一刻找到我们，我们就为她而工作，如果幸运，我们还会因此进入到我们自身存在的深处，如此而已。现在，我在精神上也更自由了。我没有那种民族或国家的观念。我不想给自己挂上“中国诗人”之类的标签，正像我不想给自己挂上任何别的标签一样。我当然关心世界上和中国发生的很多事情，但作为一个诗人，一些别人没想到的事物或细节，似乎更能触发我的诗兴。比如离开哈密尔顿回国的前夜，我收拾我们的房间，在那燃烧过后的壁炉前，我停了下来(那炉膛里还燃烧过你给我们送来的劈柴呢)。在那清凉的壁炉前，我又一个人坐了好一会儿。这就是我对“美国”、对我们在这里度过的一段生命时光的告别吗？不管怎么说，只要生起火，就总有面对余烬的时候。正是这样的时刻，让我进入了一种“存在之诗”。

（史春波译）

（该访谈及王家新诗作5首载美国俄克拉何马大学《今日中国文学》2011年第2卷第1期，Chinese Literature Today, Volume 2, Number 1, 2011, The University of Oklahoma。英文版中策兰《安息日》一诗的英译未刊出。访谈者江克平为美国柯盖特大学东亚系教授。）

“花朵永恒，天空完整”
——关于王家新对曼德尔施塔姆一首诗的翻译

◎[亚美尼亚]罗伯特·察杜梁(Robert Tsaturyan)

摘要：曼德尔施塔姆是一位20世纪最重要的并被广泛翻译的诗人，尽管他是一位因其作品风格和情感深奥最难翻译的诗人。王家新对曼德尔施塔姆和许多东欧诗人的翻译(尽管主要是从英文翻译过来的)在中国当代诗歌的发展中产生了重要影响。作为一位杰出的诗人，王家新自己也充分意识到我们生活在一个以“直译”(直接从原文翻译)作为主流范式的时代。那么，王家新极具影响力的翻译是否是对普遍翻译标准的公然挑战？他是否使“可译性”的限制超出了仅仅是语言斗争的范围？这篇文章将尽可能努力地对一首诗进行三种语言(俄语、英语和汉语)的比较。这首诗的原文没有标题，它有时候在一些英译里被称为“献给娜塔雅·施坦碧尔的诗”(Poems to Natalya Shtempel)，它创作于1937年5月4日，也即作者结束在沃罗涅日的流放的前两个月，属于诗人最后留下的诗之一。这篇文章的目的是要展现创造性翻译的无限可能性以及它对普遍标准的挑战。

前　言

诗歌翻译是一项艰辛的劳动，常常得不到充分的回报。失败和成功的边缘相互重叠。翻译者在接触文本之前有许多选择，尽管目的和理论的模式各异，但某一具体作品的可译性程度是作选择的一个决定性因素。正如本雅明（Walter Benjamin）所说的："可译性是某些作品的重要品质，这不是说这种本质可以被翻译出来，而是说内在于原文的特定意义能在可译性中彰显出来……"[1]所以翻译不仅仅是把文本从一种语言解释为另一种语言，甚至也不是在目标语言里探寻一样最接近的等价物，而是一种创作的独特行为。

"曼德尔施塔姆几乎不可翻译"，王家新说道，"但诗的生命就在于翻译。"[2]对曼德尔施塔姆诗歌命运的探寻，导致的是一种有独创性的汉语创作的出现。尽管意识到三种语言的比较几乎是不可能完成的任务，但考虑到从俄语到英语到汉语，译者们已经作出了明显改变并体现出对曼德尔施塔姆诗歌的独异理解，努力本身是有回报的。三语比较主要是一种质疑完美翻译观点的尝试，重点放在对王家新译本的考察。值得一提的是有数个中文译本直接来源于俄语原文，也即汪剑钊最近出版的曼德尔施塔姆诗歌全集的译本，但本文不会对这几个译本进行比较。

---

[1] Walter Benjamin, *The Task of the Translator, Selected Writings (Volume 1, 1913–1926)*, (London: The Belknap Press of Harvard University Press, 2005), p.254.

[2] 王家新：《"我的世纪，我的野兽"——曼德尔施塔姆的诗歌及其命运》，《上海文化》2016年三月号。

如果认为王家新把英语译本当作曼德尔施塔姆诗歌的灵魂，这种想法未免过于天真。我们会看到，尽管王家新参照的许多版本来源于英语，他依然拥有独特的翻译模式，这些模式在理解视角、词源色彩、想象、节奏、韵律等方面具有极大差异。尽管王家新的翻译主要依据的是科拉伦斯·布朗（Clarence Brown）和默温（W.S. Merwin）的版本，他同时也参考了伊利亚·伯恩斯坦（Ilya Bernstein）、詹姆斯·格林（James Greene）、理查德和伊丽莎白·麦凯恩（Richard和Elizabeth McKane）、伯纳德·米尔斯（Bernard Meares）等人的翻译，以及俄语文本的直译。将原文版本和英文版本比照考察，对此王家新在他的文章中也有所提及。（文章结尾附有这首诗的三种语言版本。）

三语比较：以一首诗为例

这首诗是献给一位叫娜塔雅·施坦碧尔的女子的，她是诗人及其妻子在沃罗涅日流放期间认识并结交的朋友。据说施坦碧尔经常不顾家人的劝告看望曼德尔施塔姆夫妇，给他们带来了帮助和安慰。这就是为什么这首诗在英语里有时候也被称为“献给娜塔雅·施坦碧尔的诗”。

现在让我们以科拉伦斯·布朗和W·S·默温的翻译版本作为开场白，接下来的行文中，如果没有特别说明，所指的都是这个版本。

Limping like a clock on her left leg,
at the beloved gait, over the empty earth,

К пустой земле невольно припадая,
Неравномерной сладостной походкой
·

王家新译为：

她的左腿像钟摆一样一瘸一拐，
以可爱的步态，穿过荒芜的大地，

首先，W·S·默温（因为他是这首诗英文合译的主要译者）在开场白中已经改变了整个想象。原文并没有“left leg”和“clock”两个词。大概是曼德尔施塔姆意识到他的生命已经走到了尽头，因此这可以看作是对时间的具体比喻。

“Неравномерной сладостной походкой”被W·S·默温译作“limping like a clock on her left leg”，据说娜塔雅·施坦碧尔在和曼德尔施塔姆（可能）的最后一次见面时有点轻微的跛脚。王家新在这里作了更为深入的转换，他把“clock”译为“钟摆”，使整幅画面变得更为痛苦。钟摆可以比喻为用以折磨的工具，因为在对受害人实施最后的处决前需要一些时间。很难说当曼德尔施塔姆写下这几行诗的时候脑子里是否想过这些，但王家新富有创意的解释明确地为读者呈现了一幅对历史伤痕的深层隐喻和真实描绘的场景。

诗的第三、第四行：

she keeps a little ahead of the quick girl,
her friend, and the young man almost her age.

Она идет-чуть-чуть опережая

Подругу быструю и юношу-погодка.

王家新译为:

她已走到那个轻快的女孩,她的朋友,

和几乎与她同龄的年轻男子的前面;

这里在原文和汉语版本之间有一些微妙的差别。“Она идет-чуть-чуть опережая”(她走着一稍稍在前)被译为“她已走到”。可能会有人说原文的意思在这里并没有表现出来,但当你阅读汉语版本时,几乎可以感觉到她在用跛行的脚追赶上她的朋友时所作的努力。

接下来是这几句重要的诗:(请注意,这些诗句是王家新参考伯纳德·米尔斯的版本所译的。)

What involves her, drags her down

Is the cramped freedom of her inspiring handicap,

Ее влечет стесненная свобода

Одушевляющего недостатка

王家新的翻译是尖锐而扼要的,甚至会感觉到它比原文更接近真实:

那抓住她的,在拽着她走,
那激励她的残疾,痉挛的自由。

“残疾,痉挛的自由”照字面意思译为“deformed, spastic freedom”,可以与原文“стесненная свобода”相对照,原文意为“restrained, restricted freedom”(“那抑制的,受限制的自由”)。当王家新在他的文章里对这个句子进行思考时,他写道:“在这里,‘残疾’已不限于诗中的跛行者,它其实已成为我们每个人身体和命运的‘有限性’的写照。也正是这有限的自由和‘障碍’,激励着人们把自己献给了自由。”[1]如果我们敢于回到苏联斯大林统治时期,“痉挛的自由”可能比“restrained freedom”更接近现实。那么译者比原文作者更接近于现实的情况是怎么发生的呢?它出自译者的直觉体验。一首诗的最初版本是神秘的,尤其是曼德尔施塔姆的情况。因为他的诗歌与其说是在语言搏斗中创作出来的,不如说是他在住所前后踱步吟诵而来的,而译者的任务就是抓住这些声音。

诗的第一节的尾声,在这里王家新再一次参考了米尔斯的译文:

the primal mother of the vault of death,
And this beginning shall be forever be renewed.

Для нас-праматерь гробового свода,

[1] 王家新:《护送死者——以及最先向“复活者”行礼》,《先锋诗》第2期,主编耿占春,武汉:长江文艺出版社2015年版。

И это будет вечно начинаться.

王家新译为:

这原始母亲,死亡的跳跃,
一如既往地重新开始。

原文的“праматерь гробового свода”是一行很有力量的诗,它把那个时代的气候封存于内部,包含了俄国命运的过去和未来。“the primal mother”是集体的想象,痛苦的悲剧。在王家新的翻译里,“这原始母亲,死亡的跳跃”照字面翻译为“This primal mother, the death’s leap”,这不是原文本的替代品,甚至也不是等价物,而是心灵的对话,只有当一位诗人经历得足够多才能体会到曼德尔施塔姆的痛苦。死亡从莫斯科跳跃到沃罗涅日,而且似乎,它会这样一直持续下去。“一如既往地重新开始”,这看上去几乎是对原文“И это будет вечно начинаться”的逐字逐句的翻译,这也再一次证明了王家新作为一个诗人的直觉把握能力。

接着是这首诗第二节的悲伤的开头:

There are women with the dampness of the earth in their veins.
Every step they take there’s a sobbing in a vault.

Есть женщины сырой земле родные,
И каждый шаг их-гулкое рыданье,

诗的第二节从个人和特定场景转移到了普遍讨论，其韵律也包含了更为深沉的悲痛的力量。[1]

在王家新的翻译里，有如此的悲恸：

有些女人天生就属于苦涩的大地，
她们每走一步都会传来一阵哭声；

“Some women, inborn, belong to the earth of pain”是对王家新译文的字面翻译。在这里，他增加了“inborn（天生）”这个词，目的是强调女人无法逃避痛苦的必然性。原文“Есть женщины сырой земле родные”字面意思为“Some women are dear to the wet earth”，曼德尔施塔姆可能想借此描绘他在他周围的女人眼里所看到的痛苦。她们的湿润的眼睛，属于苏维埃的灵魂，埋葬在痛苦中。她们属于那片土地，无处可去。

接下来的诗句，同样也译自米尔斯的版本：

To accompany the dead and be the first
To greet the resurrected is their vocation.

Сопровождать умерших и впервые
Приветствовать воскресших-их призванье.

---

[1] 王家新：《护送死者——以及最先向“复活者”行礼》，《先锋诗》第2期，主编耿占春，武汉：长江文艺出版社2015年版。

“谁是‘死者’？谁是‘复活者’？”王家新问道,“显然,曼德尔施塔姆自己首先就是!”[1]这在汉语译本里变得更为生动。

她们命定要护送死者,并最先
向那些复活者行职业礼。

“Vocation”或原文“их призванье”被王家新翻译为“行职业礼”,或许这在中国人听来是奇怪的。然而,这是有意而为的,为了使一首外国诗听起来像外国诗,使曼德尔施塔姆听起来像曼德尔施塔姆。最重要的,是为了强调他周围的女人(尤其是他的妻子娜杰日达·曼德尔施塔姆和他们的朋友娜塔雅·施坦碧尔)悲伤的天职。

这首诗的最后几句是一种爱和哀悼的结合,言辞沉痛,抵达创伤的顶峰。对命运的接受,对失败的认识,化为诗中留存的呼吸。“Что было-поступь-станет недоступно”,原诗的这一句,在W·S·默温的译本中译为“What used to be within reach-out of reach”,而王家新翻译为“那跨出的一步,我们再也不能跨出”,这不仅是对原文精神忠实的解读,而且是一种距离、时间和人的有限性的隐喻,它把一首诗推向高潮。这就是这首诗悲痛而又充满某种希望的结尾:

What used to be within reach-out of reach.

---

[1] 王家新:《护送死者——以及最先向“复活者”行礼》,《先锋诗》第2期,主编耿占春,武汉:长江文艺出版社2015年版。

Flowers never die. Heaven is whole.

But ahead of us we've only somebody's word.

Что было-поступь-станет недоступно ...

Цветы бессмертны, небо целокупно,

И все, что будет-только обещанье.

王家新作为一位诗人译者，他感觉到了诗行间流露出的莫大悲痛，他以这种方式来把它呈现给中国的读者：

那曾跨出的一步，我们再也不能跨出。

花朵永恒，天空完整。

前面什么也没有，除了一句承诺。

在这个“花朵永恒，天空完整”的世界里，诗人唯一剩下的就是无法信守的承诺。“Цветы бессмертны — Flowers never die — 花朵永恒/Небо целокупно — Heaven is whole — 天空完整”，三种语言的差别是如此微妙、如此精心塑造以至于让人觉得这三种语言的诗句都出自同一位诗人的笔下，都达到了一种高度的简洁。差别在于最后一句，王家新的译文“前面什么也没有，除了一句承诺”，就像曼德尔施塔姆俄文原诗的第二自我。在原文中“Ивсе, что будет-только обещанье”，如果按字面译，为“一切皆有可能——仅仅是一个承诺”。王家新的译文在中文中读起来，不仅富有中文的节奏，也更为沉痛。比较原文和中文的译本相当于比较两位诗人，他们的作品和生活截然不同,而命运相似。那是共同的命运,在不同历史阶段不可避免地发生,并且一次又一次地发生。

归功于曼德尔施塔姆、W·S·默温、王家新这三位不同语言的诗人的三语对话,我们此刻至少有了三首用三种语言写就的令人惊奇的诗。

布罗茨基曾称曼德尔施塔姆为"一位孤儿诗人"(An orphan poet)。经过这样的翻译,一位孤儿诗人,用布罗茨基的话来说,也就是"文明之子"。[1]

结 论

尽管语言和跨文化研究所涉及的远比诗歌丰富,但诗歌是最能生动地反映文化感受的差异和共同点的。体验一首诗,即意味着把它翻译出来并把它们整合到一个特定社会、特定文明的语言和文化边界中。只有通过体验一位真实的诗人以及他的诗歌的命运,才能形成对所处时代的真实的形象。令人痛苦的是,只有对恐惧有切身之感时才能把诗歌表现得最好。知晓这一残酷的真相并忽略它是人类的普遍天性。只有通过书写或影像记录,一个人才不无震惊地开始相信他/她以前所知道的的确就是现实。从这一点来看,诗歌不是为它的语言和社会,甚至也不是为它的时代而写的,而是为了许许多多的他者而写的。我认为诗歌最初就是为了翻译而存在的,它的能量导入和它陌生的语言中。只有通过翻译,它才回归到真实的自我,而这个自我被转化为对时代的

[1] Joseph Brodsky, *The Child of Civilization*, *Less Than One: Selected Essays*, (New York: Ferrar Straus Giroux, 1987), p.139.

见证。“文明是不同文化的总和，被一个普通的精神分子所激活，它的主要载体——那既是隐喻又是字面意义上诉说着的——就是翻译”，约瑟夫·布罗茨基说道。[1]在曼德尔施塔姆的例子中，对他的诗歌的翻译（尽管可能是不可译的），的确是对真实进行艰苦探索的过程。尽管他的诗歌从未在任何语言中找到归宿，甚至包括俄语在内，然而它成了许多人的珍宝。正因为如此，人们可能会这样来看问题，即认为翻译的质量比原文本身的创作更为重要。在王家新献身性的翻译中，曼德尔施塔姆是一位如此纯粹的俄国诗人，正如他自己是一名十足的中国诗人一样。他的翻译，是为20世纪最受尊崇的一位诗人的悲剧一生而谱写的颂歌。他的翻译，也创造了无愧于原文的译本。

（由罗伯特·察杜梁、冯海敏从英文译成中文）

附录：

“献给娜塔雅·施坦碧尔的诗”俄文版

Стихи к Н. Штемпелъ

К пустой земле невольно припадая,
Неравномерной сладостной походкой
Она идет-чуть-чуть опережая
Подругу быструю и юношу-погодка.

[1] Joseph Brodsky, *The Child of Civilization*, *Less Than One: Selected Essays*, (New York: Ferrar Straus Giroux, 1987), p.139.

Ее влечет стесненная свобода
Одушевляющего недостатка,
И, может статься, ясная догадка
В ее походке хочет задержаться-
О том, что эта вешняя погода
Для нас-праматерь гробового свода,
И это будет вечно начинаться.

Есть женщины сырой земле родные,
И каждый шаг их-гулкое рыданье,
Сопровождать умерших и впервые
Приветствовать воскресших-их призванье.
И ласки требовать от них преступно,
И расставаться с ними непосильно.
Сегодня-ангел, завтра-червь могильный,
А послезавтра-только очертанье.
Что было-поступь-станет недоступно ...
Цветы бессмертны, небо целокупно,
И все, что будет-только обещанье.

英文版，科拉伦斯・布朗和W・S・默温译

Limping like a clock on her left leg,
at the beloved gait, over the empty earth,
she keeps a little ahead of the quick girl,

her friend, and the young man almost her age.
What' s holding her back
drives her on.
What she must know is coming
drags at her foot. She must know
that under the air, this spring,
our mother earth is ready for us
and that it will go on like this forever.

There are women with the dampness of the earth in their veins.
Every step they take there's a sobbing in a vault.
They were born to escort the dead, and be at the grave
first to greet those who rise again.
It would be terrible to want a caress from them
but to part with them is more than a man could do.
One day angel, next day the worm in the grave,
the day after that, a sketch.
What used to be within reach-out of reach.
Flowers never die. Heaven is whole.
But ahead of us we've only somebody's word.

中文版，王家新译

她的左腿像钟摆一样一瘸一拐，
以可爱的步态，穿过荒芜的大地，

她已走到那个轻快的女孩，她的朋友，
和几乎与她同龄的年轻男子的前面；
那抓住她的，在拽着她走，
那激励她的残疾，痉挛的自由。
在她急速的跛行中她一定猜测到
是什么在催促，她也一定知道
在空气中来临的，就是春天，
这原始母亲，死亡的跳跃，
一如既往地重新开始。

有些女人天生就属于苦涩的大地，
她们每走一步都会传来一阵哭声；
她们命定要护送死者，并最先
向那些复活者行职业礼。
向她们恳求爱抚是一种罪过，
但要离开她们又超出了一个人的忍受；
今天是天使，明天是墓地蠕虫，
再过一天，只是一个轮廓。
那曾跨出的一步，我们再也不能跨出。
花朵永恒，天空完整。
前面什么也没有，除了一句承诺。

（中文译文选自诗生活网“诗观点文库”，原文刊于圣彼得堡大学出版的“第七届远东文学国际研讨会论文集”）

韩国昌原第4届KC国际诗文学奖颁奖理由

——韩国昌原KC国际诗文学奖评审委员会

自昌原KC国际诗文学奖颁奖以来，第一届由中国诗人（北岛）获奖，第二届是欧洲诗人，第三届是美国诗人，而第四届又由中国诗人获奖。本届获奖候选人是从目前在中国大陆和台湾地区以及在海外华人诗坛上的元老诗人和中坚诗人中推荐上来的。这些候选人都是在国际上享有盛名的著名诗人，无论是从过去诗歌领域里所取得的成就还是当今诗坛的影响力以及国际上的知名度等方面考虑，他们都是佼佼者，因此决定起来颇为困难。

商定结果，评委会决定把这一奖项和莫大荣誉授给已出版《纪念》（1985）、《游动悬崖》（1997）、《王家新的诗》（2001）、《未完成的诗》（2008）、《塔可夫斯基的树》（2013）等诗集，并在诗歌评论和将外文诗歌翻译成母语方面也作出卓越贡献的中国诗人、中国人民大学教授王家新。

王家新被视为继北岛和朦胧诗之后的第三代诗人，也是当今中国诗坛上最具影响力的诗人之一，同时也是主张"知识分子写作"和"（20世纪）90年代诗歌"的最重要的代表诗人。他肩负着历史赋予的时代使命，并在权力面前保持独立自主的态度，主张价值追求写作，被评为“另一个北岛”，“中国诗坛的启示录”。

本届评审是于2013年8月19日进行的。评审委员有吴世荣（诗人，首尔大学名誉教授），崔有璨（文学评论家，延世大学教授），朴宰雨（中国文学研究家，韩国外国语大学教授），金钟会（文学评论家，庆熙大学教授），崔东镐（诗人，高丽大学教授）。评审委员对王家新诗的评价如下：

“诗歌率真，包含人性真实，使人感动。”

“虽与北岛不同，但可以说是新一代诗歌的代表。”

“对历史的负重，通过与伟大诗魂的对话，沉痛地表现出来。”

“诗和诗人的社会地位已确立，文学性也很优秀。”

另外，王家新的作品在国外已翻译成多种语言并出版，诗人广泛参加国际性的诗歌活动，在美国、欧洲各国以及在韩国、日本等很多国家享有较高的声望。

——韩国昌原KC国际诗文学奖评审委员会（2013）

（金英明译）

（原载韩国《诗爱》杂志2013年第5期，

中文译文刊于《诗选刊》2014年第7期）

部分对王家新诗歌的评论摘要

可以把王家新喻为“寻求词根”的诗人，这“词根”构成的是诗歌语言与生命存在的双重支撑。对“词根”的执著寻找因而就给王家新的诗歌带来一种少有的深度：隐喻的深度，思想的深度，生命的深度。20世纪90年代的王家新在中国诗坛上的无法替代的位置正与他的执著和内在的深度相关。阅读他的诗，仅仅从技巧上把握是远远不够的。王家新的诗堪称是当代中国诗坛的启示录，它象征了诗歌领域的一种内在精神的觉醒。

——吴晓东《王家新的诗》

1979年，一个诗人写出了下列诗句：“卑鄙是卑鄙者的通行证，高尚是高尚者的墓志铭。”仅仅就在11年之后，另一位诗人王家新深刻刻画了同时代人的心情：“终于能按照自己的内心写作了/却不能按一个人的内心生活”（《帕斯捷尔纳克》）。如果说存在着用诗为历史编年的可能性，我更愿把它们看作是对时代的命名，一种透出令人眼熟的当代知识分子沉痛气质的对个人心灵史的命名。

——程光炜《90年代诗歌：另一种意义的命名》

王家新对中国诗歌界产生实质性影响，是在他自英伦三岛返国前后。在我看来，《帕斯捷尔纳克》、《临海孤独的房子》、《卡夫卡》、《词语》等诗的主要诗学意义，是它们揭破了20世纪八九十年代之交的王家新，也包括许多中国人惊心动魄的命运，而这并不是所有的诗人都能够做到的。这是我与某些批评家的主要分歧。米沃什、叶芝、帕斯捷尔纳克和布罗茨基流亡或准流亡的诗歌命运是王家新写作的主要源泉之一，同他不少有趣的文化随笔和诗学文章一样，前者与他的思考形成一种典型的互文性关系。正像本雅明有“用引文写一部不朽之作”的伟大遗愿，他显然试图通过与众多亡灵的对话，编写一部罕见的诗歌写作史。王家新运思深邃，笔意沉痛，作品每每打动人心。他拙于复杂的技巧，但长于令人警醒的独白，有的诗作，甚至可以说是通过一连串的独白完成的。这在男性诗人中堪属特例。1996年之后，他的《伦敦随笔》和《挽歌》等诗有意向复杂的经验敞开，表现出在私生活研究中建构“挽歌气氛”的兴趣。它让我想到，中国诗人是否都应该像不断变换写作形式的庞德那样，才被证明为才华横溢？我们为什么非得要为一种潜在的时尚而牺牲写作的可能呢？王家新是有“代表作”的诗人，这一其他人鲜有的幸运，大概正好是一个反证：写作最终是对个人气质、经验的考验，而不是其他。

——程光炜《不知所终的旅行》

（20世纪90年代文学书系诗歌卷“岁月的遗照”导言）

我和王家新从未谋过面，但对他的诗，特别是一些短诗，印象很深。他诗写得干净纯粹，意境幽远，一读就知道是多年努力所达到的境界。他的译诗也十分精细。我想他一直通过翻译来做两件事：一是力图跟自己心爱的伟大诗人保持相近的精神纬度，二是探测汉语的容度的深度。跟一些吃二三十年前老本的诗人不同，他越写越好，也会更好。

——哈金（美国华人作家、诗人）

这几年间，诗人王家新为我们写下了因强烈地释放着内心尊严而令人感到惊异的文字。在这些文字的背后，诗人置身在生存的裂隙、边缘和差异处，那深度搜寻的眼神和沉浸于思考的身影，因闪烁着思想在掘进中的力度和锋芒而显得格外地清晰动人。我想说，王家新这几年的诗文，是我所能读到的诗人之于我们所置身的这个时代状况最为深刻的剖析和警示之一。

近年王家新的写作总是逸出既有的言说罗网之外，由他自己命名为“诗片断系列”的那些诗作，往往很难找到一张现成的诗的地图可以有效地标出它们的确切位置。像这些远离诗歌特定文体的写作，却又有着对诗境异乎寻常的深入，其内在的强烈诗意，反倒是我们在通常的诗作中难得遇见的。透过这些包容了众多向度而界域一时变得模糊未明的写作，我们不难发现，一种整体承当气魄、一种拒绝分类的综合性写作精神正在王家新身上悄然生长。20世纪90年代的王家新得以成为有力应对和处理当代现实，直入事物核心的写作者之一。

——李振声《回复诗性的众多向度》

20世纪90年代中期，经由对历史想象力的自觉引入，诗人（王家新）的写作语境猛烈拓宽了，他既捍卫了个人化的精神质地，又及时地引发了我们对时代普遍的感应力。如长诗《回答》,通过带有“本事”色彩的夫妻离异事件,洞透了一代人的精神史。诗人将个体遭际的沉痛经验一点点移入到更广阔的时代语境中,使之既烛照了个体生命最幽微最晦涩的角隅,又折射出历史的症候:……文本中遍布着大量类似的情境、细节,它们含有极大的“命名”能量,诗人从具体的个人处境出发,找到个人记忆的重心,将其带入特殊意义上的有机知识分子“公共交流”的话语平台,并与历史进行了紧张盘诘与对话。王家新将个体生命的遭际总结成特殊的“限量”的历史,在限量中凸显了诗人个体主体性的内在穿透力。在此,“正史”与“稗史”(个人心灵史)相互穿插,个人的“小型”经验陡然拥有了对生存的寓言性功能。这里,“小就是大”,它不追求事件本身的宏大,而是历史语境穿透力的博大,和自我反思——对话能力的强大。

——陈超《个人化历史想象力的生成》

王家新是对当代诗歌有重要贡献的诗人。他从朦胧诗时代开始写作,几经变化,逐渐形成了成熟的风格。他的诗不以繁复的技巧取胜,而以境界的开阔、感情的深厚为特征,展示了个人在复杂的历史现实中的心理变化。王家新也是一位重要的诗歌批评家,他的一些批评性随笔和诗学理论文章,对20世纪90年代诗歌氛围的形成有重大影响。

——西渡《新概念语文·现代诗歌卷》

王家新诗歌的独特音质出现在20世纪90年代初,那又是一个寻求或重构诗歌话语的时刻。是一代人创伤经验的核心。在此意义上，王家新是另一个北岛。这是我写下王家新的理由。王家新将他的语词放置在一个寒冷的地带。……他的长诗《回答》表达出紧张和受挫折的生活。对王家新来说，对没有被表达的过去、被禁止言说的记忆之忠诚，与对不断漂移的现时性的追寻带来了——一种“移动悬崖”。

——耿占春“当代诗歌三十年十大诗人评选荐语”

王家新的诗最大的特点是它的担当性。他几乎从不允许自己的诗行不同凡俗、艰难而晦涩的生活相摩擦，正是这种异乎寻常的品质赋予了王家新全部诗作以格外醒目的道德力量。他的诗同他生活的时代构成了一种典型的对话关系，他本人则始终处于“对话的稠密地带”最中心的位置。

——敬文东“当代诗歌三十年十大诗人评选荐语”

王家新的写作，一直具有坚定、明确的知识分子精神和诗学追求。他常自觉地将自己的写作置放于时代、历史和现实生活的巨大压力下，在深邃的精神关怀和开阔的文化视野中，通过对其个体生命和精神体验的挖掘与书写，不仅以诗的方式坚守着知识分子的精神立场，更是建立了其深刻、独特和相当有效的个体承担的诗学。我一直记得王家新在一次演讲中所说过的这样的话——“一个诗人，不仅是写出了一些好诗的人，也不仅是提供了某些名句的人，还是为他那个时代带来了某种美学气质和精神性的人，或者说，是一个能够在贫乏的年代为我们拓展出诗的精神向度的人。”我以为他自己，就是这样一个能够为我们这个贫乏和鄙俗的年代拓展出精神向度的杰出诗人。

——何言宏“当代诗歌三十年十大诗人评选荐语”

但是我仍然必须提到三位诗人(欧阳江河、西川、王家新): 这并不是这三位诗人无可挑剔或我对其他诗人的轻视，而是因为他们格外引人注目地标举、代表了第三代诗歌在落日的余晖中越来越清晰地显现的三个诗学向度。……作为诗人并在我们时代的诗歌版图上，王家新代表了我们时代坚定的、最后的道义，良知的承担与见证，他为中国现代诗提示、标举了一个极富时代话语语境感的、时间的维度。

——杨远宏《暗淡与光芒》

说到坎坷的命运遭际，深刻的内心体验，痛苦的心灵历程，我不能不提到王家新的那首将近四百行的长诗《回答》。此诗发表在文学双月刊《莽原》1998年第3期上。此诗发表后不久，即受到评论界的好评。有的评论将它与北岛的《回答》相提并论。其实，从内容到形式两者完全不同；不过，如果从开创诗风的角度看，两者还是有相似之处的。北岛的《回答》是朦胧诗的代表作。而王家新的这首长诗《回答》，也具有开创诗风的意义。这首长诗我姑且称之为“心灵史诗”，用如此长的篇幅写一个爱情悲剧的命运，似乎前所未有，所以具有开创意义。

这首长诗的可贵之处在于：它始终规避了对具体情节的铺垫，始终将时代给予心灵的投影，以及心理的发展变化过程作为全诗的主线。这种心灵变化的历程也不囿于一己悲欢的浅层记录，作为沉思型诗人，面对这场婚变，更深入地走向内心，自省、反思乃至对自己的不断拷问：……从而引向对人生价值以及终极目标的哲理思考。正是在这个意义上我称它为“心灵史诗”。这部“心灵史诗”贯穿着时代精神，王家新确实为中国诗歌注入了一种严峻的时代意识。

——刘士杰：《走向边缘的诗神》

王家新的诗十分优秀，沉静，内省，具有世界性而又很中国化，切入现实，带着一些忧郁和悲哀，但是富有精神的激励性。

——米诺斯拉夫·柯瑞恩

（MiroslavKirin，克罗地亚诗人、翻译家）

王家新的诗歌打动我的是某种不尽在言中的东西。作为那种并非第一眼就能完全显示其真义的诗歌，它的沉默和拙重需要慢慢辨识，仿佛黄昏时刻徐徐转动的脚下的大地。

在中国现代新诗中，天真之歌和经验之歌的区分早不是什么新鲜事。自20世纪90年代以降，所谓从抒情到叙事的倾向的蔓延更是说明了经验在当代诗歌意识中的日益觉醒。换言之，经验意味着成年与成熟。王家新应该被理解为这一倾向的代表，而非例外。这里的成熟是坚忍不屈的，痛苦是无言滋长的。他的诗，不管是哪一首，所展示的都是这种因为成熟而必须承担的经验的力量。

——麦芒《王家新：经验的力量》

在二十余年的诗歌生涯中，王家新以其充满韧性的诗歌写作，成为这个时代诗歌的一个亮点。同时，他一直以随笔和论文的方式，从多个层面对中国当代诗歌及诗歌写作本身进行着思考，同样成为当代诗坛一道引人注目的景观。作为从事诗歌活动的两翼，他的诗歌写作与诗学思考都深入参与了近二十年中国诗歌的历史进程；毫无疑问，他的富于建设性的诗学参与有力地推动了中国当代诗歌的发展，从而形成中国当代诗歌自身建构不可或缺的一部分。因此，当我们反观近二十年中国诗歌的发展历程时，难以绕开的是王家新提出的一些诗学命题及其作出的论述。在某种程度上可以说，正是通过有深度的探询和辨析，王家新的诗学思考才为我们更好地理解中国当代诗歌提供了一块坚实的基石，或者说，提供了一副得以窥见中国当代诗歌深层隐秘的"透镜"。

——张桃洲《我们时代的诗歌信念：王家新〈没有英雄的诗〉》

作为一个穿越20世纪八九十年代的中国重要的诗人，王家新用他独特的个人风格，在诗学领域开创出一条既有别于欧阳江河的纯粹诗歌艺术，也有别于北岛的诗歌政治工具倾向的道路。……对于语言高度的把握、凝神的贯注和准确的丈量，使得王家新的诗作有了尺度式的标准。他在某个意义上代表着中国20世纪90年代诗歌创作的一个高峰。

——李文辉《在沉重和语言之间平衡——王家新诗学浅析》

王家新同样也是从帕斯捷尔纳克那里深切地体会到活着与承担的伟大性，为此他提出了"个人写作"原则，并提出了"个人之于历史、时代命运的一种承担精神。"……在此，王家新以一个中国诗人的心灵与背景完全契合了另一个俄罗斯诗人。……王家新借《瓦雷金诺叙事曲》、《帕斯捷尔纳克》两首诗深入地介入了中国的现实。

——柏桦《心灵与背景：共同主题下的影响——论帕斯捷尔纳克对王家新的唤醒》

因为历史的原因，中国很多的诗人常会处于“二元对立”的矛盾和思想方式之中，或强调“介入”生活，或专注于对“纯诗”的探索。对此，王家新重提诗人的“承担”一词，来超越这种“二元对立”。他提出“把一个时代的沉痛化为深刻的个人经历”，他赞赏“从内部来承担诗歌”，都有助于我们把握到问题所在。这种对于“介入”和“纯诗”的双重纠正，“使写作有可能在一个更切实的起点上展开”，犹如布罗茨基的诗句：墨水的诚实甚于热血——始于“热血”的生命体验和生活处境，最终通过诗人之笔，透出“墨水的诚实”。

或许，一本值得一读的书，恰恰不是那种给读者以现成答案的书，而是不断提出问题的书。我自忖，读完这本现代诗歌论集，它带给我的、对属于我自己更多未解问题的思索，它给我们带来的触动，还会长久地持续下去。

——蓝蓝《墨水的诚实：读王家新〈为凤凰找寻栖所〉》

王家新经常羞于在人前说自己是一个诗人，因为他看到了许多诗歌写作者以自我戏剧化的方式进行的集体狂欢，他们将诗歌变成了一种宣泄性的表演。而在王家新看来，诗人是为诗歌工作、为一个民族的语言和精神工作的人。实际上，王家新正是这样的诗人。要完成这样的工作当然需要内心拥有一种坚定的力量，正如他在《变暗的镜子》中所警示的“活到今天，要去信仰是困难的，而不去信仰是可怕的。”而从漫长的创作过程可以看出，他正是通过历史的透镜不断审视那“灵魂的裂隙中呼啸的西北风”，将个人经验转化为铭刻在灵魂里的风景。

——李建周《王家新：在诗歌内部忙碌》

王家新是当代著名的诗人、翻译家。评论家孙琴安先生说，中国的新诗到了王家新手中，较之北岛、舒婷，又有了新的发展，有了很多变化。特别是他1989年以后在痛苦的思考中写出的那些诗作；他和北岛、舒婷分别代表了这个时代的不同时期，标志着我们这个时代的思想高度与精神高度。

作为翻译家，他早期与沈睿一起选编了《最明亮与最黑暗的——二十家诺贝尔文学奖获奖诗人作品新译集》。他在《飞越七重海洋的众鸟》序里写道：“在文学的写作中，我想我们永远需要一个‘他者’（一种参照）以不断建构自身。”他还写道，“百鸟寻找鸟王西穆尔格，飞过七重海洋后到达鸟王的宫殿，却发现自己就是西穆尔格，而西穆尔格就是众鸟。”我想，这也正是他从事翻译的意义。

我手头还有一本《保罗·策兰诗文选》。王家新在《从黑暗中递过来的灯》的序言里写道：“任何创造性的诗人都会对他的母语进行挑战，并迫使它呈现出新的可能性，在这一方面策兰不是唯一的一个。”

这也是诗人存在的价值，也是王家新的诗歌翻译的价值。

——李天靖《被新的阅读兴奋所裹挟：〈带着来自塔露萨的书：王家新译诗集〉首发式纪要》

我想起整整十五年前我刚开始正经写诗的时候读到王老师诗歌时的情景。那是《瓦雷金诺叙事曲》和《帕斯捷尔纳克》，我瞬间被那种阔大、深沉、清澈所吸引。几年后，当我读到米沃什的诗作，很快就想到了王家新老师。他们的诗作具有某种相通性，这种相通引发了我对中外历史和当下处境的思考，并对我的写作产生了直接的影响。后来，王家新老师不仅写诗不辍，还致力于翻译、评论、理论，将那种“深沉”“阔大”引发至少有人能企及的广博和丰富。谈到译诗，我一直坚持“只有好诗人才能翻译出好诗歌”的观点，因为译诗就像电视机一样，只有拥有优良的接受、转化功能，才能为我们呈现最佳的原作效果。王家新老师作为当代最杰出的诗人之一，作为当代最勤奋、诚恳的译者之一，他的译作完全值得我们信赖，他在这方面所做的工作一定会再度影响年轻的一代。

——肖水《被新的阅读兴奋所裹挟:〈带着来自塔露萨的书：王家新译诗集〉首发式记要》

翻译，尤其是对诗的翻译，是一件伟大的事业，正如王家新说到的:“翻译对一个诗人译者而言不仅是一种给养，也是一种攫取，这就是说，他在接受的同时也给予回报，他甚至可能把本属于他的那些闪光的东西给予了翻译对象，不这样也就不可能使原作‘增辉’”。他是这样说的，也这样做了。他用二十多年的时间翻译策兰的诗与文章，给汉语诗坛作了独特的贡献。尤其在策兰后期诗篇的翻译中，把原作的气息与灵魂精妙地传达出来，在看似断裂的诗章里，为死亡的主题寻觅了淡远的背景，不妨说，在策兰晚期诗歌的汉译里，译者让我们看到了诗人的死亡主题体现出诗学的深邃与多向度的表达。

——夏汉《伟大劳作的诗艺操练——诗的翻译琐谈》

多年来，他致力于通过诗歌写作建立一个独立的个人的精神世界，同时，他投身于诗歌翻译，视翻译为一种"生命的辨认"。他翻译的策兰诗歌在中国读者中已产生了广泛、深刻的影响，近年来又大量翻译了茨维塔耶娃、曼德尔施塔姆、阿赫玛托娃、扎加耶夫斯基、叶芝、奥登、阿米亥、夏尔等人的诗歌。作为一个诗人译者，他在一种最深刻的生命辨认中侧身而行，并以他精确而又富有创造的翻译，让我们在汉语世界里听到了"那船夫的嚓嚓回声……"

——卢文悦《也许，你遇上了经典》

即使用丰富和深远这样的词语，也不能完全涵盖他写作的品质。

穿越（20世纪）90年代的风雪，他坚定而充满情感温度的诗句不止获得了与伟大灵魂对话的高贵质地，也因为其承担的沉重与承受的勇毅而赢得了读者的尊敬。他不仅参与创造还身体力行地见证了（20世纪）90年代丰富的诗歌精神，并且与这个时代最优秀的写作者一起，创造了汉语新诗史上最值得怀念、文本最具价值的时期之一。

持续的写作动力与充满精神性的诗歌道路，让他走向了更加宽广和深邃的境地。生命体验的深度与思想魅力的与日俱增，使他的作品在近年更加充满深入当代的活力。

《未完成的诗》记录了王家新令人感动和珍视的诗歌历程与精

神道路，它们如同一串生命与历史互相嵌入的钻石，闪耀在这个年代精神的星空。

——首届“苏曼殊诗歌奖”颁奖词（张清华执笔）

与一切优秀的诗人理论家一样，作为优秀诗人的王家新同时也是卓越的诗学理论家和批评家。辽远的视野，宽广的阅读，丰富的情意，精妙的文辞，其中浸润或漫步着他执著的思考，忧患的思想与深切的关怀。他用自己包含诗情与思想、个性与高度的文字，发展和丰富了新诗以来的批评文体，给这一饱受争议的工作增添了存在的理由。

——首届“袁可嘉诗歌奖”“诗学奖”颁奖词

在王家新非同寻常的诗歌中，一种柔和的、抒情的敏感与苦涩的世界相遇。在乔治·欧康奈尔和史春波令人动容的译文中，这些诗歌焕发出光芒，伴随着梦幻般的意象、带着呻吟的屋瓦叮当声、模糊的灯光、吹进骨头缝里的迫人转变或放弃的狂风的重量，等等。而在这些意象之下，仍有黑暗中闪着威胁光亮的刀子在迫近，一道等待的峡谷“像一只手掌在渐渐收拢”，“来到梦里”的狼“像浓雾一样变换着毛色”，等等。这些深度意象源自潜意识，显现了自我的暗影及世界背后的世界，回应着格奥尔格·特拉克尔、詹姆斯·赖特和托马斯·特朗斯特罗默等人的“幽暗本能”诗学。他的《瓦雷金诺叙事曲》，以帕斯捷尔纳克为参照，悼念他自己国家的苦难历史，慨叹“诗歌的无用”。他叩问：“我们怎能写作/当语言无法分担事物的沉重?”然而，在这样一个世界，我们又怎能忍得住不去写作？读者如你，又怎能忍得住不去拿起如此非凡的一本书——一本关于放逐和梦想、关于甜蜜和陌异相遇的书，然后像剥橘子一样，一瓣一瓣地把它吃掉？

——托尼·巴恩斯通（Tony Barnstone，美国诗人、翻译家）

王家新的诗里有一种“持志如心痛”的痛，有时这痛呜咽得如鲠在喉，有时爆发为“喉头爆破音”。他以全副怀抱，创造了自己热情、耿介、沉郁的诗人形象。在汉语新诗里，多少语言的泡沫破灭了，王家新的诗却以其“诚”而立。

——朵渔《青春》杂志“诗语空间·主持人的话”

王家新是智慧型诗人，他以极大的耐心和持久的创造力进入到了诗歌内部，作品不仅呈现了个人在历史阴影中的心灵痛楚，也揭示了诗人在文化错动中的历史重负。将个人经验与价值混乱、精神贫乏的时代构成一种紧张的对话关系，他的启示录式的诗歌方式自立一家，有着坚韧、清醒、独到的精神作风，揭露真相的同时也彰显出卓绝的文人风骨，显示出其精神上强大、纯粹的一面。有鉴于此，评委会决定将第二届“中国赤子诗人奖”授予王家新先生，以嘉奖他在多年诗歌创作，外国诗歌译介及中国新诗理论方面的建树。

——第二届“中国赤子诗人奖”颁奖词

作为一个杰出的诗人，王家新先生是一位由时间选出的代表。在他三十多年的诗歌生涯中走过的道路，犹如一串雪地上的足迹，显示了精神在这个世界上的孤独和艰难。他的诗以无畏的勇气分担了时代和事物的沉重，凭借心灵的力量把它们转化成了精神的收获，由此加重了现代汉语及其每一词语的分量。这种分担不仅响应了诗人在其出发之时的承诺和初衷，也响应了新诗在其发轫之初对未来的承诺。王家新先生富于洞察的诗歌想象力拒绝表面的华丽多姿，而一心专注于严肃、深邃、辽阔的境界，抵达了当代诗歌所抵达的最少人迹的远方。长久以来，中国当代诗歌广泛受惠于他的创作、批评和翻译。他的批评和翻译贯穿了与其诗歌同一的精神，它们一起以一种合一的力量有力地塑造了当代诗歌的面貌。为表彰王家新先生在诗歌创作、批评和翻译多方面取得的卓越成就，特授予“第一朗读者·诗歌成就奖”。

——深圳“第一朗读者·诗歌成就奖”颁奖词（西渡执笔）

这就是王家新——能够保持一种长久不变的精神气质和思想穿透力，在我们多变的时代里简直就是一种奇迹。

他是一个气质凸显的人，即使在诗人中也是如此，是一个诗人气质异常强盛的诗人，而在我们的时代，大部分诗人几乎是没有诗人气质的，气质几乎成了一个贬义词，但他重新赋予了这个词以尊严和生命。

但气质，绝不是赘余的负担。这不仅仅是常理：只有这样的气质，才能写出这样的诗。其实，拥有这种气质的人绝非王家新一人，但只有当王家新发明了自己时，他才能够说发现了他们。他们：俄罗斯白银时代的诗人，布罗茨基，德国诗人，尤其是策兰，以及王家新在不同年份称赞过的中国诗人，等等，一种气质，让他们显得更像是一个精神家族。诗人是一种超越了种族现象的群体。他们深入了种族文化的野蛮，并从中创造出蕴含着生机的反思性原则。诗人着眼于一种文化的生机，但并非看不到这种文化的罪与罚。诗人应该是少数派。他最大程度地意识到文化与权力的合谋，因而不得不成为一个背离者，诗人的痛苦对于一个种族的神经是一个有益的折磨。我们将要证明，气质不仅仅是表现、表象和表征，还是实质。

——王东东《光影之间：词语的刻度——读王家新〈雪的款待〉》

如果有人要在王家新的诗歌里漫游，可以在那里发现高速公路，铁路站台或者“郊区的一个加油站”。当然，他也可以在其中聆听雨声，并像诗人一样在心中充满“冬日的精神”。从中，我们可以看到华莱士·史蒂文斯的影子。他曾经从他的诗歌里唤出了“mind of winter”（冬日精神）。事实上，这位中国诗人和批评家对美国和欧洲的现代诗歌有所偏爱。在他的诗歌里，不仅仅回响着华莱士·史蒂文斯的声音，还有T·S·艾略特或者保罗·策兰的声音。然而，当史蒂文斯在他的写作中越来越转向抽象，而王家新却保持着他独特的力量。比如风或者云这些简单的自然现象，被王家新用来作为童年或者中国当代生活轨迹的一种反射。从而，他不仅仅只是在研究现象，他把“站台之间”射向高处，并且还让它们在词语与意象之间显现，或是从语言中逃逸，或者令读者感到其中的张力。有时，诗人只是着力去试图表述什么，不过很快又回到了他的过渡音调艺术。沃尔夫冈·顾彬从他的诗歌中精选出了一部分翻译出来，并编在一起，使之成为美妙可读的德文。

——《在站台之间：王家新》，瑞士《新苏黎世日报》关于王家新德文诗集《Daemmerung auf Gotland》的专文书评当我翻开诗人王家新的译诗集《带着来自塔露萨的书》时，那种久违了的进入一本书为之心跳加速的感觉又降临了。译诗集中的诗人名字为我们所熟悉，但是其作品却给我带来了强烈的新鲜感，哪怕有些作品不是首译而是重译。我想，这和王家新视翻译为“翻新”有关。他的翻译，的确刷新了我们对许多诗人的认知。这本译诗集中的作品，由于深刻而复杂，在我看来都是翻译难度最高的。没有哲学头脑和思想深度的译者将很难把握这些诗作深刻的思想内涵，没有高超语言技艺的译者也很难把它们译成诗。然而，诗人王家新是一个不同一般的译者，他这本译诗集中给我们呈现的诗人，几乎每一位都可以说在词语上有着强大的穿透力，语言如此深入灵魂，我猜想，就如同他们在原文中那样。在我看来，大师的经典作品与高标准的技艺与在译作中的完美呈现应该是一致的。奥登的诗歌可以说是复杂性的代表，翻译难度可想而知，但王家新却能将《爱的更多的一个》译得如此闪亮。当然不仅在于这一首首好诗，更在于这本译诗集所聚集的气场：它强大而有力。对这些诗人的选择和翻译，也折射出译者自己多年来对诗歌艺术所确定的探索方向和难度。

——冯晏《聚集在一本译诗集中的巨大能量》

翻译是照亮。我们经常会为这样的感觉欣喜：在两种语言的裹挟中，作者和译者的身份会发生奇妙的置换。作者会越过自己的母语直接和我们说话，那种语言的屏障好像根本就不存在了。作者以译者母语的身份把译者隐藏起来，或者与此相反。这样的情形可是翻译的最高境界？是的，无论是作者的文本被转译过几次，语言的神奇都会找到它们已经准备好了的榫接、融合，让不同国家、历史、文化的心灵得以贯穿。

《新年问候：茨维塔耶娃诗选》正是这样一部杰出的译作。凭着译者对母语炉火纯青的把握，尤其是对两种语言意象和声音的捕捉，如同扑闪的蝴蝶精美合一。（我可不可以把它称作“词的命中”？）

诗的风格成就于自身的节奏。它让声音穿行在自己的大厅、廊柱，并赋予思想和感情（有时是叙事）的层次以错落的梯阶，语言汇集的旋律一直升向诗的穹顶。茨维塔耶娃以她“那黄金般无与伦比的天赋”演奏语言（她的灵感箭一般洞穿世界！）。我们来读《新年问候》的第一句：“新年好——新行星——世界——家！”这不是语言，不是词，是乐器，是声音在舞蹈！这是一首交响曲的叩问（我们好像提前听到了接骨木浆果的迸裂）。在这首长达两百多行的诗里，“像是风神空洞的塔”，充满了这样的叩问和击打，呼唤和回响。这首写给里尔克的挽歌，是两个灵魂穿越的际会，而我们也被置身于“一个流动的新大海里”：

新空间好，莱纳！新国度好，莱纳！
向着那可以看到的最远的海岬——
新眼睛好，莱纳！新耳朵好，莱纳！

在此，我们真的要为译者击节击掌，他让我们再一次感受到两种语言奇异的共振。我有时候甚至在怀疑：世界上真的还有这样的诗存在？这样的语言？

从第一次翻译茨维塔耶娃的诗到今天的结集，译者走过了心灵——语言的炼狱。他持续释放的热量，真可以说是令人惊叹！

茨维塔耶娃这颗罕见的钻石，被命运深埋又被命运无情切割。她的任何一面都放射着不同寻常的光芒。这是一张伟大的书桌，或者说，没有谁比这样的诗人、这样的译者更能向我们展现一张书桌的伟大。

——卢文悦《一张书桌的伟大：读王家新译〈新年问候：茨维塔耶娃诗选〉》

如果要理解王家新之于当代诗歌的意义，我想援引陈超先生在指认现代诗标准时所提出的“精神重力”与“个人词源”。王家新的诗歌写作、批评和翻译正是在这种“精神重力”与“个人词源”的张力关系中相互激发、相互吸引、相互赠予，从而标出当代诗歌与翻译所能企及的“吃水线”。在众声喧哗的当代诗坛，有了这样的诗人，就意味着照亮、澄清和提升。一个“为语言服务、为精神服务、为爱服务”的诗人，他朝向“晚词”、朝向“无人”、朝向“未来北方的河流”的孤绝探索，一直深深激励着我们。从《帕斯捷尔纳克》、《瓦雷金诺叙事曲》到《保罗·策兰诗文选》，从《为凤凰找寻栖所》、《雪的款待》到新近的《带着来自塔露萨的书：王家新译诗集》、《新年问候：茨维塔耶娃诗选》、《黄昏或黎明的诗人》，我们一直领受着他带给当代诗歌的恩惠。更确切地说，他的写作、翻译与研究已经形成了一个“精神重力场”，对当代诗歌产生了强有力的吸附力与牵引力。

诗歌翻译成为王家新近年来关注的重点。在我看来，这种“转向”某种意义上是一种必然，是“诗人译诗”的必然使命唤醒了王家新。无论是通过翻译创造出一个“精神家族”，还是将翻译作为一种“语言反哺”与“精神回报”，都是诗人王家新以“呕心沥血的爱”将自己有限的生命奉献给“无限的诗歌缪斯”的艺术献祭。在这种“给予”与“献身”中，王家新承担起了那些“强力诗人”们对他的“翻译授权”，替他们在汉语中找到那张“独一无二的面孔”，完成他们“来世”的绽放。我们不仅在原作与译者相互的寻找中体验生命撞击的灿烂，也从这些“亡灵之声”中重新找回了语言复苏的力量与爱的能力。

说实话，在大量接触王家新的译诗之前，我不大相信“转译”。当我们将他苦心孤诣的“转译”与一些根据原文“直译”而来的作品对照之后，毫不夸张地说，他的翻译其实早已达到了与原作相当的艺术水准，很多译诗甚至发出了比原作更耀眼的光芒。令人敬佩的是，王家新在翻译中对“纯语言”的挖掘、对诗歌神髓的传达，对语言的精确性的苛求——他的精确并非在字面上忠于原作，而是能够在更本质的层面抵达诗歌，在精准与创造之间获取艺术的张力。对于这样的译者，我们充满着感激与信任。

——杨东伟《“我以塔特拉山来判断天堂”——读王家新〈黄昏或黎明的诗人〉》

王家新的诗歌以其赤子般的精神直面人生，严峻，诚实，深邃，充满独特而可贵的承担意识，是知识分子独立个人写作的代表之一。他与时代和自我的对话，不仅富有批判、质疑、内省的力度，也在不断拓展汉语精神世界的边界。同样，在创作的同时，他以生命的丰厚经验和语言创造力对世界优秀诗歌进行翻译和对话，对当代诗歌产生了广泛的影响，谨授予王家新先生“美术馆·人文艺术奖”。

——虞山当代艺术馆“美术馆·人文艺术奖”颁奖词（2016）

家新的这批短诗，具体、切近、寓人生深意于朴素叙述：“重写一首旧诗……/这是冒胆揭开棺材盖，/探头去看那个人死去没有。”（《重写一首旧诗》）一个恍若初识的老友，从选材，到诗思、句式、音调，带来全新的振奋。离弃装饰性的深沉，回返年轮发育出的成熟，诗人认出：其实是“一首旧诗写我……/暮色从它的最后一行开始”——诗，倒叙着写出了我们的人生。

——杨炼“当代诗人名家近作展读”导读

王家新的英译诗选《变暗的镜子》我已读了两遍，很感谢译者Diana Shi以及George O’Connell，他们做了一件美妙的工作。王家新属于第一流的诗人，他的诗歌是独创性的，他的声音在任何地方都与众不同，都属于他自己的确切无误的声音。他与（历史上）其他诗人的对话，如同他对意象、情感和经验的处理，都十分独特、优异。

——安纳斯塔西斯·维斯托尼提斯

（Anastassis Vistonitis，希腊著名诗人）

附录一：王家新访谈三篇

回答四十个问题[1]（节选）

童年经验是非常重要的，尤其是对于一个诗人，它往往是一种写作方式和一种诗歌理想的实际根源。1987年在山海关，你曾跟我谈到你在湖北乡间的童年生活，对你而言，童年经验意味着什么？

童年并不是我专门去写的一个主题。对我而言，诗歌不是个人的传记，只有当童年经验在要求我去接近一种本质的东西时，它出现在诗中才是必要的。严格来说，不是童年生活，而是我们在童年时代所惊讶的一切，比如“自然”，从麦田上面掠过的天空，你曾提到的“第一次面对死亡”（它肯定发生在童年），正是这些非个人的、谜一样的东西在决定着我们后来的写作。

因此与其说“追溯童年”，不如说在进入一种记忆的可能，进入我们在童年时所经受的某种“洗礼”（荷尔德林的诗句“我在神的怀

[1] 提问者为诗人陈东东和黄灿然。

抱里长大”，向我们提示的正是这一点）。正因为如此，对一个诗人来说，童年即永恒。实际上我经常感到青春时代很虚幻，更遥远的童年和少年却时时出现在眼前。静下来想想，决定我一生的，恐怕仍是我在童年时代所遥望的天空。

对于一个诗人，或者说对于你，最理想的生活方式应该是怎样的？你在多大程度上努力去接近这种生活方式？

我要努力去接近的，恐怕是诗而不是某种生活方式。至于对生活本身，我要求不多，更不曾去幻想某一种“理想的生活方式”，可以说我不是那种想要通过写诗来“改变命运”的人。诗歌就是诗歌，即使生活不完美，我们也无法把它作为一种补偿。实际上对于一个诗人，当他进入写作，诗歌便开始加剧着他与一切外部生活方式的偏离。看不到这种区别，把诗歌人生化，或是把人生诗歌化，那只是一种错误的两个方面。与此相关，作为人而生存与作为诗人而写作，这也是大有区别的。里尔克在创作《杜依诺哀歌》前为自己编造了一个神话，但实际上“神话”只有当他真正进入语言与灵魂的历险后才开始产生；这就是说，诗人只存在于诗中。

北京的生活带给你什么？从湖北到北京，除了环境的改变，也改变了你的诗歌吗？从北京到欧洲呢？

在北京的生活给我带来了某种精神性的东西，而这主要取决于中国北方那种严峻的生存环境，开阔的天空，秋天横贯而过的大气流，在霜寒中变得异常美丽的红叶，以及更严酷但也更能给我们的灵魂带来莫名喜悦的冬天。我在北京生活了七八年，我接受着它们的洗礼。我想这和北京的政治文化生活一样深刻地影响到一个人的写作。

而当中国北方的气候、大自然景观和它的政治、文化、历史相互作用于我们，在我的写作中就开始了一种雪，或者说“北京”与“北方”作为一种主题就在我的诗中出现了。我想这是必然要到来的东西——在一种隐秘的内心呼应下，这北方的风暴、在飞雪中轰鸣的公共汽车，以及北京上空那时而阴郁、时而异常高远的天空，必然会加入诗歌的进程，从而成为内心生活的某种标志。

我想，这即是我蒙受的恩惠：在北京的生活，使“一种从疼痛中到来的光芒，开始为我诞生”，这形成了1988、1989年以后我的诗歌，更重要的是，它在要求着一种与之相称的个人诗学的建立（如果可以这样说的话）。我的诗中开始了一种与整个北方相呼应的明亮，而这正是我忍受住一切想要达到的。

即使现在，我想我仍在写作中呼应着从那时开始的“我们自己的时代”。如果说叶芝的“精神幻象”是一个想象中的拜占庭，那我只能朝向那深刻地触动我、赋予具体的生命感受以意义和形状的北京。而且我相信这具体、确凿的地点和事物，一经诗歌的转化，就更会成为铭刻在灵魂里的风景。总之，我相信“北京”这个主题（或是作为音乐中的一个声部）会一再在我的写作中出现。往往是当我对目前这种旅居异国的生活深感恐惧时，我就要求自己回到诗歌中的北京，而那正是我的所在之地。的确，一种语言中的流亡，是需要有某种更坚实、确定的东西来为其提供保证的。

如何看待一个中国诗人在欧洲的处境？你到过西方数国朗诵，

作为诗人在中国的活动与在外国有何不同？

中国诗人在外面的已有不少，各自的情况不一样，但我想他们对“孤独”的感觉可能相同。撇开个人情况不谈，这在根本上源于汉语诗歌在另一种语境中的“失语症”，或者说源于中国文学在世界文学中的孤独。有一次当我听到有人称中文为一种“地方语言”时，很受刺激，但情况又的确如此。汉语作为一种诗性语言固然伟大、美丽，但作为一种世界范围的交流语言，几乎不可能。正是由于这种语言的限制及文化上的隔膜，致使中国文学无形中被排除在某种“中心”及“视野”之外，从而成为一种偏远的外省语言——纵然人们时时会不无好奇地到那里采猎一番。

所以作为个人必然会为这种整体状况付出代价，这是他们的命运，他们——在欧洲、在西方的中国诗人们，必须接受。即使经常被请去朗诵，或是作品被出版介绍，也不过“梦里不知身是客”罢了；时间一长，他还会发现他成了双重的局外人：他现在所难以进入的西方与回望中遥不可及的故国。而后一种情况，不仅是孤独，而且是需要他全力去克制的某种更深刻的恐惧。

因此可以这么说：对于任何一位中国诗人，真正的考验是在出来之后。正是在这一艰巨的天路历程中，他才有可能对诗歌有了一次更具有实质性质的进入。某种在词语中早已开始的“流亡”，现在进入到它的现实空间，正是在这一转换中，一个诗人才有可能更深切地体悟到他自身存在的根本命运（如卡内蒂所言“我只有从我的恐惧中才认出自己”）。当然，我这样讲只对那种冥冥中自有“神助”的人有效。

至于对西方当代诗界，要谈的很多，但在这里我只想谈它“安静”的一面。的确，在欧洲似乎并不存在像中国那样热闹的“诗坛”，沃尔科特在伦敦“南岸中心”朗诵完后（这是他获诺贝尔奖后第一次来英国朗诵），并没有一大堆诗人、记者什么的簇拥着，只有一长队读者在静静地等着他签名。一个刚从中国来的诗人或许会不习惯于此，但是当诗歌来到一个“边缘”，它会发现那里正是它本来的位置——而在这之前它与时代的纠葛与混战倒成为不可理解的了。

的确，这就是卡夫卡、里尔克、叶芝的故乡，它那从深处透出的文化意蕴，也使我安静了下来。而在这之前，西方对许多中国人来讲的确是一种“幻象”，从它的政治，到它的诗歌。但我想只有把它“看破”，我们才能进入到一个新的境界——我感谢欧洲，正是在它的这种“安静”中，我想我才有可能经历了一种无名的再生……

读书对于一个诗人是重要的吗？你的写作是否跟读书是紧密联系着的？你从书本中得到了什么？

读书当然重要，尤其是那种深入的阅读，它意味着的是对“钟的秘密心脏”的进入（这是我正在读的卡内蒂的一本书的书名），是掀开内心中淤积的时间泥土……我爱我生命中那些秘密读书的日子。写作于我，从来就与这种对文学的“秘密的爱”连在一起，虽然这并不意味着我读了什么马上就去写什么。

每一个诗人都有自己秘密的营养系统，或者说存在着他自己的对应关系。坦率地讲，我从不信任那些从不读书的人——纵然他们再有“天才”，他们仍在文学之外。我想，这即是我的一个基本信念，即只有从文学中才能产生文学，从诗歌中才能产生诗。荷尔德林在里尔克和策兰那里要求着再生，而埃利蒂斯为了他自身的存在不得不把荷马再一次创造出来……一部文学史，无非就是文学自身的这种不断重写和变通。而一个诗人如果脱离了文学的这种“重写”或者说“被写”，他就不对文学构成意义。因此，我从不认为我的写作就是一种“创新”，我只能视它为一种对于文学的敬礼，一种“还愿”——为了它的养育之恩。同样，我记得圣琼·佩斯一篇演说辞的题目就叫“为了但丁”，而不是“关于但丁”，或者更为低劣：我与但丁。

请你谈你心目中的大师。这种大师级的诗人对于你（或我们）是一种激励呢，还是种障碍？

现在我很少使用“大师”这个称呼，除非在某种特殊的语境下。的确，存在着一些真正杰出不凡的、一再提升着我们的诗人，但这种诗人并不多。我们称之为“大师”的，往往只能部分地是（例如博尔赫斯）。

而这几乎已成为中国当代诗界的一个普遍现象，即“大师”成为一种无所不在的“氛围”。诗人们竞相形成一种气度，对此请看看他们说话的口气与做出的姿态即可。但是，这种“仿大师”却忽略了大师之所以成为大师的更重要的因素——而那是什么？

的确，大师已成为“幻象”或“神话”，不破除这种幻象，就很难说真正进入了诗歌。我在上面曾谈到文学自身的“重写”问题，即文学的存在会一再地要求再生、对应与改写，以成就它自身。有时我甚至感到在文学的发展中还存在着一种所谓“灵魂转世”——当你从李商隐那里认出你的“前世”，或是在叶芝那里感到了一个你所秘密熟悉的灵魂，谁说这不是一种可能呢？

这就是我要说的：诗歌终归是精神的领域，因此只能取一种心灵的尺度。如此，一个虽然不“大”但却极其优秀的诗人，如保罗·策兰，就有可能对你产生比“大师”们要重要得多的激励；即使呼应大师，也能透过其气度与规模而直达其内在的灵魂。诗歌就是这么一个精神感应、同气相求，不仅是技艺更是内在灵魂在决定一切的领域。

对你来说，写作是一种怎样的活动？它在你的生活中处于一个怎样的位置？

我不是一个每日必写的诗人，因此很难说写作在我生活中的位置。甚至可以说我是在经常地、下意识地逃避写作，因为它对人的正常生活是一种剥夺和摧毁；或者说对终生要写的东西保持沉默，一再推迟它的到来，却时不时开出一些不经意的花朵来。

话虽这么说，一旦我感到了某种召唤，我就只能“中断”我的生活而进入写作，因为不这样就更加不得安宁。我相信几乎每一个诗人都如此，那就是在他身上体现了一种相互分离：作为一个人他要生活，但是作为一个诗人他又不得不去写作……神学为解决这一矛盾而创造了寺院，而诗歌呢？

因此我经常感到自己是一个欠了债而又无法偿还的人。这使我愧对诗歌。当电影《莫扎特》中莫扎特的妻子问他为什么还不着手写那支《安魂曲》时，莫扎特的回答让我暗自惊心不已：“写出了这支曲子我会死的！”纵然如此，又必须去完成，必须把自己不再保留地交出去。的确，这正是我所说的那种“欠了债”的人。

写作的过程愉快吗？在写作中，你希望的是尽可能快地完成还是尽可能地延续？你的写作习惯是怎样的？

似乎我从不考虑写作是否“愉快”这个问题。问题在于它是否出于一种“必要”。如果写作出于必要，即使它艰难，我们也不得不把它深化下去。我经常在怀疑写作的意义，但有时，当这种写作深入到某种境界，似乎在无意间惊动了上苍（或“语言本身”）时，我就感到了一种不可名状的战栗——在这种情况下，我不想说我有了一种蒙受神恩的喜悦，但我要说是写作本身达到了对它自身的肯定。

我经过这种时刻，但我并不能复制它。因此写作（诗的）每次都处在一个生死不明的起点上，成为一种对“天意”的试探。而这一切和你个人的痛苦或愉快已无关系，因为开始时是你在写诗，但接着就是诗在写它自己——它有时甚至还会回过头来抹去你在开始所“表达”的东西。这就是诗歌的“写作”：你只要深入其中就会被诗歌本身的那些东西所支配。看来一个诗人对语言的欲望，只能在诗歌之外得到补偿。

至于写作的快慢，这里不谈具体的。我总的想法是：在一个“加速度”的时代，写作应该慢下来。只有这样，我们才不至于与一个喧嚣的时代“同步”，而是进入到诗歌自身秘密的领域中。我欣赏米兰·昆德拉的一句话：艺术以对抗时代的进步而获得它自身的进步。

你的一首诗通常是怎样完成的？修改多吗？好的诗篇是修改的结果吗？

通常来说，在写作之前我往往感到了某种情感的、精神的东西或是几个相关的词及句子。但诗歌是只有在进入词语后才真正产生的。这样的写作过程必然伴随着修改，何况那诱惑着我们的诗歌，又总是在它不在的地方。因此我不相信那种“一口气”写下来的东西，而且也从来不喜欢“流畅”。相反，我喜欢写作过程中的障碍——与其让语言的轮子漂亮地空转，不如让它吃力地接触到大地上。也可以说，这就是我们在一些优秀诗人那里所发现的“难度的设置”。诗意的呈现，尤其是诗歌可能性的呈现，总是伴随着对某种难度——有时甚至是一种“看不见的难度”——的克服。因此，让我们在别人（或我们自己以前）轻易就滑过去或绕开的地方停下来，或者说，让我们以一种有别于竞技的方式来进入诗歌的地带。

对于你，诗歌中最大的难题是什么？在诗歌的技巧方面，你有解决不了的困难吗？

诗歌写作中最大的难题是语言，人们通常所设想的“技巧”是非常次要甚至是不存在的问题。语言问题集中了一个诗人所有的焦虑。在散文那里，凡是能说的都能说清楚，而在诗人这里，要达到一种他所设想的诗歌的“言说”，这几乎是一种不可能：不是语言迫使他意识到他自己的限度，就是他迫使语言做起它以前从未做过的事情。

但是因此卷入与语言的“搏斗”无济于事，那种刻意的、自以为聪明的语言实验也从来没有给我带来过对语言的领悟。我相信这只能是一种“功到自然成”所达成的境界，甚至不以诗人的主观意志为转移。一方面，我们笔下的语言似乎永远达不到所设想的程度，但有时，语言突然间向我们奇妙地展示它自身——而这种“神助”，只能出自一种语言达到成熟时的突然一跃。

诗人与诗歌，在根本上就是这样一种与语言的关系。他的“焦虑”也正是他的“使命”所在。人们(或者说整个民族)只是在使用着语言，而它却在向诗人提示它潜在的可能。在此意义上，可以说诗歌几乎就是一种“未知的语言”，它只有经过一种严格、深入，有时是出其不意的写作才有可能将自身呈现出来。经过伟大的诗人或一代诗人，语言从日常格局中脱颖而出，它达到一种不可名状的境界，它仿佛再生了——这即是一个诗人的语言梦，纵然在实际写作中他会一再地碰上他的限度。

“人与世界的相遇”是你的一本评论集的书名，它可能也是你的诗歌理想，至少在某一阶段。“人与世界的相遇”必须通过诗歌来达成吗？

“人与世界的相遇”至今仍可以说是我的“诗歌理想”，或这一理想的某一说法。我一直不主张诗人过于封闭在他的主观性之中；在我看来，诗歌永远是人与世界相互演变(在语言中)而成的一种境界。与一些人理解的正相反，诗人们要做的，不是所谓“自我表现”，恰恰是不断地将自己置于人类生活的无穷之中。

不过这一切比我以前所想的要更为深入。人与世界相遇，具体到当代写作，这还意味着一个诗人对当下生存的进入以及对他自己的时代所作出的反应。因此，这一切比古典诗歌中的那种“相遇”要更为尖锐，也更为复杂。例如米沃什诗歌中那种对“政治”及“20世纪历史”的处理，请注意我在这里使用的是“处理”一词，一种比“介入”更能导向开阔语境的语言姿势。实际上我从来不去读什么“政治诗”，但是如果一个诗人在对政治、历史的处理中透出一种对人类存在的广阔视野，并由此打开一种诗的可能，那我就不能不服。的确，这是一种更为成熟的诗歌的构成。“纯诗”是对诗歌语言的要求，不应导致题材或素材上的洁癖，更不应成为某种画地为牢的口实。而一个诗人听到的召唤，永远是把现实转化为语言，使存在成为一种诗的可能。

另外，这种“人与世界的相遇”，当然只能在语言中进行。狄兰·托马斯把《圣经》中的第一句“太初有光”改为“世界的开始是词”，这昭示着另一种伟大的进程；中国古典诗学中的“神与物游”，实际上也是人被语言引导，人进入语言，由此对抗着存在的被遗忘，在语言活动中恢复与万物、与精神的联系。而这一切，要求于一个诗人的，就不是所谓“介入现实”，而是进入语言。的确，在世界的开始只能是词。

一个成熟诗人的标志是什么？

对此我当然可以举出一些例证，但就目前中国诗界来说，一个成熟诗人的标志就是深刻地意识到自己还不够成熟。

来自诗歌或诗人内部的威胁是什么？

我们只能问来自一个诗人内部的威胁是什么，而这又几乎不可问。例如海子，在他临死前半个月我们还见过，我们谁也没有觉察出在他的内心中已被决定的事。的确，这是一种最深的禁忌。来自生命内部的威胁，一个诗人终身将对之缄默不语，他或是与之达成默契，或是极力将其抑制……

但是这却在成就着他们，如果这种威胁性的冲动，能够转化为一种写作上的内驱力。“死亡成为一种加速度”，这就是我们在海子，在西尔维娅·普拉斯那里看到的。的确，在他们那里，死的激情也就是一种创造的激情，并且，它在一个诗人的精神内部构成一种异乎寻常的，相互威胁与激发的尖锐关系，也恰恰是这类诗人能打破常规，把诗歌带向一种不可能的可能。

因此，死亡并不是一种威胁。在某种意义上，正是死亡在创造着一个诗人，在唤醒和照耀着他们。真正的威胁是一种写作内驱力的减弱与消失，它会使一个本来不错的诗人浮到生活的平面上，以至于到最后什么也不想写，什么也不是。

是否真正存在现代汉语的破坏与重建，又是否必要？你在这方面有所努力吗？

我想并不存在“对现代汉语的破坏与重建”这样一个大的问题。虽然我们使用现代汉语写作，但一旦进入诗歌，它就成为另一种语言，即在现代汉语这样一个大的语境与系统中自成一种语言；而这种语言，在其性质上是“不可推广与普及的”。变化的只是诗歌本身的语言，在日常生活中，人们永远只能用一种有别于诗的方式说话。

当然，也不排除诗人们尝试一种对诗歌与日常话语都有效的“言说”方式。我自己在一些诗尤其是在诗片断系列《反向》和《词语》中也有意识做过这种努力，即使诗歌的语言形式从一种过紧的束缚中松开而延伸到日常话语中，但又保持着诗本身的意味和光辉。我最早从聂鲁达那里体会到这种不是“写”而是“说”的方式，米沃什则再一次加强了我的信念。我相信那是一种成熟而开阔的境界——它把诗歌从一个矫揉造作的时代解放出来。

而这种努力，面对的也只是一种诗歌语言的可能。说实话，一个诗人是无法“破坏与重建”民族语言的（这只是历史进程本身的事）——那种高喊这类宣言的人，我不知他们在干些什么。我并不反对“实验”，诗人对诗歌尤其对语言应持一种“日日新”的精神，但是这种“新”，应是一种可能性的呈现，是成熟一种语言并把它提升到一种光辉里……而众多的“实验”并未使我感到这一点，坦率地说，它们倒是留下了满地的垃圾。有时看到某些杂志和诗作时，我惊讶人们怎么把民族语言弄成了这个样子，而且是以“诗的名义”！

诗人不是语言学家，但他却应在更高的意义上对民族语言负责。汉语曾是一种伟大、光辉、美丽的语言，何以见得？李白、杜甫的诗会将这一点呈现出来。因此，一种语言的命运最终要靠它的诗人们来体现，而且体现到什么程度就是什么程度（语言的本质就在于它是一种可能）——当我们面对母语，但愿我们能够感到这一无言的“天意”所在。

你诗歌的风格和语言有过一次或几次明显的变化吗？其中不变的因素是什么？你现在是否仍保持着你的诗歌写作的初衷？

我的写作，一般来说呈阶段性变化，一两年或两三年一变。但对我自己来说，这是一种自然的生长或更新，是从自身的黑暗中出来，突然置身于明亮的海风中，而不意味着其他。我的信念是与其刻意求变，不如默默地生长。我知道“诗神”会给人们一些重要的时刻，而一个诗人要做的只是一种“迎接”。

我当然会要求自己保持作为一个诗人应有的敏锐，但与时代的“创新”相比，我更倾向于取一种“反向”的方式。我无意于与我的同时代人竞技，相反，在古典篇籍那里发现革命的源泉，在对时间黑暗的深入中寻找灵魂的秘密对话者——这样做有时几乎使我与我的时代到了恍若隔世的程度，虽然有时我会以一种所谓“新”的方式回到那里……

维特根斯坦在他的札记中这样写道：“必须说新东西，可是它肯定全是旧的。事实上，你必须限定自己讲旧东西——它肯定仍然是新的。”这对我而言，几乎就是一部启示录。

话再回到开头，变化的是某种风格与境界，不变的是“灵魂”——这在一开始就被注定，却需要我们以漫长、迂回的一生来发现。在此意义上，我想我仍保持着我作为一个少年最初写诗时的初衷；当我们长大，来到一个开阔的斜坡上时，才从那里看到了我的“童年”，而它已不仅仅属于我。

在你1989年以后的诗中，经常出现“词”这个词，最近你的长篇散文诗更叫作《词语》，这是否包含了你对“词”的发现的一种喜悦？我想对“词”的发现必有一段曲折的经历，许多人半途而废，你能否谈谈你的体验？

其实对“词”的关注早在1986年前后开始，亦即从我写作《触摸》、《蝎子》等诗时。的确，这对我来说意味着一个开始。从“词”入手而不是从所谓抒情或思考进入诗歌，导致的是对生命与存在的真正发现，并且在引领我渐渐从根本上去把握诗歌。现在对我来说，不仅诗歌最终归结为词语，而且诗歌的可能性，灵魂的可能性，都只存在于对词语的进入中。布罗茨基在评论曼杰斯塔姆的文章中最后这样写道“这一切是我们的变形记，我们的神话”，只有我们不是从政治历史的变迁，而是在对词语的进入中才能感到这一点。曼杰斯塔姆遭受过放逐，但他也曾把“列宁”作为一个肯定性的词来处理。事实上，任何现实都是一个借口，随着对词语的进入，诗歌造就的是它自身。再例如“流亡”一词，看似政治色彩挺浓，但对它的进入恰恰是一个去政治化的过程，直到我们发现它是一个闪耀着的“来自精神王国的语汇”……

《词语》是今年年初我在比利时根特写下的一个诗歌文本，我把它献给我们这个时代——其方式是在文本中形成一个与之相对应的我们自己的时代。也可以说通过这个文本写作，我希望诗歌做出一种双向运动：在把我们与这个时代联系起来的同时又从根本上区别开来。我想这即是一个当代诗人在写作中要做的事：在一个扼杀精神的时代闪耀起诗歌的明亮。

另外，我不倾向于“长篇散文诗”这种说法，毋宁代之以“文本”或“诗片断”这样的命名。实际上在我写《词语》时并没有拘泥于任何形式，我想达到的是一种比以往更为自由、开阔的表达，同时又使它们以有意味的片断形式呈现出来；换言之，在不采用诗的完整形式的同时又力求使之成为诗歌的文本，成为可以编号的“作品”。许多诗人仍在那里视诗歌为一种自我表现甚至自我发泄的工具；但是诗歌的写作——无论它取什么形式——都只能是一种文本的构造。唯其如此，才能把诗歌限制在它自身的领域里，或者说，使语言保持在它的肌质、张力和不灭的光辉里。

而采用这种诗片断形式，或许更接近于诗歌的本来要求——它迫使诗人从刻意于形式的经营转向对词语本身的关注。诗歌，只要我们深入考察，就会发现它并不一定是一种从开头到结局的纵向完成，它往往趋向于“横向的独立”，或者在中途就达到一种“词的自治”：它会迫使我们在阅读中停下来，去面对这种语言的存在。现代诗如此，在中国古典诗歌中也是如此。那么，为什么不去试试把这些“词语”解放出来或显现出来？《词语》出来后，有朋友讲它的许多片断都可以“发展”为一首诗，但我无意去作这种生发。只要是文本的构造，无形中自有章法，或者说残缺中自有完整，一种通过修补反而会失掉的完整。更重要的是我看到：“词”的显现是必须伴之以代价的——整个诗歌甚至还有哲学的无畏历程都让我感到了这一点。20世纪构造了什么，比起但丁和黑格尔？但是它的深刻，却体现在维特根斯坦的“哲学口吃”和策兰晚期那愈来愈破碎的诗歌语言中……

《瓦雷金诺叙事曲》和《帕斯捷尔纳克》是你1989年以后在北京写出的为人注目的两首诗，它们涉及同一个苏联诗人。帕斯捷尔纳克是否曾经是你的（或我们的）一个自况？现在，当你走在伦敦的街道上时，你认为这种自况仍旧是合适的吗？

我不能说帕斯捷尔纳克是否就是我或我们的一个自况，但在某种艰难时刻，我的确从他那里感到了一种共同的命运，更重要的是，一种灵魂上的无言的亲近。帕斯捷尔纳克比曼杰斯塔姆和茨维塔耶娃都活得更久，经受了更为漫长的艰难岁月，比起许多诗人，他更是一位“承担者”（这包括了他对自己比死去的人们活得更久的内疚和压力），而他在一个黑暗年代着手写作《日瓦戈医生》时所持的信念与所经历的良知上的搏斗，也恐怕是我们任何人都难以想象的。正因为如此，他会“找到我，检验我，使我的生命骤然疼痛”，似乎他那皱紧的眉头，对我来说就形成了一种尺度，以至于使我一直不敢放松自己……

现在，当我“走在伦敦的街道上”，我仍然不会亲近拉金们而疏远了我曾以生命所热爱的一切。这是注定了的事，我无可改变。西方的诗歌使我体悟到诗歌的自由度，诗与现代人生存之间的尖锐张力及可能性，但是帕斯捷尔纳克的诗，茨维塔耶娃的诗……却比任何力量都更能惊动我的灵魂，尤其是当我们茫茫然快要把这灵魂忘掉的时候。我曾在一篇散文《岸》中谈到我在伦敦偶然读到茨维塔耶娃的英译《约会》时的情形，从它的开头“我将迟到/当我到达，我的头发将会变灰”，到它的结尾“在天空之上是我的葬礼”……我当时读着它，我几乎不敢往下看。(一个英国人或一个法国人怎么可能写出这样的诗？)我想我到现在仍震慑于这首诗的威力。的确，从茫茫雾霾中，透出的不仅是俄罗斯的灵感，而且是诗歌本身在向我走来：它再一次构成了对我的审判……

我注意到你的诗比较着重深度意象的挖掘，并且非常出色。这种诗具有某种普遍性，即，如果译成外文，“存真”的机会相当高。请问你是否有意走一条既保持汉语的张力又能面向国际的路线？你是否有把你的诗“国际化”的愿望？

我没有把自己的诗“国际化”的愿望，就像我同样也不想把自己的诗弄得富有“中国特色”一样。我想当一个诗人写诗时，他面对的只能是诗歌，而不是诸如此类让人费尽心思的问题。在诗歌中是没有捷径可走的：侥幸的取巧与对翻译的迁就，不仅与一个诗人的品性格格不入，而且构成了对他自己的母语的背叛。至于说注重“深度意象的挖掘”，这很可能取决于当我开始写诗时我父亲无意间说出的一句话“你要写诗？诗歌要有意境！”而那时我还是一个少年，处在“文革”的中后期，那时我还不知道美国在哪儿！

为什么一个西方诗人不会提出这个问题，而一个中国诗人却被如此的焦虑烦恼着？这倒是我们要去思索的。的确，我们渴望交流，因为过去我们一直生活在一个封闭的语言文化体系里；我们希望得到“认可”——在中国“五四”以来的文学中，一直存在着这种不无自卑的情结；但是，这又是通过所谓“国际化”可以弥补的？

我又想起了帕斯捷尔纳克、阿赫玛托娃……在他们写诗时，西方的现代主义正处在巅峰期，但他们似乎并没有去迎合这种潮流，也无意于要把自己“化”进去；相反，在那个时代他们发出的，是一种“古典主义的声音”（帕斯捷尔纳克评茨维塔耶娃语），这倒成就了他们自身，以至于后来的布罗茨基只能以他们的传人自居，并在一个英语的世界里不无骄傲地宣称：“俄语是寄寓灵魂的最佳场所。”

我多么希望这话能由一个中国诗人说出！虽然为此我们在实际上还得加倍努力。

“深度意象”诗有一个局限，这就是音乐变化不大，复杂不起来。你好像也感到了这点。你写散文诗、评论似乎是为了调和这种矛盾？也许这只是我对你的“误读”。

我不是一个追求复杂的人，纵然我可能并不缺乏这种能力。问题是我们可能被那种随处可见的“貌似的复杂”唬住了，但我想那是一种刻意制造出来的“复杂”，是精心布置的迷魂阵，其中却并无神秘可言——那样的人搞别的可能比写诗更为合适。而诗歌要达到的，却是某种不可诠释的境界，是写只有诗歌才能写的东西；它不是一种句式和装饰上的复杂，而是一种本质上的不可说；而在语言的要求上，是把生命集中到眼睛中最明亮的那部分，生命的强度与纯粹度由此而生……

一个诗人是有限度的，即使他没有意识到这一点，他的一生仍在写着同一首诗，是这一首诗不断的重写——深化，扩展，回到起点上又朝向它新的可能，而这一切唯有从"根"上开始。甚至一部文学史也是一种"同义反复"——正如人们所看到的那样，荷马史诗中的"阳光融入海水"这一意象，构成的是整个文学中的明亮。一生二，二生三，三生万物。而这种"同义反复"只有当我们不再眩惑于其变而是直达其不变时才能把握住。当然，我这样说并不意味着我不去加大诗歌与精神内部间的张力，我想说的是：不要为复杂而复杂，更不要因为这种对复杂的追求而导致了对本源的遗忘。

至于我写散文随笔和评论，并非为了调和某种矛盾，而是"从诗中松开我自己，而在别的地方生长起来"。在诗与散文、评论之间，存在着一种"钢琴和乐队的对话"的关系；它们仍是一个整体，甚至包括我偶尔的翻译。

整代诗人几乎是在读外国诗人（译诗）中成长的，你如何看待这种情况？

整代诗人读外国诗，这意味着"心灵长在肉体之外"，很荒诞，但又很正常。我们并没有一个可以直接师承的传统——古典诗歌由于语言的断裂成为一种束之高阁的东西，"五四"以后的新诗又不够成熟，它在今天也不会使我们满足，它有一种内在的贫乏。因此，目前这种状态实在是势出必然。也正是这种20世纪诗歌精神的“血液循环”（郑敏语），使中国诗终于摆脱了几千年的封闭式生长，出现在与西方现代诗同一的地平线上。我相信这并不是一件坏事，并且我相信这种影响将逐渐减弱、消退，起码在一部分自身已成熟起来的中国诗人身上。只要中国诗人用他们的母语写诗，而又更加深入他们自己的现实和传统，中国现代诗最终就不至于成为西方诗的一个变种：它加入了整个文学的精神循环，但又会获得它自身不容取代的意义，在好的情况下，它很可能还会从它自身的角度照亮我们这个世纪和下一个世纪的诗歌。

你认为20世纪80年代末是一代诗歌的转折点吗？为什么？

20世纪80年代末对我个人很重要，但它是否成为一代诗歌的转折点，这很难说。从大体上看，1989年标志着一个实验主义时代的结束，诗歌进入沉默或是试图对其自身的生存与死亡有所承担。作为一代诗人——不是全部，而是他们其中经受了巨大考验的一些，的确来到一个重要的关头。

作为个人，我现在经常怀念并珍惜那一段日子。我不能不感到那时在我的内心里所经历的一切，超越了具体的历史时期，而对我的一生都具有了意义。的确，不仅是死亡在唤醒和照耀着我们，我们在苦难和恐惧中所深刻经历的自我意识及反省，更成为我们所蒙受的神恩。最起码来讲，所谓诗歌的良知并未在诗歌中创造出来，这使我们在黑暗中震颤不已。诗歌由此被置于一种更高也更严格的尺度之下：它发出了和以前大不相同的声音。

至于“一代诗歌”，如果可以这样说，它意味着的也不再是群体写作或流派写作，而是一种既不同于早期朦胧诗也有别于所谓新生代的个人化写作，而这样一种“转折”，应该说是从20世纪80年代后期逐渐开始。同时我也希望度过了艰难关口的所谓“一代诗歌”，不至于在今天又松懈下来——当我看到人们付出巨大代价才得到的东西正在如此轻易地被失去，我更相信我们在那时常说的所谓“坚持”，其实是在以后。

如何看待“今天”派或所谓“朦胧”派诗歌？我曾跟你谈及“朦胧诗”的夭折问题，并说你1989年以后的一些诗作可以说是对“朦胧诗”的纵深发展，当然那是从一个新的出发点突入其纵深的，你如何看待这一问题？

首先在我看来，存在的只是“今天派”，所谓朦胧诗只不过是它在历史上形成的某种“氛围”而已。然后再谈正题：“今天派”诗歌是从一个黑暗王国透出的第一线光明，但是随着这个王国以人们意料不到的速度全面解体，“今天派”作为一派也就很快成为历史。光明与黑暗是相互依存的。只有今天派诗人（包括受他们影响的）不再只从社会而是从他们自己内心的黑暗中重新寻找创作的动力时，他们才有了新的发展——但这已是作为个人，不是作为一派。作为一派，他们曾经超越了时代，但时代很快又超越了他们——虽然在当时能做到这一点已非常了不起，这从整个历史来看也是如此。

至于我在那一阶段的诗作，看似部分地又回到了“朦胧诗”那里，但实质上有根本的区别。北岛的《回答》在历史上只能有一首，作者本人也不会再写第二首。“今天派”早期诗歌中的那种单一性，无法为1989年以后的中国诗歌提供其“纵深发展”的可能性，虽然它在早年所体现的诗歌精神并没有过时。回想1989年后那一二年间的写作，我们并没有向社会去要求什么，而是把问题集中在诗歌的内部——一种更为深刻的经历在那里发生，虽然它也与外部时代构成了一种前所未有的张力。我尊重“今天派”在历史上的开创性意义，但恰恰正是在那时，我们明确意识到了我们的写作与早期的“今天派”再无直接关联。就我个人来说，在那时对我产生重要作用的，除了国内的朋友外，是另外两个：帕斯捷尔纳克激励我如何在苦难中坚持，而米沃什把我导向一个更开阔的高地。

你对当代中国的诗歌状况有何评价？是否有一种“当代中国诗歌”存在，还是仅仅只有“当代汉语诗歌”？在怎样的情况下当代中国诗歌才能得到确立？或是它已经确立了？

我无法就这么大的题目说话，我也不是那种专下结论的专家。不过我想当代中国诗歌即“当代汉语诗歌”（我不明白人们为什么要弄出这么多的概念），它存在着，只是无法“确立”。它正在展开、生长，正在一个复杂的过程中，而且还会经历挑战和变化，因此任何结论都为时过早；而诗歌是这样一个进程（在我看来），那就是随着对它的每一次逼近我们都将发现我们以前是处在某种虚幻里。

（《回答四十个问题》最初刊于陈东东主办的《南方诗志》1993年秋季号，后在《诗歌报》1995年第1期、第2期连载）

回答普美子的二十三个问题

一、你相不相信通过写诗这种对你命定了的工作，最终才能到达一个灵魂可能被拯救出来的地点呢？那里，可以说是灵魂的“故乡”或“归宿”。你是在相信有可能抵达得了那个“故乡”的前提下而要把诗写下去呢？还是在永不到达的前提下想把这种境遇本身表现出来？你现在对这个“故乡”的设想（或信心？）有没有变化？你诗中的流亡者意识是否与它有关？

灵魂能拯救吗？我现在时常怀疑。我只是感到自己需要拯救，因此，这才去写诗。有时我在停顿很久后重又拿起笔来，那完全是因为有了这种内在的要求。现在许多人为炫耀写诗，为了跟上一些时尚写诗，但我始终认为，一个人只有在他听到并服从良知的召唤时才能成为一个诗人。不然，诗歌就会无视他写下的一切。我所理解的写作的“严肃性”就体现在这里。

另外，有没有一个“故乡”？在隐喻的意义上，可以说人们已永远失去了这个故乡。问题是怎样来面对这种境遇。就我来说，我现在早已不再“眺望”，不再“寻找”，也不再设置一种精神流亡的情景。我想说，我接受命运带来的一切。我就在“这里”。如果一个人经历了漫长的艰难的生活，却感到某种更高的力量依然在他身上存在而没有被毁灭，那么这个“故乡”就是与他同在的。说到底，

"故乡"不可能是外在的。我看过一个电影，我已忘了片名，但那里面的一句话却让我不断想起："在一个人的躯体里，治疗的泉水开始涌动。"

至于"抵达"或"永不到达"，我也不再思虑这个问题。我已在生活中经历了很多，想想历史和我们自己就知道了，我们来到，但无非是为了消失，或者说，无非是为了证实人生的盲目、虚无和徒劳。生命被赋予却无法完成，这已是一种宿命。正因为如此，要从深入不懈的写作中，去找到那种奇迹般的复活的力量；最起码，要把这种不可能完成的"境遇本身"不是草草的而是深刻有力地勾勒出来。

二、你新写的诗中，我最喜欢的是《八月十七日，雨》。读着它，我好像能随着那雨进入你的诗国里去。所用的意象联结自然而又新奇，富有感官性、哲理性。全篇洋溢着现代性忧愁，使人反思生与死。我似乎感觉到你诗人的脉搏。不过，还有一个小问题，《练习曲》(1988)和《八月十七日，雨》(2001)是用同一素材来写的吗？

《八月十七日，雨》是我在昌平燕山脚下的家中写的一首诗，与《练习曲》分属两个不同的人生阶段，不能说它们用了同一题材。也可以说，在燕山脚下为我落下的雨，已不再是早年的雨。我只是在这首诗中有意用了《练习曲》中的一个细节，以使这两首诗发生一种"互文"关系，或者说，使早年的人生再次出现在现在的视野里。

同样，不知你注意到了没有，我在1994年写的一首诗，题为《纪念》，而它是我多年前的一本诗集的集名。这样做，也是有意识地让过去与现在相遇，为了用一种新的眼光来重新打量自己。

三、你的其他新作，如《母亲》、《带着儿子来到大洋边上》、《一九七六》，读后都给我留下很深的印象。写“文革”时期的作品和文章我读过不少，但读了你的《一九七六》后，我才有了一种很切实的感觉。我认为，你在为诗歌探索着一条与社会历史和文化语境相关的道路。按不少评论家的说法，你为这种个人化写作注入了一种独特的时代意识。是这样吗？

其实“时代”是不邀自来的。比如，你讲到在我的诗中始终贯穿着一种沉郁、内向的气质，但我的童年却不是这样的。大概是从上初中开始吧，因为父母“出身不好”，我开始感到一种说不出的压抑，性格也愈来愈内向，后来就干脆躲在文学中。这就是我所经历的“历史”，它不仅影响了个人的生活和命运，也必然会在写作中显露出来。对于个人与历史的这种关联，我相信人们在生活中多少都能意识到，但能否把它化为一种深刻独特的诗学意识，能否有能力在写作中把它揭示出来，那就是另一回事了。

坦率地说，在这方面我与同时代的许多诗人都不同。当然，“纯诗”永远会是一个理想，我也一直相信诗歌有其独立的语言价值和精神价值，诗歌有足够的力量拒绝成为历史的附庸。你看我20世纪80年代的诗和诗论，那里面就有一个或半个纯诗主义者，并且到现在“诗的纯粹性”仍是我在写作时的一个重要尺度。但是，这些都只是问题的一个方面。问题的另一面是：在中国这样一个语境中，我们怎么来承担历史赋予的重量？我们的写作怎样与人生发生切实的遭遇而不是陷在某种“美学的空洞”中？或者说，我们怎样把文学的超越性建立在一个更坚实的、可信赖的基础上？你看看，作为一个诗人，我们能不面对这样的问题吗？

四、我认为，你的诗歌的特色之一是空白感。它形成着你的诗歌品格。它大概与思考的深度有关。它显示出沉思的痕迹，也就是“沉默”的表现。我们读者能从那种沉默里听得出一般无法发出的声音。我认为无论在哪个时代哪个国度，这种空白感都是伟大作品的品质，使人读后感觉到世上仍然有无限说不出的东西。一篇诗能否给人带来这样的感觉，或许与一行诗的长短、字数的多寡无关。你自己是怎样看待这种空白感或“沉默”的声音呢？

当然，我自己也一直在倾听这样的“沉默”，并且在写作时，给它在诗中留下了位置。如《冬天的诗》中的一个片断，“城里的朋友来了，来到乡下欣赏雪景。就在这里住下吧，不仅看迸放的晚霞，也和我们一起倾听——那起于夜半的、在你我灵魂的裂隙中呼啸的西北风……”当这种声音在夜半开始呼啸时，我就必须停下。因为它会告诉我们更多。它比诗人的笔更能摇撼我们生命的根基。

这也许是一种悖论：一个诗人是“有话要说”的人，但他又应是一个知道如何“沉默”的人。比如我的那些“诗片断”，有的朋友说它们很多都可以“发展”为一首诗。但我宁愿它们以这样的形式出现。这样做，也许正是为了让“沉默”也加入进来。从方法论上讲，不是把自己的“思”强加于人，而是学会调动人们去“思”，这才是最重要的。我一直告诫自己要相信读者。

你说得很好，空白感是所有伟大作品的本质。按照这个标准，我其实“沉默”得还不够。生活是喧嚣的，而诗歌教会我们沉默。这完全是另一种纠正性的力量。有人说诗歌是一种慢，我自己也曾谈到诗歌是一种“减速”，因为在这种减速中我们才能听到某种东西。有朋友在来信中说在读《回答》这首长诗的结尾时他想到了杜甫的“篇终接混茫”这句诗。我不敢说《回答》就写到了这种程度，但我写诗，就是为了把自己带到这样的境地，带到更伟大的生命存在面前，否则它又有多大的意义？

五、最近因为研究工作的需要，我看了不少对你的评论，有人这样评论你，“尽管取材上带有自传的痕迹，但诗歌的声音却是由乔装过的代言人角色发出的”。你怎么看待这个问题的？

我不明白这样的评论要表达一种什么意思，我所知道的是：我所认同的诗人，无论古今中外，都会或多或少地运用他们自己的“自传材料”，但他们在这样做的时候，又无一例外不在奉行着某种“非个人化”的诗学原则，以使个人经验上升到一个更具有普遍意义的层次。因为这是在写诗，不是在写什么自传。无论人们怎样声称他们“拒绝升华”，但那种不经过转化和修辞处理的写作在诗歌领域里是从来不存在的。同样，罗兰·巴特提出的“零度写作”，只是他消解“资产阶级意识形态”的一种策略，但弄不好，也会成为一场新的意识形态幻觉。

说实话，这里有太多的“误读”。但我还是要说一下：我无意为任何外在的东西“代言”，即使我的那些被人们视为最具有“时代感”的作品，也都是首先出自对个人内在声音的挖掘。就说《帕斯捷尔纳克》这首诗，它几乎像标签一样被贴在我的身上，但实际上十年来我本人从不曾谈论它或在公众场合朗诵过它。为什么？因为在其内在性质上它并不是对公众讲话的。如果说这类作品具有某种“时代感”，那也是在写作与语境、个人与历史的张力关系中产生的，并不是刻意去写的。

话说回来，在今天，“个人”已被普遍视为写作的基石或立脚点，但这并不意味着它是一个绝缘体。个人与历史从来就存在着一种深刻复杂的联结。从古到今，在诗人与他的时代之间，也一直有着一种痛苦的对话关系。这样做，我并不认为他们就犯了什么“美学错误”。我的意思是，过去那个时代常见的“代言人”意识被消解了，但历史关怀依然应该存在于诗人们的写作中。我当然希望我的写作愈来愈具有一种深刻独特的个人性质，但我知道，作为一个诗人又不能不以某种“痛苦的视力”来观照他自己的时代。而这样做，与其说出于对时代的“责任感”，不如说出自一种“墨水的诚实”。按照布罗茨基的说法“墨水的诚实甚于热血”(《佛罗伦萨的十二月》)，在我看来，它也甚于那些各式各样的对诗的狭隘而武断的限定。

六、我注意到你诗中和随笔中的一些细节，如“系好鞋带”，它好像拉满的弓，同时又充满着忍耐与决断；还有在回湖北老家的火车上，你的儿子不愿看对面正在啃烧鸡的民工，“一直把头扭向车窗外”，某种东西超越时空而出现在这一瞬间，使我好像亲眼看见过一样栩栩如生，又感到一种无法形容的忧伤但却无限深邃的感觉。

“细节”的确很重要。就我而言，我只是到了很晚才学会用细节讲话。细节的发现和运用，还有诗的“叙事”，对我这样的人来说，也是从过去的写作模式中摆脱出来的方式。当然，我是不会专门去写细节的，因为细节只是诗的一种要素。我的看法是，细节之妙或细节的重要，都在于怎样运用。一个诗人要有眼力去分开现象之流，找出那些真正凝聚了诗的关注力的事物和细节。这样，它们出现在诗中才能成为一种“语言”。比如《伦敦随笔》中的送牛奶的在门口所放下的“账单”，这本来是日常经验的一部分，在生活中谁都不会在意，一旦出现在诗中，却有了不同寻常的含义。再比如，在北京冬日的从远郊到城里的上班路上，我注意到了一些“细节”，于是有了“道路两侧蒙霜的荒草灿烂”这样的句子。没想到正是这样的细节比任何言说更能使人感受到北方冬日的精神、冬日的美。

但是在这方面我是做得很不够的。我读别人的诗，经常感叹于那种细节的力量，例如以色列诗人耶胡达·阿米亥的《烧毁了的轿车上的第一场雨》一诗中的“减震器比死者更平静/死者不肯这么快安静下来”，我读了真是感动之极。我甚至从这样的细节中想象出了更多的东西，例如把“减震器”换成反转过来的轮子：死者平静了，但轮子却不肯安息下来。是的，我看到了那轮子依然在转，它不仅在言说生与死的悲剧，而且直达它的悲剧起源。

七、在你写于德国慕尼黑的文章中，有一句“一种绝望背景下的希望”。在你的一些诗中，也有这种感觉。这意味着什么？意味着一种人间交流的徒劳和放弃吗？

不管怎样，不是一时的冲动使我写下这句话。它出自多年来我对诗人命运及人类生活无穷的差异性和荒谬性的认知。可以说，我近些年来的写作都可以置于这个背景下来看。但我想这并不意味着

"放弃"，因为在这个短句中，在希望与绝望之间仍体现着某种张力。只是我愈来愈深地体验到某种"徒劳感"。就拿曹雪芹而言，写到最后，不也就是"满纸荒唐言，一把辛酸泪"吗？一个诗人只能得到部分理解，更多的时候是曲解，或根本没有人去理解。

你可以说这是"悲剧性"的，只是我并不"悲观"。相反，它会从更深刻的意义上激励一个诗人。你曾讲到在某位中国现代作家那里有一种"失败的美学"，我恰好也多次写到这一点。但我感谢这种"失败"，因为这种"失败"才能把我导向一种更深刻的肯定。事实上，对一个诗人而言，真正的灾难并不是不被理解，而是他太渴望理解。的确，不要指望一个诗人会在这个时代产生多大的"影响"，会有多少崇拜者、追随者，那都是一种权力意识，一种有害的幻觉。他只能怀着"一种绝望背景下的希望"来从事写作。难道我们可以把这句话反过来说吗？不可能。

八、中国旧诗中有一种"赠答诗"的传统，有些当代诗人也在这么做，你的诗中似乎只有一首《来临》，是给一个具体对象的。说到旧诗的传统，你有怎样的看法？

是有这样一个传统。它不仅体现在诗题上，如李白的《黄鹤楼送孟浩然之广陵》、杜甫的《赠卫八处士》，还是一种令人感到无限亲切的诗人间的交流方式，它已成为那个时代的文明的一部分。但我在写《来临》等诗时，并没有想到这一点。说到"赠答诗"，我倒是在读普希金的诗时留意过，他有很多这类诗，无论是写给朋友，还是题赠给某位夫人，随手拈来，而又机智有趣。而我的诗，更多的是一种与自己的对话，或者说，与一个在现实生活中并不存在的人的对话。

说到旧诗的传统，这可是一个大话题。我对它的态度也是很复杂的，一方面，诗无论新旧，中国古典诗我每过一段时间都会重读，即使我不直接学它们，作为一种“缺席的在场”，它仍会不断地作用于我的诗歌意识；但另一方面，在今天，作为一个写作者我们又必须形成自己的精神语言和艺术表述方式，而这就必须对自己身上的那种“俄狄浦斯情结”进行某种抵抗。在中国，回到传统的屋檐下是很安全的，也是不需要多大才能的。但历史究竟向我们要求的是什么？

其实我的态度你是知道的。无论别人怎么说，我都会“一意孤行”。不过，我想我以后会在中国古典上投入更多的精力。我深感我们这一代人文化底蕴不足。所谓“底蕴”，那是从一个写作者的语言和修养中透出来的。有底蕴的人，虽然是言说眼前的事物，而且是以现代的方式言说，但也会透出无限深远的历史和文化的背景。问题就在于，与传统的割裂，使我们这些所谓在新中国出生的人几乎彻底失去了这种底蕴。

九、你曾把“承担”精神解释为“伦理与美学的合一”。你所说的“伦理”是一切外在的势力都永远侵犯不了的圣域——个人内心——的主宰，比如“良知”、“自我反省精神”等等，对不对？

是这样，写作的伦理和人们常说到的道德是很有区别的。其实我一直反感在诗中从事道德说教，诗人也不是任何道德的化身。但是他却必须面对自己的艺术良知。当他写作，他还必须自觉地锻造一种使他的诗更为坚实、成熟的精神品格。事情在我看来就是这样。

至于“承担”，很难设想一种大而无当的承担。我自己也从来不喜欢那种看上去很“宏大”但却很空洞的诗。在我看来，“承担”首先是“向内的”，是对个人命运的承担，是对困扰着个人的那些人生和精神问题的承担。我的经历你是知道的。如果我写得过于轻飘，它就与这种经历不相称；不仅如此，它还是一种对内心的羞辱。“承担”，首先是承担生命之重。除此之外，一个诗人当然还应有一种更大的关怀，因为“人生的”也就是“历史的”，“语言的”也必然会是“文化的”。在此意义上，一个诗人不想承担也得承担。当然，是以诗的方式承担。在这方面，他的专业限度意识与承担精神同样重要。

说到“承担”，我强调的是在我们的写作中缺乏的东西，这并不意味着我会忽视写作的其他方面。比如，我希望写作能够是一种“伦理与美学的合一”。它不同于苍白的唯美主义，但也不同于那种简单化的“为人生而艺术”。这么说吧，我希望能够在这两者之间形成一种足够的张力。重要的是，“承担”不仅是诗歌意识上的，对一个诗人而言，还意味着要去形成一种与之相称的承担的方式。比如在写《伦敦随笔》这首诗时，我就有意识地运用了一种不是单一风格的而是“整合”式的写作方式。这首诗是我回国两年后写的。在伦敦的两年生活，体验的深度、广度及内在冲突的强烈、复杂程度都是前所未有的，而单一的写法就不能胜任。于是我把抒情的、叙事的、追问的、反讽的、经验的、想象的、互文的、细节的等等要素和艺术手段整合在一起，把多种不同的相互冲突的经验熔铸为一个有着不同层面的艺术整体。这样来写，使它成为一首诗，但又具有了更大的包容性。这种“包容性”来自对复杂的艺术经验和精神资源的整合，而不是拼凑。用一个批评者对这首诗的评价来说，那就是“以内在的痛苦来克服外在的混乱”。

在我看来，“写作的难度”就体现在这种整合式的写作中。杜甫和叶芝中晚期的写作往往就是一种“整合”式的。这不仅体现了他们对自己人生和艺术经验的总结，甚至也体现了对一个时代的诗艺和整个诗歌史的某种整合。我愈来愈认同于这样的写作。灵机一动的诗，单一风格的诗，我想我都可以写，但它已不足以体现我对生活和艺术的全部体验。写到今天，我需要去面对真正的艺术的难度。我也需要有一种写作方式，能够把自己的全部经验、想象和技艺都投入进去。我所渴望的就是这么一种写作。

十、还有一个问题，所谓诗人，是职业呢，是人格呢？抑或说是精神呢？诗人究竟指称什么样的人？我想知道你是怎么看，想知道一个中国诗人和我们一般日本人对“诗人”这个称谓的看法有什么区别。

说实话，我是经常羞于在人们面前说自己是一个“诗人”的。如果我是一个画家，到哪里我都可以讲“我是一个画家”，但是，作为一个“诗人”，我现在的感觉恐怕仍和我十年前在《词语》中所写的一样，那就是“当我开出了自己的花朵，我这才意识到我们不过是被嫁接到伟大的生命之树上的那一类”。

我想这就是我的回答。“诗人”肯定不是一种职业，也不是一种身份。诗人是一种语言和精神的存在。我心目中的“诗人”是那种具有优异的诗性语言能力，而又以其灵魂的存在唤起和激励我们的人。也正是这样的诗人在历史上赋予了"诗人"这一称谓神话般的光辉。在今天，我当然愿诗人们依然能够保持这种"家族"的尊严。一个诗人，不仅以其作品，而且也会以他作为一个诗人的"形象"出现在人们面前，总不能"一代不如一代"吧。

我想说的是，诗歌是有一个高贵的出身的，但这种高贵和我们在眼下所看到的种种作秀无关。"诗人"是为诗歌工作、为一个民族的语言和精神工作的人。一个诗人，如能深入到这种工作内部，并和某种创造性精神深刻结合在一起，他就有可能受到天地的祝福，整个文明的祝福。他的某些作品或句子，甚至看上去"有如神助"。然而，即使如此，除了感谢诗歌的赋予和造就，一个诗人没有任何理由把自身神话化。诗人有写出好诗的责任，但却没有口出狂言的特权。

十一、我知道生活和艺术这两件事不能相提并论，不过，也知道诗与非诗的区别很复杂。你有过"生活的艺术化"这种想法没有？你对生活与艺术的关系有什么看法？

这里面的关系的确很难说清。我自己有很长一段时间习惯于把这两者对立起来，并且有一种叶芝式的决绝："是生活的完美还是工作的完美，一个诗人必须做出抉择。"但现在，我不是这样的态度了。这倒不是像有人所说的，是到了与自己的肉体达成妥协的年龄了，而是我不再考虑这类问题。现在，即使我长时间不写诗，而是忙于其他一些事情，我也不焦虑。一切皆为天意。如果你的园子里出现了杂草，那是因为野草也有它生长的权利。那就任野草疯长吧。如果你没有一种彻骨的生命的荒凉感，你也就没有必要坐下来写诗。

十二、思考与感觉的融合是现代诗应有的条件之一，有种感官性会变成另一种感觉而同思想融在一起打进人心里去。最近我听说过所谓“下半身写作”，听起来像是胡闹。不过，他们的用意是不是在强调诗中的身体感觉？你是否看重诗作上的身体感觉或感官性？

起初，有人提出中国诗歌缺乏“下半身”，如果撇开其文化政治的一面，是有某种意义的，但这个“下半身写作”，我就不知其为何物了。但一些问题仍需要我们去辨别，比如臧棣把诗的力量与“力比多”区别开来，就一语中的。至于“身体感觉”或“感官性”之类，我记得王佐良等人在谈穆旦的诗时都谈到过。但我想他们都不是在谈论一种写作内容或题材，更不是在谈论什么上半身或下半身，而是在谈论一种诗的感性和语言的质地。我们知道，诗不是空洞的，而应是具体可感的，这样的感性最终要靠语言来体现。富有质感的语言就像某种“物质”一样，可以被人感觉到，甚至“触摸”到。这才是一个诗人梦寐以求的。可以说，恢复语言的“质感”或“质地”，并在写作中呈现语言的潜能和力量，这从来就是诗人的工作。我看过一些人的东西，但很遗憾，它们大都是在“观念”上做文章，在“道德”上比大胆，恰恰缺乏语言本身的力量，缺乏语言的新鲜深刻的质感。语言的质感，这才是和“写作的难度”相伴随的一个尺度。而这不仅和语言能力有关，还和一个诗人感受力的深度有关，比如里尔克写豹的“目光”被铁栏“缠得这般疲倦”，读了就让人难忘；比如谢尔盖尼·塔可夫斯基的诗（他是苏联导演塔可夫斯基的父亲):“雨下个不停,而且有点晚/枝桠冷缩,雨珠滴不完……”这样的语言,不仅使事物历历在目,仿佛被我们亲眼看到,而且我们读时确有一种“身体的感觉”。我们的身体和精神都在经历这使人“冷缩”的一切。

至于我是否看重诗中的身体感觉或感官性,我想我已部分地回答了问题。每个诗人对自己的语言都有一种想象。我希望自己的语言是一种出自生命体验而又富有质感的语言,或者说,是一种能与我们的生活经验——它当然也包括了身体经验——发生一种深刻“摩擦”的语言。这样的语言不仅要有效地作用于人们的感官,更要抵及人们的内心。至于别的,我倒真的没有去多想。

十三、读你的诗,尤其是早期的诗,我就想起杜甫的“独立苍茫自咏诗”。也许这和你在诗中屡次使用的静态性动词有关,如倾听、守望、眺望、抑制、凝视、包括“踟蹰不前”、“坐而不动”等等。但这又不是静态性的,而是包含着一种极大的张力。这种坚持的姿态内含着一段反省的时间,也表现着人的意志具有的一种美丽、隐秘的抒情性。我常想起这种静态意味着什么。当你使用这些包含张力的静态性动词时,你心里是否有很大的矛盾?一方面觉得茫然不知走向哪里,但一方面要坚持定位于一处(那里也许是“内心”吧),而决不漂移到别处,是不是这样?

是这样,最起码在我写那些诗时是这样。你提到了杜甫,而“望”,就是一种典型的杜甫式的语言姿态和精神姿态。李白就不是这样的姿态。这里面也许真有某种遗传基因在起作用。也许仍是老杜甫在通过我们眺望,不是眺望破碎的山河,而是眺望伤痕累累的汉语。你说呢？

不过，我同这位老父亲之间也有一种争执。艾兹拉·庞德曾在一首诗中说他要与惠特曼签一份“合同”，说“你砍下的树林，现在是用来雕刻的时候了”。但很遗憾，像杜甫这样的巨匠，似乎并未给我们留下这样的未被雕刻的大树。似乎一切都被他们写绝了。看来我等后辈还必须另辟生路。

话说回来，一种杜甫式的“眺望”是永不完成的。不过，如果老是固定在一个地方，就容易僵化，就容易被人“捕捉”。我的意思是，一个诗人还必须同语言和自我姿态的僵化进行较量。写作是很容易模式化和僵化的。对这种僵化进行挑战，说到底，是一种与死亡的较量。以语言来战胜带来死亡的时间，这永远是一个诗人最内在的驱力。这些都是近年来我在考虑的问题。例如在《变暗的镜子》、《冬天的诗》里，我不断变换位置和视角，造成一种多重经验和空间的转换；在“语感”上更为内敛、不确定；在一些用词和联想方式上也更注重“出乎意外”，让自己也想不到。这样的写作使我体会到，要避开死亡的捕捉，一个诗人就必须“追随造化”，化者无穷，追随亦无穷，直到我们能够把诗写到一种“无以名之”的境地。

十四、闻一多当年提出诗歌的绘画美、音乐美、建筑美，在这之前，他还说过：美的灵魂若不附丽于美的形体，就会失去他的美。这种看法使人想到贝尔（Clive Bell）的重要美学概念“有意味的形式”（significant form）。你对诗歌的形式问题注重吗？

当然注重，虽然我经常探讨其他一些诗学问题，但落实到具体的写作，形式问题就摆在面前，一个诗人不可能绕开它们。尤其是20世纪80年代末期以来，我在形式和写作方式上就比以前要更自觉一些。例如写《瓦雷金诺叙事曲》时，我有意识在诗中加进了一些"叙事"因素和自我对话的情境，但又使这首诗有别于传统的"叙事诗"。说实话，当时这样写时我并无多大把握，但我就那样写了，并且干脆称它为"叙事曲"。到了后来写《帕斯捷尔纳克》时，精神更为内聚、沉痛；与之相称，我采用了四行一段的形式，在形式上显出一种"朝向经典的努力"。但我注意在形式的整饬与内在精神的运作之间构成一种张力，不然它就显得"四平八稳"了。而在这首诗后，我感到那种诗的强度和精神的迸发性已难以为继，这就是说，它只能有一首，于是我转向《反向》这种诗片断形式。为此我深感喜悦。我感到它不仅在形式上，也在精神上为我打开了一个新的空间。是的，我发现这种形式特别适合我，它能调动我的写作欲望和想象力。它能持续不断地对我构成一种"召唤"。换言之，我感到我可以在艺术上把它写成一种"王家新式"的。因为它不单是一种形式，而且它和一种写作方式及诗学意识结合在一起，在艺术经验上也具有了更大的包容性。它不是一次性的，它可以"写下去"了。

"诗片断"系列我已写了上十年，当然，细心的读者会发现，每一个诗片断系列其实都是有区别的。我不想使它们成为一种复制。你的感觉很对，写到今天，应在形式问题上投入更多的关注。但我想对我这样的人来说，今后对形式的探索不会是"单向度"的，即在某一方面刻意发展，而很可能是"整合"式的。这种整合式的写作我在前面已谈到过了，这是和复杂的心智及经历，和艺术的包容性、凝聚力与艺术的锤炼有关的一种写作。对一个具有多年写作经历的诗人来说，这往往还是一种总结式的写作。我感到只有经过这种整合式的写作，才能把复杂的、矛盾的、多样性的东西“锤炼成一个整体”。但是这里面不应有误解，以为整合式写作就是那种“大诗”写作。相反，我现在愈来愈看重“简练”的力量。在一首简练的短诗中，似乎更能透出一种整合的性质。这就看你怎么写了。

十五、对于风格和技巧问题，你自己怎么看呢？

人们通常认为风格是一个诗人的标志。但我认为恰恰要警惕过早地风格化。风格化会把一个诗人过滤得过于干净，甚至会使他失去与“大地”的接触。而大地是鱼龙混杂的。我的诗大概是我自己才能写出来的，但却不是“风格化”的。如果缺乏更充分的资源和内在支持，风格化就是一个诗人的死亡。我一直在提醒自己这一点。

说到技巧，不少人认为我不是一个注重技巧的诗人。那就让他们这样认为吧。只不过人们忘了诗人们的形式感、技艺以及他们各自在写作中要解决的问题其实是很不一样的。一个人活到什么程度，就只能说什么样的话，相应地，就会有一种不同的说话的方式。在诗的问题上也是如此。一个年轻诗人看重形式和技巧，往往是为了把一首诗写得“像”诗，但是一个更成熟的诗人就不会像他年轻时那样来看问题了。他不仅要面对眼下的时代，还要面对整个文学史和诗歌史。换言之，他还要在某种历史视野里来考虑所有当下的写作问题。他的“历史感”在决定着他怎样来发展一种属于他个人的才能和技艺。

此外我还想说的是，诗歌是一种精神性的劳作，这决定了它虽然需要技术但它却不是工艺。它的技艺也不是可以复制，或加以推广的，因为它总是出自个体的生命。在技巧问题上我的原则是：宁肯更笨拙一些，也要抵制人类的那些所谓的聪明。我甚至认为，把一首诗写得过于聪明，是一件有损于诗的尊严的事。一个诗人当然要发展出一套诗的技艺，这是判断他作为一个诗人的重要标志，但一味地在诗中讨巧，也就到了山穷水尽的地步了。看到某些精心修辞的诗，不过是一个华丽的空壳，我想起了尼采的一句话："他们在挖掘，不过他们挖掘出的都是他们自己埋进去的东西。"既然这样，还挖个什么劲呢。

的确，技巧是很重要的，但它并不能保证一首诗的力量和创造性。在我看来，诗歌创作是一种精神和语言的兴发创化活动（顺便说一句，如果说诗有"赋、比、兴"等六义，在目前的中国诗中最缺乏的就是"兴"）。进入到这种写作内部，一些出乎意料的东西出现时，一个诗人才算进入了"创造性"的时刻。在此意义上，一个诗人是不能单靠技巧来决定自己的命运的。他还必须在更重要的方面准备好自己。这里，我愿意引用一位英国诗人的一句话，作为对年轻人的忠告，这句话是：

"除非你把理解世界的全部努力包容进去，否则诗就会枯竭"。

十六、看到一些你写母亲和儿子的诗作，我很感动。不过，我对母亲、孩子的那种形象没有你那么纯洁。实际上他们常常在我心里引起矛盾和相反的感情。这里有一种"骨肉情的复杂性"。你诗中

的那些亲人的形象和感情无疑是真的，但是不是有一些纯化？

你的感觉是对的，我也很认同你这个说法："骨肉情的复杂性"。我同我父亲以及我和儿子的关系，就有这种说不出的复杂性。不过，一首诗不同于小说，可以对这种复杂性进行充分的揭示，诗是"有所不为才能有所作为"的。

说到这里，我承认，我有一种"中国情结"。我不是一个超脱的人。我不仅同自己的亲人，同我生活的历史、国家、时代、文化、环境等等，都有你说的这种"骨肉情的复杂性"。我在写亲人间的关系时，也往往把它放在这种更大的"骨肉情的复杂性"中来写。比如，在《带着儿子来到大洋边上》中我写到对孩子的亲情，但我的笔端不可能局限于此。你知道，这是我在美国西北海岸写的一首诗；在那里，一个中国人必然会眺望大洋对岸他所来自的那个国家，他的眼睛会因这种眺望发酸，他内心的一切也都会调动起来，因此我会这样写道："孩子，你需要长大/才能望到大洋的对岸，你需要另一种更为痛苦的视力/才能望到北京的胡同，望到你的童年的方向……"你看，这种"痛苦的视力"就这样出现了，而它照亮的，不仅是父与子这个主题。

需要多说的是，作用于我本人的这种"中国情结"，是不同于许多人那里的"文化中国"的。那个古色古香的带有仿古性质的"文化中国"，其实和我们自身的存在并无多少深刻的关系，但是我们和我们父辈在中国这样一个国家所生活的历史，它给我们带来的苦难和希望，在内心中却永难化解。我读过高行健的《灵山》，他说他写这本书就是为了了却他的中国情结，并且他已"了却了这个情结"。我理解这种写作夙愿，只不过这样说是不是过于轻易？看来，我真的不是一个超脱的人。

十七、看到诗歌论争中一些批判你的文章，我觉得它们有些令人讨厌。因为它们的口吻里完全没有对于诗歌本来应有的灵魂的恐惧和虔诚。凡当以严肃的态度批评别人时，内心里总会有某种痛楚伴随着。但是它们都没有显露出这种痛苦和精神的高度。我不相信它们。我相信你，不是因为我已认识你，而是从你的诗和文章中看出了你可贵的品质。不过，我有些担忧。

到了中国你就明白了，不过，即使到了中国你也不一定明白，因为在中国的一些朋友和读者也曾像你这样很困惑地发问。不过，对某些所谓的“批判”完全不必理会。他们的目的并不在诗歌本身，又何必同他们去理论呢。我欢迎批评。我自己也一直在反省我的创作中存在的问题。但如果有的人并不具备你所说的那种批评品格和能力，那就随他们的便吧。

不过诗歌论争的确把我们的文化环境和文化问题凸显出来了，这才是一个有良知的写作者应该去面对的。比如，过去一个世纪“革命文化”和极端主义的历史再现，那种否定一切、调侃一切的价值虚无主义，那种对诗歌和精神问题的可怕“简化”和政治化，那种商业社会的蒙昧主义和文化炒作，那种对暴力、时尚和所谓“身体”的粗痞推崇，这一切都搅和到了一起，构成了我们这个时代的“文化气候”。但这又有什么？在春天，如果你是一个中国人，你还不是需要顶着沙尘暴上班？没有人给你放假。

十八、还有一个重要的问题，即诗歌的“标准”问题，你能否谈

一谈？

诗歌怎么可能没有标准？诗歌永远有它的标准。正是这些标准——它并不是干巴巴的理论和教条，而是一种精神，一种无形不可见而又确凿无误的尺度，在秘密地激励和提升着一个诗人。诗人的所有写作，最终要达到的就是对这些标准的确立。诗的力量就来自这种肯定。

只不过诗的“标准”从来就是个人的。要提防的就在这里，那就是一个诗人把他个人的标准变为一种公共标准。这种可笑的事情在你们日本是不是出现过？我倒真的想了解一下。

十九、我看过一些文章，似乎中国很多诗人都在谈诗歌的“日常性”，你怎么看？

在有些诗人那里，这是一种使写作“重新回到事物本身”的努力，但在另一些人那里，我就不知道是怎么一回事了。其实，“生活”可以在任何地方出乎意料地显露出来。难道“知识分子”就没有他们的日常生活？事实是，对任何一个诗人而言，缺乏的都不是什么生活，而是把生活转化为诗歌的能力。因此，我一般不卷入这个话题。我用的是“诗歌的具体性”。日常性不是诗歌的一个标准。如果说有诗歌的“日常性”，那它也是一种诗的发明。

二十、你在诗中有时使用“伟大”这样的词，可能一般的日本读者不大习惯。比如《第四十二个夏季》的结尾“现在，我走入蟋蟀的歌声中/我仰望星空——伟大的星空，是你使我理解了/一只小小苍蝇的痛苦”。这里的“伟大”是否可以换一个别的词？

换一个别的什么词？“浩瀚”？“广阔”？不，还是“伟大”这个词。因为用这个词才能传达那一瞬内心的强烈涌动，才带有一种诗的力量。从诗的角度看，才构成一种强烈的对比：因为这首诗写的是肉体存在的盲目性和卑微性，以及一种痛苦的自我醒悟。因此，“伟大”一词用在这里也许并不显得空洞。

不过，我感谢你这样提问，这显示了你的敏锐。你讲到是永骏教授对我的一些诗句的分析，也非常有眼光。他讲到《预感》（1986）中的“你听到无数声音，经历了/一个又一个世纪”，这里的“一个又一个世纪”比较空泛，减弱了诗的纯粹性，而《临海孤独的房子》第九节的最后一句“你忍受的无数个冬天是值得的”，这里的“无数个冬天”，他认为却是恰到好处的。这里有一种在汉学家中少见的语言的敏感。这样的研究是值得信任的，对我也是很有教益的。的确，应该有一种对“大词”的警惕。像我这样的人，自幼就被一种“宏大叙事”所书写。纵然我一直在竭力摆脱这种书写，比如，在20世纪80年代，我所做的工作之一就是把“啊”这类词从我的诗中清除出去，但有时它们仍会很顽强地冒出来。记得德国汉学家顾彬对杨炼在诗中爱用“人类”这个词也很敏感。的确，我们这一代人（又一个大词！）可以说是在历史上过渡的一代。是什么在我们身上过渡？现在可以看清了，是一种语言、一种话语方式、一些词和句法在我们身上过渡。纵然有时我对别人的诗很敏感，如看到海子的一句诗“我抱着高大的蒙古马漂洋过海”时，我曾问他“为什么要用‘高大’这个词呢，我见到的蒙古马实际上都是矮小的”；还有骆一禾的诗句“我伸出亚洲的胳膊”，我也曾向他提出异议。但是，类似的大词却经常在我自己的诗里冒出来。看来“话语转型”并不是一件容易的事。也许每一个诗人身上都宿命般地带有一种他那个时代在语言上的规定性和局限性，而他们自己对此是浑然不知的。你谈到艾青的某些诗在历史上是激动人心的，但是现在看来就缺乏深度。岂止是艾青，即使像穆旦这样的曾写出优异、纯粹的诗的诗人，他的有些诗也显得有些空洞。那么我们自己呢？真是值得警惕和注意！

但是，从另一角度来看，“伟大”这样的词为什么就不能用？完全可以反讽式地来用，如《回答》中的“虽然伟大的史诗尚未产生/你却仿佛已走过了远远超过一生的历程”，这里的“伟大”就是一种对20世纪80年代以来诗人们的“史诗情结”和“伟大情结”的自我反讽。这样看来，“语言的敏感”还应和一种“历史的意识”结合起来，或者说，对语言的敏感本身就应包含一种历史的意识。说到这里，我理解日本读者对“大词”的不习惯。似乎日本的审美传统一直是精微的、唯美的、空灵的，和中国不大一样，是不是？我最近读到一首伊萨（Issa）的《和句》“河水悠悠/上有浮枝/枝上虫鸣”，就很感动。我欣赏这样的简洁和空灵。而中国的传统似乎就更复杂一些，或者说，有一种更大的包容性，比如在唐代有王维这样的诗人，但也有杜甫这样的诗人。当然，我在这里并不是为“大词”辩护，而是想提示一种“文本”和“语境”的关系，一种语言意识和历史意识的关系。提出这些问题来，也是为了和你进一步讨论。

二十一、你的诗中不断在写一种痛苦，但读得多了，有的读者也许就会对“痛苦”这个词有疑问。这种词用多了，会不会减少诗语的表现力？

或许是这样吧，最起码应该感谢你的提醒。似乎我的诗中都有一个痛苦的内核。我的生活并不总是这样的。但写起诗来，那种内在的东西就开始出现了，而我只能面对它。可以说，我珍惜这种痛苦，因为它是“最个人的”。欢乐可以与人分享，但在这种痛苦中我才与一个更内在的自己相遇。我甚至要说，这个痛苦的内核照亮了我的写作和生活。至于“痛苦”这个词是否用得过多，我需要回头把我的诗再看一遍。也许这不单是一个词的问题。

二十二、我是在读到你的诗论《阐释之外》时才注意到你的。因为你对诗的看法和态度和我所了解的其他中国诗人是如此不一样。你让我意识到：诗还可以这样！

很巧，国外有一位专门研究顾城的朋友也曾这样对我说：我以前一直认为诗是非理性的细节，看了你的诗，我这才意识到，诗还可以这样写！

说实话，在中国当代诗人中我一直是不那么“合群”的。我不属于任何流派或圈子，和一些纯诗的写法也很不一样。不仅不一样，我想我一直在冒着一些人的非议在写作。他们的写作都值得尊敬，但我宁愿我的写作是另一回事。

也许，像我这样的写作者，不仅是孤单的，也很可能是最后一个，是一种行将被历史的所谓“进化”淘汰的物种。不知你注意到没有，我的诗中一再出现“孩子们在长大”这句话。这些在游戏机、电脑、流行音乐和新时代的种种时尚中长大的新一代人，能否理解他们父辈的痛苦？我不知道。我所知道的是，即使没有任何人理解，我也会这样写下去。那么，我是在为谁写作？

二十三、有一位日本诗人兼评论家曾这样评论日本当代诗：很多诗人没有用敏锐的眼光精确地观看事物，他们的这种视力衰弱了，因而诗中往往缺乏明确的形象。关于中国当代诗，我阅读的范围并不大，不过，是不是也有同样的问题呢？它们往往缺少"凝结成屹然不动的形体"这种感觉，所以最初觉得有趣，随后很容易忘掉。但是你的诗不一样。多半是一旦读了，明确的形象就一再浮现在心里，有时凝结成屹然不动的形体，永远忘不了。我认为，这就是你的诗的一个独特性，它能够形成一个印象深刻的有张力的意象。我记得瓦雷里说过，诗就是一字一句都不能改变地完全照原样一再浮现在心里的语言表现。我看，这不仅跟押韵、节奏这种语言的音乐性有关，更重要的是怎样形成一个活生生的形象，你说呢？

你的感觉很值得注意。中国当代诗中的确有这么个问题。记得在20世纪80年代，一位荷兰汉学家读到一些中国的"先锋诗"后，那里面繁复的意象和比喻让他大为惊讶，他称之为"意象爆炸"。只不过在"爆炸"之后很少有什么能够留下。那不过是一种"泡沫经济"。这样为炫耀而形成的密集和繁复，导致的往往是诗的虚无。在这方面，我想我们应该向经典作家学习。比如在一些中国古典诗人那里，在但丁、叶芝、阿赫玛托娃那里，意象、细节和比喻都不是太多，但一旦出现，就让人难忘，甚至成为一种持久的诗的原型。这一切，真是值得我们去研究。

谢谢你的夸奖，但我在这方面做得是很不够的。诗人最基本的艺术能力，就是把复杂深刻的感受"凝结成屹然不动的形体"，反过来说，通过意象或细节，来道出那最深刻有力的一切。我知道为什么里尔克要向罗丹的雕塑学习，因为诗的语言要有一种雕刻的效果，要有一种质感，一种黑白照片式的表现力。但是这样的问题是无法仅仅通过技术来解决的。你提到的那些诗，我猜它们的作者其实都是有一定的语言才华的，但是，为什么又不能进入人心？我想问题就在于，诗人一定要有一种体验的深度，对其表现对象一定要有一种精神贯注，要有一种直达事物本质的洞察力，最后，还要在写作中把这一切化为一种刻骨的语言本身的力量。我有时达到了这种要求，但很多时候也是力不从心的。《带着儿子来到大洋边上》的最后一段是“滚滚波涛仍在到来，人们离去，带着盐的苦味，消失在宇宙的无穷里……/仍有人驱车前来，在松林间支起帐篷/仍有孩子伸出手来，等待那些飞来的鸥鸟/海边的岩石，被海风吹出了洞……”我这样写，写到最后，目的就是为了让人“看见”。不仅使诗中最终出现的事物——那承受着海风吹蚀的岩石——可以被“看见”，而且看了就得接受它的注视。因为这样的“形体”出自痛苦的历史，所以它会在心灵的视野里一再出现。

（佐藤普美子，日本中国现当代诗歌研究者，东京驹泽大学教授）

（载《诗探索》2003年第1—2合辑，日译本载日本的中国诗歌研究刊物《九叶诗会》创刊号，2004年）

“当一种伟大的荒凉展现在我们面前”

——诗人王家新访谈

◎ 吴投文

一、我注意到，你多次谈到过自己早年的经历，说自己从小就因为家庭成分问题屡受歧视，形成了与环境格格不入、不合群的性格。你的这种童年经验是否在一定程度上决定了你后来的文学选择？你往往倾向于孤绝与峭拔的抒情方式，是否与此相关？

当然，这在很大程度上决定了我后来的“文学选择”。但是我的童年还有着另外一面。我出生在武当山下、汉水河畔，在那片美丽神奇的山水中长大。即使在“文革”那个压抑、荒凉的年代，我也在不断接受大自然和文学的神秘馈赠。我曾写有一首回忆少年经历的诗：就在去公社“参加批斗会”的路上，“我看见了，我一个人/在漆黑的山路上看见了/一阵阵流星雨”。我想，正是这最初的“穿透肩胛骨的战栗”，使我们作为一个诗人的生命被赋予……

至于你说的那种“抒情方式”，和我早年所形成的内向、孤傲的性格当然也分不开。纵然为此我吃过很多苦头，纵然在这个年代许多人都在“华丽转身”，但是我也就这样了。我也不可能背叛我们与心灵的“最初的契约”。前不久我去丽江参加《大家》的活动，在玉龙雪山下一抬头就看见了明亮的北斗七星，在那一瞬我真的要流泪。我马上就想起了帕斯捷尔纳克的诗“啊，童年！心灵深处的长柄勺。”这说明我仍一直把“那个孩子”带在身上。我是不会把他交给任何人的。

二、1978年，你进入武汉大学中文系学习，听说你创办了“珞珈山诗社”，并参与编辑《这一代》杂志，是当时非常活跃的校园诗人。请你谈谈当时武大的校园诗歌情况。现在，有的研究者把你列为朦胧诗的一位边缘诗人，你当时的创作受到过朦胧诗的影响没有？

如果说“朦胧诗”指的是当时《今天》上的诗，我接受过其影响。它的确深深搅动了我们那一代人的血液。只不过后来对我更起作用的，是那时我第一次读到的冯至译的里尔克、穆旦译的奥登、袁可嘉译的叶芝、戴望舒译的洛尔迦。我不仅从中经历了一场现代主义的洗礼，对于刚刚走上诗歌之路的我，也是一种照亮和提升。那种照亮和提升，恰如庞德所说，是一种“在伟大作品面前突然成长”的感觉。

我是“文革”后第一批考上大学的77级大学生。闻一多是当年武汉大学文学院的创办者，又是湖北人，可以说无形中我也受了他的影响，尤其是在人格上。此外我也结识了武汉的老诗人曾卓和在合肥的诗人公刘，用当时有人的话来说“老右派和小右派走到一起了”。我们一上大学就为“四五运动”呐喊平反，接着又投身到“思想解放运动”之中。正因为如此“激进”，在当时的校内校外，有人就觉得我的创作或“思想倾向”有问题，当然，我同时也受到许多教授、老师和家乡文学刊物的关心和支持。我接受《芳草》请你来做的这个访谈，就因为它（那时还叫《武汉文艺》）是最早热情发表我作品的刊物。我记得第一次给《武汉文艺》投稿，作品还没发出来，编辑已到武大找我来了。当然，还应感谢当时的《长江文艺》和《长江丛刊》。那是一个饥饿的年代，也是一个燃烧的年代，除了和同学们一起创办"珞珈山""这一代"外，我还和许多外地诗人和大学文学社团有联系。但是我不加入任何流派，也不认为自己是"大学生诗派"的一员。诗人就是诗人，不需要别的。这可能和我当时读到的一句话"君子不党"有关系。但更为震动我的，还是那时读到的里尔克的一句诗"我是孤独的但我孤独的还不够/为了来到你的面前。"虽然我永远不可能说清这个"你"是谁，但从此这句诗就响在了我的耳际，并一直伴随我走到今天。

三、1992年，你远赴英伦，在伦敦定居两年时间，其间游历了多个国家。这一时期，你的生活比较动荡，但这种域外的游历为你打开了另一重文化的背景。有人说你对中国当代诗歌界产生实质性影响就是在自英伦三岛返国前后，这可能印证了域外游历对你的创作产生了某种深度渗透，使你的诗歌获得了一个新的视野。这段域外经历对你创作最深刻的影响是什么？

"如果说流亡有什么好处，那就是它教人谦卑。……因为它将作家置于一个无比宽深的透视图中。扯掉你的虚荣心，它说道，你不过是沙漠中的一粒沙子。用人类的无穷来测度自己吧。从无穷里，而不是从你的嫉妒或野心里说话。"

这是布罗茨基的一段话。1992年初我第一次出国，随身带的书中，就有漓江出版社的布罗茨基诗文集《从彼得堡到斯德哥尔摩》。两年之后，布罗茨基的这种体验，也就成了我的“准流亡”生涯的最重要收获。

而我感谢这种经历。我在前年初冬还写过一首《伦敦之忆》，怀念那些将我置于“人类的无穷”、纵然异常艰难但却“第一次听见了巴赫的圣咏”的日子。纵然有些诗人不出国也能写好诗，比如英国的拉金（他甚至这样说过“我不拒绝到中国去，如果我能当天回来”），但我更喜欢像米沃什、布罗茨基这样的诗人。他们的经历，不仅使他们看到更多，体验到更多，更重要的，是把他们推向了一个高度。而一些地方主义诗人，虽然很有特色，但却有着他们自己意识不到的局限性。记得在伦敦时，诗人多多在荷兰莱顿那一头的电话中就这样说：“还是出来好，比在中国当土鳖强！”

当然，“土鳖”也不是白当的。其实“远赴英伦”前两三年在北京的经历，对我来说也至关重要。我多次谈过那一时期对我和许多中国诗人的写作所具有的“分水岭”意义。这也是我和一些人看当代诗歌时的一个分歧所在，这里就不多谈了。

四、你的《我的八十年代》是一篇非常重要的文章，既是你对20世纪80年代的个人回忆，也呈现了20世纪80年代诗歌的内部精神景观。我注意到，你在文中有一处非常沉痛地写道：“我知道我无权指责任何人或要求任何人，我也知道我们这些人还不能和我们所读到的那些俄罗斯知识分子和诗人相比……”我觉得你实际上触及了中国当代诗歌的深层精神症结，提出了非常重要的问题。从具体层面来看，你认为差距表现在哪些方面？

《我的八十年代》本来是一个杂志约的，他们要出一个“(20世纪)80年代诗歌地图”专辑，但他们后来未用，因为怕得罪到北岛等人。他们屈服于权力，却不敢或不愿追求真实，纵然我在文章中完全是对事不对人。说到这里，我当然在很多方面仍很尊重北岛，尤其是他们自“文革”末期以来对中国诗歌新方向、新道路的开辟。但是这条道路太艰难、也太漫长了，开辟者们也未必能够走下去。这就是问题所在。

当然，时代在变，早年的写作方式也需要修正。但问题是，人们已丧失了那种发出声音的勇气。我们又在重蹈中国知识分子和文人的悲剧。而在写作上，技艺是纯熟了，但那些对一个诗人更为重要的东西却未能得以深化和拓展。开始我以为这是在自我阉割，后来我发现这其实出自一种先天的贫乏或缺陷。

所以，我还是独自和“我的策兰”守在一起——这么多年来我其实也一直如此。我不在他们的那个圈子里。他们也知道我在拒绝什么。记得1992年在鹿特丹诗歌节期间，谈到帕斯捷尔纳克，一位移居国外的中国诗人颇不屑地说“他是个政治诗人”，我转身就离开了。那就让他们“纯诗”吧(因为据说写“纯诗”可以“永恒”)。我之所以说和策兰“守在一起”，不仅在于我在翻译他，更在于他对我的激励：他的“拒绝的美学”，他的“远艺术”的勇气，他对自己被枪杀的母亲的忠实，他穿过那些“文学行话”而朝向一个“语言的异乡”的卓绝努力。还有茨维塔耶娃，她的忠实和纯洁，她那毫不妥协的心灵力量。她甚至对自己的“书桌”说：“你甚至用我的血来检验/所有我用墨水写下的诗行。”而在我们这里，发出过这样的良知的追问吗，或经得起这样的检验吗？

再说一遍:“我无权指责任何人或要求任何人”。我说的这些问题很可能也就是我自己的问题。我讲这些,甚至不针对任何人,它们只是我与我自己时代的一种争辩和对话,无人可以听见——至多,它们有时折射进我对策兰的翻译中:“那里是词,未死的词,坠入:/我额头后面的天国之峡谷,/走过去,被唾沫和废物引领,/那伴随我生活的七枝星花。”还有什么?如此而已。

五、最近几年,你的诗歌创作似乎有所放缓,把大量精力放在了诗歌评论、诗学随笔和翻译上,出版了多部随笔集和译诗集,在诗歌界产生了广泛影响。对你来说,这种写作状态可能是得心应手的,在读者的印象里,却强化了你的批评家和翻译家身份。这种写作状态是否和你目前的心态以及所处的学院环境有关?

其实近些年我的诗歌评论并没有以前多,因为我想与当下诗坛拉开一些距离;更多的是一些个人化的诗学随笔。至于转向翻译和翻译研究,倒是很明显的。这已成为我的重心所在。这和我所处的学院环境当然有关系,我给本科生开的课中,就有“创造性写作和翻译”;至于带研究生和博士生,我主要指导他们从翻译的角度切入对现代诗歌和诗学的研究。你也在高校任教,中国高校的新诗教学和研究似乎已形成一个模式,十年前我调入人大后,就有意打破这个模式,尝试从翻译入手,形成一个新的研究角度和领域。这条路,我还会带着学生们走下去。

至于我个人,很早就从事翻译尝试,近些年来愈来愈发现自己“适合”做翻译,这不仅因为个人爱好,也不仅因为经验和能力,布罗斯基在谈翻译时曾指出:翻译不仅要有个性,还得有“牺牲”

（sacrifice），而这才是“成熟个性的主要特征”，这也是对任何创作包括翻译的“主要要求”。看来我是生来有这种“牺牲精神”的。20世纪90年代初翻译策兰时，我根本没想到可以出版或正式发表，更不是为了什么“翻译家身份”，但却让这样一位诗人几乎占据了我的全部存在。自己写的诗少了，因为创作的能量大都消耗在翻译中了（“为他人做嫁衣裳”），甚至本属于你自己的东西也给了翻译对象。翻词典眼睛都快看瞎了，为一个词睡梦里都不安，而且是那么吃力不讨好：译不好，罪该万死；译好了，功归于原作，伟大的策兰，令人惊异的茨维塔耶娃，似乎没有你什么事了。

不过，如果说这是“牺牲”，那我也认了。因为我爱我翻译的这些诗人甚于爱我自己，不这样我也不可能如此投入。策兰就对人讲翻译曼德尔施塔姆比他自己创作诗歌“更重要”。而且我还有穆旦这样一位圣徒般的“榜样”。穆旦在“文革”后期那种毫无发表前景、并且身负严重腿伤的处境下倾心翻译英国现代诗选，今天想来仍难以置信。正因此，他翻译的叶芝的《一九一六年复活节》、奥登的《悼念叶芝》，都包含着一种让人泪涌的力量。也正因为如此，前年我带台湾诗人译者陈黎去北京西郊万安公墓，在找到穆旦墓碑的那一瞬间，我发现他的眼圈一下子就红了——我们都知道穆旦为他的翻译付出了什么！

当然，翻译不仅是付出，也是领受；不仅是牺牲，也是赎回——通过对这些诗人的翻译而把你自己赎回来。翻译对我而言，还具有了这种重要的生命意义。因此我要感谢翻译。翻译当然辛苦，甚至需要一种非人的牺牲，但是如用卞先生所译的叶芝的诗来说“辛劳本身也就是开花、舞蹈”。还有什么比这更能展现生命的意义呢，在这种感觉上，甚至创作也不能相比。

六、2013年，作家出版社出版了你的《塔可夫斯基的树：王家新集（1990—2013）》。这是读者广为关注的“标准诗丛”第一辑中的一种。我好奇的是，为什么选用《塔可夫斯基的树》作为书名？有什么特殊的含义没有？

《塔可夫斯基的树》是我的近作，它暗含了我在瑞典哥特兰岛上找寻塔可夫斯基《牺牲》中的那棵树的经历。当然，更重要的，是这棵枯死而又奇迹般复活的树具有了充分的象征和隐喻意义——它超越了时间和空间，它属于了我，属于了我们这个时代，因此我用它作了书名。其实，了解我的读者也完全知道这一点。前两天我正好在网上读到一位诗人最近读我的诗论集《为凤凰寻找栖所》写的一首诗，其结尾是：“像灵魂一样的凤凰从未现身/你不停地栽种它栖息的梧桐”。没有我自己这种“倔犟”的经历，我是不可能把塔可夫斯基的树变成我自己的树的。

此外这首诗的写作本身也让我有点激动。这首诗我当时写出后就放在那里，感到缺了一点什么，直到后来修改它时，才突然有了“提着一桶比他本身还要重的水来”这一句。有了这至关重要的一句，这首诗站住了。就像里尔克所说的，在那一刻你似乎一伸手接住了不是你自己而是神向你抛来的东西。这的确使我有点惊异。而这一句的出现，不仅成全了这首诗，也带出了一种命运：那就是每天提着一桶比我们自身还要重的水去浇灌那棵诗歌之树。这就是为什么我用它作了书名。

七、进入新世纪以来，你的创作发生了比较大的变化，我印象深刻的作品有《田园诗》《船上的故事》《牡蛎》《访杜依诺城堡》《伦敦之忆》《冬日断章》等等。如果说你1990年代的代表性作品《转变》《帕斯捷尔纳克》《伦敦随笔》《纪念》《回答》等回应了一个转型时代的精神痛苦，那新世纪的这些作品可能更切近当下的日常现实，提供了另一个观察现实的视野，呈现出了当下丰富的精神侧面，但也变得相对温和了一些。当然，这里面可能也包含了某种美学选择，还是有更为深层的原因？

我近些年以来的创作，肯定有些变化。(20世纪)90年代初的那批诗，在剧烈的历史震荡和个人遭遇下，音调比较沉痛、激越，语言的姿势也比较紧张，但到后来，随着社会生活愈来愈趋向“世俗化”，我们又回到了“日常”。但这个“日常”，不是每天表面上的那些事，而是我们在这种状态下的存在和内心。这个“日常”也会向记忆延伸，更重要的，要经由语言的发现。这个“日常”恰恰是难以揭示的，就像“当下”其实是最难抵达的一样。这就是为什么在阿甘本那里“当下”会成为个哲学的问题。具体到诗的写作，“当下”也就是某种诗的“在场”，它关涉到我们自身的存在，关涉到我们对现实的复杂易逝的感受。而能否找到一个“当下的进入点”，这就需要我们不断调整自己的写作角度和方式。

对我而言，这是自觉和有意识的调整，但也是自然而然的变化。或者说，我寻求写作的变化和某种新的可能性，但又会始终扎根于自身的存在。我是不会去迎合任何人的。即使是“变”，也无非是变回到一个本来的、应该的自我。一般读者不了解这些，一些评论和教科书把你绑在那几首“代表作”上受难，还有一些诗人同行用漫画笔法精心涂抹你，这些我都早已“习惯”了。好在我的写作并不是为了他们，或为了当今的所谓诗坛文坛。当我写作，这一切并不存在，存在的只是那些“未来的读者”。他们属于未来，但又和我们分享了“当下”。我的朋友、美国诗人乔直（乔治·欧康奈尔）就是这样一位读者，我愿在这里引出他的一段话，为了其中所透出的眼光：“作为王家新的译者，我对他的审美向度已有了一定程度亲密的认识。我们都有一点忧郁，时而抒情，但始终在世界冰冷的棱角中经历回火。……像最好的中国古代诗人那样，王家新诗歌的主题与灵感均来自近在咫尺的普通生活……倘若诗歌是‘存在的提升’，王家新的声音则不仅在于提升，还在于探究，它取自过去，取自幽深的自我，一笔艰难获得的礼物。他目光中那尖锐的洞察力，如此精确，哪怕它触及的是极为短暂的时刻，也击穿了我们共同承受的存在的本质。他发出的是持久的声音。”

八、进入新世纪之后，你很少再写《词语》《伦敦随笔》《回答》那样的长诗、组诗了，往往是从自己的生活细节中凝聚创作的激情和灵感，比如一次漫步、一部电影、一棵树、一次出游、一次会友等等，对具体事物和生活细节的凝眸确实展现了对事物复杂性的精湛刻画，这种对“经验的具体性”的关注激发你打开了与“现实”对话的另一种方式，获得了美学上的另一种独特性。有研究者认为，你的这些诗歌“通过对短暂事物的凝注，使事物迷惑人心的表征得以瓦解，时间那永恒的力量得以裸裎。”有的研究者归之于从“承担的诗学”到“辨认的诗学”的转变。你自己怎么看待创作上的这种转变？

这个问题和上一个相关，我已回答了一些。不管怎么说，我后来的写作，更倾向于"蘸取当下的幽暗写作"。已故的友人陈超有一个说法我也很赞赏，叫"经验的幽暗部分"。我经常感到我们这一代人是"大词"造就的，(20世纪)80年代的时候诗人们纷纷写"大诗"，比规模、比气势，即使在今天，那种看上去很唬人的诗也颇有市场。好在我很早听从了里尔克的教导：诗是经验。"大诗"或"史诗"当然也不是不可以写，但必须有足够的经验作为支撑。到了现在，我更关注经验的具体性，所以我很认同陈超的说法，也许真正的诗就在那个"经验的幽暗部分"，它未被我们体察到，甚至是为我们惯有的写作所遮蔽。

当然，诗不会限于具体经验，但要从它开始。而经验的具体性往往又与语言的质感和精确性相联系，离开了后者，一切都免谈。这也是我近年的写作包括翻译的一个着重点。无论写什么或译什么，语言一定要精确到位，这样方能显现生命本身的质感、张力甚或神秘。而且要"学会放弃雄辩"，学会让事物本身讲话。所以作为一个诗人，我只想说我们的一生都在学习如何使用语言。我们要学会聆听语言本身对我们的教诲。

九、你在《尤金，雪》中写道："他必须在大雪充满世界之前/找到他的词根。"你也被认为是一位寻找"词根"的诗人，这表现在诗歌的语言上，你一直保持探究词语内部秩序的热情和努力，寻找一个词语和灵魂最恰当的对称。这实际上是一项非常艰难的工作，充满巨大的冒险性。在当代汉语诗歌的特定语境中，你是如何理解"词根"并落实到创作实践中去的？

"词根"只是一个说法，就如同"内核"一样。一次搜狐网文化频道采访，一定要我讲讲“我全部写作的内核”，我还真不好回答。但是一个诗人的写作就没有这些吗？肯定有。没有这个燃烧的内核，就不会有火山的形成。有了这些，一个诗人才有可能获得自身写作的深度，否则他什么都不是。你说“充满巨大的冒险性”，的确。在这个充满“平庸的恶”的社会里，一个人要成为自己就必须冒险。要打破成见或突破自己也必须冒险。不冒着一些诗坛小圈子的非议你就不可能成为诗人。要呼应那种“更高的召唤”你更必须去冒险。这种冒险，就是“去成为”。也只有如此，你才能感到那被赋予的生命，你的语言才有可能迸溅出火花。

十、你的作品已被翻译成多种外文，比如德文诗选《哥特兰的黄昏》2011年在奥地利出版，英文诗选《变暗的镜子》即将在美国出版，美国著名诗人罗伯特·哈斯作了一个题为《王家新：冬天的精神》的长序：“王家新的诗常常被一种冬天的精神充满，而阳光照耀在山坡的另一面……我立刻感受到一种让人战栗的紧迫感，一种沉默的倾向和致命的智性。”用“冬天的精神”来概括你的诗歌，表现了哈斯敏锐的眼光，非常恰当。我手头掌握的资料有限，可否介绍一下你的诗歌在国外的译介情况？

对作品在国外的译介，我一向抱着“那是他们的事”的态度。我们主要的读者还是在国内。我们主要还是为这个语言文化工作。到现在，作品是译有一些，大部分发表在那些国家的报刊上或收集在选集中，或几个诗人的合集中，出版有个人专集的，除了你已了解的，今年还有第二本德文诗选和一小本法文诗选会出版。还有几种个人专集，如克罗地亚文、弗兰芒语（荷兰文）和朝鲜文的，大致已译好了，但因出版经费问题，不知何时能出来。

我只是遗憾我自己看重的一些作品，如长篇诗片断《词语》、长诗《回答》等等，都未能翻译出版。《词语》的一些片段被翻译了，但那部作品却是一个"音乐性"的整体，我不希望他们只是从中找出几句格言。还有《回答》，我的一生（起码是"前半生"）都放在里面了，但是很难译。似乎我也不愿我自己写这首诗时所经历的巨大磨难再转移到译者身上。一个意大利汉学家说她已断续译了两年，但还是没有译完。真不好意思。

但更重要的，不是翻译出版了多少，而是翻译质量。顾彬的德文翻译我无从评判，但他在译我的诗选时来信说："我老在翻译你的诗歌。放心。都是好诗。你都有你个人的声音。英文说sound。祝贺你。"我放心了。英译方面，我很认同乔治·欧康奈尔和史春波的翻译，他们翻译的我的诗，的确受到许多欧美诗人的赞赏，这也就是为什么《美国诗歌评论》去年发了我的诗歌小辑和哈斯的序文。他们能这样做，其实是很少见的。这里面，翻译甚至是一个首要原因。哈斯在序文中就多次称赞乔、史的翻译。可以说，只有优秀的翻译才能带来生命，否则就不如不译。

十一、在你的诗中，经常可以看到一些个人化因素的凸显，你的一些人生经历或精神历程直接进入了诗中。这在有的诗人那里可能是一个忌讳。在我看来，诗人自我经历在诗中的投射可能会形成诗人独立的自我形象，处理得好，会凸显出诗歌的内涵和深度。当然，如果处理不当，可能也会带来个人经历对创作个性的淹没。你如何看待诗歌中的自我形象？

我看每个诗人都会或多或少、或隐或显把他的个人经历带入诗中。因为他这是在写诗，而不是在写和他的个人存在无关的东西。中国古典诗歌历来也有这种“自叙传”的传统，如杜甫《自京赴奉先县咏怀五百字》等等。当然，问题更在于怎么写。回想我的青少年时期，李白的“天生我材必有用”对我起到了重要的激励，但后来读到奥登的“人的一生从来没有完成过”，这句诗对我可能要更伟大，因为它不限于个人孤傲，而是将一切提升到一个存在本体论的层面，对生命有一种更高的审视和观照。所以在我的诗中，你也往往会感到这样一种自我审视或生命的对话性。如果说在那些诗中有一个“自我形象”，也往往是以“你”的人称出现的。比如前年我写的《你在傍晚出来散步》:“……你走过街边的垃圾筒，/那些下班回家的人们也匆匆走过，/也就在那一刻，你抬起了头来——/一颗冬夜的星，它愈亮/愈冷。”诗中的这个“你”是谁？仅仅是诗人吗？谁读到这首诗并受到感动，谁就是这个“你”。

当然，最犯“忌讳”的是我的长诗《回答》，它发表后对它有不同的反响和评价，都很强烈，原因就在于它不仅将个人经历尤其是婚姻解体直接写入了诗中，而且完全打破了一些人对诗歌的固有观念，或超出了他们的承受力。但是对我个人来说，这不仅是我必须写出的一首诗，也是需要有巨大勇气才能写出的东西。至于诗中的诗人是一个什么样的“形象”，写这首诗时我根本没有考虑过。别人爱怎么看就怎么看吧。我首先要求的，是真实，哪怕它是多么残酷和荒诞。

这首诗就在那里了，它不仅是一首不可能的挽歌，正如许多人看到的，这也是一首不可能的赞歌。让人们去评判吧。我并不介意

“揭自己的伤疤”，我也必须“回答”我们自己的生活。迦达默尔说“诗人是人类存在的象征”。这样讲也许有点拔高了。但诗人从过去到现在都是生命的见证者。我当然在很大程度上也信奉艾略特的“非个人化”诗学原则。但这种“非个人化”究竟意味着什么？这种“非个人化”又如何达到？海德格尔说“语言是说话者”，这从某种意义上没有错，但策兰却这样认为：“真实，这永远不会是语言自身运作达成的，这总是由一个从自身存在的特定角度出发的‘我’来形成其轮廓和走向。”作为诗人，我们该听哪一个？

十二、关于诗歌写作的难度问题，存在很大的争议。有的诗人甚至觉得这是一个伪问题，他们认为一首诗的价值来源于诗人的真诚，而非来源于诗歌的难度。你认为“真正意义上的写作也是一件有‘难度’的事情。难度愈大，这种写作也就可能愈有价值。杜甫的《秋兴八首》，就是自觉加大‘写作的难度’的结果。”（木朵：《“对个别的心灵讲话”——著名诗人王家新访谈录》）你还说过，“那种没有难度的写作，在我看来几乎一钱不值。”我注意到你多次这样强调过，这是你一个非常坚定的主张。你如何看待“写作的难度”？请具体谈谈。

这是一个“伪问题”吗？我想各个行业都有一个“难度”的问题，何况写作。这种“写作的难度”，不仅是技艺上的，更是语言上的和心灵上的。中国古典诗歌，在我看来就是一门最讲难度的艺术。前几个月我去了河南荥阳，那里安葬着刘禹锡和李商隐。两位诗人的诗一比较，当下可判。刘禹锡当然也写过几首好诗，但整体上的艺术水准，不知比李商隐差好几个等级。幸而有了杜甫、李商隐那样的诗人，保证了中国古典诗歌所能达到的高度。不讲艺术难度，只讲自以为的“真诚”，那种汪国真式的真诚？现在我们也看得更清楚了，大众文化消费时代的特征之一就是消解难度，就是把一切降低到讨巧、顺口溜、小清新或心灵鸡汤的程度。

但是，只有“写作的难度”，才对一个诗人的语言功力、独创性和艺术境界构成考验和挑战。当然，这不仅体现在艰深、奇崛、复杂的风格上和艺术探索上，所谓“渐老渐熟，乃造平淡”（苏轼），也许包含了更大的难度。你注意到《船上的故事》这首诗我很高兴。这首诗由一只小狗的故事开始，最后出现的可能是更让人受到震动的东西，程一身在他的评论中也说“我们也在体味着这不动声色的技艺和蕴含的巨大难度。”在诗的后来是：“在众人的一阵嘻笑后。/这只载送我们的船，似乎比它来时/更沉了一些”，而我们作为诗人，能标出那“语言的吃水线”吗？这说明除了那些小聪明式的“口水诗”，每一首诗的写作都包含了它的难度。在伟大的作品中，甚至有一种“伟大的失败”。我们还是老老实实地面对这样的问题吧。

十三、在你的诗歌中，引入了大量西方的文化场景和文化人物，另一方面，又在具有历史纵深感的视野中处理了本土经验，你的那些代表性作品都做到了两者的深度融合。有研究者认为，你的这些诗歌“处理的是我们时代精神的分崩离析及其悲剧性，并力图以自己的诗歌方式承担起当下生存现实。”不过，这也带来了一些争议。确实，打开你的诗集，那些文化人物几乎是扑面而来。你的诗歌尽管也出现了屈原、李白、杜甫等诗人，但相对外国诗人来说就少多了。这

种选择上的“不对称”，是否表明了你对中国古典诗歌的某种质疑？或者，作为一种精神背景，你更倾向于那些具有苦难意识的俄罗斯诗人和经历过奥斯威辛的诗人，以此与中国当代现实形成某种对照？

这又是一个纠缠不休的“老问题”。首先我想说，先人们就活在我们的血液里，不用特意标榜。即使是我生活在德国的一个古堡里，他们也会去找我，也准能找到我，在我的组诗《孤堡札记》中就专门有一首写杜甫。在其他很多诗中，其实也都可以感到屈原、王维、杜甫、李商隐的影子，虽然他们不一定出现在字面上。他们是生命基因，是更深层的潜文本。

但是，正如我曾写下的一句诗“为了杜甫你还必须成为卡夫卡”。中国传统当然具有一种永恒的价值和力量，但是必须说，它也有它很大的贫乏和局限性。它也有待于我们以新的方式来激活它。这是我们的职责，也是无法回避的命运。因此我很不赞同那种二元对立思维，那种有悖于一个现代诗人创作实际的设限和划分。我也建议那些一心一意要吃“中国饭”“民族饭”的诗人趁早卸装，因为你们只能吃诗歌饭，别的最终都靠不上。说到身份焦虑、文化冲撞，我自己早就经历过（见我的组诗《伦敦随笔》），即便如此，我们也“回不去了”。存在，就是与他者共存，不仅如此，有时我们需要通过他者才能进入自我，需要通过他者才能辨认出自身的在场。我佩服曼德尔斯塔姆，因为他敢于声称他“诞生于罗马”。他只遵循他心灵的指针。他的诗歌谱系，他作为一个诗人“存在的地形学”，和任何国家主义的版图划分和集体文化想象都根本不是一回事，虽然他在这样做的时候，他在实际上也大大扩展了俄罗斯诗歌的边界。

而在当今这个时代，一个诗人更需要“让多种涌流在自己体内流过”，并重新“界定着周边的土地”（哈立德·马塔瓦）。这也意味着身份是创造出来的，是“铲出来、挖出来”的，而决不完全是代代给定的。一个诗人需要有这种强大的心灵，也需要这种特殊的文化整合力和创造力。即使是面向“中国传统”，也绝不只是像他们所限定的那样。王维仅仅是一个超然、淡泊的王维吗？在他的诗中我就发现了一个“毒龙”的意象，并把它引入到我的一首近作中。

至于说我更倾向于俄罗斯诗人和经历过奥斯威辛的诗人，这里没什么秘密，是我们自身的命运把我推向了他们。但俄罗斯诗人之所以吸引我，不仅在于其苦难意识，更在于其“黄金般无与伦比的天赋”，在于其特有的精神力量和心灵力量。中国人经历的苦难并不少，但为什么没有产生那样的诗人呢？还有“奥斯威辛”。这就是为什么我会翻译策兰。这也是为什么我会写下那首《田园诗》。有人早已读出来了，这其实是一首“反田园诗”，甚或是一首“后奥斯威辛时代的田园诗”。

十四、2013年底，你获得了韩国昌原第四届KC国际诗文学奖。这是一个重要的国际性奖项，你是第二个获得这一奖项的中国诗人，在你之前，是北岛。你发表了题为《诗歌的辨认》的获奖演说。在演说中，你延伸了曼德尔斯塔姆关于写作是一种“辨认”的说法，认为“写作不仅是一种艰辛的辨认，还应是对这种辨认的确立和坚持：让它成为一种良知，一种语言的尺度”。具体到你自己的创作中，你是如何去完成或者抵达这种“辨认”的？

曼德尔斯塔姆的“辨认”很神秘，是在俄罗斯之夜对奥维德的辨认，是对心灵和诗歌原型的辨认。我之所以延伸了这一说法，完全是从我的生活出发。我自己的一生，就是一个对诗歌、对自我、对命运的艰辛辨认过程。这也源自我少年的经验，我在青少年时期就经常摸黑走山路。我的文学之路也如此。我大概在上初三时“爱上文学”，完全着了迷，连我的父母也惊异。但在那时却没有更多更好的书读，周边也没有什么文学老师和朋友，完全是一个人瞎摸。“文革”之后考上大学，看上去经历了一个轰轰烈烈的年代，其实也是在一种巨大的混乱中摸索。如果说“冥冥中自有神助”，正是这一路的艰辛辨认把我带到了今天。

人生是一种辨认，写作是一种辨认，翻译更是——这至少是两种语言之间的辨认，到最后，这成为一种对生命、对诗歌本身的最深刻的辨认。我曾谈到陈敬容所译的里尔克的“我认出了风暴而激动如大海”，如按德文原诗应译为“我知道了风暴而激动如大海”。但是，她又是译得多么好！什么是“翻译的辨认”（这也是我将出的一本翻译研究论文集的书名）？这就是。正是这种辨认，使里尔克成了里尔克。或者说，他的中文译者一下子把我们带入到他的精神世界中了。

至于你提到有的研究者把我的这种历程概括为“从‘承担的诗学’到‘辨认的诗学’的转变”，有一定道理，但并不那么简单，最起码这两者不是分开的，而是“共时”的，也是“相互”的。如上面已讲到的，这种辨认其实从我少年时摸黑走山路起就开始了，只不过到后来变得更为复杂和艰难，致使这种辨认本身几乎变得不可能，在我2001年写下的《冬天的诗》中就有这么一节：“又一阵从身后追来的西北风。在雪雾的引导下，艰难的行车人！你要努力辨认的，已不仅仅是道路……”

十五、我注意到，你的一些诗歌《重写一首旧诗》《塔可夫斯基的树》《冰钓者》等，都经历了数年甚至更长时间的写作与修改。评论家程一身有个说法：“王家新是个修改型作家，这是难度写作的内在要求。《冰钓者》这首被许多人盛赞的诗，后面所署的日期是2003—2013，即使不把它理解成一首诗写了十年，至少也可以从中看出修改带来的分量。”修改作品对诗人来说是一个严谨的工作，中国诗歌有苦吟的传统。不过，我也接触到一些诗人，他们更相信灵感，认为一首好诗很少是修改出来的。你经常修改自己的诗歌吗？

我的许多作品也几乎是不假任何修改一下子就出来的，如《田园诗》、《牡蛎》、《访杜依诺城堡》、《幽灵船》、《伦敦之忆》、《忆陈超》等等。可以说我也“相信灵感”，并看重作品中那种充溢着天然之机的灵气，但在我看来，这种灵感往往是“功到自然成”的产物。一个具有深厚功力的诗人才是可信赖并可期待的。我也建议年轻诗人们与其迷信灵感，不如去深入工作。很多时候，灵感就是在艰苦的修改中产生的。

至于具体作品，我往往是写出来放在那里，过一段时间再拿出来看看。有时候这种修改，借用本雅明谈翻译的话说，是出自对“生命”的“不能忘怀”。比如《冰钓者》这首诗，十年前我就写了草稿，是这些年来我们自己的生活使我的目光又投向了记忆中的那个冰封的水库，也就在那一刻，在进入修改的那一刻，语言又在坚冰上痛苦地摔动着它的尾巴了！

我曾谈到创作就是诗与诗人、语言与心灵的相互寻找。作品修改的过程，往往就体现了这种相互的寻找。也许寻找的只是一个词，但那却是决定性的。也许等待的是一阵气息，但正是它带来了生命。但更重要的，据我的经验，是在修改时内心里有更多、更深的东西一下子被调动起来的那种感觉。在那样的时刻，诗句涌现，连我们自己也会惊异。这就是说，只有修改，才真正触及创作的奥秘。

十六、早在1991年，你就开始了翻译犹太裔德语诗人策兰的诗歌，尤其《死亡赋格》等诗作堪称经典的译笔深深吸引了人们。2014年，你出版了《带着来自塔露萨的书——王家新译诗集》、《新年问候：茨维塔耶娃诗选》，也引起了读者和诗坛广泛的关注。你多次表达过，你翻译诗歌，和一般译者很不同，完全是从精神内部、创作内部出发的。翻译给你的创作带来何种影响没有？我注意到，你翻译了不少不同语种的西方诗人的诗歌，这里面就有一个转译的问题，你是如何保证翻译的可信性的？

当然，我的翻译都是有选择的。我只翻译我本人深刻认同、也值得我去翻译的诗人。纳博科夫在论“理想译者”时说这样的译者首先必须和他的翻译对象有同样天赋或同一类型的天赋。我绝不敢说我就具有策兰那样的天赋，但如果在我的身上没有流着那样的血，或如果我没有感到那样一种“冥冥中的授权”，我就不可能去翻译他们。最起码，我的翻译是出自对生命呼唤的响应。

至于“转译”问题，从某种意义上看，任何翻译都属于“转译”，这正如任何译文——当然是那种有生命力的译文——都属于原作的“转世”。落实到具体翻译层面上，我觉得首先要破除那种盲目的

“直译可靠论”或“直译优越论”。译诗当然最好从原文中译，但在实际上，大量从原文中直接翻译的译文并不理想，甚至充满了很多“硬伤”。倒是一些转译的译文问题要少一些，为什么？因为从英译中转译，首先就借助了英译者对原作准确、透彻的读解。当代诗歌翻译的大量例证都说明了这一点。卞之琳早年从法文中转译里尔克的《旗手》，其优异和可靠，也印证了这一点。

至于我本人的大量“转译”，有些属于不得已而为之，比如我不懂俄文，但又深爱茨维塔耶娃，而且她还有那么多伟大作品从未被译成汉语，那我就试一试；有些则属于有意为之，即有意以这种方式来重塑一个诗人的形象，并由此扭转人们对“转译”的偏见，甚至可以说我还偏爱“转译”这种方式，执意于“在诸语言的演化中将自己不断创造出来的东西”（本雅明《译者的使命》），由此对诗歌和语言的发展作出贡献。至于你所说的“可信性”，这的确是“转译”面临的最大问题，译者要付出比“直译”更大的努力才能面对（比如尽可能了解不同的英译本及研究资料，并在“转译”时尽可能地参照原文，等等）。但不管怎么说，我相信我的“转译”能经受这方面的考量。比如对策兰的翻译，我也主要是从英译本转译，同时参照了德文原文，其实我的德语合作者对我的译文所作的修订并不太多，他当然非常认真，但有不少诗他几乎一字未动，这说明这些译文是经得起从原文检验的。没有这样的把握，我也不会去冒这样的险。翻译终归是严肃的，我也必须对我译出的每一首诗负责。正好就在回答你的访谈同时，我收到西南大学新诗研究所杨东伟一文，文中说：“说实话，在大量接触王家新的译诗之前，我不大相信‘转译’，总是固执地认为‘转译’已经与‘原作’隔了‘两层’……但深入王家新的译作和翻译理念之后，我才意识到自己一直生活在‘忠实原作’的幻觉之中。当我们将他苦心孤诣的‘转译’与一些根据原文‘直译’而来的作品对照之后，毫不夸张地说，他的翻译其实早已达到了与原作相当的艺术水准，很多译诗甚至能发出比原作更耀眼的光芒。”他这样看，我当然并不感到意外。去年在扬州，诗人小海就曾对瑞士德语女诗人和翻译家伊尔玛·拉库萨说“王家新比策兰自己更理解策兰”，这话虽然是他笑着说的，但也道出了某种“真情”。不说别的，想想二十多年来我在这样一位诗人身上所下的功夫吧。

无论“直译”还是“转译”，我都非常看重翻译的可靠性。一个好的译者，首先应是一个“可信赖的译者”。说实话，与一些过于随意的“诗人译诗”不一样，我所坚持的是“忠实”、“精确”和“研究性翻译”这些原则。翻译当然要有创造性，我也一直在强调这一点，但这一切都是有限度的。你不能用你的所谓个性去淹没你的翻译对象，也不能把阿赫玛托娃与茨维塔耶娃这两位诗人翻译成一个样子。如果说翻译也是一种“表演”，对不同角色你都需要深入理解和把握，并有能力把他们一一表演出来。现在我又从英译中转译洛尔迦，这不仅因为我一直深爱这位诗人，还在于在许多方面他仍是一位“有待发现”的诗人。伟大的作品不仅召唤着翻译，它可能也期待着“转译”，经过那些富有创造性的“转译”，它会回到一个新的、更丰富的自己。不管怎么说，如同“直译”，优秀的“转译”也有它不可替代的价值，最起码它会刷新、激活对诗和诗人的认知，或用本雅明的话表述，它会服务于“语言的互补关系”。

至于翻译给我的创作是否带来影响，我想肯定有，虽然我一直有意避免甚至抗拒这种影响。帕斯就曾指出在翻译与创作之间“存在着一种不断的交往，一种持续的相互孕育”。这些，就让别人来考察吧。我只希望人们能注意到：翻译不仅是接受，也是给予；我们不仅受惠于翻译，也把我们自己或是汉语中的一些最好的东西给予了翻译对象。在某种程度上，翻译就是如博尔赫斯所说的“把两位诗人合为一个诗人”的艺术。

最后我还想说，我现在愈来愈倾向于将翻译视为一个独立的、为创作不能替代的工作领域。本雅明就认为在对“纯语言”的发掘上、在语言的“互补”和“救赎”上，译作甚至要高于原作。乔治·斯坦纳认为“伟大的翻译比伟大的文学更为少见”。不管怎么说，这些都是我所听到的召唤。

十七、在创作之外，你写了大量的诗歌评论和随笔，出版了多个集子。这些评论和随笔视角特别，语言有一种内在的诗意，尤其是诗歌细读真正照亮了一首诗的内部结构，充分体现了一位诗人的独特感知，深受读者的喜爱。我好奇的是，你写了这么多诗歌评论和随笔，应该有一种特别的动力吧。另一方面，是否也表明了你对当前诗歌批评与研究的某种不满？

从事诗学探讨，这是一个诗人分内的事情。我想成为一个自觉的诗人，或者说达到一种透彻，因此思考一些写作的问题、诗学的问题。中国诗歌90年代以来，有很多问题也需要探讨和“争辩”。至于翻译研究，这几乎是一个没有多少人能够深入进去的领域。重建一种诗人、批评者和译者三者合一的现代传统，在今天也很有必要。如此等等，都成了我的“动力”。这些都出自内在需要。说不上对“当前诗歌批评与研究的某种不满”。我只是做了我自己想做也应该去做的事情。我也曾经讲过，我的全部写作，包括创作、评论、随笔写作和翻译，都是一个整体，虽然它看上去“不成体系”，但正如布朗肖所说：“一本书——即使是一本断片性质的书——总有一个收拢自己的中心。这中心不是固定的，书的压力及其构成因素使它游离失所。然而这也是某种固定的中心——倘若它果真存在的话——它既让自己游离失所，同时又保持自身，变得更隐蔽、更不确定，也更加专横。”（《导读布朗肖》，潘梦阳译）

十八、2012年中国人民大学出版社出版了你编著的《中外现代诗导读》，是“21世纪通识教育系列教材”中的一种。由一位著名诗人来编写这样一部诗歌鉴赏教材，在目前还非常少见，看来你也是非常重视诗歌教学的。我在中文系多年讲授“新诗鉴赏与写作”，实话说，我感到教学效果不是很理想。你有什么好的建议和经验？

我的那本不能说是“教材”。我也不喜欢那种模式化的东西。我多次对学生们讲阿多诺的这句话：“哲学本来是用来兑现动物眼中所看到的东西”。我要做的，是唤起学生们的一颗诗心，唤醒他们对诗的“动物般的敏感”，唤醒他们的感受力、领悟力和创造精神。里尔克在《现代抒情诗》里说：“只有当个人穿过所有教育习俗并超越一切肤浅的感受，深入到他的最内部的音色当中时，他才能与艺术建立一种亲密的内在关系：成为艺术家。”我全部的诗歌教学，尤其是对大一、大二的学生，都可以归结到这一点。

另外，除了诗的创作和鉴赏，在我这里还多一种引领学生进入诗歌的角度，那就是翻译。我把翻译也纳入了“创造性写作”课程，这在中国高校的中文系中还很少见。现在的学生外语都不错，只是他们从来没想到可以翻译诗歌。我的教学经验证明：翻译是引领他们热爱诗歌、进入诗歌的最佳途径，也是训练他们的语言敏感和创造性写作能力的有效方式。庞德在其晚年对来访的年轻诗人默温就这样说："翻译将教给你你自己的语言"。我想我的学生们对此也都有所体会。我带的一位亚美尼亚留学生罗伯特·察杜梁在他的课程感言中就这样写道："作为一个留学生我面对很多困难，不只是因为汉语是我的第四语言……而我们的课堂有一种高于所有语言的品质。我们无法创造出比它更好的语言，它激励着我们去做翻译。成功地译成一首诗确实是值得骄傲的。"

至于我开设的研究生课程，当然更多带有研究性质，但我不仅引领学生们从新的角度即翻译的角度研究诗歌，严格训练他们的学术研究能力，也力求做到如萨义德所说的"把批评提升为生命"，使他们得以打破平庸，在诗的光芒下得以刷新和提升自己。总之，"尽力做出自己最好的，也使他们成为最好的"，这就是我对自己的要求和"教学目标"。

十九、从上大学时期到现在，你的诗歌创作持续三十多年了。德国汉学家顾彬有一个说法："王家新属于少数一批坚持下来的诗人之一，他从来没有让步退缩。他的诗能够代表80年代和90年代的诗歌创作。从他的诗中，读者可以直接进入他的个人生活，同时可以看到诗人从困境中带来了多少生命。"我以为他比较准确地概括了你的创作特质和意义，"从困境中带来了多少生命"，这是一个很高的评价了。回顾三十多年的创作历程，你感触最深的是什么？

写出一首好诗（包括译出），尤其是那种能深入我们自身命运的好诗，就是从困境中带来一点点生命，但是死亡和虚无的力量更强大。死亡才是“大师”（策兰）。这就是我的“最深的感触”。在我的近作中，其实还有另一首诗《在韩国安东乡间——给黄东奎先生》，充分写出了我近年的心境。黄东奎为韩国著名诗人，很向往杜甫在其生命最后所登临的岳阳楼，我答应带他去。但我也从未去过那里，不知道它给我们“准备的是什么样的风景”，全诗的最后是这几句：“但到了那里，我想我们都会流泪的——/当我们开始一步步登临，/当一种伟大的荒凉展现在我们面前。”

登临诗或登高诗是中国诗的传统，有过很多名篇，但有了“伟大的荒凉”这一句，一切都不一样了。而它在最后的出现，不仅对这首诗，对我的一生可能都是一种提升。它不是但丁的天堂，也有别于陈子昂的“天地之悠悠”。它出自我们自己对人生、世界和精神的全部体验，但又超出了语言的边界和一切现有的言说。它就在那里，就看我们能不能到达，或敢不敢到达。这也说明，对我或我们的巨大考验还在后面。

（除四、九、十三、十六问题外，该书面访谈刊于《芳草》2016年第2期。吴投文，湖南科技大学教授。）

附录二：王家新著译及文学活动年表（1957—2016）

1957

生于湖北西北部丹江口市（原为均县——均州）。父母为中小学教师。

1966—1971

“文革”开始。因为父母家庭出身问题，不能加入红小兵。父母由县、区中小学调到山区学校。初中毕业时因为毕业评语上有“有严重的个人奋斗思想”一语，不能上高中，后经父母争取，入距家一二十公里的高中住宿学习。

1972

上高中前后迷上文学，并开始写诗。有幸得到一些文学书。经常在周末回家的山区公路上大声背诵冯至、殷夫等人的诗。

1974

该年9月，高中毕业后作为“知青”分配在当地农化厂劳动。工作之余，埋头于读书和写作，和各知青点爱好文艺的知青经常来往。

1977

岁末，参加“文革”后第一次高考，以优异成绩（全省文科第一名）被武汉大学中文系录取（77级）。

1978—1979

1978年3月初入校。投身“思想解放运动”，组办珞珈山诗社，参与大学生文学刊物《这一代》编辑，并开始在《长江文艺》、《诗刊》发表诗作。

1980

暑期第一次到北京，和北岛、江河、杨炼、顾城等诗人交往。在《人民文学》、《青春》、《萌芽》、《星星》等刊发表诗作。

1981

在《长江文艺》发表《在山的那边》等诗。与同学合编的《中国现代爱情诗选》由长江文艺出版社出版。

1982

大学毕业前经历一场磨难，后分配在湖北郧阳师专任教。

1983

写出《从石头开始》等诗。参加诗刊社“青春诗会”。参加新疆石河子诗会。

1984

参加诗刊社组织的诗人访问团，赴大兴安岭、呼伦贝尔等地采风。

写出《中国画》组诗。《长江组诗》获《芳草》诗歌奖。诗集《告别》作为“中国当代青年诗人丛书”之一由陕西“长安诗家”印行。

1985

诗集《纪念》由长江文艺出版社出版，谢冕作序。

自下半年起，借调到北京《诗刊》社，负责华东片诗稿及外国诗的编选工作。

1986

诗作收入北京大学五四文学社《新诗潮》诗集。因工作关系，和北京及各地的青年诗人有了更广泛交往。写出《风景》、《空谷》、《预感》等诗。

1987

写出《蝎子》、《秋天》等诗及一些诗歌随笔。

7月，参与组织西川、欧阳江河、陈东东等诗人到山海关参加“青春诗会”。

与唐晓渡合编的《中国当代实验诗选》由春风文艺出版社出版。

1988

被安徽《诗歌报》聘为首届探索诗大奖赛评委，去黄山参加颁奖活动。

美国The Worcester Review刊出诗2首，译者张自清（Zhang Ziqing）。

组织骆一禾、肖开愚、南野等诗人在北京参加“青春诗会”。

写出《刀子》、《练习曲》、《赞美》、《什么地方》、《北方札记》等诗。

参与芒克等人主持的《幸存者》诗人活动。

应《世界文学》之邀，为其“中国诗人谈外国诗”栏目组稿，联系西川、海子等诗人，海子从昌平寄来《我热爱的诗人——荷尔德林》。

1989

参加北岛主持的多多作品讨论会。应多多之邀写出评论一篇，但后来因故未能发表。

海子自杀，完成《诗歌——谨以此诗给海子》。

诗歌随笔《同一个梦》发表于《世界文学》当年第1期。《读外国诗与诗论札记》发表于《外国文学》当年第3期。陈超编著《中国探索诗鉴赏辞典》出版，选入诗作5首。诗5首在美国The Paterson Literary Review上发表，译者董继平（Dong Jiping）。

8月，与沈睿合编的《当代欧美诗选》由春风文艺出版社出版。

9月，诗论随笔集《人与世界的相遇》由文化艺术出版社出版。

该年秋冬，长夜读《古拉格群岛》、《日瓦戈医生》、米沃什的作品，写出《一个劈木柴过冬的人》、《瓦雷金诺叙事曲》等诗，诗歌创作开始一个新阶段。

1990

离开诗刊社。写出《守望》、《铁》、《楼梯》、《转变》、《火车站》、《光明》、《最后的营地》等诗，在傅维等编辑的《写作间》，肖开愚、孙文波编辑的《反对》、《九十年代》上刊出。

和柏桦一起受到荷兰鹿特丹国际诗歌节邀请，未能成行。

荷兰文版《苍茫时刻：中国当代诗选》出版，收入诗作9首，译者柯雷（Magiel van Crevel）。

《诗人与“两个世界”》刊于《外国文学评论》当年第4期。诗3首在美国《帕特森文学评论》当年卷上刊出。诗5首在意大利诗刊“Bollettario”上刊出。

参加湖北神农架诗会，诗会后游历重庆、成都。

年底，写出《帕斯捷尔纳克》一诗。

1991

1月，澳大利亚文学杂志“Scripsi”当年第1期译介柏桦、王家新诗各一组。诗2首在海外复刊的《今天》当年第1期上发表（署名“子岸”）。

2月，《一个劈木柴过冬的人》等诗5首在《人民文学》发表。牛汉、蔡其矫主编的《东方金字塔：中国青年诗人13家》由安徽文艺出版社出版，收入诗作25首。

3月，《帕斯捷尔纳克》等诗5首在《花城》当年第2期发表。应郑敏之邀，为香港《诗》双月刊“冯至专号”写出《冯至与我们这一代人》。

4月，再次收到鹿特丹国际诗歌节邀请，但决定放弃。自印诗集《守望》。

5月，参加谢冕在北大主持的“中国现代诗的命运和前途”座谈会，并作了“我们这个时代的写作”发言，提出了“见证”、“承担”、“晚年”等概念。近期诗作在会上受到牛汉的热情评价。

7月，陈东东主办的《倾向》刊出组诗《持续的到达》和《我们这个时代的写作》。

8月，《作家》发表《楼梯》等诗2首。

9月，比利时诗刊“Poeziekrant”第9期刊出诗作9首，译者万伊歌（Iege Vanwalle）。

10月，诗作在《今天》第3—4合期上发表。由汤潮、李·鲁滨逊（Lee Robinson）编译的《新诗潮：中国当代诗选》在加拿大出版，收入诗作3首。

11月，写出第一个诗片断系列《反向》。

12月，译出保罗·策兰短诗20多首，并写出译后记《从黑暗中递过来的灯》。部分策兰译作在肖开愚、孙文波编辑的《反对》上刊出。

1992

1月，以自费留学名义赴伦敦，受到英中文化协会、鹿特丹国际诗歌节、伦敦大学亚非学院和一些友人的帮助。

3月，应邀在英国一些地方朗诵，写出《斯卡堡》、《诗》、《叶芝》、《祖国》等诗。受北岛邀请参与编辑《今天》，但编了一期即辞去。入英语学校，间或打工。

4月,《诗林》第2期刊出策兰诗歌译后记《从黑暗中递过来的灯》。

6月,参加伦敦大学、荷兰莱顿大学中国诗歌研讨会和鹿特丹国际诗歌节。诗作在荷兰报刊上发表。

7月,鹿特丹国际诗歌节之后,应邀在比利时根特国际文化节朗诵。

《天涯》诗专号刊出《斯卡堡》、《转变》等诗4首。

8月,旅居根特。和友人一起游巴黎。

9月,德国Philipp Reclam Junch出版的《中国现代抒情诗选》,收入诗作2首。

10月,应邀在德国科隆大学朗诵。下旬回英国,参加英国林肯文学节。

11月,《花城》正式刊出《瓦雷金诺叙事曲》一诗。与沈睿合编的《二十世纪外国重要诗人如是说》由河南文艺出版社出版。

12月,圣诞节前重返比利时,在根特洛赫斯音乐中心朗诵,并在根特旅居到次年4月,写出《醒来》、《卡夫卡》、《日记》、诗片断系列《临海孤独的房子》、长篇诗片断系列《词语》等作品。

1993

2月,在伦敦写的诗歌随笔《岸》在国内《诗歌报》上刊出。

3月,在根特大学讲学。国际笔会刊物(Pen International)刊出诗2首,译者约翰·凯利(John Cayley)。

4月,从比利时回英国。应诗人陈东东和黄灿然书面采访,完成长篇访谈《回答四十个问题》。

5月，在伦敦威斯敏斯特大学做访问学者。《词语》（节选）在《今天》当年第2期上刊出。诗作一组在荷兰文学杂志“Raster”上刊出，译者柯雷。

6月，《临海孤独的房子》在《人民文学》上刊出。《冯至与我们这一代人》在《读书》上刊出。

7月，应邀在伦敦南岸文学艺术中心诗歌图书馆“声音之屋”朗诵，同月诗集《楼梯》作为有声读物由伦敦Wellsweep出版社出版，译者约翰·凯利。

8月，诗作一组在梁晓明主办的《北回归线》当年第3期上刊出。翻译卡内蒂的格言和思想片断集《钟的秘密心脏》，翻译阿根廷安东尼奥·波齐亚（Antonio Porchia）的格言集《声音》。

9月，英国文学杂志“Surviving”刊出诗作5首，译者约翰·凯利。所译的策兰诗歌一组在洛夫主编的《创世纪》诗刊刊出。

10月，应邀在英国东北部纽卡索诗歌之家朗诵。陈东东主办的《南方诗志》秋季号刊出《词语》、《回答四十个问题》及程光炜的《王家新论》。

11月，写作诗片断系列《另一种风景》等诗。《诗歌的边缘化与边缘化诗歌》发表于《诗歌报》。

12月，《美国诗歌评论》（The American Poetry Review）11—12月号刊出诗作一组，译者金重（Jin Zhong）、史蒂芬·海温（Stephen Haven）。

1994

1月，月初从英国回国。

3月，在北京大学、中国人民大学等校举办诗歌讲座。秋吉久纪夫编译《中国现代诗精选》在东京出版，选入诗作2首。

6月，沙光、闵正道主编的《中国诗选》出版，重点刊出近年来主要诗作和诗论。

7月，应邀赴比利时洛赫斯音乐中心及根特"词语"俱乐部朗诵。

8月，调入北京教育学院中文系任教。诗学随笔《声音》发于《诗林》第4期。

9月，夏威夷大学杂志"Manoa"中国诗歌专辑收入诗作2首，译者奚密。

11月，《诗探索》当年第4期"认识一位诗人"专辑刊出诗论札记《谁在我们中间》、臧棣《王家新：承担中的汉语》、陈超对《诗》和《日记》的细读文章。

12月，完成《纪念》等诗及诗片断系列《游动悬崖》。

1995

1月，诗片断系列《另一种风景》发表于深圳《街道》文化月刊。

2月，《诗歌报》当年第1期、第2期连载《回答四十个问题》。

3月，组诗《持续的到达》刊于比利时文学刊物"Yang"第2期，译者万伊歌。

4月，诗学随笔《飞越重洋的众鸟》刊于《诗神》当年第4期。

5月，《山花》刊出诗片断系列《反向》。《人民文学》刊出诗学随笔《对隐秘的热情》。

6月，《"理想主义"与知识分子精神》发表于《中华读书报》。参加贵州红枫湖诗会。在会上作了关于诗歌转型和"个人写作"的发言。与沈睿合编的《最明亮与最黑暗的：二十家诺贝尔奖获奖诗人作品新译》出版。

7月，吕叶、孙文主编的《锋刃》专辑刊出诗作、诗论选及孙文波《王家新：词语的真实》。

8月，《大家》当年第4期刊出文学随笔两篇：《饥饿艺术家》、《卡夫卡的工作》（后获第一届“大家文学奖”散文提名）。

9月，《山花》刊出长篇诗学札记《维特根斯坦札记》。

10月，编选《叶芝文集》，翻译叶芝诗歌24首。

11月，应邀参加比利时根特首届国际诗歌节。

12月，获首届刘丽安诗歌奖。所译桑托斯的长篇诗论《返向诗之思》，刊于《诗探索》当年第4辑。

1996

1月，《大家》第1期刊出诗歌随笔《游动悬崖及其他：1995年札记》。

《人民文学》刊出诗片断系列《游动悬崖》。

2月，《诗探索》第1期刊出诗论《夜莺在它自己的时代：关于当代诗学》。赴美国俄勒冈大学探亲，写出《布罗茨基之死》、《送儿子到美国》、《尤金，雪》等诗。

3月，赴美国东部，在布朗大学、哈佛大学及纽约等地开会和朗诵，写出《坐火车穿过美国》等诗。

4月底回国。

5月，比利时、荷兰中国文学杂志《文火》（Het Trage Vuur）创刊号刊出诗作一组，译者万伊歌。

6月,《作家》刊出《纪念》等诗作7首。

7月,在万圣书园举办诗歌讲座。参加诗人孙静轩组办的四川“西岭雪山诗会”。

8月,诗学论文《阐释之外》首刊于海外《倾向》杂志“90年代汉语诗歌评论专辑”。

9月,《当代诗学的一个回顾》刊于《诗神》理论专号。与美国汉学家文棣(Wendy Larson)教授的对话在《读书》刊出。

10月,编选的《叶芝文集》(三卷本)由东方出版社出版。森子、海因主编的《阵地》第5卷上刊出诗与诗论。

11月,《人民文学》刊出《挽歌及其他》诗5首。《鸭绿江》诗专号刊出《尤金,雪》及组诗《伦敦随笔》。《诗神》刊出《致一位女诗人》等诗3首。

12月,与陈建华博士的诗学对话《在诗与历史之间》在《山花》刊出。

1997

1月,诗论《奥尔弗斯仍在歌唱》在《莽原》第1期上刊出。

2月,再次赴美探亲,并在俄勒冈大学做访问学者。

3月,《文学评论》第2期刊出《阐释之外:当代诗学的一种话语分析》。

5月,游历美国西北海岸,写出《带着儿子来到大洋边上》等诗。离婚后回国。

7月,参加在武夷山举办的现代汉诗学术研讨会。写出《旅行者》等诗。

8月，诗集《游动悬崖》作为“20世纪末中国诗人自选集”之一由湖南文艺出版社出版。参加该社在北京举办的首发式暨朗诵会。

9月，诗论集《夜莺在它自己的时代》由东方出版中心出版。月初赴斯图加特，在德国著名的“古堡学院”（“Solitude Schloss Akademie”）做半年访问作家。

10月，《诗探索》第4期刊出《中国现代诗歌的自我建构》。写作组诗《孤堡札记》。翻译策兰诗歌。参观卡塞尔大型艺术文献展。

11月，文学随笔集《对隐秘的热情》由北岳文艺出版社出版。

12月，在“古堡学院”完成长诗《回答》。

1998

1月，在波恩大学、美因兹大学、慕尼黑大学及奥地利维也纳大学巡回朗诵。

2月，月中回国前去图宾根访问荷尔德林故居及墓地。洪子诚等主编的“90年代文学书系”出版，其中由程光炜编选的《岁月的遗照》选入诗作10首。

3月，参加北京市作协、《诗探索》主办的“后新诗潮研讨会”。

5月，长诗《回答》由《莽原》文学双月刊当年第3期刊出。诗论《“群岛上的谈话”》在《天涯》第3期刊出。

6月，《山花》刊出组诗《孤堡札记》。波恩大学《东方研究》第2期刊出组诗《伦敦随笔》，译者顾彬。

7月，获“古堡学院”翻译项目资助，再次赴德一个月，其间在汉诺威等地朗诵，并访问魏玛、法兰克福、海德堡等地，9月初回国。

8月，译作《钟的秘密心脏》发表于《当代外国文学》。

9月,诗作一组及诗学随笔《文学中的晚年》发表于《人民文学》。

11月,移居昌平上苑村,在那里自建平房数间。

1999

2月,在上苑写出《一九九八年春节》等诗。

3月,参加北大、清华等校举办的纪念海子逝世十周年活动。

4月,参加在平谷盘峰宾馆举办的"世纪之交:中国诗歌创作态势和理论建设研讨会",在会上针对于坚等人的观点作了长篇发言。

5月19日,苇岸病逝。参加他的葬礼及骨灰撒放仪式。西班牙"Ficciones"出版"中国90年代诗歌专号",选入诗作一首。

6月,参加河南王屋山诗会。

7月,《〈回答〉的写作及其他》在《莽原》刊出。诗歌论争长文《知识分子写作或曰"献给无限的少数人"》,刊发于《大家》第4期。日本诗刊《超级诗人》(Ultra Bards)刊出财部鸟子编译的"90年代中国诗选",选入诗作数首。

9月,陈思和主编的《当代文学一百篇》由复旦大学出版社出版,选入诗作《帕斯捷尔纳克》、随笔《饥饿艺术家》。

12月,《从一场濛濛细雨开始》(该文为《中国诗歌:九十年代备忘录》序言)在《读书》发表。

2000

1月,主编的诗歌理论文献集《中国诗歌:九十年代备忘录》(与孙文波合编)由人民文学出版社出版。

2月,在上苑村完成诗片断系列《冬天的诗》、《变暗的镜子》。

《从一场濛濛细雨开始》在波恩大学《袖珍汉学》第1期上译介。

3月,完成诗歌访谈《在那些更伟大的精神事物的庇护下》。

5月,《挽歌：纪念苇岸》在《青年文学》上发表。

7月,《汉语的未来》在《读书》发表。

8月,诗论随笔《从听众席中站起来的女生》在《山花》发表。

9月,访问荷尔德林故居的随笔《一个诗人如何步入这世界》在《莽原》发表。

11月,《纪念一位最安静的作家：对一场论争的回答》发表于《诗探索》第3—4合辑。

2001

1月,诗片断系列《变暗的镜子》在《山花》发表。由牛汉、谢冕主编的《中国新诗三百首》由中国青年出版社出版,入选诗作3首。陈思和编选的《九十年代批评文选》出版,选入《从一场濛濛细雨开始》。应邀在慕尼黑沃尔德贝尔塔别墅(Villa Waldberta)文学之家做三个月的访问作家。

2月,在慕尼黑大学作关于中国当代诗歌的讲座《另一个中国》。访问托马斯·曼、里尔克、康定斯基等人的故居。与德国著名诗人格仁拜因会谈,写出《伽里略测量但丁的地狱》一文。访问意大利罗马、庞培古城,访问但丁故乡佛罗伦萨,写出《未完成的诗》等诗。

3月,和顾彬、张枣一起在慕尼黑歌德学院总部举办朗诵会。在哥平根朗诵。游历阿尔卑斯雪峰。参观达豪集中营旧址及展览馆。下旬回国。

4月,诗片断系列《冬天的诗》发表于《人民文学》。诗3首刊于澳大利亚文学杂志《岛屿》当年春季号。

5月,关于诗歌翻译的随笔《取道斯德哥尔摩》发表于《读书》杂志。《冬天的诗》刊于德国文学杂志"Edit"第5期,译者弗兰克·克劳斯哈尔(Frank Kraushaar)。

7月,诗集《王家新的诗》由人民文学出版社出版。德国文学杂志"Literatur Nachrichten"刊出沈勇·米克里兹(Shen Yong Miklitz)所作的访谈。

8月,参加在北京香山举办的中国现代诗歌国际研讨会。写出《母亲》、《八月十七日,雨》、《一九七六》等诗。

9月,《伽里略测量但丁的地狱》刊于《当代外国文学》第3期。28日,在上苑艺术家村主办"北京以北"诗歌朗诵会。

10月,诗论随笔《〈荒原〉的第八行》在《读书》发表。接受湖南卫视专访。参加在湖州举办的诗会。

11月,回忆20世纪80年代末的散文《火车站,小姐姐……》发表于《天涯》第6期。

12月,获《山花》2000—2001年度诗歌奖。

2002

1月,长篇诗歌随笔《没有英雄的诗:阿赫玛托娃画像》发表于《莽原》。

2月,整理出在慕尼黑沃尔德贝尔塔别墅写的长篇札记《菲尔达芬札记》。

5月,波恩大学《东方研究》第2期刊出诗作7首及顾彬的介绍文章。

6月，诗学论文集《没有英雄的诗》由中国社会科学出版社出版。

7月，《保罗·策兰诗文选》，王家新、芮虎译，由河北教育出版社出版，收有103首诗和策兰最主要的散文、获奖演说辞、书信以及作品中德文对照索引。日本《世界文学》发表佐藤普美子的论文《王家新的诗与诗论》。

8月，诗学札记《诗的见证：重读奥顿》发表于《红岩》第4期。

9月，参加台湾地区金门诗歌节。

10月，韩国《世界文学》中国当代文学专辑选入诗作3首。

12月，接受外交学院文学社采访，写出《站在父亲一边：答一位诗歌爱好者》。

2003

1月，文学随笔集《坐矮板凳的天使》由中国工人出版社出版。编选的《中国当代诗歌经典》由春风文艺出版社出版。

2月，关于策兰诗歌的文章《绝望下的希望》发表于《书城》第2期。《星星》诗刊发表《未完成的诗》、《来临》等诗及杨远宏的评论文章。

3月，《回答普美子的二十五个问题》发表于《诗探索》当年第1—2合辑。

4月，参加武汉大学举办的诗学研讨会及樱花诗歌节。林建法等主编的《中国当代作家面面观：寻找文学的灵魂》由春风文艺出版社出版，选入诗论《〈荒原〉的第八行》和程光炜的《王家新论》。

5月，编选的《现代欧美诗歌流派诗选》（三卷本）由河北教育出版社出版。

7月,《中华时报》刊出专版访谈。

8月，蓬皮杜中心为中法文化年编辑的中国艺术、文学文献专集出版，刊有埃里克·勒费布尔（Eric Lefebvre）论述王家新“诗片断”创作的专文。

9月,《东方》双月刊第5期刊出杜培华的访谈《面对王家新》。在上海《东方早报》副刊连续发表文学专栏文章十多篇。

10月，长诗《少年——献给我的父亲、母亲》发表于《山花》第10期。

11月，获文学教授职称。《与凯尔泰斯有关的笔记》发表于《东方》第6期。

12月，“Het Trage Vuur”刊出《冬天的诗》，译者万伊歌。

由瑞士巴塞尔文学馆编辑出版的《陌生人眼中的陌生》收入诗作一组，为该年瑞中作家诗人在北京、上海等地交流的结集。

2004

1月,《披上你的光辉》等4篇诗歌随笔发表于《天涯》第1期。

2月，应邀参加德国波恩国家美术馆、波恩大学主办的“艺术与身份”国际研讨会。访问柏林、弗莱堡及弗莱堡黑森林山上的“海德格尔小屋”。应邀赴瑞士伯尼尔朗诵。

3月，随笔《在灾难岁月生活的艺术：加缪〈鼠疫〉》发表于《十月》第2期。在北大作诗歌讲座《诗歌能否对公众讲话》。

4月，日本的中国诗歌研究刊物《九叶诗会》创刊号刊出《回答普美子的二十五个问题》，译者佐藤普美子。参加在浙江温州举办的诗会，并在温州师院讲学。

5月，诗歌评论《在雪的教育下》发表于《诗探索》春夏卷。

6月，《中国诗人》第3期刊出诗作一组及马铃薯兄弟所做的访谈。

7月，梁晓明、南野、刘翔主编的《中国先锋诗歌档案》由浙江文艺出版社出版，选入诗作4首及评论资料。

8月，参加中坤集团组织的中亚五国诗会，游历南疆，写出一些诗和随笔。

9月，应邀在北大附中为高中生开设一个学期的诗歌选修课。

10月，参加人大张洁宇副教授主持的长诗《回答》读诗会。

11月，关于策兰翻译的长文《隐藏或保密了什么：对北岛的回答》在《红岩》第6期上刊出。诗7首收入由艾西德·达拉斯（Isild Darras）编译、L'Harmattan出版的法文版《中国五人诗选》。接受木朵的采访，完成诗学对话《对个别的心灵讲话》。

12月，文学随笔《不屈不挠的旅人》获《人民文学》当年度散文随笔奖。

2005

2月，《"它来到我们中间寻找骑手"》在《中学语文教学》第2、3期上连载。

5月，《孤堡札记》15首发表于德国著名文学杂志"Akzente"第5期，译者顾彬。

6月，主编高中语文选修课正式教材《中外现代诗歌欣赏》，由语文出版社出版。

9月，《晚景》诗5首发表于《扬子江》诗刊第5期。参加中国社科院纪念诗人冯至诞辰100周年活动，并作专题发言。

10月,《局限性及其他》诗9首发表于《人民文学》。参加马鞍山诗歌节,参观太白墓和采石矶,写出《传说——给杨键》等诗。主持《宇龙诗选》首发式和纪念会。此后受宇龙家属委托,主持“宇龙诗歌奖”评选和颁奖活动。

11月,《田园诗》等诗5首发表于《新京报》(11月29日)。《书城》刊出《为了那“永久的无名”——纪念诗人冯至诞辰100周年》。

2006

1月,《青年文学》发表《简单的自传》诗11首。

3月,《山花》发表“柚子及其它”诗9首。《新京报》(16日)刊出该报记者刘晋锋所作的诗歌访谈。

4月,参加南开大学穆旦诗歌研讨会,提交论文《穆旦与“去中国化”》。

5月,《但丁的佛罗伦萨》,发表于三联生活周刊“意大利文化年专号”。

6月,诗7首刊于《诗林》(季刊)第2期。

7月,《天涯》第4期刊出诗5首。

8月,中俄当代16位诗人合集《缪斯:莫斯科—北京》中文版由花城出版社出版,选入诗作10首。参加北京国际图书博览会“中俄诗人见面会”。

10月,论文《徐志摩与哈代》,刊于《新诗评论》当年第2辑。《田园诗》刊发于美国《圆周》(Circumference)国际翻译诗刊。

11月,应邀参加日本东京驹泽大学主办的“中国现代诗的诗意生成机制”研讨会。在北大举办诗歌讲座“我心目中的诗歌和诗歌精神”。

12月，正式调入中国人民大学文学院，聘任为教授，开设中西现代诗歌课程及创造性写作课程。参加海南天涯国际诗歌节。《我心目中的诗歌和诗歌精神》在《南方都市报》22日副刊上发出。

2007

3月，《王家新诗八首》，刊发于《钟山》当年第2期。

4月，《我们这个时代的“田园诗”》，刊发于《今日先锋》第14辑。应邀在中央美院作诗歌讲座“诗与诗人的相互寻找”。

5月，《帕斯捷尔纳克》等诗2首，收入刘文飞编译的《亚洲铜：中国当代诗选》，圣彼得堡东方学中心出版社出版。

7月，《读几位当代诗人》，刊发于《当代作家评论》当年第4期。《“世界文学”视野下的中国文学与诗》，刊发于《江汉大学学报》2007年第4期。

8月，诗论随笔集《取道斯德哥尔摩》，由山东文艺出版社出版。

9月，《诗的还乡之途》（诗歌随笔两篇），刊发于《人民文学》当年第9期。论文《从古典的诗意到现代的诗性》，刊发于《中国现代文学研究丛刊》。论文《当代诗歌：在“自由”与“关怀”之间》，刊发于《文艺研究》当年第9期。《晚年的帕斯》一诗，发表于墨西哥“Semaonol”文学副刊，译者克劳蒂娅·贺南德斯（Claudia Hernandez）。

9月初—12月底，应邀在美国纽约州柯盖特大学做驻校诗人，其间在纽约等地朗诵，访问美国多所大学。写出一些诗和随笔文字，并开始重新翻译策兰。

11月，访问艾米丽·狄金森故居的随笔在《新京报》(8日)副刊发表。《承担者的诗：俄苏诗歌的启示》，刊发于《外国文学》当年第6期。《在诗歌的目睹下》，刊发于《天涯》当年第6期。《在一个伟大诗人的永久缺席中》，刊发于《十月》当年第6期。

2008

1月，诗集《未完成的诗》(“帕米尔当代诗歌典藏”之一)，由作家出版社出版。

3月，美国《亚特兰大评论》(Atlanta Review)杂志出版中国诗歌专号，选入《变暗的镜子》等诗作4首，英译者为乔治·欧康奈尔(George O’Connell)和史春波(Diana Shi)。

4月，诗论集《为凤凰找寻栖所——现代诗歌论集》(“新诗研究丛书”之一，洪子诚主编)，由北京大学出版社出版。与美国《亚特兰大评论》杂志合作，在中国人民大学举行“全球语境下的中国当代诗歌”国际研讨会，主持“众树歌唱”大型诗歌朗诵会。

5月，悼念余虹的文章《有一种爱和死我们都陌生》刊发于《读书》第5期。汶川大地震。写出哀歌一组，发表于《新京报》等报刊。《负重的丰饶仍在练习弯腰》，刊发于《外国文学》当年第3期。

6月，《美国诗歌记行》(两篇)，刊发于《上海诗人》当年第2期。

9月，《词的“昏暗过渡”与互译》，刊发于《当代作家评论》当年第5期。应北京歌德学院和尤伦斯当代艺术中心邀请，主持“历史的天使：诗歌、文学、哲学”系列讲座，首讲“雪的款待：策兰诗歌解读”。

10月，参加在黄山黟县举办的“2008帕米尔诗歌之旅”。

11月,《诗歌,或悲痛的余烬》,刊发于《天涯》第6期。《地震时期的诗歌承担及其困境》,刊发于《诗探索》当年第3辑。

12月,《从〈众树歌唱〉看叶维廉的诗歌翻译》,刊发于《新诗评论》当年第2辑。

2009

1月,“诗九首”及访谈《从内部来承担诗歌》,刊发于《上海文学》当年第1期。

2月,获德国古堡学院翻译项目支持,赴斯图加特一月,翻译策兰。访问德国现代文学档案馆和荷尔德林故乡,并应邀到意大利博洛尼亚大学东亚系讲学,并顺访威尼斯、布拉格、德累斯顿等地。回国前应邀到杜塞尔多夫孔子学院和多多一起举办朗诵会。

3月,诗片断系列《冬天的诗》及访谈在加拿大诗刊“Grain”上发表,英译者和访谈者为凯尔·博纳(Kyle Borner)。《“在盐库守着波涛的记忆”》,刊发于《当代作家评论》当年第2期。《海子的思与言之途》,刊发于《诗林》下半月刊当年第2期。《诗歌,现实与语言之旅》,刊发于《世界文学》当年第2期。

5月,应台北德国文化中心邀请,在台北做策兰诗歌及其翻译的讲座。

6月,获南京大学中国现代文学研究中心主办的首届“中国当代文学学院奖”。“晚木的日子:策兰后期诗歌十首”刊于张曙光等主办的《剃须刀》诗刊。

7月,策兰诗歌解读《雪的款待》,刊发于《十月》当年第4期。长篇随笔《你深入在我们之内的钟》,刊发于《人民文学》当年第7期。

“保罗·策兰诗选”(11首),刊发于《诗林》当年第4期。《“阅读之站台,在晚词里”:策兰后期诗歌》,刊发于《天津文学》当年第7期。

8月,《“驻校诗人”札记》,刊发于《山花》文学月刊当年第8期。上旬,参加青海国际诗歌节。游历黄河源头。参观昌耀故居。8月下旬—9月上旬,应邀在瑞典斯德哥尔摩朗诵,其间访问特朗斯特罗默;在瑞典哥特兰岛波罗的海文学和翻译中心朗诵,访问岛上的伯格曼故居及工作室;应邀在丹麦哥本哈根诗人俱乐部朗诵。

9月,译作“保罗·策兰作品选”(23首,与芮虎合译)、“心的岁月:巴赫曼、策兰书信集”(与芮虎合译)及《“存在,为了相互存在”:与策兰的相遇、翻译及其他》,在《世界文学》当年第5期上刊出。《“独自垂钓”的诗歌翻译:兼谈2009出版的几本译诗集》,刊发于《当代作家评论》当年第5期。《“对中国的执迷”与“世界文学”的视野》,刊发于《中国人民大学学报》当年第5期。

10月,《向赫塔·穆勒致敬》,在《新京报》10月14日副刊上刊出。《哥特兰岛上的追寻》,在《新京报》10月28日副刊上刊出。《中国当代九人诗选》,顾彬、唐晓渡编选,顾彬译,德国Weidle出版社出版,选入诗作13首。参与中国人民大学主办的第二届“世界汉学大会”,为大会学术组成员,受大会委托主持“中国当代文学与汉学的互动”圆桌会。

11月,论文《穆旦:翻译作为幸存》,刊发于《江汉大学学报》当年第6期。比利时根特诗歌中心出版“中国五诗人诗选”,收入诗作5首。

11月下旬—12月上旬,应邀参加比利时“欧罗巴利亚艺术节”(europalia),在布鲁塞尔博扎尔(Bo Zar)艺术中心、比利时根特诗歌中心、阿姆斯特丹Perdu诗歌中心朗诵。

12月，译文《"隙缝之玫瑰"：迦达默尔论策兰》，刊发于《新诗评论》当年第2辑。诗作与访谈在丹麦Kinabladet Nr.44 Vinter 2009上刊出。

2010

1月，《当代作家评论》当年第1期刊出王家新专辑，刊发有《我的诗歌历程》、"王家新代表作两首"（《瓦雷金诺叙事曲》及长诗《回答》）、吴晓东的长篇论文《"一个种族的尚未诞生的良心"》、何言宏、王家新的对话《回忆和话语之乡》。经学校学术委员会评审通过，获博士生导师资格。

2月，在上海开闭开书店做关于阿多诺与策兰晚期诗歌的讲座。《一次穿越，或回归：欧罗巴利亚艺术节记行》，刊发于《文景》当年1—2月合刊。

3月，为林克译荷尔德林诗选所作的序文《汉语的容器》，刊发于《读书》杂志。

4月，《保罗·策兰后期诗选》(保罗·策兰逝世40周年纪念专号)，作为《星星》诗刊"诗歌EMS"印行，所选51首译诗均为新译。纪念策兰逝世40周年的文章在《新京报》4月20日副刊上刊出。《嘴唇曾经知道：策兰与巴赫曼》，《中华读书报》4月28日刊出。

5月，参加刘丽安女士组织的诗人访问团，在台北一些大学和书店朗诵。《北欧札记》（三篇），刊发于《上海诗人》当年第2期。应邀在北京外国语大学作诗歌讲座"创伤之展翅：关于策兰的诗歌"。

6月，《篝火已经冷却：读池凌云的诗》，刊发于《名作欣赏》当年第6期。参加湖北秭归端午文化节,《三峡晚报》刊出访谈《我们都是屈原的后人》。诗论随笔集《雪的款待》(汉园新诗批评文丛之一,洪子诚主编),由北京大学出版社出版。

7月,译作《保罗·策兰后期诗选》(28首)与论述策兰诗歌的文章《在这“未来北方的河流里”》,刊发于《延河》当年第7期。《策兰诗选》(32首),刊发于《当代国际诗坛》第4辑,作家出版社出版。

9月,中国人民大学文学院“国际写作中心”成立,任执行主任,邀请多多做首届驻校诗人,主持多多诗歌朗诵会。

10月,《策兰与海德格尔的对话之路》,时代周报“时代阅读”10月18日刊出。参加北大“当代汉语写作的世界意义”国际研讨会并作大会发言。

11月,主持多多诗歌读诗会“走近那看不见的田野”。参加第二届“中国当代文学·南京论坛”并作大会发言。

12月,译作《策兰后期诗选》(27首)及《“你躺在巨大的耳廓中”:有关策兰翻译的札记》,刊发于《诗江南》当年第6期。《“诗”这个汉字》,收入德国“无用词典”(Lexikon Der Sperrigen Worter),在斯图加特出版。获首届“苏曼殊诗歌奖”,赴珠海参加颁奖仪式并发表获奖致辞。斯洛文尼亚出版《中国当代诗选》,选有诗作4首。

2011

1月,论文《对奥登的翻译与中国现代诗歌》,刊发于《中国现当代文学研究》第1期。《王家新读诗笔记》,刊发于《读诗》创刊号,四川文艺出版社出版。

2月，译作《策兰：最后的诗》（17首）及《〈今日中国文学〉对王家新的访谈》（中文版），刊发于《中西诗歌》当年第1期。

3月，德文版诗选《哥特兰的黄昏》，由奥地利“Thanhaeuser”出版社出版，译者顾彬。中旬，参加北京“书虫”（Bookworm）英语书店举办的国际文学节。中下旬，德文版诗选参加莱比锡书展，应邀赴德在莱比锡孔子学院、波恩文学之家、柏林文化中心“文学车间”巡回朗诵。访问柏林犹太博物馆。

4月，随笔《柏林，柏林》，发表于《南方都市报》4月7日副刊。卡内蒂格言和思想片断集《钟的秘密心脏》（全译），刊发于《延河》当年第4期。在中国人民大学文学院主持第二届驻校诗人蓝蓝诗歌朗诵会。在北大未名诗歌节“我的第二自我”开幕式上作“我与策兰”的讲演。和荷兰汉学家汉乐逸的对话《“为了杜甫你还必须是卡夫卡”：中国现当代诗歌之旅》，刊发于《中华读书报》4月6日。《创伤之展翅：读策兰〈带着来自塔露萨的书〉》，刊发于《名作欣赏》当年第4期。

5月，《诗人与他的时代》，刊发于《天涯》当年第3期。《雪部及其他：策兰晚期诗选》（27首）及文章《我的脚步坡，脑筋山：也谈策兰与“诗歌的终结”》，刊发于《诗建设》创刊号，作家出版社出版。

6月，《他使我们免害于巨大的沉默：纪念米沃什诞辰100周年》，《文学报》6月9日刊出。诗《伦敦随笔》、《瓦雷金诺叙事曲》在加拿大诗刊“Grain”上发表，英译者为乔治·欧康奈尔和史春波。参加南开大学“中国现代诗歌的语言”国际研讨会。

7月，《阿多诺与策兰晚期诗歌》，刊发于《上海文化》当年第4期。在顺义“芥子园书院”主持“北京以北国际诗歌朗诵会”。

7月下旬—8月初，应邀参加希腊“第二届提诺斯国际文学节”。访雅典卫城、爱琴海诸岛。顺访伊斯坦布尔。

8月，荷兰世界文学双月刊《舰队》(Armada)出版中国当代文学专号，选入诗作5首，译者万伊歌。译作《灰烬的光辉：策兰后期诗选》(20首)刊发于《新诗》第1期，上海文艺出版社出版。

9月，应邀参加韩国昌原国际诗歌节。诗三首在韩国《诗爱》杂志当年第5期发表。《在独白的边缘》(笔记及演讲辞五篇)刊发于《诗建设》第2期。《“你静默的远航和明亮的捕捞”》，刊发于《读诗》当年第3期。14—18日，应邀参加贝尔格莱德“世界文学节”，诗三首在贝尔格莱德“Dodatak”文化副刊发表，译者维达·奥格涅诺维奇(Vida Ognjenovic)。下旬，参加珠江诗歌节和澳门“中西诗歌创刊十周年诗会”。

10月，论文《翻译与中国新诗的语言》，刊发于《文艺研究》当年第10期。赴韩国参加首尔外国语大学和釜山庆星大学的文学研讨会和朗诵会活动。诗七首在克罗地亚《诗歌》杂志当年秋冬季号发表，译者米罗斯拉夫(Miroslav)。

11月，“越界的诗歌与灵魂的在场：对王家新的访谈”及诗一组，在美国俄克拉何马大学《今日中国文学》上(总第3期)刊出，访谈者和英译者为约翰·A·克雷斯皮(John A Crespi)。

12月，28日晚，应邀在中央美术学院美术馆主持“2011诗歌之夜”活动。

2012

2月，湖南《文学界》杂志刊出“王家新专辑”：刊出王家新“十年过去”（组诗）、译作“策兰诗选”、回忆录“我的八十年代”、“首届苏曼殊诗歌奖获奖致辞”、访谈“盗窃来的空气”及乔治·欧康奈尔“柚子的幽香：阅读王家新”。

3月，应邀参加奥地利劳瑞舍文学节。奥地利萨尔茨堡文学杂志“Salz”发表长诗《少年》，译者顾彬。《话语的黎明》发表于《世界文学》当年第2期。

与王东东的对谈《“盗窃来的空气”——关于策兰、诗歌翻译及其他》，刊于《上海文化》当年第2期。

6月，诗歌随笔集《在一颗名叫哈姆雷特的星下》，由中国人民大学出版社出版。参加《花城》组织的作家访问活动，赴珠海万山群岛，写出一批诗作。

8月，编著《中外现代诗歌导读》由中国人民大学出版社出版。参加北京国际图书博览会“中韩诗人朗诵会、与读者见面会”。

9月，应邀参加斯洛文尼亚第27届维伦尼察（vilenica）国际文学节。斯洛文尼亚文学杂志刊出诗六首，译者万诺·陶弗（Veno Taufer）。顺访位于意大利的里雅斯特海滨的杜依诺城堡。

10月，译作“策兰诗文选”，刊于《文学界》当年第10期。

11月，《长江文艺》刊出新作9首。11—18日，在人大文学院主持第一届“诗人作为译者”国际诗人工作坊，并和北大、首都师大、南开大学合作举行了一系列朗诵、研讨活动。《一切都不会错过——斯洛文尼亚国际文学节记行》，载《中华读书报》当年11月23日。

2013

1月，“王家新译诗选”，刊于《大河诗刊》当年第1期。

2月,诗歌随笔集《在你的晚脸前》由商务印书馆出版。

3月,《翻译文学、翻译、翻译体》,刊于《当代作家评论》当年第2期。《喉头爆破音:对策兰的翻译》,刊于《上海文化》当年3月号。香港中英文诗刊“穿山甲之屋”刊出诗作10首,英译者为乔治·欧康奈尔和史春波。

4月,论文《从“晚期风格”往回看:保罗·策兰对莎士比亚的翻译及其对我们的启示》,刊于《文艺研究》当年第4期。美国当代中国诗歌选集“New Cathay: Contemporary Chinese Poetry”出版,选诗三首,译者明迪。

5月,应邀参加德国明斯特国际诗歌节,并在法兰克福大学、海德堡大学、奥地利萨尔茨堡文学中心、维也纳大学巡回朗诵。访奥登在维也纳远郊的故居及墓地。《诗建设》第9期刊出“王家新近作”(18首),胡桑《对一只冰斧的阅读——论王家新近作》,作家出版社当年5月出版。《飞地》第3期刊出“王家新中英文诗选”,共13首,英译者为顾爱玲。

6月,《心的岁月:策兰、巴赫曼书信集》(芮虎、王家新译),由中国人民大学出版社出版。

8月,译作“曼德尔施塔姆诗选”(23首),刊于《诗歌月刊》当年第8期。译作“勒内·夏尔诗集”(35首),刊于《红岩》当年第4期。《通向内心平静的最遥远旅程:——访奥登在维也纳远郊的故居》,刊于《中华读书报》8月28日。

8—11月,应邀参加美国爱荷华大学国际写作项目,并应邀在匹兹堡诗歌音乐节、纽约诗人之家、纽约服装学院、俄克拉何马大学、圣路易斯大学和洛杉矶等地朗诵和举办讲座。

9月，《勒内·夏尔：语言激流对我们的冲刷》，刊于《中外比较文学》当年第3期。

10月，诗集《塔可夫斯基的树：王家新集》，由作家出版社出版。获首届“袁可嘉诗歌奖·诗学奖”。应美国著名诗人罗伯特·哈斯之邀在伯克利和盖瑞·施奈德等诗人一起朗诵。获韩国昌原第四届KC国际诗文学奖。从美国赴韩国领奖，并参加韩国外国语大学举办的“王家新与中国现代文学”研讨会。该国际诗文学奖授奖辞、王家新获奖致辞、诗作十首发表于韩国《诗爱》杂志。

11月，在纽约诗人之家朗诵，并在纽约库珀中心参加纪念希尼的大型朗诵会。《诗歌的辨认》(韩国昌原第四届KC国际诗文学奖获奖致辞）刊发于深圳《晶报》11月6日文化副刊。《翻译作为回报》及译作“茨维塔耶娃神话，以及翻译”，刊于《上海文化》当年11月号。

12月，译作“茨维塔耶娃诗选”（16首），刊于《诗歌月刊》当年第12期。

2014

1月，译作“耶胡达·阿米亥诗十首”，刊于《诗刊》(上半月刊）第1期。《新文学史料》第1期刊出怀念诗人牛汉的文章《一棵大树》。

2月，《俄罗斯的奥维德——曼德尔施塔姆的诗歌及其命运》，刊于《世界文学》当年第1期。

3月，《诗歌月刊》当年第3期刊出访谈“为语言服务，为爱服务”。译作“扎加耶夫斯基诗文选”，刊于《文学界》当年第3期。

4月，《诗歌月刊》当年第4期刊出近作一组。参加河南“神农山诗会”。

5月，《红岩》第三期“中国诗集专号”刊出“王家新诗集”（17首），程一身的评论《王家新：从“承担的诗学”到“辨认的诗学”》。获首届“中国屈原诗歌奖·金奖”。主持中国人民大学文学院第四届驻校诗人陈黎诗歌和译作朗诵会。应邀担任复旦大学“光华杯诗歌奖”评委会主任，并在上海民生美术馆、苏州大学举办朗诵和讲座。应邀参加湖南文艺出版社“诗苑译林”编委会成立大会。

6月，获第二届“中国赤子诗人奖”。应邀参加韩国第八届中韩作家会议，《从这里，到这里：关于中国当代诗歌》，刊发于韩国《抒情诗和诗学》。译诗集《带着来自塔露萨的书：王家新译诗集》，由作家出版社出版。

7月，茨维塔耶娃诗选译序《那黄金般无与伦比的天赋》，刊于《上海文化》。诗选刊第7期刊出专辑“王家新：存在于创作与翻译之间”，刊出“越界的诗歌与灵魂的在场：王家新访谈”，“对王家新诗歌的评论”（吴晓东等），“中国赤子诗人奖”答谢词，诗7首，韩国昌原第四届KC国际诗文学奖获奖致辞等。

8月，译诗集《新年问候：茨维塔耶娃诗选》，由花城出版社出版。应邀参加上海书展国际文学周，参与一系列翻译论坛、诗歌朗诵活动，并参加由作家出版社在上海书展举办的《带着来自塔露萨的书：王家新译诗集》首发式和座谈活动。《人民文学》英文版2014年夏季号刊出诗作5首，英译者为顾爱玲（Eleanor Goodman）、瑞秋·米莉根（Rachel Milligan）。

9月，《南方都市报》刊出“罗伯特·哈斯、陈黎、王家新三人谈：

诗人译诗：抓住文字飞舞的蝶翼”。应邀参加《三联思想广场》，和多多举办关于策兰的讲座和对话活动。

11月，应邀参加花莲太平洋诗歌节，并在台北朗诵。应邀在上海交通大学举办策兰诗歌讲座。

12月，《十月之诗》（12首）发表于《青春》2015年第12期。主编“翻译文学卷”（2001—2010，“21世纪中国文学大系”之一种），由南京师范大学出版社出版。

2015

1月，应邀参加深圳“第一朗读者”诗歌活动。《晶报》发出专访《知识分子写作不依附于任何权力》。《当代作家评论》第1期以封面人物介绍王家新，同期发表有梁新军《钢琴和乐队的对话：王家新的诗歌翻译与创作》。

2月，译作茨维塔耶娃《山之诗》及译后记刊于《上海诗人》2015年第1期。希腊国际诗刊“tranzito”刊出诗作一首，译者迪诺斯·西奥蒂斯（Dinos Siotis）。

3月，诗歌随笔《“要打出真铁，让风箱发出吼声”》，刊于《花城》当年第2期。应邀参加南京“新陆诗会”。长篇散文诗《穿越豫西北大地，或凤凰之诗》刊于《先锋诗》创刊号，长江文艺出版社当年3月出版。《我接触的几位韩国诗人》刊于《中华读书报》3月18日。访谈《关于诗人译诗、诗歌翻译》及《晚来的献诗》（12首），刊于《诗歌月刊》当年第3期。

4月，参加河南巩义首届杜甫国际诗歌节。应邀在复旦大学“望道诗歌翻译工作坊”举办讲座。论文《“我们怎能自舞辩识舞者？”——杨牧与叶芝》刊于台北《印刻》文学杂志。《一个译者和他的“北方船”》刊于《诗潮》当年第4期。“茨维塔耶娃长诗选”及“茨维塔耶娃三部曲及其翻译”，刊于《诗建设》。赴石家庄参加陈超骨灰安放仪式。

5月，诗歌随笔集《黄昏或黎明的诗人》，由花城出版社出版。应邀参加上海大学“文学之夜”并举办诗歌讲座。《美国诗歌评论》（The American Poetry Review）当年第3期（5—6月号）刊出王家新诗歌专辑及美国著名诗人罗伯特·哈斯（Robert Hass）的长篇评论。选发的作品有诗片断系列《反向》、《另一种风景》、短诗《布罗茨基之死》、长诗《少年——献给我的父亲、母亲》，英译者为乔治·欧康奈尔和史春波。

6月，应邀赴里斯本参加葡中诗人会议，在里斯本文学中心及葡萄牙多所大学朗诵，并访问西班牙马德里及洛尔迦故乡格拉纳达。开始翻译洛尔迦诗歌。应邀参加上海师范大学纪念叶芝诞辰150周年会议。应邀在浙江师范大学举办诗歌讲座。

7月，应邀在上海民生美术馆举办个人诗歌朗诵会。诗二首在美国文学杂志“Postroad”上发表。

8月，任《诗歌月刊》“闻一多诗歌奖”评委并赴武汉参加诗歌活动。《先锋诗》第2期刊出译作曼德尔施塔姆“沃罗涅日诗钞”及《“护送死者”以及最先向“复活者”行礼》。诗8首刊于《十月》杂志当年第4期。

9月，参加河南郏县“三苏诗会”。译作“曼德尔施塔姆诗选”刊于《扬子江诗刊》当年第5期。在人大主持第五届驻校诗人陈育虹朗诵会。在人大主持“诗人作为译者”中外诗人国际研讨会。参加扬州国际诗会活动。《美国诗歌评论》当年第5期（9—10月号）刊出王家新将在美国出版的英译诗选《变暗的镜子》的新书预告及美国诗人的荐语。

10月，出任“袁可嘉诗歌奖”评委并赴浙江慈溪参加颁奖活动。参加湖南岳阳国际诗会并访问汨罗江边“屈子祠”。《陈黎，作为译者的诗人》，刊于《新诗评论》。

11月，《世界文学》当年第6期刊出罗伯特·哈斯《王家新：冬天的精神》（史春波译）。参加北师大国际诗人翻译工作坊并译出美国女诗人吉恩·瓦伦汀诗十一首。应邀参加台湾东华大学“杨牧国际研讨会”并在台北台湾师大举办诗歌讲座。

12月，应邀在798艺术区“空间站”主办诗歌朗诵会。

2016年

1月，《让沉默通过我们讲话》，刊于《大家》当年第1期。

2月，译作“安娜·阿赫玛托娃诗选”刊于《天津文学》当年第2期。《认识一位诗人》刊于《诗歌月刊》当年第2期。完成俄国汉学家邓月娘（Yulia Dreyzis）所作的书面访谈，诗作15首被译成俄语。

3月，应邀在浙江奉化举办诗歌讲座。访谈《当一种伟大的荒凉展现在我们面前》刊发于《芳草》第2期。《我的世纪，我的野兽”——曼德尔施塔姆的诗歌及其翻译》及译文《沃罗涅日的乌鸦和刀》，刊于《上海文化》当年3月号。

4月，应邀参加温州“山水诗：传统与当下”研讨会。应邀参加凤凰网文化频道主办的“春天为你读诗”诗歌朗诵会。译著《我的世纪，我的野兽：曼德尔施塔姆诗选》由花城出版社出版。

5月，应邀在深圳书城和书院举办诗歌讲座。应邀在中国青年政治学院举办诗歌讲座。译作“简·瓦伦汀诗选”（十首），刊于《诗刊》当年第5期。

6月，应邀参加香港中文大学文学创作教学会议，并作“创造性翻译教学”主题发言。

6月29日—7月3日应邀参加圣彼得堡大学远东文学国际研讨会，并作“曼德尔施塔姆与中国当代诗歌”主题发言。访问阿赫玛托娃故居及墓地。

7月，应邀在莫斯科“白银时代纪念馆”举办朗诵会。访问帕斯捷尔纳克故居及墓地，访问茨维塔耶娃纪念馆及在塔露萨的故居。译著《死于黎明：洛尔迦诗选》，由华东师范大学出版社出版。

8月，被浙江德清图书馆聘任为第九届驻馆作家。“绿啊我多么希望你绿”（洛尔迦诗选译序），刊于《十月》第4期。在上海思南文学中心举行《死于黎明：洛尔迦诗选》发布会。写出《从阿赫玛托娃的窗口》、《在塔露萨》、《这条街》等一批诗作。诗六首发表于亚美尼亚在线杂志“Granish”，译者罗伯特·察杜梁（Robert Tsaturyan）。

9月，文汇读书周刊连续发表“永存我的话语：彼得堡诗歌记行”、“带着来自塔露萨的书：莫斯科诗歌记行”。译作“洛尔迦诗选”在《大益文学》创刊号上发表，漓江出版社出版。论文“雷克斯洛斯对杜甫的翻译”，刊于《诗建设》当年夏季号，作家出版社出版。

10月，英译诗选《变暗的镜子》（Darkening Mirror）在美国出版，译者史春波、乔治·欧康奈尔，罗伯特·哈斯（Robert Hass）作序，美国Tebot Bach出版社“新世界诗歌译丛”。6日，参加北京青年诗会发起、在北京言几友书店举办的“王家新译曼德尔施塔姆诗歌朗诵会”。29—30日，参加青岛海洋大学中德文学翻译研讨会，并作关于策兰诗歌翻译的主题发言。

11月5—8日，应邀参加韩国“东亚诗会”。9日，应邀在南京大学作诗歌翻译讲座。11日，应邀在江苏常熟虞山当代艺术馆举办个人诗歌朗诵会，获“美术馆·人文艺术奖”。18日，参加北京外国语大学举办、德国汉学家顾彬教授主持的王家新中德英多语诗歌对话朗诵会：“变暗的镜子：诗人王家新以及他的译者们”。19—20日，在中国人民大学主持“百年新诗与今天”研讨会暨纪念中国新诗百年大型朗诵会。译作“安魂曲及其他：阿赫玛托娃诗选”刊于《延河》当年第11期。

12月，应邀参加云南丽江国际文学论坛。参加复旦大学诗歌翻译和批评论坛。诗2首在土耳其诗刊Sozcukler Dergist发表，译者萨菲耶·塔拉克西（Safiye Tarakci）。年底，完成“没有英雄的叙事诗：阿赫玛托娃诗选”全部翻译工作。

图书在版编目(CIP)数据

王家新诗歌研究评论文集 / 张桃洲编. — 上海：东方出版中心，2017.7

ISBN 978-7-5473-1131-8

Ⅰ. ①王… Ⅱ. ①张… Ⅲ. ①诗歌评论–中国–当代–文集 Ⅳ. ①I207.22-53

中国版本图书馆CIP数据核字（2017）第119207号

王家新诗歌研究评论文集

出版发行：东方出版中心
地　　址：上海市仙霞路345号
电　　话：（021）62417400
邮政编码：200336
经　　销：全国新华书店
印　　刷：常熟市新骅印刷有限公司
开　　本：890×1240毫米　1/32
字　　数：379千字
印　　张：17.125
版　　次：2017年7月第1版第1次印刷
ISBN　978-7-5473-1131-8
定　　价：68.00元

版权所有，侵权必究

东方出版中心邮购部　电话：（021）52069798